Ocho millones de dioses

David B. Gil

Ocho millones de dioses

Papel certificado por el Forest Stewardship Council®

Primera edición: mayo de 2019

© 2019, David B. Gil
© 2019, Penguin Random House Grupo Editorial, S. A. U.
Travessera de Gràcia, 47-49. 08021 Barcelona

Printed in Spain – Impreso en España

ISBN: 978-84-9129-362-0
Depósito legal: B-7362-2019

Impreso en Rodesa
Villatuerta (Navarra)

SL 9 3 6 2 0

Penguin
Random House
Grupo Editorial

A aquellos que albergan dudas, y no convicciones.

La expresión «ocho millones de dioses» (en japonés: *yaoyorozu no kami,* 八百万の神) se emplea en la religión sintoísta para referirse al conjunto de divinidades que pueblan el cielo y la tierra. La cifra, por tanto, no debe tomarse en sentido literal, sino que es una fórmula para invocar a todo lo sagrado de este mundo.

Índice de personajes y lealtades

– **Oda Nobunaga**: el señor de la guerra más poderoso de su tiempo, llamado a ser el primero en lograr el hito de unificar todo Japón bajo su mando. Controlaba las principales provincias del centro del país e instaló su corte en la ciudad de **Gifu**.

- **Akechi Mitsuhide**: vasallo de Oda Nobunaga, quien le entregó los dominios de **Sakamoto**, en la provincia de Omi, y de **Anotsu**, en la bahía de Owari.

  - **Kudō Kenjirō**: hijo de Kudō Masashige, un humilde samurái rural del dominio de Anotsu.

  - **Igarashi Bokuden**: maestro *shinobi* expulsado de la provincia de Iga. Tras su destierro se instaló en Anotsu, donde sirvió como espía al clan Kajikawa, primero, y a Akechi Mitsuhide después.

  - **Tsumaki Kenshin**: hermano político y vasallo de Akechi Mitsuhide, y uno de sus principales generales en el campo de batalla.

- **Fuwa Torayasu**: daimio cristiano y señor del feudo de **Takatsuki**, en la provincia de Settsu. Vasallo de Oda Nobunaga.

  - **Nozomi**: oficial de los clanes *shinobi* de Shinano y jefa de espionaje de Fuwa Torayasu.

- **Toyotomi Hideyoshi**: samurái de muy bajo rango que escaló en la cadena de mando hasta convertirse en la mano derecha de Oda Nobunaga. Célebre por su astucia política y su eficacia en el campo de batalla.

- **Tokugawa Ieyasu**: daimio de la provincia de **Mikawa** y principal aliado de Oda Nobunaga al este del país.
  - **Hanzō el Tejedor**: jefe de los servicios secretos de Tokugawa Ieyasu. Natural de la provincia de Iga, terminó por convertirse en la mano derecha del señor de Mikawa.

- **Tribunal de las Máscaras**: consejo gobernante de la provincia libre de **Iga**, formado por un representante de cada uno de los clanes *shinobi* de dicho territorio. Entre otras cuestiones, decidía a qué señores samuráis se debía prestar servicio. De lealtades cambiantes, Iga siempre fue considerada por Oda Nobunaga una amenaza potencial demasiado próxima a su núcleo de poder.
  - **Chie del clan Kido**: primera entre los iguales del Tribunal de las Máscaras.
  - **Ibaraki «Ojos de Demonio»**: jefe militar de los clanes libres de Iga.
  - **Masamune del clan Hidari**: guerrero de Iga versado en las artes de la infiltración y el asesinato.

- **Secta Tendai**: una de las sectas budistas más beligerantes durante el periodo Sengoku (siglos XV a XVI). Disponía de un nutrido ejército de *sohei* (monjes guerreros), cuyo principal bastión se encontraba en el monte Hiei. Su creciente poder político y militar pronto los convirtió en uno de los principales obstáculos para Oda Nobunaga en su afán por unificar todo el país bajo su mando.

El sistema horario en el Japón antiguo

Mediodía

Medianoche

Sobre el contexto histórico

Durante siglos Japón fue un mito para los europeos, la isla dorada de Cipango que los chinos referían a Marco Polo, pero de la que nunca se tuvo constancia en carta náutica alguna. Y así continuó hasta que, en 1543, un junco chino con varios mercaderes portugueses a bordo naufragó en la isla de Tanegashima, lo que condujo a un descubrimiento mutuo: los europeos ponían por fin en el mapa aquel archipiélago de leyenda al tiempo que los japoneses entraban en contacto directo, por primera vez en su historia, con los occidentales.

A estos primeros encuentros fortuitos de índole comercial les siguió otro cuidadosamente planificado durante seis años: la llegada de la misión jesuita a Japón en 1549, auspiciada por el rey de Portugal y encabezada por el misionero navarro Francisco de Jasso y Azpilicueta (a la postre, san Francisco Javier). Debe tenerse en cuenta que, merced al Tratado de Tordesillas, que repartía las rutas marítimas entre España y Portugal, Japón se hallaba en latitudes portuguesas, por lo que correspondía a dicho reino la explotación mercantil y cristianización del nuevo territorio.

. La corona lusa decidió encomendar la labor evangelizadora a la Compañía de Jesús, una élite intelectual y científica dentro de la Iglesia católica, muy diferente a los frailes franciscanos y dominicos que solían acompañar a los españoles en sus conquistas y descubrimientos. Ya fuera por su deseo de evitar a estas congregaciones de ascendencia más «castellana», o porque Juan III de Portugal comprendió que la conversión de Japón era un reto muy diferente a la evangelización de las Américas, la elección de los jesuitas resultó providencial.

Francisco Javier supo ver en Japón un país de gran complejidad social y cultural: «el pueblo más elevado moralmente de cuantos se han hallado», por lo que aleccionó a sus misioneros para que se empaparan de los usos locales, aprendieran el idioma en la medida de lo posible e incluso acostumbraran a vestir, comer y conducirse al modo de aquel extraño pueblo. El objetivo último era desprender el discurso evangelizador del etnocentrismo europeo y adaptarlo a la mentalidad y protocolos japoneses, de modo que fuera más fácil de asimilar por las clases altas y, de ahí, permeara a los estratos más bajos de la sociedad.

Los jesuitas llegaron al país en pleno *Sengoku jidai* («Era de los Estados en Guerra», que se prolongó desde la segunda mitad del siglo XV hasta finales del XVI), por lo que hallaron una nación dividida en cientos de feudos enfrentados entre sí, cada uno gobernado por un señor samurái con sus propios ejércitos e intereses, sin un poder central capaz de apaciguarlos. Entre estos señores de la guerra destacaba la figura de Oda Nobunaga*, considerado primer unificador de Japón, que había conseguido someter bajo su mando a gran parte del centro del país, incluida la capital imperial: Kioto.

Oda, no obstante, estaba lejos de una victoria completa, pues aún contaba con la oposición de poderosas familias samuráis, como los clanes Takeda y Hojo, además de sufrir el constante hostigamiento de las beligerantes sectas budistas (muchas de las cuales disponían de sus propios ejércitos). No es de extrañar, por tanto, que Nobunaga viera en los sacerdotes extranjeros una baza que podía jugar a su favor: por una parte, los «barcos negros» portugueses, con sus armas de fuego y sus valiosas mercancías de ultramar, solo atracaban en aquellos puertos que contaran con el beneplácito de los misioneros. Por otra, allí donde prosperaba el cristianismo, los bonzos budistas perdían influencia entre la población.

No solo Oda Nobunaga se convirtió en un inesperado aliado de la misión jesuita, otros daimios (señores feudales) abrieron sus

---

* El apellido precede al nombre, según dicta la onomástica japonesa.

puertas a los extranjeros en su afán de entablar relaciones comerciales con ellos, llegando incluso a convertirse al cristianismo. Pero la protección de Oda y de los daimios conversos no llegaba a todos los rincones de Japón, y los «padres cristianos» debieron enfrentarse a no pocas penurias en su afán evangelizador, sufriendo a menudo desprecio, persecución y muerte.

Es en esta época de encuentros y desencuentros cuando tiene lugar la siguiente historia.

Prólogo

Marchas y regresos

15 de febrero de 1579

El joven Celso bajaba por la cuesta de Santo Tomé con la vista clavada en el suelo, pisando con fuerza sobre los adoquines, como si quisiera hundirlos aún más en la tierra. Había dejado atrás el adarve del Ciruelo y ahora serpenteaba por calles casi vacías, flanqueadas por las tenderas que recogían ya sus puestos. Las mujeres lo llamaban a gritos, intentando endilgarle con desvergüenza la última mercancía del día, aquella que nadie con buen ojo había querido. Quizás por verle tímido y aseado, lo confundían con el mozo de los recados de algún comunero, y si bien las tareas domésticas suponían una de sus ocupaciones habituales, la encomienda que lo había lanzado a la calle esa tarde era de muy distinta naturaleza.

Atosigado por las voces que lo reclamaban con zalamería, se escabulló por un angosto pasaje que bajaba hacia la plaza de la catedral. Toledo, de alma cristiana pero tortuoso trazado moro, era abundante en callejones y pasadizos. Al menos aquel no olía a estiércol y orines, quizás por encontrarse cerca del corazón santo de la ciudad; eso no significaba que estuviera exento de otras inmundicias, como el ciego mendicante que se sentaba en el escalón de un soportal. Meneó su escudilla con monedas al paso del muchacho y este lo evitó pegándose a la pared opuesta, lo que pareció ofender al menesteroso en grado sumo, pues, con un tino que desmentía su ceguera, le cruzó el bastón para hacerlo tropezar. Celso trastabilló y a punto estuvo de rodar por el suelo; quiso volverse y lanzarle un puntapié a la escudilla, pero recordó el énfasis de su maestro en que no se distrajera, así que maldijo por lo bajo y recuperó el paso.

La sombra gótica de Santa María anegaba ya la plaza, y pese a emerger de la bocacalle con un improperio enredado en la lengua, no olvidó persignarse al cruzar frente a la Puerta del Perdón. Solo aminoró el paso cuando se encontró cara a cara con su destino: la sede del palacio episcopal.

Intimidado, contempló los dos escudos de armas del cardenal Tavera, imponentes a cada lado del pórtico. Le habían dicho que debía avanzar sin titubeos y entrar en la casa como si del propio arzobispo primado se tratara, pero a cada paso sentía flaquear las piernas. Tragó saliva y palpó la carta bajo la saya. El papel pareció infundirle confianza, así que volvió a persignarse y se encaminó hacia la entrada.

Apenas hubo cruzado el umbral, comenzó a llegarle desde las profundidades del corredor un murmullo de voces ininteligibles. Le sudaban las manos mientras caminaba entre retratos de arzobispos y cardenales que lo contemplaban con rostro severo, sabedores de su intrusión. Finalmente, el pasillo se abrió al patio interior y allí, a la oblicua luz del atardecer, se halló rodeado de hombres que hablaban entre ellos en un sinfín de lenguas tan extrañas y exóticas como los países de los que procedían. Celso solo pudo reconocer con certeza el castellano y el latín, pero creyó identificar entre la concurrencia a caballeros moriscos que se expresaban en su propia habla, discutiendo con padres teólogos que citaban a Aristóteles en lo que parecía griego antiguo. Otros declamaban en hebreo o catalán, y aun otros en toscano, portugués, occitano u otomano... Y cada lengua encajaba como un ladrillo en aquella confusa y babélica torre.

El muchacho se detuvo abrumado, convencido de que alguno de los hidalgos repararía en su presencia y mandaría expulsarlo. Pero no parecía tener para ellos más interés que un insecto, así que se deslizó furtivamente hacia el claustro en busca de las escaleras que debían conducirlo hasta el ala oeste del palacio, la menos santa por ser la más alejada de la catedral. Allí se hallaban los talleres y bibliotecas que, desde hacía cinco siglos, eran el corazón de la Escuela de Traductores de Toledo.

Encontró la escalinata que le habían indicado y subió los peldaños de dos en dos. Al coronar el último, se encontró frente al rostro marmóreo de Raimundo de Sauvetat, que escudriñaba el vacío con expresión solemne. Se persignó por tercera vez aquella tarde y se internó por un pasillo que iba a desembocar en una biblioteca de altos estantes y amplios corredores.

Volúmenes y pliegos de papel se amontonaban en los anaqueles y se desparramaban sobre las mesas. No estaba solo, pues repartidos aquí y allá había traductores y bachilleres que se inclinaban sobre los escritorios, o que escrutaban con el ceño fruncido las hileras de tomos polvorientos que cubrían las paredes. De tanto en tanto, alguno levantaba la vista de su lectura y lo observaba por encima de los anteojos, pero el muchacho se limitaba a carraspear y seguir adelante. Y así continuó hasta que escuchó cómo una silla se arrastraba y alguien lo llamaba chistando. Le bastó un vistazo por encima del hombro para encontrarse con la feroz mirada de uno de los bibliotecarios: un benedictino de expresión agria que le seguía con intención de poner fin a su incursión. Viéndose perdido, Celso echó a correr; el monje lo llamó en voz alta, lo que provocó las protestas indignadas de la mayoría de los presentes.

El chico atravesó a la carrera otras dos bibliotecas antes de perderse en un enjambre de cámaras y pasillos. Todo aquel con el que se cruzaba lo miraba con extrañeza, pero nadie atinaba a detenerlo mientras él seguía buscando una segunda escalera: esa que, según su maestro, conducía a las celdas que alojaban a los estudiosos llegados de toda la península y más allá, incluso del norte de Europa y África.

Al doblar una esquina se topó con un novicio que arrastraba un cubo lleno de agua sucia.

—¿Y las residencias? —le espetó.

El muchacho, sorprendido por la brusquedad de aquel extraño, solo acertó a señalar uno de los pasillos con el dedo. Por allí se precipitó Celso, al que tantas galerías de piedra le parecían idénticas, hasta que finalmente dio con las ansiadas escaleras. La premura le hizo tropezar un par de veces en los escalones, pero alcanzó sin mayores percances la planta que acogía a los residentes. Recorrió el pasillo contando las puertas de la derecha: tres, cuatro, cinco… Allí, la sexta.

Tocó tímidamente con los nudillos. Al no recibir respuesta, insistió con más contundencia y aguzó el oído. Nada se escuchaba al otro lado de la espesa plancha de roble. Como el resto de las celdas, por toda cerradura solo tenía una argolla de hierro. Se retorció los dedos durante un rato, dubitativo, hasta que finalmente asió la anilla y tiró; la madera produjo un quejido ronco al rascar el suelo de piedra. Al otro lado no había más que densa oscuridad.

—¿Padre Ayala? —preguntó con timidez.

No obtuvo respuesta, así que se adentró en la cámara. Poco a poco, sus ojos se fueron adaptando a la luz procedente de una ventana enrejada que apuraba los últimos rayos de sol. En aquella penumbra rosácea, Celso contempló los humildes dominios de Martín Ayala, lingüista y traductor de la Compañía de Jesús, retirado a una piadosa vida de estudios tras servir al Señor y a la cristiandad en misiones allende los mares. Lo que más atrapó su atención no fueron los torcidos estantes que vomitaban pergaminos sobre el suelo, ni el miserable catre en el que apenas podía encogerse un hombre adulto, sino las extrañas sábanas de papel que cubrían las paredes, sin apenas dejar un resquicio de piedra a la vista.

Cautivado, Celso olvidó el motivo que lo había llevado hasta allí y se aproximó para intentar descifrar la maraña de tinta vertida sobre unos pliegos que, incluso en la oscuridad, se adivinaban de un blanco más puro que cualquiera que hubiera visto antes. Las formas parecían trazadas a pincel, no a pluma: intrincadas, arcanas… Algunas se sucedían en hileras verticales; otras, sumamente elaboradas, extrañamente hermosas, ocupaban un lienzo entero. No se parecía a nada que hubiera visto antes, pues carecía de la sinuosa fluidez del árabe o de la pulcra simetría del hebreo. Incluso creyó distinguir figuras en los trazos: árboles apuntados, formas humanas quizás… ¿Y aquello? ¿Una casa de extraño tejado? A medida que la luz decaía pegaba aún más la nariz al papel, vislumbrando extraños paisajes, sombras de una tierra lejana…

—¿Qué haces aquí? —retumbó una voz a su espalda.

Sobresaltado, Celso se apartó bruscamente, tropezó con el único taburete de la estancia, cayó de espaldas y se golpeó la cabeza con el jergón.

La voz, que en su ensimismamiento le había parecido profunda como la de un coloso, pertenecía en realidad a un hombre enjuto, de tez huesuda pero espalda firme. Una barba bien recortada ocultaba sus rasgos, aunque permitía intuir que pasaba ya de los cuarenta. Sus ojos, flamígeros en la penumbra, clavaban a Celso contra el suelo.

El jovenzuelo abrió la boca para explicarse, pero solo logró balbucir algo que ni él mismo llegó a entender; entonces recordó la carta y descubrió que la aplastaba entre los dedos. La estiró contra el pecho y se la entregó al recién llegado. Este prendió un pequeño candil y aproximó el sobre a la luz; estaba sellado con un sol llameante que envolvía los caracteres IHS. El destinatario frunció el ceño y rompió el lacre.

Cuando terminó de leer la nota, se dirigió al mensajero:

—Te he visto antes, eres novicio en la escuela de Santo Tomé.

—Soy Celso de Gálvez, maestro —respondió el muchacho.

—Y dime, Celso, ¿por qué me traes a hurtadillas una misiva del provincial de Castilla y Toledo? ¿Qué asuntos son estos que el padre Castro o el padre Aurteneche no pueden despachar conmigo a la luz del día?

—No sé nada, señor. Pero me han dicho que os insista en que esta noche estéis en las casas de Orgaz antes de que los cistercienses canten completas. Y que debéis ser prudente y, en la medida de lo posible, evitar que nadie repare en vuestra persona.

Ayala meneó la cabeza con expresión desaprobatoria, pero el gesto no iba dirigido al muchacho.

—Dile a los padres —señaló al fin— que no puedo desatender las diligencias de nuestro provincial, pero que son estos tejemanejes los que alimentan muchas desconfianzas hacia la Compañía, y que no hace tanto que el cardenal Silíceo nos impedía entrar en esta ciudad.

Celso asintió, aunque bien sabían ambos que no iba a decir nada a sus maestros. Bastante tenía con haber logrado cumplir sus instrucciones.

Martín Ayala abandonó la residencia episcopal por la puerta de servicio y se cubrió el rostro con la capucha. El relente le recordó que el invierno no había quedado del todo atrás y, mientras miraba a su alrededor, se echó el aliento en las manos. Hacía años que intentaba apartarse de los asuntos de la Compañía; algunos toledanos ni siquiera sabían de su condición de jesuita, tan vinculado estaba a la vida seglar de la comunidad académica. Pero una carta del prepósito provincial no podía ser ignorada, y por más que tales asuntos le colmaran la paciencia —sobre todo cuando se presentaban con aquel secretismo tan del gusto de los suyos—, debía admitir que habían logrado suscitar en él cierta curiosidad.

Dispuesto a que la noche concluyera cuanto antes, se dirigió a las antiguas residencias del conde de Orgaz, un complejo de decrépitos caserones no muy apartados de la catedral, comprados por la Compañía a los pocos años de su implantación en Toledo con la intención de construir un colegio o una iglesia, aún estaba por ver. Las viviendas se hallaban en los límites de la judería, así que Ayala encaminó sus pasos hacia la plaza del Salvador en pos de los vericuetos del barrio de Caleros.

Dejó atrás todo tipo de negocios cerrados a cal y canto: traperías, joyerías y herrerías, casas de empeño y casas de préstamos, locales que aún conservaban algún cartel en hebreo a pesar del edicto de expulsión. Finalmente llegó al recinto comercial del Alcaná, que en la soledad de la noche aparecía poblado solo por sombras y gatos. Aquel vacío en el mismo corazón de la ciudad le provocó una inexplicable desazón. Si hubiera creído en los malos presentimientos, Ayala habría dicho que uno le embargaba, así que se ciñó el embozo y prosiguió la marcha.

La calzada se fue despoblando de adoquines hasta tornarse un camino de grava que iba a morir junto a un puñado de casas destartaladas. De la muralla que otrora rodeara el lugar, ya solo quedaba una hilera de piedras que no levantaba una vara del suelo; la vieja residencia toledana de los condes de Orgaz había sido engullida por la ciudad y ahora apenas se mantenía en pie, constreñida entre los adarves de la judería y los nuevos barrios comerciales.

Se internó en el fantasmagórico enclave hasta llegar al patio central, construido alrededor de un pozo que exhalaba un aliento nauseabundo. Miró a su alrededor, a las techumbres derruidas y las fachadas abombadas por el peso, y no pudo evitar preguntarse qué estaba haciendo en ese lugar. La carta del padre provincial abundaba en la necesidad de que fuera discreto, pero obviaba cualquier explicación sobre lo que se esperaba de él. Antes de que sus pensamientos se volvieran más aciagos, reparó en la tímida luz que se filtraba entre las contraventanas de uno de los caserones. Dejó a un lado sus reparos y se aproximó a la única puerta practicable. No se escuchaban voces, así que, harto de tantas precauciones, empujó la madera y cruzó el umbral.

Dos hombres lo aguardaban en el caserón, ambos ataviados con el manto negro de los jesuitas. Conocía bien al que se hallaba de pie, con las manos a la espalda en actitud de haber estado caminando en círculos: se trataba del padre Aurteneche, el más anciano de cuantos jesuitas residían en Toledo. El otro, sin embargo, sentado junto a la linterna que iluminaba la estancia, era un absoluto misterio para él.

—Padre Ayala —lo saludó Aurteneche al verle entrar—, gracias por acudir. Sabemos que la situación es inusual, pero pronto comprenderéis que no había más remedio.

—Buenas noches, padre Aurteneche —respondió el recién llegado, bajándose la capucha para escrutar al desconocido.

—Este es el padre Escrivá, coadjutor en Roma del padre Mercuriano. —El anciano lo presentó con gran reverencia, pese a tratarse de un hombre unos veinte años más joven.

Un asistente *ad providentiam* del superior general de la Compañía, se dijo Ayala, desplazado desde Roma para despachar con él a la luz de una vela. ¿Qué sentido tenía aquello?

—Por favor, tomen asiento —los invitó Escrivá, extendiendo una mano grande y nervuda.

Se acomodaron en las dos sillas que quedaban por ocupar, frente a frente con el enviado de Roma, que deslizó la lámpara hasta el centro de la mesa. Al apoyar las manos sobre la madera, Ayala se percató de cuán podrida se hallaba; no le hubiera sorprendido que en cualquier momento se desmoronara como ceniza entre sus dedos.

—Dígame, padre Ayala —comenzó el enviado—, ¿cuáles son vuestras ocupaciones en la escuela de traductores?

Ayala dudó un instante, intentando averiguar por qué aquello podía ser relevante.

—Enseño a algunos, traduzco manuscritos, enmiendo otras traducciones...

—¿Y con qué lenguas soléis trabajar?

El traductor ladeó la cabeza, desconfiado.

—Portugués, toscano... Latín y griego, por supuesto...

—Y japonés.

Ayala afiló la mirada.

—Lo cierto es que hace años que no traduzco ese idioma...

—Pero hay quien dice que no lo habéis olvidado. Que, de hecho, seguís escribiéndolo y leyéndolo; en vuestra celda, preferiblemente, para evitar a los curiosos y para ahorraros explicaciones.

—Explicaciones como esta, queréis decir. —El tono de Ayala sonó un tanto desafiante, lo que provocó un breve sobresalto en el anciano Aurteneche.

El emisario sonrió.

—¿Es cierto que formasteis parte de la primera misión de Francisco Xavier a Japón?

—Así es.

—Eso fue hace casi treinta años. Debíais de ser muy joven entonces.

—Tenía dieciocho años cuando llegué a Malaca para unirme a la expedición del padre Xavier —confirmó Ayala—, y diecinueve cuando desembarcamos en Kagoshima, el día de la Asunción de 1549.

—Una tierra inhóspita, aún por explorar... ¿Por qué querría Francisco Xavier a alguien tan joven en su misión? ¿Os lo llegó a explicar alguna vez?

—El padre Xavier pidió al colegio de Burgos que le enviaran a un novicio con maña para las letras... Y por algún motivo se me eligió a mí. Tenía la convicción de que, cuanto más joven se es, más abiertos están los sentidos y con más facilidad se aprende, sobre todo en asuntos de lenguas y dialectos.

—Y no debía andar desencaminado —afirmó Escrivá—, pues creasteis el primer diccionario de la lengua japonesa y establecisteis la primera gramática.

—Yo y el padre Da Silva —puntualizó Ayala—, posteriormente el padre Juan Fernández la corrigió y amplió.

—¿Cuántos años misionasteis allí?

El interrogado se reclinó en su asiento, distanciándose de la luz que bailaba en su rostro.

—Casi veinte años. Toda una vida. —Una sombra pareció nublar su voz—. En Japón fui ordenado sacerdote por el propio Xavier.

—Sin embargo, me han asegurado que vuestra principal misión no fue evangelizar. ¿Es eso cierto?

Ayala desvió la mirada hacia Aurteneche:

—¿Me podéis explicar a qué viene este interrogatorio?

—Por favor, responded a las preguntas del coadjutor —le rogó el anciano.

El traductor volvió la vista al frente y extendió las manos sobre la mesa para disimular la crispación que le envaraba los hombros. Contestó al cabo de un instante:

—Xavier, y después el padre Cosme de Torres cuando le sucedió al frente de la misión, me encomendaron que centrara todos mis esfuerzos en aprender el idioma y en conocer a aquellas gentes, y que pusiera por escrito todo lo que averiguara, todo lo que pudiera ayudar a la Compañía a hacer buenos cristianos. Así que quizás no recorriera los caminos ni predicara en las aldeas, pero mi labor sí fue evangelizadora.

—Evangelizar desde una biblioteca es una forma cómoda de hacerlo —sonrió el padre Escrivá—. Pero no os ofendáis. Es precisamente eso lo que os convierte en alguien tan valioso en estos momentos.

—¿Qué queréis decir?

—Según Luís Fróis, más que sacerdote, vos fuisteis un científico, alguien que estudió al detalle aquella tierra impía. Se podría decir que no existe en la Compañía nadie que entienda mejor a esos bárbaros.

—No son bárbaros —lo contradijo Ayala—. Al menos, no más bárbaros de lo que nosotros podemos parecer a sus ojos.

—Cualquiera que no viva en la fe de Cristo, padre Ayala, es un bárbaro. —El enviado de Roma buscó algo bajo su manto—. Y si no me creéis, leed esta carta.

Escrivá deslizó sobre la mesa una cuartilla plegada que Ayala recogió con cierta suspicacia. Estaba redactada en toscano y firmada por Francisco Cabral, principal de la misión en Japón:

Al Padre Everardo Mercuriano, Prepósito General de la Compañía de Jesús por la Gracia de Nuestro Señor, en Roma.
1ª. Vía. Por las Filipinas.
Del Viceprovincial de Japón.

Bien sé que el Padre General no está a atender los asuntos internos de cada misión, como también sé que en pocos meses ha de desembarcar en estas costas el Padre Visitador Alessandro Valignano, enviado por vuestra merced a contribuir en cuanto séale posible en la santa labor de hacer muchos cristianos. Pero dada la urgencia de lo que aquí acontece, y en la espera de que el Padre Valignano no tenga a mal el que me dirija directamente a vos, he de advertiros de que grandes tragedias asuélanos a los hermanos de la Compañía en estas islas del Demonio, pues aunque muchos de mis hermanos háblense allá en Roma de ver cosas aquí que honran mucho a maravilla, lo cierto es que esta gente no gusta de Dios y desprecian su Ley, y así ha sido desde que Francisco Xavier puso pie aquí. Pero ni él, que fue corrido a piedras por los caminos, y que aun así tuvo fe en este pueblo que huelga de Dios, debió afrontar los trágicos desastres que ahora acontecen nos.

Habéis de saber que el pasado X de julio, en la casa que nuestro Instituto posee en la ciudad de Osaka, apareció muerto el Hermano Luís Mendes, y tal ensañamiento hicieron con su cuerpo que los de la Compañía solo pudieron reconocerlo al ver quién faltaba. Esto provocó gran pesar y miedo en la comunidad, pero en la creencia de que nada peor pudiera acontecer, ocho jornadas después fue hallado en igual situación el Padre Pomba de Osaka, junto al ayudante japonés que atendía sus aposentos.

Sin saber a quién atribuir estas maldades, acudimos a los hidalgos que regentan esa tierra de Osaka, al tiempo que el Padre Fróis pedía la mediación del Rey Nobunaga. Pero como os he dicho, esta gente tiene en poco a toda gente extranjera, y aunque obtuvimos buenas palabras, poco hicieron por evitar más desgracias, pues el mismo día de la Asunción, cuando todo estaba dispuesto para conmemorar la llegada de la palabra de Cristo a estas tierras, el padre granadino Gonzalo Sánchez apareció muerto en la casa de Tanabe, en la misma costa pero varias leguas al este, y la forma en que fue matado recordaba por todo a la de los pobres Mendes y Pomba. Y si bien ambos lugares están distantes, los que los vieron dijéronse seguros de que era obra de la misma mano.

Viendo entonces nuestro desamparo, pedimos permiso a los hidalgos de esas costas para mandar pedir guardias de Manila y Nueva España, pero el Rey Nobunaga se negó a que ningún extranjero armado pusiera pie en el Japón. Es por eso la desesperación que sufrimos estos días, y en virtud de la santa obediencia, os ruego que tengáis a bien auxiliarnos desde Roma, y que enviéis un cuerpo de no menos de dos inquisidores y los acompañéis de alguien que conozca bien a estas gentes y estas tierras, y dice el Padre Fróis que ninguno habría para esta labor como el Padre Martín Ayala, que a su juicio es quien queda vivo que mejor habla japonés y es capaz de comprender la razón de estas gentes. Quizás estos hombres, con la ayuda de la Santa Providencia, fueran capaces de arrojar luz sobre tales tragedias y, así expuestas, fueran los propios hidalgos japoneses los que hicieran justicia según sus leyes.

Ayala levantó la vista de la misiva, un tanto anonadado por los acontecimientos que allí se relataban.

—Esta carta se envió desde Nagasaki hace seis meses —dijo Escrivá, mientras volvía a guardarse la cuartilla—. Llegó a Roma hace dos semanas. Por supuesto, no sabemos qué más ha podido acaecer en este tiempo.

—¿Atenderán su petición? —preguntó Ayala con gravedad.

—El padre Cabral es un buen hombre que se enfrenta a unas circunstancias terribles —respondió el emisario—, sin duda pide con sensatez, pero desconoce la situación de la Compañía en Roma.

—¿Qué queréis decir?

—Nuestra situación en las Indias Orientales es precaria. Los frailes, sobre todo franciscanos y dominicos, presionan al Papa para permitirles predicar en Malaca, China y Japón. Al parecer, no se conforman con las desgracias que han llevado a las Indias Occidentales.

—¿Entonces? —inquirió Ayala, que volvía a toparse de bruces con las miserias políticas que carcomían a la Iglesia.

—Entonces, no podemos dar señales de debilidad ante el Santo Padre —sentenció Escrivá, inclinándose sobre la mesa—. Si en Roma se tuvieran noticias de estos sucesos, muchos concluirían que la situación se nos ha escapado de las manos. Enviarían inquisidores, sí, franciscanos principalmente, que no dudarían en utilizar esta tragedia para proclamar que la labor de la Compañía ha sido nefasta. Seríamos expulsados de allí para ser reemplazados por legiones franciscanas, y vos sabéis bien que los frailes no deben desembarcar en Japón. El propio Francisco Xavier lo repitió en multitud de ocasiones: no se puede evangelizar aquellas tierras como se evangeliza a los indígenas. No harían sino arrasar lo que muchos buenos hombres han sembrado.

«En efecto —pensó Ayala—, el trabajo de décadas se echaría a perder». Del mismo modo que los jesuitas perderían el control sobre el lucrativo comercio de la seda entre China y Japón.

—¿Estáis diciendo que el padre general no atenderá la llamada de la misión japonesa?

—No han sido esas mis palabras. Lo que digo es que partiréis vos solo, y en ningún caso esto se sabrá fuera de la Compañía. Viajaréis como enviado personal del padre general, con un salvoconducto extendido por la congregación y sellado por el propio Mercuriano.

—Tal documento de poco me servirá allí, no me abrirá las puertas de ningún castillo o palacio.

—Pero os dará autoridad real ante los hermanos de la Compañía, y autoridad moral ante los bárbaros. Seréis un emisario de Roma, y eso debería ser más que suficiente para que aquellos reyezuelos se pongan a vuestros pies.

Ayala suspiró. Aquella vida sencilla y enclaustrada que había apaciguado sus recuerdos tocaba a su fin; debía asumirlo como el marinero que ve llegar la tormenta en alta mar, seguro de que no hay refugio posible. Quedaba, no obstante, una última cosa por decir:

—¿Sabéis que fui expulsado de la misión?

El padre Aurteneche lo miró de reojo, disimulando su sorpresa, al tiempo que Escrivá negaba con la cabeza.

—No seáis tan duro con vos mismo, padre Ayala. Tengo entendido que se os propuso abandonar la misión, pues erais uno de los que más años llevaba allí, y aceptasteis con gran sensatez. Con la misma sensatez que, espero, ahora asumáis vuestro regreso.

Y así todo quedaba olvidado, todo estaba perdonado. Ayala asintió quedamente.

—Muy bien —constató el enviado, satisfecho—. Partiréis dentro de dos semanas desde Sevilla. Os sumaréis a la Flota de Indias, la ruta castellana os permitirá alcanzar aquellas costas mucho antes. Y que Dios os asista, pues está en vuestras manos que nadie más muera en su nombre en esas islas impías.

Año 2 de la Era Eiroku[*], noche de O-Bon

Las hogueras hacían reverberar el cielo de Mino como ninguna otra noche del año. En cada templo, en cada casa, el fuego guiaba los pasos de los muertos de regreso al hogar, y allí permanecerían durante tres días hasta la culminación del O-Bon, momento en el que iniciarían el camino de vuelta al otro mundo, en la noche de Okuribi.

Sin embargo, el fuego que ardía en el jardín de Igarashi Bokuden no era un fuego de bienvenida, aunque estaba seguro de que el visitante no tardaría en llegar.

Aguardaba con las llamas a su espalda y la oscuridad en el rostro. En su mano izquierda sujetaba la de su hijo de siete años, que aferraba sus dedos hasta el punto de hacerle daño. Ambos esperaban solos, sin dirigirse la palabra, pues ya estaba todo dicho. Había preparado al niño para aquel momento desde que tuviera uso de razón.

La puerta de madera que daba acceso al jardín batió lentamente, herrumbrosos los goznes, y cruzó el umbral una mujer que ocultaba el rostro bajo un sombrero *sugegasa*[**]. Se envolvía en una capa

---

[*] 1559

[**] *Sugegasa:* sombrero de ala muy ancha fabricado con caña de arroz trenzada. De uso común entre peregrinos y viajeros cualquiera que fuera su casta, pues suponía una buena protección contra el viento y el sol.

negra como las alas de un grajo, y un golpe de cayado subrayaba cada uno de sus pasos.

Se detuvo frente al padre y al hijo.

—Mi querido discípulo, después de todo volvemos a vernos —saludó la visitante—. ¿Cuánto hace que nos despedimos?

—Cuando concluya el verano, hará trece años —dijo Igarashi.

—Y dime, ¿sigues pensando que merece la pena el precio que has de pagar por dejar tu vida atrás?

No respondió, se limitó a arrodillarse frente a su hijo y a ponerle las manos sobre los hombros. Lo obligó a mirarle:

—No habrá palabras de despedida entre nosotros, no son necesarias, porque desde este momento ya no somos padre e hijo.

El muchacho asintió. Apretaba las mandíbulas y las lágrimas le quemaban las mejillas. El rostro del padre, sin embargo, permanecía inexpresivo; su mirada sostenía la del hijo impidiéndole bajar la cabeza. Por fin, quizás cediendo a una última debilidad, abrazó al chiquillo y apoyó una mano sobre su nuca.

—Llegará el día en que nos reencontremos —le dijo al oído—. A partir de ahora viviré esperando ese día, y tú has de hacer lo mismo, Goichi, porque quien camina con un anhelo en el pecho es capaz de cruzar los valles del infierno. —Lo apartó de sí.

La mujer alargó la mano hacia el niño, que se volvió despacio hacia ella. Observó primero los dedos largos y encallecidos; después, el rostro satisfecho de aquella que sería su familia desde esa noche. Finalmente, aceptó la mano que le ofrecían. Fue conducido al exterior con el corazón desbordado de miedos y tristezas, añorando ya la vida que dejaba atrás. Antes de cruzar el umbral, miró una última vez sobre el hombro. Allí permanecía, aún de rodillas, el hombre que había sido su padre, que asintió como último gesto de despedida. Entonces la puerta se cerró, separando sus vidas definitivamente.

Cuando se supo a solas, Igarashi se permitió llorar con los puños crispados sobre las rodillas y los hombros convulsionados por el llanto. Se sentía abrumado por lo que acababa de hacer. Inspiró hondo antes de ponerse en pie y se aproximó a la hoguera; se arrancó las últimas lágrimas con el dorso de la mano y mantuvo la mirada firme en las llamas, hasta que el fuego de la noche de difuntos le secó los ojos y el alma. Solo entonces se sintió preparado para afrontar lo que restaba por hacer.

Con más determinación de la que realmente sentía, se dirigió a la terraza, se descalzó y subió a la tarima. Sin más titubeos, hizo la puerta a un lado. Dentro, arrodillada sobre el tatami y envuelta en el fino *yukata** que solía vestir las noches de verano, lo aguardaba su mujer. Su rostro era sereno, pero él sabía que las aguas más turbulentas corren profundas. Solo esperaba que, con el tiempo, su esposa llegara a perdonarlo.

El *yukata* de Hikaru susurró con suavidad cuando se incorporó, e Igarashi la contempló con tristeza mientras cruzaba la estancia hacia él. Necesitaba su consuelo, se dijo, mientras ella se retiraba el alfiler que le sujetaba el pelo y la melena caía sobre sus hombros.

Igarashi abrió los brazos, ansioso por recibirla, por perderse en el refugio de sus cabellos, pero ella lo apuñaló con rabia en el pecho y, al retirar el punzón, dejó a la vista una herida que rezumaba sangre e incomprensión. El hombre se entregó a la frustración: la golpeó en el rostro y le retorció la muñeca, obligándola a soltar el alfiler. Hikaru, lejos de acobardarse, respondió no con la bofetada de una amante despechada, sino con un puñetazo en el cuello que lo dejó sin aliento. A continuación, hundió el pulgar en el agujero que acababa de abrirle en el pecho.

Igarashi cayó de rodillas, a punto de desvanecerse por el dolor, y ella no cejó hasta que lo tuvo de espaldas contra el suelo. Entonces, con las lágrimas por fin desbordando sus ojos, se colocó sobre su marido y empuñó el cuchillo que escondía entre las ropas. Mientras Hikaru alzaba el *kaiken* sobre su cabeza, él se dijo que merecía acabar así sus días, que ella merecía esa satisfacción. Sin embargo, no sobrevino la mortífera puñalada. Su esposa dudó, su rostro debatiéndose entre la ira y el tormento, y en el último instante volvió la daga hacia su cuello.

—¡No! —gritó Igarashi, que alargó la mano a tiempo de arrebatarle el puñal.

---

* *Yukata*: ligero kimono de algodón utilizado principalmente en los meses cálidos.

Tiró de ella y la obligó a caer junto a él. Y allí quedó, tendida sobre su pecho, vencida por el llanto, sus lágrimas mezclándose con la sangre de su marido.

Conmovido por el dolor de Hikaru, no pudo sino acariciarle el cabello revuelto, susurrarle palabras de consuelo, llorar junto a ella. Y mientras lo hacía, reparó en que su hija los observaba desde las escaleras; los observaba y también lloraba. Lloraba por el dolor de sus padres, lloraba por su hermano perdido.

Capítulo 1

Entre mundos

La humedad del Guadalquivir cubría la ciudad con un fino sudario, presto a evaporarse con los primeros rayos de sol de aquella mañana de marzo. Poco a poco, Sevilla comenzaba a despertar, y ya desde el primer aliento se apreciaba que su pulso era firme, que por sus calles corría la riqueza bombeada desde un corazón más allá del Atlántico. Nunca antes había conocido Ayala una ciudad tan viva, tan ávida de dinero y belleza, y al contemplarla comprendió cuán decadente se había vuelto su querida Toledo, cuán ensimismada en sus debates y rencillas mientras la vida pasaba muy lejos de sus fronteras.

Embarcó en el *Santa Marta* apenas el sol se hubo levantado, y una vez instalado en el único camarote de invitados con el que contaba la carraca, se dirigió a cubierta para presenciar cómo la nave abandonaba el muelle de la Aduana. Lo recibió una brisa ribereña que le impregnó la tez y le agitó los cabellos. Las voces de los marineros llenaron sus oídos mientras se apresuraban a recoger las jarcias y empuñar las pértigas para separarse del puerto. El capitán dio orden de soltar la mayor y Martín Ayala, asomado por la borda, observó cómo Sevilla comenzaba a deslizarse sobre los márgenes del río.

A babor, la Torre del Oro, con su perfil moro reflejado sobre el canal; la Casa de la Moneda, donde se acuñaban el oro y la plata procedentes de las Indias; y despuntando sobre los muros del Arenal —última defensa contra piratas ingleses y holandeses—, la aguja de la Giralda, altiva y orgullosa como los musulmanes que la erigieron. A estribor, sin embargo, la Sevilla más ominosa: la de los imponentes muros del castillo de San Jorge, sede del Santo Oficio inquisitorial.

Poco a poco el buque se sumó al tráfico fluvial, alejándose de las orillas para buscar las zonas de más calado. Ayala miró al cielo y encomendó su alma al Altísimo. Dejaba atrás la vieja Europa para retornar a aquellas costas lejanas que solo le deparaban desdichas. Se consoló pensando que, al menos, el cielo que contemplaba sería el mismo allá donde fuera. Como la verdad de Dios, única e ineludible donde quiera que uno ponga el pie.

A medida que navegaban río abajo, nuevas embarcaciones fueron sumándose a las que ya habían partido de Sevilla, y aún lo hicieron después de la desembocadura en Sanlúcar de Barrameda, hasta que la Flota de Indias, a la que los marineros llamaban «La Española», estuvo reunida en alta mar. La columna era tan larga que los buques más lejanos parecían remontar el horizonte. Desde allí, con África aún en lontananza, soltaron el último trapo al viento y pusieron proa hacia las Canarias.

La expedición llegó a La Gomera nueve jornadas después, donde hicieron aguada y aprovisionaron durante un par de días. Al salir de nuevo a la mar, Ayala comprobó con alivio que su estómago parecía haberse adaptado por fin al perpetuo balanceo de la carraca. Fue entonces cuando decidió retomar sus estudios de japonés: sobre el escritorio y el catre de su cabina extendió volúmenes, cartas y pliegos, y se le podía escuchar durante horas murmurando en una extraña lengua. Los marineros, a los que la retahíla llegaba desde el ventanuco del camarote, creían que el buen hombre rezaba en latín o griego, pero el capitán, que alguna que otra vez había asistido a misa antes de embarcar, opinaba que aquello debía ser hebreo o arameo.

En cualquier caso, nadie se atrevió a preguntarle, ni cuando subía a cubierta a tomar el aire ni en las ocasiones en que cenaba con el capitán. A todos les parecía un hombre afable, pero no era extraño verlo con la mirada perdida y el rostro sombrío, como si pesara sobre él un destino aciago, lo que provocaba no poco resquemor entre la tripulación.

Pasado el vigésimo día desde que partieran de las Canarias, a menos de una semana de recalar en la Martinica, el capitán Juan Cortés interrogó a su invitado sobre el motivo de su viaje. Fue durante una cena temprana, con pescado y queso sobre la mesa. Ayala contestó removiendo con calma su copa de vino: «Cumplir con la voluntad de Nuestro Señor, ¿qué otro motivo puede ocupar a las criaturas de este mundo?», y la cuestión no volvió a plantearse.

No obstante, Ayala sabía que sus intenciones no eran tan abnegadas y piadosas como daba a entender, pues desde el mismo momento en que se le propuso aquella misión, en su interior se habían despertado ascuas que creía extintas. Estaba por ver si el viento que las había reavivado y que ahora lo impulsaba sobre el océano era la caridad hacia sus hermanos o, como mucho se temía, la posibilidad de hallar respuestas a sus propias preguntas. Unas que había intentado enterrar bajo el tiempo y la distancia.

Desembarcó a principios de abril en Veracruz, en la costa atlántica de Nueva España, donde se unió a una expedición de mercaderes genoveses que tenían permiso del rey para comerciar con Filipinas. Su objetivo era alcanzar antes de doce días el puerto de Acapulco, en la costa pacífica del virreinato, para embarcar en el galeón de Manila que partiría a mediados de mes hacia Asia, aprovechando los vientos tardíos arrastrados por el monzón de invierno.

Merced al buen tiempo y a una ruta sin incidentes, llegaron a Acapulco en menos de diez días, y en dicho puerto Ayala comenzó a reencontrarse con aquella tierra lejana a la que ahora regresaba: en el aire flotaba la misma fragancia especiada que en los puertos de Osaka o Nagasaki, y los sacos estaban marcados con los mismos símbolos que los japoneses empleaban para indicar el peso de sus fardos. De algunos barcos se descargaban paneles de papel de arroz, paraguas y acero japonés —el sacerdote sabía que aquellas espadas no tenían valor, pues apenas eran baratijas para engañar a los extranjeros que buscaban presumir de exotismo—. La nostalgia le rondó por un instante, hasta que contempló cómo de una de las naos desembarcaba una hilera de esclavos encadenados. Coreanos arrancados de su tierra, japonesas vendidas por sus propias familias, de complexión menuda y ojos asustados, probablemente destinadas a alimentar los burdeles de la ciudad. Una vieja tristeza le quemó las entrañas y le obligó a retirar la mirada, impotente ante un pecado que, no por cotidiano, resultaba menos cruel.

Dos días después embarcó en «el galeón de Manila», que contra todo pronóstico resultó no ser un único galeón, sino una expedición de cinco barcos que navegaban juntos rumbo a las Filipinas. Aquella nueva travesía se hizo eterna para Ayala, un hombre acostumbrado a navegar entre libros y documentos, no entre océanos. Fueron tres meses hasta alcanzar el puerto de Manila previa escala en la isla de Guaján. A su arribada, entre el pasaje y la tripulación reinaba la euforia del que se sabe por fin en destino, pero para él era solo un alto más en el camino.

Martín Ayala llegó finalmente al puerto de Nagasaki el 2 de septiembre de 1579, ocho meses después de su encuentro en Toledo con el enviado de Roma, y más de un año después de que los jesuitas japoneses pidieran socorro. No sabía qué nuevos acontecimientos habrían podido suceder desde entonces, ni siquiera si su presencia allí seguía siendo necesaria, y mientras la nao avanzaba entre la bruma matutina, con las carracas portuguesas y los pesqueros japoneses meciéndose contra la playa en tinieblas, se descubrió rezando por que todo su viaje hubiera sido en vano, pues solo él parecía percatarse de que era imposible que un simple traductor pudiera enmendar mal alguno.

Mientras los marinos tiraban de las jarcias para aproximar el casco al muelle, los estibadores japoneses se acercaban a la nave para asegurar la pasarela que ya les tendían desde estribor. El único pasajero de la nao, envuelto en un manto negro ceñido por el viento, permanecía apostado en cubierta como un vigía. No observaba las maniobras de atraque, sino que recorría con ojos admirados el puerto de Nagasaki: apenas una aldea de pescadores la última vez que la visitara, la villa había prosperado al abrigo de los jesuitas hasta convertirse en el principal enlace con las colonias ibéricas de Macao y Manila.

No menos de treinta embarcaciones fondeaban en las dársenas de un puerto bien dragado y con largas escolleras que lo protegían de los temporales. Y por los atracaderos discurrían cientos de personas, entre las que parecía haber tantos japoneses como extranjeros, elevándose risas y voces en distintos idiomas; sin duda japonés y portugués eran los predominantes, pero también llegaron a sus oídos ráfagas de castellano, chino y coreano. Y todos parecían desenvolverse en una armonía que dejó maravillado al jesuita.

¿Qué podía ser aquello, sino un milagro?, quizás no obrado por la beatífica mediación de los sacerdotes cristianos, sino por la más antigua religión conocida: el comercio... Pero milagro, al fin y al cabo.

—Padre —dijo una voz a su espalda—, ¿desea que enviemos recado a la misión para que vengan a buscarle? —preguntó el contramaestre de la nao.

—No será necesario, desde aquí veo a Nuestra Señora de la Asunción. Ella guiará mis pasos.

Se refería a la iglesia de la Asunción, de la que había escuchado hablar incluso en Castilla. Algunos habían dado en describirla como la catedral de Nagasaki, mientras que los locales la llamaban, simplemente, Misaki no Kyokai, «la Iglesia del Cabo», pues se había levantado en el extremo de la alargada lengua de tierra que ahora era el puerto de Nagasaki. Desde aquella posición, elevada sobre un pequeño acantilado que se asomaba directamente al mar, la iglesia daba la bienvenida a todos los navegantes al tiempo que les recordaba que, por insólito que pareciera, se hallaban en territorio cristiano.

Reconfortado por comprobar que lo que Xavier sembrara tantos años atrás había germinado, Ayala desembarcó y encaminó sus pasos con la cruz de la Asunción como guía. Recorrió el laberinto de madera que formaban los embarcaderos, sorteando a los estibadores que desalojaban la mercancía, a los pescadores que clasificaban la primera captura antes de llevarla a la lonja, y a los carpinteros que calafateaban barcas en dique seco, con sus panzas de madera vueltas hacia el sol de la mañana. Un trasiego con olor a sal y madera húmeda que desentumeció sus sentidos y sus pies, algo torpes tras tantos meses de balanceo en alta mar.

Comenzó a reencontrarse con viejos recuerdos en cuanto alcanzó el malecón: las casas bajas de madera y paneles deslizantes, el tranquilo discurrir de la vida por las calles de tierra prensada, los faroles de papel, los puestos de *soba* flanqueando el paso... Un mundo que creía haber dejado atrás, pero al que ahora regresaba con una mezcla de placer y melancolía, descubriendo cuánto lo había echado de menos.

Aunque ya en ese primer reencuentro se percató de que algo había cambiado: los niños que corrían por las calles no le señalaban entre bisbiseos, nadie se apartaba a su paso, nadie evitaba su mirada. Una anciana, que barría frente a la puerta de su jardín, unió las manos al verle pasar e inclinó la cabeza. Instintivamente, Ayala se detuvo y le devolvió el saludo; su primera reverencia desde su regreso, y encontró idóneo que fuera ante una humilde vecina de Nagasaki, no ante un samurái o un gran señor. El viento había cambiado, se dijo el jesuita, al menos lo había hecho en aquella ciudad, donde los padres cristianos ya no eran extranjeros.

Continuó por el paseo hasta que la senda comenzó a remontar el breve promontorio sobre el que se erigía la Asunción. Habían asfaltado el camino con piedras planas, como las veredas que conducían a los templos de montaña, y, a medida que la iglesia asomaba tras el repecho, descubrió que aún no estaba concluida.

Se detuvo junto a la entrada: un arco sin puertas que daba acceso a la finca. Al otro lado había un patio con un pozo flanqueado por un par de pinos que habían crecido doblados por el viento. En torno a este se distribuían dos pequeños edificios auxiliares y, al fondo, con nada a su espalda más que el cielo del alba, la iglesia en construcción.

Tanto por sus formas como por su enclave, recordaba poderosamente a un templo budista: se hallaba elevada sobre una tarima de madera a la que se accedía por una escalinata de largos peldaños, y toda la estructura aparecía rodeada por una galería descubierta, tan del uso japonés, que convertía la tarima en una gran terraza. La fachada inferior alternaba los tabiques de madera con puertas *shoji*[*] que, una vez descorridas, permitirían el paso de una gran cantidad de luz.

El conjunto, cubierto por un tejado de pizarra a dos aguas y coronado con una cruz de hierro forjado, parecía estar en proceso de

---

[*] *Shoji:* paneles formados por papel de arroz montado sobre un bastidor de madera o bambú; funcionaban como puertas deslizantes para separar estancias o dar paso a las terrazas.

ampliación, pues unos listones clavados en el suelo apuntaban el esqueleto de dos naves laterales.

Ascendió por los escalones de madera pulida y, antes de pisar la tarima, se descalzó. Nunca lo había hecho al entrar en una iglesia, pero aquella era diferente a cualquier otra que hubiera visitado.

Se asomó al interior y comprobó que se hallaba sumido en un silencio capaz de apaciguar el alma. Era un buen lugar para celebrar a Dios, se dijo, mientras recorría la amplia estancia con la vista. Por su arquitectura y el aroma a incienso, podría haberse confundido con una capilla sintoísta, de no ser porque el altar estaba preceptivamente situado al fondo de la nave. Tampoco había bancos ni asientos; en su lugar, el suelo estaba cubierto con cojines y esterillas *goza*, sin duda para permitir a los feligreses asistir a misa de rodillas. Jamás había visto una iglesia tan japonesa, y aquello lo complació al tiempo que desmentía todo lo que había oído del actual superior de la misión, Francisco Cabral.

Al avanzar hacia el ábside en penumbras, reparó en que alguien rezaba sobre un reclinatorio situado frente al altar. Se trataba de un hombre menudo, tan absorto en su oración que no se había percatado de la presencia que ahora lo acompañaba.

Ayala se arrodilló a cierta distancia, se persignó mirando el retablo de Cristo crucificado y aguardó a que concluyera. Solo cuando el otro levantó la cabeza tras susurrar «amén», el recién llegado se permitió hablar:

—Lamento presentarme de esta forma —se disculpó en portugués, el idioma empleado en la misión tanto por portugueses como por españoles e italianos.

No sin cierto sobresalto, el capellán se volvió hacia quien le había hablado y descubrió a un hombre ataviado con negros ropajes jesuíticos, como los suyos, pero con una barba espesa y un pelo desaliñado que le cubría la frente y las orejas. Se diría que había atravesado siete desiertos para llegar hasta allí.

—Soy el padre Martín Ayala —prosiguió, tras dar un momento a su interlocutor—. Si no me equivoco, esperaban mi llegada.

—Nadie nos había anunciado la inminencia de esta —acertó a decir el otro.

—Dado lo urgente de la situación, no he creído conveniente enviarles correspondencia desde Manila; he preferido venir directamente en la primera nao que partió hacia estas costas.

—Por supuesto, lamento mi torpe bienvenida —dijo el capellán, que se aproximó para abrazarlo—. Nos consuela que por fin estéis aquí. Yo soy Gaspar Coello, coadjutor del padre Cabral. Supongo que querréis hablar con él.

—Me gustaría hablar con ambos, y con cualquier otro hermano que haya en la casa. Quiero comenzar mi labor cuanto antes.

—Aquí vivimos el padre Cabral y yo, y otros dos hermanos que ahora no encontraréis, pues visitan el castillo del gobernador, Jinzaemon-sama —explicó Coello, mientras le indicaba que lo siguiera a través de una de las puertas *shoji* junto al altar—. En Nagasaki somos treinta y cuatro de nuestro instituto, padre Ayala, pero ninguno podrá ayudarle. Los acontecimientos que os han traído hasta aquí han sucedido al otro lado del mar interior, en la isla central. Nosotros sabemos poco de esta desgracia.

—¿Treinta y cuatro para una sola villa? —preguntó sin disimular su sorpresa. Por lo que sabía, en el país habría poco más de cien jesuitas.

—La comunidad de Nagasaki ha crecido mucho desde vuestra marcha; debemos repartirnos entre este templo, la iglesia de Todos los Santos, la de la Misericordia, la ermita de Santa María del Monte, que ahora ocupa el padre Mezquita, y un pequeño hospital, San Lázaro de Urakami, regentado por el padre Roque Santos con ayuda de un médico local, el maestro Hasegawa.

—Cuatro templos y un hospital —contó Ayala, mientras enfilaban un pasillo iluminado por la luz filtrada desde los tabiques de papel de arroz. A su juicio, seguían siendo muchos hermanos. ¿Cuántos de ellos se dedicaban realmente a la comunidad y cuántos a administrar la provechosa actividad comercial del puerto? Pero prefirió callar sus elucubraciones—: ¿Y cómo es que se ha obrado tal milagro?

—Después de que Omura-sama nos cediera la aldea de Nagasaki tras la muerte del padre Cosme de Torre, las cosas han cambiado mucho.

—Me apenó saber del fallecimiento del padre Cosme —comentó Ayala—. Aunque mi última plaza estuvo en Shima, pude coincidir con él varias veces en Firando[*], y a fe que era un hombre excepcional.

—Pocos como él ha tenido la Iglesia de Roma; fue una gran pérdida, pero su tesón ha dado sus frutos. Diez años después de que el Altísimo lo reclamara, la cristiandad en Japón es más fuerte que nunca.

Ayala asintió, pero sabía que otros no compartirían semejante entusiasmo. No en todas las provincias del país los hijos de Dios estaban al amparo de un daimio cristiano como Omura Sumitada; así lo atestiguaban los trágicos sucesos que le habían traído de vuelta. Acontecimientos que ambos sacerdotes obviaban de manera deliberada, a la espera de reunirse con el viceprovincial de la misión.

El encuentro no se demoró mucho, pues tras conducirlo por una sucesión de pasillos y atravesar la cocina, donde dos ayudantes japoneses los saludaron con discreción, llegaron a un pequeño jardín interior en el que alguien había cultivado plantas aromáticas y verduras.

—El padre Cabral trabaja en su despacho a esta hora —le informó su guía mientras recorrían la galería que rodeaba el jardín—, sin duda se sorprenderá de su llegada, pero la situación no admite demora.

Se detuvo junto a la que debía ser la puerta del despacho, pero antes de abrirla, le aconsejó:

—Comprended que es mucho el dolor y la responsabilidad que lo embargan, espero que sepáis perdonar su brusquedad. —Y sin darle tiempo a interpretar la advertencia, deslizó el panel.

Al otro lado, un hombre de aspecto robusto, incluso tosco, se inclinaba sobre un escritorio de roble que aplastaba el delicado tatami de caña trenzada. Poseía manos de soldado, pese a lo cual hacía danzar vertiginosamente una pluma en la diestra. Al escuchar que la puerta se abría, ladeó la cabeza, cubierta de un pelo crespo y blanco.

—Padre Cabral, tenemos novedades de Roma —saludó Coello.

---

[*] Firando: nombre con el que los españoles y portugueses denominaban a Hirado, isla al norte de Nagasaki en la que el cristianismo logró gran raigambre. La capital de Hirado acogió la primera iglesia de Japón.

El viceprovincial continuó trabajando sin levantar la vista del escritorio.

—¡Al fin! —gruñó—. ¿Cuáles son esas noticias?

—Me temo que yo soy las noticias, padre.

Cabral dejó de rascar la vitela para mirar al extraño que le había respondido.

—¿Y quién sois vos?

—Me llamo Martín Ayala, vos mismo solicitasteis mi presencia en la carta que remitisteis al padre general.

El máximo responsable de la misión lo escrutó durante un instante, como quien sopesa a la bestia de carga que le acaban de traer del mercado.

—Martín Ayala, por supuesto —repitió, poniéndose en pie para saludarlo. Ayala no pudo evitar cierto disgusto al ver que aquel hombre calzaba sandalias sobre un suelo de tatami—. ¿Y los inquisidores que os debían acompañar?

—Lamento informaros de que no hay tales inquisidores. Soy el único visitador que ha enviado la congregación.

—¿Vos? Pero según Fróis no sois más que un traductor —dijo Cabral, a quien su comedimiento había durado poco.

—Mejor un solo hombre que hable el idioma que dos que no lo hablen, ¿no lo creéis así?

El interpelado torció los labios, la sensación de que Roma no se tomaba en serio lo que sucedía le amargueó en la boca.

—Entonces, decidme, ¿cuántas investigaciones habéis acometido antes?

—Ya sabéis que ninguna —respondió Ayala—; pero el padre general ha decidido confiarme a mí este asunto, por más que vuestras preferencias, o incluso las mías, pudieran ser otras. Y en cualquier caso, mucho me temo que los métodos de unos inquisidores de poco hubieran servido, pues aquí no los inviste autoridad alguna. No pueden conducir interrogatorios ni convocar autos de fe. No olvidemos que en esta tierra somos invitados, no conquistadores.

—Buen empeño puso en ello vuestro mentor —apuntilló Cabral, en referencia a las múltiples cartas de Francisco Xavier desaconsejando a la Corona española cualquier intento de ocupación.

—¿Y qué otra cosa podía esperarse de un hombre de Dios, sino que abogara por la paz? —repuso Ayala—. A tenor de lo que he podido observar en Nagasaki, parece que no iba errado.

—Vosotros, los de Xavier, siempre habéis tenido en muy alta consideración a este pueblo; pero no solo hay decoro y boato en estas islas, también hay muerte y depravación, como pronto descubriréis. —Y, colocando sobre el escritorio un gran pliego enrollado, le indicó a su invitado que tomara una silla y se sentara frente a él—. ¿Cuáles han sido vuestras últimas noticias? ¿Os han puesto al corriente en Manila de la situación?

—En Manila nadie aludió a este asunto y yo me abstuve de preguntar, pues se me indicó que la investigación debía llevarse con discreción. Lo último que sé es lo que relatabais en vuestra carta. Tenía la esperanza de que, en el transcurso de mi viaje, los hidalgos de estas tierras hubieran capturado al responsable de las cuatro muertes.

—¿Cuatro muertes? —preguntó el padre Coello, que permanecía de pie a su espalda.

—Así es, tres hermanos de la Compañía y un ayudante japonés —dijo Ayala—. ¿Acaso la situación ha empeorado? —preguntó, dirigiéndose ahora a Francisco Cabral.

—Desde que enviara esa carta, padre Ayala, hemos debido enterrar a seis hermanos más, todos asesinados de forma impía. Nueve mártires que no habían hecho ningún mal a esta gente, y que no deseaban más que procurarles la salvación a través de la palabra de Cristo.

«Seis muertes más», musitó Ayala, tomando súbita conciencia de la magnitud de aquella maldad. ¿Cómo había podido suceder algo así?

—Ahora comprendéis a lo que nos enfrentamos —apostilló Cabral, reclinándose en su asiento. Un atisbo de inapropiada satisfacción tiñó su voz al comprobar la consternación del «investigador».

—Cuatro ya era algo atroz. —Ayala sacudió la cabeza—. Pero esto…

Se hallaba abrumado, tanto por la dimensión del crimen como por la creciente responsabilidad que recaía sobre sus hombros, pues debía hacer justicia a diez almas inocentes.

—¿Se ha averiguado algo? ¿Algún tipo de pesquisa por parte de los señores locales?

Coello se situó a su lado y extendió el rollo de papel que el padre Cabral había colocado sobre la mesa: era un mapa detallado de las islas, con los nombres de las principales provincias y ciudades de aquel país de fronteras cambiantes.

—Como bien sabéis —comenzó el menudo sacerdote—, en estas tierras todo es demasiado complicado. A diferencia de lo que sucede en China, la corte del *mikado*[*] no posee ningún poder de facto, no tiene jueces ni delegaciones en las distintas provincias, por lo que es inútil implorar su ayuda. Y los daimios, sin un poder central que los controle, solo tienen tiempo para sus rencillas. Para nuestra desesperación, esta iniquidad se ha extendido a lo largo de toda la costa. —Recorrió con el dedo el litoral meridional de Honshū, la gran isla central del país—: En Osaka, además del hermano Mendes y el padre Pomba y su ayudante, de cuyas muertes ya tenéis constancia, debimos enterrar el pasado año al hermano Cardim. En Tanabe fue hallado muerto el padre Barreto, apenas dos semanas después del asesinato del padre Gonzalo Sánchez. En Shima, el hermano Nuño. En Hamamatsu, el pasado mes de marzo, el hermano Velasco Samper. Más tarde, en abril, los hermanos de la casa de Odawara debieron enterrar al padre Guillermo de Coímbra. Finalmente, hace apenas un mes, se encontró muerto en su dormitorio al padre Lorenzo López, que regentaba un pequeño hospital de leprosos en Sakai.

—Conocí a muchos de esos hombres —dijo Ayala, con el pecho atravesado por una punzada de dolor—, especialmente al hermano Nuño, de Shima, donde misioné varios años. —Tomó aliento antes de continuar—. No atisbo las razones de alguien capaz de cometer tanto mal, pero no podremos detenerlo sin la ayuda de los señores que gobiernan estas tierras.

—Los asesinatos se han producido en feudos controlados por distintos clanes, casi todos vasallos de Oda o Tokugawa. —Coello señaló las provincias costeras que iban desde Izumi hasta Sagami—. Ambas familias nos han recibido para mostrarnos su apoyo, pero nadie moverá un dedo por evitar una nueva tragedia.

—Para ellos somos unos invitados indeseados —masculló Cabral—, nuestras vidas no valen nada.

---

[*] *Mikado:* emperador de Japón.

—¿Es posible que alguno de los clanes menores pudiera ser el responsable?

—No lo creo —respondió el padre Coello—. Les interesa tenernos en sus tierras, saben que los mercantes portugueses solo comerciarán allí donde nosotros estemos asentados; pero son reacios a implicarse, lo consideran un problema que solo afecta a los extranjeros.

—No lo manifiestan abiertamente, pero creen que es una disputa interna, que los *nanban*[*] estamos matándonos entre nosotros —apuntilló Cabral—. Nos ponen al nivel de esos bonzos[**] del demonio.

—Algunas casas de la Compañía ya han cerrado sus puertas —explicó su coadjutor, tratando de aportar algo más que resentimiento—. Se han trasladado a la bahía de Owari, donde el daimio de Omi, Akechi Mitsuhide, ha ofrecido refugio a los cristianos. Nuestra intención es que, al cerrar las casas y hacer que las naos no fondeen en sus puertos, los demás señores decidan investigar lo acaecido en sus provincias.

Ayala devolvió la vista al mapa. Los ataques se habían producido a lo largo de toda la costa meridional. Aunque el señor de Omi mantuviera su protección, la bahía de Owari no podía convertirse en el único refugio para los cristianos de la región; sabía que sus hermanos no abandonarían por mucho tiempo a sus comunidades.

—La mayoría de los crímenes se han cometido en territorios del clan Oda —observó el traductor—. Nobunaga simpatiza con nuestra misión, ¿cómo es que se ha desentendido?

—Oda Nobunaga no es leal más que a sí mismo —intervino el viceprovincial—. Es un sátrapa despiadado al que sus propios hombres llaman «el Rey Demonio». Si ese hombre está cerca de someter al país, es porque no tiene escrúpulos en deshacerse de aquellos que ya no le sirven. No me sorprendería que hubiera dejado de conside-

---

[*] *Nanban:* literalmente, «bárbaros del sur». Nombre con el que se identificaba a los europeos que comenzaron a llegar a las costas japonesas desde mediados del siglo XVI. Se los denominaba «del sur» porque, a diferencia de chinos y coreanos, arribaban a las costas meridionales.

[**] Bonzo: así se denominaba popularmente a los monjes budistas. No era infrecuente que se produjeran confrontaciones, incluso armadas, entre algunas sectas.

rarnos útiles y sea él quien haya desatado esta calamidad que se abate sobre nosotros.

—Si Oda Nobunaga quisiera acabar con la cristiandad, no se andaría con tales sutilezas —dijo Ayala—. Además, Akechi Mitsuhide es vasallo de Oda; no nos ofrecería refugio si eso fuera contra la voluntad de su señor.

—Diría que la mano que Akechi nos tiende es la manera que tiene Oda de congraciarse con nosotros —observó Coello—. Su forma de decirnos que no podemos esperar nada más de él.

—O su manera de mentir —insistió Cabral—. Nos tiende una vaga ayuda con la izquierda mientras que, con la derecha, nos aplasta con puño de hierro. Oda sabe que un ataque directo contra la Iglesia podría hacer que las armadas de Macao y Nueva España amanecieran frente a sus costas.

Ayala se reservó su opinión, pero dudaba mucho que la misión jesuita fuera tan importante para las coronas española y portuguesa, que ya incurrían en suficientes gastos manteniendo a los piratas lejos de Manila y Macao.

—En cualquier caso —terció Coello—, en primer lugar deberéis presentaros en el castillo de Anotsu, en la bahía de Owari. Akechi Mitsuhide es el señor de dicho dominio, y debe ser él quien os dé permiso para atravesar los puestos de paso y para interrogar a los súbditos de Oda-sama.

El enviado de Roma asintió, pero su mirada seguía perdida en los trazos cartográficos, en las sinuosas líneas de la costa del mar Interior. La tarea se le antojaba inabarcable.

—¿Cuándo podré partir hacia Anotsu? —se limitó a preguntar.

—Hoy mismo enviaremos correspondencia avisando de vuestra llegada —respondió Gaspar Coello—. La corte de Oda ha dado el visto bueno a vuestra investigación y el clan Akechi está advertido de que llegaréis a su feudo a lo largo del año.

—No habéis respondido a mi pregunta.

—Pasado mañana sabrán en Anotsu que ya estáis en Nagasaki —concretó el superior de la misión—, partiréis entonces. En cuatro días estaréis sobre el terreno y podréis comenzar con vuestras indagaciones. Mientras tanto, descansad y rezad por la guía del cielo. Bien sabe Dios que la necesitaréis.

Capítulo 2

Un viento cortante

Martín Ayala desembarcó en Anotsu, principal puerto de la bahía de Owari, tres días después de dejar Nagasaki. El viaje había sido más largo de lo esperado; circunnavegaron la isla de Kyūshū por la costa del Pacífico, con escala en Kochi, la gran capital del clan Chosokabe en la isla de Shikoku, hasta recalar finalmente en Owari.

Podría haber llegado a su destino mucho antes de haber consentido en utilizar la pequeña embarcación de dos tripulantes, engalanada con cruces y cañones ornamentales, que la misión utilizaba en sus visitas diplomáticas a los grandes daimios. Ayala rechazó la oferta, pues lo último que deseaba era que su llegada suscitara rumores, principal producto de mercadeo en los puertos tras la seda y las especias. Se había impuesto la más absoluta discreción, por lo que decidió viajar como cualquier peregrino o mercader local: utilizando la red de transbordadores que conectaban las principales localidades costeras.

De este modo, había pasado la última noche durmiendo a la intemperie, en una gabarra que transportaba arroz y algodón en las bodegas y pasajeros sobre la cubierta. Rodeado de familias, bonzos y algún *ronin**, en un primer momento su presencia había despertado

---

* *Ronin:* samurái sin señor al que servir y, por tanto, sin residencia estable. Solían malvivir empleándose como maestros de esgrima o guardaespaldas.

curiosidad, pero cuando se cobijó en un rincón y se cubrió con el *sugegasa,* terminó por ser uno más entre el resto.

El amanecer le sorprendió encogido bajo una manta. Tras frotarse las extremidades ateridas por el relente, se aproximó a la proa, donde ya se concentraba gran parte del pasaje a la espera de que bajaran la portezuela de desembarque. Ignoró las miradas de soslayo y se concentró en escrutar la ciudad que se abría ante él, amontonada a la sombra del castillo de Anotsu. Este se encaramaba sobre un acantilado costero, y desde aquella altura se derramaba una abigarrada sucesión de viviendas y callejuelas que venía a verter al mar.

El enclave carecía de la peculiar organización y el carácter multicultural de Nagasaki, pero no era ajeno a la presencia de extranjeros, como demostraba el inconfundible velamen de media docena de naos portuguesas fondeadas junto al último espigón.

Era precisamente a un portugués a quien debía encontrar en aquella ciudad: Luís Almeida, un comerciante que, según le habían explicado los jesuitas de Nagasaki, llevaba más de quince años en la región, y que había llegado a convertirse en el hombre de confianza del clan Akechi para cualquier asunto que precisara del trato con extranjeros.

Al parecer, la actividad comercial de Almeida se centralizaba en una pequeña casa de contratación que poseía en aquel mismo puerto, por cuyo registro debía pasar cualquier extranjero que quisiera desembarcar su mercancía en Anotsu. Como resultado, todas las transacciones con los mercaderes locales sufrían de la intermediación de Almeida, quien, por supuesto, se llevaba un bocado de las mismas. A cambio, el feudo controlaba puntualmente todo el tráfico con los *nanban* sin que ninguna mercancía escapara a su diezmo, y poseía un mediador capaz de entenderse perfectamente con los poderosos mercaderes portugueses.

Ayala desembarcó entre el resto del pasaje y recorrió los atracaderos hasta dar con la casa que le habían descrito: un gran cobertizo bajo el que se apilaban cientos de fardos marcados en portugués y japonés. En la parte frontal, como si de una barricada se tratara, se apiñaban unas cuantas mesas frente a las que hacían cola decenas de mercaderes, tanto locales como de ultramar. Ayala observó que en uno de los postes que sustentaban el techo se había clavado un tablón:

«Puesto comercial de Amaru-san», rezaba en japonés. Extrañado, se abrió paso entre el gentío hasta una de las mesas. En ella, un escriba japonés registraba en un largo rollo la mercancía que declaraban los barcos llegados a puerto.

—Disculpe —llamó su atención el jesuita—, ¿Almeida-san?

El escribano levantó la cabeza de su labor y, tras disculparse con el hombre que encabezaba la fila, preguntó a Ayala:

— *Você kirishitan bateren*[*]? —Mezclaba portugués y japonés.

—Así es —respondió Ayala.

—Espere aquí…, aquí —indicó su interlocutor en un japonés lento, mientras le señalaba un banco apartado de las mesas.

Ayala siguió sus instrucciones y se distrajo observando a la variopinta parroquia del local, donde unos pocos negociantes portugueses se mezclaban con mercaderes y emisarios enviados desde feudos sin salida al mar, probablemente intermediarios con la misión de vender a los extranjeros el oro extraído de las regiones montañosas de Kai, o la seda producida en las llanuras de Kanto.

La espera se prolongó durante gran parte de la mañana, pero Ayala se obligó a recordar que para tratar con la farragosa burocracia de los daimios debía cultivar el don de la paciencia. Así que se consoló con el hecho de que, al menos, podía esperar bajo la húmeda sombra del cobertizo. Fuera, el trasiego portuario continuaba bajo un sol cada vez más cenital.

—Padre Ayala —lo saludó al cabo de un rato una voz, sacándolo de su ensimismamiento—. Una carta de Nagasaki nos anunció vuestra llegada hace unos días.

El jesuita se incorporó y observó al recién llegado mientras este le besaba la mano derecha. Vestía ropas europeas, pero sobre ellas se cubría con un rico *haori*[**] de seda; su pelo y sus uñas se hallaban pulcramente aseados, mucho más de lo acostumbrado entre los extranjeros, y se había dejado un fino bigote que se alargaba hasta la comisura de los labios. Todo ello demostraba que el buen Almeida había aprendido a respetar las costumbres japonesas. Un hombre astuto,

---

[*] *Kirishitan bateren:* padre cristiano.

[**] *Haori:* chaqueta holgada de amplias mangas que se usaba sobre el kimono. Su largo podía ir hasta la cintura o hasta las rodillas.

confirmó Ayala, que captó la fugaz mirada valorativa que el portugués le dedicó al alzar la cabeza.

—Lamento tener que distraeros de vuestros negocios, caballero Almeida, pero ya sabéis que el asunto que me ocupa no admite demora.

—Nadie olvida que, ante todo, estamos aquí para traer la palabra de Dios —respondió, solícito, el comerciante—. Acompañadme, he dispuesto un palanquín que nos lleve al castillo. Akechi-sama se encuentra en Sakamoto, como de costumbre, pero el *karo*[*] del clan, el señor Naomasa Sorin, nos recibirá en audiencia.

Ayala torció el gesto, recordando la angosta incomodidad de aquellas cabinas.

—¿No podríamos simplemente caminar? —preguntó—. He observado que el castillo está cerca.

—Me temo que no sería decoroso presentarnos por nuestro propio pie, padre. Hay formas que deben guardarse.

El jesuita asintió con resignación mientras Almeida lo conducía al fondo del almacén. Un empleado abrió una puerta trasera que daba a un callejón impregnado de olor a brea y pescado. Allí, junto a un palanquín lacado en negro, los aguardaban dos hombres ataviados con finos kimonos y las piernas desnudas. Hicieron una profunda reverencia a sus clientes antes de atarse una cinta blanca a la frente y alzar la persiana que daba paso a la cabina.

Los extranjeros se acomodaron en el interior y, al instante, Ayala sintió cómo la estructura se balanceaba al elevarse. Ser zarandeado de un lado a otro, por olas o por cargadores, parecía la única forma de viajar.

—¿Son tan malas las noticias como se rumorea? —preguntó despreocupadamente Luís Almeida.

Ayala, que había cerrado los ojos para paliar el mareo, dirigió una mirada afilada a su interlocutor:

—¿Y qué es lo que se rumorea?

—Dicen que varios jesuitas han sido asesinados a lo largo de la costa. El número crece a cada boca que replica la noticia, y hay

---

[*] *Karo:* consejero principal del señor feudal. Habitualmente era un anciano al servicio de la familia desde hacía años, y tenía la potestad de hablar en nombre del daimio.

quien asegura que no menos de diez hombres de Dios han muerto —dijo el mercader, y se persignó antes de añadir—: Que el Señor los acoja en su gloria.

—¿Quién trae esos rumores?

—Japoneses, portugueses…, quien más quien menos lo comenta. El hecho de que las casas de la Compañía hayan cerrado en Osaka y en Tanabe no hace sino incrementar las habladurías.

—Veo que procuráis estar al tanto de todo lo que se dice, sea cierto o falso —observó Ayala.

—No me malinterpretéis. No es indiscreción. Saber lo que sucede es fundamental para prosperar en mi negocio —se defendió Almeida, disculpándose con una inclinación que evidenciaba cuánto había interiorizado determinados gestos.

—Supongo que la desgracia de mis hermanos no será tal para los comerciantes de Anotsu.

—¿Qué queréis decir? —preguntó Almeida.

—Los de la Compañía se asentarán en los terrenos ofrecidos por Akechi-sama. Si la misión prospera aquí, la bahía de Owari se convertirá en parte de la ruta oficial de los mercantes portugueses. Ya sabéis que la *nao do trato*[*] así lo estipula.

—No creo que nadie pueda alegrarse de algo así, padre —respondió su interlocutor, visiblemente molesto—. Semejante desgracia solo puede traer tristeza y pesar. Y no hablo solo por mí, sino por cualquier habitante de estas costas, cristiano o japonés.

—Perdón si os he ofendido —se disculpó Ayala, que ya imaginaba que su observación incomodaría a aquel hombre—. No he dicho que nadie se alegre; simplemente, la vida sigue su curso.

Sus palabras no habían sido casuales, quería calibrar la reacción de su anfitrión. A continuación, como si el asunto no mereciera más comentarios, apartó la persiana y observó el exterior con indiferencia.

Avanzaban por una calle comercial flanqueada de locales y tenderetes que mostraban la exuberancia que solo se disfruta en los

---

[*] La *nao do trato* era una licencia otorgada por Roma y la Corona de Portugal a la misión jesuita en Japón, por la cual, con objeto de financiar la misión, los jesuitas participaban de un porcentaje del negocio de la seda entre las islas y Macao.

puertos marítimos. La clientela se arremolinaba alrededor de los puestos donde se cortaba tela al peso, los campesinos vendían el excedente de sus huertas y los cocineros ambulantes abanicaban la comida para que el aroma abriera el apetito de la concurrencia. Una anciana, sentada sobre una manta en la que había dispuesto muñecas hechas con paja y trapos, levantó la cabeza al paso del palanquín. No fue la única que desvió la mirada tratando de vislumbrar quién se ocultaba tras la persiana de bambú. ¿Una concubina? ¿Un emisario de Gifu?

El gentío y los comercios fueron quedando atrás y se hallaron cruzando el barrio residencial que rodeaba los muros del castillo. Allí el firme se encontraba mejor prensado; muchas casas exhibían pequeños jardines, separados de la calle por muros encalados y empalizadas de madera, y algunos de sus residentes languidecían observando el transcurso de la vida desde sus terrazas, al amparo de pantallas de papel que filtraban el sol de septiembre.

—Debéis ser precavido —le advirtió de repente Almeida, interrumpiendo su contemplación.

—Gracias, no sois el primero que me da ese consejo. —Su voz resultó más cortante de lo que pretendía.

—Entendedme bien: un inquisidor como vos estáis acostumbrado a manejaros con cierta autoridad, a ser incisivo en vuestras preguntas e insinuaciones —y aquí se deslizó un reproche por la anterior conversación—, pero estos hombres no reconocen más autoridad que la de su señor, la del emperador y la de Oda Nobunaga.

Ayala asintió, preguntándose cuántas cosas habían dado erróneamente por supuesto sobre él.

—Sabré conducirme —se limitó a responder.

—Yo os acompañaré en todo momento, os serviré de intérprete. Estoy acostumbrado a tratar con esta gente.

—Por supuesto —asintió—. Estoy en vuestras manos.

El palanquín cruzaba ya bajo el primer pórtico: una puerta flanqueada por dos gruesas columnas que asemejaban dragones retorcidos sobre sí mismos. Al otro lado se extendía el castillo Anotsu, sus sucesivos anillos fortificados escalaban el promontorio hasta coronar el acantilado con la imponente torre del homenaje. Aquel era el refugio estival de Akechi Mitsuhide, a cuya sombra prosperaban los dominios de Sakamoto y Anotsu, y aún estaba por ver si la cristiandad misma.

Naomasa Sorin, el consejero más anciano al servicio de Akechi-sama, avanzaba por los pasillos con una premura que desmentía su edad. Le precedía el asistente de cámara, que se apresuraba a abrir las puertas a su paso, siempre inclinado, con cuidado de que su cabeza se hallara en todo momento por debajo de la del viejo *karo;* unos pasos por detrás le seguía Watanabe Gennosuke, capitán de la guardia del castillo, hombre adusto y de escaso temperamento.

Naomasa era un vestigio de un tiempo pasado: vasallo del clan Kajikawa, antiguos señores de Anotsu, su karma estuvo a punto de truncarse cuando el castillo cayó ante el imparable avance de Oda Nobunaga. Pero el Rey Demonio debía continuar con su campaña sin fin, y decidió dejar la plaza en manos de uno de sus más afectos generales: Akechi Mitsuhide, que pasó así a convertirse en el daimio de un feudo de más de ciento veinte mil *koku*[*]. Por aquel entonces, el viejo Naomasa, ya más funcionario que guerrero, no tuvo la firmeza de carácter necesaria para reunirse con su señor al otro lado del río Sanzu. Pero aquella debilidad terminó por ser una bendición, pues sabiendo Akechi que en el feudo se tenía al anciano por un hombre justo, y considerando que quien no había reunido valor para empuñar el acero y seguir en la muerte a un señor, tampoco lo tendría para empuñarlo y traicionar a otro, decidió que sería útil acogerlo a su servicio y dejar que continuara haciendo aquellas labores administrativas que tan bien conocía. Entre ellas, tratar con los *goshi*[**], tan fieros en la batalla como anárquicos en sus lealtades; al menos desde la perspectiva de un samurái de la corte como Akechi Mitsuhide.

---

[*] *Koku:* medida utilizada para cuantificar el arroz. Tradicionalmente se describía como la cantidad de arroz necesaria para la subsistencia de un hombre adulto durante un año. La riqueza de un feudo se medía por los *koku* de arroz que producía al año.

[**] *Goshi:* samuráis rurales que no habitaban en la ciudadela fortificada del señor feudal, sino que ocupaban pequeños territorios en zonas de cultivo. Ejercían un control más directo sobre los campesinos, pero su estipendio solía ser bajo, por lo que no era extraño que debieran trabajar el campo con sus propias manos, algo impensable para la mayoría de la casta samurái.

Aquel favor que se le dispensó de forma inesperada había convertido a Naomasa en el más fiel vasallo de Mitsuhide, a quien servía con la devoción que solo muestran los conversos. Y mientras recorría uno de los pabellones anexos a la torre del homenaje, no parecía avergonzarle el que todos allí supieran que, en esa misma fortaleza, antes rindiera vasallaje a otro señor. O quizás precisamente porque todos lo sabían, y aun así se inclinaban a su paso, se sentía más poderoso que nunca.

Esa mañana, no obstante, debía despachar un asunto que gustosamente hubiera delegado. Su malhumor era apreciable en sus gestos bruscos o en el gruñido con el que saludaba a los funcionarios con los que se cruzaba. Se dirigía a la sala de recepciones más pequeña del castillo, destinada a atender a comerciantes y emisarios de daimios menores. No era habitual que Naomasa concediera audiencia en semejante lugar, pero prefería rebajarse antes que atender al visitante en una de las estancias de más categoría. Quizás en Gifu y en Kioto permitieran a aquellos cuervos pisar alfombras de seda, pero mientras él fuera el castellano de Anotsu, no recibirían más deferencias que un jefe de aldea que viene a pordiosear la rebaja del diezmo.

La servidumbre, sorprendida de ver al primer consejero en aquella parte del castillo, se hacía a un lado y se arrodillaba a su paso, mientras que los guardias, a la vista de la breve comitiva, se cuadraban y ceñían la *yari** al cuerpo. De esa guisa recorrieron un sinfín de pasillos, mucho más angostos que los luminosos corredores de la torre del homenaje, hasta que el asistente de cámara se arrodilló junto a una de las puertas corredizas. Aguardó hasta que Naomasa le hizo una señal con la cabeza. Entonces deslizó el panel a un lado y anunció:

—Su excelencia, *kunikaro* Naomasa Sorin, y el capitán de la guardia, señor Watanabe Gennosuke.

La puerta se abrió por completo y Naomasa avanzó sobre el estrado que presidía la estancia. Se desprendió del sable largo, lo colocó a su derecha y se arrodilló sobre el cojín situado en el centro de la tarima. El capitán Watanabe lo imitó, sentándose a su izquierda.

---

* *Yari:* lanza de hoja recta que, durante siglos, fue el arma fundamental de los ejércitos japoneses. Era utilizada tanto por la élite samurái como por la soldadesca *ashigaru*.

Solo cuando se hubieron acomodado, el *karo* se dignó a bajar la vista hacia los visitantes.

Frente a él encontró al mercader Amaru, un mal necesario para acometer los planes de su señor. Naomasa apenas toleraba la presencia de aquel extranjero que balbuceaba como un mono el idioma de los hombres. El mercader inclinó la cabeza hasta tocar el suelo, como era debido, sin levantar los ojos hasta que se le dirigiera la palabra. Junto a él aguardaba el cuervo, envuelto en aquellos ropajes negros que acostumbraban a vestir nevara o el sol secara los ríos. Mantenía la frente alta y solo cuando sus miradas se cruzaron, inclinó la cabeza a modo de saludo. Al menos este no olía como las bestias del campo, se dijo el consejero, antes de devolver su atención al mercader:

—Hable, señor Amaru. ¿Cuál es el motivo de esta audiencia?

—Gracias por honrarnos con vuestra atención, señor *karo* —comenzó Almeida con una fórmula memorizada—. Días atrás yo avisé llegada de hombre de Roma. Desea permiso de Akechi-sama para investigar muerte de bonzos extranjeros.

—Sí, estoy al tanto —confirmó Naomasa—. ¿Trae las cartas que respaldan su petición?

Almeida se dirigió entonces al jesuita:

—Padre, nos piden documentos que den fe de vuestra autoridad.

Ayala asintió y le entregó dos cartas: la primera, escrita en portugués y firmada por Everardo Mercuriano, estaba sellada con el sol ardiente de la Compañía de Jesús. La segunda, escrita con el engolado japonés de la corte, la recibió en Nagasaki y exhibía el sello personal del mismísimo Oda Nobunaga.

Almeida se aproximó al estrado con la mirada baja y ofreció ambas cartas, levantándolas por encima de su cabeza. El asistente de cámara, que hasta ahora había permanecido invisible junto a la puerta, se apresuró a recogerlas y entregárselas a Naomasa. Este obvió por completo la carta de Roma y simuló leer con atención la misiva procedente de Gifu, aunque conocía perfectamente su contenido.

—No deja de sorprenderme la influencia que estos cuervos tienen en la corte de Gifu —confesó dirigiéndose al capitán, sin apenas moderar la voz—. No pocos dicen que han embrujado con sus artes al señor Oda.

El samurái se interesó brevemente por la carta que el anciano le mostraba, y terminó por hacer un ademán despectivo:

—No es nada que deba preocuparnos. Es bien sabido que los utiliza para reducir la influencia de los shingon y los ikko* entre la muchedumbre supersticiosa.

Naomasa volvió a dirigirse a Almeida:

—Pregúntele cómo piensa llevar a cabo su investigación.

El comerciante asintió y repitió la pregunta en portugués.

—Decidle que mi intención es visitar las casas de mi hermandad en las que se han producido los crímenes, recorrer los caminos, preguntar a los lugareños… No conozco otra manera de desentrañar la verdad.

—Mirar y preguntar, su señoría, este hombre no hacer más —tradujo Almeida—. No necesario preocupación, apenas sabrá dejar ciudad.

—Yo consideraré qué debe preocuparme —dijo Naomasa, tajante—. Pregúntele si los suyos tienen alguna sospecha sobre quién puede estar haciéndoles esto.

Almeida asintió y, sin levantar la vista del suelo, tradujo la pregunta.

—Las sospechas son inevitables —respondió Ayala con deliberada calma—, pero la postura de la Compañía de Jesús será la que se derive de mi investigación. Yo decidiré quiénes son los sospechosos, o incluso los culpables, y se lo notificaremos directamente al señor Oda. No tengo por qué dar más explicaciones.

El mercader dirigió una mirada nerviosa al jesuita y titubeó antes de traducir, pues aquellas palabras bordeaban la descortesía:

—Bonzos extranjeros saben nada, su excelencia. No imaginan quién quererles tanto mal —tradujo finalmente.

Watanabe, ceñudo, se inclinó hacia el primer consejero:

—Sin duda manejan sus sospechas, el hecho de que no las manifieste significa que no confían en nosotros.

—Creo que les supone demasiada astucia a estos bárbaros, capitán —sonrió Naomasa.

---

* Shingon e Ikko-Ikki: dos sectas de monjes guerreros, la primera enmarcada dentro de la escuela del budismo esotérico y la segunda perteneciente al budismo de la Tierra Pura, especialmente influyentes y belicosas durante el siglo XVI.

—Quizás no sean astutos, pero hasta un perro callejero aprende a desconfiar.

—Poco importa de quién desconfíen, estamos obligados a entregarle su salvoconducto —zanjó el consejero—. Pero no podemos permitirle vagar a su antojo por Ise y Owari; entre otras cosas, nos arriesgamos a que le abran la garganta en cualquier vereda. No quisiera que en Gifu nos responsabilizaran de una desgracia.

—Estáis en lo cierto —coincidió Watanabe—. Quizás uno de nuestros samuráis debiera acompañarlo como *yojimbo*[*].

El *karo* se apoyó el abanico cerrado contra la barbilla con gesto asertivo.

—Nadie valioso, alguien prescindible. Con eso será suficiente para justificarnos en caso de que algo le suceda. ¿Tenéis a alguien en mente?

El capitán se dejó caer en el reposabrazos ubicado a su izquierda. La estructura de madera crujió bajo su peso.

—Hay un *goshi* que ha servido bien a su señoría en anteriores campañas. Es un viejo vasallo del clan, se llama… —Watanabe frunció el ceño, tratando de hacer memoria—. Kudō, si mal no recuerdo. Su estipendio apenas llega a los ochenta *koku*, y hace tiempo que debería considerársele mejor. Podríamos condicionar su incremento de rango a este servicio.

—No estoy seguro —sopesó Naomasa—. Aunque no se trate de un samurái del castillo, por lo que decís parece un guerrero competente. No quiero alejar del feudo a hombres así.

—Tiene hijos, más campesinos que guerreros, pues ninguno ha sido enviado a adiestrarse en el castillo. Se le ordenará que elija a cualquiera de ellos para que acompañe al cuervo.

—De acuerdo, entonces. Está decidido. —Y dirigiéndose a Almeida, agregó—: Decidle a este hombre que pasado mañana, antes de que concluya la hora de la liebre[**], deberá presentarse en el pórtico de la muralla exterior. Allí se encontrará con un samurái que lo acompañará en todo momento.

El mercader asintió y comunicó las instrucciones a Ayala, que en ningún caso dejó traslucir la contrariedad que aquello le suponía,

---

[*] *Yojimbo:* guardaespaldas.
[**] Hora de la liebre: entre las 05.00 y las 07.00 horas.

ni cuando lo escuchó por primera vez en japonés, ni cuando Almeida se lo repitió en portugués.

Por último, el *karo* le entregó una orden de paso oficial que le permitiría cruzar cualquiera de los puestos de peaje que salpicaban la ruta Tokaido[*] y los caminos interiores de la provincia. Los visitantes agradecieron con una reverencia la atención dispensada y se retiraron conducidos por el ayudante de cámara.

El primer consejero aguardó hasta que los pasos se perdieron en el pasillo; solo entonces volvió a dirigirse al capitán, que ya se disponía a abandonar la sala:

—Seríamos unos necios si permitiéramos que ese hombre husmeara a su antojo —anunció, sin apartar la mirada de la puerta *shoji* que se había cerrado tras los extranjeros.

—Vos mismo habéis dicho que no se trata de gente especialmente astuta.

—Aun así, el azar es caprichoso. Hay secretos que pueden alcanzarle a uno como un rayo en una noche despejada.

—¿Qué proponéis, entonces? Sabéis bien que ese hombre está protegido por la corte de Gifu.

Naomasa desvió la mirada hacia el capitán.

—Alguien debe seguirlo de cerca, alguien discreto, capaz de anticipar los pasos del cuervo. Debemos saber lo que va a averiguar incluso antes de que lo averigüe.

—Los espías de nuestro señor se hallan con él en Sakamoto, pediré que nos envíen a uno.

—No, nos mandarán a alguien de Iga.

—Los hombres de Iga son los mejores para un trabajo así.

—No —volvió a negar el *karo* con expresión ausente, como si sopesara cuidadosamente una idea—, el mejor se halla mucho más cerca.

Watanabe frunció el ceño, desconcertado, hasta que por fin comprendió lo que pasaba por la mente del consejero:

—Si estáis pensando en quien creo, os advierto que Igarashi Bokuden no es un hombre del clan. Era un vasallo de los Kajikawa.

---

[*] Tokaido: literalmente, «camino del mar del este». Era la principal ruta mercantil que conectaba el centro y el este del país. Discurría paralela a la costa del mar Interior y, a comienzos del XVII, se convirtió en unos de los caminos oficiales que unían Kioto (la capital imperial) con Edo (capital del shogunato Tokugawa).

—Nos sirvió bien después de que Oda-sama derrotara a los Kajikawa y entregara la provincia a nuestro señor.

—Si lo hizo fue para asegurarse de que el señor Akechi mantuviera los privilegios de su familia —repuso Watanabe Gennosuke—. Considerará esa deuda más que saldada.

—¿Y por qué habría de hacerlo? ¿Acaso su hija no continúa viviendo cerca del *honmaru**, casada con un samurái de nuestro señor?

El capitán, que ahora se sentaba informalmente, con las piernas cruzadas sobre el cojín, se inclinó hacia delante para darle más énfasis a sus palabras:

—Aunque Igarashi Bokuden estuviera dispuesto a servirnos, algo que dudo, ¿cómo pretendéis dar con él? Hace años que desapareció, solo los más viejos lo recuerdan, y ya en su momento se dijo que se afeitó la cabeza y se retiró al monte Kasatori, como un eremita. Lo más probable es que sus huesos se pudran en alguna cueva.

—Conozco a ese hombre de los tiempos en que ambos servíamos a los Kajikawa. No está muerto, creedme. Yo sabré dar con él.

Watanabe abrió la boca, pero cualquiera que fuera su nueva objeción murió antes de abandonar sus labios. Era evidente que no convencería al primer consejero.

—De acuerdo, es vuestra decisión —claudicó—. Enviaré rastreadores, pero no dedicaré muchos hombres a buscar fantasmas.

—No será necesario —repuso Naomasa Sorin—, sé quién puede encontrarlo.

Kenjirō clavó la azada a sus pies y se enjugó la frente. Aunque era temprano, el sol les castigaba ya la espalda y la tierra exudaba un calor húmedo. Ni la más leve brisa agitaba las espigas, pero esa jornada no habría descanso: en un par de semanas empezarían a cosechar los tallos de arroz, para entonces el suelo debía estar completamente seco, y eso requería que se abrieran las zanjas para desaguar los arrozales, que habían permanecido inundados durante la primavera y el verano.

---

* *Honmaru:* en las fortalezas japonesas, era el anillo amurallado más interno, en el que se encontraba la torre del homenaje, residencia del daimio y su familia, y las viviendas de los samuráis y funcionarios de más alto rango.

Miró a un lado, a los hombres que trabajaban junto a él sin detener el sordo repiqueteo de las azadas. Eran voluntariosos, y en más de una ocasión había escuchado a su padre alabar su tenacidad cuando algún *goshi* se quejaba de la holgazanería de los campesinos: «Los míos son honrados y diligentes —aseguraba Kudō Masashige—, solo necesitan que un buen patrón los dirija».

La mayoría de aquellos hombres llevaban toda la vida con su familia, no solo en el campo de labranza, sino también en el de batalla, pues los habían acompañado como *ashigaru* empuñando palos y hoces contra lanzas y espadas. «¿Sabéis por qué al viejo Daigoro le falta un ojo?», preguntaba Masashige a sus hijos cuando eran pequeños, y los niños negaban un tanto inquietos. «Porque una flecha de los Kajikawa se lo arrancó mientras trataba de vadear el Kiso». Entonces Kenjirō y su hermano miraban de reojo al viejo, más intimidados aún. «¿Y sabéis por qué nunca habla?», insistía su padre, y ellos volvían a negar. «Porque otra flecha le arrancó la voz. La misma que se llevó la vida de su hijo. Así que ha dado por nuestro señor más que muchos samuráis; jamás le faltéis el respeto».

Y allí, como uno más, con las piernas desnudas y los pies hundidos en la tierra, el joven Kudō Kenjirō empuñaba la azada obligándose a mantener el ritmo de esos hombres a los que había aprendido a respetar.

—¡Kenjiiiii! —lo llamaron desde la distancia. La voz aguda de la pequeña Fumiko era inconfundible, así que la ignoró y continuó removiendo la tierra—. ¡Hermano! —insistió la muchacha—. Ven rápido, padre quiere vernos a todos.

Extrañado, se echó la azada al hombro y buscó a su hermana protegiéndose los ojos. Fumiko agitaba una mano desde el cerro que dominaba el arrozal, con la casa familiar a la espalda. Junto a él, los hombres seguían trabajando, conscientes de que el asunto no era de su incumbencia.

No le pareció apropiado elevar la voz para responder, así que se vio obligado a abandonar la labor y caminar hasta los límites del campo de cultivo. Dejó la azada junto al barril de agua y comenzó a trepar por el talud; en cuanto lo tuvo cerca, Fumiko supo leer en los ojos de su hermano la silenciosa promesa de lanzarla de cabeza al barril si le hacía perder el tiempo.

—¿Qué es ese cuento de que padre quiere vernos?

La niña levantó la barbilla, dispuesta a hacerse la interesante:

—No es ningún cuento. Es padre quien me envía a por ti. Pero si no me crees, sigue aquí. Ya veremos qué sucede.

—Eres muy impertinente para ser poco más que un gorgojo comearroz, ¿no crees?

—Como quieras —respondió, girando en redondo para marcharse.

—Espera un momento. —Kenjirō la agarró de la mano antes de que se escabullera—. Cuéntamelo despacio.

La niña estuvo tentada de hacerse de rogar un poco más, pero se obligó a recordar que su recado era urgente:

—Hace un rato vino un mensajero del castillo y habló con padre. Luego él habló con madre, y luego me envió a por ti mientras madre iba a buscar a Masanori. Padre quiere reunirnos a todos en el salón.

—¿Un mensajero del castillo? —repitió Kenjirō, desconfiado—. ¿No sería más bien un recaudador? Por estas fechas suelen calcular la producción.

—¡No soy tonta! —protestó la muchacha—. Los recaudadores no entregan cartas y no se despiden con amables reverencias.

El muchacho se rascó la nuca, pensativo. Entonces se percató de que seguía sudando; no estaba presentable para una reunión familiar.

—Dime, Fumiko, ¿te ha reñido padre por no estar con la anciana Sadako?

La niña bajó la cabeza y se ajustó con timidez el *yukata* antes de dedicar una mirada apesadumbrada a su hermano:

—Es que la abuela Sadako es tan aburrida, siempre quiere que haga esto y aquello, y hoy el cielo está muy azul…

—No quiero escuchar tus excusas, solo te pregunto si padre se enfadó al verte por casa.

—Solo dijo que viniera a buscarte.

—¿Así de urgente es, eh? —comprendió Kenjirō—. Será mejor que no le hagamos esperar. —Fumiko se dispuso a quitarse las sandalias para comenzar a correr, pero su hermano la retuvo—: Nada de correr, va siendo hora de que llegues a los sitios con decoro.

—No iba a correr —refunfuñó la pequeña—. Solo se me había metido una piedra entre los dedos.

Él no pudo evitar una sonrisa y tendió la mano a Fumiko, invitándola a caminar a su lado. Ella la tomó con delicadeza, como una dama de la corte, pero Kenjirō la alzó en volandas y la sentó sobre los hombros. Entonces echó a correr con la risa de su hermana restallándole en los oídos.

—¡Más rápido, más rápido, Kenji! —lo azuzaba la niña, mientras corrían hacia el huerto que rodeaba el hogar familiar.

Pasaron junto al baño, conectado con la casa mediante una pasarela cubierta, y se dirigieron hacia el jardín. Kenjirō solo aminoró la marcha al aproximarse a la entrada.

Se descalzó antes de ascender a la tarima y se echó a su hermana al otro hombro, cargándola como un fardo de arroz. En cuanto entraron al salón, precedidos por las carcajadas de la pequeña, descubrieron que allí ya los aguardaban sus padres y Masanori.

Súbitamente consciente de lo inapropiado de su conducta, Kenjirō depositó a la niña en el suelo.

—Perdonad mi torpe comportamiento —se disculpó con una inclinación.

—Ocupad vuestro lugar —fueron las únicas palabras de su padre.

Kenjirō se arrodilló a la izquierda de su hermano mayor, en posición de *seiza**. Al levantar la vista se encontró con la mirada de su madre, que parecía contemplarle con una inquietud que no supo interpretar. Junto a ella, frente a los dos hermanos varones, se acomodó Fumiko, y de espaldas al altar, presidiendo la estancia, se hallaba su padre. Solo en ese momento se percató de que la espada familiar había sido colocada a la derecha del progenitor, de pie en su soporte vertical, lo que indicaba la inusitada solemnidad de la ocasión.

La última vez que Kenjirō vio aquel sable apenas contaba diez años; fue cuando su padre lo empuñó para acudir a la llamada de su

---

* *Seiza:* modo correcto de sentarse en la cultura japonesa, sobre todo en ocasiones formales. Consiste en sentarse de rodillas, los empeines contra el suelo y el peso del cuerpo descansando sobre los talones. La espalda debe estar recta y las palmas de las manos sobre los muslos o el regazo.

señor durante la ocupación de Owari. Al regresar de la guerra, reunió a la familia, envolvió la *katana* y la *wakizashi** en un paño de algodón y guardó ambos sables en el cofre ubicado a los pies del altar. Había pasado más de una década y, aunque jamás había visto su filo, la vaina era tal como la recordaba: lacada en azul noche, recorrida por delicados pétalos de cerezo punteados en blanco que parecían arrastrados por el viento, livianos y efímeros.

—Hoy nos ha honrado con su visita un emisario de Anotsu —comenzó su padre, devolviéndolo al momento presente—. Me ha entregado un mensaje sellado por su excelencia, el señor *karo*.

Ambos hermanos debieron contener su asombro. Una nevada en pleno verano no hubiera sido más inesperada.

—Su señoría ha tenido la gran consideración de pensar en nuestra humilde casa para que realicemos un servicio directo al clan —prosiguió Kudō Masashige—. No es necesario que os diga que esta familia jamás ha recibido semejante privilegio. —Levantó el pequeño rollo de papel que le había sido entregado—. Al parecer, un extranjero recorrerá nuestro feudo durante las próximas semanas. Se trata de un hombre santo que ha cruzado el mar con objeto de cumplir una encomienda en Owari. Sus asuntos no son de nuestra incumbencia, pero cuenta con la protección de la corte de Gifu, por lo que si algo le sucediera, nuestro señor incurriría en una falta ante Oda-sama. Es por ello que el señor *karo* ha estipulado que un samurái acompañe a este hombre en todo momento, y tal deber ha recaído en nosotros.

Hubo miradas de desconcierto, y fue Masanori el que se atrevió a verbalizar lo que pasaba por la cabeza de todos:

—Padre, ¿por qué nosotros? No logro entenderlo.

—Ni tienes por qué —respondió Masashige—. El deber de un samurái es obedecer las órdenes de su señor, no comprenderlas.

—Disculpe mi insistencia, pero hasta ahora el castillo solo ha requerido de nosotros que entreguemos nuestro arroz puntualmente. ¿Por qué recurrir a unos simples goshi para algo así?

---

* *Wakizashi:* sable corto que se portaba junto a la *katana;* ambas juntas conforman la *daisho* (literalmente, «grande y corto») y eran el símbolo de la clase samurái. Para un miembro de esta casta, perder alguno de sus dos sables o mostrarse en público sin ellos era causa de gran deshonor.

—¿Quieres mi opinión? —preguntó su padre, endureciendo la mirada—, ¿o lo que realmente deseas es exponer la tuya? No olvides jamás que la tierra que trabajamos es de nuestro señor, que el arroz que nos llevamos a la boca es de nuestro señor, y que si respiramos es solo porque nuestro señor nos deja vivir un día más. Sé bien que tú y otros jóvenes habláis constantemente sobre la desconsideración con que se nos trata, os lamentáis de que las guerras transcurran lejos y no podáis demostrar vuestra valía. Y, sin embargo, ahora que se presenta la oportunidad de acometer una labor digna de un samurái, insistes en discutir el porqué de esta encomienda en lugar de dar las gracias y disponerte a llevarla a cabo con diligencia.

Masanori clavó los puños frente a sí y se inclinó hasta tocar el tatami con la frente.

—Lo siento mucho, padre. No era mi intención faltaros al respeto.

Masashige relajó los hombros sin apartar la mirada de su primogénito:

—Los sentimientos de los jóvenes de esta comunidad son comprensibles, Masanori, pero ten por seguro que, tarde o temprano, la guerra volverá a nuestras vidas. En esta época ningún daimio puede permitirse que sus samuráis mueran en los arrozales. —Sonrió con tristeza—. Puede que entonces descubráis la necedad de vuestra impaciencia.

Esperó a que su hijo levantara la cabeza antes de continuar, quería mirarlos a la cara mientras les anunciaba su decisión:

—Se me ha pedido que envíe a uno de vosotros al castillo. —Se tomó un instante para elegir bien sus palabras—: Lo he sopesado y he decidido que sea Kenjirō el que parta junto al extranjero.

Los hermanos intercambiaron una mirada: decepcionada la de Masanori, casi de disculpa la de Kenjirō. Comprendía que aquello no era justo y, al apartar los ojos de su hermano, se sintió en la obligación de interceder por él:

—Padre, por qué…

—No me cuestionarás tú también, Kenjirō. Asumiréis mi decisión sin pedir explicaciones.

Ambos se inclinaron casi al unísono en señal de obediencia.

—Deberás presentarte en Anotsu mañana, antes de que concluya la hora de la liebre. Dedicarás esta tarde a rezar y prepararte.

Kenjirō asintió en silencio, abrumado por lo que estaba sucediendo. ¿Quién era él para proteger a un hombre bajo el amparo de Gifu? ¿No había cientos de samuráis más idóneos en el feudo para semejante privilegio? Pero lo que de verdad comenzaba a atormentarlo era la certeza de que, si fallaba, sería su familia quien pagaría las consecuencias. Pese a ello, su padre había roto el orden natural de las cosas al no encomendar aquella tarea a su hermano mayor.

Masashige intercambió una mirada con su esposa, ambos leían con claridad los pensamientos de su hijo. Pero antes de que Kenjirō se desplomara bajo el peso de la responsabilidad, su padre le pidió que se aproximara. Cuando estuvieron frente a frente, Masashige tomó la espada y la sujetó ante él, empuñándola con la diestra mientras tiraba de la vaina con la izquierda.

Por primera vez en su vida, Kenjirō pudo admirar la hoja del sable: tan afilada era que bastó para cortarle el aliento.

—Esta es Filo de Viento, la espada que el abuelo de mi abuelo empuñara para expulsar a los bárbaros del Kan llegados desde el continente, y que el padre de mi abuelo esgrimió para rebelarse contra la tiranía de los Ashikaga. Es el mismo arma que preservó la vida de tu abuelo cuando debió defender Mino, y la que me permitió volver a casa cuando hube de acudir a la llamada de nuestro señor, durante la conquista de Owari. No tienes nada que temer, hijo, un poderoso *kami* alimenta esta hoja. Ha sido el protector de la familia durante generaciones; si te muestras digno, él velará por ti.

Kenjirō tragó saliva e inclinó la cabeza. Se estremeció cuando su padre depositó el arma en sus manos. No solo sintió en ellas el peso del acero, también el de la responsabilidad y, en última instancia, el de la culpa, pues sabía que aquella espada estaba destinada a su hermano.

Capítulo 3

Antes de que el invierno te alcance

Sogo Iemasa detuvo su montura sobre el lecho embarrado y aguardó a que los otros dos jinetes llegaran a su altura. Se hallaban sobre la confluencia de los ríos Arakawa, Tamagawa y Fujigawa, aunque sus cauces aparecían desecados en aquella época del año, sedientos de las primeras lluvias de otoño.

Frente a ellos se extendía un gran bosque de cedros y, más allá, sobre las hojas que comenzaban a teñirse de sangre, se levaba la pedregosa cima del monte Kasatori.

—El templo se encuentra en el corazón de la arboleda —dijo Sogo, señalando a la espesura—. Dicen que antaño los peregrinos llegaban incluso desde otras provincias, pero, al parecer, ahora es una ruina que apenas se sostiene en pie.

—No me gustan los bonzos de montaña —murmuró Hiroshi, el más joven de los tres, mientras su caballo piafaba contra el suelo—, son más demonios que hombres.

—Trata de calmarte —lo amonestó Sogo—. Estás poniendo nerviosa a tu montura. —Y, volviéndose en la silla, se dirigió a Asaji, que se mantenía a espaldas de ambos—: Adelántate y descubre si hay trampas, no podemos confiarnos.

El cazador, enjuto y afilado como una saeta, arrugó la nariz e inclinó la cabeza, atento al susurro del viento.

—No creo que haya trampas, el aire no hiede a muerte. Pero aun desde aquí respiro un miedo antiguo, viejo como el bosque. Es un lugar que se debe evitar.

A pesar de aquellas palabras, azuzó a su caballo en dirección a la foresta. Sus compañeros observaron cómo se zambullía en la fronda, sin dudas ni precauciones.

—Pájaro de mal agüero —maldijo Hiroshi—. Se lo inventa todo para encogernos las tripas.

—Vamos —dijo el jefe de la partida, que ya ponía su animal al trote—. No lo perdamos mucho tiempo de vista.

En cuanto se internaron entre los árboles, comprobaron que la atmósfera era más pesada bajo la urdimbre del follaje. Asaji tenía razón: costaba arrancar un hálito de vida a aquel aire enrarecido; la respiración se volvía superficial, entrecortada, como si algún temor oprimiera el pecho. Incluso los caballos avanzaban con renuencia.

—¿Por qué alguien querría vivir en un lugar tan desagradable? —preguntó Hiroshi.

—Quizás para que nadie venga a molestarlo —respondió, lacónico, su jefe.

Los cascos de sus monturas se hundían en la hojarasca, que fluía sobre el suelo como una marea ocre. No pasó mucho tiempo antes de que los animales comenzaran a resollar por el calor: sudaban tanto como ellos, que sentían los brazos pesados y el kimono adherido a la espalda.

El silencio que embargaba el lugar, mudo de pájaros o insectos, terminó por acallar también su conversación. Empezaban a sentirse desorientados cuando escucharon un galope amortiguado; al instante, Asaji apareció entre la maleza. Empuñaba el arco, lo que no tranquilizó al joven Hiroshi.

—He encontrado el templo. Quieren que parezca abandonado, pero alguien lo habita.

—¿Por qué estás tan seguro? —preguntó Sogo.

—El olor a incienso es difícil de disimular.

El cazador tornó grupas y se dirigió de nuevo hacia lo más profundo del bosque, inclinado sobre el cuello del animal para evitar las ramas bajas. Sus compañeros le siguieron lo mejor que pudieron, apartando con las fustas el follaje y los arbustos que insistían en arañarles el rostro y enredarse en sus *hakama*[*]. Hasta que los árboles se

---

[*] *Hakama:* pantalón muy holgado, hasta el punto de parecer un faldón, utilizado frecuentemente por los samuráis. Mostraba siete pliegues que simbolizaban las siete virtudes del guerrero.

abrieron para dar paso a un claro cubierto de rocas. Una hierba de un verde profundo crecía entre las piedras, alimentada por la tenue luz que lograba filtrarse entre el ramaje.

Y bajo aquella extraña iridiscencia, casi devorado por la naturaleza que lo rodeaba, se hallaba el templo a los pies del Kasatori. Parecía tan oscuro y retorcido como un árbol alcanzado por un rayo: sus vigas y pilares aparecían combados, inflamados por la humedad, mientras que los ornamentos se descalichaban cuarteados por el tiempo y el olvido.

Los tres samuráis desmontaron e intercambiaron una mirada cautelosa antes de aproximarse a la entrada. Sogo fue el primero en poner el pie sobre la escalinata de piedra.

—Este sitio está abandonado —dijo Hiroshi—. Aquí solo huele a madera podrida.

El jefe de la partida le impuso silencio con la mirada. Al igual que Asaji, había percibido que allí se ocultaba alguien, por lo que se aseguró de pisar cada peldaño con sigilo. Una vez arriba, descubrió que la entrada se hallaba entreabierta, como si no se precisaran más cerraduras que la superstición y el miedo para sellar los secretos que allí se guardaban.

Desconfiado, Sogo franqueó el pórtico y se detuvo en los límites de la densa oscuridad, a la espera de que sus ojos se adaptaran a la penumbra. Una penetrante vaharada de incienso llegó hasta él e, instintivamente, buscó el punto de luz incandescente. Pudo distinguir en las profundidades de la sala un cuenco lleno de arena en el que se habían clavado innumerables varillas de incienso; la mayoría aún ardía, inundando la estancia de un olor que a Sogo se le antojó malsano. Y, al mirar más allá del humo, descubrió que doce figuras los contemplaban en silencio, todas en la posición de loto, de espaldas a un gran Buda de piedra apenas intuido entre tinieblas. Las manos de la estatua formaban el *mudra* de la rueda del *dharma,* y con ellas parecía amparar a los hombres que meditaban a sus pies.

Asaji y Hiroshi miraron a su oficial, a la espera de alguna orden, pero este parecía sobrecogido por la visión de los ascetas. Por fin, consciente de que sus hombres aguardaban a que tomara la iniciativa, dio un paso al frente:

—¿Quién de vosotros es Sen-Yo?

Los doce monjes guardaron silencio, perfectamente inmóviles, ajenos a la presencia de los recién llegados.

—Soy Sogo Iemasa —anunció, ahora con más autoridad—, oficial del ejército del señor Akechi. Hemos venido a esta montaña en busca de Igarashi Bokuden.

Volvió a callar, a la espera de que alguno de aquellos hombres respondiera.

—¡Se nos ha dicho que Sen-Yo sabría dar con este hombre! ¿Quién de vosotros es Sen-Yo? —repitió en tono imperativo.

El silencio persistió, como si los samuráis no fueran más importantes que un gorrión que revoloteara entre las vigas del techo.

Sogo levantó la barbilla y afiló la mirada; la indignación comenzaba a bullir en sus entrañas. Si permitía que esos bonzos lo trataran así, estaba tolerando un insulto al blasón que llevaba cosido al pecho. Tras sopesarlo, miró a Asaji, que se hallaba a su izquierda, y le dio una orden muda.

Este echó mano al carcaj y tomó una flecha tocada con una pluma de garza. Colocó el proyectil en la cuerda y separó los brazos hasta conseguir la máxima tensión.

—Por última vez —insistió Sogo—, ¿dónde puedo dar con Igarashi Bokuden?

Aguardó hasta convencerse de que ninguno de aquellos hombres tenía intención de abandonar su meditación. Por último, desvió la mirada hacia el arquero y asintió.

Un tañido seco restalló en la sala cuando Asaji liberó la saeta. Esta cruzó la oscuridad con vertiginosa violencia e impactó en el estómago de uno de los bonzos, hundiéndose hasta el penacho. Sin embargo, el monje no solo permaneció en silencio, sino que mantuvo su postura de meditación.

—¿Cómo es posible? —masculló Sogo, presa de un súbito escalofrío.

—Vuestras flechas no herirán a mis hermanos —se elevó una voz.

—¿Quién ha hablado? —exclamó el oficial, recorriendo con ojos nerviosos aquellos rostros en penumbra.

—Hace años que alcanzaron la iluminación a través del *sokushinbutsu*[*] y ahora están más allá de este mundo de sufrimiento. Si sus cuerpos siguen aquí, es solo para enseñarnos que la voluntad del espíritu puede doblegar incluso a la decadencia de la carne.

—¡Muéstrate! —exigió Sogo—, o clavaré flechas hasta dar contigo.

El bonzo, uno más entre las momias, giró la cabeza hacia el samurái. Su semblante era tan marchito e inexpresivo como el de sus hermanos muertos.

—¿Eres Sen-Yo?

—¿Importa quién sea? ¿Acaso no procedemos todos del mismo lugar, acaso no regresaremos allí? La individualidad es una ilusión del ego que solo persiste durante nuestro tránsito por este mundo.

El samurái avanzó hasta detenerse frente al monje. Apoyaba una mano sobre la empuñadura de la *katana*, pero no halló en los ojos de su interlocutor nada parecido al miedo o el respeto.

—¿No me temes?

—¿Por qué habría de hacerlo? —preguntó el otro—. No eres más que un hombre.

—Un hombre que podría matarte con la misma facilidad que aplasta a un insecto.

—Cada día avanzo con paso firme hacia mi muerte. Tus actos apenas supondrían una diferencia.

Sogo arrugó el ceño y se aproximó un poco más, hasta que el monje estuvo al alcance de su brazo.

—Quizás te privara de la posibilidad de alcanzar la iluminación en esta vida —repuso. Y sujetando la funda del sable con la izquierda, lo hizo girar sobre su cadera hasta colocar el filo hacia arriba, en posición de desenvainar.

---

[*] *Sokushinbutsu:* ritual de automomificación en vida practicado por algunas sectas budistas esotéricas, como la Shingon. Los monjes que deseaban someterse al *sokushinbutsu* preparaban sus cuerpos durante años, alimentándose a base de cortezas y raíces y bebiendo tisanas de savia del árbol *urushi*, que provocaba la deshidratación mediante vómitos y diarreas, al tiempo que impedía la aparición de bacterias y gusanos por la putrefacción de la carne. Este doloroso proceso, que reducía al extremo el nivel de grasa y agua en el cuerpo, se completaba con el enterramiento en vida en la posición de loto. Al cabo de mil días el cuerpo era exhumado, y si permanecía incorrupto, se consideraba que el ritualista había alcanzado la iluminación.

—No alcanzaré la iluminación ni en esta vida ni en la siguiente —dijo Sen-Yo con absoluto sosiego—, mis pecados aún me atan al ciclo del karma.

El samurái gruñó, hastiado, y estuvo a punto de escupir a sus pies, pero algo le obligó a contener tal desprecio. Era bien sabido que discutir con un bonzo acababa con la paciencia de cualquiera.

—Escucha bien, monje: a menos que nos digas cómo encontrar a Igarashi Bokuden, prenderemos fuego a este templo contigo dentro. Entonces veremos si tus hermanos fueron tan santos como para que sus cuerpos resistan el calor de las llamas.

Hiroshi se agitó al escuchar la amenaza de su oficial; quemar un templo podía acarrear grandes desgracias, sobre todo si algún demonio guardián habitaba entre aquellos pilares decrépitos. La criatura podría arrancarles los ojos y obligarlos a vagar ciegos por el Yomi*. Un alto precio solo por encontrar a un viejo ermitaño.

—Si queréis dar con Bokuden, solo tenéis que ascender por el camino que escala a la cumbre. Si su karma es que el mundo vuelva a él, ¿quién soy yo para evitarlo? —dijo Sen-Yo, y pareció sonreír antes de añadir—: Si por el contrario la montaña desea retenerlo aquí, es probable que muráis despeñados o atravesados por un rayo. En cualquier caso, rezaré por vuestras almas inmortales.

Sogo mantuvo la mirada en el monje, la mandíbula tensa y la compostura a punto de quebrarse.

—No somos campesinos a los que puedas intimidar con tus supercherías, bonzo —le advirtió, masticando las palabras—. Buscaremos a ese hombre, y si no lo encontramos donde dices, volveremos para que rindas cuenta de tus mentiras.

Con aquella amenaza como despedida, se volvió dispuesto a salir de allí. Pero antes de alcanzar la puerta, lo retuvo la voz de Sen-Yo:

—Ten cuidado, samurái. Con ese al que buscáis tampoco os servirán vuestras flechas.

---

* Yomi: inframundo de la religión sintoísta, donde moran los muertos por toda la eternidad.

Sogo se detuvo en seco y apretó la empuñadura de la *katana*. Por un instante sopesó las consecuencias. Finalmente, reanudó el paso hasta saludar con alivio la luz del sol en su rostro.

Las primeras gotas, gruesas y pesadas, repiquetearon sobre sus sombreros de paja; casi al instante, un trueno hizo retumbar el angosto puerto de montaña. Los tres enviados se estremecieron, sobrecogidos por la súbita violencia de la naturaleza. Lo escarpado del camino les había obligado a dejar atrás a sus monturas, y ahora sentían las piernas entumecidas por el frío y la escalada. Cuanto más se adentraban en las entrañas de piedra del monte Kasatori, más cundía el desánimo entre ellos.

—Debe haber otro camino para llegar a la cumbre —dijo Sogo, oteando el acantilado sobre sus cabezas. Parecía que en cualquier momento una roca se desprendería por el temporal y se precipitaría contra ellos.

—Probablemente lo haya —respondió Asaji—, pero nadie nos lo va a mostrar. No somos bienvenidos en esta montaña.

Continuaron bajo una lluvia cada vez más pertinaz, hasta que el sendero comenzó a ascender por una ladera salpicada de pinares y resucitados arroyos de montaña. Fue al cruzar una de aquellas arboledas cuando Asaji, encogido bajo el kimono empapado, captó un destello rojizo entre la tromba de agua.

Levantó una mano para indicar a sus compañeros que se detuvieran y abandonó el camino. Halló entre las raíces de un cedro lo que había llamado su atención: una pequeña estatua de piedra con la cabeza cubierta por un pañuelo rojo.

—¿Por qué te detienes? —preguntó Sogo, que ya se aproximaba al punto donde se había arrodillado su rastreador.

—Alguien ha puesto aquí un *jizo*[*]. No tiene sentido, no es un camino transitado.

---

[*] *Jizo:* pequeñas esculturas de piedra que representaban al santo budista Jizo, quien guiaba fuera del infierno a las almas que habían redimido sus pecados. Estas estatuas solían encontrarse en las encrucijadas y los caminos transitados, pues se creía que protegían a los niños y a los viajeros. Habitualmente, un pañuelo rojo les envolvía el cuello o les cubría la cabeza.

—¿Qué más da? —respondió el jefe de la partida—. Puede que lo dejara hace tiempo algún leñador, o alguien que perdiera a su hijo en la montaña y tuviera la esperanza de que el *jizo* lo guiara a casa.

—No. El pañuelo está limpio —observó Asaji—, alguien debe cambiarlo con frecuencia. Quien lo ha puesto aquí espera que sea visible para aquel que sepa lo que busca.

Hiroshi fue el último en aproximarse a la escena:

—¿Crees que lo haya colocado ahí ese tal Igarashi? Quizás como una forma de indicar el camino para dar con él.

—¿Por qué haría algo así un hombre que se retira a la montaña? —objetó Sogo—. No parece alguien que desee ser encontrado.

—Quizás no por intrusos como nosotros, pero sí por otros —observó Asaji—. En cualquier caso, los *jizo* también pueden indicar una ruta poco visible. —El cazador se puso en pie y miró a su alrededor—. Pero este está demasiado apartado, casi escondido. —Comenzó a avanzar lentamente, apartando ramas y arbustos con el bastón—. ¡Aquí! —los llamó finalmente—. Un camino oculto bajo la hojarasca.

Barrió con los pies las agujas de pino y las hojas de cedro que alfombraban el suelo, revelando una vereda desdibujada por el paso de las estaciones.

—Argucias de *shinobi*[*] —escupió Sogo.

—Se trata de un hombre con recursos.

Los tres guerreros se adentraron en la engañosa senda, encorvada la espalda, la respiración contenida, pues sabían que pisaban el territorio de un depredador. De tanto en tanto, el camino desaparecía bajo la maleza y se veían obligados a detenerse para que Asaji recuperara su sinuoso curso. Y así avanzaron durante gran parte de la tarde, casi a tientas por la ladera de la montaña, hasta que la arboleda comenzó a ralear y descubrieron que la cumbre estaba cerca.

Animados por la proximidad de su meta, se aventuraron en el talud expuesto al aguacero. En algunos momentos perdían pie y

---

[*] *Shinobi:* simplificación de *shinobi-no-mono*, literalmente «hombre del sigilo», aunque se puede traducir como «hombre de incógnito». Era como se denominaba a los individuos especializados en la infiltración, el asesinato y el espionaje.

debían ayudarse de las manos para seguir subiendo; un último trecho de penoso ascenso antes de alcanzar la cima.

Asaji fue el primero en poner el pie sobre la meseta barrida por la lluvia. Se agachó para ofrecer un blanco menos evidente y la recorrió con la mirada: habían coronado la cumbre por el lado menos abrupto; frente a él, la explanada ganaba pendiente y venía a morir en un pequeño soto formado por una docena de cedros bien apiñados. Al amparo de estos, como un hongo crecido a la penumbra, se alzaba una choza de troncos negros cortados rudimentariamente y ensamblados con desmaña. Y bajo el voladizo, sentado en la tarima con las piernas cruzadas, un hombre que, con una pipa colgándole de los labios, lo observaba con calma.

Aquella mirada, que llegaba a él a través del persistente aguacero, le decía que sus cautelas eran inútiles, así que se irguió y aguardó la llegada de sus dos compañeros.

—¿Qué haces? ¡Podrían verte! —le advirtió Hiroshi, al tiempo que se agachaba junto a él.

El cazador se limitó a levantar el bastón y señalar la choza. Sogo miró en la dirección indicada y se encontró con los mismos ojos que habían dado la bienvenida a su camarada: una mirada contemplativa, subrayada por el rojizo resplandor de las ascuas de tabaco.

El samurái se enjugó el rostro y, despreciando cualquier preámbulo, cruzó la distancia que los separaba seguido de sus dos compañeros, que afrontaban el encuentro con más prudencia. Se detuvo a los pies del chamizo, sin importarle la lluvia que lo empapaba, y contempló cara a cara a ese hombre cuya presencia de ánimo era tan similar a la del sacerdote Sen-Yo.

Vestía un abrigo remendado y pantalones ceñidos con cuerdas, al modo de los montañeros; exhibía un pelo sucio y espeso, indomable como la maleza salvo por la trenza que le caía sobre el hombro. No había impostura en su actitud serena, su espíritu parecía estar en consonancia con la montaña misma.

—¿Eres tú al que llaman Igarashi Bokuden?

El interpelado no respondió inmediatamente, sino que sujetó su larga pipa de hierro e inspiró.

—¿No sería más apropiado que antes se presentara el recién llegado? —preguntó, exhalando una bocanada de desdén.

—No toleraré impertinencias de un pordiosero, te lo advierto.

El anacoreta observó con sosiego el gesto agresivo de su interlocutor, que parecía perfilarse para desenvainar. Aquello no alteró su ánimo:

—¿Acaso los samuráis no os aburrís de vuestra facilidad para sentiros agraviados? —Volvió a inhalar a través de la pipa y los rescoldos palpitaron en el hueco de su mano—. La tormenta comienza a amainar —observó—, quizás sea hora de aplacar también el temperamento.

Como convocados por aquella voz tranquila, los primeros rayos del crepúsculo se filtraron entre las gotas de lluvia. Un pájaro comenzó a cantar en el interior de la choza: era el trino de un jilguero que, ajeno a las vicisitudes de los hombres, celebraba el fin de la tempestad. Un momento de singular belleza que no hizo sino subrayar la brusquedad de Sogo. Este se obligó a relajar los hombros.

—No me has dicho aún tu nombre, viejo —insistió.

Su interlocutor asintió con desgana, la pipa colgando de la comisura de la boca:

—Sí, en un tiempo fui Igarashi Bokuden —reconoció finalmente—. Pero ¿quién se tomaría tantas molestias para dar con alguien que ha renunciado a ser quien era?

—Mi nombre es Sogo Iemasa, oficial del señor de estas tierras. Se nos ha encomendado encontrarte y llevarte de regreso; el clan reclama tus servicios. —Sogo hizo un gesto a Hiroshi, y este se apresuró a entregar al viejo un tubo de bambú sellado con el lacre del clan Akechi.

Igarashi abrió el contenedor y extrajo el rollo de papel. El pliego estaba firmado por el mismo *kunikaro*, Naomasa Sorin.

—En esa carta su excelencia tiene a bien explicarte cual es tu misión. No tienes tiempo para muchos preparativos, los hombres a los que debes seguir partirán desde Anotsu con la primera luz del día.

Igarashi leyó detenidamente la misiva, sin importarle que los samuráis debieran esperar bajo la llovizna. Solo cuando se dio por satisfecho, levantó la cabeza y dijo:

—El viejo Sorin se ha tomado muchas molestias en consignar detalladamente sus instrucciones, pero se le ha olvidado lo más importante: explicarme por qué debería obedecerlas.

Sogo arrugó la frente pero no perdió la compostura, ya le habían advertido que no sería fácil tratar con aquel hombre.

—Su excelencia supuso que no colaborarías fácilmente —dijo el samurái—. Por eso me indicó que, si dudabas de tus lealtades, te recomendara visitar a la dama Etsuko.

El rostro de Igarashi se transfiguró: sus ojos flamearon y su expresión se endureció. De repente, no parecía tan viejo, ni tan inofensivo.

Apretó el fino pliego de papel en su puño hasta desgarrarlo, después abrió la mano para que el viento lo arrastrara. La carta, como un pájaro quebrado, fue a caer sobre un charco a los pies de Sogo Iemasa, que solo acertó a contemplar cómo el sello del clan Akechi se diluía mientras la lluvia iba marchitando el papel.

Conmocionado por semejante ultraje, el samurái no reaccionó cuando Igarashi se puso en pie, dominando la escena desde la tarima de madera. Sus hombros eran firmes y su cabeza se erguía decidida, no había debilidad en ninguno de sus gestos. Incluso el jilguero dejó de cantar dentro de la choza.

—¡Fuera de mi montaña! —bramó con ferocidad—. Y decidle a Sorin que si sus labios vuelven a pronunciar ese nombre, se los arrancaré con mis propias manos.

El oficial dio un paso atrás, la expresión destemplada, y echó mano a la *katana*. Pero antes de que pudiera desenvainar, Asaji se apresuró a hincar la rodilla en el barro e inclinó su cabeza ante aquel hombre que parecía haber rejuvenecido veinte años en un solo instante.

—Igarashi-sensei, disculpe nuestra desconsideración al interrumpir su retiro. —El cazador hablaba rápidamente, sin levantar la vista del suelo—. Mi nombre es Hachiya Asaji, serví al señor Akechi durante la pacificación de la frontera oriental del feudo. Muchos aún recuerdan lo que Igarashi Bokuden hizo durante el asedio del castillo Tojo. Los defensores no claudicaban y el asalto parecía inevitable, pese a que aquello hubiera supuesto sacrificar cientos de vidas. Sin embargo, usted logró infiltrarse la noche previa al asalto y prendió tres fuegos en el interior de la fortaleza; eso obligó a los defensores a abrir las puertas y combatir a campo abierto, donde perecieron honorablemente bajo nuestras flechas. Lo que podría haber sido una larga sangría, fue una victoria incontestable gracias a su actuación. Esa noche salvó la vida de cientos de *bushi*** que, al día siguiente, pudieron seguir luchando por su señor. Entre esas vidas estaban las de mi padre y mis hermanos.

»Por ello le ruego que reconsidere su postura. El clan vuelve a necesitarle y sabe bien que no aceptarán un no por respuesta. No podrá vivir en paz a menos que acepte prestar este último servicio. Hágalo por la memoria de los que lucharon junto a usted, no les gustaría saber que alguien así pereció inútilmente.

Igarashi observó al hombre postrado a sus pies. Poco le importaba la memoria de aquellos que habían luchado junto a él o los intereses del clan Akechi, tampoco prolongar aquella vida de contemplación y meditación, a la espera de que la muerte le alcanzara un invierno que cada vez intuía más próximo. Pero había algo que aún le importaba, así que dio la espalda a los samuráis y se adentró en la penumbra de su casa.

Al verle, el jilguero revoloteó en el interior de su jaula de bambú. Igarashi trató de sonreír, pero ni siquiera el alegre trino aligeraba ya su pecho.

Se desnudó y se echó sobre el cuerpo el caldero de agua que había llenado para la cena. Se limpió y se secó con un paño casi translúcido de tan raído, y se desenredó el pelo con un peine de largas púas hasta que pudo recogérselo con una cuerda a la nuca. Solo su trenza permaneció intacta sobre el hombro izquierdo.

A continuación, se vistió con kimono y *hakama,* pese a que Igarashi nunca se había considerado samurái ni conocía más lealtad que la que una vez profesara a su familia. Extendió una manta en el suelo y dispuso en ella varias pertenencias; otras, las ocultó entre los pliegues de su ropa. Por último, abrió el único armario de la casa; apartó cuencos y aperos hasta alcanzar un largo hatillo olvidado al

---

* *Bushi:* literalmente, «guerrero» o «caballero armado». El término no solo hacía referencia a los samuráis, sino que también podía abarcar a los monjes guerreros e incluso a los agentes secretos, como los *shinobi.*

fondo de un estante. Deshizo los nudos y extrajo dos sables que deslizó sobre su cadera izquierda.

Estaba listo, pero antes se aproximó a la jaula que pendía del techo. La abrió y tomó al jilguero entre las manos.

—Pequeño, tú abandonas la jaula y yo ocupo tu lugar —le susurró—. Vuela lejos, antes de que el invierno te alcance.

Capítulo 4

Todo viaje comienza con un solo paso

Kenjirō se arrodilló frente al altar familiar, prendió una varilla de incienso y la clavó en el cuenco de arena. Dejó que el cálido aroma lo envolviera antes de inclinarse y dar dos palmadas para llamar la atención de los dioses. Entonces cerró los ojos y, en silencio, rogó a Inari* para que la cosecha fuera abundante y su familia prosperara en su ausencia. Pidió a sus antepasados que le guiaran en aquel viaje, que le infundieran valor para que sus pies no se desviaran del camino y que, llegado el momento, su brazo se mantuviera firme. Por último, rezó a Buda para que le otorgara la sabiduría necesaria para aceptar el *samsara*** y no titubear ante el rostro de la muerte. Cuando se sintió preparado, se inclinó hasta tocar el suelo con la frente, dio las gracias y recogió las espadas que reposaban junto a él.

Se puso en pie y se ciñó a la cintura la *katana* y la *wakizashi*. Lo hizo con cuanta ceremonia le fue posible, muy consciente de que eran las posesiones más preciadas de su familia. Antes de partir, apoyó la mano sobre la empuñadura del sable largo y se tomó un instante para elevar un último ruego: que no tuviera que recurrir a ellas

---

* Inari: en el panteón sintoísta, Inari es la divinidad de la agricultura, el arroz y la fertilidad. Se la representa mediante un hombre o una mujer, indistintamente, y se creía que los zorros, o *kitsune*, eran sus sirvientes y mensajeros.

** *Samsara:* para los budistas es el ciclo eterno de la vida y la muerte, del que solo se escapa al liberarnos de nuestro *karma* y alcanzar la iluminación.

durante su viaje, que pudiera devolverlas intactas al recaudo de su padre y que permanecieran así hasta que su hermano debiera empuñarlas.

Por fin, se encaminó hacia la salida. La casa permanecía en completo silencio, con todos sus ocupantes aún durmiendo. El propio Kenjirō había preferido despedirse la noche anterior y partir en solitario antes del amanecer. Recogió la alforja con sus pertenencias y cargó a la espalda el arco destensado, envuelto en paño de algodón.

La noche lo recibió con aliento frío. Desde la posición elevada de la residencia familiar, podía contemplar los arrozales que se extendían hasta los límites del valle; el horizonte comenzaba a clarear y en las casas de los labriegos prendían las primeras lámparas. Pronto algún bebé despertaría hambriento, y le seguiría el aullido de un perro al que se sumarían otros a coro. Las chimeneas comenzarían a humear en breve alimentadas por el fuego del desayuno, y el cielo aún estaría oscuro por poniente cuando los primeros hombres salieran de sus casas con la azada al hombro.

Aquel era su hogar, jamás lo había abandonado. ¿Cuánto podría alejarse sin perder el camino de vuelta?

De improviso, una piedrecita lo golpeó en el hombro apartándole de aquellos pensamientos. Se volvió y no encontró a nadie a su espalda, pero le bastó con levantar la vista para descubrir a Fumiko sentada sobre el techo de la sala de baño.

—¿Ibas a marcharte a escondidas? —preguntó su hermana, encogida sobre el alero del tejado, las rodillas entre los brazos.

—¿Qué haces ahí, Fumiko? Se supone que deberías estar durmiendo.

—Y se supone que tú nunca ibas a dejarme sola.

—No te dejo sola —respondió él—, todos se quedan aquí, contigo.

La niña frunció los labios, triste. Sabía que no podía evitar la partida de su hermano.

—Llévame contigo —dijo de repente—. Te ayudaré en lo que sea, prepararé el arroz para la comida.

—¿Prepararme el arroz? —sonrió Kenjirō, aproximándose a su hermana—. Si ni siquiera eres capaz de mantener el fuego para que hierva el agua.

—Sí que puedo. El otro día preparé el arroz que os llevasteis para el almuerzo.

—¿Te refieres a ese que debimos tirar y que ni los pájaros quisieron?

Fumiko le clavó una mirada feroz, dispuesta a saltar sobre él para morderle la nariz.

—Vamos, ven aquí. —Extendió los brazos para bajarla del tejado—. Solo bromeaba. Nos comimos hasta el último grano.

Depositó a la niña en el suelo y ella se abrazó inmediatamente a sus piernas.

—¿Entonces sí me llevarás contigo?

—Sabes que no puedo —respondió Kenjirō, apartándole un mechón que le caía sobre la frente.

—¿Porque será peligroso?

—No, porque madre moriría de pena y porque padre enfurecería si abandonaras tus obligaciones.

—Puedo hacer todas mis tareas al volver.

—No insistas —la desengañó Kenjirō, que no conseguía adoptar un tono severo—. Si de verdad quieres ayudarme, quédate aquí, pórtate bien y haz todo lo posible para convertirte en una dama antes de mi regreso. Haz que me sienta orgulloso de ti.

—¿Cómo vas a sentirte orgulloso si te vas? —protestó ella—. No podrás saber si me porto bien o mal, si obedezco a la vieja Sadako o me escapo a los cañaverales.

Y volvió a hundir la cabeza entre los pliegues del gastado *hakama* de su hermano.

—No quiero que te pase nada —dijo por fin Fumiko, dando rienda suelta a sus preocupaciones—. Sé que padre te envía a un viaje peligroso.

Él se agachó y la obligó a levantar la cabeza.

—No te mentiré, Fumiko. No sé cómo es ese hombre al que he de acompañar ni lo que me aguarda en el camino. Solo puedo prometerte una cosa: si sé que tú me esperas, haré todo lo posible por regresar.

La niña sorbió por la nariz y asintió. Kenjirō sostuvo su mirada hasta que dejó de llorar.

—Ahora vuelve dentro, no quiero que madre despierte y te encuentre fuera del dormitorio.

Fumiko se abrazó a su cuello una última vez. Se enjugó las lágrimas sobre su hombro y, sin mirar atrás, comenzó a caminar hacia la casa.

Mientras la veía cruzar el jardín, Kenjirō se echó la mano al cuello, allí donde su hermana había dejado su aliento. Aquella sensación cálida lo reconfortó más que la bendición de ocho millones de *kami*.

Kenjirō se detuvo a las puertas del castillo Anotsu, rodeado por el gentío que cada mañana acudía a batirse con la implacable burocracia del feudo. Hasta ese día, la fortaleza solariega del clan Akechi no había sido para él más que una presencia lejana, una sombra difusa que dominaba la bahía desde su atalaya natural. Ahora que la contemplaba desde su misma base, sin embargo, se sentía aplastado por su inmensidad, abrumado por la intrincada arquitectura de murallas y torres superpuestas que se atisbaba desde el exterior.

Según su padre, aquella fortaleza palidecía en comparación con los inmensos castillos de montaña erigidos tierra adentro, o con las fortalezas costeras que habían defendido durante años el norte de Honshū. Pero lo cierto es que él jamás había visto nada tan grande construido por la mano del hombre.

De improviso, las puertas comenzaron a abrirse y la multitud se puso en movimiento, conducida a gritos y empellones por los guardias, que no dudaban en mostrar la punta de sus *yari* a cualquiera que se desviara del camino. Kenjirō agachó la cabeza y se sumó a la muchedumbre rehuyendo cualquier cruce de miradas. Llevaba en la pechera del kimono una carta del mismísimo gabinete del *karo,* en la que se conminaba a su padre a que uno de sus hijos se presentara esa mañana en la armería. No haberlo hecho habría supuesto incurrir en una grave desobediencia; aun así, se sentía como un intruso.

Acompañó a la multitud a través de los sucesivos pórticos hasta alcanzar el tercer patio, donde el grupo comenzó a disgregarse para formar colas ante los pabellones repartidos por la explanada. Se encontró repentinamente expuesto, sin saber exactamente hacia dónde dirigir sus pasos.

—¿Te encuentras perdido? —preguntó una voz a su derecha, y Kenjirō descubrió que junto a él caminaba un samurái que, a todas luces, no pertenecía al castillo—. No te detengas —le aconsejó el extraño—, estos necios no tienen nada mejor que hacer que molestar a quien no se comporte como ellos esperan. Dime adónde te diriges.

Kenjirō se permitió mirar de soslayo a su interlocutor y descubrió que se trataba de un hombre algo mayor que su padre. Vestía un *haori* marrón sobre el kimono y se cubría las piernas con un *hakama* muy holgado, como los usados por los sacerdotes sintoístas. En un primer vistazo, sus ropas parecían de buena calidad, pero Kenjirō reparó en que estaban muy desgastadas por el uso, incluso remendadas con disimulo en algunos puntos.

Su aspecto era el de un samurái venido a menos, y el hecho de que llevara el moño recogido sin el habitual *chonmage*[*] le hizo pensar que se trataba de un *ronin*. O quizás un *goshi*, como él mismo.

—Me dirijo a la armería —respondió al fin, titubeante.

—Muy bien, sigamos andando. Yo te acompañaré.

Se hallaba un tanto desconcertado, pero no encontraba motivos para ser descortés y rechazar la ayuda.

—No te muestres tan sorprendido —sonrió el samurái—. Debemos ayudarnos entre nosotros.

—¿Entre nosotros?

—No hace falta ser muy perspicaz para percatarse de que eres hijo de un samurái rural. ¿Acaso pretendías ocultarlo?

Kenjirō no respondió. Nunca se había avergonzado de sus orígenes; sin embargo, desde que se aproximara al castillo se había sentido intimidado, disminuido.

—¿Por qué has de visitar la armería? —persistió su interlocutor—. No pareces un samurái que vaya a entrar al servicio directo del clan.

El joven *goshi* volvió a mirar de reojo a aquel extraño, esta vez se detuvo más en sus facciones, en su expresión distendida. El otro le devolvió una sonrisa despreocupada.

—Crees que hago muchas preguntas —constató—. Lo siento, me recuerdas a alguien y eso me ha hecho excederme.

---

[*] *Chonmage:* corte de pelo habitual entre los guerreros al servicio de un señor feudal, consistente en el ineludible moño o coleta alta, distintivo de la casta samurái, y el rasurado de la parte frontal y superior del cuero cabelludo.

—No se disculpe, simplemente hay poco que explicar —rehuyó Kenjirō.

El veterano samurái asintió.

—Descubrirás que cuanto más viejo te haces, más tiendes a hablar con extraños —confesó—. En mi caso, es un asunto familiar lo que me ha traído hasta aquí: uno de mis hijos desea casarse. Somos simples samuráis rurales, aun así el clan ha de dar permiso para el enlace. Deben temer que los pequeños terrenos de ambas familias, una vez juntos, sumen tantos *koku* que aspiremos a rivalizar con su señoría.

Se rio de su propia broma y Kenjirō no pudo evitar sonreír a su vez. Sin embargo, la expresión de su extraño interlocutor ganó gravedad de repente:

—Si vas a recoger tus armas para partir en una misión, recuerda que para ellos cualquiera que viva fuera del castillo es poco más que una bestia de labranza. —Semejantes palabras podían ser consideradas un insulto, y Kenjirō no pudo evitar una mirada a su espalda, temeroso de que alguien las hubiera escuchado—. Cumple con lo que te pidan, pero procura volver sano y salvo junto a tu familia. Créeme, ese es tu verdadero cometido.

Kenjirō abrió la boca, pero no supo qué decir ante un consejo tan inapropiado.

—Ahí tienes la armería —indicó su interlocutor, al tiempo que se descolgaba el sombrero del brazo y se cubría con él la cabeza. Sus ojos desaparecieron bajo el ala ancha—. Yo he de llegar hasta el *honmaru*. Te deseo suerte.

Observó al samurái mientras se alejaba en dirección a la puerta más fortificada del castillo, la que daba paso a la ciudadela interior.

Aquel encuentro le había resultado extraño, pero trató de no darle mayor importancia y se volvió hacia el pabellón que albergaba la armería. Este se encontraba rodeado por un foso y cubierto por un tejado de escamas de arcilla pintadas de azul. Cuatro lanceros guardaban el puente tendido sobre el agua, único acceso posible. Kenjirō les mostró la orden expedida por el gabinete del *karo* y le indicaron que aguardara en el interior.

Cruzó el pórtico amurallado y se adentró en el gran pabellón en penumbras. Sin más ventanas que unos pequeños respiraderos ubicados a la altura del techo, el edificio apenas recibía luz del exterior. Para iluminarlo se habían instalado un sinfín de lámparas de pie; estas dotaban a la sala de una luz mortecina que oscilaba al ritmo de las leves corrientes de aire. Las hojas de lanza, alineadas en larguísima sucesión contra las paredes, reflejaban un resplandor líquido, como llamas insufladas del aliento de los muertos. Estantes y mesas de trabajo se perdían en las profundidades del pabellón, y por todos lados se repartían cascos y piezas de armadura, arcos destensados y flechas afiladas. Incluso se podía contar un buen número de *tanegashima*[*] sobre soportes verticales anclados a la pared, uno sobre otro, hasta conformar largas hileras que llegaban a las vigas del techo.

Jamás había visto Kenjirō tantas armas juntas, y comprendió que aquellas eran las herramientas de muerte que se entregaban a los *ashigaru* y a los *goshi* cuando se les llamaba a abandonar sus campos para acudir a la guerra. La élite samurái, por el contrario, no emplearía otras armas más que las conservadas en el seno familiar.

Unos pasos apresurados le hicieron volverse. Pertenecían a un joven que parecía llegar desde las dependencias ubicadas junto a la entrada, separadas del gran almacén por paneles *shoji.*

—No puedes estar aquí —le advirtió el muchacho; a juzgar por sus modales y su fino kimono, jamás había puesto un pie fuera del castillo—. Largo o llamaré a los guardias.

—Mi nombre es Kudō Kenjirō —se presentó, al tiempo que echaba mano de la carta.

El jovenzuelo refrenó su ímpetu al ver el documento.

—Es cierto, nos avisaron de que vendría alguien como tú. —Señaló una de las puertas—: Espera en esas dependencias a Miura-sensei. Y compórtate debidamente ante el maestro.

Kenjirō obvió el tono condescendiente del ayudante de cámara y se dirigió a la estancia indicada. Se descalzó antes de subir a la tarima y deslizó el panel con prudencia. La sala estaba completamente vacía salvo por un único cojín colocado en el centro; no sabía si

---

[*] *Tanegashima:* también llamado *teppo*, era la denominación que recibía en Japón el antiguo arcabuz europeo. Introducido por los comerciantes portugueses a mediados del XVI, los primeros modelos llegaron a la isla de Tanegashima, de ahí el nombre que acabaron recibiendo. Los herreros japoneses no tardaron en fabricar sus propios modelos, convirtiéndolos rápidamente en un arma clave en cualquier ejército feudal.

estaba destinado al visitante o al anfitrión, así que optó por ignorarlo y arrodillarse en posición de *seiza* junto a la entrada.

Se distrajo observando las pinturas *sumi-e* que decoraban los paneles que le rodeaban. La tinta aguada trazaba sobre el papel de arroz hermosos paisajes propios de la provincia: acantilados costeros, pinares que descendían en cascada hasta el mar, ríos sinuosos entre los valles de montaña... Sus ojos se detuvieron en los extensos arrozales tendidos al sol, pero la ensoñación se esfumó en cuanto la puerta se abrió con brusquedad.

Sin tiempo para mirar a quien acababa de entrar, apoyó las manos frente a sí e inclinó la cabeza.

—¿Eres Kudō Kenjirō? —preguntó la voz frente a él.

—Así es, mi señor.

—Levanta la cabeza para que pueda verte.

Kenjirō obedeció y se encontró con el hombre que lo observaba desde arriba, sin molestarse en sentarse frente a él. Miura-sensei, orondo como un buda pero con ojos de zorro, era el administrador encargado de gestionar la armería del clan. Se decía que en su juventud había sido un excelente herrero, de ahí el *sensei* que daba lustre a su nombre, pero a tenor de sus hombros caídos y sus delicadas manos, Kenjirō juzgó que esos días quedaban lejos.

—Nunca te he visto por el castillo. ¿Alguien te ha enseñado a luchar?

—Mi padre me ha educado en el camino de la espada, *sensei*. Y el hermano de mi madre me ha adiestrado en el tiro con arco.

—Arco y espada —repitió Miura con sarcasmo—, como a un caballero samurái. La arrogancia de los *goshi* nunca deja de sorprenderme.

—También nosotros somos samuráis, mi señor.

—Labriegos a los que se os ha permitido tener apellido, eso es lo que sois —bufó el maestro de armas.

Kenjirō volvió a agachar la cabeza. El gesto podía interpretarse como de disculpa, pero tenía por objeto esconder el incipiente desprecio que el joven sentía por aquel hombre.

—Muéstrame tus manos —le ordenó Miura.

Kenjirō extendió las palmas hacia arriba y el funcionario observó con desagrado los dedos encallecidos por el trabajo en el campo.

—¿Pretendes hacerme creer que con esas manos eres capaz de empuñar un arma? ¿Cómo he de confiarte uno de mis sables?

—No será necesario, *sensei.* Tengo mis propias armas.

Miura observó la *daisho*[*], el arco destensado y el hatillo que descansaban junto a Kenjirō. Entonces sonrió con arrogancia.

—¿Una espada familiar? —preguntó, sardónico—. ¿La has desenvainado alguna vez? Lo más probable es que la herrumbre la haya atascado en su funda.

—Puedo asegurarle que está bien conservada —respondió Kenjirō.

—Eso lo decidiré yo. Muéstrame la hoja.

Kenjirō alzó la *katana* con ambas manos para ofrecérsela a Miura. Este empuñó el sable y, en lugar de desenvainarlo unos dedos como dictaba la cortesía, tiró hasta liberar la hoja por completo. Apoyó la curva interior sobre el antebrazo para examinar el filo, tan leve como un haz de luna. A continuación, observó cómo la luz se deslizaba sobre la línea de templado del acero y tanteó el cordaje de la empuñadura, firmemente anudado.

A medida que profundizaba en su escrutinio, más se acusaba el rictus que torcía su boca.

—Bah, es un arma de campesinos —dijo al fin, y sin previo aviso dejó caer el sable.

Antes de que la *katana* golpeara contra el suelo, Kenjirō extendió la mano y atrapó la empuñadura al vuelo. Con el mismo movimiento deslizó la hoja en el interior de la funda, extinguiendo su fulgor con el siseo del acero al ser envainado. Depositó el sable a su derecha y volvió a inclinar la cabeza.

Miura alzó la barbilla, molesto. Esperaba que su gesto de desprecio se hubiera zanjado con el repiqueteo del metal contra el tatami.

—No entiendo por qué se ha encomendado a un *goshi* la protección de un enviado de Nagasaki, pero mi función es que, al menos, parezcas presentable y no dejes en evidencia a nuestro clan. ¿Has

---

[*] *Daisho:* literalmente, grande y pequeño. Así se llamaba a la pareja compuesta por la *katana* (el sable largo) y la *wakizashi* (sable corto) que era símbolo de la casta samurái. Ambas armas debían llevarse siempre a la cintura cuando se estuviera en público, y perder alguna de ellas era motivo de gran vergüenza.

visto alguna vez a un *bateren** cristiano? —Kenjirō negó con la cabeza—. Apenas balbucean la lengua de los hombres, tienen narices como picos de cuervo y ojos redondos, como los de un pez asfixiado en la orilla. Además, huelen como bestias... Aunque eso para ti no será un problema.

Miura-sensei se volvió y golpeó dos veces en el marco de la puerta. Kenjirō escuchó cómo el panel se deslizaba a un lado. Alguien tendió un paquete al maestro y la puerta volvió a cerrarse. De improviso, un bulto de tela cayó frente a Kenjirō, que permanecía con la cabeza gacha.

—Quemaremos tus ropas y vestirás estas. En ellas se ha bordado el blasón del clan Oda, pues actuarás como *yojimbo* de la corte de Gifu durante el viaje. Por más incomprensible que me resulte, eso significa que serás un samurái de Oda a todos los efectos y que deberás actuar como tal. No abandones a ese hombre en ningún momento, o tú y tu familia seréis ajusticiados. Si el *bateren* fuera muerto por cualquier circunstancia, tu cadáver debe aparecer junto al suyo, tanto da si debes cometer *seppuku*** para ello; de no ser así, tú y tu familia seréis ajusticiados. Si por obra de los dioses completaras tu misión, deberás devolver estas ropas y regresar a tus tierras. Si no lo hicieras, y una vez concluido tu viaje se te viera vistiéndolas, se te cortaría la cabeza y tu familia sería ajusticiada. ¿Lo has comprendido?

Kenjirō asintió con expresión neutra.

—Bien, puedes llevar tus propias armas si así lo deseas. El extranjero te espera en el pórtico exterior del *honmaru*. Se ha decidido cederle un caballo para este viaje, tú deberás caminar junto a él. Ante todo, procura mantenerlos con vida, a él y al animal, aun a costa de la tuya.

Dicho esto, y sin mediar despedida, el maestro de armas abandonó la sala.

Cuando se supo a solas, Kenjirō alzó la cabeza y contempló los ropajes pulcramente doblados frente a él. Deshizo el nudo y desplegó las distintas piezas: el pantalón *hakama*, negro como una noche

---

* *Bateren*: deformación de la voz latina *pater*. Era el nombre que se daba a los misioneros cristianos.

** *Seppuku*: suicidio ritual consistente en la evisceración mediante un corte bajo el vientre. En occidente se popularizó con el nombre de *hara-kiri*.

sin luna; el kimono, teñido con el azul profundo de Awa, y el *haori* de color gris, sobre el que resplandecía como una flor dorada el blasón del clan Oda. Eran ropas sobrias, sin las filigranas en seda ni los bordados que gustaban lucir muchos samuráis, pero sin duda era el kimono más espléndido que jamás vestiría en su vida.

Igarashi caminaba entre las calles empedradas del *honmaru*, el último anillo de la fortaleza, bastión militar y residencia, a un tiempo, de las familias más leales al clan Akechi. La pequeña ciudadela estaba formada por un barrio de viviendas que, dispuestas en abanico, venían a confluir en la torre del homenaje, dominadora de todo el conjunto desde sus cuatro plantas de base cuadrangular. La posición que un vasallo ocupaba en el clan era fácil de determinar en función de la proximidad de su casa a la residencia del daimio; la que Igarashi Bokuden buscaba era una de las más alejadas de la torre-palacio, pese a que el simple hecho de hallarse en el interior del *honmaru* era suficiente signo de distinción.

Esa mañana había llegado a las inmediaciones del castillo muy temprano, con la luna aún alta sobre el cielo, y se había acomodado junto al pórtico exterior a fin de escrutar detenidamente cada uno de los rostros que llegaban a la fortaleza. No alcanzó a ver a ningún extranjero, por lo que supuso que el cuervo habría sido alojado en alguna dependencia intramuros; sin embargo, fue fácil identificar al *goshi* que acudía por primera vez a la residencia de su señor. Era un hombre joven e inexperto, tal como se lo habían descrito, pero tras la conversación casual que pudo forzar con él, debió disentir de sus informadores en lo referente a su valía. El muchacho no tenía mundo, pero había visto en él templanza y ojos despiertos. Estaba por ver si podía llegar a convertirse en un problema.

Se detuvo finalmente frente a la puerta exterior de una de las viviendas; era idéntica a todas las demás, con un pequeño jardín frontal y rodeada por un murete blanco que daba intimidad a las familias: junto a la entrada pendía una cadena de lluvia formada por cuencos de metal, uno colgando de otro hasta casi tocar el suelo.

El visitante se aproximó e inclinó uno de los platillos para beber las gotas condensadas durante la madrugada. Durante un instante, quiso descubrir el perfume de su esposa en el agua de rocío; sintió sus labios en el filo de metal y sus dedos rodeándole las manos; no en vano se dice que algo de nosotros queda enredado en todo lo que creamos. Hikaru trenzó aquella cadena durante sus primeros días en el nuevo hogar, con la esperanza de que los pájaros acudieran a libar el agua de lluvia y alegraran las mañanas con sus trinos. Los pájaros no acudieron, pero él acostumbraba a beber de los pequeños cuencos con deleite, y sabía que eso también la alegraba. O, al menos, así fue durante un tiempo.

Hizo un esfuerzo por apartar aquel rapto de memoria y se concentró en la puerta de madera frente a él. La sensatez le decía que lo mejor era marcharse de allí, pero le inquietaban las palabras de los samuráis que fueron en su busca, esa inoportuna mención a la dama Etsuko. Debía apaciguar sus temores, aunque supiera que sus actos no hacían sino mostrar cuál era su debilidad.

Por fin, se decidió a empujar aquella puerta tras la que se agazapaban el pasado y la nostalgia. Al abrirla, halló unos ojos que miraban directamente a los suyos, como si hubieran estado aguardando su llegada. Pertenecían a un niño de no más de siete años que permanecía sentado en la tarima del hogar, los pies colgando sobre el jardín, mientras observaba con curiosidad al recién llegado. Igarashi se quedó paralizado en el umbral, prendado de aquel rostro que parecía surgido de la bruma del tiempo.

Muy lentamente, como si temiera ahuyentar a un gorrión en el alféizar, se quitó el sombrero y se lo colgó del antebrazo. Avanzó unos pasos sobre el camino de tierra y se acuclilló frente al muchacho; sus ojos quedaron a la misma altura.

—Hola, pequeño —quiso saludarle, pero sus palabras sonaron débiles, compungidas. Era como estar ante la encarnación de un recuerdo.

—Hola —saludó el niño—. ¿Quién es usted?

El hombre sonrió, con las lágrimas a punto de delatarle.

—Me llamo Bokuden —respondió con afecto—. Yo antes vivía aquí.

El pequeño miró hacia atrás, a su propia casa.

—¿Es amigo de mi padre?

Igarashi negó con la cabeza.

—¿De mi madre?

—Hubo un tiempo en el que ella me quiso tanto como tú la quieres ahora —respondió el extraño con una sonrisa melancólica.

El niño también sonrió. No conocía a ese samurái, pero había algo en él que le resultaba familiar, que lo reconfortaba.

—Apártate de ese hombre —dijo de repente una voz severa.

Igarashi levantó la vista y se encontró con la dama Etsuko. Vestía un kimono sencillo y un mandil en el que se limpiaba las manos. Los años habían pasado por ella, como por todos, pero seguía siendo tan hermosa como cuando era una niña.

—Madre, dice que lo conoce —protestó el niño.

—Levántate y espérame en la cocina —ordenó ella, tajante—. Y que no se te ocurra salir a curiosear.

El niño se levantó y dedicó al viejo samurái una mirada de despedida. Entonces desapareció en el interior del salón familiar, como el fantasma del pasado que parecía ser.

—¿Qué hace aquí? —preguntó la mujer cuando quedaron a solas.

Igarashi se puso en pie. Debió tomar aire profundamente antes de poder hablar.

—No sabía que tuvieras un hijo.

—Nació hace más de seis años. Es un niño muy querido por todos.

Igarashi supo reconocer el reproche que se deslizaba entre aquellas palabras. Se armó de valor antes de preguntar:

—¿Me dirás al menos cómo se llama?

—¿Por qué quiere saberlo?

—Soy su abuelo, Etsuko.

Ella frunció los labios y negó con la cabeza.

—No —le desengañó—, no lo es. Al igual que tampoco es mi padre. Dejó de serlo el día en que madre se quitó la vida.

El despecho teñía la voz de Etsuko. Consciente de que estaba a punto de perder la compostura, la mujer le dio la espalda y se dispuso a regresar al refugio de su hogar, del olvido.

—Por favor —insistió Igarashi, casi en un lamento—. Háblale de tu madre… Y de mí, si alguna vez reúnes la compasión necesaria para perdonarme.

La mujer se detuvo, los hombros crispados. Entonces miró atrás. Había lágrimas en sus ojos. También un odio antiguo, alimentado por los años.

—¿Quiere saber cómo se llama? —preguntó—. Se llama Goichi.

Aquel nombre le atravesó el pecho como un cuchillo certero. Goichi, como el hermano perdido de Etsuko. Goichi, a quien él mismo entregó.

Capítulo 5

El camino a Shima

Martín Ayala aguardaba junto al pórtico del *honmaru*, sin saber muy bien qué hacer con las riendas de aquella montura que no había pedido. Palmeaba el cuello del animal mientras contemplaba el trasiego del castillo a su alrededor, girando para observar los muros albos, los jardines entre los adarves, los guardias y funcionarios que se movían entre los pabellones... Hasta encontrarse cara a cara con el samurái que se había plantado frente a él.

Se trataba de un hombre joven, de ropajes sobrios y expresión tan severa que al jesuita se le antojó incluso divertida. Por supuesto, se abstuvo de esbozar la más mínima sonrisa. No le pasó por alto que ostentaba en su kimono el emblema del propio Oda Nobunaga, y no el de su vasallo, Akechi Mitsuhide, lo que quizás significara que ese hombre había sido enviado desde Gifu. Dio por sentado, en cualquier caso, que se trataba del samurái que ejercería como su protector y vigilante. Y puesto que el recién llegado no parecía dispuesto a entablar conversación, fue Ayala el que tomó la iniciativa con una sencilla reverencia:

—Mi nombre es Martín Ayala —saludó con respeto—, le doy las gracias por acompañarme durante este viaje.

El samurái trocó su calculada seriedad en sincera sorpresa al escuchar cómo el extranjero se expresaba sin esfuerzo en la lengua de las islas. Los mercaderes de Anotsu decían haber visto a *bateren* cristianos que predicaban las enseñanzas de su dios en japonés, pero solo eran capaces de hablar de memoria, con una pronunciación brusca, como la urraca que repite una canción. Quizás aquel hombre había memorizado el saludo, pero lo había hecho con tal exactitud que fue capaz de hacerle dudar.

Decidió seguirle el juego con ánimo de desenmascararlo:

—Yo soy Kudō Kenjirō, hijo de Kudō Masashige. Se me ha encomendado su protección. —Y con gesto taimado, añadió—: ¿Ha montado en el caballo desde Nagasaki?

Ayala miró de reojo al animal y sonrió, pues sabía lo que pretendía su joven interlocutor.

—Sin duda se trata de una montura excelente, pero no creo que sea capaz de saltar de una isla a otra —bromeó—. De hecho, se me ha entregado por orden de Naomasa-sama, pero lo cierto es que no sé montar, así que si lo desea... —Le ofreció las riendas.

Kudō Kenjirō las aceptó con gesto titubeante, desconcertado no solo porque aquel extranjero entendiera perfectamente lo que él decía, sino porque fuera capaz de responderle con suma naturalidad. Solo lo delataba su delicada entonación, casi afeminada. Además de su aspecto, por supuesto, comenzando por su altura desgarbada y terminando por sus afiladas facciones, mal disimuladas por una barba apenas recortada.

—Pongámonos en camino —dijo Ayala, emprendiendo el empinado descenso entre murallas encaladas—. Nos esperan jornadas largas, caminando de sol a sol, espero que no sea un inconveniente.

Kenjirō tardó un instante en reaccionar, pero terminó por seguir al sacerdote tirando de las bridas del animal. No podía caminar tras el extranjero como un sirviente, pero tampoco le parecía apropiado montar mientras aquel al que debía proteger viajaba a pie; así que optó por cargar su hatillo y su arco sobre la grupa del animal y se apresuró a marchar junto al *bateren*.

Cuando estuvieron a la par, Ayala lo estudió con escaso disimulo.

—No eres un caballero de la corte de Oda, ¿estoy en lo cierto? —dijo con súbita informalidad.

Kenjirō se envaró ante la pregunta.

—Soy el samurái al que se le ha encomendado su vida, no necesita saber más.

—No es precisa tanta solemnidad, o este viaje se hará muy largo —replicó el jesuita de buen humor—. Te confesaré algo: yo tampoco soy un investigador, nunca he solucionado crimen ni misterio alguno. Soy poco más que un traductor con tendencia a la curiosidad. Así que, en cierto modo, ambos somos impostores. Pero será mejor que no se lo digamos a nadie.

El joven *yojimbo* recompuso su gesto adusto, aunque debió reconocer que aquel extraño sacerdote había sabido leer en su mente, pues desde que recayera en él la encomienda de su padre se había sentido, efectivamente, como un impostor.

—¿Por qué habla de crímenes? —fue toda su respuesta.

—¿Acaso nadie te ha explicado el motivo de mi presencia aquí? ¿Por qué he navegado desde el otro extremo del mundo para alcanzar estas costas?

Kenjirō ni siquiera era capaz de concebir un viaje tan largo. Sabía que más allá del mar del norte se hallaba el país de los Ming[*], cuya extensión no se podía recorrer ni en un año de viaje a pie; pero este hombre venía de un lugar mucho más lejano, de una tierra de bárbaros que farfullaban en una lengua gutural y que, pese a todo, habían aprendido a cazar los vientos y cubrir largas distancias sobre el mar. Esas artes los habían conducido hasta allí, y no parecían dispuestos a marcharse fácilmente.

—Nada se me ha dicho porque nada necesito saber —zanjó con rotundidad.

Ayala asintió, paciente. Habían alcanzado el último patio amurallado, cercano a los límites del castillo. No eran los únicos que abandonaban la fortaleza, pero el número de visitantes que avanzaban en sentido contrario era mucho mayor: se concentraban en el pórtico de entrada, y aún seguían afluyendo por el camino que ascendía desde la villa de Anotsu.

—¿No crees, entonces, que un hombre tiene derecho a saber el motivo por el que arriesga su vida?

---

[*] País de los Ming: también «Gran Ming», era uno de los nombres que recibía China en el Japón antiguo, en referencia a una de las principales dinastías reinantes.

Kenjirō mantuvo la vista al frente sin intención de contestar. Era obvio que se encontraba cada vez más incómodo ante las preguntas de Ayala.

—Lo siento —se disculpó el jesuita—. Comprendo que es la primera vez que hablas con alguien como yo, un extranjero que ni siquiera debería entender tu idioma. —Ayala saludó con una inclinación de cabeza la curiosidad de un lugareño que no apartaba la mirada—. Aun así, déjame explicarte mis razones. Si las comprendes, quizás puedas cumplir mejor tu cometido.

El joven samurái se permitió mirarle de soslayo, pero solo un instante.

—Hace más de un año, en la casa que nuestra orden mantiene en Osaka, se halló el cuerpo desfigurado de uno de mis hermanos —comenzó Ayala—. Solo fue el anuncio de una larga desgracia, pues el asesino nos ha ido esquilmando como un lobo a un rebaño abandonado, hasta matar a diez hombres a todo lo largo de la ruta Tokaido. Nueve padres jesuitas y un japonés, todos cristianos. Pese a ello, Oda-sama se ha desentendido de estos crímenes, zanjando el asunto como un problema que solo concierne a los *nanban*. Lo máximo que hemos conseguido es el permiso para iniciar una investigación por nuestros propios medios, y por eso he sido enviado. —Ayala levantó la vista al cielo. Ni un jirón de nube empañaba aquella mañana, pese a lo cual, su rostro aparecía sombrío—. No sé quién puede ser responsable de semejante atrocidad, y tampoco sé si esa persona tratará de impedir que lo descubra. —Bajó la vista a su ahora atento interlocutor—. Por eso estás tú aquí.

El *goshi* calló ante tales explicaciones, pero Ayala creyó encontrar en sus ojos la fugaz chispa de empatía que buscaba.

—Y ahora —dijo el extranjero—, ¿hay algo que quieras preguntarme?

—¿Adónde nos dirigimos?

—A la misión jesuita de Shima. Es el lugar más próximo de cuantos han sufrido esta desgracia. Además de ser mi antiguo hogar —añadió—, pues en aquella comunidad pasé mis últimos años en Japón.

—¿Es allí donde aprendió nuestro idioma?

Ayala tardó en responder.

—No, fue antes. En Hirado —dijo al fin.

Y, por algún motivo, se sumió en un profundo silencio.

Viajaron a buen ritmo durante la mayor parte de la mañana. Kenjirō, que quiso intuir bajo los negros ropajes del extranjero a un hombre pusilánime y de constitución débil, terminó por descubrir que se hallaba ante un caminante pertinaz. Su paso no flaqueaba a pesar de que el sol brillaba implacable aquella jornada, y ni siquiera las ampollas, que terminaron por manchar de sangre sus sandalias de cuero, le hicieron desfallecer. No necesitaron de más paradas que las imprescindibles para rellenar las cantimploras o aliviarse, de modo que antes del mediodía ya habían cubierto casi cuatro *ri** de distancia.

Seguían un camino que se separaba de la ruta Tokaido y recorría la orilla occidental de la bahía de Owari, avanzando siempre hacia el sur, sobre los filosos acantilados de aquella costa escarpada.

De tanto en tanto, el litoral suavizaba su perfil y el camino descendía hasta casi el nivel del mar, permitiéndoles descubrir playas de sal y aldeas pesqueras al amparo de las calas. Kenjirō, que no conocía más paisaje que el de los extensos arrozales, se sorprendió disfrutando de su primera jornada lejos del hogar. Hasta ahora solo conocía la domesticada costa de Anotsu; la senda que transitaban era, sin embargo, agreste y salvaje, asomada por momentos a despeñaderos capaces de sobrecoger al caminante.

Se encontró sonriendo mientras observaba a las gaviotas suspendidas sobre las corrientes de aire, planeando a la altura de sus ojos antes de lanzarse en picado por la pared del acantilado. Al verlas emerger de la rompiente con la pesca coleando en el pico, comprendió cuán diferentes eran de aquellas gaviotas que él conocía, que se conformaban con picotear los despojos del puerto.

Y así avanzaron: uno sumido en un silencio nostálgico, el otro atento al camino, hasta que se detuvieron a comer en un mirador natural proyectado sobre las aguas.

—He traído comida para ambos —anunció Ayala, mientras rebuscaba en una de las alforjas cargadas en el caballo—. Tengo carne

---

* *Ri:* unidad de distancia equivalente a 3,9 kilómetros, aproximadamente.

seca, aunque supongo que no será de tu gusto. También rábanos encurtidos y arroz. El comerciante que me acogió en Anotsu se encargó de proveerme para gran parte del viaje.

—Gracias, pero no será necesario —rechazó el muchacho con educación—. Prefiero comer de mi bolsa.

Se sentaron en sendas piedras hundidas en el suelo, contemplando el mar a sus pies, atentos al rumor de las olas contra la roca. Kenjirō abrió una hoja de bijao y extrajo dos bolas de arroz sazonadas con *umeboshi*[*]; entre bocado y bocado observaba con disimulo a su acompañante, que daba buena cuenta de varias lonchas de carne. Ya había escuchado que aquellos hombres devoraban sin reparo a los propios animales que criaban, pero no por eso resultaba menos repugnante verle masticar aquella carne correosa, seca como una corteza de árbol. «Por lo menos usa los palillos y no las manos», se dijo, justo en el momento en el que el jesuita levantaba la vista y lo descubría escrutando su comida. Malinterpretando su curiosidad, le ofreció un trozo de cecina con gesto amistoso. Kenjirō rehuyó la invitación con un largo trago a su cantimplora de té.

—¿Conocías esta costa? —preguntó Ayala, mientras contemplaba aquel horizonte en el que se adivinaba la orilla opuesta de la bahía de Owari.

—Nunca había viajado tan lejos —reconoció el joven samurái.

—La vuestra es una tierra hermosa. Inhóspita en ocasiones, cruel en invierno, pero terriblemente hermosa.

Kenjirō no supo muy bien qué responder, pues el extranjero parecía hablar para sí.

—Antes de que caiga la noche hemos de llegar al cabo de Toba —prosiguió Ayala, esta vez dirigiéndose claramente a su interlocutor—. Es una región que me es familiar, solíamos recorrerla para predicar la palabra de Cristo en las aldeas y las encrucijadas. Allí haremos noche en los meandros del río Isuzu, podremos lavarnos y, con suerte, encontraremos algún pescador que nos venda una cena fresca. Si es la voluntad de Dios, mañana al mediodía estaremos en la misión de Shima.

---

[*] *Umeboshi:* ciruela seca en salazón que solía colocarse en el interior de las bolas de arroz, y aportaba un sabor ácido al plato.

Prosiguieron la marcha antes de que el estómago lleno los adormeciera. A media tarde, el paisaje comenzó a mutar: las montañas, tan próximas a la costa hasta ese momento, ganaron distancia y suavizaron sus contornos. El propio litoral dejó atrás su pedregosa orografía y adoptó formas fluidas y onduladas. Al poco se encontraron caminando entre arenales lamidos por el mar y suaves colinas que se tendían tierra adentro.

Bajo el arrebol del atardecer, Kenjirō pudo contemplar cuanto le rodeaba a través de los ojos del extranjero, y de algún modo hizo suyas su fascinación y sus palabras. Solo despertó del ensueño cuando el cabo de Toba apareció en la distancia, alargándose para tocar la isla de Toshi, tan próxima a la costa. Fue una visión fugaz, pues el camino se internó en un bosque de robles que entrelazaban sus ramas contra el cielo.

Avanzaron durante un buen rato por la arboleda en penumbras, hasta que Kenjirō se percató de que solo su montura caminaba junto a él. Alarmado, miró atrás para descubrir a Martín Ayala plantado en medio del camino. Volvió sobre sus pasos y descubrió que el sacerdote se había perdido en la contemplación de un *torii*[*] sepultado en la foresta, de un rojo tan desvaído que a él le había pasado desapercibido. Tras la puerta sagrada arrancaba un sendero que se internaba en la espesura.

—Hemos de seguir esa vereda —dijo Ayala.

—¿Por qué? Nos apartará de la costa. El cabo de Toba se encuentra más adelante.

—Es necesario —fue la única explicación del jesuita.

Ayala se adentró entre los árboles y pasó bajo el arco que separaba el mundo de los hombres del de los dioses. Kenjirō no tuvo más remedio que seguirle, aunque se aseguró de cruzar el vano ciñéndose a uno de los pilares, pues allí los *kami* discurrían por el centro de la senda.

La arboleda fue ganando pendiente, y hallaron que al primer *torii* le sucedían otros, cada vez más próximos y torcidos, hasta formar un largo pasaje que serpenteaba ladera arriba. Continuaron

---

[*] *Torii:* arco de madera formado por dos pilares y sendos travesaños cruzados en su parte superior, habitualmente de color rojo. Indicaban la proximidad de un templo sintoísta y, al cruzarlo, se penetraba en el mundo sagrado que rodeaba al santuario.

ascendiendo en silencio, no solo porque la solemnidad del lugar así parecía exigirlo, sino porque el esfuerzo les había robado el último aliento tras una larga jornada. Solo el caballo parecía remontar despreocupadamente la pendiente, arrancando al paso los brotes de hierba que crecían entre las piedras.

El ramal vino a desembocar en una capilla consagrada a la diosa Inari, tal como anunciaban los dos zorros de piedra que, sujetando una llave y un pergamino enrollado entre sus fauces, escrutaban el alma de aquellos que llegaban por la arcada.

Tras las estatuas, un novicio barría con expresión ausente la escalinata que daba acceso a la capilla. Al reparar en los recién llegados, apoyó su escoba contra uno de los pedestales y les dedicó una reverencia:

—Sois bienvenidos, peregrinos. La capilla está a vuestra disposición para que recéis.

Ayala dio un paso al frente y le devolvió el saludo con igual cortesía.

—Gracias por su ofrecimiento, pero no hemos venido a rezar.

Solo entonces el joven clérigo se percató de que hablaba con un extranjero. Un tanto desconcertado, se sacudió el polvo del *hakama* y descendió hasta quedar a la altura de los visitantes.

—Si no es a orar, ¿a qué habéis venido?

—Hará más de diez años, una muchacha llamada Junko se unió a esta capilla como *miko**. Quisiera saber si continúa acogida aquí o se la envió a otro templo.

El joven frunció el entrecejo. Semejante pregunta no era adecuada, y menos aún viniendo de un extranjero.

—Esperad aquí, iré a buscar al sacerdote Daizenbo. Es el titular de la capilla.

Ayala se lo agradeció con una inclinación de cabeza. Cuando el novicio partió, Kenjirō comentó a su espalda:

—No le dirán nada.

---

* *Miko*: monjas de la religión sintoísta, guardianas de los templos y asistentes de los sacerdotes en diversas ceremonias. En las festividades, eran las encargadas de ejecutar las danzas rituales (de las que se derivó el teatro *kabuki*) y, a menudo, se las consideraba en contacto con los *kami*. Si se demostraban tocadas por la divinidad, podían llegar a ejercer como oráculos.

El jesuita se limitó a mantener la mirada al frente, atento a la puerta por la que había desaparecido el novicio. No debieron esperar mucho hasta que un viejo sacerdote cruzó el pórtico con paso airado; vestía ropas ceremoniales que revoloteaban tras su andar impetuoso. Se detuvo cuatro escalones sobre la cabeza de los visitantes y señaló a Ayala con su bastón *shaku:*

—¿Qué haces aquí, cuervo? Estás pisando un suelo sagrado que te está vedado.

—Lamento haberme presentado de esta forma. Lo hago con toda humildad y respeto a este lugar santo. Solo necesito saber…

—Mi novicio ya me ha hablado de tus historias, y suenan a invenciones como las de tu dios mentiroso. Llevo aquí más de treinta años y jamás he tenido a una monja a mi servicio. ¡Ahora, márchate!

Ayala no repuso una palabra. Se limitó a disculparse con una profunda reverencia, tomó las riendas de la montura e inició el regreso. Kenjirō, sin embargo, no dudó en encararse con el viejo Daizenbo:

—Este hombre se ha comportado con respeto. Tratarlo así no honra la santidad de esta capilla, sacerdote. —Y le dio la espalda antes de que pudiera expulsarlo a él también.

Mientras caminaba en pos de Ayala, Kenjirō se sorprendió de su propia osadía al reprender a un sacerdote de Inari. Se dijo que el hecho de portar la *daisho* y el emblema de los Oda le había infundido un orgullo equívoco, así que rogó a la divinidad que, si debía mediar castigo alguno, recayera sobre él y no sobre la próxima cosecha de su familia.

Cuando alcanzaron el camino principal, las primeras estrellas titilaban ya entre las ramas. Era evidente que aquella jornada no llegarían a Toba, así que prosiguieron a través del robledal hasta encontrar un pequeño claro junto a la senda. Decidieron hacer noche allí, al amparo de los árboles, y partir al día siguiente antes del alba.

Kenjirō ató al animal con bastante cuerda para que pastara con comodidad y se aplicó en prender un pequeño fuego. Colocó sobre las llamas su cazo de viaje y vertió dos puñados del arroz de la cosecha familiar; quería pensar que, mientras pudiera comer de aquel arroz cada día, no habría abandonado del todo su hogar.

Ayala, por su parte, permanecía sentado con la cabeza gacha y la mirada extraviada. El encuentro con aquel sacerdote había extinguido una pequeña esperanza de cuya existencia ni siquiera había sospechado. Pero ahora que la había perdido, un vacío muy real se había alojado en su pecho, lo que le llevó a plantearse sus verdaderos motivos: ¿realmente estaba allí para evitar el sufrimiento de sus hermanos?

Kenjirō le puso delante un cuenco de arroz regado con guiso de verduras, obligándolo a regresar a cuestiones más mundanas:

—Coma —lo instó el muchacho—. No se puede viajar sin comer.

Su joven acompañante tenía razón, así que Ayala aceptó el cuenco con ambas manos y comenzó a comer. Aquel arroz era mucho mejor que el que le habían preparado los sirvientes del mercader Almeida.

—No tenías por qué molestarte —dijo, tras llevarse los palillos un par de veces a la boca—. Aún tengo comida en la alforja.

—La comida está en su alforja, no en su estómago. Allí sirve de poco —zanjó el *goshi*.

El jesuita debió sonreír ante tanta elocuencia.

—Disculpa si me he convertido en una compañía demasiado silenciosa. Mañana me reencontraré con viejos amigos y lo haré en tristes circunstancias. Eso me tiene distraído.

Pero Ayala se percató de que su interlocutor no le escuchaba. En su lugar, había levantado la vista y oteaba en silencio la oscuridad.

—¿Qué ocurre?

—Hay algo entre los arbustos, creo que es un faisán.

El joven comenzó a ponerse en pie.

—¿Pretendes cazarlo? —preguntó el jesuita, divertido.

—Puede ser nuestro desayuno de mañana.

Lentamente, se aproximó a sus pertenencias, desenvolvió el arco y, apoyando uno de los extremos en el suelo, lo flexionó contra el muslo y colocó la cuerda. Tomó una flecha y la montó sobre la guita de cáñamo. Con total sigilo, se puso en pie, tensó el arco a la altura de la oreja y contuvo la respiración. Ayala se hallaba arrobado por el momento y su mirada iba del arquero a la espesa oscuridad que habitaba entre la arboleda, tratando de encontrar algún indicio de la presa que había detectado Kenjirō. Incapaz de ver lo que había más allá del claro, se centró en la figura del joven samurái, que parecía a punto de liberar la saeta.

Su pulso falló en el último momento y la flecha se perdió alta, entre las copas de los árboles. Kenjirō ni siquiera torció el gesto, se limitó a cubrirse el hombro y a desmontar el arco en silencio. Ayala también se abstuvo de lamentar el fallo, pues sabía que aquello podía herir el orgullo del samurái. En su lugar, recogió el cuenco de Kenjirō y se lo tendió cuando este regresó junto a la hoguera.

—Lo cierto es que no se me ocurre mejor desayuno que este exquisito arroz.

El joven asintió, y ambos retomaron la cena.

Igarashi Bokuden se sentaba con las piernas cruzadas en la oscuridad, su cuerpo en perfecto equilibrio sobre la rama del árbol. Mantenía los ojos cerrados y su percepción abierta, de modo que aún podía sentir la vibración de la flecha clavada junto a su cabeza. Sonrió con malicia. Desde un principio supo que aquel muchacho le traería problemas.

Capítulo 6

Lluvia y fuego

El aguacero tamborileaba sobre la cubierta y calaba las capas de paja con que se cubrían los cinco ocupantes del bote. El viejo Jigorō —hombros recios, barba y melena blanca azotadas por la borrasca— guiaba la embarcación con pulso firme; estaba acostumbrado a navegar en noches como aquella, y orientaba con pericia la pala bajo el agua para evitar las olas más encrespadas. Los demás ejercían de remeros, apretando los dientes frente a la corriente y el temporal.

El viejo miró alrededor para comprobar que las seis barcas que los acompañaban no se hubieran separado. Todas seguían cerca, apenas visibles entre las olas, pues permanecían con las linternas apagadas de modo que nadie pudiera contar su número. La luz que colgaba a la proa de su bote había sido la única referencia hasta entonces, pero ahora, con la península de Kushimoto ya superada, por fin divisaban los dos navíos que estaban buscando: la enorme embarcación extranjera, cuyo negro casco oscilaba pesado sobre las aguas; y fondeado tan cerca que parecían tocarse, el afilado junco de los *wako**, que se entregaba liviano al vaivén de la marea.

Jigorō miró atrás una última vez, hacia la costa de Kii. Era imposible que alguien los divisara a aquella distancia.

---

* *Wako:* piratas, mayoritariamente japoneses, que asolaban tanto el mar Interior de Japón como su costa norte. Sus incursiones en China y Corea también eran frecuentes y motivo de disputas diplomáticas entre estos países.

—Lo haremos como otras veces —dijo—. Ichizo, recuerda que debes mantener el bote cerca. No quiero demorarme con esos piratas una vez zanjemos el intercambio. Si ves que alguna de las barcas se aproxima demasiado, agita la linterna; no nos interesa que sepan cuántos somos. —Ichizo asintió con determinación—. Los demás, ojos abiertos y en silencio.

Recogieron los remos y aprovecharon la inercia para aproximarse lentamente al casco del junco. Desde cubierta les lanzaron cabos para aproximarlos a la escalerilla de embarque. La embarcación se elevaba poco más de un cuerpo sobre la línea de flotación, por lo que no tuvieron dificultad para izarse a bordo.

Jigorō fue el primero en alcanzar la cubierta y un rápido vistazo le permitió hacerse una idea de la situación. Los extranjeros ya se hallaban allí: eran tres, barbados y de aspecto hosco. Dos parecían ser los comerciantes; el otro, que no disimulaba bajo la capa la empuñadura de sus armas, les hacía de custodio. Había un cuarto hombre junto a ellos, más menudo y menos desafiante, cubierto con un sombrero de paja. Parecía proceder del país de los Ming, y probablemente fuera su intérprete.

Aunque la verdadera salvaguardia de aquellos hombres no era, en cualquier caso, el espadachín de mirada torva, sino la mole que flotaba junto al velero ocultando la luna y las estrellas. Si los extranjeros no regresaban a salvo a su nave, la pólvora atronaría y la nave de los *wako* se iría a pique antes de que tuvieran tiempo de tomar aire. Y eso lo sabían mejor que nadie los propios piratas, una veintena de hombres apiñados en torno a su líder, el imprevisible Togoro. Ellos eran los principales interesados en que aquel negocio discurriera sin sobresaltos. O eso era lo que se repetía el viejo Jigorō mientras avanzaba al frente de su grupo.

Los tres bandos quedaron confrontados en medio de la cubierta, expuestos al viento y a la borrasca que comenzaba a devenir en llovizna.

—Llegas tarde, viejo —masculló Togoro, bravucón.

Vestía ropas estrafalarias, probablemente saqueadas a algún cortesano del continente, y exhibía medio rostro tatuado con dragones de espuma de mar. Se trataba del más joven de su tripulación y, pese a ello, ostentaba el rango de capitán. Eso solo podía significar que era extremadamente astuto o extremadamente cruel, o ambas cosas, y Jigorō lo tenía muy presente cada vez que trataba con él.

—Hemos debido remar con el viento de cara —fue su única explicación—. ¿Dónde está la mercancía de los *nanban*?

Los portugueses afilaron la mirada, pues sabían bien a quién se refería aquella palabra. Togoro, por su parte, se limitó a sonreír mientras su tripulación se apartaba para que pudieran contemplar los nueve toneles de madera apilados tras ellos.

—Bien —constató Jigorō—, ¿cuál será el precio?

Todos volvieron el rostro hacia los extranjeros, y estos comprendieron que la negociación había comenzado. El más veterano, como acreditaban las canas que le entreveraban el cabello, se dirigió a su intérprete en portugués:

—Diles que pedimos cuatrocientas treinta de sus monedas de oro, pero que en la próxima ocasión el precio se elevará. Si la Compañía de Jesús deja la costa de Kii, no tendremos delegación para distribuir la mercancía.

El intérprete asintió con energía y extrajo de su abrigo un pequeño tintero y una pluma de ave, como la empleada por los extranjeros para escribir. Protegiéndose de la lluvia, transcribió las instrucciones del mercader en un cuaderno cosido; apenas hubo terminado, Togoro se las arrebató de las manos*. El pirata observó las notas con el ceño fruncido.

—Los extranjeros piden por este cargamento ochocientos *ryo* de oro —mintió Togoro—. Al parecer les resulta cada vez más difícil pasar la mercancía. —El *wako* sonrió antes de añadir—: A eso hay que sumarle nuestra cuarta parte, por supuesto. En total os costará mil *ryo*.

Jigorō se acarició la barba mientras escrutaba la expresión de los *nanban*. Antes de responder, miró por encima del hombro a los miembros de su partida que habían subido a bordo. Todos guardaban

---

* El japonés y los dialectos chinos son completamente diferentes a nivel oral, por lo que dos personas que hablen dichos idiomas no podrían mantener una conversación. Sin embargo, al haber heredado el japonés muchos de los pictogramas chinos, sí es posible cierto nivel de comunicación escrita con el chino tradicional. Esto hizo que los portugueses emplearan a los habitantes de su colonia en Macao como traductores en sus negocios con Japón.

silencio, sus miradas embozadas tras las capas de paja y los sombreros *sugegasa*. El viejo ya contaba con que el pirata trataría de inflar su parte, pero debía calibrar hasta dónde llegaba el engaño.

—Decidles que es demasiado. Mi señor no me permite ofrecer más de quinientos *ryo*.

El mensaje inició el camino contrario: Togoro se las ingenió para empuñar el delicado instrumento de escritura sin quebrarlo. Apenas sabía leer, pero por la cuenta que le traía, se manejaba bien con los números.

Les mostró la cifra al intérprete, que se volvió hacia los navegantes y dijo en un portugués lento y vocalizado:

—Trescientos, ellos dicen no pagar más de trescientos *ryo*.

El desaire se reflejó en el rostro de los extranjeros:

—Trescientas monedas de oro —comentó el más joven—, eso no asciende ni a quinientos ducados. Estamos perdiendo el tiempo.

Antes de que la negociación pudiera proseguir, uno de los embozados de Jigorō se adelantó para comentarle algo con discreción. Este asintió antes de dirigirse a Togoro:

—Ya contábamos con que intentarías alguna argucia, *wako*, pero tu avaricia comienza a ser intolerable.

—¿Cómo te atreves, viejo? —exclamó el joven capitán, echando mano a su alfanje con ademán exagerado—. ¿Me acusas de mentir?

Los portugueses se apresuraron a preguntar a su intérprete qué sucedía, pero este solo alcanzaba a mirar a uno y otro lado, tratando de captar alguna palabra en japonés que resultara comprensible. El tono amenazador de Togoro, no obstante, fue perfectamente inteligible para todos los presentes. Máxime cuando su tripulación desenvainó su variopinta cacharrería de sables, cuchillos y hachas.

El guardaespaldas de los mercaderes no titubeó en sacar a relucir también sus argumentos: una espada ropera y una daga de estoque que arrojaban un brillo peligroso, como los ojos de quien las empuñaba.

Solo los hombres de Jigorō mantuvieron la calma. Y en el tenso silencio que se conjuró sobre la cubierta, el *nanban* de barba entrecana sujetó del brazo a su traductor y le espetó:

—Dime qué demonios ha dicho el viejo, o por Dios que conocerás la parte de mi barco que solo ven los peces.

El mediador se veía ya perdido, pasado a cuchillo por unos o por la quilla por otros. Hasta que se alzó una voz en portugués:

—Os están engañando, maese navegante.

Las palabras sonaron claras sobre el crepitar de la lluvia, y los presentes intercambiaron miradas confusas, pues parecían haber surgido del grupo de Jigorō. El viejo se hizo a un lado para que uno de sus hombres diera un paso al frente. Solo que no se trataba de un hombre:

—Deberíais elegir mejor a vuestros socios en estas islas —añadió la voz, en un portugués impecable.

El más joven de los comerciantes alzó su linterna e iluminó los rasgos japoneses que se ocultaban bajo el sombrero: el rostro ovalado, la piel tersa aunque morena, la mirada peligrosa, discordante con unos ojos de oscuras pestañas que podrían haber resultado gentiles. La mujer habría poseído una rara belleza de no hallarse desfigurada por una cicatriz que le nacía de la comisura izquierda y le mordía la piel hasta el pómulo.

—¿Quién sois vos? —preguntó el más veterano.

—Soy la dama Reiko, aunque los contrabandistas de estas costas me dedican apelativos menos amables. —La mujer hizo un gesto al viejo, y este se aproximó a los mercaderes para ofrecerles una caja lacada en negro y atada con una banda de seda—. En esa caja hay quinientos *ryo,* setenta más de lo que exigíais. Será el pago por esta entrega si el precio se mantiene estable en nuestros próximos encuentros.

—¡Ni se te ocurra dar un paso más, viejo! —exclamó Togoro—. No sé de qué estáis hablando, pero esas monedas no saldrán de mi barco. —Y alzando la punta de su alfanje, se dirigió a la mujer—: Así que tú eres la puta Reiko. Es cierto lo que dicen de ti, eres capaz de entenderte con estos bárbaros.

Los ojos de Reiko se mantuvieron ocultos bajo el ala de su sombrero, pero la fina sonrisa que se dibujó en sus labios no agradó al joven capitán.

—¿De qué te ríes, mujer?

—Es usted un pobre infeliz, Togoro-san —dijo la mujer en japonés—. Si hubiera comedido su avaricia, se hubiera llevado una suculenta parte de este y de los próximos negocios. Ahora los extranjeros saben que pretendía engañarlos y ya conocen a sus compradores. Ni ellos ni nosotros volveremos a necesitar de su mediación.

—¿Eso crees, puta? ¿Piensas que puedes jugármela en mi propio barco? En estas costas solo hay dos opciones: la aduana del clan Suzuki o nosotros. —El *wako* comenzó a avanzar hacia la mujer, amenazador—. Y creo que quien os envía no tiene intención de que los Suzuki controlen su mercancía.

Reiko abrió su capa y, con gesto despreocupado, levantó el fusil que escondía debajo. Su rostro ni siquiera se inmutó mientras encañonaba al líder de aquella jauría de lobos. Togoro, sin embargo, prorrumpió en una teatral carcajada:

—Estúpida, estúpida mujer. Ni siquiera tiene la mecha encendida. —Señaló al cielo, que aún vertía una fina llovizna sobre ellos—. Y aunque me sentara a esperar, jamás conseguirías encenderla con este tiempo.

La contrabandista se limitó a advertirle:

—No dé un paso más.

—Oh, sí. Voy a hacerlo. Y aquí, mientras todos miran, te follaré contra la cubierta de mi barco. Y luego serán mis hombres los que te enseñen cuál es…

Un rugido atronador silenció el discurso de Togoro, seguido del repiqueteo de su sable contra el suelo. Antes de derrumbarse, el capitán solo alcanzó a ver los jirones de carne y las astillas de hueso que asomaban de su hombro, donde antes había estado su brazo derecho.

El resto de la tripulación fue incapaz de reaccionar, la mirada clavada en su capitán, que había caído de rodillas y, encogido sobre sí mismo, aullaba contra el suelo. Por su parte, Jigorō y sus hombres empuñaron las armas de fuego que también llevaban colgadas bajo las capas de paja. Dos fusiles armados cada uno.

—¡Vosotros! —gritó el veterano contrabandista al resto de los *wako,* obligándolos a apartar la mirada del malogrado Togoro—. Comenzad a lanzar los barriles por la borda.

La dama Reiko se colocó frente a los extranjeros, aún boquiabiertos por lo acontecido, e hizo una reverencia de disculpa.

—Lamento lo accidentado de este encuentro. —Ni siquiera en tales circunstancias su portugués mostraba titubeos—. Les aseguro a vuestras mercedes que los próximos negocios discurrirán sin mayores contratiempos.

Un alarido a su espalda la obligó a volverse.

—¡Tú, hija de una víbora! —vociferaba Togoro, tratando de incorporarse sobre el brazo que le quedaba—. Juro que sufrirás, te abriré en canal y lanzaré tus entrañas a los peces, y mientras te apagas te inclinaré sobre la balaustrada y te follaré. ¡Te follaré mientras ves cómo las gaviotas se comen tus tripas!

Reiko hizo una señal con la cabeza y uno de sus compañeros le lanzó otro fusil. Lentamente, se colocó frente al capitán de los *wako*, que en un atisbo de lucidez trató de retroceder sobre la cubierta ensangrentada. La mujer volvió a encañonarlo.

—Y dígame, Togoro-san, ¿cómo hará tal cosa sin lo que le cuelga entre las piernas?

Capítulo 7

Veritas in simplice

Kenjirō y Ayala alcanzaron el cabo de Toba bien entrada la mañana. La senda los llevó hasta la playa antes de diluirse en la arena, obligándolos a proseguir la marcha entre rocas y dunas de sal. El aire yodado se les enredó en el pelo y les inundó el pecho, mientras el rumor de las olas aliviaba el silencio que comenzaba a retumbarles en los oídos. Incluso su montura, que hasta entonces los había seguido con paso aburrido, comenzó a relinchar cada vez que los aerosoles le empapaban la grupa, agradecida también de dejar atrás el camino pedregoso.

No era aún mediodía cuando el joven Kenjirō tuvo la oportunidad de deleitar el último de sus sentidos: a cierta distancia, sobre las rocas de la orilla o acuclilladas entre el oleaje, un grupo de mujeres limpiaban los moluscos que habían pescado durante la mañana. Guardaban la captura en grandes baldes de madera, junto a los que habían clavado los cuchillos que empleaban para arrancar las ostras de la roca. Se hallaban por completo desnudas, a excepción del pañuelo con el que se recogían el pelo.

El muchacho quedó fascinado por aquella visión. No todas eran jóvenes, incluso había alguna abuela entre ellas, igualmente desnuda e igualmente afanosa, pero sus cuerpos morenos, fuertes y enjutos, cubiertos de salitre, eran de una belleza que no entendía de imposturas.

—Son mariscadoras. Harías bien en no mirarlas —le advirtió Ayala.

—He escuchado hablar de ellas. Son las mujeres del mar de Shima —musitó Kenjirō, cautivado—. Dicen que son capaces de sumergirse hasta donde ningún hombre se atreve para conseguir las ostras, y que pueden permanecer en el agua durante todo el día.

—Solo los animales caminan desnudos por el mundo. Allá de donde vengo, ni las meretrices se exhiben tan impúdicamente delante de los hombres —clamó el jesuita, enfadado, manteniendo la vista al frente con obstinación—. No dejes que tus bajos instintos te condenen; mirándolas de esa forma no haces sino participar de su ignominia.

—¿Qué ignominia? —respondió el joven con una sonrisa embelesada—. A mí me parece que solo embellecen el paisaje.

Una de las mujeres se percató de la presencia de los viajeros y lo comentó con el resto; las más jóvenes se cubrieron el rostro para cuchichear entre risas, pero las veteranas no dudaron en alzar el brazo para saludarles. Aquel gesto logró lo que no había conseguido Ayala: que Kenjirō apartara la vista, ruborizado, y se concentrara en guiar al animal por las riendas. Solo para volver la vista atrás poco más adelante, incapaz de sustraerse al embrujo de las mujeres del mar.

Acabaron por tomar una senda que volvía a escalar los acantilados elevándose sobre las calas, y por más que Kenjirō se esforzó en otear los bajíos en busca de aquellas recolectoras de ostras, el resto de la jornada discurrió sin más alicientes.

El sol estaba alto cuando llegaron a los márgenes del río Isuzu. Lo remontaron durante varios *cho**, hasta que el cauce perdió salobridad y pudieron lavarse en agua dulce. Cuando completaron el aseo, regresaron hasta un embarcadero próximo a la desembocadura. Allí, el jesuita compró pescado fresco que espetaron y asaron en las brasas que los propios pescadores mantenían avivadas. Saciado el apetito, llegó la hora de negociar con uno de aquellos hombres para que los llevara a la otra orilla. Kenjirō no pasó por alto la naturalidad con que los pescadores trataban al extranjero, señal de que aquellos bonzos de negros ropajes eran allí parte habitual del paisaje.

Cruzar el río les costó doce monedas de cobre, pero la barca era grande y podía transportar al animal, lo que les evitó perder

---

* *Cho:* unidad de longitud equivalente a 109 metros, aproximadamente.

media jornada en busca de un puente o de un vado. En cuanto desembarcaron en la margen opuesta, Ayala tomó una vereda que los separaba de la costa. O esa fue la impresión inicial del joven *goshi*, pues tras recorrerla durante buena parte de la tarde, terminaron por remontar un cerro desde el que se divisaba el mar.

Frente a ellos, la tierra comenzaba a perder pendiente hasta llegar a la costa y desmenuzarse en un sinfín de pequeños islotes.

—La bahía de Shima —anunció Ayala—. En una de esas islas se halla la casa de mis hermanos.

—¿En un islote? —observó Kenjirō—. ¿No se puede llegar a pie?

—Así es, pero hay un motivo. Tras esos montes se erige el Gran Santuario de Ise. —Ayala señaló tierra adentro, hacia las colinas cubiertas de pinos que se extendían hasta donde alcanzaba la vista—. Según los sacerdotes del santuario, todas estas tierras son sagradas, bendecidas por la diosa Amaterasu, y no podíamos mancillarlas con nuestra cruz. Nos ofrecieron asentarnos en una de las pequeñas islas frente a la costa, supongo que con la esperanza de que pasáramos de largo. Ya ves que no lo hicimos. —Y con una sonrisa satisfecha, comenzó a descender el collado.

Kenjirō se rezagó para contemplar los boscosos islotes que habían cuajado como gotas de jade sobre las aguas calmas de la bahía. Palmeó a su montura mientras se preguntaba en cuál de ellos se erigiría la cruz que adoraban esos hombres, pero sobre todo se preguntaba qué los había empujado a viajar hasta unas costas tan lejanas y permanecer en ellas, a pesar de que por pocos eran bienvenidos. ¿Tan importante era para ellos proclamar la verdad de su dios? Las Islas Divinas ya tenían a sus propios dioses, antiguos y orgullosos; no necesitaban al dios de los extranjeros. En cualquier caso, no era de su incumbencia. Su único deber era mantener a aquel extraño a salvo, así que suspiró y comenzó a descender tras él.

Llegaron a la playa cuando el sol comenzaba a declinar, avanzada ya la hora del gallo*. Antes de que Kenjirō pudiera preguntar cómo alcanzarían el islote, divisó un grueso poste clavado en la orilla: alto,

---

* Hora del gallo: entre las 17.00 y las 19.00 horas.

torcido y coronado con la cruz de los *nanban*. Tres barcas de aspecto frágil permanecían atadas al madero, varadas al retirarse la marea.

—El animal no podrá viajar en ninguno de esos botes —dijo el muchacho, anticipando la intención del jesuita.

—Tienes razón —convino Ayala—, pero tampoco podemos abandonarlo en la playa. A partir de aquí deberé continuar yo solo.

Kenjirō frunció el ceño.

—No. Mi deber es protegerle en todo momento.

—No te preocupes —sonrió el jesuita—. Regreso a mi antiguo hogar, junto a mis hermanos. Nadie me desea ningún mal allá donde voy.

—¿Se refiere a ese lugar donde uno de los suyos ha sido asesinado?

A Martín Ayala le disgustó el inesperado cinismo de su protector.

—Voy a una casa de mi orden. Estaré a salvo —insistió—. Además, no podemos desentendernos de nuestra montura, por así llamarla. A no ser que conozcas una forma de llevarla con nosotros, deberás pasar aquí la noche.

El samurái sostuvo la mirada del extranjero. No podía obligarlo a nada, pero tampoco podía desatender su misión. Aunque recordaba bien que devolver al animal sano y salvo también formaba parte de ella.

—Comprendo cuál es tu deber —prosiguió Ayala en tono conciliador—, pero yo también tengo el mío. Confía en mí y este viaje llegará a buen término.

Y antes de que su joven guardaespaldas pudiera objetar nada más, el sacerdote soltó una de las amarras y comenzó a empujar el bote hacia la orilla. Saltó a bordo antes de que el agua le llegara a la cintura.

Kenjirō, con expresión contrariada, lo observó alejarse sobre las olas. Sabía que estaba cometiendo un error, sabía que los seguían aunque no hubiera percibido de nuevo aquella presencia durante las últimas jornadas; pese a ello, solo podía apretar las riendas mientras observaba cómo Ayala se valía de una pértiga para alejarse de la playa. Cuando finalmente la vara de bambú no halló fondo, la recogió y comenzó a remar a buen ritmo. Era evidente que sabía moverse por aquellas aguas, y Kenjirō no tardó en perderlo de vista tras uno de los islotes.

Resignado, se volvió hacia el caballo, pero su vista se encontró con el crucifijo que remataba el poste. Por el bien de todos, esperaba que aquel dios acostumbrara a velar por sus hombres santos. De haber sabido cómo, además de orar a los *kami* y a sus antepasados, esa noche también habría rezado al dios de la cruz.

Sentado de espaldas a proa, de cara a la playa que iba confundiéndose con la pedregosa línea de costa, Martín Ayala se manejaba a los remos con la soltura de quien había navegado aquella bahía durante años. Sus brazos, no obstante, ya no le permitían batir el agua con tanto ímpetu como antaño, y un viejo dolor entre los hombros le advirtió de que alcanzar su destino no iba a resultar sencillo. Por fortuna, conocía bien las corrientes entre aquellos islotes y sabía cómo embocarlas en su provecho.

No se sentía orgulloso de lo que acababa de hacer. Varias calas más adelante, frente a la isla deshabitada que los lugareños llamaban Kashiko, había una villa pesquera con un pequeño puerto desde el que podrían haber embarcado con el animal. Pero Ayala necesitaba proseguir solo su viaje, sin la constante vigilancia de un hombre impuesto por el clan Akechi para controlar sus pasos.

Continuó deslizándose entre las corrientes, remontando olas cada vez más encrespadas que abordaban su barca y le empapaban los pies. Mantenía la mirada en los frondosos islotes que, como bosques flotantes, estrechaban el cerco en torno a él; si se aproximaba demasiado, podía resquebrajar el vientre de su barca contra alguna roca agazapada bajo las aguas.

Con cada golpe de remo parecía internarse un poco más en su memoria: recordaba los árboles doblegados por el incesante viento costero; el perfil de cada acantilado, como rostros afilados que aún le resultaban familiares; y recordaba el pequeño cabo que se proyectaba sobre el mar intentando alcanzar con dedos de piedra a los que se atrevían a navegar sus inmediaciones. Sabía que al rebasarlo vería la capilla que los jesuitas levantaran en aquellas aguas propensas a la furia.

Sin dejar de remar, se permitió mirar por encima del hombro para redescubrir su viejo hogar: la visión del campanario rematado con la cruz de hierro le arrebató el aliento. Aquella cruz, de tantas que había visto a lo largo de su vida, era la que se mantenía firme en su recuerdo; la primera que evocaba al cerrar los ojos, vívida aún la mañana que la izaron al tejado ayudados por cuerdas y por las manos de los pescadores.

La misión se levantaba en la única isla con una playa de arena; los jesuitas habían ensanchado el calvero que se abría en el corazón de aquel pedazo de tierra a la deriva hasta dejar espacio para la casa y la iglesia. Según se aproximaba, a Ayala le sorprendió comprobar que un reverbero perfilaba las copas de los árboles y arrancaba destellos al humilde campanario. Rodeó la isla hasta encallar el bote en la playa, que descubrió convertida en un improvisado varadero de barcas y juncos. No menos de veinte embarcaciones reposaban sobre la arena, muchas más de las que él nunca hubiera visto allí reunidas.

Espoleado por la intriga, se ciñó el manto empapado y se adentró en el sendero que cruzaba la primera línea de pinos. En el interior de la arboleda, descubrió la ermita iluminada por un sinfín de linternas, algunas clavadas en la tierra, otras en manos de los feligreses que habían acudido al templo. Comprendió que se hallaba ante la santa misa del domingo.

Ayala se persignó mientras se aproximaba a la entrada. En la isla había más fieles de los que la pequeña iglesia podía albergar; los hombres y mujeres de la bahía de Shima llenaban el templo, y aun debían buscar acomodo junto al pórtico abierto de par en par. Todos permanecían de rodillas con las manos enlazadas, atentos a la potente voz que emanaba del interior del templo. Era el padre Melchior, principal de la casa, quien pronunciaba la homilía en un japonés memorizado.

Con prudencia, intentando no molestar a los feligreses, se aproximó a la entrada hasta que pudo vislumbrar el interior: un centenar de personas, arrodilladas sobre cojines o directamente sobre las esterillas de caña, escuchaban las palabras del oficiante. Aquel padre Melchior era apenas una sombra del que Ayala recordaba: el pelo blanco y ralo, como las nieves que la primavera diluye; los ojos oscuros, hundidos en el rostro; la espalda rendida. Solo su voz, y probablemente su voluntad, mantenían la firmeza de antaño.

El resto de los jesuitas se hallaban sentados junto al altar, al amparo de la gran cruz de madera que se elevaba sobre el sagrario, y a los que pudo reconocer también los halló castigados por el cansancio y la edad, más de lo debido.

—... es por ello que debéis desconfiar de los viejos dioses —proclamaba Melchior—, del Buda y de los bonzos, que solo anuncian para el pueblo un ciclo de eterno sufrimiento mientras ellos incurren en todo tipo de vicios tras los muros de sus templos. ¿Por qué, si no, se retiran a las montañas? ¿Por qué sus templos os están prohibidos, si no es para ocultar sus privilegios mientras os piden que os resignéis en la desgracia? No es así en este lugar, no es así en la casa de Dios, que abre sus puertas a cualquiera que desee escuchar su palabra. —De tanto en tanto, el padre Melchior miraba de soslayo a Igasaki, su ayudante japonés, y este asentía para indicarle que su proclama era inteligible—. Yo os digo que son falsedades, pues el sufrimiento de esta vida es banal y momentáneo. Es vuestra vida eterna la que debe preocuparos, la que vendrá después, pues de lo que hagáis en este mundo dependerá si verdaderamente os abocáis a un sufrimiento eterno o, por el contrario, podréis regocijaros hasta el fin de los días en la presencia de Dios.

»Solo los que abrazan la verdad de Cristo pueden alcanzar la salvación. Aquellos que murieron creyendo en las mentiras de los bonzos están perdidos, sus almas condenadas a una desdicha sin fin. Es la desgracia de vuestros padres, y de los padres de vuestros padres, y de todo aquel que ignora la palabra de Dios. —Los feligreses temblaban al escuchar tal condena, doblados por el llanto; muchas cabezas buscaron el consuelo de un hombro próximo, muchos desesperaron tapándose el rostro con ambas manos—. Es una verdad triste, pero debéis saberla; por eso hemos venido hasta aquí, para traeros la verdad del Señor y que vosotros y vuestros hijos tengáis una oportunidad de salvación. Todavía hay esperanza para esta comunidad, y la hay merced al sacrificio de hombres como el hermano Nuño, que murió por vosotros. No podéis permitir que su muerte sea en vano.

Ayala, desde el umbral de la capilla, allí donde no alcanzaba la luz de las lámparas, observó a los fieles que le rodeaban, contempló el tormento que les infligían tales palabras y se preguntó si esa era la manera de hacer buenos cristianos, si atarlos a la fe con el temor y la pena era mejor que someterlos con supersticiones, tal como hacían los bonzos.

El padre Melchior ya era responsable de la casa cuando Ayala misionaba en aquellas costas, y no pudo dejar de preguntarse cuándo sus homilías se habían vuelto tan crueles, cuándo se había tornado insensible al dolor de su parroquia. O quizás siempre fueron así. No solo Melchior, sino todos ellos, que osaban hablar a esa gente del bien y del mal, que destruían con palabras aquello en lo que habían creído sus ancestros.

Asistió al resto de la eucaristía vagando entre recuerdos y tribulaciones, y solo cuando Melchior despidió a los fieles regresó a este mundo. Esperó entre penumbras mientras los parroquianos se retiraban; algunos lo miraban brevemente, quizás porque el rostro de ese hombre les traía el recuerdo de un *bateren* de ojos luminosos y rasgos afables, pero nadie quiso preguntarle qué fue de aquel joven.

Cuando el recinto quedó vacío, el padre Melchior, asistido por Igasaki, se encargó de limpiar con lino blanco el cáliz antes de guardarlo bajo llave en el sagrario. El resto de los jesuitas, cinco hombres de los cuales Ayala conocía a tres, se reunieron en un pequeño corro para conversar. Uno de ellos levantó la cabeza al reparar en la enjuta figura que avanzaba por la nave central:

—¡Ayala! —exclamó Ramiro, un sacerdote de edad similar a la del recién llegado—. Mirad a quién nos trae la divina providencia, hermanos: ¡Martín Ayala!

Los dos hombres se abrazaron con dicha sincera; solo cuando Ramiro sintió el llanto a punto de desbordarle, se apartó para que sus hermanos pudieran saludar también al regresado. Primero, José dos Santos y João Veloso, dos portugueses a los que Ayala conocía bien, pues llegaron a la casa tres años antes de su partida. Después se presentaron Manuel Caeiro y Rui de Castro, quienes llevaban tan solo seis años en la misión japonesa. El padre Melchior, por su parte, observaba la escena desde el púlpito, y apenas inclinó la cabeza en señal de reconocimiento cuando sus miradas se cruzaron.

Los padres decidieron abandonar sus austeras costumbres por un día y agasajaron a tan inesperado invitado en el refectorio. La cena, preparada por el hermano Caeiro con la ayuda de Igasaki y Junkei, los dos japoneses conversos que vivían con los jesuitas, contó como plato principal con cinco capones a los que se degolló aquella misma noche. Disfrutaron también de queso curado y aceitunas maceradas, de embutidos ibéricos y dulces árabes, todo regado con exquisito vino tinto; era patente que la alacena seguía bien nutrida por los mercaderes portugueses que fondeaban en la bahía de Shima.

Durante la cena se conversó en tono mesurado; se habló de la situación de la misión japonesa, de cuántos cristianos se habían bautizado en las tres décadas transcurridas desde que Francisco Xavier hollara aquellos caminos, y de la importancia de contar con el apoyo de daimios cristianos como Darío Fuwa, leal incluso a ojos de sus enemigos.

Se interrogó a Ayala por las noticias de la vieja Europa, sobre si Mercuriano estaba logrando defender los intereses de la Compañía en Roma o, por el contrario, como aseguraban las maledicencias, los franciscanos campaban a sus anchas por las estancias vaticanas. Ramiro, único español junto a Ayala entre los allí congregados, interrogó a su paisano sobre las obras del monasterio de El Escorial, que comenzaran justo antes de que Ramiro abandonara Castilla y que, casi veinte años después, aún dilapidaban buena parte del tesoro nacional. Y en general se habló de todo y de nada, obviando en la medida de lo posible el sórdido asunto que había traído a Martín Ayala de regreso.

Fue el propio invitado el que decidió dejar de postergar la cuestión:

—Padre Melchior, hermanos; solo puedo daros las gracias por vuestra bienvenida. Durante esta cena, me habéis permitido olvidar las ingratas circunstancias que nos han reunido, pero ha llegado el momento de que me haga cargo de los verdaderos motivos que me han traído de vuelta a la misión.

Como si las palabras de Ayala hubieran obrado un tenebroso sortilegio, el silencio se apoderó de los comensales. Unos apuraron un trago demasiado largo de vino, otros clavaron la vista en sus platos o en el crucifijo de madera que presidía el comedor; todos rehuyeron los ojos del enviado de Roma. Era evidente que los habitantes de la casa se habían impuesto un voto de silencio en torno a los sucesos allí acaecidos. Finalmente, el padre Melchior se obligó a hablar:

—En verdad nos ha sorprendido vuestra designación —comentó—. Creímos que Roma enviaría inquisidores a dilucidar estos asuntos.

—Bien sabéis, padre Melchior, que el brazo de la Inquisición no llega hasta estas costas. Es más, el imperativo proceder de sus investigadores quizás nos habría cerrado más puertas de las que hubiera abierto.

—Entonces os sentís satisfecho, creéis que vos sois el más idóneo.

Martín Ayala agravó el gesto. Creía que las viejas rencillas tardarían más en aflorar.

—No he dicho tal cosa —respondió con calma—. Pero los que saben de este país y de sus gentes, por lo común tan distintas a nosotros, deberían alegrarse de que Mercuriano haya optado por una solución más discreta, la encarne yo o cualquier otro hermano que conozca el terreno que pisa.

—¿Qué necesitáis saber exactamente, padre Ayala? —intervino Ramiro, tratando de encauzar la conversación—. Para bien o para mal, los sucesos de aquella noche permanecen indelebles en nuestra memoria.

La expresión circunspecta de aquellos hombres corroboraba tales palabras.

—La de Shima es la primera casa afectada por esta tragedia que visito —dijo Ayala—; he decidido que sea así porque os conozco bien a la mayoría. Sé que me hablaréis con franqueza de aquella noche, necesito saberlo todo: quién estuvo con él por última vez, quién lo halló, el comportamiento del hermano Nuño en los días anteriores, vuestros temores, vuestras sospechas… Sé que puede resultar doloroso escarbar en la memoria, pero es la única manera de acercarnos a la verdad.

Cada uno de los sentados a la mesa calló a la espera de que algún otro tomara la palabra. Finalmente, fue Rui de Castro, llegado hacía seis años a Shima tras misionar en la India, quien terminó por claudicar ante el incómodo silencio:

—Probablemente fuera yo el último en hablar con el hermano Nuño esa noche. Nos encontramos en la capilla. Él tenía por costumbre orar en vísperas*, un hábito que conservaba de sus tiempos de benedictino. —Ayala asintió, recordaba bien las estrictas costumbres de su antiguo compañero—. Me estuvo hablando de la necesidad de adentrarnos en la provincia de Ise, de no conformarnos con predicar en las villas costeras. Quería empezar el nuevo año con esta disposición y me pidió que le acompañara en un primer viaje para cartografiar los caminos interiores. Ya en otras ocasiones me había hablado de esta idea.

—¿Y alguna vez os expresó temor o inquietud, algo que os llamara la atención?

—Todos estábamos atemorizados, padre Ayala —intervino Melchior—, lo seguimos estando. Antes de final de año, el asesino ya le había quitado la vida a cinco de los nuestros, y en esos días nos llegó la noticia de la muerte del padre Barreto. Era el segundo asesinato en la casa de Tanabe, y desde Nagasaki se decidió cerrarla. Fue un golpe desalentador, no solo por perder a un hombre tan piadoso como Barreto, sino porque era la segunda misión que se clausuraba tras la de Osaka.

Ayala asintió. Aunque jamás había llevado adelante una investigación de aquella índole, y a pesar de que escuchar tales sucesos por boca de quienes los habían padecido le consternaba en grado sumo, trató de mantener la compostura y tomar nota mental no solo de cuanto se le decía, sino también de los gestos y miradas de todos los reunidos. Pues desde un principio había decidido que no daría nada por sentado, ni siquiera la inocencia de sus hermanos.

—¿Quién encontró...? —Debió humedecerse los labios—. ¿Quién encontró el cadáver?

—Fui yo —respondió Ramiro—. A todos nos extrañó que Nuño no tomara el desayuno con nosotros. Cuando nos levantamos de la mesa, fui a visitarle en su celda por si hubiera enfermado durante la noche, pero tampoco allí lo encontré. Fue entonces cuando el hermano Manuel me reclamó en la capilla. Había notado algo extraño.

---

* Vísperas: en las horas canónicas, establecidas por san Benito para ordenar la rutina de los monasterios, vísperas era la hora inmediatamente posterior a la puesta de sol. Podía ser entre las 5 y las 8 de la tarde, dependiendo de la situación geográfica y época del año.

Manuel Caeiro, uno de los dos jesuitas a los que Ayala había conocido esa noche, tomó la palabra:

—Como ya sabréis, repicamos al alba, al mediodía y antes de rezar el ángelus; así que aún no había amanecido cuando me dirigí al campanario. Me sorprendió encontrar la puerta abierta, pues me aseguro de cerrarla bien cada noche, y aún me sorprendió más el alboroto de graznidos y aleteos que descendía por las escaleras. —Antes de proseguir, Caeiro se persignó con pulso trémulo—. Decidí llamar al padre Ramiro en lugar de aventurarme en la torre, no sé si por prudencia o por miedo. En Portugal había escuchado hablar de párrocos que, tras discurrir su jornada en paz, despedían a monaguillos y asistentes, cerraban la sacristía y subían a ahorcarse al campanario. —La voz de Manuel Caeiro comenzó también a temblar, más incluso que sus manos—. El hermano Nuño no había acudido al desayuno y temí lo que pudiera encontrarme al final de la escalera; así que, como os digo, busqué al padre Ramiro y ambos subimos al campanario.

—¿Creéis, entonces, que Nuño pudo ahorcarse?

Los misioneros se miraron durante un instante. Sus rostros se habían tornado lívidos, sus ojos hablaban de horror y noches en vela.

—No —respondió Ramiro—. Es imposible que Nuño se hiciera a sí mismo tales cosas.

—¿Qué cosas? —insistió Ayala con paciencia. No quería presionarlos en demasía, resultaba evidente lo doloroso que les resultaba hablar de aquel trance.

Ramiro abrió la boca con la intención de explicarse, pero las palabras se le apagaban en la garganta. Terminó por negar con la cabeza mientras se sujetaba las sienes entre las manos:

—El hermano Rui de Castro era copista en la Universidad de Coímbra —consiguió decir, refiriéndose al jesuita que se sentaba junto a él—. Durante sus años académicos ilustró muchos volúmenes, así que antes de retirar el cuerpo de Nuño, le pedí que recogiera la escena con tanto detalle como le fuera posible. —Rui de Castro asintió con expresión vacua—. He guardado sus bocetos en el archivo de la biblioteca, y los he acompañado de mis propias notas sobre lo que vi aquella mañana de diciembre.

—Esta es una prueba que nos ha puesto Dios nuestro señor —intervino Melchior con voz solemne—, una prueba para nosotros

y para esta nueva cristiandad. La muerte de nuestro querido hermano debe servir para reforzar la fe de los conversos, no para debilitarnos.
De lo contrario, el asesino habrá logrado su cometido.

—¿Cómo es tal cosa? —preguntó Ayala, disgustado con el
tono casi fanático que alentaba las palabras del principal de Shima—.
¿Acaso conocéis las intenciones del asesino?

—Cualquiera puede imaginarlas, padre Ayala. Los responsables son esos monjes de Ise. Nunca nos han querido aquí y por fin
han decidido expulsarnos de la manera más cruel posible.

—En el Gran Santuario de Ise no hay monjes guerreros, mucho menos asesinos. Y lo mismo sucede en la mayoría de las casas
afectadas, apartadas de las sectas más belicosas. Si realmente deseáis que esto se esclarezca, deberíais ser más prudente en vuestras
afirmaciones.

—¿Prudente? Bonzos o sintoístas, del lúgubre monte Hiei o
del monasterio-fortaleza de Honganji, todos esos monjes depravados
quieren vernos lejos de sus provincias. ¿Quién si no podría haber
cometido esta atrocidad? *Veritas in simplice*[*] —zanjó el padre Melchior, retorciendo la navaja de Occam.

—*Non semper ea sunt quae videntur*[**], escribió Fedro, y así
sucede con cualquier verdad grabada en piedra, para la que siempre
hallaréis su opuesto. No he venido aquí para dejarme arrastrar por
fanatismos, padre Melchior, sino para llevar a cabo una investigación
rigurosa.

—Una investigación rigurosa —se burló el otro—. No es eso
por lo que estáis aquí. Siempre habéis tenido especial debilidad por
esta gente, ¿no es cierto?

La malicia que se destilaba de aquel comentario fue evidente
para todos, mucho más para el propio Ayala.

—¿Por qué no habláis con claridad? No hay palabra más perversa que la insinuada.

—Aquí no hay insinuación alguna, todos sabemos perfectamente de lo que hablo. Ella os envenenó, y ese veneno aún intoxica
vuestros actos y decisiones.

---

[*] *Veritas in simplice:* «La verdad está en lo sencillo».

[**] *Non semper ea sunt quae videntur:* «Las cosas no siempre son lo que parecen».

—¡No hubo más veneno que el de vuestra mirada, padre Melchior! —estalló Ayala, poniéndose en pie para apartarse de la mesa.

—A la vista está que es un asunto que aún os hace perder la compostura —se jactó su interlocutor.

—Por favor, hermano, volved a la mesa —intercedió Ramiro—. No podemos mostrarnos divididos en un momento así.

—No puede haber división donde nunca hubo unión —dijo Ayala, obligándose a la calma—. Os agradezco sinceramente esta cena, pero ha llegado el momento de centrarme en lo que me ocupa. Por favor, Ramiro, acompañadme a la biblioteca y mostradme esas notas.

Ramiro tomó la anilla de hierro que llevaba colgada del cinto y buscó entre las llaves engarzadas. Cuando dio con la de la biblioteca, la introdujo en el oxidado cerrojo y forcejeó hasta que este cedió. Se adelantó a su amigo para encender un par de lámparas.

Ayala lo siguió con paso lento, casi temeroso. Se reencontraba con otro fragmento de su vida. Las horas allí invertidas habían cincelado en su memoria cada detalle de esa sala: el olor del papel húmedo, el resplandor de las mechas empapadas en aceite de pescado, cada veta de la madera del suelo y cada volumen de cada estante... Aquel lugar parecía inalterado, como si hubiera permanecido al margen del tiempo desde que él lo abandonara. Pasó la mano sobre su viejo escritorio, ubicado frente a un ventanal orientado al noroeste para apurar hasta el último haz de luz. Se aproximó a los anaqueles, que seguían combados por el peso de los tomos —un poco más si acaso, pues en algo había crecido el fondo de la biblioteca—, y sonrió al comprobar que aún podía encontrar cualquier título de un rápido vistazo. Le agradó hallar en el mismo hueco el diccionario y la gramática japonesa que en su día elaboró junto al padre Da Silva. A diferencia de los ejemplares impresos distribuidos entre las otras casas, aquel era un volumen manuscrito en vitela y encuadernado con cubierta, como el original depositado en Nagasaki. Ayala hizo ademán de ir a tomarlo de la estantería, pero el sonido de un golpe seco desvió su atención.

Ramiro había dejado caer sobre el escritorio un grueso archivo cerrado con candado. Lo abrió y comenzó a desplegar varios documentos guardados en un cartapacio. El enviado de Roma tomó una de las lámparas y se aproximó a su viejo amigo. Sentía más inquietud que curiosidad por lo que pudiera encontrar en esos papeles.

—Esto es lo que el hermano Caeiro y yo vimos aquella mañana —explicó Ramiro con voz grave.

Los bosquejos le trajeron de inmediato a la mente los trabajos del italiano Andrés Vesalio. Los «atlas anatómicos», como llamaban a aquellos libros escabrosamente ilustrados, comenzaban a popularizarse entre los médicos europeos a pesar de que la Inquisición prohibía las disecciones so pena de exilio.

La obra de Caeiro, sin embargo, no mostraba el estudio científico de un cadáver, sino la metódica crueldad practicada sobre el cuerpo de un viejo amigo. Con el gesto demudado y el sudor impregnando su frente, Ayala alargó los dedos para extender sobre la mesa las distintas láminas. En ellas se mostraba, desde diferentes perspectivas, el cuerpo de Nuño colgado de la campana, los brazos en cruz atados al yugo de madera, su espalda encorvada sobre el bronce, el vientre obscenamente expuesto… Alguien había rasgado sus ropas y le había abierto en canal, esparciendo sus entrañas por el suelo. En los detalles recogidos por el portugués se apreciaba el horror en el semblante de Nuño, enfatizado por la desencajada sorpresa de sus cuencas sin ojos.

—Le habían cortado los párpados —murmuró Ramiro con voz queda—, y le llenaron la boca con su propio rosario, probablemente para que no pudiera gritar. Se quebró varios dientes al morder las cuentas y se tragó muchas de ellas. Cuando lo hallamos, las gaviotas le habían vaciado los ojos y revoloteaban por todo el campanario, pugnando por picotear las entrañas que le colgaban sobre las piernas.

Ayala crispó el puño, debatiéndose entre la ira y el espanto. Debió tragar saliva para desanudarse la garganta antes de preguntar:

—¿Creéis posible que estuviera vivo cuando le hicieron esto?

—Cada noche le ruego a Dios y a toda la corte celestial por que no fuera así… Pero su expresión… Para su entierro debimos cubrir su rostro con un sudario.

El investigador asintió.

—¿Sabéis si en las otras casas se ha repetido esta misma crueldad?

—Se habla de auténticos tormentos, pero nadie ha querido abundar en los detalles. Es normal que ciertas cosas se silencien.

—¿Y cómo es posible que todo esto sucediera sin alertar a nadie? Debieron sacar a Nuño de su celda; todas están próximas, en el mismo ala de la casa.

—Me avergüenza reconocer que nadie se percató de cosa alguna. Solo sabemos que lo mataron allá arriba, atado a la campana, pues no había rastros de sangre en ningún otro sitio.

Ayala volvió a asentir, impresionado aún por las ilustraciones de Caeiro. Finalmente, no pudo afrontar más tal visión y apartó la mirada.

—¿Qué opináis? —preguntó entonces Ramiro.

El interpelado sacudió la cabeza.

—No lo sé. No es un crimen normal.

—Tenéis razón. Es la obra de un monstruo, no de un hombre.

Ayala entrecerró los ojos y levantó la cabeza, tratando de alcanzar un fragmento de su memoria.

—Tiempo ha, cuando era estudiante en Burgos, tuve acceso a las actas de varios procesos inquisitoriales archivados en el arzobispado. —Dirigió la mirada a Ramiro, que no comprendía la relación—. Correspondían a varios juicios del Santo Oficio llevados a cabo en concejos próximos a Santiago; las declaraciones de reos y testigos estaban recogidas en la lengua de aquellas tierras y, como estudiante de portugués, se me pidió que las tradujera a buen castellano.

»En uno de los procesos se acusaba a un leñador de la muerte de doce mujeres, jóvenes y no tan jóvenes, cuyos cuerpos mutilados se hallaron por bosques y vaguadas de Val do Dubra. Según se describía, eran muertes atroces, sucedidas en lugares dispersos y de tanto en cuanto. A veces se hallaban tres cadáveres en un año, a veces uno en tres. Los inquisidores invocaron el *Malleus Maleficarum*[*] y acusaron a aquel hombre de adorador de los demonios, de yacer con brujas y súcubos. Las declaraciones del reo se quedaron grabadas

---

[*] *Malleus Maleficarum:* literalmente, «el martillo de las brujas». Es un tratado sobre brujería publicado en Alemania a finales del siglo xv. Contribuyó en gran medida a justificar la caza de brujas en Europa y fue obra de referencia habitual en los procesos inquisitoriales.

en mi mente, pues reconoció ante el tribunal todos los crímenes; también dijo saber de la crueldad y atrocidad de los mismos, e incluso se confesó atormentado por sus acciones, no por estar preso de la Inquisición, sino inmediatamente después de cometerlas... Aun así, rechazó vehementemente cualquier relación con brujas y artes oscuras.

—¿Por qué lo hacía, entonces?

Ayala suspiró largamente.

—Según sus mismas palabras, porque no podía evitarlo.

—Porque no podía evitarlo... —repitió Ramiro—. ¿Creéis que podemos estar ante un caso similar?

—Más bien al contrario. Lo que intento deciros es que este mal tiene una raíz muy distinta. Un monstruo actuaría por impulsos, sin concierto, como aquel leñador. Aquí, sin embargo, hay un método: todas las muertes han sucedido en la costa, a lo largo de la ruta Tokaido, y si las circunstancias han sido similares en cada casa, significa que los restos de nuestros hermanos han sido expuestos para intimidarnos.

—Pero vos mismo habéis rechazado la tesis del padre Melchior.

—Yo no he rechazado tesis alguna, solo me opongo a las conclusiones fundadas en poco más que odios y temores.

Ramiro se pellizcó la barbilla, pensativo:

—Os conozco bien. Tenéis vuestras propias conjeturas, ¿me equivoco?

—Mi obligación es tenerlas —confesó Ayala, pero evitó decir nada más.

—¿Cuáles son? ¿Quién creéis que pueda ser el responsable?

El padre visitador apartó la silla del escritorio y se sentó con gesto cansado. Se sentía abatido en lo físico y en lo anímico.

—Más que el quién, por ahora me preocupa el porqué. Ya os digo que no parecen actos de maldad aleatoria.

—¿Y qué motivo podría tener nadie para infligirnos este castigo? ¿Quién, sino los bonzos, podría odiarnos tanto? —insistió Ramiro, alineándose con las acusaciones de Melchior—. Ven amenazadas sus parroquias por nuestra presencia, los campesinos desoyen sus supercherías y prestan oídos a la palabra de Dios padre. Su influencia merma allá donde se abre una casa de la Compañía de Jesús.

—La mayoría de estos crímenes no se han cometido cerca de templos belicosos —repitió Ayala, ignorando la retahíla de su compañero—, sino más bien en las inmediaciones de grandes puertos, como los de Odawari y Tanabe.

—No podría ser de otra forma: la evangelización y el comercio van de la mano, siempre ha sido así en estas tierras.

—¿Sabéis qué más prospera en estos puertos? —preguntó Ayala, incisivo—. El esclavismo. Las bodegas se llenan de muchachas japonesas y hombres coreanos, y los navegantes se los llevan para servir en las colonias de ultramar.

—¿Qué queréis decir?

—Digo que si nuestra orden ha cometido un pecado en estas costas, ha sido tolerar el mercadeo con hombres y mujeres. En algunos casos, puede que incluso más que simple tolerancia. Quizás esta sea la consecuencia de nuestras propias obras.

—No me gusta lo que escucho, padre Ayala. Son graves acusaciones.

—Me habéis pedido mis conjeturas y yo os las estoy dando —respondió el investigador—. Aunque a mí tampoco me gusten.

—Si insinuáis que el hermano Nuño pudo verse involucrado en el envío de esclavos fuera de estas tierras, o que dio la bendición de algún modo a que los comerciantes así lo hicieran…

—La bendición la hemos dado todos durante décadas, permitiendo con nuestro silencio esta maldad —dijo Ayala con dureza—. Y bien podría ser que el caso de Nuño y del resto fuera justo el contrario: que hubieran comenzado a predicar contra esta ignominia, que hubieran decidido, incluso, elevar una denuncia al padre provincial en la India o al prepósito general en Roma, y que alguien haya decidido callarlos.

—Tal cosa sería aún peor. —Ramiro imitó a Ayala y se sentó en la otra silla libre de la biblioteca—. Os ruego que no comentéis esto con nadie más. Son ideas peligrosas, os rogaría que vuestra investigación siguiera mejor otro curso…

—¿Acaso debo centrarme en verdades más cómodas, menos dolorosas para la Compañía? —preguntó Ayala—. Ya os he dicho que no descartaré ninguna posible explicación, ni siquiera la del padre Melchior, pero no he venido aquí a hacer política ni a contentar a los principales de nuestra congregación. Se me ha pedido que dé con la verdad, y si yo, que soy un simple hombre de letras, me veo capaz de conseguirlo, es solo porque se lo debo a nuestros hermanos asesinados.

Ramiro levantó la vista y se sorprendió de la resolución que halló en los ojos de Martín Ayala.

—¿Qué haréis ahora? —preguntó.

—Tengo entendido que la última muerte fue la del padre Lorenzo López, en Sakai.

—Así es —corroboró Ramiro—, el pasado mes de agosto, en el hospital que él mismo levantó en esa villa.

—He de ir allí.

—¿Por qué allí, precisamente?

Ayala negó lentamente.

—Creedme, es mejor que no lo sepáis.

Y Ramiro supo que era verdad, que prefería no saberlo.

—Hagáis lo que hagáis, padre Ayala, tened cuidado. Aceptad cuanta ayuda os sea posible, pues los que han cometido esta crueldad pronto sabrán de vos, y es de prever cuáles serán sus intenciones.

Capítulo 8

Todas las niñas repudiadas

Amanecía cuando la barca de Ayala se adentró en las serenas aguas de la cala. Esa mañana los remos se sumergían con más facilidad entre las olas; pese a ello, un dolor punzante se había instalado entre sus hombros y profundas llagas le laceraban las palmas de las manos, hasta el punto de que se había visto obligado a vendarlas con trapos empapados en aceite de sábila. Un remedio que apenas le aliviaba de la triste verdad: sus dedos estaban tan habituados a las livianas plumas de escribiente que apenas recordaban lo que era bregar con la madera.

Cuando el fondo se hizo visible bajo las aguas, recogió los remos y se puso en pie para impulsar la barca con la pértiga. Fue entonces cuando descubrió a su joven guardaespaldas sentado en la orilla, junto a una hoguera que languidecía. La montura que desaprovechaban como animal de carga, libre del ronzal, se había alejado para mordisquear los hierbajos que crecían en los lindes de la cala, allí donde comenzaban las onduladas colinas.

Impulsó el bote hasta hundir la quilla en la arena y, sin fuerzas para arrastrar la barca fuera del agua, recogió su hatillo y ató el cabo al poste en la orilla. Comenzó a caminar hacia Kudō Kenjirō, que ni siquiera levantó la cabeza ante la presencia del recién llegado. Se hallaba absorto en algún tipo de labor que Ayala no logró distinguir, hasta que el reflejo del sol sobre el acero le dio a entender que manipulaba una de sus espadas.

Cuando estuvo a la altura del joven, dejó caer el hatillo sobre el resto de los bártulos y se sentó en la arena. Ni siquiera entonces Kenjirō lo miró. Había extendido frente a sí un paño blanco, sujeto con cuatro piedras para que la brisa no lo agitara, y sobre el mismo había dispuesto una pequeña caja de madera y las distintas piezas desmontadas de la empuñadura.

Sostenía la *katana* por la espiga, la hoja completamente desnuda mientras daba leves golpes al acero con un bastoncillo que desprendía un polvo blanco. Cuando la hoja estuvo por completo impregnada de la limadura mineral, depositó el bastón de seda en la caja y se sacó de la pechera un pliego de papel. Lo usó para retirar el polvo y la grasa residual, siempre con cuidado de no pasar los dedos por el filo. Después apoyó la hoja sobre el antebrazo y la observó contra la luz de la mañana. Considerándola impoluta, tomó de la caja un frasco de cerámica, lo descorchó con los dientes y ungió el acero con tres gotas. Con reverencial delicadeza, comenzó a extender el aceite ayudándose de más papel de arroz.

Ayala lo contemplaba en silencio, cautivado por la serenidad que imbuía los movimientos de Kenjirō, saboreando la extraña contradicción de que el cuidado de una herramienta de muerte fuera capaz de infundirle tanta paz. Hasta que el joven guerrero dio su labor por terminada y apoyó la hoja sobre sus piernas cruzadas. Entonces exhaló largamente y el embrujo se deshizo.

—Parece una espada magnífica —se aventuró a observar.

El samurái no respondió, sino que se limitó a mantener la vista en el horizonte, y Ayala comprendió que aún se hallaba ofendido por haberlo dejado atrás el día anterior. Le había impedido cumplir con su deber, aunque fuera durante un solo día, y eso era algo que no olvidaría fácilmente.

—Quizás creas que por ser yo un sacerdote no conozco de armas, pero mi padre fue soldado. Guerreó durante años por su rey, y si quiso que yo siguiera los pasos de Dios fue, precisamente, para alejarme de esa otra senda. —Ayala meneó la cabeza—. Poco podía imaginar él que un misionero tuviera que recorrer tan a menudo los caminos que previamente han hollado los ejércitos.

Kenjirō desvió brevemente la mirada, pero la devolvió al mar antes de preguntar:

—¿Entonces pertenece a una casta de guerreros?

—Procedo de una larga tradición militar, pero nunca tuve espíritu de soldado.

—¿Y cómo son las armas de vuestros ejércitos? —quiso saber el muchacho—. ¿Solo se mata con *teppo*[*]?

—También se usa la espada, pero suele ser recta y con dos filos. Aunque pocas son tan fabulosas como tu sable.

El samurái bajó la vista hacia la hoja que descansaba sobre sus muslos.

—Esta *daisho* no me pertenece. Son las espadas familiares y están destinadas a mi hermano.

Ayala creyó leer cierto reproche hacia sí mismo en las palabras del joven, por eso eligió con cuidado lo que había de decir:

—Comprendo que las cuides con tanta devoción. Deben haber sido el orgullo de tu familia durante mucho tiempo.

Kenjirō asintió, los hombros rectos y la mirada aún distante.

—El bisabuelo de mi padre las recibió como presente; desde entonces han acompañado y protegido a cada primogénito de mi casa que ha acudido a la guerra.

—¿Fue un regalo de vuestro señor?

—No —respondió Kenjirō, al tiempo que recogía la empuñadura y, deshaciendo el nudo de su extremo, comenzaba a apretar el cordaje—. Nadie de mi familia ha tenido rango como para estar ante la presencia de su señoría, mucho menos para recibir un presente de tal valor. Fue un forjador de espadas llamado Enju Kunimura quien se la entregó.

—¿Y cómo se hizo tu antepasado merecedor de semejante regalo? —preguntó el jesuita, ahora que su silencioso acompañante parecía por fin dispuesto a hablar de algo.

—Según contaba mi abuelo, Kunimura era un *shokunin*[**] muy reputado en la provincia de Higo. —Kenjirō pasó el extremo del cordaje por el orificio que remataba la empuñadura, fijando con fuerza el nudo—. Un día, sin saber nadie por qué, expulsó a sus ayudantes

---

[*] *Teppo:* también llamados *tanegashima,* era el nombre que recibían en Japón los arcabuces y fusiles europeos.

[**] *Shokunin:* en la cultura japonesa, es aquel artesano que, habiéndose entregado por completo a su oficio, ha logrado sublimarlo hasta la categoría de arte.

del taller y, acompañado solo de su hijo, subió a la montaña, hasta una forja abandonada excavada en una cueva volcánica. Al parecer, tardaron semanas en hacer rugir el fuego, pero cuando este estuvo listo, poseyó el alma y el brazo de Kunimura durante siete meses. —Mientras hablaba, el joven deslizó por la espiga el guardamanos que separaba la empuñadura de la hoja, decorado con el grabado de un *kami* que dispersaba las nubes con su aliento—. Según se dice, mil veces mil martillazos descargó el herrero, doblando el lingote una y otra vez, haciendo saltar las impurezas con cada golpe hasta obtener un acero tan blanco como el fulgor del alba. Durante el proceso obligó a su hijo a alimentar la fragua con tal ahínco que fue necesaria la madera de un pequeño bosque para mantener el fuego; y tanto era el calor que emanaba del horno que todo ser vivo huyó de la montaña, y solo permanecieron los *kami* del fuego y el acero, absortos en el fanático martilleo del herrero. El sudor de sus cuerpos se evaporaba a tal velocidad que cada noche bebían el agua que hubiera saciado a una aldea durante una semana, hasta que el último mes el hijo del herrero desfalleció y quedó inconsciente, y así lo hubiera hecho también el padre, de no ser porque el propio Susano-o[*] sostuvo el brazo de aquel hombre haciéndolo percutir sin cesar, tronando con cada descarga del martillo.

Kenjirō deslizó la espiga de la hoja en el interior de la empuñadura; cuando encajó por completo, volvió a cruzar el sable sobre sus muslos y tomó del paño dos pequeños tacos de madera. Apartó la encordadura hasta hallar un orificio en el que la pieza encajaba perfectamente. Empujó con el dedo y, a continuación, se sirvió de un pequeño martillo de metal para fijar el pasador.

—Cuando hubo concluido su labor —prosiguió el joven sin desatender la suya—, Enju Kunimura anunció que había forjado su última espada, pues ya todas las que hiciera serían una pálida sombra de aquella, y puesto que no fue un encargo, anunció que se entrevistaría con aquellos que quisieran convertirla en su espada familiar. —Se enjugó el sudor de la frente con el dorso de la mano; el sol comenzaba a caldear la playa—. Cuando corrió la voz, grandes señores de las provincias próximas se presentaron en el taller del herrero.

---

[*] Susano-o: divinidad de las batallas y las tormentas en la mitología sintoísta.

Uno tras otro se entrevistaron con el maestro, y uno tras otro fueron repudiados. Ningún pago parecía suficiente para tan soberbia espada, que el maestro exhibía desenvainada tras de sí cuando se reunía con los interesados. Algunos señores ofrecieron la mitad del diezmo de su feudo durante un año, otros la mano de una hija en matrimonio, también le fueron ofrecidos castillos, caballos de Kansai e incluso un pequeño latifundio de tres mil *koku*, pero cada propuesta fue rechazada.

»Los señores de la región terminaron por decidir que el viejo herrero había perdido la cabeza y que jamás entregaría su espada. Poco a poco, la casa de Kunimura fue quedando en calma. —Kenjirō tomó el segundo pasador y buscó bajo la encordadura el orificio en el que debía encajar; cuando lo hubo localizado, colocó la pieza de madera y comenzó a fijarla con el martillo—. Fue entonces cuando un samurái rural se atrevió a visitar el taller del *shokunin*. Quería comprar la más modesta de las espadas que tuviera el herrero, aquella que considerara más indigna de su talento, ya que, según dijo, tal arma sería un enorme privilegio para su familia. Quería que fuera el regalo de mayoría de edad para su hijo, mi tatarabuelo. El herrero le preguntó cuánto estaba dispuesto a pagar y aquel hombre le dijo que llevaba consigo toda la fortuna de la familia, que apenas sumaba treinta y cinco *ryo*, más la promesa de que jamás nadie con su apellido deshonraría el acero que le entregara. «Te confío entonces la que será mi última creación», le dijo Kunimura, «se llama Filo de Viento, pues el viento invernal sopló dentro de mi fragua para avivar el fuego cuando yo desfallecí. No la he considerado digna de ningún gran señor, pero quizás sí sea el arma adecuada para que un samurái rural se la regale a su hijo el día de la mayoría de edad».

Kenjirō se aseguró de que la empuñadura hubiera quedado firmemente sujeta a la hoja. Satisfecho, levantó la punta del sable y observó cómo el acero se embebía de la luz de la mañana.

—Mi cuarto abuelo, en cuanto vio esta espada, fue consciente del inmenso regalo que el herrero le ofrecía. La aceptó con humildad y, para no ser castigado por poseer un arma mejor que la de su señor, envolvió la funda en tela trenzada y sustituyó el rico cordaje de seda por cintas de algodón, de modo que, envainada, pareciera el más vulgar de los sables.

Kenjirō tomó entonces la vaina forrada y, con sumo cuidado, deslizó la hoja en su interior.

Regresaron al camino tras el desayuno, con la peculiar historia de Kenjirō resonando en la cabeza de Martín Ayala. El jesuita conducía al caballo por el ronzal, y mientras se adentraban entre colinas aún cubiertas por un fino sudario de rocío, se permitió mirar de soslayo los dos sables que su joven guardaespaldas ceñía a la cintura.

No dejaba de sorprenderle la ingenuidad de aquella leyenda familiar, pero al mismo tiempo apreciaba la astucia de infundir al arma de una historia casi mística. «Es imposible derrotar a tu enemigo si no has quebrado antes su ánimo», escuchó decir en una ocasión a su padre, y así debía ser, pues los cantares de gesta y tantas otras épicas tenían por objeto alentar el corazón de los guerreros, enardecerlos antes de la batalla. ¿Qué no sentiría quien empuñara el sable del clan Kudō, forjado casi por los mismos dioses y reverenciado por cada generación familiar?

—No me ha dicho aún hacia dónde nos dirigimos —dijo de repente Kenjirō, que había percibido su disimulado escrutinio.

Ayala devolvió la vista al camino y a las llanuras cubiertas de arrozales que se intuían en la distancia.

—Hemos de llegar a Sakai, donde fue hallado muerto hace dos meses el padre Lorenzo, última víctima de esta iniquidad. —El jesuita apretó los dientes—. Pero aún no nos dirigimos allí, antes quiero visitar Uji-Yamada, al norte del Gran Santuario de Ise. Es la villa portuaria más cercana en la que atracan barcos portugueses. Debo saber algunas cosas que no averiguaré entre los míos.

—¿Pretende cruzar los terrenos del santuario?

—No soy tan necio. Tomaremos la senda de los peregrinos, pero nos desviaremos hacia el camino del mar del Este mucho antes de llegar al Gran Santuario. Entonces seguiremos la ruta Tokaido hasta el puerto de montaña de Sakanoshita, y desde allí descenderemos a Uji-Yamada.

—Me sorprende lo bien que conoce esta región.

—Tengo un mapa con la ruta bien trazada. —Ayala palmeó la bolsa que llevaba al costado, y continuaron caminando sin nada más que decirse.

Hasta que, al cabo de un rato, Ayala decidió romper aquel silencio con una extraña pregunta:

—¿En qué pones tu fe, Kudō Kenjirō?

El *goshi* titubeó un instante.

—¿A qué se refiere?

—¿A quién rezas? ¿En qué crees? —insistió Ayala, simplificando la pregunta—. Todos creemos en algo.

Kenjirō miró al cielo matutino, cubierto de nubes de un blanco raído, y a las colinas que flanqueaban la senda, cada vez menos verdes y más agrestes, como si en ellas pudiera encontrar alguna respuesta. Se encogió de hombros:

—No sé, creo en lo que es. ¿En qué otra cosa podría creer?

—¿Y qué es eso que simplemente es, y que tú ves tan evidente?

—Mi familia. Los que me esperan en el hogar y los que estuvieron antes, aunque yo no los conociera más que a través del relato de mis mayores. También creo en trabajar bien la tierra para alimentar a los que dependen de nosotros. Y en asistir a nuestro señor, con el pago del diezmo y, cuando sea necesario, en la guerra. Si llego al final de mis días habiendo honrado a mi señor y a mi padre, habré tenido una buena vida.

—Pero hay algo más allá de lo terrenal. ¿Nunca piensas en eso? ¿No te inquieta que Buda y los dioses a los que rezas no sean aquellos en los que debes depositar tu fe?

—Solo me inquieta no ser digno de mi nombre —dijo con calma Kenjirō—. Buda y los *kami* son la fe de mis padres y mis antepasados, ¿cómo podría honrarlos si no es a través de ellos?

Ayala asintió ante la facilidad con que el joven zanjó el asunto. Era difícil rebatir tanto pragmatismo, así que optó por posponer una conversación en la que, al fin y al cabo, ni siquiera él tenía tanto empeño. Quizás el padre Melchior tuviera razón, quizás nunca tuvo la determinación necesaria para evangelizar.

Dejaron atrás las colinas y se internaron entre arrozales de un verde que comenzaba a diluirse en tonos ocres. Los campos ya se habían desecado y la cosecha había empezado en varias parcelas. Desde el polvoriento camino que recorrían, elevado sobre los campos de cultivo, pudieron contemplar cómo cientos de mujeres y hombres trabajaban repartidos por los arrozales. Se inclinaban sobre los tallos dorados y los segaban a golpe de hoz, luego los echaban en las cestas que cargaban a la espalda. Algunos se incorporaban al paso de los viajeros y los observaban durante un instante, tomándose un respiro bajo el sol del mediodía.

Kenjirō sintió una punzada al comprobar que en esa región la cosecha ya había comenzado. Pronto también lo haría en su tierra y, por primera vez, él no estaría allí. En ese momento no le cupo duda de que hubiera sido más feliz permaneciendo en el hogar, y su hermano lo habría sido más recorriendo los caminos con aquel hombre.

El sol aún estaba alto cuando dejaron atrás los campos de arroz y se internaron por las sendas que recorrían los peregrinos. Al cabo, se hallaron andando junto a hombres y mujeres que se cubrían la cabeza con un pañuelo blanco y se apoyaban en cayados de bambú para facilitarse el paso. Algunos cargaban baúles de madera a la espalda, acaso ofrendas u objetos para mercadear a las puertas del Gran Santuario de Ise; otros, más piadosos, apretaban en sus puños un rosario y llevaban escapularios al cuello. De tanto en tanto, se cruzaban con algún samurái que inclinaba la cabeza para saludar a Kudō Kenjirō.

Pero todos, sin distinción de condición o casta, escrutaban la figura del extranjero. Pese a que Ayala se cubría con un sombrero de ala ancha que le ocultaba el rostro, su envergadura y el manto oscuro tan característico de los padres cristianos impedían que pasara desapercibido. «¿Qué hacía allí ese cuervo? ¿Cómo osaba adentrarse en los bosques que rodeaban el Gran Santuario?».

Aquella indisimulada curiosidad, rayana casi en la hostilidad, comenzaba a inquietar al joven samurái que, inconscientemente, apoyó la mano en la empuñadura de su sable y allí la dejó. El jesuita, que hasta ese momento había caminado con la vista perdida, terminó por percatarse del cambio de actitud en Kenjirō. Solo entonces reparó en los cuchicheos que intercambiaban algunos al cruzarse con ellos, o en las miradas malintencionadas que, ocasionalmente, se deslizaban bajo su sombrero de paja. Podía entender que muchos de aquellos peregrinos lo consideraran un intruso y trató de asumirlo con naturalidad. Sí le preocupaba más, no obstante, que su presencia fuera tan llamativa allá donde fuera. Necesitaba pasar desapercibido si pretendía llevar a cabo sus pesquisas con cierta discreción.

En una encrucijada tomaron la senda que se desviaba hacia el mar del Este, dejando a un lado los caminos que, tarde o temprano, los conducirían hasta las primeras puertas *torii* del santuario. Pasar bajo ellas habría supuesto adentrarse en el suelo sagrado que solo podían pisar los devotos de Amaterasu Okami, la divinidad solar, y esa era una frontera que Ayala prefería no traspasar, por más que retrasara su marcha.

Abandonaron el verde espeso de los cipresales para encaminarse hacia los senderos que serpenteaban entre los montes Maruyama y Asamagatake. Según las anotaciones de Ayala, tras ellos se hallaba la costa y, una vez allí, solo tendrían que avanzar hacia el norte para encontrar el estuario del Miyagawa, entre cuyas rías se asentaba su destino: la villa de Uji-Yamada.

Con los dos montes como referencia, comenzaron a ascender por caminos cada vez más escarpados en pos del puerto de montaña de Sakanoshita, que alcanzaron al caer la tarde. Allí encontraron una casa de posta inesperadamente concurrida: no menos de veinte personas reposaban bajo un cobertizo abierto al valle formado por las laderas del Maruyama y el Asamagatake. Cuatro camareras entraban y salían de la posada anexa, construida —al parecer de Ayala— demasiado cerca del acantilado. Junto al desvencijado local se habían levantado una pequeña tienda de vituallas, un humilde establo y una casa de baño, cuyas calderas humeaban demostrando que estaban en buen uso.

Ataron al caballo junto al abrevadero y se encaminaron hacia una de las largas mesas ubicadas en el mirador. Se sentaron frente a frente y, para sorpresa de Kenjirō, Ayala pidió que les sirvieran sake. La camarera titubeó ante la presencia del extranjero, que no tardó en llamar también la atención de la concurrencia, pero la compañía de un samurái hacía disipar cualquier reparo u objeción, así que la muchacha asintió con una inclinación de cabeza y se apresuró a atender la comanda.

—Necesito otras ropas —dijo entonces Ayala, como si pensara en voz alta—. He de parecer uno más en el camino.

Kenjirō se cruzó de brazos y observó de hito en hito al extranjero.

—No creo que por cambiar de atuendo engañe a nadie.

—Quizás no si me observan detenidamente, pero si vistiera ropas de viaje y un manto como el de los peregrinos o los monjes mendicantes, podría pasar desapercibido en los caminos. —Ayala ladeó la cabeza para señalar la tienda de vituallas—. Puede que ahí encontremos lo que ando buscando.

—Si de pasar desapercibido se trata, le recomiendo que, mientras yo intento conseguirle nuevas ropas, usted invierta algo de tiempo ahí dentro. — Y señaló a su vez la casa de baño.

—¿Qué quieres decir? Me aseé la noche antes de partir de Owari y volví a lavarme en el río Isuzu hace cinco días.

El samurái se encogió de hombros.

—Yo me he bañado cinco veces en estos días, y me he sumergido dos veces más en el agua del mar, la última esta misma mañana, antes de que regresara en su barca. —La camarera depositó sobre la mesa una botella de sake con sendos platillos y dos cuencos de arroz—. Ahora visitaré la casa de baño para limpiarme la sal y el sudor, y si de verdad no quiere llamar la atención, le sugiero que haga lo mismo. Y que lo haga tantas veces como tenga ocasión.

Dicho esto, sirvió la bebida tibia en los platillos y comenzó a beber. Ayala lo imitó con el ceño fruncido, pero antes de dar el primer sorbo, no pudo evitar el impulso de oler la manga de su hábito en busca de ese olor que solo él parecía no percibir.

Caía la tarde cuando comenzaron a descender por el paso de montaña. Ayala vestía las ropas más holgadas que Kenjirō le pudo conseguir: un austero kimono marrón, áspero y grueso, sobre el que llevaba una chaqueta *haori* que le llegaba hasta medio muslo. Había sustituido las sandalias de cuero por unas de caña trenzada, cuyo roce no tardó en provocarle úlceras entre los dedos. Continuaba cubriéndose la cabeza con el ancho sombrero de paja y se envolvía en un manto de viaje gris, además de apoyarse en un cayado cuyo repiqueteo les marcaba el paso. Tal como le había advertido Kenjirō, su estatura y manera de moverse lo delataban ante el ojo avizor, pero eran los menos aquellos que giraban el rostro al cruzarse con el jesuita.

No habían bajado aún al nivel del mar cuando pudieron divisar la franja de costa y el estuario del Miyagawa, desmembrado en decenas de arenales desecados sobre los que se había erigido Uji-Yamada. La villa, otrora una simple aldea de pescadores, había crecido merced a la patente portuaria otorgada por el clan Oda. Ahora podía acoger a más de cinco mil almas en sus barrios unidos por puentes y gabarras, sin contar a los marinos y comerciantes *nanban* apiñados en la zona portuaria.

Cruzaron el primer puente que saltaba sobre las rías y se adentraba en la ciudad. Anochecía, pero aún había gente en las calles, la mayoría viajeros que recorrían la ruta Tokaido y apuraban la última hora de luz antes de buscar un local en el que trasnochar. Se respiraba la despreocupación de los lugares de paso, la de aquellos sin más obligación que seguir el camino, ajenos a la fatiga de lo cotidiano.

—Debemos llegar al puerto —dijo Ayala.

—Basta con caminar hacia donde revolotean las gaviotas.

Condujeron a su montura entre callejas de tierra prensada flanqueadas por casas cuya tarima apenas se levantaba un *shaku** sobre el suelo. Las puertas se cerraban a su paso y las persianas se levantaban discretamente. Los que se cruzaban con ellos se guardaban bien de hacerse a un lado y saludar al samurái, mientras que otros buscaban un rápido desvío al reparar en que Kenjirō no era ningún *ronin*, sino que ostentaba el emblema del mismísimo clan Oda.

Poco a poco se fue haciendo más intenso el olor a salitre y a aceites de calafate, y finalmente desembocaron en los muelles. A lo largo de la escollera flotaban barcazas y juncos de pescadores, arrullados por el chapoteo de las olas contra los amarraderos. La soledad del lugar no dejaba de resultar inquietante, y solo el repique de los cascos del caballo sobre el adoquinado parecía conjurar aquel silencio… Hasta que el viento arrastró voces y carcajadas desde los límites del muelle, allí donde concluían los espigones y comenzaba la playa. Era la zona destinada a los barcos negros** y, tras intercambiar una breve mirada, samurái y jesuita se encaminaron hacia aquel lugar.

Caminaron a la luz de las lámparas colgadas de los almacenes cerrados, aproximándose a los tres barcos mercantes de bandera

---

* *Shaku:* unidad de medida equivalente a 30 centímetros, aproximadamente.

** Las primeras naos portuguesas en arribar a las costas japonesas tenían el casco pintado de negro. Con el tiempo, el término «barco negro» *(kurofune)* terminó por emplearse para definir a cualquier navío occidental.

portuguesa. Estos oscilaban pesadamente junto a los atracaderos, mecidos por el flujo y reflujo de la marea. Desde sus cubiertas, elevadas sobre enormes cascos henchidos de mercancías, se derramaban las voces de los marineros. A Ayala no le costó imaginárselos pasándose la botella y hostigándose con bromas y apuestas en torno a un juego de naipes. Su acompañante, sin embargo, contemplaba los extraños navíos con la mandíbula tensa y una mano apoyada en el sable. Probablemente, todo lo que sabía de los extranjeros fueran las maledicencias que contaban los mercaderes de paso por Anotsu. En su mente, aquellos hombres debían ser gente tosca y pendenciera, demonios a los que evitar en la medida de lo posible… Una visión no tan desencaminada.

Recorrieron el muelle en dirección a la última nao, la única que tenía la escala bajada. Tres hombres embarcaban un cargamento tardío mientras un cuarto los supervisaba. Sin dudarlo, Ayala se aproximó al que daba las indicaciones desde el pie de la escalerilla. Los marineros interrumpieron su faena y miraron con desconfianza a los recién llegados.

—Soy el padre Martín Ayala —saludó en portugués, descubriéndose la cabeza y colgándose el sombrero del antebrazo—. Disculpad esta interrupción, pero es preciso que hable con el armador de la nao.

El marino lo contempló de hito en hito, brevemente desconcertado. Cuando pudo reaccionar, chascó los dedos dos veces en el aire y silbó a sus tripulantes:

—¡Vamos, esos fardos no se van a cargar solos, hideputas! He visto a polizones trabajar más que vosotros.

Los hombres maldijeron por lo bajo y regresaron a la faena.

—Perdonad, padre. No estamos acostumbrados a tener visitas como la vuestra y son de natural haraganes —dijo su interlocutor, sin apartar la vista del espadachín que se mantenía unos pasos por detrás del presunto sacerdote.

—No os preocupéis por él. Es un japonés converso que suele acompañarnos cuando hemos de aventurarnos fuera de la misión.

—¿Y de dónde decís que venís, padre?

—Oh, me envían de la casa de la Compañía en Shima. Necesitamos algo en lo que quizás podáis ayudarnos, pero precisaría hablar con el propietario de la nao… O con vuestro capitán.

El marino se rascó la nuca, confuso.

—El armador está en Nagasaki, padre. Desde allí maneja sus asuntos y los tres barcos que tiene dando tumbos por estas costas; y el capitán desembarcó en Sakai para arreglar algunas cosas de las que conviene no hablar. Yo soy Antonio da Vaz, contramaestre de esta nao, que es la *Santa Sofía* hasta que vuelvan a cambiarle el nombre. Y, a decir de Dios, sé de poca cosa que no sea bregarme en la mar.

Ayala asintió. No era lo que buscaba, pero quizás pudiera sonsacarle algo a ese hombre.

—Escuchadme bien, porque este es un asunto que requiere discreción —comenzó—: Necesitamos en la misión alguien que pueda hacerse cargo de ciertas tareas que nos resultan pesadas, una muchacha a ser posible, japonesa o coreana, que no tenga a nadie que la reclame ni sitio a donde volver, no sé si me entendéis.

—Por supuesto, padre, pero hace tiempo que no llevamos ese tipo de carga en nuestras bodegas.

—¿Y no conocéis quién pueda ayudarme? He escuchado que aquí podríamos encontrar lo que buscamos.

—No es puerto este para tales menesteres, padre. En Osaka o Firando no tendríais problemas. Allí las muchachas embarcan a diario por decenas, para Macao o para Goa, pero a fe que aquí jamás he visto tales cosas, y llevo atracando en este agujero más de cinco años.

Ayala guardó silencio, casi contrariado. Confiaba en descubrir que Uji-Yamada era un puerto de esclavos, pues habría dado consistencia a algunas de sus sospechas.

—Está bien —concluyó—. Lamento haberos distraído de vuestras obligaciones.

Comenzaba a alejarse cuando el hombre volvió a dirigirse a él.

—Padre, si es alguien que os atienda la casa lo que buscáis —razonó—, quizás os convenga visitar el local de esa ramera a la que los marinos llaman Oko-san.

—¿Una ramera? —repitió Ayala, volviéndose hacia el contramaestre.

—Perdonad mi lenguaje, padre, no es mi intención ofenderos —dijo Antonio da Vaz—. Pero esa mujer regenta una casa de citas, por así llamarla, y tiene fama de quedarse con todas las muchachas descarriadas de la zona. Muchas huérfanas, de esas que deambulan por el puerto, e incluso hijas de las que algún campesino quiere deshacerse, acaban allí. No creo que la tal Oko-san tenga problemas en venderos alguna.

Ayala asintió y volvió a cubrirse la cabeza con el *sugegasa*. Mientras se alejaba, seguido de Kenjirō y su montura, lamentó que los marineros buscaran apaciguar antes sus penas en un prostíbulo que en una iglesia. Pero las palabras de aquel portugués habían sembrado en él cierta desazón.

«Muchas huérfanas acaban allí», de las que deambulan por el puerto, de las repudiadas, de las que no tienen adónde ir... De las que nunca llegan a un santuario de montaña.

De repente, esquirlas de hielo le erizaron la nuca. No podía volver a recorrer aquel camino, no era ese el motivo por el que había regresado, sino por el que se había marchado. Y, sin embargo, ¿cómo darle la espalda?

—Hemos de buscar un lugar donde pasar la noche —aconsejó Kenjirō, ajeno a sus tribulaciones—. Alguna posada con cuadra para descansar antes de partir hacia Sakai.

—No iremos aún a Sakai —negó el jesuita—. Busca tú esa posada, yo he de encontrar la casa de la dama Oko.

Capítulo 9

La voz tras el velo

La casa de té de la dama Oko, en pleno corazón del arrabal portuario, bullía con un trasiego impropio de horas tan tardías. Rodeada por un murete blanco rematado con un tejadillo a dos aguas, la finca parecía menos sórdida que los locales que la flanqueaban, como trasplantada desde una zona más próspera de la ciudad. Tras el muro se alzaban las ramas de un jardín de cerezos; sus hojas, aún verdes pese al incipiente otoño, se estremecían al viento y arañaban las terrazas de la planta superior, habitada por sombras que se movían al trasluz del papel de arroz. Carcajadas esporádicas flotaban calle abajo, y el sonido pulsante y atiplado de un *shamisen** emanaba del interior del local, desgranando una vieja melodía que Ayala creía haber escuchado en el pasado. Aquellos eran los sonidos del «mundo flotante», de cuyas tentaciones advertían bonzos y *bateren* por igual.

Se detuvo frente a la puerta que daba paso al jardín, guardada por un hombre de aspecto hosco. Cruzaba sus gruesos brazos sobre una barriga prominente y vestía un kimono hasta las rodillas que le dejaba las piernas al desnudo. El jesuita se colgó el sombrero del antebrazo, sin ocultar su barbudo rostro de *nanban*.

—Me esperan dentro —mintió.

El guardián movió el hombro hacia atrás para abrirse el kimono, de modo que el recién llegado pudiera ver la empuñadura del

---

* *Shamisen:* intrumento de cuerda tradicional y de sonido similar a la cítara.

sable cruzado a la cintura. A continuación, se retiró el mondadientes que hacía bailar de una comisura a otra y se hizo a un lado, indicándole que podía pasar.

Ayala asintió y se internó en el jardín tratando de no parecer intimidado. Ese primer encuentro le sirvió para descubrir que en el local estaban habituados a la presencia de extranjeros, y para recordarle que debía andarse con cuidado, pues probablemente el patán de la entrada no fuera el único hombre armado.

Se dirigió hacia la gran terraza desde la que se accedía a la casa; la gravilla crujía bajo sus pasos y, más allá de las lámparas de piedra que iluminaban la senda, apenas se intuía el contorno de árboles y arbustos agitados por el viento. Era imposible saber si alguien lo observaba desde las tinieblas que poblaban el jardín, así que trató de no desviar la vista y aparentar una templanza que no sentía.

Se descalzó antes de subir a la tarima de madera y deslizó la puerta *shoji.* Al otro lado halló un largo pasillo delimitado por paneles laterales, cada uno pintado con motivos obscenos: desde el reflejo de dos amantes sobre un estanque hasta la figura de una muchacha sentada bajo un árbol, sujetando una flor abierta entre sus piernas. El ambiente se hallaba enrarecido por la mezcla de inciensos perfumados y el sonido de palabras apenas pronunciadas, acompañadas de risas impúdicas disimuladas tras el dorso de la mano.

Era un lugar de lujuria, aunque tratara de disimularse bajo una pátina de distinción. Antes de que pudiera arrepentirse, una muchacha que no podía tener más de doce años acudió desde el fondo del pasillo para recoger su sombrero y la capa que le servía de abrigo; los guardó tras una puerta lateral y, con una leve reverencia, le tomó de la mano para guiarlo al interior.

Arrastrado por aquella niña, Ayala observaba el delicado panel al final del corredor como si de la misma puerta al infierno se tratara. ¿Qué estaba haciendo? Sabía bien que allí no averiguaría nada sobre sus hermanos asesinados. Tras esa puerta solo le aguardaban viejos demonios; aun así, había aceptado aquella mano inocente que lo arrastraba a las llamas de un fuego que tan bien conocía.

La muchacha deslizó a un lado el panel y entraron en un salón en penumbras. La estancia estaba dividida por biombos de papel, y tras cada uno de ellos se desarrollaba una pequeña pesadilla: entre los huecos y las sombras, Ayala pudo vislumbrar a hombres y mujeres semidesnudos, sus manos perdidas bajo las ropas, y a niñas que aguardaban de rodillas con jarras de licor entre las manos, contemplando en silencio para aprender el oficio de aquellas que habían llegado allí antes que ellas. Se obligó a apartar la mirada, pero no había manera de soslayar los sonidos de semejante desdicha: los susurros, los suspiros, las risas esporádicas o las ebrias carcajadas… Y mientras caminaba entre aquellos hombres y mujeres consumidos por la lascivia, no halló en su corazón la justa ira del que debe condenar semejantes actos de lujuria, ni la piedad que debiera sentir por aquellas niñas condenadas. Solo alcanzaba a sentir miedo. El miedo, desnudo y sin ambages, de que ella pudiera estar allí.

Cuando la muchacha lo soltó de la mano, se percató de que lo había conducido ante la presencia de una dama tocada con la belleza marchita de una tarde de otoño. La mujer se sentaba de rodillas sobre una tarima elevada, delimitada por paneles de madera decorados con pan de oro. Al fondo de la tribuna, entre las penumbras más apartadas, dos guardaespaldas se mimetizaban con las figuras draconianas que la tinta dorada hacía emerger de la laca negra. Desde su posición, la mujer podía ver por encima de los biombos cuanto sucedía en sus dominios, aunque ahora dedicaba toda su atención al recién llegado.

—He venido a ver a la dama Oko —anunció sencillamente.

—La dama Oko no recibe visitas.

Ayala no pretendía discutir: extrajo una bolsa de monedas del interior del kimono y se la tendió. La mujer deshizo el lazo y comprobó que se trataba de monedas de cobre: no menos de ochenta piezas, a juzgar por el peso. Hurgó con el dedo para asegurarse de que no hubiera piedras entre las monedas y volvió a cerrar la bolsa. La guardó bajo su *obi** de seda.

—Tsukumo, avisa a la señora.

La muchacha que había guiado a Ayala asintió con una profunda reverencia y desapareció por una puerta próxima, del todo imperceptible hasta que fue abierta.

---

* *Obi:* faja ancha de tela (generalmente, de algodón o seda) que tanto mujeres como hombres usaban sobre el kimono para que les ciñera la cintura. En el caso de los samuráis, cuando no vestían armadura, la *daisho* se deslizaba bajo el *obi.*

—Mi nombre es Sadashi —se presentó entonces la mujer—, administro el día a día del local. La dama Oko solo recibe a los clientes más distinguidos, pero dado que es usted un caballero sumamente inusual, probablemente no le aburra su compañía. Le advierto que deberá esperar, la dama necesita prepararse.

—Soy un hombre paciente —dijo Ayala, y agradeció la bienvenida con una inclinación.

Sentado sobre un cojín en el tatami, Ayala aguardaba en una habitación vacía, sin más decoración que una vasija de cerámica que hacía las veces de incensario. A su derecha, se hallaba la puerta por la que había entrado; a su izquierda, la que daba acceso a los aposentos de la dama Oko, custodiada por dos hombres que exhibían una intachable pose marcial. No tenía claro si eran los mismos que se hallaban en el salón principal, pero a juzgar por su actitud y los sables que llevaban a la cintura, bien podía tratarse de *ronin* y no de simples patanes como el de la entrada. De ser así, el negocio de la dama Oko debía ser bastante lucrativo, pues no muchos empresarios podían permitirse los servicios de dos samuráis sin casa.

Ayala, en cualquier caso, se limitaba a mantener la vista fija en el brasero de cerámica. El humo del incienso, que hasta entones se había filtrado entre los intersticios de la tapa de hierro, se había ido extinguiendo poco a poco, y con él, la fragancia floral que impregnaba el aire. Eso le daba una idea del tiempo que llevaba allí esperando.

La puerta que daba al salón se abrió para dar paso a un segundo cliente de aspecto apocado. Caminaba encorvado y vestía ropas de viaje sumamente desgastadas, y saludó con reiteradas reverencias a los presentes antes de sentarse en el cojín situado junto al extranjero. Desprendía un aroma a hierbas y especias que se instaló en la habitación junto con él. Cuando se hubo acomodado, sonrió a Ayala con timidez, mostrando unos dientes oscuros y torcidos, y este le devolvió la cortesía con una inclinación de cabeza. Por fin, el recién llegado se perdió en la contemplación del humo que se desvanecía, como había hecho el jesuita poco antes.

—Ojalá pudiera tener una barba como esa —musitó para sí, sin dejar de sonreír—. Quizás así resultara menos feo.

Ayala lo miró de reojo y se acarició la barbilla. Fue un gesto inconsciente, pero el otro comprendió de inmediato que el extranjero le había entendido.

—Perdone mi atrevimiento —rogó, uniendo las manos en ademán de súplica e inclinándose frente a Ayala—. No imaginé que pudiera entenderme.

—No tiene por qué disculparse. No me ha ofendido.

—Soy un hombre despreciable, torpe hasta el extremo —continuaba humillándose el extraño.

—No es necesario que siga excusándose —insistió Ayala—. Soy un viajero de paso, no es tan sencillo ofenderme.

El hombre alzó brevemente la mirada y comprobó que el extranjero lo observaba en silencio. Poco a poco, volvió a su posición sobre el cojín.

—Sepa disculparme, no estoy acostumbrado a tratar con gente como usted. Siempre los veo en los puertos francos, pero nunca imaginé que pudieran hablar como nosotros.

—Ha tenido mala suerte —dijo el jesuita—, de todos los *nanban* con los que se ha cruzado, probablemente yo sea el único capaz de entenderle.

Su interlocutor lo miró de soslayo, no sabía cómo interpretar aquellas palabras exactamente. Aun así, se animó a presentarse:

—Mi nombre es Sadakata. Soy fabricante de inciensos.

—Yo soy Ayala —respondió el extranjero, sin precisar nada más.

El mercader volvió a saludarle con una inclinación, como si la conversación comenzara en ese momento.

—No sé usted, pero yo no estoy habituado a estos ambientes tan refinados. Es por eso que temo equivocarme a cada paso.

Ayala miró a su alrededor, a la sobria estancia y a los dos hombres armados que permanecían inmutables.

—No creo que se ofendan siempre que esté dispuesto a pagar lo que le pidan —dijo con indiferencia.

—Oh, por supuesto que pagaré. Estoy aquí por una celebración especial, ¿comprende? —Ayala no comprendía ni le interesaba comprender, aun así el hombre se lo explicó—: He tenido un golpe de suerte, de esos que te cambian la vida. Ayer estaba vendiendo mi mercancía en el puente Uji, ante la entrada del Gran Santuario, y un peregrino se detuvo a oler el incienso que había prendido. Con sumo deleite, alabó el frescor de la fragancia y los matices de sándalo que la impregnaban. Es uno de mis toques especiales, junto con algún otro que no me conviene ir desvelando, no sé si me comprende. Quiso comprar algunas varillas; yo ya había hecho suficiente caja ese día, y se había mostrado tan amable que no quise cobrárselas. Luego supe que ese peregrino era el *shogūji** de Ise, y el santuario decidió comprarme toda la mercancía. He vendido en un solo día todo el incienso que me quedaba para el resto del año. Y si se conserva bien y tiene buena combustión, el año que viene adquirirán un cargamento similar, así me lo han asegurado. —El hombre se frotó las manos, orgulloso—. No solo son las ventas, el ser proveedor del Gran Santuario de Ise me dará un nuevo estatus. ¿Entiende lo que eso significa?

—Me lo puedo imaginar —respondió Ayala con frialdad—. Veo que es un hombre piadoso.

—Le ruego que no sea duro conmigo. Puedo parecer avaricioso, pero no es así. Vender incienso por los santuarios es un oficio ingrato, pero gracias a este golpe de fortuna quizás mi familia logre prosperar.

—Sin duda, este es un buen lugar para celebrar esa nueva vida —dijo Ayala.

El comerciante lo miró sin disimulo, acaso sorprendido de que el hombre que compartía burdel y prostituta lo enjuiciara con la severidad de un bonzo. Entonces creyó entenderlo:

—No he estado con ninguna de las muchachas —aclaró—. Vengo a ver a la dama Oko, igual que usted. Se ve que ambos disfrutamos más de la fruta madura —añadió, en busca de una complicidad que no halló.

En ese momento, la puerta al fondo de la antecámara se abrió. La muchacha que había descorrido el panel, arrodillada al otro lado del vano, anunció que la dama Oko ya podía recibir al extran-

---

* *Shogūji*: asistente personal del sumo sacerdote o *daigūji* del Gran Santuario de Ise, que solo se hallaba por debajo de la *saio* o suma sacerdotisa del santuario, máxima representante de la religión sintoísta.

jero. Ayala se puso en pie y avanzó hacia los aposentos de la señora de la casa.

—Que pase un buen rato —lo despidió el mercader, pero el jesuita prefirió obviar el comentario.

Cuando estuvo dentro, la muchacha se deslizó fuera de la habitación y cerró la puerta tras ella. Una sola llama flotaba en el interior, suspendida sobre una vela a medio consumir. Su exigua luz apenas alcanzaba a iluminar las filigranas del biombo instalado en el centro de la sala, entre la entrada y la gran terraza que se abría al fondo. A la vista quedaba el que, sin duda, era el jardín personal de la dama Oko: sus formas y recovecos tenuemente iluminados por el reverbero de luna.

—Me dicen que, pese a ser extranjero, es capaz de entender y hablar nuestra lengua —comentó una voz lánguida tras la pantalla de papel.

—Así es —respondió Ayala, mientras se acomodaba sobre el cojín que habían dispuesto frente al biombo.

—¿Y cómo es posible tal cosa? Los extranjeros que rondan este barrio apenas saben gruñir y babear sobre mis muchachas.

Había un tono frívolo en la voz de aquella mujer que le disgustaba profundamente.

—Todo se puede aprender. Solo es necesario tener el tiempo y la voluntad suficiente.

—Tiempo y voluntad —repitió la dama Oko—. Muchos hombres malgastan lo primero, y la mayoría carecen de lo segundo.

—No es ese mi caso. —Comenzaba a impacientarse. Quizás los clientes de Oko buscaran la ilusión de cortejar a una gran señora, pero él no estaba allí para eso—. He venido porque necesito algo de usted.

—Todos los hombres que me visitan precisan algo de mí; pero a menudo descubren que aquello que realmente necesitan no es lo que les ha traído hasta aquí.

—No me interesan sus encantos. No es eso lo que he venido buscando.

La mujer rio, casquivana:

—Quizás sepa hablar nuestra lengua, pero en el trato con las damas no difiere mucho de esos otros bárbaros que solo gruñen y jadean.

—Busco a una muchacha llamada Junko —dijo por fin, incapaz de prolongar más aquella pantomima—. Es posible que entrara a su servicio hace diez años.

La voz al otro lado del velo guardó silencio, pero Ayala pudo escuchar el roce de la seda cuando Oko-san se agitó tras la pantalla.

—Nunca hemos tenido aquí a ninguna Junko.

La mujer le mentía, Ayala lo supo por su respuesta cortante, por la gravedad de su tono, carente de la frivolidad que había empleado hasta el momento.

—Le ruego que haga memoria. Era un muchacha frágil, muy tímida, debía tener unos dieciséis años entonces.

—Está describiéndome a todas las niñas que llegan a mi puerta, extranjero.

El jesuita suspiró, desesperado.

—¿Ninguna de las niñas que han estado aquí llevaba la cruz al cuello?

—No. Ese tipo de cosas no harían sino incomodar a nuestra clientela —zanjó la dama Oko—. No sé lo que anda buscando, pero no lo encontrará en mi casa.

Ayala comprendió que no podía hacer nada más. Allí no obtendría las respuestas que precisaba, y quizás así fuera mejor.

—Ahora, si lo desea, podemos abordar asuntos más agradables —le invitó la voz, recuperando un matiz sugerente.

—No será preciso.

Al ponerse en pie, se descubrió con los puños crispados y los hombros abatidos. Su ánimo oscilaba sobre el filo de una cuchilla, tan dispuesto a caer hacia la ira como hacia la más profunda de las melancolías.

Kudō Kenjirō aguardaba en la penumbra de un callejón que olía a orines y humedad. Aún se cubría con su sombrero de paja, ocultando el rostro como un delincuente, y había girado su sable largo sobre la cadera, el filo orientado hacia arriba, de modo que pudiera cortar con el mismo gesto de desenvaine. Sus ojos, invisibles bajo el ala ancha del *sugegasa*, escrutaban la salida de la casa de té. Dos personas más habían entrado tras el extranjero, pero nadie había abandonado

aún el lugar. De tanto en tanto, una carcajada o una voz ebria pertur-
baba la noche serena, y en esas ocasiones le urgía el impulso de abandonar su puesto y entrar en busca del hombre al que debía proteger.

La incertidumbre comenzaba a resultarle insoportable cuando,
por fin, vio a Ayala abandonar el local. Caminaba con pasos largos
y la mirada gacha, completamente ajeno a cuanto lo rodeaba, y
Kenjirō tuvo la impresión de que algo había trastocado el espíritu de
aquel hombre, por lo general de naturaleza sosegada. Lo siguió con
prudencia entre las sombras proyectadas por los aleros de las casas,
hasta que se aseguró de que no había nadie más en las inmediaciones.

—Ayala-sensei —lo llamó el samurái, saliendo al descubierto y
acompañándolo en su caminar apresurado—. Le llevaré a la posada.

El interpelado lo miró casi sobresaltado, como si no recordara
quién era aquel extraño:

—Kenjirō —murmuró—. ¿Qué haces aquí?

—Dejé el caballo en la primera posada con establo que encontré y vine en su busca. No volverá a separarse de mí; no permitiré
que se arriesgue de nuevo de esta forma.

Ayala le dedicó una mirada sombría:

—Tú no has de permitir ni dejar de permitir nada, *yojimbo* —exclamó enojado—. No he cruzado medio mundo para seguir las instrucciones de un muchacho.

El *goshi* se obligó a guardar silencio. Pese a venir de tierras in-
civilizadas, aquel hombre no se había mostrado descortés hasta el
momento. Era obvio que algo lo alteraba, y solo un necio discute con
quien se halla enajenado por las circunstancias, así que se limitó a
guiarle en silencio.

Llegaron a la casa de postas donde Kenjirō había encontrado
alojamiento, muy próxima al camino principal que, enhebrando los
distintos barrios como un sedal, unía los meandros del Miyagawa
hasta volver a conectar con la ruta Tokaido. Kenjirō fue el primero
en entrar al salón que hacía las veces de recibidor. A esa hora eran
pocos los irreductibles que se negaban a claudicar al cansancio o al
sopor del sake, y un extraño silencio pesaba sobre la escasa concurrencia.

Buscó con la vista al dueño del local, pero solo halló a una
camarera arrodillada junto a una de las mesas. La ocupaban tres

samuráis un tanto bebidos, tal como mostraba su actitud displicente, y la mujer se esforzaba por anotar la comanda al tiempo que se retorcía para evitar las manos que aquellos hombres le deslizaban bajo el kimono.

El resto de los comensales asistían a la escena en silencio, guardándose bien de no hacer nada que pudiera despertar la cólera fácil de un samurái borracho.

—Es tarde, será mejor que cenemos en nuestro dormitorio —dijo Kenjirō, sin apartar la vista de la escena.

Ayala también contempló a los tres espadachines: guerreros investidos con el emblema del clan Oda que se comportaban como maleantes de la peor ralea, y estuvo de acuerdo con la propuesta de su joven protector. Había visto suficientes miserias por ese día.

Pero antes de que pudieran alcanzar la escalera, uno de los samuráis alzó su taza de sake y, ciñendo la cintura de la camarera, llamó a voz en grito:

—¡Camaradas! He aquí un compañero de armas, ¡un samurái al servicio del Rey Demonio, como nosotros!

Los otros repararon en su presencia, e insistieron con algarabía en que se sumaran a su pequeña fiesta. El jesuita entornó la mirada, hastiado de aquella noche que parecía no tener fin, pero Kenjirō tomó la palabra antes de que pudiera hablar:

—Es un honor que samuráis de su señoría nos inviten a su mesa, pero el día ha sido largo y mañana hemos de partir temprano.

—¿A qué vienen tantos formalismos? —exclamó el primero—. Siéntate con nosotros y trae a tu amigo barbudo.

—Sí, sentaos, es una orden —dijo otro, probablemente el de mayor rango—. Después de todo, invita la casa. —Y sus compañeros corearon con risas la ocurrencia.

Kenjirō miró de reojo a Ayala y este comprendió que tendrían que aceptar. Rechazar de plano la invitación de aquellos hombres podía interpretarse como una grave ofensa. Así que se aproximaron a la mesa y, después de que el otro despidiera a la camarera con un cachete en las nalgas, se sentaron entre los samuráis.

—¿De dónde vienes, camarada? —preguntó uno de ellos.

—Venimos desde Owari, soy vasallo del señor Akechi Mitsuhide.

—Nosotros hemos servido durante tres años en Azuchi, en la construcción del nuevo castillo —dijo el que parecía menos bebido, un hombre de bigote entrecano que aún mantenía el equilibrio sin necesidad de apoyarse en la mesa—. Tres años sufriendo la humedad de ese maldito lago; por las mañanas la bruma llegaba a ocultar el sol —maldijo entre dientes.

—Pero ahora tenemos un largo permiso, Nobumori —dijo el más joven de los tres, sacudiéndolo por el hombro—. El Rey Demonio por fin tiene su gran castillo y nosotros podemos gozar de la bebida y las mujeres de Shima.

—¿Y tú, muchacho, qué haces con este barbudo? —preguntó el jefe, señalando con su taza de sake al extranjero.

—El maestro Ayala tiene una dispensa especial de la corte de Gifu para recorrer nuestras tierras —explicó Kenjirō brevemente—. Yo le asisto como guardaespaldas por orden del clan Oda, de ahí que vista el blasón de su señoría. —Y, tras dudar un instante, añadió—: Además, es un hábil intérprete, es capaz de entender todo cuanto decimos.

—¿Ah, sí? —el oficial esbozó una sonrisa ebria—. ¿Entiendes lo que te digo, barbudo?

Ayala asintió con parquedad.

—¿Y cómo es que un extranjero recorre los caminos? Creía que no os gusta alejaros mucho de Osaka y Nagasaki.

—Asuntos de la misión —respondió.

—¿De la misión? —repitió el samurái, haciendo bailar el platillo de sake frente a la cara del jesuita—. ¿Eres uno de esos *bateren*, uno de esos cuervos que revolotean de aquí para allá con su cruz? —Ayala no respondió. Se limitó a observar con indisimulado desdén al guerrero, tal como había hecho desde que entrara por la puerta—. Su señoría os tiene en alta estima, pero yo creo que sois gente de poco fiar, bárbaros que vais diciendo a los campesinos que no hay más señor que vuestro dios, y que todo el que mata, sea *heimin*[*] o samurái, sufre la condenación eterna.

—Así es, eso es lo que enseñamos.

---

[*] *Heimin:* clase mayoritaria en el Japón feudal, formada por plebeyos como los campesinos, artesanos o mercaderes. Solo se encontraba por encima de los *eta*, aquellos que trataban con cadáveres e inmundicias.

—Yo he matado a siete hombres, barbudo —gruñó el samurái entre dientes—, todos a mayor gloria de mi señor. ¿Estoy, entonces, condenado? ¿Acaso tu dios no valora la devoción y la valía de un guerrero?

—Los de vuestra clase tendéis a pensar que la habilidad con la espada demuestra algún tipo de elevación espiritual, pero lo cierto es que saber matar es un talento dudoso, en ningún caso superior al del carnicero que afila bien sus cuchillos.

Las palabras de Ayala, pronunciadas con infinito desprecio, silenciaron como un aldabonazo la mesa. Los tres samuráis intercambiaron una mirada torva. Lentamente, el más joven de ellos tomó el sable que descansaba a su izquierda y echó mano a la empuñadura. Comenzaba a ponerse en pie cuando Kudō Kenjirō golpeó sobre la mesa con el extremo de la *katana* envainada; los platillos con licor vertieron su contenido y las botellas oscilaron a punto de volcar.

Sin retirar la espada, que mantuvo firme ante los tres guerreros, dijo:

—Si desenvainas tu arma, compañero, lo más probable es que muramos uno de los dos. Puede incluso que ambos nos despidamos de esta vida. Piensa, más bien, que un extranjero es alguien que no conoce nuestras costumbres ni la más básica educación; enojarte por sus palabras es como enojarte con el perro que ladra a tu paso.

Los soldados de Oda guardaron silencio, congeladas sus voces y sus rictus, como el resto de los presentes en aquel salón. El ademán de Kenjirō denotaba que su voluntad era firme, tanto como la mano con que sostenía el sable, y así lo supo leer el oficial, que terminó por hacerle un gesto con la cabeza a su subordinado. Este obedeció renuente, como si debiera sobreponerse a una fuerza que tirara de su brazo; finalmente volvió a su posición y depositó de nuevo la espada a su izquierda.

—He de pediros que os marchéis —dijo el mayor de los tres guerreros.

Kenjirō asintió con una reverencia.

—Gracias por vuestra invitación. Ha sido un honor compartir mesa con tres samuráis de Oda-sama.

Se retiraron a la planta superior, dejando el salón sumido en un insoportable silencio. Cuando por fin llegaron al dormitorio, una estancia prácticamente vacía con dos jergones extendidos sobre la tarima de madera, Kenjirō cerró la puerta con presteza y se colocó frente a Martín Ayala. El jesuita sostuvo la mirada del joven *goshi;* no había arrepentimiento en los ojos del extranjero, sino un obstinado desafío. Cuál fue su sorpresa cuando el samurái se postró de rodillas ante él y, con la cabeza gacha, dijo:

—Ayala-sensei, le ruego que no vuelva a poner nuestras vidas en peligro inútilmente. Mi deber es protegerle aun a costa de mi vida, y en esta obligación está empeñado el honor de mi padre y de mi casa, pero le ruego que no me haga morir por un motivo indigno.

Ayala dio un paso atrás, sobrecogido por las palabras de aquel hombre, mucho más joven que él pero también mucho más sensato. Y no pudo sino caer de rodillas a su vez, sinceramente arrepentido, mientras Kenjirō aún mantenía su reverencia.

Sadakata, el vendedor de inciensos, no apartaba la vista del brasero de cerámica. Había transcurrido un buen rato desde que el extranjero abandonara los aposentos de la dama Oko, pero él seguía sin ser llamado a su presencia. Las mujeres gustan de hacerse de rogar, pensó.

—¿Os importa si remuevo las ascuas? Conviene mantener caldeada la estancia.

—Haz lo que quieras, pero no hables —respondió con brusquedad uno de los dos guardias.

El comerciante sonrió, servil ante la pose de aquellos supuestos *bushi.* Levantó la tapa de hierro repujado y comenzó a remover los rescoldos con un pequeño atizador.

—Añadiré un poco de mi incienso —dijo, mientras depositaba entre las brasas unos cuantos conos de resina prensada—. Es el que se quemará en el próximo Kannamesai[*], así que os podéis considerar unos privilegiados.

Atizó un poco más las ascuas antes de volver a cubrir el brasero. Al instante, la fragancia del sándalo y la artemisa se extendió por el aire, y Sadakata se sumió de nuevo en la contemplación del humo

---

[*] Kannamesai: ceremonia más importante del año en el Gran Santuario de Ise. Se celebra en la segunda quincena de octubre.

que se elevaba desde el incensario. Pero no hubo de esperar mucho más: la puerta de los aposentos volvió a entreabrirse y la joven pajé anunció que la dama Oko ya podía atenderle. Feliz, el hombre se palmeó la rodilla y se puso en pie.

—Ha sido un placer mantener esta charla —se despidió con inopinada ironía, dedicándole a los guardias su maltrecha sonrisa.

Frotándose las manos, entró en el reino dulcemente perfumado de la gran señora de los prostíbulos de Uji-Yamada. Se detuvo junto al umbral, y solo cuando escuchó cómo la muchacha deslizaba la puerta a su espalda, se decidió a adentrarse un poco más en la penumbra. A falta de más indicaciones, se acomodó frente al panel decorado con filigranas de oro y aguardó.

—Me han dicho que es usted un caballero al que acompaña la fortuna, señor Sadakata —dijo, por fin, una voz.

—Veo que las paredes de su residencia tienen oídos, mi señora.

Una risa cadenciosa se elevó desde detrás del biombo.

—Al igual que usted, soy una mujer de negocios. He de mantenerme informada si quiero que mi casa prospere.

—Me alegro de que nos unan intereses comunes —señaló el mercader—, no me cabe duda de que su casa es de las más prósperas de la provincia. Y dígame, ¿qué más indiscreciones sobre sus visitantes ha averiguado esta noche?

—Oh, no es cortés interrogar a una dama, señor Sadakata. ¿Qué sería de nosotras si entregáramos nuestras confidencias al primer caballero que nos pregunte? —La dama volvió a reír y, con un tono perverso, añadió—: Además, sospecho que no son esos los secretos que más le interesan.

La mujer debió prender una lámpara, pues una luz cálida se derramó desde el panel y su figura se proyectó difusa contra el papel decorado. Llevaba el cabello suelto, largo sobre los hombros, y su sombra se movió con elegante contención mientras se desprendía de la parte superior del kimono, que se deslizó con el rumor de la seda.

Sadakata sonrió, y si Oko hubiera podido ver su expresión, habría comprendido que aquel hombre no era como el resto de sus clientes.

—Lo cierto, dama Sadashi, es que no sabe nada sobre los secretos que a mí me interesan.

El invitado se incorporó y, con un movimiento de la mano, apartó el biombo. Al otro lado, la dama Sadashi, la mujer que recibía a los clientes en el gran salón, se cubría los pechos con expresión ofendida.

—¿Cómo se atreve a semejante insolencia?

—No se preocupe —dijo Sadakata, arrodillándose junto a ella—. Conozco sus ardides de cortesana. Ya he escuchado antes de extraordinarias mujeres de belleza atemporal, auténticas hijas de los *kami* que, sin embargo, se vendían en los barrios rojos como cualquier ramera. A la hora de la verdad, nadie les había visto el rostro, y cuando llegaba el momento de metérsela, la supuesta dama se deslizaba entre las sombras y era reemplazada por una jovencita del burdel; ese es el secreto para mantener la piel tersa y las tetas llenas durante años, ¿verdad? Y los pobres infelices de ahí fuera pagan una fortuna por libar de la fuente de aguas eternas, cuando en realidad se están follando a una puta que, de contratarla en el salón, les costaría un puñado de cobre.

Con gran dignidad, Sadashi dejó de esconder sus senos y apoyó las manos sobre el regazo. El hombre se permitió contemplarla durante un instante, y se dijo que aquella mujer se equivocaba: quizás los años hubieran ajado su belleza, pero no necesitaba de artificio alguno para despertar el deseo de los hombres, pues había en sus ojos una ferocidad hermosa, una irresistible determinación crecida en la tormenta y contra los embates de la vida.

—¿Cuál será el precio por mantener mi secreto? —preguntó ella.

Parecía realmente dispuesta a entregarle todo cuanto tenía, pero un gesto casi imperceptible traicionó sus intenciones: había mirado brevemente de soslayo a su derecha, fuera del círculo de luz, y el hombre reparó en el brillo apagado de una campanilla de metal. Sabiéndose descubierta, la dama Sadashi se abalanzó sobre el pequeño instrumento y lo hizo sonar.

Sadakata no la golpeó ni intentó arrebatarle la campanilla.

—No te molestes —dijo con calma—. Tus hombres ya deben estar dormidos, al igual que tu doncella. Nadie acudirá en tu ayuda.

El intruso se puso en pie y, agarrándola por el pelo, comenzó a arrastrarla hacia la oscuridad de uno de los rincones, allí donde ni siquiera alcanzaba la luz de luna procedente del jardín. Ella se contorsionó y pataleó con lágrimas en los ojos, pero terminó por asumir que solo conseguiría hacerse más daño.

—Nada de esto era necesario —dijo por fin Sadakata, obligándola a sentarse contra la pared—. Solo quiero que me hables del extranjero que te ha visitado antes que yo. Sospecho que no son tus encantos los que lo han traído hasta aquí.

—¿Por qué? ¿Qué puede importarte lo que un extranjero hable con una mujer como yo?

El hombre tiró de la melena para levantarle la cabeza y la obligó a sostenerle la mirada. No había violencia ni furia en sus ojos, solo la promesa de que haría cuanto fuera necesario para obtener lo que quería.

—Limítate a decirme la verdad, y desapareceré.

Sadashi contuvo las lágrimas. Hacía mucho tiempo que un hombre no la trataba así; de hecho, todo cuanto había logrado en los últimos años tenía como principal fin que un hombre no volviera a tratarla así.

—Quería saber de una muchacha llamada Junko. Creía que podía haber estado a mi cargo.

Una sombra de desconcierto asomó a los ojos de Sadakata, pero no aflojó su presa, sino que cerró aún más el puño en torno al jirón de pelo antes de preguntar:

—¿Y es así? ¿Has tenido aquí a esa niña?

La mujer asintió.

—Hace años, ocho o nueve, hasta que uno de esos bárbaros se encaprichó con ella y me la compró.

—Así que otro extranjero se la llevó. ¿Se lo has dicho a él?

—No. Mi silencio era parte del precio —respondió Sadashi.

—¿Recuerdas algo de ese otro extranjero? ¿Su nombre?

Ella negó con la cabeza, y él ni siquiera se molestó en insistir. Se limitó a sacar de la nada una cuchilla de hoja negra que deslizó bajo la barbilla de la mujer.

—Te lo juro, solo sé que tenía barcos y que venía de Osaka. Creo que estaba de paso, fue la primera y la última vez que lo vi.

—¿Y la niña? ¿Qué recuerdas?

—Era igual que todas las demás, pero llevaba una pequeña cruz al cuello. Le permití conservarla porque pensé que podría despertar el apetito de determinados clientes; creo que eso fue lo que llamó la atención de aquel hombre.

El falso mercader retiró la hoja, pero solo para ponerla frente a los ojos de Sadashi. El metal era tan oscuro que devoraba cuanta luz lo rozaba, sin arrojar el más leve destello.

—Escúchame bien —dijo con hielo en la voz—: Ahora dejaré tu casa por la puerta principal, como cualquier cliente satisfecho, y tú me olvidarás como a un mal sueño. Porque en realidad no sabes nada de mí: no sabes quién soy ni de lo que soy capaz. Pero si cometes una estupidez, regresaré bajo el aspecto de cualquier otro hombre; seré cualquiera de esos desgraciados que acuden cada noche a tu puerta, y antes siquiera de que sospeches, mi cuchillo te cortará tan profundamente la garganta que no tendrás voz para despedirte de esta vida.

Ella asintió sin apartar el rostro.

—Me alegra comprobar que, efectivamente, eres una mujer de negocios.

Igarashi Bokuden bajó hasta la playa al amparo de la noche. Avanzaba hacia la orilla y, a cada paso, se iba desprendiendo del mercader Sadakata: enderezó su espalda y abandonó la expresión servil, dejó caer en la arena el *haori* y el raído kimono, hasta que se adentró desnudo en el mar y pudo enjuagarse la boca con agua salada. Solo cuando dejó de percibir en la lengua el amargor de la tinta con que se había oscurecido los dientes, pasó a lavarse la cara; insistió hasta que hizo desaparecer por completo el polvo de carbón que hundía el contorno de sus ojos y acentuaba sus arrugas. Por último, se aplicó con paciencia al pelo apelmazado, desenredando sus cabellos hasta que estos cayeron, lisos y empapados, hasta media espalda.

Cuando no quedó rastro del vendedor de inciensos, caminó hacia un pequeño montículo de piedras y empezó a cavar en la arena en busca de sus pertenencias. Tenía poco tiempo para descansar, pues mucho antes del amanecer debía estar junto a la posada en la que el *bateren* y su guardaespaldas se alojaban, preparado para seguirlos como hasta ahora. Aun así, se tomó un tiempo para reflexionar frente al mar, mientras esperaba a que la fría brisa nocturna le secara el cuerpo.

La primera idea que lo asaltó fue que no comprendía a aquel hombre, y eso lo inquietaba. ¿Qué podía tener que ver una muchacha vendida a un extranjero con los asesinatos que se habían producido a lo largo de la ruta Tokaido? Al parecer, la niña tenía alguna relación con los *bateren*, o por lo menos adoraba a su dios, si lo que aquella mujer le había dicho era cierto. Pero hacía más de siete años que se la habían llevado, lo más probable es que estuviera fuera del país, cuando no muerta. Era incapaz de encontrar la conexión, necesitaba averiguar más cosas… O quizás aquella muchacha no tenía relación alguna con los crímenes, quizás el cuervo tenía sus propios intereses, ajenos a los de aquellos que lo habían enviado allí.

En cualquier caso, el ovillo tenía ahora dos hilos de los que tirar. Quedaba por ver si, al desenredarlo, lo que sostendría entre las manos serían los dos extremos de una misma cuerda o dos cabos completamente distintos.

Capítulo 10

Volar una cometa

Reiko se manejaba con destreza por el cañaveral. En su mano izquierda sujetaba un largo cuchillo sin punta, como los empleados por los taladores de bambú; con la derecha guiaba a la niña que caminaba tras ella mientras admiraba las altas cañas que se cimbreaban y tableteaban a su paso. Caía la tarde, pero el sol aún se filtraba entre las ramas y resplandecía sobre la humedad de los helechos.

Llegaron a un claro en mitad del bosque de bambú y Reiko dejó caer la bolsa que cargaba al hombro.

—Veamos qué has aprendido —dijo la mujer—. ¿Cuál escogerías?

La muchacha giró sobre sí misma, la vista saltando de una caña a otra. Finalmente, señaló uno de los gruesos tallos:

—¿Ese?

—¿Qué te he dicho hace un momento, Haru-chan?

—Que el leño debe tener más de veinte nudos.

—¿Y cuántos ves ahí?

—No lo sé, la caña es muy alta y se pierde entre las hojas.

—Entonces, observa la distancia entre cada nudo del tallo. Están demasiado próximos, la planta aún es joven.

—¿Esa otra, entonces?

Reiko se aproximó al grueso bambú que le indicaba la niña, de un verde intenso. Posó la mano en el tallo y asintió satisfecha.

—¿Me dejarás que lo corte yo?

—Sí, pero ¿qué debe hacerse antes?

Haru se acuclilló entre los helechos y recorrió con la mirada la caña, pensativa.

—No lo sé, me dices muchas cosas —protestó.

—Ven aquí y toma esto, desvergonzada.

La niña recogió el pequeño punzón que le ofrecía Reiko.

—Asegúrate de que la planta esté limpia.

Haru clavó la punta en el leño fibroso y se cercioró de que no se resquebrajara. A continuación rebuscó entre las hojas más bajas, en busca de los gorgojos que solían atacar al bambú.

—Parece que está limpia.

—Muy bien —le tendió el cuchillo—; procura serrar en oblicuo, de lo contrario te costará más.

Haru se recogió las mangas del kimono y tomó con entusiasmo la herramienta. Enarbolándola con las dos manos, dejó caer el filo sobre el tallo, y allí quedó aprisionada la hoja. Reiko sonrió al comprobar el gesto desilusionado de la niña.

—¿Qué pretendías, cortarlo de un tajo? Cortar es para los samuráis, serrar para los leñadores. Comienza a serrar.

Sin desanimarse, la muchacha sujetó la caña por la parte alta y comenzó a deslizar el filo sobre el corte, haciéndolo cada vez más profundo.

—Se va a enterar ese Kojiro —masculló mientras serraba—, vamos a hacer la mejor cometa de combate de la aldea. Estoy deseando ver su cara cuando derribemos la suya sobre el fango.

—No te entusiasmes, por ahora no tienes ni la madera para el armazón. ¿Tiene tu madre preparada la ceniza de sosa?

—Mi padre dice que es mejor ahumar las cañas de bambú —observó Haru, sin cejar en su labor.

—Dile a tu padre que no hemos pedido su opinión. Su última cometa no duró ni dos lances en el festival de *setsubun*.

La niña asintió, torciendo el gesto.

—Eso es porque el fuego resta flexibilidad a la madera; es mejor hervir las cañas en ceniza de sosa.

—¡Creo que ya está! —exclamó Haru, mientras el tronco se dividía en dos y el fragmento superior se deslizaba hasta el suelo.

El tallo seccionado se mantuvo en pie, apoyado contra el resto de las cañas. Reiko se encargó de desbrozar las hojas hasta que pudo extraerlo del cañaveral y tumbarlo en el claro. Se secó el sudor de la frente, se cubrió la cabeza con un pañuelo blanco y, recogiéndose el kimono sobre el regazo, se arrodilló junto al tronco para comenzar a dividirlo en leños más cortos.

Mientras trabajaba, la pequeña la contemplaba fascinada.

—¿Por qué me miras así? —preguntó después de un rato.

—Eres muy guapa —observó Haru, con la espontaneidad propia de los niños.

La mujer rio y, sin pretenderlo, se llevó la mano a la profunda cicatriz que le desfiguraba la mejilla. Era un gesto instintivo que repetía de tanto en tanto, como si necesitara asegurarse de que la marca seguía allí, indeleble.

—¿Cómo te la hiciste? Nadie en la aldea lo sabe.

Reiko volvió el rostro, ocultando la cicatriz contra el hombro.

—Es lo que sucede cuando no eres dueña de tu propia vida. —Golpeó el bambú con el cuchillo—. Procuro no olvidarlo.

No habían terminado aún de trocear y limpiar los leños cuando escucharon una voz que el viento arrastraba entre las cañas. Reiko detuvo el brazo y afinó el oído: parecía que alguien las buscaba.

—Es Tadayashi, ve a buscarlo y tráelo aquí.

Haru se puso en pie y se precipitó hacia la espesura, en dirección a la voz que continuaba llamándolas. Mientras aguardaba, Reiko desanudó la larga cinta con que se había ceñido los vuelos del kimono y la usó para recogerse el cabello tras la nuca.

Cuando la niña y Tadayashi irrumpieron en el claro, la encontraron sentada de rodillas y con expresión severa. Parecía anticipar una mala noticia.

—Jefa, por fin la encuentro —resolló el labrador—. La esperan en la aldea, ha llegado un enviado del castillo.

Reiko levantó la vista al cielo. La noche comenzaba a cerrarse sobre ellos.

—¿Cómo es posible? ¿Un emisario tan tarde? —Raras veces recibían la visita de un mensajero del clan Fuwa y, cuando sucedía, este solía aparecer de día, bajo la apariencia de un recaudador de impuestos. Aquella visita tardía denotaba algún tipo de urgencia—. ¿Ha dicho por qué está aquí?

—Al parecer exige reunirse cuanto antes con usted y con Jigorō-sensei, no ha querido decir nada más.

—Está bien, ayuda a Haru-chan a terminar aquí —indicó mientras se sacudía la tierra de la ropa—. Veamos qué precisa de nosotros el señor de Takatsuki.

Reiko emergió del bosque y comenzó a descender hacia la aldea. La brisa nocturna agitó las espigas de *susuki* a su alrededor y le enfrió la piel, aún impregnada de la humedad del bambusal. No pudo evitar un escalofrío; quizás por el frescor de la anochecida, quizás por la inquietud que la embargaba cada vez que recibían una de aquellas visitas.

Contempló la villa al fondo de la ladera, los tejados de paja apiñados como balas de heno, el humo de las chimeneas congelado contra el firmamento. Ella había ayudado a dar forma a ese lugar, un refugio oculto entre la orilla del Akutagawa y las faldas del Miyoshiyama, como la rara flor que crece entre las inmundicias del campo de batalla: única, hermosa y expuesta a los azares de la guerra.

Alcanzó las primeras viviendas construidas con adobe y tablas de madera, donde se cruzó con el hijo pequeño de Mokichi y su chucho. El animal ladró a su paso y el niño se sacó el dedo de la nariz para señalar hacia el centro de la aldea:

—La están buscando, señora.

Reiko asintió sin detenerse.

Al enfilar la calle central, pudo ver a la multitud arremolinada en torno a la única casa del valle con techumbre de tejas y base de piedra; hacía las veces de refugio en caso de tempestad o terremoto, de consistorio cuando se reunía el consejo de aldea, y de posada en las raras ocasiones que recibían a viajeros. Aquella noche, al parecer, también acogía misteriosas visitas y secretos, aunque fuera a la vista de todos.

La muchedumbre comenzó a murmurar al verla llegar y un hombre se situó junto a ella para abrirle paso:

—La hemos estado buscando, un emisario…

—Ya lo sé, Ichizo —lo interrumpió ella—. Encárgate de que todos vuelvan a sus quehaceres y permanece junto a la entrada, te llamaré cuando hayamos concluido.

Ichizo asintió con la cabeza y le abrió la puerta.

Dejó las *gueta*[*] en el suelo del recibidor y subió a la tarima que conducía hasta la estancia central. Allí encontró al maestro Jigorō, sentado de espaldas a la puerta, las manos extendidas sobre la lumbre que ardía confinada en un cubículo del suelo. Junto a él, la no tan inesperada visitante. La mujer vestía, como era habitual en ella, ropajes sobrios y holgados de peregrino; solía cubrirse la cabeza con un pañuelo que ahora sostenía entre las manos, dejando al descubierto una melena corta que disimulaba un tatuaje en la nuca. Reiko había tenido ocasión de contemplarlo en otras ocasiones: un ojo con un iris sin pupila.

Ese tercer ojo sobre su espalda parecía advertir de que nada escapaba al escrutinio de aquella persona, ni siquiera lo que se movía entre las sombras.

La conversación se interrumpió en cuanto repararon en la presencia de Reiko; esta devolvió la deferencia con una profunda inclinación:

—Bienvenida, señora Nozomi, siempre es un placer recibir su visita —saludó.

La visitante le devolvió el saludo con una sonrisa y una leve inclinación de cabeza. Podía contar diez años más que la propia Reiko, y aunque se desenvolvía con una elegancia casi cortesana, la contrabandista siempre había sabido ver más allá de su actitud apacible. Los ojos de Nozomi eran los de alguien que observaba mucho y callaba aún más; su piel se hallaba oscurecida por el viento y por el sol, sus hombros eran menudos pero firmes, y sus dedos, largos y ásperos, parecían habituados a empuñar el cayado y —Reiko estaba convencida— herramientas más afiladas.

—Por favor, no deseo interrumpir vuestra conversación —dijo, arrodillándose junto a un armario del que sacó una caja lacada—. Continuad como si no estuviera.

—Hablábamos de los tiempos aciagos que nos han tocado vivir —señaló el viejo Jigorō—, de lo arriesgado que resulta para cualquiera internarse más allá de las rutas principales.

---

[*] *Gueta:* sandalias de madera sujetas al pie por tiras de tela y alzadas sobre dos cuñas (dientes) también de madera. Aunque se utilizaban durante todo el año, eran especialmente útiles en época de lluvias o nieve, pues ayudaban a mantener los pies secos.

—Así es —corroboró la visitante—, en los caminos que antes transitaban bonzos y leñadores, ahora uno se encuentra con ronin y bandidos.

—Y espías —añadió Reiko, mientras depositaba la caja junto al fuego y levantaba la bandeja que hacía las veces de tapa. Extrajo tres tazas y un cuenco con té fresco—. Últimamente, también los espías abundan en los caminos.

La viajera sonrió ante la sutil invectiva, atenta a aquellas manos que, sirviéndose de una cucharilla de bambú, repartían las hojas picadas entre las tazas.

—Siempre olvido lo afiladas que son sus palabras, una conversación con usted puede cortar como el viento más gélido.

—No sé a qué se refiere —sonrió Reiko a su vez—, simplemente ratificaba lo sombríos que se han tornado estos días.

Tiró de la polea para separar de las llamas el cazo suspendido sobre el hogar. Ayudándose de un paño, descolgó la olla y vertió el agua hirviendo en las tazas. A continuación tomó la suya y la sostuvo sobre el regazo, reconfortándose con el calor que irradiaba.

—¿A qué ha venido aquí, dama Nozomi?

La enviada de Fuwa Torayasu, único daimio cristiano de la provincia de Settsu, comprendió que no mediaban más preámbulos:

—¿Siguen satisfechos los proveedores?

Reiko dio un primer sorbo y la miró sobre el filo de la taza.

—¿Qué quiere decir? No hay motivos para pensar lo contrario.

—¿Está segura?

—Los armadores que traen al país nuestra mercancía tienen un acuerdo exclusivo con nosotros; saben bien que nadie les va a pagar mejor, y así será mientras su señoría siga financiando esta empresa.

—Y sin embargo, el *San Andrés,* uno de los barcos de la Compañía de Coímbra, navega directamente hacia el puerto de Anotsu, en la bahía de Owari, y usted ni siquiera lo sabe.

—Eso no es posible —intervino Jigorō—, la compañía siempre ha hecho escala en Osaka o en Tanabe.

Reiko hizo un gesto para rogarle silencio antes de preguntar:

—¿Cómo está tan segura?

—Hace tres días se registró la partida del *San Andrés* desde Nagasaki, mis informadores en la aduana de Osaka han estado atentos a su llegada, pero ninguno de los barcos que ha hecho esa ruta en los últimos días se ha cruzado con dicha nave en alta mar. Lo mismo sucede en Tanabe, donde envié cuervos ayer mismo. —Nozomi se permitió un instante para sorber de su taza de té—. Todo hace indicar que la Compañía de Coímbra pretende descargar su mercancía en Anotsu… Toda su mercancía —recalcó.

—Ya veo —asintió Reiko, inexpresiva.

—Usted nos aseguró que podría controlar la situación, es por ello que han disfrutado de los privilegios que su señoría ha dispensado a esta comunidad.

—Lo sé bien. Me encargaré de solucionarlo.

—Esperemos que así sea —respondió la emisaria de Fuwa—, no es necesario recordarle que ni uno solo de esos cargamentos puede caer en otras manos.

—Eso no sucederá —le aseguró Reiko—. Le ruego que tranquilice a Fuwa-sama, no habrá más imprevistos.

—Bien. —Nozomi depositó su taza en la bandeja y se puso en pie—. He de seguir mi camino, lamento no poder terminar mi té.

—Gracias por su visita.

Reiko y el viejo Jigorō la despidieron con una reverencia. Antes de abandonar la casa, la enviada se detuvo junto al umbral y les habló recuperando su tono amable:

—A su señoría le gustaría que trasladaran a Enso-sensei sus deseos de una pronta recuperación.

—Así se hará —dijo Reiko, sin alzar la cabeza.

Cuando la visitante cerró la puerta, Jigorō fue el primero en tomar la palabra:

—¿Cómo ha podido suceder esto? Hasta ahora los *nanban* parecían satisfechos negociando con nosotros.

Reiko no respondió inmediatamente, permanecía con la mirada perdida, buscando alguna respuesta entre las sombras que habitaban la estancia.

—Hace dos semanas —comenzó a decir—, frente a la costa de Tanabe, cuando los *wako* trataron de engañarnos… —Intentaba asir algo que hasta entonces había permanecido en el filo de su memoria, a punto de caer en el olvido—. Uno de los mercaderes dijo que los jesuitas podían abandonar la costa de Kii. Quizás sea eso lo que está sucediendo: los padres cristianos planean cerrar las casas próximas a Osaka y los navegantes comienzan a modificar sus rutas.

—Los *bateren* no abandonarían a sus comunidades, les ha costado mucho asentarse.

—No, a menos que alguien los obligara. Las políticas de los daimios son cambiantes, el poder es caprichoso a la hora de elegir amigos y enemigos, y nosotros sabemos poco de lo que sucede en los castillos.

—Si eso es cierto, si los *nanban* abandonan las viejas rutas, debemos encontrar la forma de seguir comerciando con ellos. No podemos permitir que vendan nuestra mercancía a otros postores.

—No es nuestra mercancía, y esa es la raíz del problema: todo nuestro plan depende de la avaricia de las compañías marítimas de Macao —dijo Reiko, que volvía a beber de su taza—. Pero tienes razón, debemos encontrar nuevos puntos de intercambio, convencerlos de que no nos den la espalda. —Guardó silencio antes de añadir—: En cualquier caso, ese no es el problema que más nos acucia.

—Cierto —coincidió Jigorō, pasándose los dedos por la espesa barba entrecana—, hay que interceptar ese barco antes de que descargue en Anotsu. Se me antoja complicado, ni siquiera sabemos en qué punto de su travesía se encuentra.

—¿No harán escalas entre Nagasaki y la bahía de Owari?

—Con el viento a favor pueden cubrir la distancia en tres días, no les sería necesario. Pero si el viento sopla de proa, pueden tardar hasta seis días con sus noches en tocar tierra; en ese caso, lo más probable es que necesiten abastecerse, y tengo entendido que el señor de Nagashima permite hacer aguada a los barcos portugueses siempre que no se acerquen a menos de siete *cho* de sus costas.

—Nagashima está a casi tres jornadas de viaje.

—Si viajamos a caballo, podríamos estar allí antes de mañana al anochecer —dijo el viejo—. Aun así, todo depende de que necesiten fondear.

—Estamos a merced del viento —susurró Reiko—, como niños que vuelan una cometa.

Capítulo 11

El guerrero de Dios

Kenjirō regresaba al campamento con el arco en la zurda y dos liebres al hombro; eran enclenques y poca carne podrían sacar de ellas, pero estaba seguro de que Ayala agradecería masticar algo más que bayas y arroz en el desayuno.

Se habían detenido a pasar la noche en los lindes de un bosque de arces, en algún punto de la extensa llanura de Kansai. Aquella iba a ser su tercera jornada de viaje desde que dejaran atrás la península de Shima y, si los cálculos del *bateren* eran correctos, antes de caer la noche llegarían al hospital que los jesuitas habían levantado a las afueras de Sakai. Jamás se había hallado Kenjirō tan lejos del hogar, y a cada alto volvía la vista atrás, como si temiera olvidar el camino de regreso.

Cuando llegó al improvisado campamento, encontró a Ayala ya despierto y al caballo pastando entre los arbustos. El sacerdote se había levantado, había alimentado la hoguera y ahora permanecía de rodillas frente al sol del amanecer. Con las manos unidas y la barbilla pegada al pecho, canturreaba una extraña letanía:

—*Exaudi nos, Domine sancte, Pater omnipotens, aeterne Deus, et mittere digneris sanctum Angelum tuum de caelis, qui custodiat, foveat, protegat, visitet atque defendat omnes habitantes in hoc habitaculo...*

Kenjirō no podía entender el idioma de aquellos extranjeros, pero tampoco entendía muchos de los sutras que recitaban los bonzos.

Sí comprendía, sin embargo, que si él, que apenas se hallaba a unas jornadas del hogar, arrastraba su melancolía por los caminos, cuánto más aquel hombre que tardaría años en regresar, si es que alguna vez lo hacía. Así que respetó el recogimiento de Ayala y se sentó en una roca apartada, donde se dedicó a despellejar y limpiar el desayuno de ese día.

Al cabo de un rato, Kenjirō ya había desollado por completo las dos liebres, y aún se aplicaba en eviscerarlas y lanzar lejos las tripas cuando Ayala concluyó su oración, se persignó y le dio los buenos días. El *goshi* respondió con una inclinación de cabeza y siguió a lo suyo. Hasta que la curiosidad lo impulsó a preguntar:

—¿A quién rezaba?

Su compañero de viaje, que acababa de poner un cazo al fuego, levantó una ceja ante la inesperada curiosidad del samurái.

—A Dios Padre, ¿a quién si no?

—¿Le reza para que le ayude en su misión?

—Le rezo por mis hermanos caídos, por los demás cristianos de estas tierras… Y para que me ayude en mi misión, sí.

—¿Suele vuestro dios atender las plegarias de sus sacerdotes? —quiso saber Kenjirō, mientras limpiaba su pequeño cuchillo de tripas y excrementos.

—Dios atiende las plegarias de cualquiera que le rece con devoción, pero a menudo lo hace de maneras que no entendemos.

—¿Qué quiere decir? —respondió Kenjirō—. Las plegarias son respondidas o ignoradas. En mi hogar, el segundo mes del año los campesinos hacen ofrendas a Inari. Si el *kami* se muestra complacido, tendremos una buena cosecha; por el contrario, si alguien afrenta a la divinidad de algún modo, engañando al recaudador o matando a algún zorro, o dándole el peor grano a los monjes, las ofrendas y las plegarias no servirán y tendremos un mal año. Es sencillo de entender.

Ayala asintió con una sonrisa y, sin querer contradecirle, comenzó a pelar algunos boniatos para el guiso.

—No se ría y explíquemelo —exigió el joven, molesto por la condescendencia del sacerdote.

—Cuando un cristiano reza a Dios, se siente reconfortado por el amor del Padre, fortalece su espíritu y se ve capaz de seguir por el camino justo. Pero Dios no recorrerá la senda por él, ni apartará los obstáculos para que le resulte más sencillo sobrellevarla. Dios Padre envió a su hijo para que sufriera con nosotros, no para ahorrarnos sufrimientos; se sacrificó para mostrarnos el camino recto, pero es su voluntad que lo recorramos libremente.

Kudō Kenjirō meditó un momento sobre esas palabras; lo hacía mientras separaba la carne limpia de los huesecillos y la amontonaba sobre una hoja seca.

—Algo parecido predicaban los bonzos que venían a pedir al valle: «Todos conocemos el camino», decían, «pero pocos lo recorren».

—Esos bonzos tenían razón —dijo Ayala, que cortaba rodajas de boniato sobre el agua al fuego—. El hombre, a imagen de Dios, es bueno en esencia. En nuestro fuero interno todos discernimos lo correcto de lo incorrecto, pero muchos se dejan arrastrar por las tentaciones del día a día y yerran el camino.

—Y si las enseñanzas de los bonzos son tan parecidas a las de los *bateren*, ¿qué más da que los hombres crean en vuestro dios o en el Buda? ¿No debería ser lo importante obrar con humanidad hacia los demás y, como dice, no errar el camino? Poco debería importar que lo hagan por uno u otro motivo.

Ayala detuvo su mano por un momento, con una rodaja a medio cortar. Había escuchado a estudiantes del teologado de Burgos plantear cuestiones con mucho menos fundamento.

—Porque solo aquellos que abracen la verdad de Cristo se salvarán —señaló, pero de inmediato supo que esa era una respuesta hueca, la misma premisa con la que el padre Melchior atormentaba a sus feligreses de Shima.

—Si vuestro dios solo salva a quienes lo adoran, quizás no sea tan justo —observó Kudō Kenjirō, y mientras volvía a limpiar el cuchillo, añadió—: En ese caso, sin duda vale más salvarse por uno mismo.

No había anochecido aún cuando el camino se bifurcó entre la gran pista de tierra que conducía hacia Osaka, por la que discurrían innumerables peregrinos y caravanas comerciales, y la más discreta senda que bajaba hasta Sakai y sus playas. Tomaron la ruta de Sakai, azotada por el viento salitroso que llegaba desde el mar, y pronto las primeras casas comenzaron a salpicar los márgenes.

La mayoría eran viviendas de labriegos, pero no debieron andar mucho hasta encontrar las casas de té que preceden a toda ciudad, siempre cubiertas con tejas desdentadas y rodeadas de jardines tan marchitos como las mujeres que las habitan. Para el caminante, aquellas prostitutas eran el primer indicio de que su destino estaba próximo, como las gaviotas para los marineros en alta mar.

—El hospital se halla a las afueras de Sakai, un tanto aislado pero junto a la ruta principal —dijo Ayala, animoso—. En cualquier momento lo divisaremos.

Kenjirō, sin embargo, no apartaba la vista del repecho que se elevaba ante ellos. Era una masa negra contra el firmamento nocturno, pero su perfil se hallaba contorneado por el reverbero de cien lámparas, como si la ciudad se hallara poco más adelante y no a la distancia que decía Ayala. Este siguió la mirada del samurái y también reparó en aquel resplandor. Espoleado por la preocupación, apretó el paso y se adelantó a su guardaespaldas.

Cuando coronó la pequeña cima, su vista se perdió en un mar de luces titilantes que se extendía a sus pies, rodeando la capilla anexa al destartalado pabellón del hospital. Ayala buscó el campanario, pues era lo primero que derribaban cuando atacaban una iglesia, y lo halló intacto, rematado por una imponente cruz de hierro.

Al poco, Kenjirō llegó junto a él, tirando del animal que cabeceaba cuesta arriba.

—¿Qué son esas luces? —preguntó el jesuita, confuso.

—Diría que es un ejército —observó con calma el joven guerrero.

Ayala intentó tragar saliva, pero solo logró arañarse la garganta reseca. No entendía qué sucedía y solo había una forma de averiguarlo, así que se apresuró colina abajo.

—No se precipite, Ayala-sensei —lo llamó Kudō Kenjirō, en vano.

Cuando el camino perdió pendiente se topó con aquellos que conformaban los arrabales del campamento: cargadores, cocineros, porteadores de sandalias, paleadores de excrementos y demás desheredados que siguen a los ejércitos como una bandada de carroñeros…

Todos pertenecían a la casta *heimin,* y aun por debajo de esta, a los *eta**, medio hombres a los que apenas se les tenía permitido levantar la vista del suelo y que bajo ningún concepto podían cruzar mirada o palabra con un samurái. Ellos eran los responsables de cualquier labor no castrense y serían los encargados de retirar los cadáveres del campo de batalla, recibiendo como único pago lo que los muertos dejaran atrás.

Ayala caminaba entre ellos, la vista perdida en las hogueras en torno a las que se arracimaban esos hombres medio desnudos, limpiándose la mugre del camino con hojas de bijao y reventándose las ampollas de los pies, viviendo entre barro, sacos de mijo y heno para los caballos, a la espera de que la tropa volviera a alzar el campamento y ellos debieran desfilar de nuevo tras sus pasos. Algunos le devolvían una mirada cansada, carente de perplejidad, pero la mayoría estaban demasiado agotados para reparar en el *bateren* que avanzaba entre sombras.

—Mire allí —dijo la voz de Kenjirō a su espalda.

El jesuita levantó la vista hacia las tiendas que ocupaban el centro del campamento, más próximas al hospital, y que debían ser los alojamientos de los samuráis y sus sirvientes personales. Y entre ellas, elevado sobre un suave promontorio, un puesto de mando delimitado por cuatro enormes lienzos que palpitaban con el aliento de la noche, resguardando lo que solo podían ser los aposentos de un daimio o un gran general.

En cada uno de los lienzos se distinguía un blasón formado por un gran círculo central y seis pequeños círculos rodeándolo.

—Es la divisa del clan Fuwa —indicó el *goshi*—, un daimio cristiano.

—¿Estás seguro?

—Mi padre tiene pocos libros, pero el más grande de cuantos guarda es uno en el que se recoge la heráldica y la historia de los principales clanes de Honshū; nos obligaba a memorizarlos. —Ayala miró de reojo a su joven acompañante, acaso sorprendido de que

---

* *Eta:* también conocidos como *burakumin,* eran la casta más baja en el Japón feudal, aquellos considerados impuros por trabajar con cadáveres e inmundicias. En la práctica, eran parias carentes de derechos.

supiera leer—. También leemos el Heike y estudiamos estrategia militar. Aunque muchos lo olviden, somos samuráis. —Y en su voz resonaba una larga reivindicación.

—He escuchado hablar de Fuwa Torayasu, bautizado con el nombre cristiano de Darío... Pero no llego a entender qué hace aquí.

—Supongo que pronto lo averiguaremos —dijo Kenjirō, atento a los criados y escuderos que comenzaban a congregarse a su paso.

A la vista del *bateren,* los sirvientes echaban la rodilla al suelo y formaban un puño con ambas manos, en un gesto de súplica fervorosa. Algunos samuráis comenzaban a asomarse a sus tiendas y, al ver al sacerdote, lo saludaban llevándose el puño al corazón e inclinando la cabeza.

El jesuita no parecía menos desconcertado que su *yojimbo,* y tardó en comprender que aquellos que se le acercaban esperaban su bendición. Con cierta renuencia, comenzó a trazar la señal de la cruz en el aire mientras repetía: «*In nomine Patris, et Filii, et Spiritus Sancti*».

Cada vez eran más los que reparaban en su presencia y se arrodillaban a su paso, como si fuera alguien digno de pleitesía y no un pobre misionero vestido con andrajos. Poco a poco creció en él la necesidad de salir de allí, de escapar a aquella devoción inmerecida, y no pudo sino exhalar un suspiro de alivio cuando alcanzó los terrenos que rodeaban el hospital. Como si se hubieran acogido a sagrado, nadie osó seguirlos más allá de la empalizada, y Ayala se apresuró por la senda que parecía conducir a la sacristía.

Esta se ubicaba al otro extremo del templo, junto al ábside, que descubrió rodeado de un camposanto erizado de cruces torcidas. Aquel cementerio debía ser el destino final de muchos de los enfermos del hospital, y entre la proximidad de uno y otro solo se interponía la humilde iglesia, promesa de salvación, con su cruz de hierro velando por la sanación de los vivos y el descanso de los muertos.

Superado el breve desconcierto de saberse rodeado por un ejército, se detuvieron junto a un pozo de piedra y comenzaron a descargar los bártulos. Kenjirō tiró de la polea y sacó un cubo de agua que colocó junto al brocal, para que el caballo pudiera abrevar.

Cuando el animal estuvo atendido, se encaminaron hacia la puerta de roble incrustada en el lateral del templo. Kenjirō miraba de soslayo las cruces que brotaban a orillas del camino y se extendían hasta los límites de la finca, como flores de un siniestro jardín. Había escuchado que los cristianos inhumaban a sus muertos de cualquier modo, sin cuidar que las tumbas se orientaran al norte; tampoco había allí piedras mortuorias con el *kaimyo** grabado, solo aquellas siniestras cruces como testimonio de los fallecidos.

Tres golpes secos sobre la puerta de la sacristía sacaron al joven *goshi* de su ensimismamiento. Esperaron un buen rato, hasta que la madera rascó el suelo y al otro lado apareció un extranjero de mirada desconfiada y cabeza lampiña.

—Soy el padre visitador Martín Ayala —se presentó el recién llegado—, y este hombre es mi escolta personal, maese Kudō Kenjirō. Tengo entendido que los responsables de esta casa son el padre Farías y el hermano Peiró.

—Padre Ayala, gracias a Dios que habéis llegado sin percances. Soy el hermano Jorge Peiró.

Les dio la bienvenida y abrió la puerta por completo para que pasaran a la sacristía. En el interior, uno de los ayudantes japoneses de la casa, que probablemente habría acudido al escuchar los golpes, saludó con una reverencia en cuanto vio al *bateren* y al samurái.

—Jotaro, dile al padre Farías que ha llegado el visitador de Roma —le indicó Peiró en portugués, y el joven ayudante se apresuró por la puerta.

—Veo que no somos la única visita inesperada de esta noche —comentó Ayala.

—Inesperadas, pero bienvenidas todas. —Peiró lo ayudó a desprenderse del sombrero y el manto de viaje—. El señor Fuwa y parte de sus tropas llegaron esta mañana. Viajan en cumplimiento de una importante encomienda de Nobunaga-sama, pero quisieron detenerse a pedir la bendición del padre Farías y a rezar por el alma del padre Lorenzo.

—Ya veo.

—Han de partir mañana al amanecer, pero la visita de su señoría nos honra y nos da sosiego en estos días.

---

* *Kaimyo:* nombre póstumo que reciben los fallecidos y que sustituye a su nombre terrenal. En un principio, era una práctica budista limitada a la corte y la nobleza, pero poco a poco se extendió a otras clases, pues se creía que el cambio de nombre impedía que el fallecido acudiera al escuchar el que tuvo en vida.

—Un ejército a las puertas de la casa del Señor no debería ser motivo de sosiego —dijo Ayala, con inesperada severidad.

—Quizás tengáis razón —se disculpó Peiró—, pero permitidnos al menos esta flaqueza.

En ese momento irrumpió en la estancia el padre Farías: un hombre de edad bastante más avanzada que el hermano Peiró —quizás veinte años mayor—, pero no por ello carente del vigor y la resolución tan propia de muchos misioneros. Al menos, de aquellos que aún creen en su misión.

—Padre visitador, cuánta alegría trae a esta casa pese a las tristes circunstancias.

Ayala lo recordaba de su estancia en el seminario de Goa, tantos años atrás que apenas retenía los rostros. El de Rodrigo Farías, sin embargo, parecía inalterado por el paso del tiempo, salvo por el hecho de que su espesa barba y su abundante pelo rizado, que otrora le otorgaran el aspecto de un senador romano, habían devenido canos por completo.

—Padre Farías, Dios bendiga este encuentro —saludó Ayala, seguro de que aquel hombre no lo recordaría—. Comentaba con el hermano Peiró lo inesperado de estos invitados que han decidido acuartelarse a las puertas de vuestra parroquia.

—Fuwa-sama ha tenido a bien honrarnos con su presencia —dijo Farías, satisfecho—. Es una feliz casualidad que ambos coincidan esta noche, así podremos departir sobre el futuro de la cristiandad japonesa... Y sobre esta desgracia que nos aflige, por supuesto.

—Dudo que un señor de la guerra pueda aportarnos ayuda en este asunto, pues el propio Oda Nobunaga ha decidido que solo nos atañe a nosotros, y ninguno de sus vasallos osará contradecirle.

—Os equivocáis con Fuwa-sama —le aseguró Rodrigo Farías—, es un verdadero cristiano preocupado por nuestra comunidad. Esta noche tendréis oportunidad de comprobarlo, pues cenaremos con él y dos de sus generales en el refectorio. Vos estáis invitado, está de más decirlo, y vuestro acompañante podrá comer con la milicia.

—No. Kudō Kenjirō permanecerá conmigo en todo momento; es su deber y no soy yo quién para impedírselo. Estoy seguro de que su señoría sabrá entenderlo.

Farías y Peiró intercambiaron una mirada, pero una sonrisa incómoda se apresuró a asomar a lo labios de Peiró.

—Como deseéis, por supuesto —dijo el *bateren*—. Ahora, si nos lo permite, aún estamos con los preparativos de la cena. Jotaro os procurará ropas más propias de un sacerdote y se encargará de vuestro acomodo.

—Los hábitos no serán necesarios, pero será agradable tener un techo bajo el que pernoctar —dijo Ayala en japonés, dirigiéndole una reverencia al joven Jotaro.

El refectorio, presidido por un crucifijo que colgaba de la pared como único ornamento, había sido acondicionado según las costumbres locales para agasajar a Fuwa Torayasu, señor del feudo de Takatsuki. Las mesas y las sillas habían sido retiradas, el suelo se había cubierto con esterillas de tatami y se habían dispuesto seis cojines contra las paredes laterales. Al fondo de la estancia se ubicaba una tarima elevada destinada a leer las sagradas escrituras durante la comida; el púlpito y el atril habían sido reemplazados por un séptimo cojín con brocados de oro, un reposabrazos de madera y un soporte vertical destinado a acoger la *katana* del daimio.

Los dos cojines más próximos a la tarima se habían reservado para los generales de su señoría, el resto se hallaban ocupados por Farías y Peiró a un lado, y por Ayala y Kenjirō frente a estos. Los cuatro aguardaban en silencio, forzando miradas ausentes, hasta que la puerta del refectorio se abrió. Entró con paso orgulloso un joven paje que sujetaba frente a sí el sable largo de su señor, seguido por el propio Fuwa-sama y sus dos comandantes. Cerraba la comitiva un cuarto hombre que no penetró en la estancia, sino que se arrodilló junto a la entrada, allí donde no alcanzaba la luz de los cirios. Solo cuando Ayala reparó en sus rasgos afeminados, lejos de la impostada seriedad de la que hacían gala los samuráis, comprendió que se encontraba ante una mujer ataviada para la guerra como un hombre. No tuvo tiempo de detenerse mucho más en ella, pues inmediatamente dieron comienzo las formalidades.

El párroco de la casa y su coadjutor se apresuraron a apoyar las manos y la frente en el suelo, y así lo hizo también Kudō Kenjirō, que repitió la cortesía con ademán contenido. Martín Ayala, por su parte, se limitó a inclinar la cabeza con deferencia, convencido de que solo Cristo merecía ser reverenciado en la casa del Señor.

El criado de Fuwa colocó la espada en el soporte vertical y se retiró hasta un rincón oscuro. Solo entonces el daimio subió a la tarima y ocupó su lugar, con el gran crucifijo de madera a la espalda. Deslizó fuera del *obi* su sable *wakizashi* y lo depositó a su derecha, como correspondía a un invitado. Cuando sus dos generales se hubieron acomodado al pie del estrado, dio una palmada y todos los presentes alzaron la cabeza.

Ayala por fin pudo dirigir la vista hacia el invitado de honor, y descubrió que Fuwa Torayasu no era tan mayor como esperaba: apenas debía superar los cincuenta años, sus hombros eran fuertes y portaba con elegancia la sencilla armadura que vestía aquella noche, bendecida con una cruz blanca en su placa pectoral. Llevaba el cuero cabelludo tonsurado al estilo samurái, con el moño alto firmemente anudado, y lucía un bigote largo y gris que le caía sobre las comisuras de la boca.

—Saludos, padre Farías —comenzó Fuwa—, gracias por permitirnos compartir esta cena al auspicio de la Santa Cruz.

El paje, desde su rincón, comenzó a traducir las palabras de su señor con un portugués inusualmente fluido. Ayala comprendió que el muchacho debía de haber sido un niño dógico* en alguna de las casas de la Orden antes de entrar al servicio de su señoría.

Farías agradeció las palabras de Fuwa con una nueva reverencia y, tras intercambiar algunas formalidades, el daimio pasó a centrar su atención en el visitador:

—Así que este es el padre Ayala, el hombre al que han enviado para investigar los terribles sucesos.

—Así es, mi señor —respondió en japonés el interpelado, sin dar oportunidad al paje de comenzar a traducir.

Fuwa esbozó una sonrisa de admiración al comprobar el dominio de su lengua que demostraba aquel *bateren*:

---

* Los jesuitas llamaban «dógicos» a aquellos japoneses que entraban a servir en las misiones para formarse en la fe cristiana. Llegaban siendo niños, siguiendo la costumbre de los monasterios budistas, y con el tiempo unos pocos llegaron a ser ordenados sacerdotes.

—Veo que no se le ha encomendado esta misión por azar.

—Intento compensar mis escasos talentos con cierto conocimiento del idioma.

El daimio asintió, complacido: ese hombre no solo hablaba la lengua de las islas, sino que sabía manejarse con una humildad carente de servilismos, algo inusual entre aquellos extranjeros.

—Lamento las circunstancias en que ha de tener lugar este encuentro —apuntó Fuwa, desplegando su abanico para dar énfasis a sus palabras—. Soy consciente de lo inapropiado de traer mi ejército a las puertas de una iglesia, pero mis hombres jamás me habrían permitido alejarme del grueso de las tropas, máxime ahora que toda la provincia de Settsu conoce mis planes.

—¿Y cuáles son esos planes? —preguntó Ayala—. Los padres me han hablado de una importante encomienda de Oda-sama.

—En efecto. Nos desplazamos hacia el norte para tomar posiciones en torno al monte Hiei.

—El bastión de los monjes guerreros de la secta Tendai —constató el jesuita—. Según tenía entendido, Oda Nobunaga los reprimió ferozmente años atrás; incluso a Castilla llegaron noticias de la brutal purga del monte Hiei.

—Esos *sohei** son como la mala hierba, padre —intervino uno de los generales, cubierto con una armadura de láminas rojas que lo obligaba a sentarse con las piernas cruzadas—. Mientras aún nos desvivimos por acabar con los Ikko-Ikki en Osaka, la chusma Tendai ha comenzado a regresar al monte Hiei dispuesta a erigir de nuevo los muros del Enryaku-ji. No han tardado en volver a hostigar las aldeas cristianas próximas a Kioto. Va siendo hora de que los fieles al Dios verdadero les procuremos a esos herejes un descanso eterno.

Ayala observó al samurái que con tanto entusiasmo hablaba. No tenía claro si la devoción que demostraba era hacia Oda o hacia la cruz que decía defender; en cualquier caso, sus palabras parecían las de un fanático.

---

* *Sohei:* monjes guerreros organizados en sectas que, a lo largo de la historia de Japón, tuvieron una gran influencia política y religiosa. Sus templos eran auténticos bastiones y a menudo conformaban ejércitos capaces de rivalizar con los de los grandes daimios, a lo que se debía sumar su ascendencia sobre las clases populares, que no dudaban en apoyar sus causas.

El padre Farías, por su parte, incapaz de entender lo que se estaba hablando, aprovechó aquella breve pausa en la conversación para hacer una señal hacia la cocina. Varios ayudantes de la casa entraron con bandejas elevadas sobre patas lacadas en negro, y fueron depositándolas frente a cada uno de los comensales.

—Estoy seguro de que usted también nos dará su bendición, padre Ayala. Esta empresa no solo responde a asuntos políticos, también es por el bien de la cristiandad —comentó Fuwa mientras iba destapando, uno a uno, los platillos con pescado y encurtidos.

—La cristiandad nunca se benefició de guerra alguna, mi señor.

—No es eso lo que me cuentan —repuso Fuwa Torayasu, que observaba con satisfacción cómo lo que escanciaban en su copa no era sake, sino oporto—. Al parecer, al padre Luís Fróis le gusta glosar en la corte de Gifu las glorias de lo que él da en llamar la guerra de Flandes, acometida por el emperador de España en su afán por llevar la cristiandad a territorios impíos.

—El cristianismo no hace provecho de ninguna guerra, señor Fuwa, pero es pretexto de muchas, no os lo negaré. No obstante, los jesuitas no hemos venido aquí para ver cómo se repiten los errores que, en nombre de Cristo, se cometen en el Viejo Mundo.

—Pero esos cristianos que son masacrados por los monjes de Hiei no solo necesitan guía y compasión, también necesitan justicia —insistió el daimio—. Cristo precisa de guerreros en estas tierras, permítanos que nosotros seamos los guerreros de Cristo, que carguemos con esa cruz sobre nuestras espaldas.

Ayala dejó en la bandeja el cuenco de arroz, intacto; no estaba dispuesto a compartir mesa con aquellos que utilizaban el nombre de Cristo para sus propios fines, pero la prudencia lo obligaba a permanecer en su sitio.

El gesto, sin embargo, no pasó inadvertido al señor de Takatsuki.

—Comprendo sus sentimientos, padre, pero observe que usted mismo se vale de un hombre de guerra para deambular por estas tierras. ¿Quién, si no, es ese joven samurái que le acompaña? —Y levantando su copa hacia Kenjirō, preguntó—: ¿Cómo te llamas, muchacho?

Kenjirō, sorprendido por ser interpelado, tardó un instante en hallar la voz. Jamás pensó que compartiría cena con un gran señor, mucho menos que pudiera intercambiar palabras con él.

—Me llamo Kudō Kenjirō, mi señor. —Acompañó la respuesta de una profunda reverencia.

—Kudō Kenjirō… —repitió Fuwa, pensativo—. Vistes el blasón de Oda, pero no conozco a nadie con ese apellido entre sus samuráis.

—Mi familia rinde vasallaje al señor Akechi Mitsuhide, en cuyas tierras desembarcó Ayala-sensei. Por orden de Gifu, un samurái debía acompañarlo en calidad de protector, y se decidió que yo cumpliera esa función. De ahí que se me permita vestir el blasón de su excelencia.

—Así que eres un vasallo de Akechi. Tu casa debe estar bien situada para que recaiga en vosotros semejante encomienda.

Kenjirō miró brevemente a Ayala, pero este permanecía con la vista fija en su cuenco de arroz, aparentemente ajeno a la conversación.

—Somos *goshi* de la región de Anotsu.

—¿Un *goshi*? —repitió Fuwa Torayasu, descreído—. ¿Akechi envía a un samurái rural a cumplir con una encomienda de Gifu? —Miró a sus generales con una sonrisa en la boca, y estos rieron entre dientes—. Qué extraño sentido del humor gasta el señor de Omi —concluyó—, a menos que seas más de lo que aparentas. ¿Cómo te empleas con la *yari*?

—Apenas uso la *yari*, mi señor. Me han enseñado a manejarme con el arco desde el caballo y a emplear el sable cuando pongo pie en tierra.

—Ya veo, arquería y esgrima, como un auténtico samurái. Tu padre te ha instruido con la idea de que alguna vez sirvas a tu señor en el campo de batalla, no solo en los arrozales. Y, al parecer, también te ha inculcado cierta etiqueta. —El daimio dio un sorbo al líquido cobrizo que oscilaba en su copa—. Sin embargo, es indigno que un enviado de Roma recorra los caminos acompañado por alguien que es más campesino que guerrero. Si le parece bien, padre, un samurái de mi guardia personal relevará al joven Kudō.

—No —respondió Ayala, categórico—. Si Cristo se rodeó de pescadores y pastores para recorrer su camino, ¿por qué habría de necesitar yo a alguien de más alcurnia?

El señor de Takatsuki volvió a sonreír, quizás admirado por la innegociable actitud de aquel extranjero, incapaz de claudicar ni en la menor de sus convicciones.

—Como desee —concedió, alzando su copa de cerámica—. Pero no dude en recurrir a mí si su labor así lo precisa.

Fuwa hizo una señal a su paje, y este se apresuró a traducir al portugués la oferta de colaboración que había transmitido a Ayala, para que Farías y Peiró también la tuvieran presente. El padre Farías agradeció las palabras del daimio antes de añadir:

—Todos estamos aquí para colaborar con la investigación del padre visitador. A ese respecto, supongo que en breve los habitantes de esta casa, incluidos el hermano Peiró y yo mismo, deberemos someternos a su interrogatorio.

Mientras el criado repetía dichas palabras en japonés, Ayala tomó su copa de vino y bebió con calma.

—En realidad no tengo ninguna pregunta que haceros, padre Farías —dijo el visitador—. Ni a ninguno de los vuestros.

Farías, confuso, buscó con la mirada a su compañero, pero este solo acertó a negar con expresión perpleja.

—No entendemos, ¿por qué habéis venido aquí, entonces, si no es por ser esta la última casa donde se ha vivido la tragedia?

Ayala volvió a beber, necesitado de la templanza que solo el vino provee:

—He venido a sacar el cuerpo del padre Lorenzo de su tumba. —Bajó la mirada, consternado por sus propias palabras—. Y que Dios me perdone por ello.

Capítulo 12

Los largos dedos del Tejedor

Igarashi Bokuden, acuclillado sobre la cima de una loma, fumaba con calma su pipa de tabaco especiado mientras contemplaba el ejército de Fuwa Torayasu, tendido sobre la llanura como una mortaja de sombras y antorchas. El viento rolaba y el aire pesaba más: la tempestad llegaría a lo largo de la noche, pero aún tenía tiempo para desentrañar aquel misterio. Volvió a inhalar a través de la pipa y sus ojos se encendieron con el rojo de las ascuas. ¿Por qué el hospital de los jesuitas de Sakai se hallaba rodeado por no menos de trescientos samuráis y ochocientos *ashigaru*?

Y en el centro de aquel entramado, el extranjero al que debía seguir, un hombre cuyo comportamiento continuaba resultándole del todo imprevisible. ¿Acaso el cuervo no debía investigar la muerte de un puñado de los suyos? No se precisaba un ejército para tal cosa, a menos que aquellas muertes fueran un pretexto para la guerra... ¿Querrían los cuervos extender su religión a sangre y fuego? ¿Hasta qué punto estaba dispuesto Oda a respaldar aquel nuevo culto para mermar la influencia de las sectas budistas? Preguntas y conjeturas, eso era todo lo que tenía tras seguir durante días al *bateren* y a su guardaespaldas. Quizás las respuestas por fin se hallaran frente a él, pero para alcanzarlas debía atravesar todo un ejército. Así que, por ahora, observaba y fumaba.

Entre los hombres como Igarashi se hablaba de los tres engaños esenciales que permitían pasar desapercibido a la vista del enemigo: si se requería atravesar un feudo hostil, en especial cuando se trataba de una provincia en guerra con puestos fronterizos, lo mejor era actuar como bonzo o monje mendicante, pues pocos osan importunar con preguntas a los hombres santos. Si no solo era necesario cruzar el territorio, sino que se precisaba recabar información rápidamente, lo mejor era entrar en el terreno como mercader itinerante, lo que permitía cierta libertad para recorrer los caminos y conversar en las aldeas y casas de postas. Por último, si la misión requería conocer a fondo un feudo, descubrir las debilidades políticas del clan gobernante o estimar cuándo el pueblo insatisfecho estaba maduro para provocar una revuelta, lo mejor era asentarse como médico en sus tierras. Un ardid que se debía mantener durante años y que solo estaba al alcance de aquellos con amplios conocimientos del cuerpo humano, de sus entrañas y humores, así como de las hierbas y venenos que pueden sanarlo o enfermarlo.

Todas esas máscaras había adoptado Igarashi Bokuden en uno u otro momento de su devenir, y muchas más que él mismo había elaborado observando a los hombres, empatizando con sus necesidades y miserias, discerniendo las mentiras que estaban dispuestos a creer de las verdades que rechazarían por más evidentes que fueran. «El de los mil nombres, el de los mil rostros», lo habían llamado en otro tiempo, en otra vida.

Su última máscara la creó para ella: abandonó a sus hermanos para convertirse en esposo y padre, en vasallo de un señor que le otorgó la *daisho* y nombre samurái… Pero ahora esa máscara también había caído, y debía regresar a una senda que no había hollado en mucho tiempo.

El *bakuto** se adentró en el campamento llevando un hato en su mano izquierda y un cubilete de madera en la derecha. Caminaba con parsimonia, despreocupado, haciendo bailar una espiga larga y reseca entre sus dientes. Cada cierto tiempo agitaba el cubilete para que los

---

* *Bakuto:* jugadores ambulantes que se ganaban la vida con los juegos de azar, a menudo estafando a campesinos, comerciantes y *ronin*. A mediados de la era Edo se reunieron en organizaciones criminales, por lo que se los considera como los precursores de la mafia japonesa: la Yakuza.

dados resonaran en su interior. Aquel sonido enardecía la sangre de los jugadores, que apartaban la mirada de sus exiguas escudillas de arroz para buscar la fuente de tan hueca melodía.

Como buen tahúr, sabía reconocerlos por sus miradas: levantaban la cabeza a su paso, anhelando la agridulce promesa del azar. El jugador itinerante sonreía, pues sabía que no eran dados lo que removía en su cubilete, sino las almas de aquellos hombres.

Eligió un lugar apartado de las hogueras y se sentó contra uno de los pocos árboles que crecían en la llanura. No necesitaba adentrarse más en el campamento ni exponerse a la vista de los samuráis. Así que deshizo el fardo y extendió sobre la tierra seca una manta que procuró alisar con una piedra. Se sentó en *seiza* y, deslizando los brazos fuera de las mangas, se desnudó el torso mostrando que no había artimaña posible. Su pecho y su brazo izquierdo se hallaban cubiertos por vendas de lino firmemente anudadas, así dispuestas para ocultar los tatuajes que cubrían la piel de los *bakuto* y que los señalaban como delincuentes. Giró la cabeza para pasarse la trenza sobre el hombro y, con un suave movimiento de muñeca, volvió a agitar los dados en el cuenco de bambú.

Todo estaba dispuesto y su desdichada parroquia ya comenzaba a congregarse en torno a él. Venían arrastrando los pies, con los dedos bien cerrados en torno al puñado de monedas que habían logrado ahorrar de su mísero estipendio. Sus ojos brillaban febriles de codicia mientras se sentaban en torno a la manta raída que esa noche haría de mesa de juego.

—Par o impar, doce monedas de cobre la apuesta mínima, el dinero de los perdedores va al centro tras cada ronda y los ganadores toman su parte, no se fían monedas y el sobrante es para mí —anunció el tahúr—. Quiero que pongáis las monedas sobre la manta, bien a la vista. —Y depositando un cuchillo frente a él, añadió—: Los tramposos perderán un dedo.

Mostró dos dados de seis caras sujetándolos entre el índice, el medio y el anular. A continuación los depositó en el cubilete y lo agitó sujetándolo con ambas manos. Volcó el cuenco sobre la mesa y, sin levantarlo, esperó a que los primeros jugadores cantaran sus apuestas: «Par, par, impar, par…» fueron diciendo, al tiempo que depositaban sus monedas sobre la manta. Levantó el cuenco:

—Tres y dos: impar —anunció.

Esperó a que el único ganador retirara su parte y barrió el resto. El rostro hosco de los que habían perdido esa primera ronda no desanimó a dos nuevos jugadores que se sumaron a la mesa. Las tiradas se fueron sucediendo; a cada ronda algún *ashigaru* arruinado se levantaba maldiciendo su falta de voluntad, pero siempre había otro dispuesto a ocupar su lugar.

Poco a poco, el número de apostantes fue creciendo. Las noches eran largas y anodinas, no tenían en qué gastar el dinero, pues se comía de las provisiones y los samuráis prohibían beber alcohol para evitar pendencias, así que muchos decidieron que era una magnífica ocasión para fiarlo todo a la fortuna. Y esta parecía repartir dicha y desdicha por igual. Cada vez que el *bakuto* descubría los dados, los gritos de júbilo se mezclaban con los aullidos lastimeros, pero cada lanzamiento tenía un denominador común: la mesa siempre arrastraba. Siempre había más perdedores que ganadores, de modo que el ojo atento llegaba a la inevitable conclusión de que esa noche solo había un auténtico ganador.

Esa sospecha comenzaba a rondar por la cabeza de Matahachi, un viejo *ashigaru* procedente de Heguri, una aldea próxima a Nara. Llevaba varias rondas sin jugar, limitándose a observar con los brazos cruzados y a contar cuántos doblaban lo apostado y cuántos se arrancaban mechones de pelo tras perderlo todo en un último intento desesperado.

El jugador ambulante sabía que aquel hombre terminaría por darle problemas, así que no le sorprendió que, tras el último lanzamiento, justo antes de que aquellos infelices cantaran su apuesta, el viejo alzara la mano y la voz exigiendo silencio.

Sus compañeros lo miraron desconcertados, algunos molestos, pues estaban seguros de que, esta vez sí, llegaba su golpe de suerte. Pero Matahachi no se amilanó. Fue bajando el brazo lentamente hasta señalar con el dedo al jugador itinerante:

—Vengo observando que los dados siempre te favorecen —acusó con voz taimada, y un murmullo se elevó entre los que se habían congregado bajo las ramas del árbol torcido—. ¿Cómo es que siempre hay más perdedores que ganadores, cómo es que en cada ronda arrastras y nunca debes cubrir las apuestas ganadoras?

—Te equivocas —negó el tahúr con total calma—. La noche ha sido larga y seguro que te has confundido.

—¿Ah, sí? ¿Alguien ha visto al *bakuto* abrir su bolsa para poner dinero en la mesa?

El murmullo se repitió, acompañado de negaciones y encogimientos de hombros.

—Te digo que estás equivocado. Llevamos casi cuarenta rondas, muchos de los que jugaron al principio ya se han retirado. Ellos te podrían confirmar que he cubierto apuestas.

Pero Matahachi conocía bien a los de su calaña, así que abrió la mano y lanzó en medio del tapete dos dados de hueso:

—Creo que tus dados están cargados. ¿Por qué no empleas estos? —preguntó con una sonrisa maliciosa.

El jugador recogió los dados. Los sopesó y los levantó sobre su cabeza para escrutarlos a la luz de la luna: parecía que las aristas estaban bien talladas y no había irregularidades en ninguna de las seis facetas.

—Está bien —asintió—, usaré tus dados. Pero solo si juegas contra mí. Pon diez monedas de plata sobre la mesa, yo pondré veinte. El que gane, se lo lleva todo.

El rostro de Matahachi se tornó lívido, pero un destello de codicia iluminó furtivamente su mirada.

—Sabes bien que no tengo diez *monme*, nadie aquí los tiene.

—Pero estoy seguro de que tus amigos podrán reunir la suma, muchos se han llevado un buen pellizco esta noche.

El *ashigaru* miró hacia atrás, a sus camaradas de armas, que comenzaron a golpearse con el codo y a cuchichear al oído.

—Jamás escucharéis una oferta igual: treinta monedas de plata de una tacada, casi medio *ryo*. ¿Cuándo, en vuestras miserables vidas, volveréis a tener oportunidad de embolsaros semejante cantidad? —Y ante las lógicas dudas de aquellos hombres, añadió—: Yo arriesgo el doble... Y usaremos tus dados. ¿Qué has de temer?

—¡Vamos! —exclamó Matahachi—. Yo tengo una moneda de plata, el que tenga alguna que la muestre y se la cambiaremos por piezas de cobre. ¡Vamos!

Otros comenzaron a jalear la iniciativa, y poco a poco las monedas comenzaron a pasar de mano en mano: doscientas cincuenta piezas de cobre por un *monme,* se anotaba lo que aportaba cada uno y, a no mucho tardar, Matahachi reunió la cantidad estipulada más la hojilla con la aportación de sus camaradas.

Observó los óvalos de plata en su mano: jamás había visto tanto dinero junto y, probablemente, jamás volvería a verlo. Sintió cómo su actitud decidida comenzaba a resquebrajarse, pero era demasiado tarde para echarse atrás. Apretó los dientes y fue lanzando las piezas una a una sobre la tela. Cayeron pesadas, tintineantes. Con él jugaban casi la mitad de los presentes.

El *bakuto* asintió satisfecho e hizo lo propio: colocó sobre el lienzo dos pilas con diez *monme* cada una. Mostró los dados de Matahachi a los presentes y los introdujo en el cubilete.

—¿Estás listo? —preguntó, mientras comenzaba a agitar el cuenco entre las manos.

El hueso repiqueteaba contra la madera con un sonido quedo que, en la cabeza de Matahachi, atronaba como las campanas del infierno. Este logró tragar saliva y asintió. El jugador volcó el vaso sobre la mesa y lo sujetó firmemente con la mano:

—Tu apuesta —exigió.

—Par… No, no… ¡Impar!

—¿Par o impar?, decídete.

Matahachi no había sentido tanto miedo en sus cincuenta años de vida, ni siquiera cuando debió afrontar una carga de la caballería del clan Suzuki. Miró a los camaradas que habían respaldado su apuesta, pero cuando posaba la vista sobre alguno de ellos, estos bajaban la cabeza, incapaces de asumir el riesgo.

Y mientras la multitud titubeaba en un rapto de tensión insoportable, el *bakuto* separó los dedos con que cubría el cubilete. Porque este no tenía fondo: no era más que un cilindro de bambú con un filamento negro cruzado en la boca por la que se introducían los dados. Así, en el hueco oscuro del cubilete, pudo discernir un cuatro y un uno.

—Debes hacer tu apuesta —insistió.

—Impar —dijo finalmente Matahachi, y un escalofrío lo recorrió de arriba abajo.

El tahúr asintió y, al levantar el cuenco, volcó uno de los dados empujándolo con el filamento. Era una maniobra que requería pericia, pero nada que no pudiera hacer una mano bien adiestrada. Así que el uno rodó convirtiéndose en un dos.

—Cuatro y dos: par.

El rostro de Matahachi se contrajo como si le hubieran hundido una lanza en las entrañas. A su espalda, muchos comenzaron a gritar, desesperados, golpeando el suelo con los puños. Indiferente, el jugador itinerante se dedicó a recoger el dinero hasta que el hombre sentado frente a él reaccionó con un grito destemplado:

—¡No, no! —rugió Matahachi—. Nos has engañado. No sé cómo lo has hecho, pero nos has engañado, gusano malnacido. —Y mostrando el cuchillo que llevaba oculto a la espalda, añadió—: Vamos a cortarte la lengua y los dedos, hijo de puta, y se los echaremos a los perros.

El corredor de apuestas afiló la mirada calculando sus posibilidades, pues aquello no dejaba de formar parte del juego. Pero alguien silenció abruptamente las amenazas de la multitud:

—¿Qué sucede aquí? —gritó un samurái.

Todos inclinaron la cabeza al instante. No se trataba de un simple guardia con el que se pudiera confraternizar, sino un oficial ataviado con armadura de batalla y con el casco aún ceñido con correas. Avanzaba acariciando la empuñadura de la *katana* con la izquierda.

—*Bakuto* —masculló entre dientes—, voláis como buitres tras nuestros ejércitos, esperando la menor oportunidad de rapiñar algo.

—Ruego que me perdone —apoyó las manos en el suelo y se hundió en una reverencia—, pero le juro que mis partidas son limpias. Jamás me atrevería a sacarle vilmente los cuartos a los que van a dar la vida por su señor. Susano-o me castigaría en esta y la otra vida.

El samurái apoyó su sandalia contra las costillas del jugador y lo empujó con fuerza, haciéndolo rodar por el suelo.

—Recoge tus cosas y márchate. Si vuelvo a verte, te cortaré el cuello y te abandonaré en el camino.

—Así lo haré, no me veréis más —aseguró el otro, al tiempo que anudaba los extremos de la sábana haciendo desaparecer sus herramientas y el dinero con un solo gesto—. A no ser que los señores oficiales se aburran —agregó, agachando la cabeza y observando de soslayo el rostro del samurái—. La noche ha sido buena para este miserable jugador y podría cubrir sus apuestas dos a uno.

Aquel hombre se dispuso a patearlo de nuevo y el jugador se protegió las costillas. Sin embargo, en el último instante, alcanzó a ver en los ojos del oficial ese destello que tan bien conocía.

El juego con los oficiales se extendió hasta bien entrada la noche. El tahúr manejó bien los tiempos y, poco a poco, fue perdiendo el dinero que le había ganado a los criados y a los *ashigaru*. A la octava ronda, el ánimo de los samuráis era tan distendido que llegaron a compartir con él su sake. Cuando hubo perdido casi toda su ganancia, rogó a los oficiales que le permitieran retirarse antes de que le quitaran hasta su suerte, única posesión de valor para un jugador. «Si tu suerte es la que te acompaña esta noche, nosotros no la queremos», rieron con estridencia.

Apocado y con la cabeza gacha, el *bakuto* deambuló entre las tiendas de los samuráis, acompañado incluso de casuales palmadas de consuelo, hasta que fue a resguardarse bajo un árbol tan enclenque y retorcido como su buena fortuna. Se envolvió en la manta que había usado para lanzar los dados, se cubrió la cabeza con el sombrero y apoyó la nuca sobre el hato en el que recogía sus escasas posesiones. Así tendido, como si durmiera, por fin pudo contemplar frente a él la iglesia de los padres cristianos. A menos de dos *cho* de su posición, el templo y el hospital anexo aparecían rodeados por una de esas empalizadas de metal con que los *nanban* protegían sus edificaciones, similares a lanzas de metal entrelazadas con hierro. Una pobre defensa que podía superarse de muchas formas, calculó aquel hombre, aunque por ahora se limitaría a observar.

A su alrededor el trasiego no cesaba pese a la oscuridad. Las hogueras se mantenían vivas y el crujido de la leña despedía nubes de ceniza que el viento arrastraba. Algunos sirvientes comenzaban a apuntalar las tiendas de sus amos ante la inminente tempestad, cuyos primeros relámpagos restallaban sobre los picos lejanos y retumbaban por la llanura. Así, inmóvil bajo su manta, pudo presenciar cómo el campamento se agitaba cuando el señor Fuwa abandonaba su puesto de mando y se dirigía hacia los terrenos de los jesuitas, acompañado por dos de sus comandantes y rodeado por una escolta de doce samuráis. El observador ni siquiera necesitó levantar el ala de su sombrero para escrutar cómo atravesaban el patio en penumbras que precedía al templo, y cómo dos padres lo aguardaban en las escalinatas, recortadas sus figuras contra la gran puerta de acceso a la iglesia. Recibieron al daimio con enormes aspavientos y reverencias, y guiaron a los invitados al interior de su lugar santo.

—Saludos, hermano —dijo una voz a su espalda.

Contrariado —no tanto porque un desconocido lo abordara sino porque su llegada le había resultado imperceptible—, Igarashi se volvió para encarar a quien lo estaba importunando. El intruso se acuclillaba junto al árbol y vestía ropas miserables: unos pantalones cien veces remendados, un pañuelo raído sobre la cabeza y un abrigo sucio y agujereado lo identificaban como uno de los *eta* que viajaban tras el ejército. Alguien despreciable incluso para los criados, prácticamente invisible.

Aquel hombre, sin embargo, no le prestaba plena atención, sino que parecía más interesado en la escena que se desarrollaba a los pies de la iglesia.

—Curiosos estos extranjeros —observó el extraño—. Dicen que su dios es el dios de los pobres, pero guardan sus reverencias y prebendas para los daimios y los samuráis. En eso no se diferencian tanto de los sacerdotes que ya conocemos, ¿cierto?

Mientras el paria reía entre dientes, Igarashi tuvo buen cuidado de empuñar bajo la manta el cuchillo con el que siempre dormía.

—¿Quién eres y a qué has venido?

El otro le miró directamente a los ojos y su sonrisa se tornó inquietante:

—Mi nombre no importa. Hoy soy alguien que ayer no fui y que mañana no seré. Tú lo sabes bien, ¿no es cierto, Igarashi Bokuden, desertor de Iga?

El interpelado no contestó, simplemente trataba de calibrar qué tipo de amenaza suponía aquel hombre.

—No te alarmes, no te deseo ningún mal —lo tranquilizó, como si pudiera leerle la mente—. Sabíamos que recorrerías la ruta Tokaido, he venido a dar un mensaje.

—Mis viejos hermanos no tienen nada que decirme —respondió Igarashi—, está todo hablado entre nosotros.

—Ah, pero te equivocas. No es el concilio de Iga quien me envía, sino el Tejedor. Ahora que has abandonado la vida de los ascetas, quiere reiterar su invitación. Concluye tus asuntos y viaja al este, él te aguarda en Mikawa.

Igarashi sonrió, desafiante, aunque sabía que aquellas palabras no se podían tomar a la ligera.

—Dile a Hattori que no pagué tan alto precio por mi libertad para someterme ahora a su señor. —Se levantó el ala del sombrero para que su interlocutor pudiera verle bien el rostro—. Además, los Takeda están más débiles que nunca; no creo que Tokugawa Ieyasu necesite de este viejo para hacerse con el este.

—Es cierto —coincidió el *shinobi*—, los Takeda pronto sucumbirán. Pero no es al este hacia donde dirige su mirada mi señor, sino al oeste.

Los hombros de Igarashi se envararon. La mera insinuación de que Tokugawa Ieyasu, señor de Mikawa y uno de los más viejos aliados de Oda Nobunaga, pudiera contemplar la capital imperial como un objetivo a largo plazo era una información sumamente peligrosa.

—Por favor, trasládale a tu maestro y al señor Tokugawa mi agradecimiento por tenerme en tan alta consideración, pero esta es la última vez que recorreré los caminos. Así lo he decidido.

El extraño se puso en pie. No había contrariedad en su gesto.

—Como quieras. Llevaré tu respuesta al Tejedor, pero debes saber que no puedes esconderte del mundo, Igarashi Bokuden. El país se precipita a la mayor de todas las batallas, y eres un soldado demasiado valioso como para que los señores de la guerra te dejen al margen.

Capítulo 13

Palabras de rojo y jaspe

Martín Ayala aguardaba en el patio encharcado, resguardándose de la pertinaz llovizna bajo el manto jesuítico que había recuperado para su estancia en Sakai. Lo flanqueaban el padre Farías y el hermano Peiró, con un asomo de justa indignación en el gesto por lo que estaba a punto de suceder. A la espalda de los sacerdotes se hallaba Kudō Kenjirō, que seguía con la mirada la comitiva de cinco jinetes y tres hombres a pie que cruzaba el patio en su dirección.

La tempestad de aquella madrugada había barrido la llanura en dirección al mar, y aunque el viento y la tormenta habían pasado de largo, una lluvia persistente encharcaba el paisaje y ensombrecía los ánimos. Tales inclemencias, sin embargo, no habían disuadido a Ayala de su tétrico propósito: esa mañana desenterrarían el cuerpo del padre Lorenzo aunque el cielo se abriera sobre sus cabezas. Pese a ser una tarea aborrecible a ojos de todos los allí reunidos, Fuwa Torayasu había insistido en estar presente durante la exhumación, además de ofrecer a sus hombres para acometerla.

El daimio detuvo su montura frente al grupo que aguardaba bajo la lluvia. Desmontó acompañado de cuatro samuráis, y un criado se apresuró a sostener un paraguas sobre su cabeza.

—Os agradecemos vuestra comprensión y ayuda, *o-tono**[*] —lo saludó Ayala con una reverencia.

---

[*] *O-tono:* fórmula de cortesía empleada con los daimios, y que se puede traducir como «gran señor».

—Profanar el descanso de los muertos es una abominación, padre Ayala, algo que en cualquier otra circunstancia castigaría con la muerte —le advirtió Fuwa—. Pero he de confiar en el criterio del enviado de Roma, y si cree que esto le ayudará a dar con el asesino del padre Lorenzo, me siento en la obligación no solo de permitírselo, sino de acompañarle en este trance.

El jesuita asintió. No necesitaba que nadie le recordara la gravedad de lo que estaba a punto de hacer.

Con pasos lentos, como si de un cortejo fúnebre se tratara, los doce hombres se encaminaron al camposanto que se extendía junto a la iglesia. Algunas tumbas estaban indicadas con tablillas fúnebres ennegrecidas, la mayoría por humildes cruces que eran poco más que dos palos atados. Muchas aparecían torcidas, doblegadas por el peso de la tormenta.

—Aquí descansa el padre Lorenzo —indicó el hermano Peiró.

Solo se diferenciaba del resto de sepulturas por el cuenco de arroz que alguien había colocado sobre ella. El aguacero había esparcido parte del presente por el suelo, y Ayala, conmovido por que los feligreses no olvidaran a su párroco, se arrodilló y comenzó a recoger los granos para depositarlos en el cuenco desportillado.

Cuando hubo concluido, entrelazó las manos y musitó:

—*Requiem aeternam dona ei, Domine, et lux perpetua luceat ei.*

Se puso en pie y dirigió un mudo asentimiento al resto de los presentes. Uno de los oficiales chascó los dedos hacia los dos *eta* que los habían acompañado desde el campamento. Ambos hicieron una reverencia en dirección a la tumba y, tras retirar la cruz con cuidado, comenzaron a cavar.

El suelo había absorbido bastante agua durante aquella noche, lo que facilitó remover la tierra que cubría el ataúd. Con rostro circunspecto, la cabeza aún cubierta por la capucha de su manto, Ayala contemplaba la labor de los parias. No sabía qué pretendía descubrir, pero no podía seguir dependiendo del relato de terceros, pues hasta el momento nadie había escrutado aquellos cuerpos con el propósito de discernir la verdad. Se los había tratado con el respeto y la devoción que merecían los restos de un hermano caído, no como el resultado de un acto terrible, no como la impronta que deja tras de sí un asesino.

Poco a poco, las aristas de madera comenzaron a emerger bajo el barro. Cada nueva palada exponía un poco más la caja que contenía los resto del jesuita, hasta que la lluvia comenzó a tamborilear sobre la madera de pino desbastada. Aquel sonido provocó un estremecimiento entre los presentes, excepto entre los dos *eta*, que, aplicados a su tarea, siguieron cavando hasta que pudieron pasar unas cuerdas bajo el ataúd. Valiéndose de las sogas, lo desencajaron de la tierra y lo depositaron a un lado del húmedo agujero.

Uno de ellos extrajo dos martillos y sendas espátulas de una bolsa, mientras el otro se dedicaba a empapar unos pañuelos en licor de batatas.

—Quizás los señores quieran alejarse —advirtió el más viejo de ellos.

Todos se retiraron mientras aquellos dos hombres se cubrían la boca con los pañuelos y se los anudaban a la nuca. A continuación, deslizaron las espátulas bajo la tapa y, haciendo palanca, golpearon con los mazos hasta que los clavos comenzaron a ceder. Cuando retiraron la tabla, el ataúd exhaló una vaharada nauseabunda que hizo que todos apartaran el rostro.

Ayala aguardó a que el hedor de la muerte se disipara en la lluvia, entonces se apartó la capucha y se aproximó al féretro. Los dos *eta* se hicieron a un lado, de modo que el jesuita pudo inclinarse sobre los restos de su hermano. Un lienzo manchado por la putrefacción envolvía al difunto; sin saber qué encontraría bajo el sudario, el visitador alargó una mano trémula y lo hizo a un lado.

Escarabajos y otros insectos corrían sobre el cadáver, que aparecía casi del todo descarnado, con la piel flácida y cuarteada, vacía de la sustancia que da forma al cuerpo. El rostro de Lorenzo era por completo irreconocible, apenas un fino pergamino sobre los huesos. Sus labios, mordisqueados y entreabiertos, apenas cubrían ya los dientes, y las cuencas oculares observaban a Ayala con una hueca mirada de asombro: «¿Por qué me haces esto?», parecía inquirir, «¿acaso no he dado ya suficiente?».

El visitador tragó saliva y siguió con su tarea. Necesitaba ver las heridas que habían matado a aquel hombre, así que, con dedos nerviosos, comenzó a desabotonar el hábito de sacerdote con que lo habían enterrado.

—¿Qué se piensa que está haciendo? —preguntó Farías a su espalda, escandalizado.

—Lo que debo —se limitó a responder Ayala, y continuó retirando los botones uno a uno.

Pese al cuidado con que se manejaba, al apartar las ropas arrancó la fina piel del torso, que se vino adherida a la tela. Los huesos de las costillas asomaban blancos entre la carne seca y devorada por los insectos. El vientre se hallaba vacío, atravesado de lado a lado por una cicatriz negra y mal remendada que evidenciaba que, al igual que el hermano Nuño de Shima, Lorenzo había sido eviscerado en vida. Cerró los ojos y apartó el rostro. ¿Qué pretendía encontrar allí, en aquel cuerpo devastado por la muerte?

—Hermano Peiró, vos sois médico, como lo era Lorenzo —dijo con voz débil, aún arrodillado frente al cadáver—, ¿podéis ver algo que yo no vea? ¿Algo más allá de las heridas que lo mataron?

—No participaré de esta profanación —le espetó Peiró—. Como médico entiendo de los vivos, no de los muertos.

Ayala asintió en silencio y, al devolver la vista hacia el cadáver, encontró que esta se le empañaba por momentos. Lágrimas de impotencia le ardían en los ojos. Lo cierto es que ni siquiera sabía lo que hacía; ¿por qué había aceptado semejante misión? ¿Qué arrogancia le había embargado para pensar que él podría hacer justicia en aquella tierra extraña, que él tenía derecho a interrumpir el descanso de los mártires de la cristiandad?

Sacudido por la culpa y por el llanto, se inclinó sobre Lorenzo y lo besó en la frente. «Perdóname», murmuró, y se apartó con reverencia. Fue a ponerse en pie para pedirle a aquellos hombres una pala, pues había decidido que él mismo daría sepultura a los restos de su hermano asesinado, pero al ir a cubrir el rostro con el sudario, reparó en un destello apagado entre los dientes húmedos de lluvia.

Exhaló lentamente y su gesto se contrajo bajo el peso de la decisión. Entonces, para horror de todos, se descubrió abriendo la boca del cadáver. Las mandíbulas se resistían a ceder, así que introdujo los dedos y trató de alcanzar lo que hubiera en el interior.

—¡Ya basta! —exclamó el padre Farías, entre los murmullos de los japoneses que presenciaban la escena.

Pero Ayala no cejó: se valió de la otra mano para tirar de la barbilla hacia abajo y separar un poco más las mandíbulas. El principal de la misión trató de detenerle aferrándolo por el hombro, pero él se lo sacudió y siguió hurgando en la boca, hasta que consiguió enganchar algo entre sus dedos. Poco a poco fue extrayendo el largo rosario que, hecho un ovillo, llenaba la boca y bajaba por la garganta del cadáver. Las cuentas ambarinas golpeaban entre los dientes al pasar, subrayando el hallazgo de Ayala con un macabro redoble.

Contempló la sarta colgando de su puño cerrado y recordó las palabras del padre Ramiro en Shima: «Le llenaron la boca con su propio rosario para que no pudiera gritar». Solo que aquel no era un rosario cristiano de cincuenta y nueve cuentas, sino que estaba compuesto por más de cien piedras de un color ocre. Se trataba de un rosario budista, como seguramente también lo fuera el que ahogara al padre Ramiro. Eso significaba que el asesino lo había dejado allí para él: un mensaje para quienquiera que pretendiera esclarecer aquellas muertes.

Cuando se volvió y mostró su hallazgo al resto, Fuwa Torayasu fue el primero en reaccionar. Se aproximó a Ayala y lo ayudó a incorporarse, después tomó el rosario en su mano y lo examinó, haciendo correr las cuentas con el pulgar.

—¿Qué opinas, Saigo?

Uno de los samuráis se adelantó y recogió la reliquia que le tendía su señor. La examinó detenidamente.

—Jaspe rojo engarzado en crin de caballo. No hay duda, procede del monte Ikoma.

Fuwa asintió con un gruñido; la observación de su oficial corroboraba su impresión inicial, así que se dirigió a Ayala:

—El jaspe rojo es sumamente inusual en la región; solo se halla en el monte Ikoma, donde se asienta uno de los templos Tendai.

—¿Creéis, entonces, que este rosario procede de ese lugar? —preguntó el jesuita.

—Sin duda esta reliquia se fabricó allí, pero puede pertenecer a cualquier monje guerrero de la secta Tendai. Esto demuestra que el asesino es uno de esos malnacidos, enemigos de Oda Nobunaga y de la cristiandad. El que dejen uno de sus rosarios en la boca de un padre no es sino su último atrevimiento.

El daimio apretó su puño enguantado y las piedras crujieron hasta que la sarta se deshizo. Ayala, con el rostro azotado por la lluvia, observó en silencio cómo Fuwa abría la mano para que las cuentas cayeran sobre el suelo embarrado.

—Únase a mi ejército, padre Ayala —le ofreció aquel hombre—, sea nuestro guía en la batalla. Cuando aplastemos a esos gusanos infieles, pondré al último de ellos a sus pies para que confiese sus crímenes, el suyo y el de toda su secta diabólica.

Martín Ayala sostuvo la mirada resuelta de ese hombre que se pretendía guerrero de Dios. ¿Sería cierto todo aquello? ¿Serían los bonzos, tal como aseverara el padre Melchior días atrás, los autores de tan crueles crímenes? ¿O pretendían utilizarlos, a él y a las víctimas, para amparar las cuitas y ambiciones de los señores de la guerra? Pero su propio hallazgo lo encaminaba en esa dirección: aquel rosario atravesaba la garganta de Lorenzo como una acusación sin pronunciar. ¿Qué otra cosa podía significar?

Y pese a todo...

—No, no iré a vuestra guerra, señor Fuwa. No veo de qué forma un ejército podría ayudarme a esclarecer tan terribles sucesos. Si alguno de esos monjes es el ejecutor de estos crímenes, no será en el campo de batalla donde lo descubra, ni donde averigüe el porqué de sus razones.

—¿Qué hará, entonces? —inquirió Fuwa con soberbia—. ¿Seguir vagando por los caminos acompañado de un campesino que porta la *daisho*?

—Iré al monte Ikoma, al sitio de donde procede el único indicio que hemos hallado hasta el momento.

Los samuráis intercambiaron miradas inquietas mientras los jesuitas trataban de comprender qué se hablaba, por qué Martín Ayala persistía en aquel tono desabrido e impertinente hacia su señoría.

—Padre Ayala —terció entonces Saigo, guardia personal de Fuwa Torayasu—, los bonzos del monte Ikoma, aunque profesen las enseñanzas Tendai, no son como aquellos que vamos a combatir en Hiei. Son *yamabushi* de la espesura, seguidores del budismo esotérico y practicantes de artes extrañas. Son hombres siniestros y peligrosos, padre, no puede ir allí.

Ayala suspiró; la llovizna le empapaba el pelo e impregnaba sus mejillas como lágrimas heladas.

—Iré donde Dios me lleve —dijo por fin—. He de creer que Él guía mis pasos; de lo contrario, me dejaría caer aquí y ahora, derrotado.

Capítulo 14

La zarza ardiente

Aún no había caído la noche cuando los tres jinetes se adentraron en las calles de Nagashima, la localidad costera más importante al sur de Ise. Habían forzado las monturas durante más de treinta *ri* para alcanzar su destino antes de la puesta de sol; los animales estaban extenuados y, en no pocas ocasiones, Reiko había temido infartar a su yegua, pero debieron correr el riesgo. Si los vientos les eran propicios, la nave de la Compañía de Coímbra haría escala en Nagashima aquella misma noche, y esa sería su última oportunidad para recuperar el cargamento.

Se inclinó sobre el cuello de su montura para acariciarle la crin y apaciguar al animal, al tiempo que buscaba el camino más directo hacia el puerto. Cada vez se hacía más difícil abrirse paso entre la abigarrada multitud y, mientras recorrían la polvorienta avenida, se esforzaba por ignorar los murmullos —más o menos disimulados— de aquellos que se sorprendían porque una mujer vistiera el *hakama* para montar a horcajadas. Hacía mucho que había aprendido a convivir con las maledicencias; no era una dama, pese a que así la llamaran quienes le rendían cuentas, y tampoco se esforzaba por aparentarlo.

—Allí se ve el puerto —indicó el viejo Jigorō, señalando los mástiles que oscilaban sobre los tejados lejanos.

—Ichizo —Reiko se dirigió al hombre que cabalgaba a su izquierda—, adelántate para echar un vistazo. Nosotros te seguiremos a pie.

Ichizo, un veterano *ashigaru* con el cuerpo remendado de cicatrices, asintió y partió a cumplir las órdenes de aquella mujer que podía contar veinte años menos que él.

—¿Qué temes? —preguntó Jigorō mientras desmontaban.

—Nada... Todo.

Reiko suspiró, cansada de sus propias cautelas. No dejaba de observar los rostros con los que se cruzaban.

—Es poco probable que nos hayan seguido —dijo él—, ni hemos cruzado peajes ni hemos parado en casas de postas. Además, aún conservo algo de olfato, no es fácil esconderse a mi espalda.

—Hay otras maneras de seguirnos los pasos. Me cuesta creer que el cambio de ruta de los portugueses sea una simple casualidad; alguien sabe algo, alguien quiere ese cargamento.

—Y temes que también hayan previsto que la embarcación de los *nanban* pueda hacer escala aquí —concluyó Jigorō—. Y que, en tal caso, nosotros trataríamos de recuperar la mercancía.

—Es una posibilidad —dijo la mujer.

—No tardaremos en descubrirlo. —Un cierto anhelo iluminó los ojos del viejo.

Se apartaron de la vía comercial y se adentraron por los angostos callejones del barrio portuario. Comenzaba a caer la tarde y las primeras luces prendieron en el interior de los prostíbulos; algunas persianas se entreabrían a su paso y ojos perfilados con tinta china y polvos de rosa asomaban entre las láminas de bambú. Reiko evitaba aquellas miradas a toda costa, no quería saber nada del trasiego de esas casas ni de los fantasmas que las habitaban.

Desembocaron en los muelles y no tardaron en verse rodeados por el bullicio habitual de un puerto mercante. Armadores y mercaderes cruzaban palabras y cerraban los últimos negocios del día, los estibadores terminaban de vaciar las bodegas y montaban los fardos en carretas que llevarían la mercancía a las provincias de interior, donde el menudeo multiplicaría su precio. No había, sin embargo, ningún extranjero a la vista, pues el señor de Nagashima prohibía atracar a los portugueses, cuyas naves debían fondear tras los espigones, como gigantes adormilados por el vaivén de las olas.

Reiko se subió a una carreta a medio cargar y extendió un catalejo de factura extranjera; protegiendo la lente del sol crepuscular, trató de discernir las banderas que erizaban los mástiles. Ninguna de aquellas naves pertenecía a la Compañía de Coímbra. Plegó el artefacto con un golpe seco que evidenció su frustración.

Mientras volvía a guardarlo en la alforja, Ichizo llegó hasta ellos conduciendo a su caballo por las cinchas.

—He preguntado en la casa de aduanas —informó—, el *San Andrés* no ha fondeado frente al puerto.

—Puede ser bueno o puede ser malo —observó Jigorō—, aún es pronto para saberlo.

—Si hacen la travesía con viento de popa, estamos perdidos.

—No parece ser ese el caso —dijo Ichizo—. El viento sopla de poniente pero los marineros dicen que es débil desde hace días. Todos los barcos que navegan desde Nagasaki hacia el este de Honshū están haciendo aguada aquí.

—¿De qué sirve hacer conjeturas cuando esta misma noche tendremos la respuesta? —zanjó el viejo—. Ichizo, busca una posada con abrevadero para dejar los caballos. Yo trataré de alquilar una barcaza. Después solo nos quedará rezar.

Más allá de los límites del puerto, rebasados los desvencijados pantalanes donde amarraban los juncos de pesca, se extendía una playa de grava en la que se había erigido una torre vigía. Aquella rudimentaria atalaya de madera permitía dominar todo el barrio portuario, desde los barracones que se apiñaban contra el litoral hasta las casas que lindaban con las avenidas comerciales, de modo que la guarnición contraincendios podía detectar de un vistazo cualquier fuego aislado que se originara en una vivienda o almacén.

Aquella noche, sin embargo, el hombre que debía asistir el puesto se hallaba inconsciente en el callejón trasero de una taberna frecuentada por marineros, durmiendo un sueño del que no despertaría hasta bien avanzada la mañana, con sus ropas hediendo a un sake que no recordaría haber bebido. En su lugar, la torre la ocupaba una mujer que oteaba las aguas a través de unas lentes engastadas en un tubo de latón.

Reiko buscaba contra el negro horizonte la silueta de las carracas portuguesas, cuyo velamen se inflamaba como una llama blanca a la pálida luz astral. Aunque, de tanto en tanto, la luna se ocultaba tras las nubes y la contrabandista tenía la sensación de estar asomada a un pozo de tinieblas insondables.

Creyó ver algo y apartó el catalejo para frotarse el ojo, seco tras permanecer tanto tiempo aplicado contra el cristal. Volvió a levantar la lente y, entonces sí, distinguió claramente una embarcación que se aproximaba a la costa. Llevaba hasta el último trapo suelto, pero la gavia oscilaba flácida, sin la vida que debía insuflarle el viento de popa.

Aguzó la vista cuando creyó discernir las banderas prendidas del palo mayor, que identificaban la procedencia, propiedad y carga de la carraca. Aguardó a que la luna asomara para estar del todo segura; entonces golpeó con los nudillos la campana de bronce que remataba la atalaya. El rumor de las olas engulló el débil tañido; aun así, dos bultos se removieron a los pies de la torre vigía. Reiko les hizo un gesto con la mano y, de inmediato, uno de los hombres se puso en pie y corrió hacia la orilla para empujar al agua un bote. La mujer deslizó bajo su *obi* el catalejo y descendió por los travesaños de bambú con agilidad.

—¿El *San Andrés*? —preguntó Jigorō, que ya recogía las mantas sobre las que habían dormido.

—Hemos tenido suerte.

Reiko se acuclilló junto al viejo y juntos envolvieron con cuidado un pequeño cofre de madera lacada. Se pasó la banda de seda sobre los hombros y bajo los brazos, hasta atársela firmemente a la cintura; con la caja bien sujeta contra su espalda, se encaminó hacia la barca que Ichizo ya sujetaba sobre las olas.

El bote arremetía obstinado contra el oleaje, su quilla partiendo en dos la espuma, provocando una nube de aerosoles que empapaba el rostro de Reiko. Permanecía de pie en la proa, sujetando en la diestra una lámpara apagada. A su espalda, Ichizo se afanaba a los remos, sorteando la marea de resaca y manteniendo el gran mercante de los *nanban* siempre delante. Cuando estuvieron a menos de un *cho* de distancia, Reiko prendió la linterna y la movió sobre su cabeza.

La carraca portuguesa avanzaba lentamente, así que a Ichizo no le costó maniobrar hasta resguardarse a sotavento. Alguien vociferó para advertir de la presencia de extraños a babor, y no debieron esperar mucho hasta que un marinero se asomó desde la cubierta para preguntar qué almas arrastraba la marea.

—Somos amigos —gritó Reiko en portugués, y su voz se elevó desde las tinieblas apenas conjuradas por la pequeña lámpara del bote—. Hemos de hablar asuntos urgentes con el capitán de la nao.

El marinero descolgó una gran linterna para iluminar a las dos figuras que se hallaban en el bote. Uno era un japonés de aspecto hosco y peligroso; la otra, una dama de rasgos indistinguibles, pues se cubría la cabeza con un pañuelo blanco. La escena resultaba sorprendente, cuanto más porque aquella mujer parecía hablar el portugués como una súbdita de Enrique I, y era bien sabido por todos que no había portuguesas en Japón.

La situación provocó cierto desconcierto entre los marineros, y Reiko trató de aprovechar el momento de indecisión para exigir que les permitieran subir a bordo. No fue una escalerilla, sin embargo, lo que lanzaron desde la cubierta, sino un cabo para que pudieran mantenerse a remolque del navío. Poco después, un hombre cuyas facciones aparecían oscurecidas por el contraluz de las lámparas se asomó y habló con voz autoritaria:

—¿Quién sois vos? ¿Por qué nos abordáis en plena noche?

—Soy Reiko. Hemos hecho negocios con vuestra compañía en numerosas ocasiones, maese capitán. Tenemos un acuerdo de tanteo preferente, si se me permite recordaros.

—Marchaos de aquí. Nadie puede subir a bordo, solo se nos permite fondear para hacer aguada; no queremos problemas con el señor de estas costas.

—Y no los tendréis —gritó Reiko, que apoyaba su pie derecho sobre el pequeño arcón de madera de cerezo—. Más bien al contrario, este encuentro os será muy lucrativo, a vos y a vuestro armador. —La mujer abrió el cofre y las monedas de oro centellearon bajo el resplandor de las linternas—. Los quinientos *ryo* acordados con vuestro jefe, más una comisión de setenta *ryo* para vos. Casi cien ducados, maese capitán, solo por las molestias. Podéis izarlo y contarlo, si lo preferís.

Pese a la oscuridad y la distancia, Reiko pudo percibir la duda que embargó a su interlocutor. Este miró por encima del hombro hacia la cubierta, acaso calibrando hasta qué punto sus marineros serían discretos o le exigirían una parte de su comisión por guardar silencio.

—Ya os he dicho que no se nos permite desembarcar —resolvió finalmente el portugués.

—No será necesario. Precintad bien los barriles y lanzadlos por la borda, nosotros los arrastraremos hasta la playa —insistió la contrabandista—. No cometéis falta alguna, sabéis bien que tenemos un acuerdo de exclusividad con vuestra compañía. Esa mercancía siempre se ha descargado en Kii y siempre se ha pagado debidamente.

—No hay acuerdo posible —zanjó el capitán, venciendo sus titubeos—. Toda la bodega ha sido adquirida por el mercader Almeida, de Anotsu; el pago ya se ha efectuado en la aduana de Nagasaki. Ni un fardo abandonará el barco hasta que toquemos ese puerto. ¡Así que largo de aquí!

«Toda la bodega», repitió para sí Reiko. ¿Quién era ese Almeida? ¿Quién compraría toda la bodega de un barco a ciegas y previo pago? Era la forma de actuar de alguien que busca algo, pero no sabe exactamente qué.

—Ya lo ha escuchado, Jigorō-sensei —susurró la mujer al viejo ausente—, no hay acuerdo.

E hizo una señal a Ichizo para que remara de regreso a la playa.

A lomos de sus caballos, que piafaban sobre las piedras de la orilla, Reiko e Ichizo contemplaban las primeras llamas y aguardaban. Una campana comenzó a repicar mar adentro, su tañido arrastrado por el viento hasta la costa: la tripulación del *San Andrés* tocaba a rebato para combatir el fuego. Aun desde la distancia, era evidente la voracidad con la que este se propagaba. Las llamas no tardaron en alcanzar los aparejos y las velas se trocaron en lenguas de fuego. La nave estaba perdida, consumida en una columna de luz que tiñó de rojo la cresta de las olas.

La carraca comenzaba a zozobrar en la distancia cuando las primeras ascuas suspendidas en la brisa alcanzaron la playa. Reiko debió tranquilizar a la yegua de Jigorō, que se agitaba nerviosa sin su jinete.

—Es una lástima perder este cargamento —observó Ichizo, rascando la oreja de su animal—. El próximo no llegará hasta dentro de tres meses.

La mujer asintió en silencio, sin perder de vista un barril que flotaba en dirección a la costa. Poco antes de varar, una sombra se separó del tonel y braceó hacia la orilla. Cuando la figura emergió de entre las olas, embutida en ropajes oscuros ceñidos por el agua, Reiko suspiró tranquila.

—Mejor en el fondo del mar que en las manos equivocadas —contestó por fin, y azuzó a su montura para salir al encuentro del viejo *shinobi*.

Capítulo 15

Un viejo veneno

Inmóvil, la espalda apoyada contra la dura corteza de un pino torcido y solitario, Igarashi Bokuden fue testigo aquella noche de la extraña escena que se había desarrollado en el cementerio cristiano. Más tarde, al despuntar el alba, pudo presenciar la marcha del ejército de Fuwa Torayasu, que dejaba como único testimonio de su paso las ascuas aún candentes de las hogueras, las botellas de sake quebradas por las pisadas y los excrementos humeantes de los caballos.

Cuando el suelo dejó de retumbar bajo la pisada de miles de pies, se caló el ala del sombrero y siguió dormitando hasta que lo despertó el sonido metálico de la cancela, que retumbó nítido en la ahora silenciosa llanura. Abrió los ojos y pudo ver desde su posición cómo el jesuita abandonaba el lugar, acompañado del samurái que le servía de guardaespaldas y del caballo que desperdiciaban como animal de carga. Cruzaban la llanura en dirección a las montañas, alejándose nuevamente de la costa, lo que ahondó el desconcierto de un Igarashi que, hasta ese momento, había dado por sentado que Martín Ayala proseguiría junto a la bahía hasta alcanzar Osaka, donde los suyos habían mantenido su emplazamiento más importante.

Su estómago protestó recordándole que era hora de desayunar, así que abrió uno de los hatos y, sin apartar la vista de aquellas tres figuras, mordió una bola de arroz con *umeboshi*. La lluvia había asentado el polvo y la atmósfera de la mañana, limpia y gélida, permitía vislumbrar los detalles: el *bateren* volvía a vestir como un cuervo, con el manto negro propio de su orden, mientras que su acompañante lo seguía con la mano izquierda sobre las empuñaduras y la cabeza levantada hacia el cielo.

De repente, el joven *yojimbo* desvió la mirada directamente hacia él. Había reparado en su presencia tan claramente como si hubiera agitado los brazos para llamar su atención. Aquello hizo sonreír a Igarashi, que se limitó a dar un nuevo bocado a su desayuno.

Había decidido cambiar su forma de proceder. No solo porque cada día resultara más difícil pasar desapercibido, sino porque espiar al amparo de las sombras y la distancia no le había permitido comprender a ese hombre ni anticipar sus movimientos. Debía empezar a investigar aquel misterio por su cuenta, ponerse en la piel del extranjero, intentar razonar como él lo haría. Solo así conseguiría anticipar sus pasos y averiguar si albergaba intenciones ocultas. Así que descansó el resto del día, observando el cotidiano discurrir del templo y del hospital cristiano, hasta que la última franja de luz se diluyó en el horizonte. Después todo fue quietud.

Aún aguardó un poco más, a que la noche avanzara y el silencio se hiciera espeso como la brea; entonces se desnudó y se frotó las piernas y los brazos con ceniza de moxa para desentumecerlos, se cubrió con ropas oscuras y esperó el momento justo en que la luna quedó velada por la nubes.

Solo entonces salió a campo abierto y corrió hacia la empalizada. Trepó por las estacas de metal sin mayores problemas, salvó sus puntas lanceoladas y cayó al otro lado. Permaneció inmóvil durante un instante, agachado y atento a cualquier sonido. Nada. Ni siquiera ladridos delatores. Aquellos extranjeros verdaderamente se creían amparados por su dios a pesar de los recientes acontecimientos. Se incorporó y avanzó entre las tumbas, buscando el punto donde la madrugada anterior se había desarrollado tan siniestra escena. No le costó encontrarlo, pues la tierra recién removida marcaba con claridad el lugar. Descolgó la azada que llevaba al cinto; la herramienta no hubiera servido para excavar sobre una tumba seca, pero confiaba en que sería suficiente para retirar la tierra aún sin apelmazar con la que habían vuelto a cubrir la caja.

Se acuclilló frente a la cruz de madera, grabada con una breve inscripción en la lengua de los bárbaros, y clavó la azada en el suelo. Miró a su alrededor una última vez, atento a las tinieblas y el silencio del lugar. Esa noche, incluso los enfermos parecían descansar tan profundamente como aquellos bajo tierra. Sin dudarlo más, se dispuso a descargar el primer golpe de azada… Pero antes de dejar caer el brazo, un reflejo semienterrado llamó su atención. Detuvo el movimiento y tanteó el suelo con la mano hasta rescatar una pequeña piedra de color rojizo. Igarashi la frotó entre los dedos, desprendiendo el barro que la cubría para poder estudiarla bajo la escasa luz de luna. No le costó encontrar dos, tres piezas más. Las recogió y sopló sobre ellas.

Se dijo que no había dudas: eran cuentas de jaspe del monte Ikoma, como las empleadas por los monjes Tendai en sus reliquias. Debían haberse desprendido de un rosario o un escapulario. Pero ¿por qué allí? ¿Acaso alguien había dejado un rosario budista sobre la tumba? ¿A modo de ofrenda o de ofensa? O quizás el cuervo buscaba justo aquello, y por eso había hecho desenterrar el cadáver. Si ese era el caso, podía imaginar las conclusiones que extraerían de semejante descubrimiento.

«Más conjeturas», murmuró Igarashi, que había ido a por respuestas, y con esa decisión alzó de nuevo el brazo y comenzó a excavar.

Fue una labor larga y extenuante; normalmente empleaba aquella azada para arrancar raíces y trasplantar hierbas medicinales, no para exhumar cadáveres. Cada cierto tiempo se detenía para recuperar el aliento y observar la posición de los astros. Pronto el cielo de levante comenzaría a clarear, así que ignoró el dolor entre los hombros y continuó retirando tierra, hasta que la azada se clavó con un golpe seco en la tapa de madera. Aún tardó un buen rato en descubrir por completo los contornos de la caja, pero saberse cerca del final le hizo redoblar esfuerzos.

Cuando creyó que no sería necesario sacar más tierra, cavó un pequeño hueco en el que arrodillarse junto al ataúd, que permanecía encajado a unos cuatro *shaku* bajo la superficie. Tanteó los perfiles de la tapa hasta hallar una rendija por la que deslizar el filo de la azada para hacer palanca. Dejó caer el peso del cuerpo sobre la empuñadura y los clavos chirriaron al separarse de la madera.

Un hedor dulzón emanó del interior de la caja y debió apartar el rostro, cubriéndose con el antebrazo. Aun así, bajo la penetrante bocanada pudo discernir un matiz que le resultaba extrañamente familiar. Tosió un par de veces y, espoleado por una súbita sospecha, se aplicó en desprender el resto de los clavos que sellaban el ataúd.

Por fin hizo a un lado la plancha de madera y pudo contemplar el cuerpo disminuido del cadáver, cuyas secas y retorcidas formas eran perceptibles incluso a través del sudario. Apartó el lienzo y ese olor que le había llamado la atención se hizo aún más evidente: la pestilencia orgánica de la podredumbre había dado paso al aroma fosfórico, casi metálico, de los cuerpos envenenados. «¿Envenenado de qué modo?», se preguntó Igarashi mientras buscaba indicios delatores.

Con once años le habían enseñado a preparar su primer veneno: un concentrado de oronja que se podía diluir en la bebida de la víctima, y cuyos síntomas aparecían al cabo de un día, provocando diarreas sangrantes y amarilleo de la piel y los ojos. El efecto del veneno se prolongaba durante más de una semana y, una vez afectaba a las entrañas, no había antídoto posible. Deparaba una muerte tan agónica como inevitable. La dilación en la aparición de los síntomas impedía que el envenenamiento se tratara a tiempo, además de dificultar la identificación del envenenador. Una forma de matar cruel y eficaz. Todo ventajas, según le explicara su mentora.

Pero el hombre que tenía frente a sí no había sido envenenado por ingesta; sus extremidades retorcidas y la contracción del cuello evidenciaban la acción rápida de una toxina paralizante. Un veneno mucho más sofisticado y complejo de preparar, probablemente inoculado en la sangre a través de una herida. Igarashi retiró los negros ropajes que cubrían el torso del cadáver; le habían vaciado las tripas mediante un largo tajo horizontal, una cuchillada aparatosa y definitiva, pero ¿por qué envenenar a quien se pretende matar de forma tan teatral? Para incapacitarlo y torturarlo sin que pueda defenderse, sin que pueda gritar, se respondió a sí mismo.

Buscó la herida envenenada, pero no halló ningún otro corte. Quizás fuera la punzada de un dardo o de una aguja, sopesó, mientras tanteaba el cuello y la nuca en busca de un orificio. Pero era imposible detectar una pequeña perforación en aquella piel curtida como el cuero.

Al mover la cabeza, le llamó la atención el hecho de que la mandíbula se encontrara descolgada hacia un lado. Tomó el cuchillo que llevaba a la cadera y, con la punta, terminó de desencajar el maxilar. Lo alzó para contemplarlo a la luz de la luna: gruesas costras de sangre cubrían los dientes y la encía. El veneno había provocado una contracción tan violenta de los músculos que la víctima se había mordido la lengua... Hasta arrancársela, a tenor de la sangre coagulada.

Había pocas toxinas paralizantes que tuvieran un efecto tan inmediato y devastador, pero necesitaba averiguar qué sustancia en concreto se había empleado, pues solo aquello lo pondría sobre la pista del envenenador.

Así que hizo lo único que podía hacer, lo que le habían enseñado a hacer: tomó el cadáver por una mano y colocó la muñeca sobre el filo del ataúd. Echó un último vistazo a su alrededor y, una vez se hubo cerciorado de que seguía solo, descargó un certero golpe de azada que quebró el antebrazo con un crujido de huesos y tendones. Recuperó el cuchillo que había dejado clavado en la tierra y cortó los pedazos de piel que aún unían la mano al resto del brazo. Con expresión concentrada, se aproximó los huesos de la muñeca cercenada a la nariz, pasó su lengua entre las astillas y, por último, se lo puso entre los labios y sorbió el tuétano. Presionó la lengua contra el paladar y escupió.

«El veneno nos cala los huesos», le explicó una vez Hanako-sensei, mientras deslizaba sus finos dedos por la espalda de su alumno, «es un amante que se niega a desaparecer, permanece abrazado a su víctima; los huesos no mienten», decía con aquella sonrisa lánguida que tocaba sus labios, una sonrisa que afloraba tras masticar los hongos que crecían en su bosque. Aquella mujer lo adiestró bien, jamás conoció a una envenenadora con unos conocimientos tan profundos, con una relación tan intensa con el arte que cultivaba. Compartió con él muchos de sus secretos, otros los puso al alcance de su ingenio, pero no se los regaló: le obligó a ganárselos.

Allí, sobre el barro húmedo y bajo una noche sin estrellas, ráfagas de una primavera lejana acudieron a su mente, memorias de un viaje en busca del mar: Hanako-sensei recogiendo flores a la orilla del camino, algunas por sus propiedades, otras por su belleza; él siguiéndola con el ánimo exultante, arrebatado. En esos días recorrieron sendas angostas y durmieron en arboledas húmedas y oscuras... Abrazados, desnudos. A ella se le había encargado su instrucción en las artes medicinales cuando apenas había cumplido diez años. Contaba dieciséis cuando comenzaron a yacer juntos.

Aquel viaje de primavera tardía concluyó en la costa de Mie, en unas calas profundas e inaccesibles al amparo de los acantilados. En cuanto tocaron la arena, ella se desvistió y corrió hacia el mar, feliz de reencontrarse con el azul y el salitre, riendo como la niña que aún creía ser. Por supuesto, él corrió tras ella. Nadaron desnudos entre bajíos y arrecifes, hicieron el amor sobre las ensenadas y en las cuevas perforadas por la marea, hasta que por la tarde ella lo condujo a una pequeña cala a resguardo del viento, solo accesible a nado, pues los dedos de piedra ocultos bajo las olas hubieran despedazado el vientre de cualquier barca.

En aquella caleta de corrientes serenas, el agua alrededor de las rocas adquiría un tinte rojizo, producto de las minúsculas algas adheridas a los moluscos, según le explicara su mentora. Le hizo aproximarse para contemplar la fina vellosidad que cubría las ostras aferradas a la piedra, ahora descubiertas por la bajamar. Rasparían aquel moho marino, pues de ahí se obtenía el paralizante más potente jamás conocido por los clanes de Iga o de Koga, le confió su maestra.

Aquellos recuerdos aún se enredaban a su memoria como jirones de luz. Pero ya no había luz en su vida: solo frío, oscuridad y tierra húmeda, se dijo Igarashi, mirando la extremidad burdamente amputada que sostenía en la mano. Había pocas personas que conocieran el secreto de ese veneno; la mayoría de ellas estaban muertas.

Sopesó qué debía hacer a continuación, pero solo había un cauce de acción posible. El que recurrieran a él para aquella misión, el que hallara ese veneno en el cadáver de un extranjero... Era el hilo del karma el que había tirado de él hasta arrancarlo de la montaña, era su propio destino lo que perseguía. Quizás el emisario del Tejedor tuviera razón, quizás ni los dioses ni los hombres le permitieran mantenerse al margen, y un escalofrío le rozó la espalda cuando comprendió lo que debía hacer. Tendría que buscar a su antigua maestra, tendría que regresar a Iga.

Capítulo 16

Las razones de un padre

K enjirō abría y cerraba los dedos en torno a la empuñadura del *bokken**, tratando de desentumecerlos. Las vendas que le protegían las palmas de las manos comenzaban a puntearse de un rojo húmedo, el corazón le batía desbocado, la saliva le amargueaba en la boca y la visión se le oscurecía por momentos. El enfrentamiento se prolongaría mientras consiguiera defenderse de los embates del instructor: su propio padre.

Kudō Masashige era considerado el mejor espadachín de los cinco valles y, como tal, se le había encomendado impartir su maestrazgo a los jóvenes guerreros de la comunidad. Una vez a la semana, los hijos de las familias *goshi* del dominio de Anotsu acudían al cobertizo que, a modo de *dojo*, se había levantado en los terrenos del clan Kudō. Algunos de sus alumnos debían caminar durante media jornada para asistir a sus lecciones, pero la fama de Masashige bien lo merecía. Esta comenzó a forjarse a su regreso de la pacificación de Omi, y se corroboró en los torneos de esgrima que se celebraban cada verano con motivo del festival de Tanabata. Había quien consideraba que, de no tratarse de un simple samurái rural, Masashige habría sido llamado al castillo para servir como maestro de esgrima.

Sin embargo, los samuráis que acudían a presenciar aquel torneo atraídos por la popularidad del «maestro de los cinco valles»

---

* *Bokken:* sable de madera utilizado en los entrenamientos de esgrima japonesa.

solían menospreciar lo que veían diciendo que su forma de luchar era indecorosa, «como la de un perro acorralado». Una mezcla de cortes, empujones y patadas que en ningún caso podía considerarse una *ryūha** de esgrima. Una opinión con la que, probablemente, el propio Masashige habría estado de acuerdo.

Kenjirō sabía, porque así se lo había contado su padre, que aquella esgrima desesperada nació entre los samuráis de bajo rango enviados a morir en primera línea durante las invasiones de los bárbaros mongoles. Descabalgados, en inferioridad numérica frente a los vastos ejércitos del Kan y con escasez de flechas, los *bushi* de vanguardia —poco más que *ashigaru* a ojos de sus camaradas— debían batirse rodeados de enemigos, lo que dio lugar a un estilo de lucha sobrio y brutal, desprovisto de la sofisticación de las escuelas capitalinas tan del gusto de los daimios.

Había un orgullo atávico en aquella manera de combatir, era la esgrima de los *goshi*, y Masashige sabía transmitir ese orgullo a sus alumnos: «Recordad que no hay ninguna escuela superior a otra —solía decirles—, solo hay practicantes mejores y peores». Y había pocos practicantes capaces de hacer frente a Kudō-sensei, lo que convertía la defensa que ese día estaba llevando a cabo su hijo en una hazaña digna de presenciar.

Así que no pocos alumnos comenzaron a congregarse en la galería que rodeaba el *dojo*, ansiosos por ver a aquel muchacho de trece años que osaba plantarle cara al maestro. La solidez de su guardia y la velocidad de sus movimientos parecían desmentir su edad, y cada vez que desviaba una de las acometidas de Masashige, cada vez que evitaba una sucesión de golpes y fintas que parecía definitiva, un murmullo recorría a los presentes.

El joven Kenjirō solo podía caer derrotado; tentar el más sencillo contraataque estaba fuera de su alcance y la lluvia de golpes que su padre abatía sobre él lo hacía retroceder constantemente. Aun así, se las arreglaba para no verse arrinconado, para no caer fuera del *dojo*, para rehacerse cada vez que parecía perder pie ante el ímpetu de su adversario.

---

* *Ryūha*: escuela de artes marciales definida por un estilo y una serie de técnicas propias. En el Japón feudal existía una gran cantidad de *ryūha* derivadas de unas pocas escuelas tradicionales.

Masashige detuvo por un instante sus acometidas y contempló al muchacho que tenía frente a él: le temblaban las piernas, su respiración era desacompasada y resultaba evidente que el *bokken* le pesaba, pues apenas podía mantener la guardia a la altura debida. Aun así, había una determinación en su mirada que no podía sino conmoverle.

Fue al sentir ese destello de compasión por su propio hijo, cuando Masashige decidió que debía poner fin a aquello. Se lanzó con el sable de madera en alto, presto a descargar un mandoble, y aguardó el fugaz instante que Kenjirō tenía para reaccionar. No creía que le restaran fuerzas para armar tan rápidamente una guardia alta, pero el muchacho le sorprendió una vez más al echar un pie atrás y cruzar el *bokken* sobre su cabeza, preparado para desviar el tajo descendente.

Era, en cualquier caso, la defensa ortodoxa que Masashige había previsto, así que en lugar de descargar el mandoble, pisó a su hijo en el pie adelantado y lo embistió con el hombro, haciéndolo trastabillar hacia atrás. Antes de que el discípulo cayera de espaldas, el maestro le golpeó dos veces con el filo de madera: en el cuello primero y bajo las costillas después.

Kenjirō quedó sentado, doblado sobre el costado dolorido.

—El entrenamiento ha terminado por hoy —anunció Masashige—. Levántate y limpia el sudor del suelo, Kenjirō. Los que os habéis quedado a mirar —se dirigió al resto de sus alumnos—, ayudadle. Los paños y los cubos con agua están junto al pozo.

Todos se inclinaron para saludar al maestro y partieron a la carrera a obedecer sus instrucciones, seguidos del propio Kenjirō, que renqueaba torcido por los golpes.

Cuando sus estudiantes se hubieron marchado, Masashige se permitió exhalar lentamente y levantó la mano derecha a la altura de los ojos. El pulso le temblaba, cansado por el esfuerzo.

—Sabes que debes enviarle al castillo —dijo una voz a su espalda.

Al girarse se encontró con la mirada de Jigen, antes amigo y camarada que hermano de su mujer y tío de sus hijos. No le respondió, se limitó a encajar la espada de entrenamiento en su soporte y comenzó a desenredar las vendas que le protegían las manos.

—Escúchame bien —insistió Jigen—, el otro día quise jugársela cuando salimos a cazar. Tu hijo le había echado el ojo a un jabalí, pero antes de que pudiera soltar la flecha, espanté al animal de una pedrada. ¿Sabes qué hizo Kenjirō? —preguntó, esbozando una sonrisa satisfecha—. Corrigió el tiro mientras la bestia echaba a correr y la alcanzó en los cuartos traseros. ¡Acertó a un blanco en movimiento entre los árboles!

—Que yo sepa, volvió a casa con las manos vacías.

—No tuvo tiempo de tensar bien el arco y el animal huyó con la flecha clavada… Pero sabes bien a lo que me refiero. —Jigen se colocó frente a su amigo, que insistía en darle la espalda—. Tu hijo está tocado por los *tengu*, Masashige, un *dojo* de aldea no es lugar para él.

—Su lugar será el que yo diga.

—No puedes negar su naturaleza. Kenjirō alberga el espíritu de un *kensei*[*]; si se lo permites, será el mejor guerrero de todo Owari.

—¿Qué sabes tú de la naturaleza de mi hijo? —le espetó Masashige—. Yo soy el padre de ese muchacho, yo sé lo que es mejor para él.

—No me engañas, amigo mío. Tienes miedo, temes que Shinobu no te lo perdone si lo apartas de su lado.

—Tu hermana acatará lo que sea mejor para su casa y para nuestro señor, como ha hecho siempre. —Y se agachó junto al cubo de madera que había en los escalones del cobertizo. Hundió el cucharón en el agua fresca, se enjuagó la boca y bebió.

Jigen esperó a que su amigo se hubiera refrescado. Sabía que no convenía insistirle o terminaría por cerrarse como una ostra. Cuando dejó el cucharón en el cubo y por fin se puso en pie, parecía haber tomado una decisión:

—Dices que mi hijo posee el espíritu de un *kensei*, pero te equivocas. Quizás sus brazos y sus piernas puedan serlo, quizás su mirada lo parezca cuando cruza armas, pero su espíritu no es el de

---

[*] *Kensei:* literalmente, «santo de la espada» (en japonés, 剣聖). Se denominaba así a aquellos guerreros que alcanzaban la iluminación a través del camino de la espada. En su época fueron considerados *kensei* hombres como Tsukahara Bokuden o Miyamoto Musashi, a quienes se atribuía un talento innato para la práctica marcial que posteriormente sublimaron con una vida de plena dedicación.

un maestro de la espada. Kenjirō empuña el sable del mismo modo que empuña la azada: por deber y obediencia, pero no encuentra ningún placer en ello. No es un guerrero, y no seré yo el que le obligue a consagrar su vida a la guerra.

Kudō Kenjirō y Martín Ayala avanzaban por una senda que serpenteaba sobre lomas desmochadas y taludes cubiertos de rastrojos; aquel camino elevado, apenas un surco rastrillado por las pezuñas de las bestias, los exponía al viento y a la esporádica llovizna, pero les permitía cruzar la región boscosa entre Sakai y Yamato sin perder el rumbo. A sus pies, por debajo de la angosta meseta que aquella vereda ceñía, se extendían interminables pinares agitados por el vendaval.

El joven *goshi* encabezaba la marcha con expresión taciturna, como si el aguacero de la noche anterior hubiera calado en su pecho. De tanto en tanto, miraba a su espalda para asegurarse de que el jesuita no se quedaba atrás, pero este ya no se rezagaba como en las primeras jornadas de viaje: caminaba junto al caballo a buen paso, conduciéndolo por las riendas mientras le acercaba al hocico algunos de los rábanos que cargaban en las alforjas. El extranjero había recuperado los ropajes negros que vestía cuando lo conoció, como si ya no deseara pasar desapercibido, y una resolución palpable, casi desafiante, enfebrecía su mirada. Una resolución que bien podría costarles la vida, se dijo el guerrero con resignación.

Kenjirō se había abstenido de opinar sobre la dudosa sensatez de aquel viaje al monte Ikoma, aunque sabía, como cualquier persona cabal, que no se podía someter a interrogatorio a los *yamabushi*. Crueles y siniestros, se recluían en las montañas para mantenerse al margen de los hombres y sus leyes; ni siquiera los daimios osaban molestar a aquellos que solo se rigen por la ley de Buda y la búsqueda del vacío. ¿Cómo pretendía aquel extranjero que lo ayudaran en su misión? O que reconocieran su implicación en tales crímenes, si era el caso. Había mucho de ingenuidad, incluso de necedad, en la decisión adoptada por Ayala, pero también había firmeza de carácter y la determinación de hacer cuanto fuera necesario para cumplir con su deber, aun a costa de su propia vida, y eso era algo que el hijo menor de Kudō Masashige debía respetar.

Había decidido que, de morir junto a un hombre así, no solo cumpliría con su señor, sino que honraría a su padre y la memoria de sus antepasados, por lo que carecía de sentido continuar preocupándose por la suerte que les deparara aquella empresa. Sí le aquejaban, sin embargo, otras tribulaciones que procuraba ahogar en prolongados silencios.

—¿Qué te aflige? —preguntó de repente Ayala, como si pudiera vislumbrar sus pensamientos.

Kenjirō miró al *bateren* por encima del hombro, pero devolvió la vista al frente antes de responder.

—Nada, ¿qué le hace pensar que estoy afligido?

—La mirada perdida, el que solo abras la boca para comer… Es evidente que algo te preocupa.

Kenjirō se ciñó la capa de paja y guardó silencio.

—Los cristianos creemos en el sacramento de la confesión —prosiguió Ayala—. Es un sacramento sencillo: el sacerdote escucha los pecados de quien desea confesarse, luego impone una penitencia y los pecados quedan absueltos.

—No soy cristiano, Ayala-sensei. Quizás lo haya olvidado.

—Lo sé, pero el rito se fundamenta en una vieja verdad válida para todos, cristianos o gentiles: cuando uno comparte sus tribulaciones con otros, se siente aligerado de su carga, y a menudo descubre que esta no es tan grave como creía. No te ofrezco confesión, te ofrezco compartir tu carga conmigo, como venimos compartiéndola con este pobre animal. —Y Ayala sonrió, rascando la oreja del caballo.

Kenjirō separó la vista del suelo pedregoso, pero solo para resguardarla en algún punto del horizonte.

—Yo no debería estar aquí —confesó—. No comprendo por qué mi padre me eligió para esta tarea.

—¿Y a quién habría de elegir? —se interesó Ayala.

El joven demoró su respuesta, como si temiera incurrir en alguna indiscreción.

—A Masanori, mi hermano —dijo por fin—. Él es el heredero de la casa de mi padre, y suyo es el privilegio de portar a Filo de Viento. —Inconscientemente, Kenjirō se llevó la mano a la empuñadura del sable, como si se la llevara a una herida abierta—. Debería haber renunciado a este viaje.

—¿Era eso posible? —preguntó el jesuita—. ¿Realmente podías oponerte a la voluntad de tu padre?

El joven abrió la boca, dispuesto a mentir a Ayala como se mentía a sí mismo, pero finalmente guardó silencio. El religioso, sin embargo, dijo para sí:

—*Deus meus, ut quid dereliquisti me*[*]. —Pronunció aquellas palabras con queda veneración, como si de repente, en el trance de esos días, redescubriera su significado. Entonces dirigió una sonrisa hacia su compañero de viaje—: No te atormentes, Kudō Kenjirō. A menudo un padre tiene razones que su hijo no logra discernir.

Continuaron en silencio y, poco antes del mediodía, la senda descendió al nivel del suelo, y aún más abajo, pues poco a poco se internaron en un antiguo lecho desecado que discurría entre pinares. Al resguardo de los árboles, el viento dejó de restallarles en los oídos y se vieron inmersos en el profundo silencio conjurado por el bosque. Las píceas se alzaban a su alrededor, sus retorcidas raíces perforando el viejo cauce, buscando el agua que ya no fluía, lo que les obligaba a avanzar con cuidado, atentos a que las patas del animal no quedaran atrapadas entre la raigambre. De vez en cuando, se permitían alzar la cabeza y admirar el ramaje erizado de verdes agujas, oscilante, que filtraba la luz cenital del mediodía.

Almorzaron temprano, recostados entre raíces y helechos, y dejaron atrás el bosque poco después de que el sol comenzara a declinar. La vereda natural vino a desembocar en una calzada amplia y bien allanada: una vía auxiliar de la ruta Tokaido. Aquel ramal se separaba del camino oficial varios *ri* al oeste de Ise, internándose en la llanura de Kansai para recorrer distintos lugares sagrados y localidades de posta. Entre los templos que la ruta visitaba se hallaba el Ikoma-Jinja, un santuario en la ladera este de la montaña, lejos de la cumbre y de la influencia de los *yamabushi*, pero cuyo itinerario los aproximaría a su destino.

Transitando aquella senda se encontraron con los primeros viajeros que veían en toda la jornada, principalmente grupos de peregrinos y algún que otro monje errante. Estos saludaban con una inclinación de cabeza al samurái y, en el mejor de los casos, ignoraban al cuervo.

---

[*] «Dios mío, por qué me has abandonado».

Algo que no parecía alterar a Ayala, que devolvía las miradas con calma, cordial ante el escrutinio de aquellos que lo consideraban un intruso.

Comenzaba a caer la tarde cuando Kenjirō quiso detenerse junto a un pequeño templete enclavado en una encrucijada. El humilde altar, apenas un tejadillo destartalado y una piedra a modo de pedestal, cobijaba una imagen de Buda desgastada por el viento y las manos de los piadosos. Kenjirō se arrodilló frente al santo y vertió sobre una escudilla un puñado de arroz. Oró con la cabeza inclinada ante aquel buda que sujetaba en una mano el báculo de peregrino y con la otra bendecía a los caminantes.

Ayala contempló arrobado la humilde devoción del joven, fascinado por la paz de ese momento de recogimiento previo al atardecer. Cuando el samurái se puso en pie, el sacerdote le devolvió su capa y preguntó:

—¿Has rezado por regresar a salvo de la montaña?

—No se pide a Buda por uno mismo —respondió, echándose la capa sobre los hombros—. He rezado por mi familia, por que tengan una cosecha que alivie a todos en el valle.

Retomaron la senda que debía llevarlos hasta el monte Ikoma, caminando uno junto a otro pero sin llegar a entablar conversación, limitándose a seguir la puesta de sol que les precedía por la estrecha senda entre colinas.

Fue el sonido de cascos en la distancia lo que les hizo levantar la cabeza y devolver su atención al camino. Kenjirō se protegió los ojos para observar las figuras que, con el crepúsculo a la espalda, avanzaban hacia ellos. Un jinete, un palanquín y dos hombres a pie, armados. Era una comitiva pequeña, pero la guardia de tres samuráis significaba que en el palanquín viajaba el miembro de algún clan importante, o quizás un administrador imperial, probablemente de regreso de una visita al Ikoma-Jinja.

Kenjirō aguardó hasta vislumbrar la divisa que investía a los samuráis, y no tardó en reconocer las tres hojas de malva pintadas sobre el lacado negro de la cabina. ¿Qué hacía una expedición del clan Tokugawa tan lejos de Mikawa? A juzgar por la reducida escolta, debía tratarse de un miembro de no mucha importancia, quizás algún funcionario o una de las concubinas del señor Ieyasu, decidió el *goshi*, cuyo primer impulso fue apartarse a un margen del camino para ceder el paso al séquito, tal como correspondía a alguien de su humilde extracción. Pero entonces reparó en el blasón que llevaba cosido al *haori:* el emblema del clan Oda, señor de aquellas tierras, báculo del emperador, el gran señor de la guerra al que tantos, incluso el clan Tokugawa, rendían pleitesía. ¿Le obligaba aquello a mantener firme el paso y hacer que la comitiva se apartara?

A medida que los dos grupos se aproximaban, se hizo evidente que los samuráis de Tokugawa no tenían ninguna intención de hacerse a un lado; aquellos hombres, que no habrían dudado en escupirle y patearle como a un perro de saber su condición de *goshi,* que le negaban a él y a su familia la dignidad de considerarse auténticos samuráis, tampoco estaban dispuestos a respetarle ni aun sabiéndole investido por el caudillo al que su señor debía vasallaje. Kenjirō apretó los dientes con expresión desafiante, la mano cada vez más próxima a sus espadas, y solo lo detuvo la mirada confusa de quien avanzaba junto a él: Ayala lo observaba de soslayo, sin comprender del todo qué sucedía, pero seguro de la violencia que estaba a punto de sobrevenir. Pese a ello, el *bateren* se mantuvo firme junto a su joven protector, y fue ese gesto de lealtad lo que hizo reconsiderar a Kenjirō las consecuencias de su actitud.

«Recuerda que la principal cualidad de quien porta una espada no es su habilidad para empuñarla, sino su templanza para mantenerla en la vaina». Las palabras de su padre acudieron a él, oportunas, y finalmente se apartó a un lado y cedió el camino al séquito de los Tokugawa. Ayala lo imitó, tirando del ronzal de su caballo, y ambos inclinaron la cabeza al paso de las tres hojas de malva mientras los samuráis mantenían la vista al frente y la barbilla alta.

Cuando hubieron pasado de largo, ambos se dispusieron a retomar la marcha, pero los retuvo el límpido tintineo de una campanilla. Miraron atrás con curiosidad, a tiempo de ver cómo los cargadores del palanquín detenían el paso. El samurái a caballo, sin duda el jefe de la expedición, se aproximó a la cabina para atender la consulta. Mientras hablaba con el ocupante del transporte, desviaba la mirada hacia ellos una y otra vez. Por fin, con un grave gesto de asentimiento, tornó grupas y avanzó en su dirección.

Observaron cómo el jinete se acercaba a paso lento, los cascos de su montura hundiendo los guijarros del camino. Cuando aquel

hombre desmontó ante ellos, la expresión de Ayala era de desconcierto; la de Kenjirō, de fundada cautela.

—Mi señora quiere saber quién es este extranjero que no se ha
postrado a su paso —les espetó el oficial.

—Este hombre viaja con un salvoconducto de la corte de
Gifu y bajo mi protección —respondió Kenjirō—. Ha saludado
con cortesía, pero no tiene por qué postrarse ante tu señora, sea
quien sea.

El samurái, que vestía casco y una armadura ligera, apretó los
puños enguantados en torno a la fusta. El gesto delataba una violencia contenida, una soberbia bien conocida por Kenjirō.

—Los samuráis y los bonzos inclinan la cabeza con cortesía
—masculló el oficial—, los *heimin* y los perros extranjeros, de los
que aún dudo que sean poco más que animales, deben postrarse ante
un miembro de la casa Tokugawa. Esto es así en Mikawa, Gifu y en
la misma capital imperial.

Kenjirō sujetó la funda de su sable con la mano izquierda, girando el puño para facilitar el gesto de desenvainado. Una explícita
advertencia que a nadie pasó desapercibida, ni siquiera a Ayala, que
decidió intervenir:

—Soy Martín Ayala —se presentó con una reverencia—, em-
bajador jesuita en estas tierras por gracia de Oda Nobunaga. Ni
siquiera su señoría exige a los de mi orden que se arrodillen ante él,
pero no tendré reparos en postrarme ante vuestra señora si eso deshace este malentendido.

Dicho esto, el religioso echó la rodilla al suelo e inclinó la cabeza en dirección al palanquín. El oficial observó el gesto sin mudar
su expresión severa.

—Pese a que eres capaz de farfullar la lengua de los hombres,
veo que no lo has entendido. Postrarte es lo que deberías haber hecho
antes, ahora la dama exige que se repare tu ofensa con doce latigazos.
—Volvió a apretar la fusta entre los puños—. He venido a impartir
el castigo que te ha impuesto mi señora.

Ayala alzó la mirada hacia el samurái. Recordaba perfectamente lo que su arrogancia estuvo a punto de provocar en la posada de
Shima. Incurrir en el mismo error, por más injusto que fuera el trato
recibido, suponía poner en peligro su misión y la vida de ambos. Debía

aprender a asumir su posición, así que agachó la cabeza y encorvó la espalda, ofreciéndosela al samurái.

—Ayala-sensei —dijo Kenjirō—, póngase en pie.

—No, es mejor así. Acabemos con esto cuanto antes y prosigamos nuestro camino.

El hombre de los Tokugawa escupió sobre la fusta antes de flexionarla, preparándola para infligir el castigo. Kenjirō miró de reojo a los otros dos samuráis, que asistían a la escena a cierta distancia.

—Si levantas la mano contra este hombre —advirtió finalmente—, te mataré.

El oficial escrutó el rostro de aquel joven sopesando su amenaza. Probablemente fuera el hijo de algún funcionario de Gifu, enviado junto al extranjero por mero trámite. Un muchacho que jamás habría formado en un ejército: blando, insensato, tan bisoño como para pensar que podía amedrentar a un samurái tal como hacía con sus criados.

El oficial rio con estridencia, la saliva impregnando sus labios, y alzó la fusta dispuesto a golpear con más saña aún de la prevista. Un relámpago afilado sesgó el aire cuando su brazo comenzaba a descender. La vara de bambú nunca llegó a lacerar la carne, pues la mano que la enarbolaba cayó al polvo con un golpe sordo.

El samurái contempló el muñón que ahora se abría donde antes se hallara su antebrazo: un corte limpio por debajo del codo había privado de todo sentido a su vida. Después miró con ojos desquiciados al joven que sostenía el sable. Dio un paso atrás, pero sus piernas desfallecieron y le hicieron caer de rodillas. Fue entonces cuando la sacudida que le había amputado alcanzó su mente, haciéndole rugir con más frustración que dolor.

A partir de ese momento, el tiempo adquirió un flujo distinto, como si el agua clara se tornara melaza entre los dedos. Kenjirō aguardó la reacción de los dos samuráis que quedaban en pie, pese a que solo había una posible. Aun así, les permitió asimilar lo que acababa de suceder ante sus ojos, y solo cuando uno de ellos echó mano a la empuñadura, comenzó a correr en su dirección.

El primero se hizo a un lado con intención de flanquearlo, pero el que ya desenvainaba decidió hacerle frente, manteniéndose entre aquel inesperado atacante y el transporte de su señora. Kenjirō lo alcanzó antes de que pudiera armar la guardia: sin detener su carrera, lanzó una poderosa patada contra el pecho de su adversario que lo hizo retroceder tres pasos; a continuación, aprovechando el impulso, giró sobre sí mismo y descargó un tajo horizontal que encontró el muslo del samurái justo bajo el faldón de la armadura. Kenjirō giró la muñeca para evitar que el filo topara con el hueso y completó un corte limpio que cercenó músculos y arterias.

Mientras su segundo rival se desplomaba, pudo intuir el ataque que le llegaba desde atrás; sin tiempo para revolverse, mantuvo su posición agachada y alzó la hoja del sable sobre la cabeza. El mandoble descendente, dirigido a hendirle el cráneo, impactó con un restallido metálico y le dobló las muñecas. Kenjirō flexionó aún más las rodillas para absorber el golpe e hizo que el filo enemigo se deslizara sobre la hoja de su sable hasta caer a un lado.

Sentía el aliento entrecortado del rival en la nuca; no podía permitir que este retrocediera para lanzar un nuevo ataque, así que saltó hacia atrás cargando con el hombro. El movimiento, tan imprevisto como poco ortodoxo, desestabilizó al guerrero Tokugawa y lo apartó lo suficiente para que Kenjirō pudiera volverse con el brazo extendido. La punta del sable desgarró la garganta del samurái, le quebró una clavícula y cortó una correa de la armadura. Su último adversario quedó con las manos en el gaznate y el peto descolgado. Aprovechando el hueco descubierto en la armadura, sujetó por la nuca a aquel cadáver que aún se sostenía en pie e introdujo la *katana* bajo la axila. Su enemigo se desmoronó como un muñeco de paja.

El hijo de Kudō Masashige miró a su alrededor, la respiración agitada, salvaje el gesto, su espada ungida con la sangre de los samuráis. Solo cuando se percató de que no quedaban enemigos en pie, pareció abandonar aquella enajenación.

Buscó a su espalda al guerrero que yacía junto al palanquín, desangrado por el tajo en el muslo; a continuación, miró hacia su primera víctima, el oficial que pretendía azotar a Ayala. Este era el único que aún se retorcía, de rodillas, protegiéndose el muñón bajo el brazo que aún conservaba. Kenjirō se limpió el sudor con la manga del *haori* y caminó hasta el oficial de los Tokugawa:

—Has perdido la mano derecha —constató, como si él no fuera en absoluto responsable de aquello—. No podrás tensar el arco, ni sujetar la lanza o blandir la espada. No serás más que una carga para tu señor.

El samurái torció la boca en un rictus colérico, la rabia de quien se revuelve contra el infortunio. Pero las lágrimas terminaron por aflorar a sus ojos. Finalmente, asintió y ofreció la nuca a su enemigo.

Kenjirō saludó con una reverencia, adoptó una postura estable, visualizó el golpe certero y decapitó limpiamente a aquel hombre cuyo nombre ni siquiera conocía. Había sido una lucha absurda y cruel.

Se tomó un breve instante para respirar, para asentar la agitación que bullía en su cabeza; finalmente, sacudió la hoja con un golpe de muñeca y limpió la sangre residual con un pliego de papel. Envainó con gesto cansado y se dirigió hacia el palanquín, que había permanecido inmóvil en todo momento. Al ver cómo aquel demonio se aproximaba, los cargadores se removieron inquietos y la cabina zozobró; aun así permanecieron en su sitio, obedientes a la última orden que se les había dado.

Cuando se encontró junto al transporte de los Tokugawa, cuyo interior se hallaba velado por una persiana de bambú, Kenjirō clavó la rodilla en el suelo y habló con la cabeza gacha:

—Señora, no conozco vuestro nombre ni rango, pero habéis de saber que vuestros actos han provocado la muerte de tres hombres que habrían servido mucho mejor a su señor en la batalla. Ahora deberéis completar el resto del viaje sin escolta; si llegáis a Mikawa con vida, quizás tengáis tiempo de reflexionar sobre vuestro negligente comportamiento.

No hubo ningún tipo de réplica por parte de quien ocupaba la cabina. Solo el viento que barría las colinas llenó por un instante aquel silencio, hasta que la campanilla de bronce volvió a tañer. Los cargadores irguieron la espalda y echaron a andar, dejando tras de sí tres cadáveres y a dos desconocidos.

Kenjirō quedó arrodillado en medio del camino, sin aparente intención de ponerse en pie. Pese al horror que sentía por cuanto había presenciado, Ayala se atrevió a aproximarse a él.

—Muchacho, ¿cómo te encuentras?

Kenjirō tembló sacudido por las emociones; cuando volvió la cabeza, Ayala vio la aflicción en sus ojos, pero su voz se mantenía firme:

—Hasta este día había matado a cuatro personas en toda mi vida —confesó—. Los dos primeros fueron bandidos que nos asaltaron cuando llevábamos el diezmo de arroz al castillo. El tercero fue un samurái del clan Asai; vio a mi hermana y, creyéndola hija de campesinos, bajó a los arrozales en su montura y trató de llevársela cruzada sobre la grupa, como quien carga un fardo. Solo estaba yo para defenderla —dijo con voz dura, rememorando la sangre que manchó las espigas de arroz aquel día—. El cuarto fue un *ronin* que irrumpió en mi casa cuando sabía a los hombres fuera y trató de robar el caballo de mi padre. —Se pasó el dorso de la mano por los ojos, temiendo encontrarlos húmedos, pero estaban secos—. Hoy he matado a otros tres hombres… Pero nunca he tenido elección, nunca ansié empuñar la espada.

Ayala asintió en silencio, consternado por la agitación en el alma de su compañero. No pudo evitar mirar a su alrededor, a la tierra empapada de sangre, a los cadáveres desmembrados, y se estremeció por la forma implacable en que se les había dado muerte, por el terrible talento que había demostrado aquel hombre al que hasta ahora había creído un muchacho.

Quizás el propio Kenjirō no comprendiera las razones de su padre para encomendarle ese viaje, pero contemplando lo allí sucedido, a Ayala le resultaron del todo evidentes.

Capítulo 17

Abuela Grajo

Igarashi se arrodilló junto al cauce y sumergió la mano en la corriente. Sonrió mientras el agua fría pasaba entre sus dedos, deleitándose con el murmullo rápido del Nabari, que le llenaba los oídos y le daba la bienvenida al hogar. Los dioses le habían hecho regresar en una noche calma, iluminada por una luna clara que encrespaba la superficie del río con destellos blancos. A su alrededor, los ciruelos, embebidos del rojo otoñal, se inclinaban sobre la orilla y acariciaban la corriente.

A pesar del riesgo que estaba corriendo al retornar, un apacible sentimiento de pertenencia le embargaba; por un momento incluso llegó a olvidar por qué se había marchado. Decidido a prolongar aquella sensación, ahuecó la mano y bebió del río que nutría el valle: no había un agua igual en todo el país, pues no había otra tierra como aquella, perteneciente solo a quien la habita y la trabaja cada día.

Cuando se sintió saciado, levantó la vista hacia la margen opuesta, hacia aquella espesura habitada por viejos secretos y largas penumbras. Una vez cruzara al otro lado se encontraría en la provincia de Iga, el hogar del que se desterró por voluntad propia y al que se le prohibió regresar so pena de muerte. Pese a ello, tenía plena conciencia de estar haciendo lo debido; si aquella noche lo alcanzaba la muerte, lo hallaría en armonía con el karma.

Se desnudó e hizo un hatillo con sus ropas y sus escasas pertenencias; lo envolvió todo en un pellejo de cabra que se ató a la espalda antes de lanzarse al agua. Braceó con la soltura del que ha aprendido a nadar en los ríos, sin oponerse a la corriente, fluyendo para no agotarse hasta que alcanzó la otra orilla sin apenas perder el resuello. Una vez en tierra firme, se adentró entre los árboles, extendió sus enseres por el suelo y usó el pellejo para secarse.

«Ya no hay vuelta atrás», se dijo, mientras escrutaba la arboleda a su alrededor, disfrutando del reencuentro con los parajes que le vieron crecer. Durante siglos, Iga se había mantenido como la única provincia libre de Japón, habitada por hombres que se gobernaban a sí mismos. Un raro privilegio que los hijos de aquella tierra debieron defender con sangre, fuego y acero, repeliendo una y otra vez a los señores de la guerra que habían intentado ocupar sus bosques y someter a sus habitantes.

Eran un reducto de hombres libres en una época de esclavos; no sumidos en la anarquía y el salvajismo, como proclamaban los daimios de las vecinas Omi y Nijo, sino adscritos a su propio código de vida y a sus propias leyes, lo que infundía en sus habitantes un orgullo incomprensible para cualquiera que no hubiera nacido allí.

Pero Igarashi había nacido allí, sabía de ese orgullo, como también sabía que en Iga cada campesino podía ser un guerrero; cada niño, un espía; cada mujer, una asesina. Todos eran soldados de un ejército sin señor, y así crecían y se los educaba, adiestrados en artes que no solo les permitían proteger su territorio, sino que también los convertían en un importante recurso estratégico en aquella larga guerra que había matado ya a abuelos, padres y nietos. Una guerra entre samuráis que arrasaba el país de un extremo a otro, cruel y despiadada para muchos, pero provechosa para los clanes de Iga, que habían sabido enriquecerse y consolidar su independencia ofreciendo sus servicios al mejor postor.

Igarashi formó una vez parte de la élite de aquellos guerreros, llamado a ser un comandante entre sus filas, una voz autorizada en los consejos de aldea... Pero todo eso quedó truncado por motivos que nadie allí quiso comprender, que a duras penas él comprendía.

Meneó la cabeza en un intento de conjurar viejos tormentos y terminó de secarse. Dejó el *hakama* y el *haori* con el resto de sus bártulos y vistió las ropas más oscuras de que disponía. Se ciñó los pantalones y el kimono con cintas de seda, se cubrió la cabeza con un pañuelo largo que se ató alrededor del cuello y se enfundó calcetines de suela rígida. Por último, se colgó el sable corto a la cintura y el largo a la espalda, y se cruzó al pecho un zurrón como el empleado por los buscadores de hierbas. El resto de sus pertenencias las colocó entre las raíces de un árbol, ocultas bajo los helechos. Sobre el tronco, a la altura de los ojos, hizo un corte longitudinal que formaría una costra de savia.

Una vez preparado, se concentró en percibir el pulso de la naturaleza, moldeando el ritmo de su respiración hasta convertirlo en una prolongación de cuanto lo rodeaba. Y, al amparo de aquel bosque que cubría la provincia de este a oeste, se adentró en las profundidades de Iga.

Trazó una ruta que le permitiera avanzar con el viento y la luna de frente, siempre al resguardo de la foresta, siempre por senderos olvidados. De ese modo, a lo largo de aquella noche atravesó los distritos de Kasagi y Otowa, evitó las fortalezas escondidas en el corazón de la arboleda, rehuyó los valles y las aldeas que se asentaban en su seno y prosiguió hasta llegar a los territorios bajo la administración del templo de Shimotsuge. Desde allí, entre arrozales en terraza y bosques de almendros, descendió hacia el valle de Ueno, el corazón mismo de Iga, bajo el control del clan Hidari.

A medida que se aproximaba a su destino, los árboles dejaron de resultarle simplemente familiares para pasar a tener recuerdos grabados en su corteza. El instinto lo guio hasta lo que andaba buscando: una vereda oculta entre cipreses y árboles de laca. Apartó las ramas que se inclinaban sobre el suelo y se internó en aquel camino secreto que había recorrido cientos de veces. La hojarasca alfombraba de rojo ocre la senda, desdibujando sus contornos hasta casi hacerla desaparecer; pero Igarashi no necesitaba verla bajo sus pies para orientarse. Poco a poco la espesura comenzó a ralear y el bosque dio paso a un claro abierto a la noche otoñal.

Había invertido más tiempo del que creía en llegar hasta allí, pues la luz ya tintaba el cielo por el este, pero por fin se hallaba en el hogar de Hanako-sensei, santuario de su última infancia y buena parte de su juventud. Caminó sobre el claro con pasos leves, maravillado de que todo continuara como treinta años atrás: la choza de madera negra, los voladizos cubiertos de cuervos que formaban en silencio, el pozo que alimentaba la sala de baño y el jardín que rodeaba la vivienda… La exuberancia de las flores solo podía significar que ella continuaba viva, cuidando de ese lugar.

Comenzó a rodear la choza, atraído por el repiqueteo de una azada contra la tierra húmeda. Era muy temprano, pero Hanako debía trabajar ya en el huerto que cultivaba detrás de su casa, donde más daba el sol. Contuvo el aliento cuando la encontró arrodillada entre las plantas, rodeada de cuervos que, desde las ramas y aleros, la velaban como un coro silencioso. Siempre habían estado allí, atraídos por las semillas que Hanako esparcía por el claro, y ella les ofrecía refugio a cambio de que mantuvieran su jardín limpio de insectos. Con el tiempo, no solo se habían convertido en parte del lugar, sino que su presencia era intrínseca a la misma Hanako. Donde iba la mujer, la acompañaban los cuervos.

Igarashi se detuvo antes de que aquella figura que le daba la espalda se percatara de su presencia. Quiso apropiarse de ese instante de soledad, de la pericia con que plantaba el esqueje, de su pelo largo y suelto sobre la espalda, negro aún, las canas cubiertas con tinta. Sus manos seguían fuertes y ágiles, manchadas de tierra, tal como las recordaba… Era una escena que parecía rescatada de su memoria y se preguntó si, verdaderamente, aquel claro permanecía al margen de la corriente del tiempo.

—Hanako-sensei —la saludó.

Ella se detuvo, pero no se volvió hacia él. Por un instante pareció que no respondería. Por fin, dejó la azada a un lado y comenzó a limpiarse en el delantal manchado de tierra:

—No me llames así, ya no eres mi discípulo.

Se puso en pie y lo confrontó. Igarashi había olvidado su estatura, casi tan alta como la suya. No había perdido su porte espigado y aún alzaba la cabeza con orgullo, pero el paso de las estaciones había ajado aquel rostro que él aún evocaba en la vigilia. Apenas reconocía a su maestra en esa anciana, salvo por la mirada serena, poderosa.

—Eres tú —musitó Igarashi, asomado a sus ojos.

—No, no lo soy. Hanako, maestra envenenadora de Iga, fue barrida por el tiempo. Ahora solo soy una vieja solitaria a la que los niños llaman abuela Grajo… Me pregunto por qué lo harán. —Sonrió mordaz—. ¿Y tú? ¿Queda algo del niño asustado que me trajeron una mañana de verano? ¿O del joven que me calentaba en las noches de invierno...? —Afiló la mirada—. ¿Y de Fuyumaru, el fiero guerrero llamado a comandar a los *shinobi* de Iga?

Él titubeó, como si ese nombre lo impeliera a retroceder.

—Fuyumaru... Hacía mucho tiempo que nadie me llamaba así.

—Pero ese es tu verdadero nombre, con el que tus hermanos y hermanas te bendijeron. Ni siquiera tú puedes renunciar a él, Traidor de Iga.

Igarashi apartó la vista. Hasta ese momento había esperado que, al menos ella, le hubiera perdonado.

—Dime, Fuyumaru, ¿a qué has venido? ¿Qué esperas encontrar en Iga, sino castigo y venganza?

Levantó la cabeza y sostuvo la mirada de su vieja maestra. Y mientras se contemplaban, recordó que esa misma mujer le enseñó que no hay peor veneno que una esperanza necia, pues nos emponzoña con ilusiones que, tarde o temprano, nos acaban matando. Él creía haber regresado a Iga siguiendo el rastro del veneno, pero ahora veía que ese no era el auténtico motivo. Tampoco lo era Hanako ni los recuerdos que en él evocaba. Lo que le había conducido hasta allí era, precisamente, una vana esperanza:

—¿Qué ha sido de él?

Hanako ladeó la cabeza antes de responder:

—Yo simplemente completé la transacción que tú mismo acordaste, pero no lo dejaron a mi cargo. Ni siquiera sé si permanece con vida.

—Si hubieran querido matarlo, lo habrían hecho delante de nosotros —dijo Igarashi—. No, sé que está vivo.

La anciana contempló la desazón de su antiguo discípulo, pero ni un atisbo de compasión asomó a sus ojos.

—Respóndeme ahora a la pregunta que te hice aquella noche: ¿mereció la pena entregar a tu primogénito para poder huir de tu familia? ¿Qué precio debió pagar ella a los clanes de Koga?

—Koga nunca le exigió nada.

La mujer frunció los labios, incrédula.

—¿La dejaron marchar sin más? —Rio con malicia—. Por eso los de Koga siempre serán débiles.

—La compasión no tiene por qué ser ajena a nuestro mundo —respondió Igarashi—. ¿O acaso no hubo un tiempo en el que yo lo hubiera dado todo por ti? ¿No habrías hecho tú lo mismo por mí, Hanako? Te lo ruego, dime qué fue de mi hijo.

Ella endureció la expresión y alzó la barbilla.

—Tu hijo nunca entró en Iga. De ser así, me lo habrían confiado. Al fin y al cabo, me pertenecía; fueron mis secretos los que te llevaste contigo.

Chascó los dedos y uno de sus cuervos descendió revoloteando hasta posarse en su hombro.

—Me trajeron otros niños, pero ninguno poseía tu talento. Tus ojos veían a través del velo de este mundo, percibías la esencia profunda de las cosas con una facilidad innata. Eras como una vez yo fui. Jamás hubo mejor alumno para una maestra —dijo Hanako con amargura—. Todo eso me arrebataste.

—Pero también todo eso te di —respondió Igarashi—. No tienes nada que reprocharme.

—Ahora veo que tu marcha no solo me quebró a mí. Te has vuelto pusilánime, melancólico —dijo con desprecio.

Sus palabras lo fustigaron, después de ese encuentro muchos recuerdos se trocarían amargos, pero no podía marcharse aún:

—Alguien está asesinando extranjeros a lo largo de la ruta Tokaido, y quienquiera que sea, está usando uno de tus venenos. ¿Cuántos alumnos tuviste después de mí, Hanako?

Ella sonrió, enigmática, al tiempo que ofrecía unas cuantas semillas al cuervo, que las picoteó de entre sus dedos.

—Si no estuvieras ofuscado por tus anhelos —respondió finalmente—, habrías sido capaz de extraer tus propias conclusiones. La primera de ellas, que jamás deberías haber venido aquí, creyendo que en mí encontrarías una aliada.

Sus palabras fueron subrayadas por un crujido entre las ramas. Igarashi se volvió a tiempo de ver cómo cinco guerreros emergían de la espesura circundante y penetraban en el claro. Vestían ropajes que se confundían con el bosque otoñal.

—Mis cuervos me anunciaron tu llegada, Fuyumaru —dijo Hanako a su espalda—. Nadie se acerca a mi claro sin que yo lo sepa.

Igarashi no respondió. Se limitó a desenvainar la *katana* que llevaba cruzada a la espalda. Sus enemigos se habían desplegado a su alrededor; tres empuñaban sables que inclinaban hacia él, otro tensaba un arco, la punta de flecha olisqueaba su garganta; el último hacía oscilar una cadena con un contrapeso, presto a lanzarla contra su espada para desarmarlo.

Era imposible salir de allí con vida, solo le restaba morir matando. Pero el primer ataque no llegó de ninguno de los guerreros a los que encaraba. Un revoloteo atronó en su oído justo antes de sentir una dentellada en el cuello: el cuervo de Hanako se había abalanzado sobre él y ahora volaba a su alrededor, arrancándole jirones de pelo, desgarrándole la piel con unas garras y un pico que habían sido afilados como cuchillas.

Cerró los ojos y se centró en el batir de las alas, ubicó la procedencia del próximo ataque y lanzó un tajo. Notó el peso del golpe en sus muñecas y, al abrir los ojos, halló al pájaro aleteando a sus pies, una de sus alas cercenada por el filo de la espada.

Mientras observaba a aquella criatura rota, un extraño vértigo le sobrevino: los árboles comenzaron a cerrarse a su alrededor, el alba retrocedió para dar paso a una nueva noche, una más profunda y definitiva, e Igarashi comprendió que no eran semillas lo que Hanako le había dado al cuervo, sino que le había impregnado el pico con veneno.

Consciente de que había sido derrotado por su antigua maestra, giró sobre sí mismo, buscándola, hasta que finalmente encontró los ojos de la mujer a la que había amado, que lo había amado. Y fue su mirada triste, cargada de conmiseración, lo último que se llevó consigo.

Capítulo 18

Un dios invasor

El jesuita y su *yojimbo* arrastraban consigo un silencio que los había acompañado desde el incidente con los samuráis de Tokugawa. Kenjirō, distante, mantenía la vista en el camino y se esforzaba por mostrarse indiferente ante lo que había sucedido. Se creía reprobado por aquel extranjero junto al que caminaba, un hombre incapaz de entender cuán estrecho era el *giri** que lo vinculaba a él.

Pero Ayala no enjuiciaba al joven samurái en modo alguno: entendía que Kudō Kenjirō lo protegería aunque él le exigiera lo contrario, y creía entender el pesar que le provocaba tener que matar para ello. En un lugar recóndito de su mente, incluso le agradecía haberlo librado del cruel castigo que aquellos samuráis habían dispuesto para él... Y ese sentimiento egoísta, impropio de un cristiano, lo atormentaba casi tanto como la persistente imagen de los cadáveres amputados.

Sumidos en tales disquisiciones, alcanzaron las inmediaciones del monte Ikoma poco después de la caída de la noche. La senda que llevaba al santuario Ikoma-Jinja, asfaltada con rocas aplanadas por el cincel del cantero y los pies de los feligreses, se separaba de la ruta principal y ascendía ladera arriba entre cedros y pináceas. Lámparas

---

* *Giri:* concepto intrínseco a los valores tradicionales japoneses que se puede traducir como «deber» u «obligación»; pero un deber que compromete al individuo por encima de cualquier otra cosa, incluso de su propia vida.

de piedra la iluminaban cada veinte pasos, y su reverbero se filtraba entre el ondulante ramaje, pespuntando en la falda de la montaña el camino que debían escalar los peregrinos.

Pero ellos no eran peregrinos: su destino se hallaba en la ladera opuesta, desde la que podrían alcanzar los bosques y las cumbres habitadas por los *yamabushi* de la secta Tendai. Antes de dejar atrás el desvío hacia el santuario, Kenjirō se aproximó al arroyo que bajaba desde la montaña. Eran las aguas donde los feligreses se purificaban, y el *goshi* entró en ellas hasta la cintura para frotar con barro la sangre que le cubría las ropas.

Ayalá comprendió que aquella noche no irían a ningún otro sitio, así que ató con cuerda larga al caballo y se dispuso a encender una fogata. El fuego crepitaba ya al amparo de la arboleda cuando Kenjirō regresó empapado y con las ropas al hombro. Las extendió sobre una roca para que se secaran junto a las llamas, momento en el que el jesuita le ofreció un cuenco con estofado de verduras.

—Come, te reconfortará.

Kenjirō lo aceptó, se echó una manta sobre los hombros desnudos y se sentó con las piernas cruzadas. Empezó a comer con fruición, rescatando con los palillos los trozos de rábano que flotaban en el guiso y bebiendo el caldo caliente.

Su apetito satisfizo a Ayala.

—El cuerpo olvida pronto —dijo—, la mente tarda más, pero también acaba por hacerlo.

—Mañana será un nuevo día —respondió el guerrero sin dejar de comer—, uno en el que no habré matado a nadie. De nada sirve arrepentirse de lo que está hecho.

Despertaron al alba, esparcieron los rescoldos y retomaron el camino antes de que los primeros feligreses enfilaran la vereda montaña arriba. Ellos prosiguieron por la ruta que rodeaba la montaña en pos de la cara oeste, la más agreste y menos transitada.

Almorzaron a media mañana sobre una gran roca a orillas de la senda, con la única compañía de un *jizo* que los contemplaba con expresión risueña. La figura se hallaba tan inclinada que parecía a punto de caer, probablemente torcida por algún temblor de tierra.

Una vez concluido el almuerzo, Kenjirō enderezó la estatua y pisó la tierra a su alrededor para apelmazarla. Saludó al santo con una reverencia y retomaron la marcha.

Las sombras no se alargaban aún en exceso cuando alcanzaron la falda occidental de la montaña. Ante ellos, un gran bosque gris, denso y homogéneo, trepaba ladera arriba hasta perderse en las cumbres cubiertas de brumas. Bajaron la vista y comprobaron que, más adelante, la fronda engullía el camino y negaba el paso a la luz de la tarde; una extraña desazón los embargó a medida que avanzaban, pero ninguno titubeó. En cuanto penetraron en la floresta se vieron sepultados por la penumbra y el silencio; solo podían continuar, a la espera de que una bifurcación o cualquier obstáculo los obligara a tomar una decisión.

Sin embargo, lo primero que les hizo detenerse fue una casa junto a la senda: parecía un simple refugio de leñadores a la vista de cualquiera que recorriera el camino. No se hallaba abandonado, pues había pilas de leña amontonadas junto a la puerta y la chamiza que cubría el tejado seguía en su sitio. Una linterna colgaba junto a la entrada.

—Aguarda —dijo Ayala, que tiró del caballo para sacarlo del camino y aproximarse a la choza—, puede que encontremos a alguien dentro.

—No podemos fiarnos de nadie que habite esta montaña —le advirtió Kenjirō.

El jesuita no se detuvo:

—No sé qué encontraremos allá arriba, pero te aseguro que esos monjes a los que tanto teméis no obran milagros ni hablan con los espíritus. Esas supercherías son cultivadas por ellos mismos, sin duda para mantener alejados a los recaudadores y al populacho. —Golpeó con el puño la puerta—. Además, si como parece, aquí vive un leñador, no se me ocurre mejor guía en esta montaña.

Esperaron en silencio, ambos con la callada convicción de que no hallarían a nadie; de modo que, al escuchar cómo se descorría la traviesa de madera, no pudieron evitar compartir una mirada inquieta.

Un hombre menudo pero de brazos fuertes apareció en el umbral. Se abrigaba con un jubón sobre el kimono desgastado y su expresión fue de perplejidad al descubrir al extranjero barbado que había llamado a su puerta. Ayala comprendió que, probablemente, él fuera el primer *nanban* que veía con sus propios ojos. Dudó de cómo presentarse, pero Kenjirō tomó la palabra a su espalda:

—¿Qué manera es esta de recibir a dos viajeros, leñador? Abre la puerta e invita a entrar a Ayala-sensei.

El hombre reparó en la presencia del samurái y se apresuró a hacerse a un lado para cederles el paso. Se disculpó con reiteradas reverencias mientras los dos extraños entraban en su morada. Ayala paseó la vista por aquel cuartucho iluminado por la llama del hogar; había hachas y sierras colgadas de las paredes, un jergón en una esquina y una olla con agua caliente sobre el fuego.

—Lo último que desearíamos es ser una molestia —comenzó Ayala—, entiendo que ya has concluido tu jornada y te dispones a preparar la cena.

El leñador miraba alternativamente al samurái y al extranjero que hablaba su idioma con una extraña inflexión; pero logró sobreponerse a su desconcierto y responder con propiedad:

—No…, no molestan. Siéntense junto al fuego, por favor. —Señaló unos sacos de paja que debían de hacer las veces de cojines.

—Te agradecemos tu hospitalidad —respondió Ayala, y se acomodó al calor de la lumbre. Kenjirō, por su parte, permaneció junto a la puerta con los brazos cruzados.

—Puedo preparar un poco de guiso para los señores —ofreció el leñador, arrodillado en posición de *seiza* frente a la olla—, no tiene mucha sustancia pero es sabroso.

—Te lo agradecemos, pero no hemos venido a escamotearle la cena a la buena gente de Kansai —rechazó el jesuita con una sonrisa—. Mi nombre es Martín Ayala, soy un padre cristiano enviado desde Nagasaki; él es mi acompañante y protector, el caballero Kudō Kenjirō.

El leñador repitió sus reverencias con gran servilismo, esforzándose por no mirar al joven samurái que permanecía en pie. En un primer momento, Ayala creyó que el pobre hombre se sentía abrumado por la visita, pero luego percibió que su actitud denotaba más temor que turbación. Recordó entonces la nefasta ley del *kiri-sute* *gomen*[*] que tanto había escandalizado a los misioneros jesuitas, pero que no habían conseguido abolir ni siquiera en los feudos de daimios convertidos al cristianismo.

—No tienes nada que temer de nosotros —lo tranquilizó—, no deseamos importunarte en tu propia casa.

—No es mi casa, señor —respondió el leñador, con las manos sobre las rodillas y sin alzar en ningún momento la cabeza—, solo mi refugio cuando subo a la montaña.

—¿Llevas muchos años viniendo aquí? —preguntó Kenjirō.

—Toda mi vida; mi padre me trajo por primera vez con seis años para ayudarle a cargar leña.

—Entonces, quizás puedas ayudarnos —intervino Ayala—. Buscamos a los monjes que habitan en la espesura.

El hombre abandonó toda precaución y miró directamente a los ojos de aquel extranjero loco.

—No…, no pueden hacer tal cosa. Nadie sube a ver a los hombres santos del monte Ikoma, es un pecado contra la misma montaña.

—Sin embargo, vienes aquí a cortar leña, y no parece que estos hombres santos se importunen por ello.

—Mi familia siempre ha subido a la montaña, tenemos el permiso de los *kodama*[**] que la habitan, pero nos guardamos bien de subir más allá de la roca quebrada.

—¿La roca quebrada? —repitió Ayala.

—Una gran piedra junto al camino, justo después de cruzar un arroyo seco. Dicen que en tiempos del abuelo de mi abuelo, un carpintero de nombre Masataka vino a por la madera blanca de los ginkyos que crecen montaña arriba, pero cuando vadeó el cauce, un rayo partió la roca para advertirle de que no fuera más allá. El cielo estaba despejado, sin nubes, y desde ese día el arroyo está seco.

---

[*] *Kiri-sute gomen:* literalmente, «permiso para cortar y abandonar»; se trataba de una ley que permitía a cualquier samurái matar con su sable a una persona de casta inferior *(heimin* o *eta)* que cometiera una supuesta afrenta a su honor.

[**] *Kodama:* criaturas del folclore japonés que habitaban en la espesura. De apariencia espectral, podían adoptar forma humana o monstruosa según las circunstancias. Se les atribuía un carácter justo y benévolo, pero se convertían en terribles enemigos de aquellos que dañaban la santidad del bosque o atentaban contra la naturaleza.

Ayala suspiró, hastiado de que cada árbol y cada piedra de ese país encerraran una leyenda, una advertencia o incluso a un dios. Miró hacia atrás, buscando a Kenjirō, que sin abandonar su guardia junto a la puerta preguntó:

—¿Has visto esa piedra?

—Por supuesto, cualquiera que siga por la senda se topará con ella. Pero procuro no acercarme.

—Entiendo, entonces, que no nos guiarás en busca de esos monjes —aventuró Ayala.

El hombre pareció espantado ante la idea. Puso las manos en el suelo y agachó la cabeza en gesto de disculpa.

—Lo siento, señor, pero mi familia vive de esta montaña. Esa sería una afrenta que jamás se me perdonaría.

—Por supuesto. Gracias por tus indicaciones, en cualquier caso.

El jesuita se puso en pie y el leñador alzó la cabeza para verlos marchar. Sin embargo, antes de que abandonaran su refugio, aquel hombre timorato añadió:

—Espero que cambien de opinión, pero si no es así, permítanme al menos que rellene sus cantimploras. No encontrarán agua salubre montaña arriba.

Ayala se detuvo e intercambió un breve asentimiento con Kenjirō.

—Nos vendría bien un poco de agua, sí —respondió finalmente—. También que nos permitiera atar a nuestro caballo junto a la choza, y que lo abrevara si tiene agua suficiente.

—El agua no es problema —sonrió el hombre, agradecido de poder ayudar de algún modo a tan peculiares visitantes.

Tomó los dos tubos de bambú y se dirigió con ellos a un pequeño barril forrado con piel de tambor que guardaba en una esquina. Lo destapó y sumergió las cantimploras.

Tras secarlas con un paño, se las devolvió al *goshi* con una profunda inclinación:

—Rezaré por que los *kodama* los guarden allá arriba.

Se despidió manteniendo la reverencia hasta que los dos extraños abandonaron la estancia.

Debieron internarse en la montaña más de lo esperado antes de encontrar el cauce seco que, como una gruesa cicatriz, desfiguraba el rostro de la arboleda. En la orilla opuesta reaparecía el camino y, junto a este, se alzaba la gran piedra hendida que marcaba el punto de no retorno.

Cruzaron el lecho cuarteado y se detuvieron junto a la roca quebrada: tenía la altura de un hombre adulto y a su alrededor habían atado una gruesa cuerda *shimenawa* que proclamaba su carácter sagrado. La superficie se hallaba quemada y a su alrededor se esparcían guijarros calcinados, desmenuzados a causa del relampagueante impacto. Kenjirō contempló ceñudo lo que parecía ser una clara advertencia divina. Al igual que su padre, no era un hombre especialmente supersticioso, pero la visión de aquella piedra le resultaba sobrecogedora.

—Parece que el leñador no nos mentía —observó.

Ayala no respondió, sino que se agachó y tomó uno de los guijarros, sopesándolo entre los dedos. A continuación, se incorporó y pasó la mano sobre la superficie de la roca. A Kenjirō no le gustó el gesto, pues los *kodama* podían entenderlo como una afrenta, pero sabía que cualquier advertencia en ese sentido solo serviría para aguzar el descreimiento de Ayala.

El jesuita se volvió hacia él y le mostró la palma de la mano, completamente negra.

—Carbón —dijo con una sonrisa mordaz—. Han ennegrecido la roca con carbón. No me extrañaría que, después de cada llovizna, uno de esos santos bajara hasta aquí para asegurarse de que las marcas del supuesto rayo siguen siendo bien visibles.

—Las viejas historias suelen encerrar viejas verdades —respondió Kenjirō—, conviene no desoírlas tan a la ligera.

—Es un artificio, como todo lo que esconde esta montaña. Mentiras y artificio —zanjó Ayala, retomando la senda.

Prosiguieron montaña arriba y, según ascendían, fueron adentrándose en una espesa bruma que cubrió el camino. El vaho descendía entre los árboles anegando el bosque, dotándolo de un matiz iridiscente bajo la puesta de sol. Eran los mismos bancos de niebla que aquella mañana divisaron desde la falda, tan lejanos que les parecieron inalcanzables. Comprendieron entonces cuánto habían subido y que no podrían desandar el camino esa misma noche; solo les quedaba seguir adelante, y lo hicieron pese a que el calor húmedo socavaba sus fuerzas y los obligaba a apurar las cantimploras.

Al cabo, Ayala comenzó a sentirse embotado por un sopor que le espesaba las ideas y volvía torpes sus movimientos. Con la piel impregnada de un sudor febril, le invadió la sensación de que deambulaba por un laberinto inabarcable, de textura casi onírica. La senda frente a él se tornaba más angosta y desdibujada por momentos.

—Ni un alma parece habitar estos bosques —dijo con tono sombrío—. Quizás los hombres santos abandonaron el monte Ikoma hace tiempo y nadie hasta hoy ha subido aquí para averiguarlo. —Contempló el bosque que los rodeaba bajo la exigua luz que dejaba pasar la urdimbre—. Creo que estamos solos, Kenjirō.

—No estamos solos. Nos siguen desde hace tiempo.

El religioso le dedicó una mirada desconfiada antes de escrutar la fronda, tratando de ver más allá de aquella bruma espectral. No distinguió el menor movimiento.

—¿Estás seguro de lo que dices?

—Por completo. Si no se han manifestado, es porque aún no han decidido qué hacer con nosotros. Sigamos adelante y no les demos motivos para precipitar su decisión.

—Yo no he visto nada extraño —insistió el jesuita, un tanto inquieto—. Apenas he escuchado el revoloteo de los pájaros en todo el día.

—Quizás para ver un fantasma sea necesario creer en ellos —respondió Kenjirō.

Entonces, como si tales palabras la hubieran invocado, divisaron una figura en medio del camino, de pie entre la niebla. Vestía una túnica holgada de color gris, calzaba sandalias de madera elevadas y llevaba la cabeza afeitada. Un largo pañuelo le caía sobre los hombros y ocultaba sus facciones, pero Ayala tuvo la certeza de que eran los ojos de un niño los que le contemplaban.

El jesuita contuvo el aliento, temeroso de que aquella aparición se desvaneciera si actuaba con brusquedad; pero antes de que pudiera decidir qué hacer o decir, el embozado les dio la espalda y se fundió con la bruma.

—¡Espera! —lo llamó dando un paso al frente, pero la mano de Kenjirō lo retuvo—. ¿Lo has visto?

—Sí, él ha querido que lo veamos.

—Se ha desvanecido como un espectro, parecía irreal. —Ayala miró la arboleda que se cernía sobre ellos, la vereda que reptaba sinuosa entre los troncos y bajo los helechos—. Es como si hubiéramos cruzado a otro mundo.

Kenjirō cerró los ojos y alzó la cabeza, como un lobo que olfateara el viento.

—Nos han envenenado —dijo por fin—. Quieren desorientarnos, que no pensemos con claridad.

—El agua —comprendió entonces Ayala, perplejo por su propia estupidez—. Mentiras y artificios.

—Sigamos adelante. No debemos abandonar la senda suceda lo que suceda; si nos separamos, no saldremos de esta montaña.

El *bateren* asintió en silencio al tiempo que echaba a caminar junto a él. En la distancia, un cuervo graznó dos veces; aguardó el tercer graznido, pero no llegó. «Un mal augurio entre las gentes de esta tierra», se dijo. Trató de reírse de sí mismo, del hecho de que hiciera suyas tales supersticiones, pero unas voces entre la arboleda congelaron en su rostro todo amago de sonrisa… ¿Eran realmente voces aquello que escuchaba? Si lo eran, no hablaban en japonés ni en ningún otro idioma que él conociera. Sonaban más bien como chasquidos. Quizás no fueran palabras, sino el entrechocar de las ramas por el viento o el murmullo de la grava que rodaba montaña abajo. Se preguntó cuánto de lo que veía o escuchaba estaba en verdad allí, y decidió apartar la vista de las tinieblas que habitaban el bosque, pues estas parecían querer arrastrarlo hacia aguas profundas, hacia abismos de locura.

Al devolver los ojos al camino, descubrió que este ascendía abruptamente y, sobre la cima del repecho, distinguió de nuevo al misterioso embozado. Los aguardaba contemplándolos por encima del hombro, y Ayala logró discernir sus rasgos antes de que volviera a desvanecerse. Estaba convencido de que era un muchacho de no más de quince años, acaso menos.

—Nos lleva adonde quiere, quizás pretende perdernos en lo más recóndito de la montaña —observó suspicaz—, o que nos despeñemos por un acantilado.

—No tardaremos en averiguarlo —fue la respuesta de Kenjirō, que avanzaba ya hacia el repecho, el puño en torno a la vaina de su *katana*.

La pendiente se hizo cada vez más acusada, pero bajo sus pies emergieron peldaños de piedra que parecían empujarlos hacia la cima. La arboleda crepitaba agitada por el viento y Ayala creyó percibir las presencias acechantes de las que hablaba Kenjirō.

—¿Tú también las ves, las sombras que se agitan a nuestro alrededor, más allá de los árboles?

El samurái subía a buen ritmo, como si algo le impeliera a dejar atrás cuanto antes aquella escalera sepultada en la floresta.

—En este momento no confío en lo que ven mis ojos ni en lo que escuchan mis oídos.

—Si quisieran matarnos, ya lo habrían hecho —razonó Ayala—; no son los fantasmas que me aguardan más adelante los que me inquietan, sino los que penan tras mis pasos.

Miró pendiente abajo y los vio: a Luis Mendes, a Pomba, a Gonzalo Sánchez, a Barreto... Todos sus hermanos muertos se hallaban allí, tanto aquellos que había conocido en vida como los que no tenían rostro para él. Todos le exigían justicia, todos le recordaban que, de producirse más muertes, estas recaerían sobre su conciencia.

Se enjugó las lágrimas y trató de mantener el ánimo firme para lo que debía hacer allí. Hasta que perdió pie y debió apoyarse en los peldaños frente a él. Agujas de pino y pequeñas piedras se le clavaron en las palmas de las manos; su respiración, entrecortada, provocaba fumarolas que se confundían con el rocío de la noche. Negó con la cabeza, agotado, pero una mano bajo el brazo lo ayudó a levantarse.

—Estamos cerca del final. Vamos —lo animó Kenjirō, tirando de él hasta que volvió a incorporarse.

Lo miró a los ojos y asintió, agradecido. Aquel joven al que había considerado un estorbo se había convertido no solo en su compañero y protector, sino también en su báculo. Ahora sabía que, si alguna vez lograba concluir su viaje, sería gracias a él. Volvió a asentir e hizo el esfuerzo de seguir ascendiendo.

Kenjirō no le mentía: el final de la larga escalada era visible, y esta parecía concluir en un espacio despejado de árboles y maleza. Se obligó a concentrarse solo en el próximo paso, hasta que alcanzó el último peldaño con las piernas doloridas y el aliento perdido. Levantó la cabeza y se halló ante una cueva horadada en la pared de la montaña; un manto amarillo cubría el suelo, como si la boca de piedra exhalara un vaho de otoño y hojarasca.

Y allí, enmarcado por la penumbra de aquella oquedad, se hallaba su misterioso fantasma. Ayala quiso hablarle, pero de inmediato se giró para internarse en las profundidades de la cueva. El jesuita lo siguió sin más precauciones, aventurándose a ciegas en la oscuridad, avanzando a tientas hasta desembocar en una gran cúpula natural resquebrajada en su parte superior: un claro tallado en el corazón de la roca por el tiempo y por la lluvia, abierto a un firmamento limpio y preñado de estrellas.

En el interior de ese jardín al amparo de la montaña, se elevaba un viejo alcanforero que hundía sus raíces en la roca viva, alimentado por las corrientes subterráneas y por la luz que la grieta filtraba. Y a los pies del árbol, sobre el suelo cubierto de musgo, se sentaba el muchacho que los había guiado hasta allí.

Adoptaba la posición de loto, con las muñecas apoyadas sobre las rodillas flexionadas, pero no meditaba, pues mantenía los ojos abiertos, atento a los dos extraños. Ayala creyó ver cierta arrogancia en la actitud de ese niño monje, como la del sabio que recibe al necio venido de lejos en busca de iluminación. O quizás, simplemente, fuera él quien se sentía así, y su anfitrión se limitaba a aguardar y contemplar.

Como si pudiera percibir las tribulaciones que bullían en su pecho, el niño se dirigió a Ayala:

—Eres tú el que ha venido a este lugar santo, extranjero; él es simplemente la espada que te acompaña —dijo refiriéndose a Kenjirō—. Así que habla.

El jesuita titubeó, pues no estaba seguro de cómo tratar a aquel muchacho con aires de oráculo:

—Son asuntos graves los que me han traído aquí, quisiera hablarlos con alguno de tus superiores —respondió para tantear su templanza.

—No hay superiores entre nosotros, todos somos uno y el mismo con el vacío. Hablar conmigo es hablar con cada uno de nosotros.

Ayala torció el gesto, conocía bien lo tortuoso que podía resultar discutir con los bonzos, sus ambigüedades y sinsentidos.

—He venido desde muy lejos en busca de respuestas concretas, cuanto antes me las deis, antes me marcharé de vuestra montaña.

—Ya había escuchado que para los extranjeros la verdad es una y simple. Un pájaro es un pájaro, una semilla es una semilla. —El niño sonrió con suficiencia, pero eran cientos de bocas las que sonreían en él—. Pobre ciego el que no ve más que lo que está frente a sus ojos, pues una semilla también es lo que fue y todo lo que será, es el árbol del que vino y el árbol en el que germinará, es los animales que se alimentarán de ese árbol y el relámpago que atraerá con sus ramas. Una semilla encierra el ciclo eterno de los cinco elementos; es, por tanto, infinita, y esconde mil veces mil verdades en su interior.

—No he venido a rebatiros vuestros subterfugios, no estoy aquí para predicar ni teologar. Son asuntos más terrenales los que me ocupan, ajenos a la verdad de Dios.

—Has de saber que en tus palabras está la raíz misma de tu desgracia —dijo el *yamabushi*—. En estas islas habitan ocho millones de dioses y nosotros somos su prole. Los *kami* crearon este mundo y Buda dictó las leyes según las cuales vivir y morir en él. No necesitamos a un dios extranjero que niega la fe de nuestros padres, que no se conforma con la veneración de unos cuantos, sino que se dice único y verdadero. Es un dios invasor, un miasma que pretende contaminar esta tierra sagrada, pero que tarde o temprano será purgado.

—Y por ello nos matáis.

—¿Mataros? —El niño monje negó con la cabeza—. ¿Por qué habríamos de hacer tal cosa? Si los dioses del cielo no os quisieran aquí, vuestros barcos habrían sido hundidos por el Viento Divino[*]. Estáis aquí porque sois nuestro karma, ¿quiénes somos nosotros para negaros?

Ayala afiló la mirada, reacio a creer en la inocencia de los hombres santos de Ikoma… Aunque sabía bien que se hallaba a merced de

---

[*] El *yamabushi* hace referencia al *kamikaze* (literalmente, «viento divino»), como se denominó a los tifones que evitaron que Japón fuera conquistado por el imperio mongol. Por dos veces (en 1274 y 1281), el emperador Kublai Kan armó una gran flota para invadir Japón, último reducto sin conquistar de Asia. En ambos casos, la desesperada resistencia samurái en tierra resultó victoriosa porque sendos tifones hundieron la flota mongola fondeada frente a las costas japonesas. Esta casualidad meteorológica fue saludada como una intervención divina llamada *kamikaze*, cuyo nombre sería recuperado en la Segunda Guerra Mundial por los pilotos suicidas de los cazas Zero.

los *yamabushi* desde el momento mismo en que puso un pie en la montaña. ¿Qué necesidad tendrían, por tanto, de mentirle? Les hubiera bastado con despeñarlos y jamás se habría vuelto a saber de ellos.

—Entonces ¿quién está matando a mis hermanos? —preguntó, y le mostró un puñado de cuentas rojizas—. ¿Por qué uno de vuestros rosarios apareció en la tumba de un hombre inocente?

El muchacho lo contempló durante un instante; había en su gesto una paciencia y una compasión que deberían ser ajenas a alguien tan joven:

—Míranos, extranjero. Nos hemos recluido en esta montaña para alejarnos del mundo y su enfermedad; todas nuestras artes tienen como fin ocultarnos de aquellos que quieren alcanzar nuestros secretos. Y aunque sabemos que esta tierra que habitamos será destruida por la ambición de los hombres, nosotros hemos elegido perecer con ella. Los extranjeros nada tenéis que ver con esto. ¿Por qué habríamos de preocuparnos de vosotros, de lo que sucede más allá de la montaña? Busca mejor entre aquellos que se arrastran por la tierra, entre los que viven y mueren por sus anhelos, no entre los que hemos dado la espalda a este mundo de verdades ilusorias.

Ayala escaló la montaña con un puñado de certezas, pero al volver abajo solo le quedaban sus dudas. El frío de la noche le enjugó la piel y le despejó la mente, libre ya del alucinógeno que les habían hecho beber para desorientarlos, de modo que las preguntas comenzaron a golpear como piedras su conciencia: ¿verdaderamente el asesino había dejado aquel rosario para confundir sus pasos, para inculpar a los *yamabushi*? ¿Habían intentado conducirlo a una encrucijada de la que, supuestamente, no podría salir? ¿O el mensaje tallado en jaspe no era una trampa, sino una proclama? Quizás no firmada por los monjes ascetas del monte Ikoma, pero sí por sus hermanos guerreros de la secta Tendai, aquellos que «se arrastran por la tierra», a los que las ambiciones mundanas no les resultan tan ajenas.

No sabía qué creer. Puede que Fuwa-sama tuviera razón al decir que solo del enemigo sometido se puede esperar la verdad.

—Si no nos demoramos, estamos a tiempo de alcanzar la choza antes del amanecer —dijo Kenjirō, interrumpiendo sus elucubraciones—. Esperemos que nuestra montura siga allí, y nuestras cosas con ella.

Ayala asintió, ausente aún.

—¿Qué pretende hacer ahora? —preguntó el *goshi*—. Quizás sea el momento de regresar con sus hermanos.

El jesuita levantó la vista; había una resolución en sus ojos que el samurái comenzaba a temer:

—No —musitó—, no tengo lugar al que regresar. Seguiremos hacia delante, iremos donde nuestros padres nunca quisieron que fuéramos. Iremos a la guerra.

Capítulo 19

El Tribunal de las Máscaras

Lo despertó un olor nauseabundo aplicado directamente contra su nariz. Su primera reacción fue apartarse bruscamente, tan lejos de la fuente de ese hedor como le fuera posible, pero un restallido de dolor le sacudió desde la base del cráneo hasta el sacro. Igarashi cabeceó aturdido, intentando orientarse, y comprendió que le habían atado con sumo cuidado: sentado con las piernas cruzadas, la misma soga que unía sus tobillos subía hasta la nuca y le mordía con la voracidad de la horca. Aquella ligadura lo obligaba a mantenerse encorvado, sin poder levantar la cabeza más de dos palmos, mientras un segundo nudo le inmovilizaba las manos a la espalda.

Alguien tiró de su trenza para obligarlo a mirar hacia arriba, forzándole el cuello.

—¿Has dormido bien, traidor? —preguntó una voz burlona, e Igarashi vio cómo colocaban bajo su nariz un pañuelo impregnado de una pasta oscura.

El hedor volvió a afligirle y, de nuevo, se retorció en un vano intento de apartarse. Dos hombres rieron con saña y alguien lo golpeó con una vara de bambú en la cabeza. El impacto restalló en el interior de su cráneo, aturdiéndolo por un momento, mientras las carcajadas volvían a flotar a su alrededor.

—¡Ya basta! —dijo la voz de una mujer—. El tribunal le espera.

Alguien cortó la soga que le unía los tobillos y lo obligaba a mantener doblada la cerviz. Igarashi se enderezó con alivio, como una bestia a la que liberan del yugo, y sus vértebras crujieron una a una. El entumecimiento que sentía en la espalda y en las piernas le indicaban que había permanecido en aquella postura mucho tiempo, probablemente toda la noche.

Unas manos fuertes y delgadas lo ayudaron a incorporarse; era la mujer, e Igarashi percibió que, pese a la firmeza con que le impelía a levantarse, no había crueldad en su actitud. Ella no parecía odiarle como sus otros captores, o simplemente no se molestaba en hacerlo. La luz comenzó a punzarle en los ojos, señal de que su visión se aclaraba, y descubrió que se hallaba en un cuartucho sin ventilación, prácticamente a oscuras salvo por la claridad que tamizaba el fino papel de una puerta.

Siguió a través de un pasillo a aquella mujer que vestía kimono de campesina pero ceñía un sable corto a la cintura. Por la autoridad con que se conducía, debía ser una *chunin** del clan Hidari, probablemente una zapadora o una guerrera. Los hombres se colocaron a su espalda e Igarashi hizo el amago de mirar atrás para controlar sus movimientos; sin embargo, un empellón que casi lo arroja contra el suelo lo disuadió.

El destartalado pasillo vino a desembocar en una sala de baño. Dos ancianas ataviadas con *yukata* aguardaban en su interior, sentadas junto a una gran tinaja de agua fría. Nadie había encendido las calderas para él, y la atmósfera de la sala, que debería estar tibia e inundada de vapor de agua, era tan gélida como un arroyo de montaña.

—Adecentadlo —ordenó la *chunin*, y el del bastón lo empujó al interior.

El prisionero trastabilló hasta caer de rodillas. Inmediatamente, una de las viejas le vació un balde sobre la cabeza. Lo desnudaron a tirones y empellones, y arrojaron a un lado sus ropas empapadas del orín de la noche. Lo azotaron con más agua helada y refregaron por su cuerpo paños empapados en barro.

La comandante, con los brazos cruzados sobre el pecho, observaba el cuerpo de Igarashi Bokuden: las viejas cicatrices que le

---

* *Chunin:* mandos intermedios en los clanes *shinobi*. Se hallaban por encima de los *genin*, los agentes de campo, y por debajo de los *jonin*, los comandantes que entablaban contacto directo con aquellos que contrataban los servicios del clan.

recorrían la piel, sus músculos elásticos y delgados, poderosos aún como los de un joven.

—Me dijeron que capturaríamos a un hombre abandonado a sí mismo, corrompido por la debilidad y la melancolía, pero es obvio que todavía eres un guerrero. —La mujer se inclinó junto a Igarashi y buscó su mirada, mientras las ancianas seguían aseándolo con desdén—. ¿Qué queda de Fuyumaru Ala de Cuervo, del mítico guerrero que enorgullecía a toda Iga?

—Cuando crezcas, niña, aprenderás que todos los mitos mueren. En el campo de batalla o devorados por el tiempo, pero todos mueren.

La base del bastón lo golpeó en la nuca y la negrura estuvo a punto de engullirlo. Se habría desplomado sobre el suelo encharcado si una de las ancianas no lo hubiera sostenido por el cuello.

—No hables así a Kaoru-san, viejo —lo amenazó el centinela que le había golpeado—, o la próxima vez te castigaremos con acero, no con bambú.

Enjuagaron el barro de su cuerpo y le vistieron con ropas limpias. Sin más contemplaciones, la comandante Kaoru lo condujo al exterior.

En cuanto cruzaron el umbral, el cielo vertió sobre ellos una luz difusa, atemperada por el tamiz grisáceo de las nubes. Una fina llovizna salpicó los labios y los ojos de Igarashi, que, con las manos aún atadas a la espalda, intentaba reconocer la aldea en la que se encontraba. Era un núcleo pequeño de no más de quince o veinte casas; algunas, las menos, tenían un modesto huerto frente a una terraza de madera desvencijada; el resto apenas eran chozas cubiertas con chamiza de paja.

Mientras lo empujaban por la calle embarrada, comprobó que el poblado se hacía hueco entre un acantilado de piedra caliza y un bosque de pinos. No conocía aquel emplazamiento, pero por su ubicación, sin duda era una de las aldeas secretas de Ueno, difíciles de encontrar incluso para quienes ya habían estado en ellas.

Buscó rostros conocidos entre aquellos que detenían su actividad cotidiana para observarle, pero había pasado mucho tiempo. Unos niños, que jugaban a golpear con palos un barril de agua de lluvia, corrieron tras la comitiva y comenzaron a desfilar con las varas al hombro, imitando a los centinelas, hasta que una abuela los agarró por las orejas y los apartó de la calzada.

Abandonaron la calle central y tomaron una vereda que ascendía hacia la pared del acantilado. A medida que ganaban altura, Igarashi pudo contemplar la gran extensión de los bosques de Ueno rompiendo contra el macizo del monte Kasatori, recortado en la distancia. Aquello le permitió ubicarse: no se hallaba lejos del hogar de Hanako-sensei, pero ¿de qué le servía saberlo? Si se cumplían sus sospechas, su viaje estaba a punto de concluir. Muy cerca de donde dio comienzo años atrás.

La vereda vino a desembocar en una angosta planicie hendida por una alfaguara que manaba desde la pared del acantilado. El arroyo hacía remanso en aquella terraza natural, alimentando un pequeño vergel de hierba fresca y flores silvestres antes de bajar hasta la aldea. Era un lugar de rara belleza en el que se había levantado, junto a la vaguada y al amparo de la roca, una estructura cerrada sobre una tarima de madera. Tanto la calidad de los materiales como la pericia del carpintero que había dado forma al pabellón eran impropios de aquella humilde aldea. «Una escuela de entrenamiento oculta en lo profundo del bosque», comprendió Igarashi, «uno de los once *dojo* secretos de Iga».

Se descalzaron en el primer escalón y ascendieron a la tarima. Kaoru hizo a un lado la pesada puerta corredera y le indicó a Igarashi que pasara al interior. La mujer entró tras él; cerró la puerta a su espalda y los centinelas quedaron fuera. La estancia, amplia y fría, permanecía sumida en una penumbra hueca. El suelo bajo sus pies estaba construido en madera de cerezo, sus vetas desdibujadas por el paso de las estaciones y de los alumnos. Solo el fondo de la sala se había cubierto con esteras de tatami, y hasta allí lo condujo la mujer.

—Arrodíllate —le ordenó, al tiempo que deshacía con pericia el nudo que aprisionaba sus muñecas.

A continuación, se acomodó a la izquierda de Igarashi y extrajo la hoja de acero que ceñía a la cintura. Le mostró el filo al prisionero para recordarle cuál era su destino si no guardaba la compostura; colocó el sable desnudo a su izquierda, allí donde Igarashi no podría alcanzarlo, y dio dos palmadas que resonaron en la fría atmósfera:

—Fuyumaru de Ueno desea comparecer ante el tribunal.

Igarashi buscó al supuesto tribunal, pero solo vislumbró la pantalla lacada en negro que cerraba el fondo de la estancia. Conocía bien la teatralidad que solía investir aquel tipo de juicios, y no se sorprendió cuando el panel comenzó a deslizarse dejando al descubierto a siete figuras sobre una tarima elevada, sentadas sobre cojines de seda roja. Cuatro hombres y tres mujeres, contó Igarashi, cubiertos con una máscara de grotesca expresión, como las usadas en el teatro *noh*. Frente a ellos ardía un brasero cuyas ascuas iluminaban y distorsionaban sus muecas talladas en madera.

Eran siete de los once jefes de distrito que gobernaban en Iga, iguales en voz y voto, impares para que cualquier decisión sobre la vida del reo se tomara por mayoría.

—Fuyumaru el Traidor —dijo el primero, que ocultaba su rostro tras una máscara demoníaca. Sendos cuernos tocaban su frente y una risa cruel curvaba su boca—. Has incumplido tu destierro, no hay pacto ni ley que pueda protegerte ya. No debes esperar clemencia de este tribunal.

—Hermano Ibaraki, no es lo habitual comenzar un juicio por el veredicto —dijo la mujer que se sentaba a su izquierda, con un rostro de rasgos dentudos como los de un roedor—. Escuchemos antes los crímenes del reo, si el hermano cronista tiene a bien recordárnoslos.

El cronista, cubierto con los rasgos de un mapache, carraspeó antes de tomar la palabra:

—Igarashi Bokuden, conocido en Iga como Fuyumaru Ala de Cuervo; El que camina contra el viento; Hijo de zorros y, por último, Traidor de Iga…

—«Traidor de Iga» —repitió con sorna uno de los hombres; su voz, incluso tras la máscara de oso que la distorsionaba, resultaba incisiva—. ¿Acaso no es ese nombre un veredicto en sí mismo? ¿Qué más necesitamos?

Molesto por la interrupción, el cronista se aclaró la voz antes de proseguir:

—En el año 20 de la era Tenbun[*], el reo solicitó permiso para desposarse con Hikaru hija de Igasaki, de los clanes *shinobi* del sur

---

[*] 1551

de Koga, vasallos de la casa Hojo. El consejo de aldeas rechazó tal petición, considerando probable el que Hikaru fuera una *kunoichi*[*] enviada a Iga para recabar información estratégica. Pese a ello, Fuyumaru desobedeció la decisión de sus superiores, abandonó a su clan y, junto con su nueva esposa, buscó amparo al servicio de los señores de la región de Owari. Fue acogido en primera instancia por el clan Kajikawa de Anotsu, y tras la caída de estos, prestó sus servicios al nuevo señor del feudo: Akechi Mitsuhide, daimio de Anotsu y Omi por la gracia de Oda Nobunaga. Tiempo después, sabiendo que sus acciones traerían tarde o temprano la desgracia a su familia, regresó a Iga con intención de pactar su perdón. Se acordó que el Traidor entregaría a su primer hijo varón, que juraría sobre la tumba de sus difuntos no revelar jamás los secretos de la escuela de Iga ni a su esposa ni a nadie nacido fuera de estos bosques y, por último, que sería sometido a destierro de por vida.

—¿Qué has de decir a esto? —preguntó la mujer que se colocaba en el centro del tribunal. Su cabello era largo y oscuro como una noche de invierno, se cubría tras una máscara que no mostraba más facciones que las del fino lacado negro y vestía el austero *mofuku*[**] de una viuda.

—He de decir que entregué a mi primer hijo —respondió Igarashi—, y que jamás revelé secreto ni información alguna que pudiera perjudicar a mis hermanos.

—Pero has incumplido tu destierro —dijo la tercera mujer, cubierta con la blanca máscara de una *yukionna*, un espectro de las nieves—. ¿Qué te ha llevado a incurrir en semejante delito? Las condiciones de nuestro pacto eran claras.

—¿Acaso has venido en busca de tu hijo? —intervino el juez ubicado más a la derecha, su rostro oculto tras el hocico afilado de un zorro.

—Yo no tengo hijo —respondió Igarashi.

—No, no lo tienes —subrayó el zorro—. Ni tampoco esposa —agregó hiriente, e Igarashi hubiera jurado que la máscara se rela-

---

[*] *Kunoichi:* entre los clanes *shinobi*, las *kunoichi* eran mujeres entrenadas en el espionaje y el asesinato. Solía escogérselas por su singular belleza, pues esto facilitaba su infiltración en los círculos de poder.

[**] *Mofuku:* kimono parco y sin adornos, de color negro o muy oscuro, vestido por las mujeres en los funerales.

mía—. Dime, Traidor de Iga, ¿es cierto que trenzaste tu cabello alrededor del poema de muerte de tu mujer?

Igarashi ni respondió ni se conmovió ante semejante provocación; se negaba a concederles la satisfacción de mostrarse débil.

—Me gustaría leer ese poema —dijo la máscara de oso.

—Sí, nos gustaría leerlo —secundó el zorro—. Kaoru, toma tu acero y tráenos la trenza del reo, tráenos la última reliquia de un amor truncado.

—¡Ya basta! —terció la que se ocultaba tras los rasgos de un roedor—. Estamos sometiendo al reo a un interrogatorio, hermano zorro, no a una de tus torturas.

—Solo después de la tortura tiene sentido interrogar a un enemigo. Yo sé cómo despojarlos de sus mentiras y sus intrigas; cuando les pregunto, solo la verdad escapa de sus bocas.

—La verdad o su último aliento.

—A menudo la verdad solo aflora con el penúltimo aliento —dijo el oso con malicia.

—En cualquier caso, es pronto para tachar a Fuyumaru de enemigo —intervino la dama de las nieves—, nunca ha actuado contra los intereses de Iga.

La mujer de negro levantó la mano para pedir silencio. Cuando todos callaron, se inclinó hacia delante, estudiando el rostro del interrogado. Sus finos cabellos se deslizaron sobre los hombros y se confundieron con el barniz de la máscara.

—Tiendo a considerar enemigo a cualquiera que pretenda infiltrarse en nuestro territorio. Así que dime, Fuyumaru, viejo hermano, ¿por qué habría de hacer contigo una excepción?

—Los asuntos que me han traído aquí nada tienen que ver con los intereses de Iga; si me dejáis partir, jamás volveréis a oír de mí.

—¿Qué puedes saber tú de los intereses de Iga? —le espetó el demonio señalándolo con el dedo—. No te humilles con más mentiras y confiesa quién te ha enviado.

Igarashi se tomó un instante para recorrer con la mirada aquellos rostros grotescos. Los conocía a todos ellos, a algunos incluso los había llamado amigos en una vida pasada; pero tras esas máscaras nadie era hermano, padre o amigo, solo eran los jueces guardianes de Iga.

—Por orden del señor Akechi, se me encomendó la misión de seguir a un extranjero llamado Martín Ayala, el cual goza del permiso de la corte de Gifu para llevar a cabo una investigación.

—¿Qué investigación? —preguntó el zorro.

—Alguien ha estado asesinando a los cuervos cristianos a lo largo de la ruta Tokaido. El investigador fue enviado desde Nagasaki para poner fin a estos crímenes. Sin embargo, a la gente del castillo de Anotsu le preocupa que pueda inmiscuirse de algún modo en los intereses del clan, así que me han pedido que me convierta en su sombra.

Los siete jueces se miraron entre sí, e Igarashi creyó percibir cierta inquietud en ellos.

—¿Y qué ha averiguado ese extranjero? —indagó la mujer tras la máscara de ébano.

—Poco sé, pues hasta ahora me he limitado a seguirle en la distancia. Le perdí el rastro tras su visita al hospital cristiano de Sakai; es posible que haya viajado al monte Ikoma, a entrevistarse con los *yamabushi* de la espesura... O quizás ha seguido los pasos del ejército de Fuwa Torayasu, con quien coincidió en Sakai. No podría asegurarlo, pero creo que sus pesquisas lo han llevado a pensar que los asesinos son monjes de la secta Tendai.

Los jueces volvieron a intercambiar miradas. Fue la mujer con rasgos de roedor la que manifestó lo que estaban pensando:

—Nada de eso explica qué haces aquí.

Igarashi se tomó un instante para considerar si debía decir la verdad, pero ya era demasiado tarde para empezar a mentir.

—El último cuervo había sido envenenado con una toxina que se da en las calas de Mie. Los monjes Tendai no envenenan, y pocos son los que conocen el secreto de esa sustancia paralizante. Vine a consultar a Hanako-sensei.

—¿Por qué habrías de hacer tal cosa? —preguntó el demonio—. Tu misión consistía en ser la sombra del cuervo cristiano, no en indagar sobre esas muertes.

—Hasta ahora se había considerado que los asesinatos eran un asunto concerniente solo a los extranjeros, pero nada de lo que he visto me lleva a pensar que los bárbaros se estén matando entre ellos.

—El reo no hablaba como un enjuiciado, sino con la resolución de un miembro más del tribunal—. Diría, más bien, que los crímenes se han ejecutado por orden de un tercero. Daimios, sectas belicosas, esclavistas… Los padres cristianos se han creado muchos enemigos en estos años, pero poseen al mejor aliado posible, y el hombre al que sirvo rinde cuentas ante él. Así que mi obligación es reunir cuanta información me sea posible para trasladársela a Akechi-sama.

—Un soldado que piensa por sí mismo es un soldado peligroso —señaló el zorro.

—Un soldado que piensa por sí mismo suele ser un soldado muerto —matizó el demonio.

—Es suficiente —dijo la enlutada—, que el reo abandone la sala. Kaoru, acompáñalo.

La comandante asintió y se puso en pie. No necesitó hacer ningún gesto para que Igarashi la siguiera al exterior. Una vez fuera, los centinelas lo condujeron hasta una roca a orillas del arroyo. Era el lugar donde los acusados aguardaban el veredicto.

Mientras su mirada se hundía junto a las piedras del lecho, se preguntó si no debería haberse abalanzado sobre la hoja de Kaoru para terminar cuanto antes con aquel sinsentido… Pero no tardó en serenar sus pensamientos. Se dijo que debía buscar la armonía con ese momento y ese lugar, pues en realidad esos que ahora lo trataban de desertor seguían siendo su gente, no había motivos para perjudicarlos con sus secretos. Si sobrevivía a ese día, sería por la compasión de sus hermanos, y si moría, lo haría por la ley de los clanes de Iga. Sería un final digno, en cualquier caso.

Decidió meditar hasta que volvieran a requerir su presencia; fue Kaoru quien regresó para llevarlo de nuevo hasta el interior del *dojo*. Los jueces aún ocupaban su lugar sobre la tarima; la deliberación había sido rápida, lo que dejaba pocas dudas sobre la sentencia.

—Fuyumaru de Ueno —dijo la mujer tras la máscara negra—, el tribunal ha visto tu caso y ha acordado que tu pena sea la siguiente: deberás encontrar al extranjero llamado Martín Ayala y acabar con su vida.

Una fina línea cruzó la frente de Igarashi. Todas las miradas descansaban en él, a la espera de su reacción. Sin duda, no era el desenlace que esperaba.

—Asesinar a ese hombre es atentar contra los mismos intereses del señor al que sirvo, no podéis pedirme tal cosa.

—¿Qué te hace pensar que esto es una petición, traidor? —intervino el que hablaba por boca de un demonio.

—Estoy sometido a vuestra ley, pero no a vuestro mandato. Olvidáis que ya no soy un *shinobi* de Iga, sino un vasallo de Akechi Mitsuhide.

—Harás lo que te decimos, Fuyumaru, porque tu hijo sigue entre nosotros y su vida aún nos pertenece —dijo la enlutada.

El rostro de Igarashi se mantuvo impasible, pero su prolongado silencio lo delataba. Cuando por fin habló, lo hizo con voz calma, pese a las turbulentas emociones que amenazaban con quebrar su compostura:

—Ese de quien habláis no es sino un desconocido para mí. Mi hijo murió una noche de O-Bon, hace muchos años.

—¿Y el hijo de tu hija? —preguntó el zorro—, ¿ese niño también ha muerto para ti? —Igarashi pudo percibir la maliciosa sonrisa incluso debajo de la máscara—. Uno y otro serán la carga que te harán doblar la rodilla, traidor.

—No podéis contravenir un juramento de ley. El pacto protege a mi familia.

—El pacto protegía a tu familia, pero como tú mismo has dicho, ese al que tenemos entre nosotros ya no es tu hijo. Nos lo entregaste para hacer con él lo que quisiéramos —sentenció la mujer de la máscara negra—. En cuanto a tu nieto, es el hijo de un samurái de Anotsu, nacido mucho después de que acordáramos las condiciones de tu perdón. Jamás se incluyó al hijo de tu hija en el acuerdo.

—Ese niño es el fruto de una traición —dijo el diablo—, es nuestro deber arrancar las malas hierbas. Pero si demuestras buena voluntad, quizás podamos preservar tu simiente. Conoces el rostro de ese extranjero, su forma de proceder y sus intenciones; eres el más idóneo para esta tarea. Obedece y quizás nos mostremos magnánimos.

Igarashi bajó la mirada hasta sus puños, crispados sobre las rodillas. Se había preparado para una sentencia de muerte, no para el cinismo de quienes lo enjuiciaban, y eso alentó una llama de un blanco abrasador en su interior. Era la furia de saberse utilizado una vez más, vejado por aquellos que en otra vida lo llamaran hermano, pero que ahora convertían a su hijo y a su nieto en un medio para lograr sus propósitos. ¿Qué diferencia había entre ellos y los súbditos de Akechi Mitsuhide, al que servía sin devoción alguna? Zarandeado por ambiciones ajenas, el fuego de una súbita resolución le calcinó el pecho.

Levantó la cabeza y en sus ojos no se reflejaba ninguna de sus tribulaciones:

—Lo haré —dijo por último.

Los últimos rescoldos del brasero languidecían a punto de expirar; solo dos figuras permanecían alrededor del halo de luz candente: la mujer del *mofuku* negro, Chie, del clan Kido de Otowa, y aquel al que llamaban Ibaraki «Ojos de Demonio», del clan Dojun de Tateoka.

La enlutada había cerrado los ojos y controlaba su respiración; de tanto en tanto balbucía alguna palabra ininteligible o alzaba brevemente la barbilla, atenta a voces que le hablaban desde más allá de este mundo. Desde su niñez había demostrado una fuerte conexión con el vacío: un soplo de brisa fantasmal que nadie más percibía, una caricia en la nuca que la despertaba en las noches de luna bruma… Un don y un tormento que, según los ancianos, respondía a que la pequeña Chie no había nacido del todo: parte de su alma permanecía al otro lado, de modo que vivía al mismo tiempo en este mundo y en su opuesto, atrapada entre las corrientes del *samsara*. Un éxtasis clarividente cuya condena era ser consciente también de la futilidad de todo esfuerzo, de la insignificancia de toda vida.

De repente, se retiró la máscara; la frente lívida, la respiración agitada. Levantó los ojos y se encontró con el rostro de Ibaraki, que la contemplaba inquieto. Tardó un instante en comprender que su camarada se había retirado también la careta, tan similares eran sus facciones a las del demonio con que se cubría.

—¿Qué has visto? —le preguntó el guerrero.

—Igarashi Bokuden siembra odio cuando pisa y hace crecer muerte cuando alza el pie; miles de voces que aún no son claman su nombre desde la otra orilla del río Sanzu. —Chie cerró el puño en torno a la pechera de su kimono, retorciendo la seda negra mientras escrutaba el vacío—. Es una maldición que camina y porta un nombre.

Ibaraki, acostumbrado a interpretar las confusas palabras que seguían a cada trance, se inclinó hacia delante y apoyó una mano sobre la de su amiga.

—Da la orden y saldremos en su busca. Aún podemos darle muerte antes de que abandone Iga.

Ella negó con la cabeza. Parecía que sus ojos comenzaban a enfocar este mundo con más claridad.

—Fuyumaru el Traidor —murmuró—, en su pecho alberga un fuego capaz de consumir hasta al último de nosotros…

—¿A qué esperamos entonces?

Chie buscó la mirada de Ibaraki.

—Los días aún no están escritos, hermano. El camino de Fuyumaru se entrelaza con el del extranjero al que sigue, ¿cómo desenredar la urdimbre del karma, cómo saber qué hilo cortar? ¿Y si ese hombre de otro mundo está llamado a desvelar nuestros secretos y acabamos con el único que puede impedírselo? —La mujer negó con la cabeza—. El camino que tomas intentando huir de tu destino puede ser el que te conduzca a su encuentro, conviene no olvidarlo.

Ibaraki «Ojos de Demonio» apretó los dientes. No estaba en su naturaleza aguardar a que los acontecimientos se desarrollaran por sí solos; necesitaba conservar la ilusión, por vana que fuera, de que era dueño de su propio sino.

—Burlémonos de nuestro destino, entonces. Hagamos venir a Masamune, del clan Hidari. Él velará por que el Traidor cumpla con su encomienda; después pondrá fin a los días de Fuyumaru sobre este mundo.

Chie, con la espalda encorvada, escuchó cabizbaja las palabras de su camarada. Ni asintió ni negó, se limitó a guardar silencio. Simplemente, no sabía cuál era la decisión correcta; ni siquiera sabía si había alguna que lo fuera.

Capítulo 20

Sin piedad por los caídos

Reiko levantó la vista hacia la cima de la colina, hacia la cruz de madera que ella había ayudado a levantar. La pequeña choza que la coronaba, aislada del resto de viviendas de la aldea, dominaba desde su posición los bancales de arroz que se escalonaban hasta las profundidades del valle. Ahuecó una mano sobre los ojos y comprobó que una fumarola blanca se deshilachaba contra el cielo de la mañana. Aquel humo significaba que el padre Enso se había recuperado del todo y volvía a atender a cualquiera que llamara a su puerta, ya fuera aquejado del cuerpo o del alma.

Había pospuesto ese encuentro cuanto le había sido posible, incurriendo incluso en la descortesía de no visitar al sacerdote durante su convalecencia, pero era hora de rendir cuentas por sus acciones. Así que se aseguró de que el recipiente que cargaba continuara bien cerrado, se alisó el desgastado kimono gris y, completando un ritual involuntario, se tocó la cicatriz hundida en su mejilla. Por fin se decidió a subir la colina.

A medida que ascendía pisando sobre los troncos enterrados a modo de peldaños, las voces se iban diluyendo a su espalda y todo lo que quedaba era el viento que acariciaba la ladera y la cabaña desvencijada sobre la cima. Era como el tránsito a otro mundo, y aunque ningún *torii* marcaba la proximidad de un santuario, Reiko sentía en aquel lugar una paz similar a la que un devoto hallaría en presencia de los santos. Se arrodilló junto a la puerta corredera, cubierta de un papel cien veces parcheado, y anunció su llegada:

—Maestro —dijo en portugués—, he venido a disculparme por mi ausencia.

Alguien tosió en el interior tratando de aclararse la garganta.

—¿Qué son todas estas formalidades? —respondió una voz en japonés—, ¿acaso pensáis que un resfriado me ha convertido en alguien venerable? Abre de una vez y déjame ver tu cara, niña.

Reiko sonrió e hizo la puerta a un lado. En el interior, sentado sobre una esterilla y con las manos extendidas sobre el brasero, el padre Enso se esforzaba por demostrar una entereza que desmentía su rostro demacrado: sus ojos aparecían apagados bajo las cejas canas; las mejillas, descarnadas tras una barba gris que ya le tocaba el pecho. La enfermedad que lo había postrado durante semanas parecía haberle robado años de vida, pero Reiko se esforzó por que su rostro no traicionara tales inquietudes.

—Padre —se inclinó con una leve reverencia—, me alegra veros recuperado. Os he traído pastelillos de harina y cuencos para preparar un té fresco, creo que la ocasión lo merece. —Depositó en el suelo el recipiente de madera y deshizo el lazo que lo envolvía.

—Tanta solemnidad comienza a exasperarme —protestó el anciano—. Abre la contraventana, quiero ver bien a este pajarillo que se ha colado en mi casa.

Reiko descorrió un dedo la plancha de madera, lo justo para que la luz atemperada del día comenzara a filtrarse, y se acomodó junto al brasero que caldeaba la estancia.

—Ah, sigues tan hermosa como siempre —dijo el viejo con su extraño japonés, y besó la mano de Reiko con afecto.

Ella rio mientras colgaba una tetera con agua sobre el brasero. Destapó un recipiente de bambú y el aroma del té verde se hizo evidente.

—Debéis ser el último hombre que me ve hermosa en estos lares —observó mientras seguía disponiendo los utensilios para el té.

—Ando ya casi ciego, pero tu belleza sigue deslumbrándome como una mañana de verano.

—Tanta zalamería no es propia de un hombre de Dios, padre Enso —le advirtió Reiko.

—Pero yo ya no soy un hombre de Dios, hija mía. Apenas soy un mal cristiano, ejemplo de nada salvo de mis muchos pecados.

—No habléis así. Sois nuestro sacerdote y nuestro guía.

—No, no lo soy. Hace tiempo que tú guías a esta gente con mucho mejor criterio del que yo tuve jamás. En cuanto a mi labor como pastor, mal hago haciéndoos creer que puedo entender los designios de Dios mejor que cualquier otro. Y mal hacéis vosotros llamándome padre, pues desde que abandoné a los míos no soy más sacerdote que cualquiera que sepa citar los evangelios.

—No abandonasteis a los vuestros —lo reprendió Reiko, aún en portugués—, los vuestros son los que están ahí abajo, segando los campos y desgranando los tallos.

El padre Enso meneó la cabeza, turbado.

—¿Ya se trilla el arroz? Este año la siega llega temprano, no he podido disfrutar de los campos dorados.

—Maestro, tengo algo que pediros —comenzó, interrumpiendo las divagaciones del anciano con tono grave—: Necesito que me confeséis.

—Puedo escuchar tus pecados, pero no sé si a ojos de Dios soy quién para absolverte.

—¿Habéis hablado con Jigorō-sensei? —prosiguió Reiko, desoyendo sus objeciones—, ¿os ha dicho lo que le obligué a hacer?

El viejo jesuita temió aciagas noticias.

—No sé nada —respondió, empleando por fin el portugués—, y no estoy seguro de querer saberlo.

—Estuvimos a punto de perder un cargamento —comenzó a decir Reiko—: Las rutas están cambiando, y un mercader de Anotsu compró toda la bodega de una nao que debía desembarcar en Kii. No creo que sea casualidad, maestro, alguien está buscando lo que tenemos, alguien conoce nuestros secretos.

—¿Qué hiciste? —se limitó a preguntar.

—Hablé con el capitán, traté de convencerle de que cumpliera con su parte del trato, le rogué que nos lanzara los barriles.

—Entiendo que no lo convenciste.

Reiko negó con los ojos encendidos, no por las ascuas del brasero que ardía entre ellos, sino por un fuego lejano y voraz, alimentado por la carne de los marineros y por el viento de alta mar.

—Le pedí a Jigorō-sensei que hundiera la nave entre las olas… Con toda su tripulación a bordo.

Enso contempló el rostro de aquella niña a la que había visto crecer hasta convertirse en una mujer capaz de sacrificarlo todo por mantener a los suyos a salvo.

—¿Te arrepientes? —le preguntó.

—No. Lo haría cien veces más si fuera necesario.

—Entonces no puedo absolverte por tus pecados. Pero esas muertes no deben recaer sobre tu conciencia, sino sobre las de todos nosotros, sobre las de cada hombre, mujer y niño de esta comunidad. Todo mal que debas hacer por mantenerlos a salvo es un bien a mis ojos, y yo te bendigo por ello.

Capítulo 21

Como una noche de estrellas claras

Ayala y Kenjirō lograron dejar atrás el monte Ikoma antes del amanecer. Después de vagar durante casi toda la noche por aquel paisaje de brumas y silencios, ambos comenzaban a acusar el peso de la vigilia en los párpados. Decidieron dormitar junto a un bosquecillo de espinos que arrojaba sombra sobre la vereda: el jesuita, envuelto entre sus mantas; el samurái, sentado contra la áspera corteza de uno de los árboles y abrazado a sus sables.

Ayala fue el primero en despertar, hostigado por extrañas pesadillas. Resignado y somnoliento, comenzó a recoger los fardos y a cargarlos en el caballo.

—Ni siquiera hemos desayunado —protestó Kenjirō, con los ojos aún cerrados.

—No podemos demorarnos mucho más, almorzaremos temprano en la primera posada que encontremos en el camino.

El *goshi* suspiró y miró a ambos lados de la polvorienta senda que cruzaba frente a ellos.

—¿Posada? Estamos perdidos en un camino de interior, en algún rincón entre las provincias de Settsu y de Tamba. Apuesto a que podríamos permanecer aquí durante todo el día y solo veríamos desfilar a las hormigas.

—Sé perfectamente dónde estamos —respondió Ayala, tirando de la cincha para ceñir bien las alforjas sobre los cuartos traseros—. Hemos descendido por la ladera occidental del monte Ikoma, con el sol levantándose a nuestra espalda. Debemos avanzar hacia el norte hasta toparnos con el Miyama. Cuando demos con él, solo habremos de seguir su curso hasta llegar al Kizu, donde confluyen las principales rutas comerciales. Una vez en la otra orilla, estaremos sobre los pasos del ejército de Fuwa-sama.

—Habla como si recorriera estos caminos desde niño —refunfuñó el samurái, poniéndose en pie para limpiarse la tierra del *hakama*.

—Tengo los mapas que me han dados los hermanos de Sakai, y en mi orden siempre hemos contado con excelentes cartógrafos. Podría decirse que los mapas han ayudado a extender la palabra de Dios tanto como los propios evangelios. —Y sonrió ante aquella pequeña blasfemia.

—Como quiera, pero lo más sensato sería reposar hasta sacudirnos el cansancio. Antes del mediodía todo ese ímpetu se habrá apagado y cada paso costará como diez.

Lo predicho por Kudō Kenjirō se mostró cierto como una maldición del cielo, de modo que no estaba el sol aún en su cénit cuando Ayala se vio embargado por un sopor que hacía apetecible cualquier sombra a orillas del camino. Estaba seguro de que su acompañante no podía hallarse en condiciones mucho mejores, pero ya fuera por juventud o por darle un escarmiento, este no aflojaba el paso al frente de la marcha.

—¿Por qué no monta en el caballo? —preguntó en un momento dado Kenjirō, como si pudiera leer los pensamientos del jesuita—. Estoy seguro de que con un poco de práctica podría dormir echado sobre la grupa, algunos bonzos lo hacen… Aunque he visto dormir a algunos bonzos incluso mientras recitan los sutras.

Ayala sonrió y negó con la cabeza.

—Ya te he dicho que no sé montar.

—Ha ensillado el caballo y ceñido las alforjas varias veces; no lo hace como alguien que no sabe montar.

El *bateren* volvió a sonreír, divertido por la viveza de aquel que le había tocado por compañero en tan extraño viaje.

—Quizás sería más preciso decir que no puedo.

Kenjirō frunció el ceño y volvió la cabeza para mirarle sobre el hombro.

—Ese caballo lleva tantos días caminando al paso que debe haberse vuelto manso como un palafrén. Lo podría montar hasta mi hermana pequeña.

Ayala suspiró, obligado a explicarse:

—Cuando desembarqué en estas costas por primera vez, podría tener pocos años menos que tú ahora —dijo con un atisbo de nostalgia—. Nunca antes había abandonado mi patria y me embargaba el hambre de aventuras, la expectativa de descubrir tierras de leyenda, de conocer pueblos que en nada se parecían a los que dejábamos atrás… Y la posibilidad de hacer buenos cristianos, claro.

—¿Qué tiene que ver todo eso con que no quiera montar un caballo manso?

Ayala ignoró la impaciencia de su interlocutor y prosiguió:

—En aquellos días el principal de la misión era Francisco Xavier, un hombre… peculiar, cuando menos. De convicciones firmes, quizás demasiado en algunos aspectos, pero también misericordioso y resuelto como ningún otro. La cristiandad no habría prosperado aquí de no ser por él. —Ayala levantó la vista hacia el cielo de la mañana: más allá del dosel de ramas entrelazadas, nubes blancas se deslizaban sobre una inmensidad cerúlea—. Su obsesión era comprender a las gentes de esta tierra, demostrarles que veníamos como siervos, no como conquistadores, y aunque comprendía que nada se conseguiría sin la complicidad de los gobernantes, era en los más humildes donde él ponía los ojos. El mensaje de Cristo se trasmite de hermano a hermano, de igual a igual, y Xavier quería que así nos vieran: cercanos, con los pies manchados de barro como ellos, nunca mirándolos desde arriba, nunca a lomos de un caballo. Y así comenzamos a evangelizar en aquellos días, muy lejanos me temo, recorriendo los caminos a pie.

—No parece que sus hermanos tengan ahora tales preocupaciones. Por lo que he visto, se sientan a la mesa de los daimios y prefieren ser cargados en palanquines antes que poner un pie en el barro. En Anotsu incluso se hablaba de algunos *bateren* que llegaban a puerto en barcazas lacadas de oro y negro, con monstruosos cañones asomando a sus cubiertas.

—Como he dicho, aquellos días quedaron atrás.

Almorzaron sin detenerse, masticando las últimas bolas de arroz mientras caminaban bajo el sol del mediodía. Kenjirō reprobaba con silenciosas miradas la obstinación de Ayala por seguir adelante, pero a un tiempo debía reconocer que le conmovía el que aquel hombre, cada vez más torcido sobre su improvisado cayado de bambú, se negara a desfallecer.

El jesuita mantenía sobre los hombros el manto negro característico de los suyos, pero debajo vestía el humilde kimono de viaje que Kenjirō le consiguiera en Uji-Yamada; cargaba a la cadera el morral de peregrino y se cubría la cabeza con un *sugegasa*. Su abigarrada vestimenta, sumada a un andar cada vez más desgarbado bajo el peso de la fatiga, le confería el aspecto de un hombre extraviado, abstraído de este mundo. Era inevitable plantearse si ese afán por seguir adelante se debía a la premura por alcanzar al ejército de Fuwa o respondía, más bien, a una suerte de penitencia.

En cualquier caso, los cálculos de Ayala se desvelaron acertados cuando llegó hasta ellos el murmullo de una corriente. Los destellos del sol sobre el agua se filtraron entre los árboles que flanqueaban el camino y pronto hallaron que la senda discurría paralela a un río poco profundo, cuya margen opuesta se podría alcanzar vadeando el agua a la altura de la rodilla. Se trataba del Miyama, el afluente del Kizu que figuraba en los mapas jesuíticos. Ayala, sin mediar palabra, dejó caer la cuerda con la que guiaba al caballo y abandonó el camino en dirección a la corriente. Se adentró en el río, se arrodilló y bebió directamente del cauce mientras se echaba agua sobre la cabeza, limpiándose el polvo que le cubría el rostro y el pelo.

—Parece que no se equivocaba —dijo Kenjirō desde la orilla—. Si seguimos el curso, deberíamos encontrar la casa de algún labriego antes de la puesta de sol.

—Solo necesito refrescarme un instante, luego podré seguir durante varios *ri*. Quizás lleguemos al río Kizu al anochecer.

—No —respondió tajante el *goshi*—. Buscaremos una casa donde nos llenen las alforjas y nos presten techo para pasar la noche.

Ayala, con el agua chorreando por la barba, miró por encima del hombro al muchacho que le reprendía con la severidad de un padre. Su primer impulso fue el de ceder al orgullo e imponer su criterio, pero fue consciente de la fatiga de sus huesos, de lo compungido de su ánimo y de la sensatez de las palabras de Kenjirō. Terminó por asentir en silencio.

Tras llenar los tubos de bambú y abrevar al caballo, continuaron junto a la pedregosa orilla del Miyama, cuyas aguas corrían rápidas y superficiales, llenándoles los oídos con su murmullo. Comenzaba a caer la tarde cuando llegaron a un tramo donde el cauce se ensanchaba y el río remansaba; agotado, Ayala sumergió los pies en la fría corriente y sonrió de alivio. Cerró los ojos y bisbiseó: «*Domine, tu mihi lavas pedes?*»[*]. Apenas había comenzado a disfrutar de la sensación del barro húmedo entre los dedos cuando Kenjirō lo llamó:

—Mire allí, casas junto a la orilla.

El jesuita se levantó el ala del sombrero y entornó los ojos, deslumbrado por el sol poniente. Kenjirō tenía razón: cuatro viviendas se apiñaban río abajo, al amparo de un pinar de fresca sombra.

—Aquí concluye nuestra jornada —decidió por ambos el samurái, que tiró del caballo en dirección a las viviendas—; mañana retomaremos el camino temprano, pero esta noche cenaremos caliente y dormiremos bajo techo.

Ayala miró el cielo aún iluminado: quizás podrían haber recorrido uno o dos *ri* más esa tarde, quizás más cerca del Kizu hubiera una aldea de posta y no tuvieran necesidad de molestar a aquellas familias; pero se abstuvo de plantear objeciones, pues lo cierto es que estaba a punto de desmoronarse sobre las piernas.

Apenas había amanecido cuando se avistó en el puerto de Anotsu un barco que enarbolaba el blasón de Akechi Mitsuhide, daimio de la provincia de Omi, regente del dominio de Anotsu y vasallo de la familia Oda. Los mensajeros partieron rápidamente hacia el castillo para dar noticia de la llegada del gran señor, que no visitaba su residencia costera desde hacía más de un año.

En los muelles, los marineros portugueses observaron con curiosidad el desembarco del caudillo y toda su cohorte; mientras que,

---

[*] «Señor, ¿tú me lavas los pies a mí?». Cita atribuida a Simón Pedro en el Evangelio según San Juan.

en la fortaleza, el castellano Naomasa Sorin, poco dado a los sobresaltos y habituado a regir la casa como propia, espoleaba a los sirvientes para que todo resultara adecuado y agradable a los ojos de su excelencia.

Para mayor desgracia de Sorin, Mitsuhide rehusó montar en palanquín y escaló las empinadas calles a lomos de su caballo de guerra, un semental negro criado salvaje en las montañas de Kai. Lo acompañaban dos de sus comandantes, su guardia personal de doce samuráis, una caballería de treinta lanceros y veinte arqueros, y más de cincuenta criados que corrían a paso castrense tras sus amos. Un portentoso desfile como hacía tiempo que no se veía en la localidad, y que inundó los sucesivos anillos amurallados de la fortaleza como el brazo de mar que desborda un dique.

Naomasa, por su parte, bajaba a toda prisa las escaleras de la torre del homenaje, supervisando con la mirada que cada cual ocupaba el lugar que se le había asignado. Llegó sin aliento al recibidor principal: un espacio construido en madera de cerezo cuyas paredes alternaban los blasones del clan Akechi y el clan Oda, imbricados en poderosa alianza. Sobre la madera desnuda se arrodillaban no menos de cien sirvientes entre criados, pajes, concubinos y camareras. Naomasa apenas tuvo tiempo de lanzarse de rodillas al suelo cuando Akechi-sama irrumpió en la gran sala.

Vestía su armadura de batalla, no la ornamental, y sujetaba el *kabuto*[*] bajo el brazo derecho mientras crispaba la zurda en torno a la empuñadura de su sable. Un rictus de cólera contenida ensombrecía su rostro, en contraste con sus comandantes, que lo seguían con expresión circunspecta.

El primer desgraciado en recibirle fue el portador de sandalias, que se arrodilló al paso de su señor para ofrecerle calzado limpio. Akechi apoyó la suela embarrada contra la cabeza del muchacho y lo empujó hasta hacerle rodar. A continuación, se aproximó una camarera que, con manos temblorosas, le tendió una taza de sake; el daimio le arrebató el platillo y lo estrelló contra una columna, después enredó

---

[*] *Kabuto:* casco tradicional de la armadura japonesa. En el caso de los generales y algunos guerreros célebres, incluían estilizados diseños que hacían al samurái reconocible en el campo de batalla.

los dedos enguantados en el pelo de la mujer y, tras zarandearla, la lanzó al suelo con violencia. Sin detenerse, arrojó su casco contra una hilera de criados que apenas contuvieron el impulso de apartarse.

—¡Maldito Nobunaga, cochino hijo de puta! —bramó, mientras contemplaba con ira los blasones de Oda que pendían a su alrededor—. Obligarme a jugar a las escaramuzas con Takeda mientras él rompía el pacto con los Hatano. ¡Sucio bastardo amamantado por perras, ojalá los gusanos te coman los ojos! ¡Tú! —señaló a uno de los sirvientes, que dio un paso atrás, atemorizado—. ¿Dónde está esa rata de Sorin? ¿Dónde está mi castellano?

Naomasa debió tragar saliva para desanudarse la garganta:

—Estoy aquí, mi señor —se anunció, sin atreverse a levantar la cabeza.

—Dame alguna buena noticia. He visto que el puerto está infestado de extranjeros.

—Los *bateren* han comenzado a asentarse en vuestro territorio, mi señor, y con ellos han llegado los barcos negros. El puerto prospera más que nunca.

—¿Y la carga que buscamos, has dado con ella?

—El mercader Amaru compró un barco que podría transportarla, pero no llegó a puerto. Sufrió un incendio y se fue a pique frente a la costa de Ise.

—¡Viejo estúpido! —dijo Akechi—. ¿Se fue a pique? Di más bien que lo hundieron. Alguien supo de vuestras intenciones e impidió que el barco llegara a Anotsu.

—Es posible, *o-tono* —reconoció Naomasa con un estremecimiento.

—Acompáñame a mis aposentos —ordenó Akechi, mientras se quitaba los guantes y se los lanzaba a uno de los pajes.

El *karo* se puso en pie y siguió a su señor escaleras arriba.

—¿Qué ha sido de ese *bateren* que merodea por mis tierras?

—No sabemos dónde está.

Akechi se detuvo y se volvió para mirarle. El castellano supo leer en sus ojos que pisaba sobre hielo fino.

—¿Cómo es posible? ¿Acaso no se envió a nadie tras sus pasos?

—Así es. Se encomendó a Igarashi Bokuden que vigilara al extranjero y nos informara de cualquier comportamiento sospechoso, pero también ha desaparecido. Lo último que se sabe de él es que se adentró en los bosques de Iga.

—¿Encomendasteis un asunto tan delicado a Igarashi, al que llaman el Traidor?

—Lo siento, mi señor. El capitán de la guardia decidió que nadie mejor que él para averiguar si el *bateren* ocultaba segundas intenciones —mintió sin tapujos.

—Por supuesto que oculta segundas intenciones, imbécil. Y ahora no solo hemos perdido a nuestra presa, sino también al cazador.

—Lo solucionaré, enviaré cuervos a Iga de inmediato para que nos informen… —Naomasa titubeó antes de añadir—: Hay algo más que me preocupa, *o-tono*. Como bien sabéis, Fuwa se dirige hacia el monte Hiei. Si el bastión de la secta Tendai cae, podemos vernos comprometidos…

—Escúchame bien —masculló Akechi Mitsuhide, cerrando una garra en torno al gaznate de Naomasa—: deja la guerra para los guerreros y encárgate de los despojos de la contienda, pues es de lo que se alimenta una rata como tú. —El daimio hundió aún más los dedos en la garganta de su vasallo—. Tu única preocupación debe ser entregarme las cabezas del extranjero y de Igarashi el Traidor en una caja lacada. Si no me las traes, te obligaré a rajarte el vientre sin un *kaishakunin*[*] que acorte tu agonía. Morirás sobre tus propias inmundicias, gimiendo como un perro destripado. ¿Lo has comprendido?

Naomasa Sorin quiso asentir, pero de su boca solo escapó un graznido ronco.

---

[*] *Kaishakunin:* persona que asiste al suicida en el ritual del seppuku, siendo el responsable de decapitarlo después de que este se haya abierto el vientre.

Capítulo 22

El mejor sake de Yamato

Fuyumaru se despidió para siempre de los bosques de Iga una apacible noche de otoño. Ni siquiera cuando le fue anunciado su destierro le embargó tal sensación de absoluta ruptura. Cada paso hundía un poco más en su interior la certidumbre de que se marchaba para no regresar, y aunque aquello lo sumía en una profunda melancolía, sabía que a un tiempo lo liberaba.

Así que afrontó su marcha como un largo paseo por las veredas de su niñez, recorridas ahora con la consciencia serena de la madurez, pesado el corazón pero ligera aún la mirada, atenta al parpadeo de la luna entre las altas cañas de bambú. No lloró cuando alcanzó el Nabari y vadeó sus aguas, que marcaban las lindes de Iga. Por el contrario, dejó que la corriente arrastrara todo vestigio de Fuyumaru el Traidor y, cuando emergió en la orilla opuesta, se sintió por fin purificado. Regresaba al mundo como Igarashi Bokuden, vasallo hasta ese día de Akechi Mitsuhide, ahora solo siervo de sí mismo.

Empujado por una nueva resolución, se encaminó hacia las laderas del monte Ikoma, probable último destino del cuervo y del samurái que lo acompañaba. Cruzó a pie la planicie al norte de Yamato, tan llana y pelada que los mercaderes la evitaban a toda costa, pues sus caravanas quedaban expuestas a la vista de los salteadores y demás desposeídos que proliferaban en esos días.

Al atardecer de la segunda jornada, llegó a los caminos que se adentraban en la cara oriental de la montaña, donde se asentaba el santuario Ikoma-Jinja. Su aspecto era el de un peregrino más, apoyado en un cayado de madera y con un rosario entre los dedos; pero mientras el resto descendía por la escarpada vereda, él avanzaba en sentido contrario, abriéndose paso entre los rezagados que abandonaban la montaña poco antes de que los hombres santos cerraran las puertas del monasterio.

Fue al pasar bajo uno de los *torii* que guarnecían la senda cuando lo asaltó la certeza de que alguien lo observaba. Clavó la punta del bastón entre las baldosas del camino y se arrodilló para ceñir mejor el nudo de sus sandalias. Mientras lo hacía, examinó cuanto se movía a su espalda gracias al pequeño espejo que colgaba del cayado, disimulado entre las anillas y amuletos que tintineaban a cada paso. Por un instante, creyó divisar entre la marea de feligreses una figura erguida mirando en su dirección, pero la lámina especular giró sobre sí misma y, al regresar a su posición inicial, no atisbó rastro de aquel fantasma.

Gruñó y retomó el ascenso sin mirar atrás. No tardó mucho en hallarse recorriendo el camino sin más compañía que la de los cedros tintados de otoño y los ocasionales *torii* semiderruidos, cuyas arcadas señalaban la entrada a suelo sagrado. El santuario y la montaña misma estaban consagrados a los *kami* Ikomatsu-Hikono e Ikomatsu-Himeno, marido y mujer que habitaban las entrañas del monte Ikoma, así que convenía avanzar por los márgenes para ceder el paso a cualquier espíritu sagrado que recorriera la vereda.

Divisaba ya los pabellones entre la fronda cuando se cruzó con un sacerdote que bajaba encendiendo las lámparas de piedra que flanqueaban el camino. Igarashi lo saludó con una reverencia y prosiguió su ascenso, hasta que por fin alcanzó la base de una empinada escalinata de peldaños enmohecidos. Más allá del último escalón se divisaba el gran pórtico que sellaba el paso al recinto, mientras que alrededor de los primeros peldaños se repartían aquellos peregrinos que no tenían posada a la que regresar: hombres y mujeres que habían decidido trasnochar a los pies del santuario, a la espera de que las puertas volvieran a abrirse al amanecer.

Apartado de tan devota concurrencia, un hombre con la mirada distante de los que no ven este mundo se sentaba contra la corteza de un pino. Vestía poco más que un taparrabos y unos andrajos desmenuzados que apenas le cubrían el torso, y en la izquierda sostenía un cuenco de tintineantes monedas que removía de vez en cuando. Sus labios, inclinados contra el pecho, desgranaban la letanía sin fin del sutra de la Esencia de la Sabiduría.

Igarashi se aproximó al mendigo y, sin mediar palabra, dejó caer en su cuenco dos monedas de cobre, seguidas de un *monme* de plata, más otras tres piezas de cobre depositadas una a una. El ciego interrumpió la letanía y alzó su mirada hueca hacia el cielo; rebuscó con los dedos la moneda de plata en el cuenco y, cuando la halló, asintió y se la colocó debajo de la lengua.

Solo entonces se dirigió al que había efectuado el pago:

—Hermano de sombras, mi lengua es de plata, la verdad habla por mi boca.

Igarashi se sentó frente al pordiosero y se cruzó el bastón sobre las piernas.

—Es posible que en fechas recientes un cuervo cristiano haya visitado el monte Ikoma, iba acompañado de un joven *yojimbo*. ¿Qué sabes de eso?

—Sé que es cierto. Cuatro días atrás aparecieron por la ruta de los peregrinos que vienen del sur. Antes de llegar a Ikoma tuvieron una reyerta con tres samuráis que escoltaban a una de las concubinas del gran señor de Mikawa. La dama regresaba de pasar unos días de recogimiento en un santuario, como si las oraciones y las miradas lascivas de los sacerdotes pudieran limpiar el hedor de sus pecados —agregó el ciego, y sus labios desvelaron una sonrisa torva y desdentada.

—¿Una reyerta? ¿Qué le sucedió al cuervo?

—Nada —dijo el mendigo, ladeando la cabeza—. Esa noche alcanzaron el arroyo al pie de la ladera. El joven se limpió la sangre, pero no era suya, pues tenía la piel limpia de cortes. Al día siguiente encontraron a los tres samuráis destripados y mutilados, como pollos para el caldero.

«Tres samuráis...», se dijo Igarashi. ¿Sabía el castellano de Anotsu que en sus arrozales habitaba tan temible guerrero? Lo dudaba.

—¿Alcanzaron la ladera opuesta?

—Así es, y pasaron la noche entre los *yamabushi* de la montaña.

El viajero miró a su espalda, pero nadie parecía observarlos. A continuación se inclinó hacia el confidente. Olía a sudor rancio y sake picado.

—¿Los *yamabushi* los dejaron con vida?

—Abandonaron la montaña al día siguiente; no me preguntes en qué dirección, hermano, pues mis ojos no ven tan lejos. Pero salieron de allí con vida y por su propio pie.

—Algo debes de haber visto. Algún indicio de si tomaron los caminos que van hacia el norte profundo o hacia la costa, o si regresaron a la ruta Tokaido.

El ciego torció el gesto, molesto por su insistencia, por el hedor a desesperación en su aliento.

—La ladera opuesta pertenece a los *yamabushi* y sus secretos. Pero si tanto necesitas conocer de sus asuntos, puedes ir tú y preguntarles por ellos —sonrió burlón el informador.

Igarashi asintió y se puso en pie. Así que allí desaparecía el rastro del cuervo Martín Ayala. Solo sabía que seguía vivo y en peligrosa compañía, pero nada sobre su destino o sus intenciones. Afortunadamente, obraba en su poder un íntimo secreto: el auténtico motivo que empujaba al *bateren* a seguir arrastrándose por aquellos caminos de una tierra extraña; una verdad de la que, quizás, ni el propio Ayala era consciente.

Sin nada más que preguntar, arrojó una última moneda en el cuenco desportillado y se retiró a dormir junto al resto de los peregrinos.

Partió temprano en dirección a Osaka, mucho antes de que el sol despuntara tras los riscos y los primeros feligreses comenzaran a procesionar montaña arriba. Dejó atrás las inmediaciones del Ikoma-Jinja y se adentró en los caminos rurales menos transitados, lejos del bullicio de las rutas comerciales.

Fue recorriendo una de estas sendas, a la sombra de un talud cortado a pique por algún desprendimiento, cuando divisó a un viajero que descendía por una estrechísima vereda, poco más que un surco en la pared del acantilado. Aquella cañada iba perdiendo altura hasta confluir con el camino a ras de suelo que Igarashi recorría.

Así que, según se aproximaba, pudo distinguir mejor al viajero que avanzaba casi paralelo a él, aunque a más altura. Se trataba de una suerte de vendedor ambulante, pues a la espalda cargaba un inmenso barril envuelto en pellejo de tripa tensado, sobre el que se había escrito con gran ostentación el *kanji* 酒*. Vestía un kimono marrón con unos pantalones tan raídos que no le cubrían los tobillos.

Igarashi se ajustó el hatillo que llevaba cruzado a la espalda, aferró con fuerza el cayado de madera y redobló el paso. Quería evitar cualquier contacto visual que diera lugar a una conversación. Al poco, el otro viajero estaba tan cerca que podía escuchar el crujido de sus pisadas sobre la grava del camino. El vendedor de sake vino a desembocar en la senda unos pasos por detrás, y se limitó a seguir caminando en silencio, ambos en la misma dirección pero sin intercambiar siquiera un saludo.

Durante el resto de la mañana Igarashi avanzó hacia la costa, siempre con aquel hombre unos pasos por detrás. En la primera bifurcación que encontró, tomó el camino menos evidente: aquel que parecía más revirado y plagado de pedruscos. El hecho de que el otro viajero optara por la misma dirección no hizo sino confirmar sus sospechas. Parecía imposible dejar atrás al vendedor ambulante, que cabeceaba sin levantar la vista del suelo, encorvado bajo el peso del barril.

En la siguiente bifurcación comenzó a tomar la senda de la derecha; cuando comprobó que su pertinaz seguidor optaba por ese mismo camino, cruzó la maleza para continuar por la de la izquierda. Sonrió mientras avivaba el paso, pero al mirar atrás, constató que su indeseado acompañante aún le seguía, de nuevo a pocos pasos de distancia.

Enojado, decidió sentarse sobre una roca apartada del camino y sacar del morral la bola de arroz que debía servirle de almuerzo. Aguardó a que el otro pasara frente a él:

—¡Eh, tú! —lo llamó, con la boca llena de arroz—, ¿a qué juegas?

El hombre se detuvo y miró a su alrededor, como si pudiera haber alguien más en ese recóndito paraje. Por fin dirigió la mirada hacia quien lo había increpado.

—No te comprendo, peregrino.

—Llevas siguiéndome toda la mañana.

---

* Sake.

—¿Eso te ha parecido? —preguntó el otro con voz inocente, rascándose el pelo apelmazado por la mugre—. Ha sido una casualidad que tomáramos la misma dirección.

—Así que piensas llevar tu farsa hasta el final —dijo Igarashi, engullendo el último bocado de arroz.

—No sé de qué estás hablando, pero no era mi intención molestarte —se excusó, alzando las manos con gesto apaciguador—, y estoy demasiado cansado para discutir contigo. —Se descolgó el barril con un largo suspiro y lo depositó en el suelo. Por último, se sentó con las piernas cruzadas frente a Igarashi, la espalda apoyada contra la inmensa tinaja—. Mira, tú tienes comida y yo el mejor sake de la provincia. Qué te parece cambiar una de tus bolas de arroz por una taza de mi vino. Prometo colmarla, nada de racanerías.

—Debes tomarme por imbécil si crees que voy a dejarme envenenar tan fácilmente.

—¡Un momento! No te permito que insultes el sake de mi aldea —exclamó el vendedor, súbitamente indignado—. Lo beberían los mismos dioses del cielo. Tanto es así que, cada año, el señor de Nijo nos compra toda la producción. —Y como quien desliza una confidencia, susurró—: Dicen que al muy cabrón le gusta echárselo por encima a sus concubinas y beberlo directamente de sus pechos, como un niño de teta malcriado. —Sonrió con estúpida picardía.

Igarashi no se inmutó, ajeno a la complicidad que buscaba su interlocutor. Se limitaba a examinar las formas y los movimientos del supuesto vendedor de sake. Calzaba unas *gueta* de cuñas torcidas y vestía un kimono casi andrajoso, llevaba los pantalones sujetos a la cintura con una soga de esparto y, en conjunto, su aspecto era tan estrafalario que uno tendía a sonreír al verlo, como si tratara con un cómico itinerante al que no conviene tomarse muy en serio… Un error que Igarashi no pensaba cometer.

—¿Es que no me crees? —insistió el escrutado, malhumorado por no obtener respuesta—. ¿Sabes leer? Lo pone aquí. —Señaló unos pequeños caracteres en los que se leía: «Villa de Yatabe». Junto a los mismos, alguien había impreso el sello del clan Arakawa, señores de Nijo.

—Si ese barril pertenece al clan Arakawa, ¿cómo es que un pordiosero como tú lo carga por los caminos?

El otro levantó la barbilla, suspicaz.

—Con que esas tenemos, ¿eh? Te crees que puedes acusarme de ladrón solo porque mi aspecto no te gusta. —Apoyó las manos sobre las rodillas flexionadas y se inclinó hacia delante—. Pues yo diría que, si hay algún delincuente aquí, ese eres tú.

Igarashi sonrió, midiendo aún a aquel hombre.

—¿Y por qué dirías tal cosa?

—Vistes como un peregrino, pero las cuentas de ese rosario que llevas colgado a la cintura brillan como el primer día. No las veo muy gastadas por el manoseo de la oración.

La sonrisa de Igarashi se ensanchó.

—Y tus ropas… Ni los bajos ni la entrepierna están raídos por el roce. No parece que hayas caminado con ellas de templo en templo. —Lo señaló con un dedo—: Por no hablar de tu sombrero de paja.

—¿Qué le sucede a mi sombrero?

—La paja está muy separada en los laterales del ala, para poder ver a través y que no se te escape lo que se mueve a tu alrededor.

—Eres muy observador. Según tú, si no soy un peregrino, ¿qué soy?

El vendedor se reclinó contra el barril mientras se rascaba la mandíbula con aire interesante. El gesto hizo que la barba, sucia y mal rasurada, crepitara con aspereza. Un sonido que desagradó a Igarashi.

—No sé, dicen que los *bakuto* se hacen pasar por peregrinos para cruzar sin problemas los controles fronterizos. No me extrañaría que en esa bolsa llevaras un cubilete y unos dados.

Sin mudar la expresión, Igarashi tiró del hato que cargaba a la espalda y se lo cruzó sobre el costado. Introdujo una mano y rebuscó hasta sacar el cuenco con los dos dados.

El vendedor ambulante chascó los dedos y rio con una carcajada.

—¡Lo sabía! Puede que engañes a esos estúpidos samuráis de los pasos fronterizos, pero no a mí. He caminado mucho y he visto mucho —se jactó.

—Bien, ya sabes a qué me dedico. La pregunta ahora es: ¿quién eres tú?

—¿Yo? —dijo el hombre, señalándose la nariz—. Me llamo Masamune y soy vendedor itinerante de sake. Recorro las aldeas y los festivales sirviendo esta maravilla. —Palmeó el barril a su espalda—. Al principio todos protestan, ¿sabes?, porque no lo cobro barato. Pero en cuanto uno lo bebe y se corre la voz, todos quieren probar el mejor sake de Yamato. En cuatro o cinco festivales consigo vaciarlo, y vuelta a la aldea a por otro barril.

—Ya veo. ¿Y por qué me sigues, Masamune?

Su interlocutor volvió a reír y alzó las manos pidiendo paz, un gesto que Igarashi identificó como habitual en aquel hombre.

—Está bien, está bien —comenzó a confesar, risueño—. Lo cierto es que al principio simplemente caminaba detrás de ti, pero luego empecé a fijarme en todas estas cosas que te he dicho, porque no eres el primer jugador ambulante con el que me cruzo, ¿sabes? Así que me dije: «donde va un *bakuto* acaba habiendo hombres arruinados», y ya se sabe que nada como el buen sake para olvidar las miserias. Y he pensado que, contigo cerca, en lugar de tener que visitar cuatro o cinco aldeas, me bastaría con dos o tres.

—Por supuesto —musitó Igarashi—. Hagamos una cosa, vendedor de sake, juguemos una mano. Si pierdes, girarás en redondo y te perderás de mi vista. Seguro que hacia el este también hay aldeas y festivales con borrachos sedientos.

—¿Y si gano?

—Si ganas, te permitiré seguirme, siempre que mantengas la boca cerrada.

—Ya puedo seguirte. No eres quién para decirme dónde puedo y no puedo ir.

—Está bien...

Igarashi echó mano a la pechera del kimono y extrajo un saquillo que lanzó entre los dos.

—¿Seguro que esa bolsa no está llena de piedras? —preguntó el vendedor.

—¿Cuándo has escuchado piedras que suenen así? —Abrió la bolsa y, sin mirar, sacó tres monedas de cobre que arrojó frente a Masamune. Estas tintinearon sobre el polvo—. Sesenta piezas de cobre, no tienes nada que perder.

El hombre volvió a rascarse la barba con sus uñas rotas. De nuevo aquel sonido desagradable.

—No sé, nunca hay que fiarse de un jugador ambulante, ¿sabes? Y no entiendo por qué te molesta tanto que viaje tras de ti.

—Como bien has dicho, mis clientes y los tuyos suelen compartir las mismas pasiones. Si se gastan el dinero en tu sake, tendrán menos dinero para apostar.

El vendedor ambulante asintió mientras una sonrisa taimada iba aflorando a sus labios.

—De acuerdo. Después de todo, no es mi dinero el que está en juego.

Igarashi batió los dados dentro del cuenco y aquel sonido zanjó cualquier posibilidad de que el otro se echara atrás. Sin levantarse de la piedra donde se sentaba, se inclinó y clavó el cubilete en el suelo:

—Haz tu apuesta: ¿par o impar?

—Par —dijo Masamune, la mirada atenta al cuenco que ocultaba la tirada—. Pero quiero ser yo el que destape los dados —añadió.

El tahúr miró al vendedor, que mantenía la espalda pegada al barril, las piernas cómodamente cruzadas mientras sonreía, seguro de su astucia.

—Por supuesto —respondió, y arrastró el cuenco sobre la tierra reseca para ofrecérselo al apostante.

Masamune contempló el cubilete ante sí y sopesó el rostro de Igarashi, por completo inexpresivo. Por fin, se inclinó hacia delante y, apoyando una mano en el suelo, alargó la otra para alcanzar el cuenco boca abajo.

En ese instante, cuando se encontraba más expuesto, un puñal se deslizó desde la manga de Igarashi hasta su mano. Apenas fue un reflejo bajo el sol de la mañana, un destello fugaz y afilado, pero la punta no encontró la garganta de Masamune, sino que se clavó vibrante en el barril de sake. El supuesto vendedor se había apartado en el último momento, confirmando los recelos de su atacante.

Sabiéndose descubierto, Masamune rodó hacia un lado en un intento de ganar distancia para ponerse en pie, pero Igarashi ya desenvainaba una hoja curva, poco más corta que un sable, que ocultaba tras la cintura. El acero era tan negro como las entrañas del Yomi y, al alzarlo sobre su cabeza, reclamó la atención de Masamune: aquella era un arma para ocultarse entre las sombras, una hoja de corazón envenenado, así que el más leve corte de ese filo resultaría mortal.

Igarashi supo leer tales cautelas en los ojos de su rival y decidió aprovechar el instante de duda para zanjar el combate: se abalanzó sobre Masamune enarbolando el sable corto con ambas manos, dispuesto a hendirle el cráneo con un tajo empujado por todo el peso de su cuerpo. Su contrincante cruzó los antebrazos para protegerse, y el mandoble, en lugar de cercenar huesos y tendones hasta quebrarle la frente, salió repelido con un repiqueteo metálico. En su precipitación, Igarashi no había contado con la posibilidad de que su adversario ocultara brazales de acero bajo las mangas. Lo pagó viéndose proyectado con fuerza cuando Masamune le deslizó un pie bajo el vientre y, haciendo palanca, aprovechó su impulso para lanzarlo hacia atrás.

Se estrelló contra el barril y se golpeó la cabeza contra el suelo. Aturdido, se puso en pie mientras la barrica astillada rodaba empapando de licor la tierra del camino. Con la vista aún ofuscada, se maldijo por haberse dejado engañar por las apariencias: aquel hombre era mucho más joven de lo que pretendía hacer ver; no más de treinta años, a juzgar por su rápida reacción y la agilidad de sus movimientos. Se enfrentaba, por tanto, a un guerrero *shinobi* en plenitud física, y sus mayores posibilidades de victoria pasaban por mantener una iniciativa que acababa de perder.

Se sacudió la cabeza y logró centrar la mirada a tiempo de ver cómo su adversario se aproximaba al tonel y rompía la membrana superior con el puño. Extrajo un hato muy largo envuelto en vitela; sin apartar los ojos de Igarashi, el asesino desgarró las ataduras con los dientes y liberó un sable *nagamaki* de empuñadura casi tan larga como la hoja.

Igarashi, por su parte, se agachó para sacar un cuchillo largo de hoja recta disimulado bajo la pernera del kimono.

—Veamos de qué estás hecho, asesino.

Empuñó el cuchillo con la izquierda, la hoja paralela al antebrazo a modo de defensa, mientras adelantaba la punta de su *kodachi*[*] de acero negro.

---

[*] *Kodachi:* sable más corto aún que la espada *wakizashi* empleada por los samuráis, pero demasiado largo para considerarlo una daga.

—No he venido a matarte, Igarashi, no me han enviado para eso.

—Así que te ha enviado alguien. Creí que solo eras un vendedor de sake —dijo con cinismo.

—Te ponía a prueba por simple curiosidad —confesó Masamune, mientras lo rodeaba con pasos cautelosos, la larga hoja de la *nagamaki* extendida a un lado—. Eres tú el que ha intentado matarme. Una reacción un tanto exagerada, a mi juicio. ¿Por qué no guardas tus cuchillos y seguimos hablando?

Igarashi no respondió, se concentraba en analizar el arma de su rival: un tipo de sable perteneciente a tiempos más antiguos, de hoja más larga que una *katana* y con una empuñadura de casi la misma longitud, lo que hacía que se hallara a medio camino entre la lanza y la espada. Aquella peculiaridad permitía que pudiera enarbolarse como un arma de rango medio o largo. «Versátil, imprevisible, difícil de defender», pensó mientras torcía los labios.

Fue Masamune, pese a sus palabras, el que tomó la iniciativa: sujetando el sable por el extremo de la empuñadura, lo hizo girar sobre su cabeza mientras daba un paso al frente y lanzaba un golpe circular que buscaba la garganta de su adversario. Igarashi retrocedió para ponerse fuera del alcance de la hoja, pero su rival dio otro paso más sin dejar de barrer el aire, empujándolo contra la maleza.

Acosado, miró fugazmente hacia su cayado y su bolsa; necesitaba alcanzarlos para equilibrar el combate, así que se concentró en el ritmo de la hoja que se cernía una y otra vez sobre él, buscando su cuello, su pecho, sus ojos… Hasta que, de improviso, dejó de retroceder y rodó hacia delante justo cuando el filo parecía a punto de degollarle. Pasó bajo la parábola trazada por la lanza-espada y envió una estocada contra el vientre del asesino. Este, sin embargo, no intentó eludir su ataque, sino que completó el giro horizontal del sable y, empuñándolo con ambas manos, modificó su trayectoria descargando un poderoso mandoble vertical que cayó sobre Igarashi como un relámpago.

Sorprendido por tan fulgurante reacción, el veterano *shinobi* debió interrumpir su acometida y alzar el cuchillo que empuñaba en posición defensiva. El golpe descendente restalló contra el acero, le dobló la muñeca y le aplastó la hoja contra el antebrazo. Encogido sobre sí mismo, sintió cómo el impacto le entumecía desde el hombro hasta la punta de los dedos. Sus dientes rechinaron y, por un momento, creyó que cedería ante la brutalidad del embate, pero mantuvo el brazo firme, logrando así desarbolar la guardia de su oponente. Con un grito de rabia, se sobrepuso al dolor y lanzó un tajo horizontal con la derecha que alcanzó a Masamune en el vientre.

Este dio tres pasos hacia atrás, consternado, y como si el combate hubiera tocado a su fin, observó el kimono desgarrado bajo el pecho. Había reaccionado a tiempo de evitar un corte profundo que lo hubiera destripado; aun así, la línea roja que le cruzaba el abdomen era suficiente para inocular el veneno que impregnaba la hoja.

Se tocó la herida y contempló los dedos manchados de sangre, después buscó los ojos de Igarashi, que ya retrocedía hacia sus pertenencias.

—Me has matado —murmuró, sabiéndose alcanzado por la desgracia—. Solo soy un cadáver que se sostiene en pie.

—Todos lo somos desde el mismo día en que nacemos —respondió Igarashi con indiferencia—, no somos más que cadáveres que deambulan por el mundo.

Masamune endureció la mirada y empuñó la *nagamaki* con rabia.

—Te llevaré conmigo, gusano hijo de puta, te arrastraré al infierno.

—Si sigues luchando, el veneno alcanzará antes tu corazón —le advirtió Igarashi, que comenzaba a inclinarse junto a su cayado—. Se te cerrará la garganta y morirás entre estertores.

—Es lo único que me has dejado, elegir de qué manera muero —respondió Masamune y, alzando el sable por encima de la cabeza, cargó contra el viejo *shinobi*.

Era el ataque de un rival embrutecido, aparentemente suicida, pero Igarashi sabía que su enemigo era demasiado hábil como para condenarse con una acción tan torpe. Aquella carga tenía que ser un ardid, un movimiento que escondía otro, quizás una finta, quizás un salto cuando él lanzara un tajo horizontal para quebrarle las rodillas. Así que reaccionó de un modo por completo imprevisible: dejó caer sus cuchillos y empuñó el cayado con ambas manos, dispuesto a repeler la embestida.

Masamune no titubeó, no tenía tiempo de plantearse por qué su oponente optaba por una defensa tan absurda, así que, sencillamente, avanzó sobre él y descargó un feroz mandoble contra la cabeza de Igarashi. Este solo acertó a interponer su frágil cayado contra el temible filo de la *nagamaki*. Los abalorios y amuletos se quebraron ante la potencia del impacto, salieron despedidos en una llovizna de ámbar, marfil y jade que salpicó la tierra reseca como un fugaz aguacero. Pero el bastón no se quebró: el filo de la *nagamaki* astilló la superficie y quedó atrapado en la madera con un sesgo oblicuo, como si el corazón de aquel cayado fuera tan grueso como el tronco de un roble.

Igarashi aprovechó el breve desconcierto para girar rápidamente el bastón y arrancar el sable de las manos de su adversario. El acero cayó fuera del alcance de su dueño, y antes de que Masamune pudiera reaccionar, Igarashi le aplastó el vientre con una poderosa patada frontal que hizo que se tambaleara un par de pasos. Aquella distancia le permitió desenvainar la hoja oculta en el interior del cayado y, alargando el gesto, lanzar un rápido tajo ascendente que alcanzó en el hombro a su adversario. Este hincó la rodilla, fustigado por el doloroso corte en el abdomen y aquella nueva dentellada junto al cuello.

Con calma, el vencedor se limitó a apoyar la punta del estilete sobre la nuca de su enemigo cabizbajo.

—¿A qué esperas para acabar conmigo de una vez? —preguntó el derrotado.

—Tú mismo lo has dicho: ya te he matado. Pero he de saber quién te envía.

—¿Quién me envía? —el asesino rio entre dientes y su espalda se sacudió por la carcajada contenida—. ¿Tan ciego estás, viejo? Iga, quién si no. Me han enviado para acompañarte en tu misión, para asegurarme de que cumples sus órdenes.

Igarashi levantó la hoja de acero engastada en el bastón.

—¿Por qué habría de permitirlo? No soy un joven *genin** que necesite tutelaje.

—Porque vuelves a ser un soldado de Iga, y un soldado obedece… Y por lo que sé, de tu obediencia depende la vida de aquellos que te importan, ¿no es cierto?

---

* *Genin*: entre los *shinobi*, los *genin* eran los agentes de campo, aquellos con más bajo rango dentro de la jerarquía.

El viejo apretó el puño y la cuchilla se estremeció sobre la nuca de su enemigo:

—Podría acabar contigo ahora mismo, sería mi manera de decirles que solo jugaré a este juego bajo mis condiciones.

—Podrías hacerlo, pero dudo que atendieran tu mensaje.

Finalmente, retiró la hoja. Se sentía exhausto, hastiado de todo aquello. Dio la espalda a Masamune y caminó hacia su bolsa.

—¿Me darás el antídoto? —preguntó el otro, disimulando cierta desesperación en su voz—. ¡Has de tener el antídoto de tu propio veneno!

Igarashi sonrió para sí mientras hurgaba en el morral; al cabo, le lanzó un tubo de bambú antes de volver a sentarse sobre la misma piedra donde se hallaba al principio. Masamune se apresuró a beber su contenido; cuando hubo apurado el recipiente, se pasó la lengua por los labios, confuso.

—Es solo agua.

—Claro que es agua, imbécil —rio para mayor desconcierto de su interlocutor—. Un cuchillo se envenena cuando tienes la certeza de que deberás emplearlo. Solo los malos guerreros guardan una hoja impregnada en su vaina; acaba comiéndose el aceite y degradando el acero.

Masamune afiló la mirada, ofendido, e Igarashi rio aún con más ganas cuando su rival se puso en pie para buscar su propia cantimplora. Dio un par de tragos y se vació el resto del sake sobre las heridas del cuello y el vientre.

—Si pretendes viajar conmigo —dijo Igarashi, que había sacado una segunda bola de arroz de su morral—, no desperdicies el sake.

—Estos cortes no son ninguna tontería, he de limpiarlos para que no se infecten.

El veterano *shinobi* no contestó, sino que se limitó a meterse en la boca un puñado de arroz antes de preguntar:

—¿Tienes comida?

Masamune negó con gesto hosco, e Igarashi le lanzó una porción de arroz envuelta en una hoja de bijao. Despacio, receloso aún, el asesino se sentó frente a su nuevo compañero. Ambos habían retornado a sus posiciones iniciales, como si nada hubiera sucedido en aquel recodo del camino.

—¿Viajas a Osaka? —preguntó finalmente, tras morder un primer pedazo de arroz—. ¿Es allí donde se oculta el cuervo?

—No tengo ni idea de dónde está ese hombre.

—¿Qué pretendes, entonces? ¿Qué buscas en Osaka?

—A una mujer —respondió Igarashi con indiferencia—. Ella nos conducirá hasta el hombre con el que queréis acabar.

Masamune lo observó con suspicacia. Sabía que Igarashi no compartiría abiertamente sus planes con él, pero poco importaba mientras pudiera mantenerse a su lado. Lo necesitaba para dar con el cuervo cristiano; después podría poner fin a la miserable vida de aquel desertor.

—Una última cosa —agregó Igarashi, mientras se limpiaba la boca con la manga del *haori*—: sé que has provocado este enfrentamiento para dejarte vencer. Si crees que con tan pobre ardid has logrado engatusarme, que me confiaré y te daré la espalda y no dormiré con un ojo abierto, estás muy equivocado. Sigues siendo mi enemigo, Masamune el vendedor de sake, harás bien en recordarlo mientras permanezcamos juntos.

Capítulo 23

La cruz y el sable

Kudō Kenjirō rascó el polvo del camino y se tocó la lengua. Mezcló la tierra con la saliva y escupió.

—La tierra aún está salada, impregnada del sudor de las bestias. Han pasado por aquí no hace mucho: un día, dos a lo sumo. —Se incorporó y se sacudió el *hakama*—. Fuwa y su ejército alcanzarán esta noche la orilla del Biwa, puede que ya estén allí. La batalla no se demorará mucho más.

El jesuita se colgó del antebrazo el gorro de paja y se secó el sudor de la frente. Su intención era alcanzar las posiciones del ejército de Fuwa antes de que diera comienzo el asedio, negociar con el daimio el trato que se daría a los prisioneros. Si los habitantes del monte Hiei, ya fueran gentiles o monjes guerreros, eran exterminados —como sucediera durante la cruel purga que Nobunaga ejecutó años atrás—, perdería su oportunidad de desentrañar la verdad tras los crímenes.

Y tal como formuló esos pensamientos, se percató de la escasa caridad cristiana que lo movía en aquellos días, en los que sopesaba el valor de una vida —o de miles— en función de la utilidad que tuvieran para su causa.

Se persignó rogando a Dios por que mantuviera su mente lúcida y su alma compasiva, pues sabía bien que no hay peor fuego que el alimentado por una causa sagrada, capaz de consumir la carne ajena y el alma propia.

—¿Durante cuánto tiempo se puede prolongar el asedio? —preguntó, tratando de centrarse en lo inmediato—. ¿Crees posible que todo haya terminado en un solo día?

Kenjirō se tomó un instante para sacar un puñado de forraje de la alforja y acercarlo al hocico del animal.

—Es difícil saberlo —comenzó, pensativo—. Por lo que vimos en Sakai, Fuwa-sama podía contar con unos tres mil hombres a su disposición, más los que se le hayan sumado durante su marcha hacia el norte. Dicen que en Hiei habitan siete mil monjes adiestrados en la lucha por los *tengu** de la montaña.

—Contemos con que sean la mitad, entonces.

—Es posible, pero eso solo significaría que se trata de una batalla igualada. Los comandantes serán cuidadosos, querrán sopesar sus posibilidades. No creo que dé comienzo de inmediato.

Ayala asintió y miró hacia el cielo: el sol estaba en lo más alto, en la hora del caballo. Habían dejado atrás la balsadera del río Kizu a media mañana; de mantener el ritmo, podrían alcanzar la orilla meridional del lago Biwa antes de que cayera la tarde. Allí se asentaría el ejército del señor de Takatsuki, tomando posiciones en la llanura que se extiende entre el gran lago y las laderas del sagrado monte Hiei. Ayala, que jamás había visitado aquel paraje, lo había visto recreado en cientos de grabados y tapices de motivos bélicos, pues los márgenes del Biwa se habían teñido de rojo en infinidad de ocasiones.

Volvió a cubrirse la cabeza con el sombrero y suspiró resignado.

—Pongámonos en marcha. Estamos cerca del final de nuestro viaje.

Comenzaba a ralear la arboleda cuando, por fin, pudieron divisar los últimos destellos del sol poniente sobre la calma inmensidad del lago. El vaho que exhalaba la gran masa de agua les impregnó la piel y conjuró sobre la tierra una bruma que se deslizaba lúgubre, casi espectral,

---

* *Tengu:* criatura del folclore sintoísta de aspecto similar al de un ave humanizada. Solía considerarse que habitaban en las montañas y los bosques antiguos, y se les atribuía poderes sobrenaturales y una gran pericia guerrera. A menudo se los representaba con atuendos de *yamabushi,* los monjes ascetas de las montañas.

sobre los caminos. Fue Kenjirō el primero en localizar el reverbero lejano de las hogueras reflejado sobre la orilla occidental del Biwa. Hacia allí avanzaron, sobre terrenos cada vez más pantanosos, entre matorrales y espigas de *susuki* que se les enredaban en las ropas y les lamían las manos.

El viento arrastró hasta ellos el murmullo de miles de voces atemperadas, el repicar de los cuencos y los metales, el estertor de breves pendencias que escondían un nerviosismo mal disimulado. Era tal la dimensión del acantonamiento que sus antorchas y fogatas difuminaban la noche y, por momentos, parecían convocar la mañana. Kenjirō, que esperaba toparse con una fuerza armada similar a la que hallaron días atrás en Sakai, comprendió que allí se congregaban más del doble de hombres, tal era la vastedad del ejército reunido por Fuwa Torayasu, único daimio cristiano de la provincia de Settsu.

Al llegar a los límites del campamento y mezclarse entre la muchedumbre, los asaltó el hedor de las bestias y de los hombres que llevaban días marchando, el reflejo del acero afilado junto a la hoguera, el chasquido de la madera tallada a golpe de cuchillo. Aquella espera tensa también era la guerra, se dijo Kenjirō, era todo lo que su padre y su tío no le habían contado cuando le enseñaban táctica y estrategia sobre una sábana de papel.

Sabía cómo disponer a los *ashigaru* para afrontar una carga de caballería, cómo maniobrar con el viento a la espalda para que las flechas no perforen los parapetos, cómo hacer marchar a los hombres a su cargo de modo que parecieran guerreros, y no los campesinos que realmente eran... Pero nada le dijeron sobre el miedo en los rostros, sobre las miradas huidizas y las manos trémulas. Y mientras contemplaba a la soldadesca asentada en la periferia del campamento, que conformaba el grueso de las fuerzas allí reunidas, se preguntó cuántos no regresarían a sus casas. Ya entonces la guerra le pareció algo terrible, tal como su padre le advirtiera, y aún no había visto morir ni a uno solo de ellos.

Junto a él, Ayala caminaba con el ala del *sugegasa* entre los dedos, tan calado como le era posible en un intento de pasar desapercibido. Recordaba la reacción de muchos de esos hombres a su llegada al hospital cristiano y quería evitar una escena similar, pero no tardó en comprender que aquella noche los ánimos eran distintos.

Nadie los miró una segunda vez cuando se internaron entre las hogueras y las tiendas de campaña, y no tardaron en contagiarse del humor taciturno que impregnaba la atmósfera.

En el otro extremo del emplazamiento, sobre un promontorio asomado a la gran llanura frente al monte Hiei, se alzaba el puesto de mando desde el que el daimio gobernaría a su ejército durante la contienda. Se dirigieron hacia allá, con su montura cabeceando a desgana tras ellos. Alcanzaron la base de la colina creyéndose fantasmas, pues nadie vovió la cabeza a su paso, ni podían ser más leves sus pisadas ni hallarse más afligido su espíritu. En la cima se agitaban los grandes lienzos blancos que, tendidos contra el viento, delimitaban el espacio reservado al comandante y sus generales. El blasón del clan Fuwa palpitaba en cada una de las telas, y sobre estas solo asomaba la tienda que hacía las veces de aposentos del gran señor.

En cuanto se aproximaron al camino que escalaba el promontorio, los samuráis que lo guardaban se pusieron en pie. Todos vestían armadura; dos de ellos se adelantaron al resto y cruzaron frente a los recién llegados sus lanzas.

—¿Quiénes sois? —preguntó el más veterano—. ¿De dónde habéis salido?

—Guarda tu ímpetu para mañana, Shigesada —terció un muchacho a su espalda—. Este hombre es un buen amigo de su señoría, ¿no es así, padre Ayala?

El jesuita frunció el ceño, tratando de identificar al joven guerrero que ponía una mano sobre el hombro del centinela, instándolo a bajar la lanza.

—¿Nos hemos visto antes? —inquirió Ayala.

—Quizás usted no me recuerde, pues nuestras miradas se cruzaron fugazmente.

En ese momento el jesuita comprendió que no hablaba con un muchacho, sino con una mujer. La armadura ligera y el *kabuto* ocultaban sus formas, pero era la firmeza en su voz y la seguridad con que se desenvolvía entre aquellos hombres lo que más conducía al engaño. Ahora, cara a cara, recordó que, efectivamente, sus miradas se habían cruzado antes: era la extraña mujer que formaba parte del séquito de Fuwa Torayasu, cuya presencia ya lo desconcertó en aquel momento.

—Soy la dama Nozomi, acompañaba a su señoría durante el encuentro que mantuvieron en el hospital cristiano de Sakai.

—La recuerdo, aunque nadie se molestara en presentarnos.

—Lamento que lo tomara como una descortesía, pero aquella noche yo no era sino la sombra de mi señor, y nadie presenta a su propia sombra.

Ayala asintió sin comprender del todo.

—Necesito hablar de nuevo con su señoría —se limitó a decir.

—Por supuesto. Dejen aquí su montura y acompáñenme. —A un gesto suyo, un caballerizo corrió a hacerse cargo del animal y los guardias les franquearon el paso—. Mentiría si no dijera que, en cierto modo, Fuwa-sama esperaba su llegada.

—¿Cómo es eso posible? —preguntó Ayala, que recorría ya el camino tras los pasos de su insospechada anfitriona. Kenjirō los seguía de cerca, cargando con la mirada desconfiada del resto de samuráis.

—Era fácil intuir que en el monte Ikoma no obtendría las respuestas que buscaba. La única duda era saber si saldrían de allí con vida.

—Intuir… Curiosa manera de decir que nos espiaban —rezongó Kenjirō.

—¿A qué te refieres? —preguntó el jesuita.

—Esta mujer es una *kunoichi* —respondió, y prácticamente escupió la última palabra—. El ojo que lleva tatuado en la nuca la delata. —Ayala observó el extraño símbolo que asomaba bajo el casco—. Los de su casta se marcan la piel con signos que solo ellos entienden. Suelen hacérselo en lugares fáciles de ocultar; apuesto a que bajo el *kabuto* oculta una buena melena con la que tapar su tatuaje cuando le interesa.

La mujer guardó silencio, limitándose a ascender por la vereda.

—¿Es eso cierto? —preguntó Ayala—. ¿El señor Fuwa ha mandado espiarnos?

La dama Nozomi lo miró sobre el hombro. No había perdido su expresión afable.

—Su joven *yojimbo* ha pasado demasiado tiempo en los arrozales, me temo. Es mejor hacer oídos sordos a las habladurías de los campesinos.

—Sé lo que he visto —gruñó Kenjirō—, he notado cómo nos seguían a lo largo de todo el viaje.

—¿Por qué habríamos de seguir a un *bateren* y su *yojimbo?* —rio la mujer—. Quizás el hijo de Kudō Masashige ha visto más de lo que hay. En ocasiones, una sombra en la noche no es más que un gato que se escabulle.

Llegaron a la cima, donde más samuráis guardaban el acceso al perímetro del puesto de mando. La presencia de la dama Nozomi bastó para que se hicieran a un lado, aunque algunos apoyaron la mano en la empuñadura de sus sables a modo de silenciosa advertencia. Kenjirō pasó entre ellos con gesto hosco y sin desviar la mirada, siempre cerca de Ayala, como si en verdad se hallaran rodeados de enemigos.

Los siete círculos negros que conformaban el blasón del clan Fuwa, pintados sobre las telas que delimitaban el calvero, se henchían a cada golpe de viento que barría la llanura. Se detuvieron junto a la entrada de la gran tienda de campaña; Nozomi se volvió y extendió la mano hacia Kenjirō:

—Ahora debes entregarme tus sables.

Kenjirō apretó el puño de su *katana*, como si temiera que fueran a arrebatársela por la fuerza.

—El haberte dejado llegar hasta aquí con tu *daisho* debería bastarte como gesto de buena voluntad —dijo la mujer. Al ver que la expresión del samurái no se relajaba, agregó—: Nadie te obliga a desprenderte de tus sables, puedes volver atrás y esperar. Pero no entrarás armado en los aposentos de mi señor.

Kenjirō comprendía las razones de su interlocutora, aun así, era reacio a dejar la espada familiar en manos de una extraña. Miró a Ayala por un instante, dubitativo, hasta que finalmente deslizó sus sables fuera del *obi*. Unió ambas vainas con la cinta de seda y se las entregó a Nozomi. Esta las recibió con una reverencia y se asomó entre las cortinas que daban acceso a los aposentos:

—*O-tono,* el padre Ayala y su *yojimbo* se encuentran aquí.

La voz de Fuwa se dejó oír amortiguada por la gruesa tela; Nozomi asintió. Levantó por completo la cortina para indicarles que entraran.

Ayala se agachó para pasar al interior seguido de su guardaespaldas. Un par de lámparas de pie, que arrojaban más sombras que luces, alimentaban la media penumbra reinante en la estancia. Sobre el suelo habían extendido esteras de tatami, con cuidado de que ni un resquicio de tierra quedara a la vista, y al fondo habían instalado una tarima de madera de no más de un palmo de alto. Sobre esta se sentaba desnudo Fuwa Torayasu, y junto a él, dos mujeres: una de edad similar a la del daimio y otra aún en la pubertad, también desnudas, afanándose en frotarle la espalda y las piernas con unas jofainas empapadas en agua caliente.

Kenjirō recordaba bien el malestar de Ayala-sensei al ver a las mariscadoras de Shima, y aguardó con curiosidad su reacción. En esta ocasión, sin embargo, el extranjero no se mostró turbado. Se limitó a arrodillarse frente al daimio e, ignorando a las concubinas, se dirigió directamente al señor de Takatsuki:

—Fuwa-sama, me gustaría departir a solas con vos.

El interpelado, que se sentaba con las piernas cruzadas y la espalda encorvada mientras lo lavaban, sonrió con un gruñido.

—¿A solas? ¿Qué hace aquí vuestro inseparable *goshi*, entonces?

Kenjirō, cuya mirada se distraía una y otra vez con los pechos de la más joven, clavó los puños en el suelo y agachó la cabeza al escuchar que se referían a él.

—Me retiraré si así lo deseáis, *o-tono*.

—No será necesario —dijo el daimio alzando la mano—. El padre Ayala gusta de una compañía, yo de otra —apuntó con mordacidad.

La mujer de mayor edad se puso en pie, sinuosa, y su sexo quedó expuesto para rubor de los dos hombres postrados ante su señor. Con total parsimonia, como si nadie más hubiera en la estancia, deshizo el moño de Fuwa y extendió el cabello húmedo sobre los hombros. Comenzó a desenredarlo, primero con los dedos, después con un peine de púas nacaradas.

Ayala, molesto por obligársele a presenciar tan impúdico ritual, se dirigió al daimio con indignación mal disimulada:

—Entiendo que ninguna de estas mujeres es vuestra esposa.

—No, ninguna lo es. Sería un riesgo innecesario que mi esposa me acompañara a la batalla, ¿no cree?

—El riesgo es decirse cristiano y desafiar la ley de Dios compartiendo el lecho con más de una mujer.

Fuwa observó al jesuita con ojos sombríos.

—Otros *bateren* no parecen darle tanta importancia a estos asuntos. Al fin y al cabo, no pretendo ser un santo. Solo soy un mal cristiano, como tantos otros. —Y sonrió con cinismo.

—Quizás mis hermanos se conformen con que enarboléis la santa cruz bajo vuestro blasón, o con que vuestros súbditos se declaren cristianos por imperativo de su señor. Pero no basta con abrazar la verdad de Dios con palabras, debe hacerse de obra y vocación.

—Hay algo que no comprendo, padre Ayala —lo interrumpió Fuwa, e hizo un gesto a las dos mujeres para que se detuvieran—: ¿Ha venido a reprocharme mis actos o a rogar mi favor?

El jesuita levantó la cabeza, ceñudo, pero guardó silencio mientras una de las concubinas deslizaba sobre la cabeza del daimio una cadena con una cruz de plata; la otra lo ayudó a vestir un *yukata* blanco, tan fino que la tela se empapó pegándosele a la piel de inmediato. Fuwa se puso en pie y se anudó a la cintura el kimono antes de despedir a las mujeres.

Estas recogieron los utensilios de aseo, se cubrieron su desnudez y salieron de la tienda, tan mudas como hasta el momento.

Solo entonces, Ayala se dignó a hablar de nuevo:

—Creo que ya sabéis por qué he venido.

—Desea interrogar a los líderes *sohei* que se ocultan en esa montaña. Cree que ellos son los responsables de los asesinatos que afligen a los padres cristianos.

—¿Me ayudaréis?

Fuwa se aproximó a una bandeja y tomó una copa y un escanciador. No era sake lo que se sirvió, sino vino tinto. Una de las prebendas de decirse cristiano.

—¿Cómo cree que arrancaremos a esos fanáticos sus secretos, padre? ¿Piensa que usted les preguntará cortésmente y ellos, simplemente, confesarán?

Ayala fue a responder, pero en el último momento guardó silencio, reconsiderando lo que iba a decir.

Fuwa bebió de la copa sin apartar la mirada del religioso.

—No —contestó en su lugar el señor de la guerra—, quizás no se lo haya planteado hasta ahora, pero lo que ha venido a pedirme es que ejerza la violencia sobre esos hombres, que los torture y les arranque las palabras de la boca; con tenazas al rojo vivo, si es necesario. Ustedes, los padres cristianos, piden y piden, pero prefieren ignorar las consecuencias, los sacrificios necesarios. Se apresuran, eso sí, a tachar de inmorales a hombres como yo, que no hacemos sino acometer la obra de Dios en esta tierra. Porque los jesuitas traen la palabra, pero como usted mismo acaba de decir, con la palabra no basta, también es necesario obrar.

Ayala comenzaba a detestar a aquel hombre arrogante, cuanto más por no estar del todo carente de razón:

—Llegado el momento, resolveremos la forma de tratar con esos bonzos.

—Sí, ya lo resolveremos llegado el momento... —coincidió Fuwa—. ¿Y tú? ¿Cuál era tu nombre, samurái?

—Kudō Kenjirō, *o-tono*.

—Eso es. Kudō Kenjirō, el *goshi* encargado de proteger al enviado de Roma... ¿Te unirás mañana a mis fuerzas? ¿Demostrarás que eres un verdadero guerrero, digno de portar el emblema de la casa Oda bordado en tu *haori*?

Antes de que el interpelado pudiera responder, Ayala intervino:

—Tal cosa no es posible; el deber del caballero Kudō es permanecer junto a mí en todo momento.

Kenjirō desvió brevemente la mirada hacia Ayala, después levantó la cabeza y contestó por sí mismo:

—Será un honor luchar bajo vuestro mando, Fuwa-sama. Desde este momento, solo ansío que llegue la batalla para poder mostrarme digno de vuestra confianza.

El daimio asintió, complacido, y mientras escanciaba más vino en la copa, se permitió contemplar la expresión airada del *bateren*.

—Entonces, todo está hablado —zanjó, pasándose el índice y el pulgar por el espeso bigote—. Mañana será un fantástico día para morir por la gloria de Dios.

En cuanto Kenjirō y Ayala entraron en la tienda destinada a su acomodo, el jesuita dejó caer al suelo las alforjas y se volvió hacia su guardaespaldas.

—¿Por qué has aceptado semejante oferta? ¿No comprendes que ese hombre solo espera que caigas en la batalla para ponerme al amparo de alguno de sus vasallos?

—¿Qué habría de inquietarle? ¿Acaso un samurái cristiano no le protegería con mayor celo que un infiel como yo?

Las palabras de Kenjirō desprendían un sarcasmo que exasperó a Ayala. Molesto, se sentó sobre uno de los jergones que habían dispuesto en el suelo.

—Se te ordenó acompañarme bajo cualquier concepto, ¿no es así? Si mañana sales a combatir en ese páramo, estarás desobedeciendo una orden directa de tu señor.

—Mi familia debe fidelidad a Akechi-sama, quien a su vez se la debe a Oda Nobunaga. Si otro general de Oda me pide combatir bajo su blasón, estoy comprometido a ello.

—No es por obediencia por lo que quieres entrar en combate —le increpó Ayala—, es tu propia gloria lo que buscas, como todos a los que se os ha inculcado la guerra.

—Gloria, sí… Pero no para mí —respondió Kenjirō con gravedad—, sino para mi padre y mi casa. No sé cómo será en su mundo, pero en el mío un guerrero solo puede prosperar a través de sus logros en el campo de batalla, y un *goshi* tiene pocas oportunidades de combatir al servicio directo de un gran señor. —Buscó la mirada de aquel hombre, al que comenzaba a considerar su amigo—: ¿Qué clase de hijo sería yo si dejara pasar esta ocasión? ¿Para qué, si no, ciño las espadas de mi padre?

El jesuita sacudió la cabeza, abatido.

—Así que no solo lucharás, sino que lo harás en busca de una improbable hazaña.

Kenjirō guardó un silencio tan elocuente que Ayala no pudo sino apartar la mirada.

—Necesito pedirle un favor —dijo entonces el joven—: si caigo, vele por que Filo de Viento sea devuelta a mi familia. No debe caer en manos de los que carroñan el campo de batalla.

Ayala asintió, incapaz de rebatirle nada más. Por último, se sacó el rosario que llevaba al cuello. Una pequeña cruz de tres brazos colgaba entre las cuentas de madera.

—Este es el rosario de mi madre. Te ruego que lo lleves contigo. No tiene valor alguno más allá del sentimental, así que, en el caso de que no te proteja, servirá al menos para identificarte entre los caídos.

Kenjirō recogió el crucifijo con gran solemnidad y lo ató alrededor de la guarda de su sable. Volvió a ceñir el arma sobre su cadera izquierda y le dio las gracias con una profunda reverencia.

Capítulo 24

La ciudad de los esclavos

Osaka, antigua capital de Naniwa, había crecido hasta convertirse en una enorme bestia recostada junto a la gran bahía. Sus tejados de cerámica refulgían como escamas tendidas al sol de la mañana, y su aliento se elevaba negro e insalubre desde los hornos apiñados a orillas del Yodogawa, donde se templaba el acero que alimentaba la maquinaria bélica del clan Oda.

Igarashi sonrió al contemplar en la distancia las fauces de la bestia que amenazaba con devorarlo:

—Hemos llegado —anunció.

—Gracias al cielo que estás aquí para constatar lo evidente —dijo el hombre junto a él—. De no ser por ti, habría pasado de largo pensando que era la enésima aldea de postas.

Igarashi se limitó a recoger sus bártulos para regresar al camino. Antes de echar a andar, se dirigió a su compañero de viaje:

—Ya sabes lo que te he dicho: tres pasos por delante de mí.

Masamune sonrió con malicia y comenzó a descender la loma.

—¿Sabes que al ir yo tres pasos por delante, tú vas tres pasos por detrás?

Igarashi lo empujó por la espalda con la punta del cayado. Esa era toda la conversación que podía esperar de él.

—Si me sigues tres pasos por detrás, pensarán que nos comportamos como marido y mujer. A mí no me importa —dijo Masamune, encogiendo los hombros—, pero tú ocupas el lugar de la mujer. Aunque no creo que nadie vaya a confundirte con una joven esposa. —Miró por encima del hombro a Igarashi—. Ni con una vieja y fea. Pero pueden pensar que yacemos juntos, que nos damos calor ahora que las noches comienzan a ser frías.

La punta del bastón volvió a clavársele entre los hombros, esta vez con tal fuerza que el dolor le hizo contorsionar la espalda.

—Eres un viejo hijo de perra —maldijo sin dejar de caminar.

—Ahora eres tú el que constata lo evidente —señaló Igarashi con cínica indiferencia.

—Podrías decirme al menos tu verdadero nombre. No trae buena suerte viajar con desconocidos.

Igarashi arrugó la frente, extrañado.

—¿Mi verdadero nombre? ¿Qué te han contado sobre mí?

Masamune miró hacia atrás, tratando de escrutar el rostro ceñudo de su interlocutor.

—Solo lo necesario para esta misión —respondió, y devolvió la vista al frente—: Que eres un desertor que se hace llamar Igarashi Bokuden. Que sigues a un cuervo cristiano por orden de tu amo, y que ahora debes matarlo por mandato de Iga… Y que obedecerás —agregó—, porque has cometido el error de tener una familia que depende de ti.

—Parece que ya sabes más que suficiente.

Masamune lo miró de nuevo por encima del hombro. Su voz adquirió una inflexión grave:

—Si es cierto que ese hombre está protegido por la corte de Gifu, puede que matarlo nos traiga más de un problema. Deberíamos conocernos bien antes de que llegue ese momento.

—Está bien, te contaré algo sobre mí, algo que solo saben aquellos que me conocen desde hace tiempo —dijo Igarashi con la mirada perdida, casi nostálgica—: ¡Soy un hijo de perra al que no conviene dar la espalda!

Y volvió a clavarle la punta del cayado entre los hombros.

A ojos de Igarashi, Osaka resultaba un lugar perturbador. Carecía de la majestuosidad de Kioto o de la santidad de Ise, pero no por ello se hallaba carente de fervor, pues sus habitantes profesaban una nueva fe: la del dinero, un dios que parecía agradecer las ofrendas que se le hacían con dones y prosperidad. No era de extrañar, por tanto, que muchos vieran en los *nanban* a los enviados de esta nueva divinidad, pues aunque los extranjeros se amparaban bajo la cruz y hablaban de ese tal *Deus* al que solo ellos podían ver, pronto se puso de manifiesto que su devoción por el oro era tan grande, si no mayor, que la que sentían por su dios crucificado.

Todo esto se hacía más evidente cuanto más se internaban en las atestadas calles, pues no había ciudad que contara con mayor número de vías pavimentadas, con más torres para vigilar los incendios o más faroles prendidos de las fachadas. No eran pocos los edificios que alcanzaban las tres plantas, había negocios por doquier, nadie parecía llevar ropas desgastadas e incluso los más humildes calzaban sandalias. Los niños vestían alegres *yukata* y todas las jóvenes se protegían del sol bajo sombrillas bellamente pintadas.

—¿Adónde nos dirigimos? —preguntó Masamune con voz distraída.

—A la plaza de los esclavos, en el muelle de Tenman. Si es que aún continúa donde la recuerdo. Hace mucho que no piso esta ciudad y, por lo que veo, ha cambiado bastante.

—¿La mujer a la que buscas es una esclava?

—Llegó a Osaka hace ocho años de la mano de un comerciante extranjero que se la compró a un burdel de Uji-Yamada.

—¿Y qué te hace pensar que continúa aquí? Puede que el *nanban* se aburriera de ella y la vendiera. O que la arrojara a la calle.

—Por eso vamos a preguntar en las subastas de esclavos. Allí hay muchos que tratan con los extranjeros y conocen a la servidumbre de sus casas.

—Aun así, esa historia es la de cientos de muchachas —observó Masamune—. Será difícil dar con ella.

Igarashi sopesó al hombre con el que estaba obligado a entenderse. Decidió que compartiría con él lo inevitable, lo justo para que creyera que cierta fraternidad comenzaba a surgir entre ambos:

—Esa mujer se llama Junko y, por lo que pude averiguar en Uji-Yamada, es cristiana. No debe haber muchas mujeres así en Osaka, ya sea entre los bárbaros del sur o en los prostíbulos.

Masamune rio con malicia:

—Hay una tercera posibilidad, que su dueño la dejara tan castigada que ya solo pueda prostituirse a orillas del Yodogawa... ¿Te has follado alguna vez a una puta de río? —Le dedicó a su interlocutor una mirada perversa—. Se les caen el pelo y los dientes, tienen la cara picada y la boca cruzada de herpes. Es muy posible que esa mujer no recuerde ya ni su propio nombre.

Igarashi comenzaba a hastiarse de tanto cinismo, aunque sabía que Masamune tenía razón: fiaba demasiado a la buena suerte.

Inmersos en la conversación, llegaron a los muelles, que abrazaban la bahía con largos espigones de piedra y madera. El puerto de Osaka se extendía a lo largo de más de tres *ri* sobre la costa, y a su espalda se apiñaba un enjambre de casas, tabernas, burdeles y almacenes. El barrio portuario más grande de todo Japón, el más rico y próspero, pero también el más mezquino y peligroso, el que más secretos ocultaba y del que más cadáveres había que sacar cada noche.

Mientras recorrían los muelles, la vista se les enredaba en todo cuanto los rodeaba: en la vieja que remendaba aparejos de pesca, en el calafate que lijaba el vientre de una barca, en los borrachos que dormitaban entre toneles, exudando el sake que habían libado durante la noche... Era el paisaje habitual de cualquier ciudad volcada sobre el mar, pero más denso, más saturado y fascinante si cabía.

Por fin alcanzaron la plaza de los esclavos. Esta no solo continuaba en su lugar, sino que a Igarashi le resultó mucho más grande y concurrida de lo que la recordaba: detrás del pabellón de la aduana se había erigido un gran estrado al que los esclavistas hacían subir a los hombres y mujeres que se disponían a subastar. Una muchedumbre desbordaba la plaza, cuyos edificios habían sido retranqueados —cuando no directamente derribados— para dar cabida a más gente. Puestos ambulantes donde servían bolas de pulpo y calamares secos rodeaban a la multitud, y todos los presentes, ya fueran compradores o curiosos, miraban hacia la tarima expectantes por ver la nueva mercancía.

—¿Cuál es tu plan? —dijo Masamune—. ¿Empezar a preguntar uno a uno? ¿O te subirás al estrado y hablarás a voz en grito a toda esta turba?

Igarashi lo miró de reojo y, sin responderle, se adentró entre el gentío. Sabía que la mayor parte eran curiosos; los que estaban dispuestos a pagar por la propiedad de una persona se hallaban más adelante, en un lugar preferente desde donde poder evaluar la mercancía por la que iban a pujar.

Mientras se abría paso, a veces clavando los codos, a veces silenciando con la mirada a quien se atreviera a protestar, los esclavistas subieron a la tribuna a una muchacha que no llegaría a los quince años. Dos hombres la arrastraban por los brazos y llevaba los tobillos unidos por una soga corta, lo que la hizo tropezar y caer de rodillas cuando la empujaron hasta el centro de la tarima. Tenía los labios hinchados y amoratados, la cara sucia y el cabello tan corto como el de un niño, probablemente para evitar los parásitos. La habían vestido con un kimono cuyo color era indistinguible bajo la suciedad, y se esforzaba por tirar de él hacia abajo, pues apenas le cubría hasta las rodillas para mayor deleite de los congregados.

—Yun —comenzó a anunciar el subastador desde la silla plegable donde se sentaba—. Recién traída de Corea, trece años, delgada pero fuerte, apta tanto para trabajos del hogar como para dar placer, pues conserva intacto su valor. Precio de salida: veinte *monme* de plata.

Hubo un breve murmullo de deliberación, pero al poco una mujer en primera fila levantó un abanico para abrir la puja. Inmediatamente un hombre subía a treinta *monme*. Un tercero ofreció cuarenta piezas de plata y sesenta de cobre, a lo que el segundo respondió ofreciendo veinticinco monedas de cobre más. Finalmente, fue la primera pujadora la que cerró la subasta al subir hasta los cincuenta *monme* de plata. Debía haber visto en la joven Yun un valor seguro para su negocio y no estaba dispuesta a que nadie se lo arrebatara.

El subastador iba a cantar la venta cuando la mujer lo interrumpió:

—Antes he de comprobar que no tenga marcas.

—Es justo —dijo el vendedor, e invitó a la mujer a subir al estrado.

Se trataba de una dama a punto de entrar en la vejez; pese a ello, vestía un *furisode** de alegres motivos marinos. Era sin duda la

---

* *Furisode:* kimono de mangas muy largas y motivos coloridos, usado en ocasiones formales por las jóvenes no casadas.

propietaria de un burdel, o quizás una de las mujeres que controlaban la trata de blancas para las mafias locales. Cuando estuvo junto a la joven, los dos hombres que la habían arrastrado a la tarima le arrancaron los andrajos de un tirón, y el público murmuró con indisimulada lujuria.

La muchacha gritó algo en su idioma e intentó taparse los pechos y el pubis, pero la mujer del *furisode* la abofeteó y le obligó a bajar los brazos. Así, públicamente expuesta, con las lágrimas corriéndole por las mejillas, su compradora la hizo girar, le examinó los dientes, el cabello corto, le palpó los pechos y las caderas... Por último, chasqueó los dedos y le indicó al subastador que le cediera su silla. Este se mostró confuso por un instante, pero la mirada impaciente de aquella mujer le hizo levantarse de su asiento. Con inesperada delicadeza, la dama condujo a la joven Yun hasta la silla al tiempo que otras dos mujeres subían a la tarima a la orden de su jefa, que dominaba la escena con la desenvoltura de quien había hecho aquello decenas de veces.

Echaron un abrigo sobre la espalda temblorosa de Yun, y esta se apresuró a ceñírselo a los hombros, los sollozos cada vez más contenidos al ver el fin de tanta humillación. La mujer del *furisode* aguardó a que la muchacha se calmara antes de dirigirse a sus discípulas:

—Abridle las piernas.

Sin más contemplaciones, las mujeres la aferraron por las rodillas y la forzaron a separarlas. La muchacha volvió a agitarse y a gritar, y esta vez su propietaria necesitó dos golpes para doblegarla. Cuando ya solo se convulsionaba por el llanto impotente, la dama se arrodilló frente a ella y la examinó atentamente entre las piernas; por fin, como última comprobación, la vejó introduciéndole un dedo en busca de la virginidad que triplicaba el precio de la primera noche. Cuando estuvo satisfecha, se puso en pie y ordenó que se la llevaran mientras ella se limpiaba los dedos en un pañuelo de seda.

Las dos mujeres, no mucho mayores que su nueva compañera, la ayudaron a ponerse en pie y la condujeron fuera del estrado, en dirección a su nuevo hogar. La chusma acompañó con la mirada los pasos cortos y renqueantes de aquella niña, hasta que la dama del *furisode* volvió a tomar la palabra:

—Cincuenta piezas de plata es un buen precio —confirmó, al tiempo que extraía una pequeña bolsa de la manga interior del kimono.

—Espero que le dé buen servicio, dama Shinko —respondió el subastador con una reverencia.

Shinko depositó las monedas en la bandeja dispuesta para los pagos y se despidió con otra reverencia.

El hecho de que la mujer hubiera mostrado el dinero tan abiertamente, a la vista de tan dudosa concurrencia, significaba que a los pies de la tribuna debía aguardarla una considerable escolta. O que todos allí sabían que robarle era como echarse una soga al cuello, lo que venía a corroborar que aquella mujer trabajaba para las mafias, se dijo Igarashi mientras contemplaba la multitud que se apiñaba a su espalda. Algunos aún estiraban el cuello en busca de un último atisbo de la joven Yun, los ojos sedientos y los labios húmedos de lascivia, e Igarashi sintió un desprecio infinito por todos ellos, nacido del recuerdo de su propia hija.

De repente, un murmullo de asombro recorrió la plaza, y el veterano guerrero se volvió para ver cómo subían a la tarima a un hombre de proporciones desmedidas, un gigante encorvado bajo el peso de las cadenas que le mordían las muñecas y los tobillos; su piel era negra como la de un buey y su cuello no resultaba menos poderoso. Había oído hablar de los hombres-buey que traían consigo los *nanban*, pero jamás imaginó que su aspecto resultara tan imponente. Por un instante, se preguntó cuán grande era el mundo para que hombres tan distintos pudieran habitarlo.

—Yasuke —comenzó el subastador—, edad desconocida pero vigoroso y saludable, como salta a la vista. Se le puede alimentar de arroz, como a cualquier persona, y servirá bien en trabajos forzosos o como guardaespaldas.

Igarashi contempló a la multitud, recorrida ahora por un pulso de miedo, de fascinación… Comprendió por qué esas subastas resultaban tan populares entre los vecinos de Osaka: les ofrecían las emociones de las que carecían sus miserables vidas. Mucho a cambio de nada.

—Precio de partida: un *ryo* y veinte *monme*.

Las pujas prosiguieron durante el resto de la mañana, e Igarashi tomó nota mental de todos los actores que formaban parte de aquella función. Sabía que los comerciantes extranjeros asentados en la ciudad asalariaban a sus propios traductores japoneses, pero los que desembarcaban desde Macao solo llevaban consigo a intérpretes chinos, inútiles para negocios complejos como el regateo de una subasta. Para asistirlos en tales asuntos, echaban mano de traductores locales, que se dejaban ver cada vez que se mercadeaba con esclavos. Aquellos intérpretes conocían bien a los portugueses que se movían por la ciudad, pero al mismo tiempo, no les guardaban más lealtad que la que procuraba algún servicio esporádico pagado con unas cuantas monedas de cobre.

Según avanzaba la jornada, Igarashi fue identificando a los traductores que se movían por la plaza ofreciendo sus servicios a los extranjeros. Cuando la subasta concluyó y el lugar comenzó a despoblarse, los dos forasteros se dedicaron a buscarlos por las calles y locales aledaños a la plaza. Interrogaron a cuantos reconocieron, recurriendo a las lisonjas o a la intimidación, sobornando con alguna moneda o quebrando algún que otro dedo en callejones apartados; pero solo obtuvieron desconcertadas negativas o, si presionaban demasiado, embustes para quitárselos de encima.

Reacios a darse por vencidos, recorrieron los muelles y las aduanas hablando con estibadores y armadores locales que solían mantener tratos con los portugueses. Pero la joven que buscaban parecía ser un fantasma del pasado. Nadie sabía nada de un *bateren* llamado Martín Ayala, y mucho menos recordaba a una muchacha cristiana llamada Junko que, procedente de Uji-Yamada, hubiera entrado al servicio de una casa *nanban* diez años atrás. Había pasado mucho tiempo, y si la muchacha se había cambiado el nombre al llegar a Osaka, resultaría imposible dar con ella. A no ser que tuvieran la fortuna de toparse con alguien que la hubiera conocido bien, lo bastante como para que ella le hubiera confesado sus orígenes.

Tocaba a su fin la hora del perro[*], pero antes de dar por concluido el día decidieron probar suerte una última vez. Entraron en una taberna que, según les contaron, era frecuentada por gente que solía hacer negocios con los *nanban*. El lugar se encontraba próximo a las aduanas, resultaba tan húmedo como el vientre de una lubina y las vigas aparecían tan combadas que bien podrían venirse abajo de un momento a otro. Mientras se acomodaban en una banca apartada,

---

[*] Hora del perro: entre las 19.00 y las 21.00 horas.

Masamune miró de reojo hacia arriba y musitó una breve plegaria por que la techumbre no se hundiera esa misma noche.

Igarashi chascó los dedos para llamar a una de las camareras; antes de que la mujer acudiera, un hombre se aproximó a ellos. Vestía un kimono que en su momento pudo ser de buena factura, pero que ahora mostraba los remiendos de quien quiere aparentar más de lo que es. El recién llegado se desenvolvía con exagerada bravuconería, los brazos fuera de las mangas en gesto despreocupado, cruzados bajo el *haori*. Un hedor etílico envolvía su presencia y su actitud.

—¿Sois vosotros los que buscáis a la mujer que se hacía llamar Junko? —preguntó, sentándose sin que nadie lo invitara.

Igarashi y Masamune intercambiaron una mirada.

—¿Quién eres? —le espetó Masamune, señalándolo con la barbilla.

—¿Qué importa quién sea yo? Lo que debe importaros es que la conocí y sé qué fue de ella.

Capítulo 25

Hombres santos

Kudō Kenjirō hundió un cuenco en el cubo de agua caliente y, cerrando los ojos, lo derramó lentamente sobre su cabeza. Con calma, se fue enjuagando la leche de arroz que le impregnaba el cabello. Este le caía suelto y húmedo sobre los hombros, denso como oscuras vetas de brea. Cuando el agua ya le resbalaba clara por la espalda, empapó un paño y comenzó a limpiarse los brazos y el pecho.

Completaba sus abluciones mientras escuchaba el interminable murmullo del hombre arrodillado al otro extremo de la tienda. Allí, entre las penumbras más apartadas, Martín Ayala se encorvaba sobre sí mismo, rezando en aquella extraña lengua de resonancias guturales. Pedía por él, de algún modo lo sabía, pero no comprendía cómo un dios al que se exhibía afligido y derrotado podía ayudarle en el trance que estaba por llegar. Antes de dar por terminado el aseo, se limpió los dientes y la lengua con un pellizco de sal y se enjuagó la boca con el agua que restaba en el cubo. Se puso en pie, cubierto tan solo por el *fundoshi**, y prendió una varilla de incienso que clavó entre las ascuas del brasero. Unió las manos y él también rezó; en su caso, una silenciosa plegaria elevada a Marishiten.

Por fin, purificado en cuerpo y alma, se encaminó hacia el viejo cofre de madera colocado en el centro de la sala; un sirviente lo

---

* *Fundoshi:* prenda de ropa interior similar a un taparrabos anudado entre las piernas y alrededor de la cintura.

había arrastrado hasta allí poco antes del alba, terminando así con su incómodo duermevela. Kenjirō levantó la tapa y contempló la armadura apilada en el interior, como retales de un cuerpo vacío de sustancia. Había más cuero que hierro, y no parecía mucho mejor que la que vestiría un *ashigaru*. «Así no entorpecerá mis movimientos», se convenció, y se dispuso a prepararse para la batalla.

Se enfundó el kimono reforzado que debía vestir bajo la armadura y comenzó por ceñirse las grebas, tal como le habían enseñado. Siguió por las escarcelas y los brazales cosidos sobre cota de malla, lentamente, metódico, pues no tenía quien le asistiera. Terminó de colocarse el *do* y recuperó del fondo del baúl la última pieza: un casco cien veces remachado, levemente hundido aquí y allá, con la laca desportillada. En una de las placas laterales había unos dientes para fijar algún adorno o amuleto; Kenjirō tomó la pluma que equilibraba una de sus flechas y la deslizó en la hendidura. La armadura no estaba distinguida con ningún emblema, pero aquella pluma de halcón que otrora remontara los vientos de la costa de Owari sería su divisa en la batalla.

No había terminado de prepararse cuando un mensajero irrumpió en la tienda. El recién llegado echó rodilla al suelo y agachó la cabeza con gran ostentación:

—Padre Ayala —saludó, alzando la vista hacia el religioso—, su excelencia desea que acuda cuanto antes al puesto de mando. Se le requiere para oficiar una misa.

Fueron conducidos a través del campamento hacia la colina donde se habían levantado los aposentos de Fuwa-sama. A su espalda, la mañana despuntaba clara, arrancando los primeros destellos al lago Biwa; frente a ellos, la loma se recortaba aún contra un cielo tan negro como un mal augurio.

A Kenjirō le sorprendió el silencio que reinaba en el lugar, con los rescoldos de las hogueras como único testimonio de un ejército en capilla. Martín Ayala, sin embargo, no reparaba en cuanto los rodeaba, sino que acudía malhumorado al encuentro del daimio y su camarilla, hombres que se proclamaban cristianos y le exigían ahora una misa, como si tal cosa fuera posible sin una biblia para leer la liturgia o un cáliz para la eucaristía. ¿Qué esperaba Torayasu de él? ¿Que oficiara una farsa en la misma tienda donde yacía con sus concubinas? ¿Que escupiera unos latinajos en presencia de sus generales, reduciendo a un remedo el rito más sagrado que existe para un cristiano? Todo por que aquellos hombres pudieran vanagloriarse de que, efectivamente, mataban en nombre de Dios.

Se percató de que apretaba los dientes cuando, al pie de la loma, volvieron a encontrarse con la dama Nozomi. La naturalidad con que vestía ropas impropias de una mujer, el aplomo con que se desenvolvía entre soldados, seguía siendo turbador. La extraña dama los saludó con una inclinación de cabeza:

—Padre, le están esperando. Yo le acompañaré ante su señoría.

Los samuráis que protegían el acceso se hicieron a un lado y las tres figuras comenzaron a remontar la pendiente.

—Trate de no olvidar dónde se encuentra —comentó Nozomi en un momento dado, con un tono que, más que a advertencia, sonó a ruego.

Ayala la miró sin comprender.

—¿A qué se refiere?

—Lo que tenga que decir, que sea por el bien de estos hombres.

El religioso frunció el ceño, desconcertado, pero el saludo de dos samuráis lo obligó a mirar al frente: los guardias se golpearon el peto con el puño y se hicieron a un lado. Frente a él se extendía el puesto de mando, delimitado por los enormes lienzos tendidos contra el viento. En el extremo más alejado, allí donde las telas enmarcaban la gran llanura con el monte Hiei al fondo, lo aguardaban ocho hombres sentados en sillas de tijera, todos en pose similar, con las manos apoyadas sobre los muslos y las cabezas erguidas, imponentes los ornatos de sus cascos.

Solo uno de ellos esperaba en pie: Fuwa Torayasu, que vestía una armadura negra de ribetes dorados, coronada con un casco en el que se había remachado una cruz blanca entre astas de ciervo.

Todas las miradas permanecían atentas al jesuita, que, dubitativo, buscó por un instante a Kenjirō junto a él. Si esperaba alguna indicación por parte de su *yojimbo,* debió conformarse con su habitual expresión inescrutable. Ayala avanzó unos pasos hacia el centro de la explanada; solo entonces, Fuwa se hizo a un lado y le ofreció con la mano la gran llanura a su espalda. Aún confuso, el *bateren* se asomó poco a poco al imponente paisaje, hasta que por fin comprendió para qué se le había hecho venir: allí, a los pies del promontorio, se extendía en formación el ejército del clan Fuwa, más de siete mil guerreros que aguardaban su llegada.

Consternado, Ayala recorrió con la vista aquella marea de hombres que alzaban la cabeza hacia él: las unidades de samuráis se mantenían compactas e hieráticas, con la primera luz del día reflejada en el lacado de sus armaduras; los batallones de *ashigaru,* apretados los hombros, las puntas de sus lanzas oscilando al son de su impaciencia; la imponente caballería, calmo el gesto de los jinetes y sosegadas sus monturas… Los rostros de todos aquellos hombres, la resignación y la resolución en sus ojos, calaron en el pecho del jesuita y lo encharcaron de una honda tristeza. No eran palabras de fe lo que se esperaba de él, sino un discurso que reforzara las convicciones de aquellos que iban a morir, que los alentara a entregar su vida sin titubeos.

Y si constatar aquello le robó la voz, fue la visión del enemigo lo que le arrebató el aliento: filas y filas de monjes *sohei* formando al otro extremo de la llanura, repartidos a distintas alturas allí donde el terreno comenzaba a hacerse más escabroso; sus armaduras aparecían cubiertas por túnicas holgadas, sus bocas embozadas por pañuelos blancos que les envolvían la cabeza, dejando tan solo a la vista la rendija de sus ojos.

Ayala no pudo sino maravillarse de aquel sinsentido, de la falsa contención, de la ordenada distribución de las piezas sobre el tablero, como si algún tipo de civismo rigiera lo que iba a suceder. Allí, entre los dos ejércitos, no había más verdad que la de la tierra cuarteada que los separaba, presta a embeberse de la sangre de los enemigos; ni más honestidad que la de los buitres que ya sobrevolaban el campo de batalla, seguros del festín que los aguardaba al caer la tarde. Hierba y carroña, eso eran todos ellos. Lo demás —el honor, la gloria, la espera impasible— no era sino la mentira que los hombres se contaban unos a otros.

Y él estaba allí para contar su propia mentira, así que se santiguó y, al hacerlo, se sorprendió de que muchos lo imitaran, como si verdaderamente diera comienzo la misa. Tomó aire y se dispuso a hablar, y lo hizo en japonés, renunciando al latín preceptivo en cualquier liturgia:

—Hoy la mañana no trae luz, sino sombras y tinieblas; hoy los hijos de Dios se reúnen, pero no para celebrar la vida y la resurrección eterna. Ojalá pudiéramos borrar este día, que no sucediera jamás… Pese a todo, el Señor está aquí con nosotros; no nos abandonará en este trance, y saberlo, al menos, es motivo de consuelo. —Ayala se detuvo y contempló de nuevo los ojos que no se apartaban de él. Se preguntó cuántos realmente lo escucharían; el viento soplaba desde el lago a su espalda y arrastraba sus palabras, pero era imposible que estas llegaran hasta los más alejados. Y de los que alcanzaban a escucharle, ¿cuántos comprenderían el sentido de lo que decía, cuántos captarían la decepción, el profundo sentimiento de fracaso que lo embargaba? Tragó saliva y continuó hablando—: Si hemos de acudir ante la presencia de Dios, que nos halle avergonzados por los pecados que cometamos hoy, pero limpios de los que arrastramos a nuestras espaldas. Repetid conmigo: «Señor, padre no engendrado, verdadera esencia de Dios, ten piedad de nosotros».

Algunos, unos pocos, repitieron aquella estrofa del *Kyrie eleison* que, por primera vez, se cantaba en japonés. El jesuita prosiguió:

—Señor, fuente de luz y creador de todas las cosas, ten piedad de nosotros.

»Señor, tú que nos has marcado con tu sello, ten piedad de nosotros.

»Cristo, verdadero dios y verdadero hombre, ten piedad de nosotros.

Paulatinamente, más voces se unieron a la oración, hasta que los hombres que formaban en las primeras filas, allí donde la voz de Ayala llegaba con más claridad, fueron repitiendo sus palabras con convicción:

—Señor, aliento del padre y el hijo en quien son todas las cosas, ten piedad de nosotros.

»Señor, tú que purificas nuestros pecados, te rogamos que no nos abandones en esta hora oscura y que consueles nuestra alma, ten piedad de nosotros.

Ayala guardó silencio y miró al cielo. Sabía que cualquier otro de su congregación le habría reprobado por lo que había hecho, por alterar las palabras en latín según su criterio… Pero ¿acaso no era ese su oficio, lograr que otros entendieran lo ajeno? ¿Qué otra cosa podía hacer un traductor? Así que concluyó la oración imponiendo la señal de la cruz: «*Ego te absolvo a peccatis tuis in nomine Patris, et Filii, et Spiritus Sancti*».

—Estáis libre de toda culpa y perdonados a ojos de Dios, así que aquellos que abandonéis hoy este mundo, lo haréis para reencontraros con el Salvador.

Mientras pronunciaba tales palabras, se detestó por mentir a aquellos cristianos. ¿Acaso no había mayor pecado a ojos de un padre que matar a un hermano? Pero se obligó a concluir, convenciéndose de que decía a esos hombres lo que necesitaban escuchar:

—*Ite, missa est.*

Y así, dándoles la paz, los envió a la guerra. *Ad maiorem Dei gloriam**.

Kenjirō se hallaba lejos del daimio y sus comandantes, como correspondía a cualquier hombre armado que no gozara de la confianza del clan. Desde su posición atrasada, rodeado por la guardia personal de su señoría, escuchó con atención las palabras de Martín Ayala. Creía que empezaba a conocer a aquel hombre: había visto el rechazo visceral que provocaba en él cualquier forma de violencia, su desprecio por aquellos que osaban glorificarla. Precisamente por eso, cuando Ayala calló, no pudo evitar sentirse conmovido. No por sus palabras, sino porque comprendía el sacrificio que acababa de hacer; había dejado a un lado sus convicciones para alentar a las huestes, para decirles lo que necesitaban escuchar antes de la batalla. Quizás Ayala-sensei lo sintiera como una claudicación, pero a ojos de Kenjirō no había duda de que se trataba de un gesto que lo engrandecía.

Observó cómo el jesuita era conducido junto a Fuwa-sama, que lo saludó satisfecho y le invitó a asistir a la batalla junto a los generales. Se retiraron las sillas y solo el daimio quedó sentado, con la vista del campo de batalla diáfana frente a él. A su derecha y a su izquierda, sobre esteras de tatami, se acomodaron los lugartenientes

---

* «A mayor gloria de Dios», lema de la Compañía de Jesús.

a los que consultaría durante la contienda; y tras estos, los mensajeros que, rodilla al suelo y mirada gacha, aguardaban prestos a trasladar las instrucciones del puesto de mando.

Solo dos personas permanecían de pie junto al señor de la guerra: el paje que sostenía su espada y la figura enlutada de un Martín Ayala cabizbajo, su expresión difuminada por una barba que se había vuelto más hirsuta con el paso de las semanas.

En ese momento, acaso sintiéndose observado, el jesuita echó la vista atrás y encontró la mirada de Kenjirō. Pareció reconfortado de saberlo allí, pero al punto ambos debieron prestar atención al campo de batalla, donde las fuerzas del clan Fuwa comenzaban a maniobrar.

El daimio y sus lugartenientes deliberaban mientras dos sirvientes se aproximaban con sendas bandejas en las que se disponían los abanicos de batalla. Finalmente, Fuwa Torayasu tomó uno y lo alzó contra el cielo.

—¡Que se preparen los arqueros! —gritó alguien a los pies de la ladera, y la orden se fue repitiendo como un eco sobre la llanura.

La infantería y la caballería se replegaron y los arqueros pasaron a la vanguardia, y como si de un espejo distorsionado se tratara, los *sohei* evolucionaron de igual forma al otro lado de la llanura. No se disparó, sin embargo, ni una flecha, pues se gritó el alto y los soldados mantuvieron la formación. Todos aguardaron expectantes a que los arcos escupieran la primera andanada, dando paso a un largo intercambio que mermaría a ambos ejércitos antes del choque cuerpo a cuerpo.

Kenjirō aprovechó ese instante previo a la contienda para adelantarse de entre la guardia:

—Mi señor, de nada sirvo aquí. Permítame bajar a la batalla.

Fuwa miró sobre el hombro al hijo de Kudō Masashige, y se desentendió de él con un gruñido quedo y un asentimiento.

El *goshi* saludó la oportunidad que se le ofrecía con una profunda reverencia: de agradecimiento hacia su excelencia, de disculpa hacia Ayala-sensei, cuyos ojos lo contemplaban con infinita tristeza.

Lo condujeron hasta las caballerizas y le entregaron su montura ensillada y embridada. Aunque el animal los había acompañado desde

Anotsu como mera bestia de carga, se comportó con nobleza cuando Kenjirō tomó las riendas y lo montó.

Después, el oficial que le había acompañado hasta allí indicó a un sirviente que el caballero Kudō debía integrarse en la unidad de Mizuno-sama, y sin mediar más formalismos, dio la espalda a Kenjirō y se dirigió de regreso a su puesto. El escudero obedeció con diligencia, demostrando que se hallaba más habituado a desenvolverse en tales situaciones que el joven samurái que habían dejado a su cargo; deslizó la mano bajo las bridas y condujo a jinete y montura hacia su posición.

Desde la silla, con la boca seca y las vísceras contraídas, Kenjirō contemplaba las largas filas hacia las que se encaminaban. Los arqueros en vanguardia liberaron sus flechas por enésima vez, y el enjambre volvió a zumbar contra el cielo. Apenas los proyectiles habían completado su parábola, una nube similar voló desde las líneas enemigas, y no debió esperar mucho para escuchar el repiqueteo del mortífero aguacero que salpicaba tierra, cuero y carne. Cuando aquel intercambio cesó, volvieron a elevarse desde las líneas de avanzada los gemidos de dolor, en su mayoría de la soldadesca que, con planchas de madera a guisa de escudos, debía adelantarse para proteger a los arqueros samuráis.

Por fin, el escudero le indicó que habían llegado a su falange, y Kenjirō hizo avanzar a su montura hasta la posición del comandante Mizuno.

—Mi señor, se me envía para ponerme a su servicio.

Mizuno volvió hacia él una mirada transida de años y batallas:

—¿Y quién eres tú? —preguntó, con una voz distorsionada por la máscara de la armadura.

—Soy Kudō Kenjirō, hijo de Kudō Masashige, vasallo del señor Akechi Mitsuhide. He puesto mi espada al servicio de Fuwa-sama para honrar la alianza entre nuestros señores.

—¿Y de qué manera me puedes ser útil, Kudō Kenjirō?

—Seré diligente con cualquier tarea que se me encomiende.

El veterano samurái lo observó con desdén, hasta que reparó en el arco colgado tras la silla de montar.

—¿Lo has usado en la batalla o solo para cazar conejos?

—Sé tirar a larga distancia sobre nuestras líneas, si es a lo que os referís.

Mizuno asintió en silencio y le indicó su posición:

—Colócate entre mis arqueros, avanza y retrocede cuando ellos lo hagan, dispara solo cuando lo haya hecho el arquero de tu derecha, y procura no matar a ninguno de mis hombres.

Kenjirō saludó la orden y tornó grupas para encaminarse hacia su posición. Mientras se abría paso entre aquellos hombres que lo observaban con desconfianza, reparó en que la unidad de Mizuno adoptaba la formación que su tío le había descrito como «corteza de pino»: una primera línea de lanceros y fusileros *ashigaru*, seguida de la línea de arqueros montados en la que él se integraría; tras ellos una fila doble de lanceros samuráis cerrada por una última línea de espadachines que actuaban como guardia del comandante. La compañía estaba protegida por lanceros a caballo que debían guardar sus flancos. En total, setenta hombres que conformaban una urdimbre compacta y pesada, entrenados para moverse de forma coordinada sobre el terreno, fluyendo y oscilando con el devenir de la batalla, pero sin desmembrarse en ningún momento.

Al poco de ocupar su posición, desde la distancia les llegó el fragor de las primeras tropas en lanzarse a campo abierto. Los que aguardaban junto a él se irguieron sobre sus monturas, tratando de ver lo que sucedía en el campo de batalla, embargados por la contradictoria ansiedad que provocaba el temor a morir en combate y el deseo de poner fin a la espera.

Kenjirō se esforzó por mantener la vista al frente, hasta que a los pies de su caballo un *ashigaru* dejó caer la *yari* y se agachó cubriéndose la cabeza. El hombre a su izquierda recogió la lanza e intentó levantarlo por el brazo antes de que los samuráis consideraran su comportamiento como una insubordinación. El *goshi* miró de reojo a los caballeros que formaban junto a él: todos contemplaban la escena con gesto severo. Cuando uno de ellos llevó la mano a la empuñadura de su sable, Kenjirō descabalgó y se aproximó a los dos hombres que se debatían en el suelo.

—¡Basta! ¿Qué clase de comportamiento es este?

Atemorizado, el *ashigaru* que se había inclinado para ayudar a su compañero se irguió y saludó al samurái con una reverencia. Habló sin levantar la vista del suelo:

—Mi hijo, señor, es la primera vez que acude a la batalla y está nervioso. Enseguida se comportará como es debido, os ruego que no lo castiguéis.

Kenjirō observó detenidamente al que se arrodillaba cubriéndose la cabeza, solo entonces se percató de que era un niño de poco más de trece años. Después desvió la mirada hacia los samuráis, que permanecían atentos a la escena. Sin querer darles ocasión de intervenir, se inclinó junto al chico y le habló con calma:

—¿Cuál es tu nombre?

No obtuvo respuesta; el miedo había clavado sus fauces tan profundamente que lo había paralizado por completo.

—Se llama Taro, mi señor —respondió el padre.

—Taro, mírame a los ojos —insistió Kenjirō, obligando al muchacho a levantar la cabeza. Su mirada era la de alguien quebrado por las circunstancias; Kenjirō le impidió volver a refugiarse en el llanto y lo sujetó por el mentón—. Respóndeme, Taro, ¿eres cristiano como tu señor? —Este asintió, la espalda convulsa aún por los sollozos—. Entonces sabes que tu dios está aquí contigo, el padre Ayala así os lo ha dicho.

Viendo que su hijo no lograba articular palabra, el *ashigaru* se arrodilló junto a él y le puso una mano sobre la cabeza.

—Escucha a este samurái, hijo. Tiene razón en lo que dice, estamos en manos de Dios.

—Yo conozco a Ayala-sensei —prosiguió Kenjirō—, en verdad es un santo entre los suyos. Él mismo me dio esto. —Tomó el rosario atado a la guarda de su sable y lo dejó colgar frente a los ojos de Taro. De algún modo, la visión de aquella pequeña cruz de madera obró una influencia balsámica sobre el muchacho, pues su gesto abandonó toda crispación, aliviado por un tipo de consuelo que Kudō Kenjirō no comprendía—. El padre Ayala me dijo que, mientras lo llevara conmigo, nada malo podría sucederme. —Tomó la mano de Taro y depositó en ella el rosario. Le cerró el puño y se lo acercó al pecho—: Cuélgatelo al cuello y estarás a salvo de todo mal.

Kenjirō se puso en pie y el padre de Taro se inclinó con profundo agradecimiento:

—Gracias, samurái, que Dios le guarde.

Kenjirō, sin saber qué responder, se inclinó junto al hombre y le confió un último consejo:

—Si sobrevivís a la primera carga y se quiebran vuestras lanzas, aseguraos de no huir frente a los caballos. Tumbaos en el suelo a su paso, siempre atravesados, de modo que las bestias puedan saltaros.

El hombre asintió, deshaciéndose en nuevas reverencias. Cuando Kenjirō regresó a su caballo, percibió con total claridad las miradas de reprobación clavadas en él. Ignorándolas, montó y descolgó el arco de la percha.

El resto de la mañana transcurrió sin más incidentes, en una tensa espera que acortaba las sombras y alargaba la impaciencia. Frente a ellos, el yermo había florecido en rojo sangre y las escaramuzas se sucedían por toda la llanura; el grueso de ambos ejércitos chocaba y se retiraba para volver a chocar, como dos mareas contrapuestas pugnando por devorar una misma playa.

Cuando ya creían que aquel día no deberían combatir, un mensajero llegó al galope desde el puesto de mando. Kenjirō echó la vista atrás para ver cómo Mizuno despachaba con el jinete. Por fin, el comandante asintió con gesto solemne y todos supieron que había llegado el momento. Mizuno aguardó a que el emisario se despidiera antes de hacer volverse a su montura:

—¡Escuchadme! Al nordeste de nuestra posición, más allá de los primeros collados, hay un paso que se adentra en la montaña; esos gusanos de Hiei lo han protegido bien, pero se ha decidido intentar el asalto. El comandante Okubo-sama está congregando allí sus tropas, prepara una acometida capaz de atravesar las líneas de esos perros endogámicos. —Mizuno paseaba la vista sobre todos los hombres que conformaban su columna—. Así que avanzaremos hacia el nordeste rodeando el grueso de la batalla y nos sumaremos a los hombres de Okubo. Si la caballería Tendai nos intenta cortar el paso, los lanceros adelantarán su posición para frenar la carga, después los fusileros dispararán sobre los *sohei* cuando intenten remontar los cadáveres. —Clavó la mirada en las líneas de *ashigaru*—: ¡Atentos a lo que os digo! ¡Dos tandas de disparos! Recargaréis y dispararéis una segunda vez; si alguien se retira antes de la segunda andanada, me encargaré personalmente de cortarle la cabeza a él y a toda su familia. —A continuación se dirigió a la fila de Kenjirō—: Cuando los fusileros se retiren, abríos en abanico y disparad sobre los jinetes que traten de romper nuestro batallón. Los pocos que queden serán aplastados por nuestros samuráis y la caballería de flanco. —Guardó silencio para que sus palabras calaran en todos los que formaban bajo su mando—. ¿Lo habéis entendido? —preguntó al fin.

Sus hombres respondieron con un rugido impaciente, excitados por saberse a punto de entrar en combate. Complacido, el comandante asintió y levantó su abanico de batalla para indicar a las primeras filas que comenzaran a avanzar hacia el nordeste.

Cuando el arquero a su derecha azuzó a su montura, Kenjirō lo imitó. Marchaban tras las filas de *ashigaru*, que corrían frente a ellos a paso medido. Debió retener a su caballo en varias ocasiones para no empujar a los fusileros que avanzaban por delante, pero tampoco podía tirar en exceso del bocado, pues entorpecería a los samuráis que los seguían a pie. Una cosa era disparar flechas desde su silla y otra maniobrar en el corazón de una unidad entrenada para moverse de forma coordinada.

Sintiéndose torpe, optó por no forzar a su animal y, poco a poco, este fue adecuando su paso al de los caballos que lo acompañaban. Avanzaron así durante unos tres *cho*, discurriendo por la retaguardia con el campo de batalla a su izquierda. El frente se había fragmentado en un sinfín de escaramuzas y los contendientes combatían pisoteando los cadáveres a sus pies; aquí y allá Kenjirō pudo contemplar varios duelos aislados: jinetes descabalgados o lanceros de infantería enzarzados contra adversarios de rostro embozado y mirada feroz.

Finalmente se alejaron de campo abierto y la llanura fue tornándose más escabrosa, hasta que alcanzaron las posiciones de Okubo-sama, que ya reunía bajo su mando a más de doscientos hombres. Ambos comandantes se saludaron y, sin descabalgar, Okubo extrajo de su *obi* un mapa enrollado y se apresuró a explicarle a Mizuno su función en el asalto. Tras una breve conversación, que los hombres de Mizuno siguieron atentamente desde la distancia, este se despidió y regresó con su unidad:

—¡Atentos! Los monjes Tendai han guarnecido bien la zona, pero Okubo-sama ha estado desgastando sus defensas durante toda la mañana. El fruto está maduro y a punto de caer, no aguantarán este último asalto.

»Se nos ha concedido el honor de abrir la marcha, así que mantendremos la formación hasta que la caballería *sohei* salga a nuestro encuentro, entonces actuaremos como os expliqué antes. Quiero que los arqueros permanezcan atentos a las colinas que flanquean el paso de montaña; los hombres de Okubo-sama las han despejado a conciencia, pero puede que entre las crestas aún se oculte algún emboscado.

Y sin necesidad de más instrucciones, les dio la orden de marchar.

La unidad avanzó compacta y con cautela, adentrándose en el amplio paso de montaña. La distancia de los collados tranquilizó a Kenjirō, pues aunque hubiera tiradores ocultos, se hallaban demasiado separados como para atraparlos en un fuego cruzado. Aun así, percibía en la actitud de sus compañeros la desconfianza propia del que depende de la diligencia de terceros. No conocían a los hombres del capitán Okubo, no sabían si verdaderamente habían limpiado a fondo las paredes del acantilado, o si les respaldarían en el caso de que estuvieran metiéndose de cabeza en una emboscada. Aunque lucharan bajo el mismo blasón, el que se enfrenta a la muerte tiende a confiar solo en sus camaradas de unidad: guerreros procedentes de su misma región, familiares o amigos de la infancia en muchos casos, acostumbrados a servir bajo el mando de la casa Mizuno.

Apenas habían penetrado un par de *cho* en el desfiladero cuando sobrevino el ataque: desde ambos flancos, emergiendo tras las primeras lomas cubiertas de foresta, dos escuadrones de jinetes se abalanzaron sobre ellos.

Irrumpieron como el torrente que escapa de un dique reventado, anegando el paso de montaña. El primer impulso de la soldadesca fue retroceder, pero los samuráis a su espalda los empujaron hacia delante. Resignándose a su destino, afianzaron sus *yari* en el suelo y alzaron un ramaje de afiladas hojas contra el enemigo. Una defensa eficaz contra una carga frontal, pero endeble cuando el golpe cae sobre tus flancos.

Los jinetes *sohei* golpearon con sus lanzas curvas desarbolando la defensa *ashigaru*, aplastándolos bajo los cascos de sus caballos; los arcabuceros dispuestos en segunda fila apenas tuvieron tiempo de levantar sus armas y encañonar a la crecida que se les venía encima. Solo algunos disparos resonaron entre las paredes montañosas antes de ser engullidos por la carga de caballería.

En ese momento se hizo evidente que cualquier plan esbozado por los comandantes de Fuwa se había venido abajo. «¡Arqueros, abríos y disparad! —gritó el comandante Mizuno desde algún lugar—. ¡Disparad sobre sus flancos!». Kenjirō se vio arrastrado hacia un lado: la fila de arqueros en la que formaba se separó para no ser arrasada por la embestida, y en cuanto los jinetes pasaron entre ellos, comenzaron a lanzar una flecha tras otra, disparando sobre enemigos y camaradas *ashigaru* por igual.

Tratando de controlar a su montura con las piernas, corrigiendo el corcoveo del nervioso animal, Kenjirō se esforzaba por no disparar a ciegas. La sangre le palpitaba en los oídos mientras su brazo batía de la aljaba a la cuerda una y otra vez. Sus ojos, febriles, acompañaban el recorrido de cada punta acerada, como si en verdad pudiera guiarlas con la mirada.

Cuando la columna de caballería enemiga se disgregó, el combate se tornó demasiado cerrado. Kenjirō dejó el arco y desenvainó a Filo de Viento; azuzó a su montura y se lanzó sobre el primer jinete enemigo que se cruzó frente a sus ojos. Gritó para avisar al monje del ataque, pero su adversario no tuvo tiempo de encararlo por completo: el sable de Kenjirō lo golpeó en la cara arrancándole la nariz y la mandíbula.

El joven *goshi* no se detuvo, clavó los talones en los costados del caballo y cargó contra un segundo enemigo. Este, alertado del desafío, también se lanzó al galope, directo al encuentro del samurái. Cuando estuvieron a suficiente distancia, Kenjirō halló en los ojos del monje un odio fanático y, durante un fugaz momento, se preguntó si esos serían también sus ojos, si podía odiarse de tal manera a quien no conoces en absoluto. Su adversario, ajeno a tales disquisiciones, alzó la *naginata* con una mano, dispuesto a segar su vida como paja seca de otoño. Consciente del mayor alcance del arma de su rival, Kenjirō no enarboló la suya, sino que se afianzó sobre los estribos y apretó las riendas, aguardando el lance.

Cuando el monje asestó el golpe contra el cuello del samurái, este se descolgó sobre el costado derecho de su cabalgadura. La hoja curva pasó sobre él antes de que los caballos se cruzaran, y Kenjirō aún tuvo tiempo de contorsionarse para cortar bajo la axila extendida del otro jinete. La *naginata* y el brazo que la empuñaba cayeron al suelo, y al punto los siguió el monje guerrero, que se desmoronó sobre su silla.

Kenjirō frenó la galopada y giró en redondo. Deslizó los ojos sobre la carnicería, con el pecho convulso y la saliva espesa bajo la lengua; decidió buscar a otro adversario antes de que su mente tuviera tiempo de asimilar cuanto veía.

Pero antes de poder espolear nuevamente a su montura, un largo silbido, grave como el ulular de un búho, cruzó sobre su cabeza y le hizo levantar la vista. Una flecha *kaburaya** caía del cielo haciendo reverberar su peculiar canto entre las colinas. A la llamada de aquel sonido inconfundible, los jinetes *sohei* abandonaron la refriega y, tornando grupas, se retiraron hacia las profundidades del paso de montaña.

Tras unos instantes de desconcierto, en los que los samuráis intercambiaron miradas indecisas, la euforia pronto se extendió por las filas de Fuwa y, con un grito de victoria, se lanzaron tras el enemigo que se batía en retirada. Solo quedaron atrás los soldados *ashigaru* aplastados por la caballería *sohei;* algunos agonizaban arrastrándose sobre el polvo seco, otros se palpaban las heridas mientras trataban de recuperar sus armas y reunirse con sus camaradas de batallón.

Kenjirō se detuvo un instante al ver entre los cadáveres al joven Taro, el pecho hundido por los cascos de los caballos y la mirada vacua contra el cielo. Negó con la cabeza, desencantado con todos los hombres y dioses, y un arrebato de cólera afloró a su garganta. Vació los pulmones con un grito y espoleó a su montura en busca de venganza.

Sus aliados le habían tomado ventaja, así que apuró aún más al animal, dispuesto a ser de los primeros en clavar su acero en la espalda del enemigo. Pero antes de que pudiera dar alcance siquiera a sus propios camaradas, una deflagración atronó a lo largo del paso de montaña espantando a los carroñeros que se alineaban en las cornisas. Al momento, un inmenso proyectil se estrelló contra las filas samu-

---

* *Kaburaya:* tipo especial de flecha usada para llamar la atención de los dioses al comienzo de determinadas ceremonias. En la punta montaba un silbato abombado que resonaba al hendir el aire.

ráis, aplastando con su inercia a hombres y animales. Fue la inmediata detonación, no obstante, lo que hizo temblar la tierra como si Namazu* sacudiera su cola bajo las colinas. Decenas de cuerpos salieron despedidos por los aires, desmembrados por la potencia de la explosión, a lo que sucedió una macabra lluvia de tierra y casquería que barrió el terreno.

Kenjirō debió tirar de las riendas para frenar en seco a su caballo, encabritado al ver cómo el infierno se abría súbitamente ante ellos. Logró hacerle apoyar las manos en el suelo y se echó sobre el cuello del animal para calmarlo, susurrándole a la oreja para que dejara de piafar. Cuando lo hubo apaciguado, intentó ver algo entre la nube de polvo que se había levantado: poco a poco pudo discernir los cadáveres mutilados esparcidos por todo el paso; quejidos lastimeros se alzaban por doquier, y los que aún se sostenían en pie se tambaleaban sin rumbo, apoyándose en sus sables y lanzas.

Solo había una explicación a semejante desgracia: «Un destructor de provincias», murmuró Kenjirō, uno de tantos males traídos por los bárbaros a las islas japonesas, un arma capaz de disparar balas del tamaño de una roca y que derruía por igual un puente de firmes pilares o la más gruesa muralla. «Así que este es su efecto cuando se usa contra hombres y animales», se dijo, horrorizado por la insólita crueldad de un instrumento de muerte que muy pocos habían tenido oportunidad de contemplar.

Se protegió los ojos y trató de localizar el nido en el que habían apostado el gran cañón. Creyó divisar un destello metálico en la cima de un collado, oculto tras unos matorrales, pero apenas tuvo ocasión de cerciorarse, pues el rugido de decenas de voces comenzó a elevarse desde el fondo del paso. La tierra retumbó bajo el percutir de los cascos: la caballería *sohei* regresaba desde las profundidades de la montaña, dispuesta a arrollar a cuantos enemigos aún se sostuvieran en pie.

Kenjirō hizo girar a su montura, indeciso. ¿Debía permanecer allí y perecer junto a sus compañeros de armas, o intentar alcanzar el puesto de mando e informar de cuanto había sucedido? Muchos de los *ashigaru* a su alrededor, sin embargo, no incurrían en tan nobles

---

* Namazu: en el folclore japonés, pez gigante que habita las profundidades y que, al agitarse, produce los terremotos.

titubeos, y se lanzaban ya en dirección opuesta a la carga de los monjes Tendai. Una cobardía que no solo les costaría a ellos la vida, sino que dejaba a los supervivientes a merced de los que llegaban para rematarlos.

Sin tiempo más que para obedecer a sus impulsos, Kenjirō partió al galope tras los prófugos. No menos de cincuenta *ashigaru* de uno y otro batallón corrían en espantada, y muchos cayeron unos sobre otros cuando el samurái los adelantó y les cerró el paso:

—¡Deteneos! ¡Volved a vuestras posiciones!

Algunos intentaron escabullirse, pero Kenjirō alzó las manos de su caballo amenazando con aplastarlos.

—¡Idiotas! Si huis en campo abierto os darán alcance y os decapitarán al galope, ninguno iréis muy lejos. —Desenvainó su sable, y aquello hizo retroceder a la mayoría—. Los que aún conservéis vuestros arcabuces, llenad la cazoleta y prended la mecha, el resto empuñad vuestros cuchillos y recoged las lanzas que encontréis en el suelo. ¡Vamos, seguidme!

Con menos templanza de la que demostraba su actitud, Kenjirō abrió camino de regreso al frente, atento a que ninguno de aquellos hombres se descarriara. Pasaron sobre los cadáveres de enemigos y camaradas y se interpusieron entre aquellos que aún quedaban con vida y la carga de la caballería, que ya descendía por la ladera de la montaña.

—¡Rápido, dos filas de arcabuces! La primera línea rodilla al suelo y la segunda apuntando sobre el hombro del compañero. —Tal como su tío le contara que hacían los ejércitos de Oda—. Cuando la segunda fila haya disparado su andanada, no quiero que recarguéis. Tumbaos en el suelo, atravesados frente a los caballos, y acuchilladles el vientre cuando salten sobre vosotros. Si os quedáis en pie, os arrollarán.

Kenjirō observó que los hombres le prestaban atención, que depositaban en él sus exiguas esperanzas. ¡Cuán equivocados estaban! Pues apenas acertaba a repetir las lecciones que su padre y su tío impartían a los *goshi* más jóvenes.

—Los que no dispongáis de arcabuces, colocaos diez pasos tras los fusileros. Afianzad las lanzas en tierra y, por todos los dioses del cielo, aguantad como sea la primera acometida. Yo estaré junto a vosotros.

No hubo tiempo para mucho más: el suelo ya trepidaba con el batir de los cascos y la marea volvía a crecer frente a ellos, amenazando con engullirlos. Antes de adelantarse para dar la orden de disparar, pudo ver por el rabillo del ojo cómo algunos de los heridos recogían armas del suelo y se colocaban junto a los lanceros *ashigaru*, dispuestos a recibir hombro con hombro aquel embate del destino.

—¡Apuntad a los animales! —gritó Kudō Kenjirō, colocando su caballo tras los fusileros—. ¡El pulso firme! —La mecha lenta ardía en el extremo de la serpentina mientras la caballería, a punto de alcanzarlos, se abría en abanico—. ¡Primera fila! ¡Fuego!

Varios de los caballos se desplomaron arrastrando con ellos a sus jinetes, y muchos de los que les seguían tropezaron, precipitándose también contra el suelo.

—¡El resto! ¡Fuego!

La segunda andanada pareció aún más certera, y los animales que no se desmoronaron sobre el campo de batalla se encabritaron descabalgando a sus jinetes. Por supuesto, no era suficiente para detener la carga, pero su ímpetu había mermado cuando llegó hasta ellos.

—¡Al suelo, al suelo! —tuvo tiempo de gritar Kenjirō, antes de que la caballería sepultara a la primera línea de *ashigaru*.

Se apresuró a colocarse tras los lanceros y los instó a levantar las puntas de sus *yari* y afianzar el extremo opuesto contra el suelo. «¡Permaneced firmes!», gritó, en el mismo momento en que los *sohei* se abalanzaban sobre ellos. Entonces estalló el caos.

Varios de los animales quedaron empalados en las lanzas, astilladas bajo su peso; otros tantos llegaban con las patas cortadas y el vientre abierto, acuchillados por los guerreros que se habían tumbado a su paso. El resto cayó al galope sobre aquella insolente resistencia y comenzó a castigar al enemigo a golpe de sable y *naginata*. Kenjirō se sumergió en lo peor de la tormenta y arremetió contra todo el que se sostuviera sobre una silla de montar. Su armadura recibió golpes y tajos que, de no hallarse en el arrebato del combate, sin duda hubieran dado con sus huesos en el suelo.

A su alrededor tronaba la furia y la violencia; muchos de los que creía moribundos se aferraban a los hábitos de los *sohei* y tiraban de ellos hasta descabalgarlos. Una vez en el suelo, los acuchillaban o les mordían el rostro y las manos.

En medio de aquella confusión, Kenjirō afrontaba a un enemigo tras otro ajeno a cualquier pensamiento consciente, con su mente en calma y sus sentidos lúcidos, en plena armonía con la única certeza de esta vida, que es la de que todos morimos tarde o temprano. Hasta que un fuerte impacto en la cabeza casi lo derribó de la silla; cayó aturdido sobre la grupa y apenas acertó a llevarse la mano a la herida. La hoja curva de una *naginata* le había arrancado el casco llevándose consigo media oreja.

Se miró los dedos empapados en sangre e intentó hacer girar a su montura para buscar al agresor. Fue en ese momento cuando el canto de la *kaburaya* volvió a ulular sobre sus cabezas. Todos sabían lo que ese sonido significaba, pero mientras que los *sohei* pugnaban por retirarse, muchos de los samuráis y los *ashigaru*, sabiéndose ya perdidos, intentaban retenerlos aferrándose a sus túnicas y sus monturas.

—¡Retirada! —gritó Kenjirō a aquellos que habían encontrando en él a alguien a quien seguir—. ¡Huid hacia las colinas!

Hizo cuanto pudo por arrastrar fuera del tumulto a los que parecían desorientados, pero cuando el destructor de provincias volvió a rugir, no dudó en azuzar a su caballo en dirección opuesta. Muchos de los *ashigaru* corrían ya frente a él, y todos cayeron al suelo cuando la explosión sacudió la tierra a sus espaldas y la onda expansiva los alcanzó.

Kenjirō, que a duras penas había conseguido mantenerse sobre el caballo, no quiso mirar atrás. Se frotó los ojos para aclararse la vista y se colocó entre los soldados que ya volvían a levantarse. Desde la silla, se inclinó junto a uno de ellos para ayudarlo a ponerse en pie. Sintió un escalofrío al comprobar que era el padre de Taro quien le devolvía la mirada, una mirada perdida, desprovista de toda vida.

—Salgamos de aquí —insistió Kenjirō, aunque difícilmente podrían dejar atrás ya aquel lugar.

El Kudō Kenjirō que regresó al campamento esa tarde poco se parecía al que partió por la mañana al combate; montaba con la cabeza gacha y se bamboleaba sobre la silla como un cadáver sujeto por cuerdas. Aun así, al verlo, Martín Ayala sintió una oleada de alivio que arrastró la preocupación que había anidado en su pecho durante todo el día.

Se aproximó a Kenjirō y le tendió la mano para ayudarlo a desmontar. Este la aceptó y, al echar pie a tierra, se vio sorprendido por el abrazo del jesuita, que lo estrechó sin pudor. Al poco, Ayala se apartó y lo saludó con una profunda reverencia:

—Discúlpame, así se saluda entre mi gente a quien regresa de un largo viaje.

El samurái asintió y le devolvió la reverencia.

—Otros han partido hoy en un viaje más largo que el mío —dijo sin levantar la mirada del suelo—. Espero que el dios crucificado les sea benévolo.

Tratando de rehuir la emoción que comenzaba a embargarle, Ayala se llevó la mano a la sien, allí donde Kenjirō mostraba un vendaje empapado en sangre:

—¿Qué es eso? No parece una menudencia.

—No tiene importancia —lo tranquilizó Kenjirō, mientras recogía el cuenco a rebosar que un aguador le había ofrecido—. Ruego a los *kami* por que en las batallas que están por venir todas mis heridas sean como esta. —Y alzó el recipiente empapado antes de beber.

Ayala quiso responder que ojalá no quedaran batallas por venir, pero calló al percatarse de que un extraño se había arrodillado a unos pasos de distancia, aguardando a que concluyeran su conversación. Se trataba del padre de Taro. Al ver que habían reparado en su presencia, se puso en pie y saludó con una profunda inclinación:

—Mi nombre es Shintaro. El caballero me conoce, pero no había tenido oportunidad de presentarme como es debido.

Kenjirō asintió, aunque el hombre mantenía la cabeza gacha y no podía verle.

—He venido a agradecerle lo que hizo por mi hijo. Aunque muriera en la batalla, quiero pensar que trajo algo de luz a sus últimos momentos. —El *ashigaru* tragó saliva—. También vengo a devolverle el rosario que usted le entregó.

Kenjirō recogió el puñado de cuentas manchadas de barro y observó el maltrecho crucifijo en la palma de su mano. Uno de los dos brazos que cruzaban el palo central se había quebrado, rota su peculiar simetría.

—No esperaba que me fuera devuelto. Mi intención era que tu hijo lo conservara allá donde fuera, estoy seguro de que Ayala-sensei habría estado de acuerdo.

El hombre le dio las gracias inclinándose aún más, pero al poco el llanto lo estremeció y cayó de rodillas al suelo. A su alrededor el campamento hervía con el trasiego posterior a la batalla, ajeno al dolor de un hombre que había tenido la desdicha de verse obligado a llevar a su hijo a la guerra.

Ayala se inclinó junto a él y recitó: «*Per signum Sanctae Crucis de inimicis nostris libera nos, Domine Deus noster. In nomine Patris, et Filii, et Spiritus Sancti. Amen*». Trazó la señal de la cruz sobre la cabeza de Shintaro y lo abrazó por los hombros, tratando de consolarlo:

—Tu hijo está en los cielos junto a Dios padre. Es normal el dolor que sientes, pero piensa que él es ajeno ya a las miserias de este mundo. Ahora se regocija en presencia del Señor.

Shintaro asintió tratando de contener los sollozos, avergonzado de no poder alegrarse por que su hijo se hallara ya ante la gloria de Dios, tal como le habían enseñado los padres cristianos.

—Gracias al cielo, Taro estaba bautizado —logró articular—. Somos de Miyoshi. Allí, en una aldea, vive un *bateren* que vela por nosotros, por los cristianos de la zona. Fuimos a verle para que bautizara a nuestro pequeño.

Ayala frunció el ceño, sorprendido por el relato de aquel hombre. No había *bateren* fuera de las misiones. No podía haberlos.

—Ese hombre, el padre que bautizó a tu hijo, ¿cómo se llama?

—El padre Enso, señor. Lleva años allí, es muy querido por todos.

«¿Enso?», repitió para sí Ayala, a quien aquel nombre le sonaba más a bonzo que a cristiano[*]. Finalmente, alzó la cabeza y miró

---

[*] «Enso» significa «círculo», y es uno de los símbolos más recurrentes en el budismo zen. Representa, entre otras muchas cosas, la iluminación y el ciclo eterno del *samsara*.

con sorpresa a Kenjirō, que no podía comprender qué era lo que tanto le consternaba.

No conocía a ningún padre Enso, pero sí al padre Enzo..., Enzo Fabbiano de Padua, un viejo jesuita que llevaba años muerto. Desapareció en los caminos poco antes de que Ayala regresara a Europa, y no pocos lo consideraban el primer mártir de la misión.

Capítulo 26

Una mano perdedora

I garashi Bokuden evaluó con suspicacia al hombre sentado al otro lado de la mesa. Habían buscado bajo cada piedra del barrio portuario algún rastro de la mujer llamada Junko y no habían hallado nada, ni siquiera un vago gesto de reconocimiento. Y ahora, cuando estaban a punto de darse por vencidos, naufragados en aquel antro frecuentado por la carroña del negocio de ultramar, ¿la verdad llegaba a ellos, sin más?

Chascó la lengua, disgustado, y aquello fue el primer indicio de que las cosas no serían tan sencillas para el providencial informador.

—Así que tú conoces a esa mujer —comenzó—. Qué maravillosa coincidencia, sin duda los siete dioses de la fortuna nos acompañan en este viaje… Solo hay una cosa que me preocupa —y la mirada de Igarashi empujó al confidente contra la banca—: Yo nunca he sido un hombre con suerte.

Masamune, que hasta el momento había guardado silencio junto a Igarashi, se retiró de los labios el palillo que andaba mordisqueando y se inclinó sobre la mesa:

—¿No pretenderás engañarnos, verdad? ¿No pensarás levantarnos unas cuantas monedas, escupirnos cualquier patraña y escabullirte entre las piernas de alguna furcia del barrio rojo?

Toda la bravuconería del presunto informador se esfumó cuando el patán del mondadientes le apoyó un puñal contra la cara interna del muslo. Buscó entre la parroquia algún gesto de complicidad, a alguien dispuesto a respaldar sus palabras, pero Masamune alargó la mano y lo sujetó por la nuca:

—Mírame a mí. —Sus pupilas acechaban tras mechones de pelo largo y desgreñado—. ¿Pretendes jugárnosla? —Presionó la cuchilla que empuñaba bajo la mesa, pinchando muy cerca de la ingle.

El interpelado tragó saliva y negó con la cabeza

—¿Quién te ha dicho que buscamos a esa mujer? —intervino Igarashi.

—Lo…, lo sabe todo el mundo. Dos forasteros llevan todo el día preguntando por una mujer llamada Junko, lo comentan las putas y los estibadores.

—Y tú has pensado que sería fácil aprovecharse de unos viajeros de paso —dijo Masamune, haciendo rodar el mondadientes de una comisura a otra.

—¡No, claro que no! —negó el hombre enérgicamente—. Si la Junko a la que buscáis llegó desde Ise con un mercader portugués, yo la conocí. Era una muchacha cristiana y maese Sarima la trajo para ingresarla a su servicio.

—¿Sarima? —repitió Igarashi—. No parece portugués, suena más bien a un nombre que te has inventado.

—¡Os lo juro! Su nombre era Sá Pinto de Lima, pero en Osaka se le conocía como Sarima. Yo soy Daisuke, serví en su casa como archivero y traductor ocasional. Cualquiera os lo podrá decir.

—¿Y por qué ya no trabajas allí? —preguntó Masamune, que se había arrogado el papel de escéptico infatigable—, ¿acaso los *nanban* ya han descubierto que no eres de fiar?

—Sarima-san se ha trasladado al oeste, a Owari y Mikawa, donde también tiene negocios. Los jesuitas comienzan a abandonar Osaka, y con ellos, los barcos portugueses.

—¿Y la muchacha que trajo de Ise? —quiso saber Igarashi—, ¿se la ha llevado con él?

—No, esa perra fue castigada como se merecía, y aún tuvo suerte de que después la echaran a la calle en lugar de colgarla boca abajo en la orilla, que es lo que habría hecho cualquier mercader de por aquí.

—¿Dónde puede estar ahora? —preguntó Masamune.

—¿Quién sabe? En cualquier burdel del barrio del placer.

—¿Y qué pretendías conseguir por esta información de mierda? —masculló el otro, apretando el palillo entre los dientes.

—Espera —intervino Igarashi—, dices que la castigaron y la expulsaron. ¿Por qué?

El informador reunió valor y bajó la mirada hasta la botella de sake. Tal como discurría la conversación, un trago puede que fuera lo único que sacara en claro de todo aquello. Igarashi comprendió lo que deseaba; colmó su propia taza y la empujó sobre la madera.

Daisuke la levantó con avidez y bebió aquel sake ponzoñoso con el mismo deleite que si hubiera manado de los mismos pechos de la diosa Amaterasu. Con la templanza recuperada, se sirvió de nuevo mientras respondía:

—Sarima-san estaba encaprichado de aquella niña, pero esa pequeña furcia no tenía nada de inocente. Poco a poco fue inmiscuyéndose en los negocios del señor de la casa, e incluso comenzó a acompañarle a los encuentros que mantenía con los mercaderes locales, o con las delegaciones comerciales enviadas desde otros feudos.

—¿Cómo es eso posible? —lo interrumpió Igarashi—, ¿por qué necesitaría ese hombre a una muchacha de la calle en sus negocios?

El otro dio un trago y una sonrisa etílica afloró a sus labios.

—Porque la muy puta sabía hablar portugués como uno de ellos. No como yo o como los inútiles a los que habéis estado interrogando hoy —señaló hacia el exterior con el platillo de sake—, sino como cualquier bárbaro apestoso bajado de uno de esos barcos negros. Solo que también hablaba perfectamente nuestra lengua, y sabía cuándo los mercaderes pretendían engañar a su amo, y aprendía rápido… Oh, sí, aprendía muy rápido. —Volvió a beber.

—¿Qué quieres decir?

Daisuke se secó los labios con el dorso de la mano:

—Sarima descubrió que la ramera estaba en tratos con las mafias locales. Ojeaba los registros y escuchaba los arreglos de maese Sarima, conocía la mercancía que iba a llegar a puerto, cuándo arribaría, cuál escasearía más en los próximos meses… Información muy valiosa, sobre todo para los estraperlistas. —Escupió un salivazo espesado por el alcohol y el rencor—. Tuve muchos problemas por culpa de esa zorra. Si pudiera ponerle las manos encima, le…

—Mírame —dijo Igarashi, interrumpiendo su retahíla de borracho—. ¿Quiénes eran esos estraperlistas?

—Aosebe, Shiragami…, los de siempre. Los que controlan el juego y el contrabando.

—¿Dónde podemos encontrarlos? —preguntó Masamune.

—Oh, es fácil encontrarlos —rio el confidente—, no tienen necesidad de ocultarse. Más bien, son los demás los que procuran esconderse de ellos.

Salieron del local y se zambulleron en la húmeda noche de Osaka. La atmósfera en el muelle de Tenman estaba impregnada del olor a sargazos podridos; aun así, recibieron con alivio la primera bocanada de aire.

—¿Qué piensas hacer ahora? —preguntó Masamune—. Lo único que tenemos son las palabras de un borracho.

—Sigue siendo más de lo que teníamos cuando se puso el sol. Si de verdad esa mujer estuvo en tratos con los contrabandistas locales, probablemente sepan qué fue de ella.

—Así que estás tan chiflado como para recurrir a las mafias portuarias, a los *bakuto* y a los traficantes… —Torció los labios—. No creo que nadie me haya tachado jamás de prudente, por eso tiendo a pensar que cuando una idea le parece mala a alguien como yo, suele ser porque es una maldita locura. Esos cabrones son del todo impredecibles, viejo.

Igarashi sonrió entre dientes y echó a andar por el muelle. La marea barbotaba bajo los tablones de los amarraderos y los mástiles cimbreaban al compás de un viejo ritmo. La noche era espléndida, en verdad.

—¿Por qué sonríes? —preguntó Masamune, contrariado—. Estamos hablando de gente que lleva la palabra traición grabada en el rostro, a menudo con tinta. Sé de lo que hablo.

—Solo puede traicionarte aquel en quien confías, y no hay nadie en esta ciudad inmunda en quien yo pueda confiar. Esto es, simplemente, un juego de dados: calculas tus posibilidades y asumes un riesgo.

—Escúchame —dijo Masamune, reteniéndolo por el brazo—: Hay alternativas mejores, más lentas quizás, pero más seguras.

—¿Como cuáles?

—Los jesuitas —respondió el otro—. ¿Qué sucedería si otro cuervo apareciera muerto? Probablemente ese hombre se vería obligado a venir aquí.

—Otros *bateren* han sido asesinados ya en Osaka.

—Pero sería el primero desde que ese cuervo puso un pie en Honshū, ¿no es así? No podría ignorarlo, se vería obligado a investigar el suceso más reciente. Vendría directo a nuestros brazos.

—Ayala está perdido en lo más profundo del país, siguiendo no sabemos qué indicios. ¿Cuánto tardaría en llegarle la noticia? ¿Semanas, meses? Y eso dando por sentado que decidiera venir de inmediato a Osaka.

—Creo que te pueden los escrúpulos —lo desafió Masamune—, no quieres mancharte las manos con la sangre de los extranjeros.

Igarashi se detuvo para encararse con el enviado de Iga:

—¿Qué sabes tú de mí, muchacho? ¿Qué sabes de a quién he matado o a quién he visto morir?

—Lo que sí sé es que esta misión es importante para Iga, y que los intereses de Iga no pueden depender de un viejo que no tiene fuerzas ni para cargar con su auténtico nombre.

—Los intereses de Iga me importan una mierda —escupió Igarashi—. Tus amos han reescrito las condiciones de nuestro acuerdo, estoy obligado a participar en su retorcido juego, pero lo haré acorde a mis reglas, no según las suyas y, ni mucho menos, según las de un *genin* insolente como tú.

Retomó su camino, dejando atrás a un Masamune que lo contemplaba en silencio.

—Conseguirás que nos maten a los dos, viejo.

Igarashi ladeó la cabeza para pasarse la trenza sobre el hombro. Respondió sin mirar atrás:

—Perseguís a un hombre del que no sabéis nada. Creéis que busca al asesino de sus hermanos, y puede que sea así en su mente, pero no es así en su corazón —murmuró—. Para derrotar a tu enemigo no basta con saber lo que piensa, debes descubrir qué siente. Yo sé esto, por eso fui el mejor de Iga; tú no sabes nada y crees saber mucho, por eso no eres más que un soldado deslenguado.

Buscaron alojamiento en una hospedería próxima a los muelles; un lugar concurrido y barato, de esos donde los viajeros no pernoctan más de una jornada y todos los huéspedes forman parte de un trasiego desdibujado. La habitación que les tocó en suerte era tan húmeda que incluso las pulgas la habían abandonado; se encontraban retirando las esteras podridas para tender las mantas directamente en el suelo cuando les dejaron junto a la puerta sendas bandejas tapadas. Dentro habían dispuesto cuencos de arroz, té caliente, bollos al vapor y unas gachas sanguinolentas que pasaban por rábanos encurtidos.

Masamune tomó una de las bandejas, se la apoyó sobre las piernas cruzadas y atacó la cena con fruición. Igarashi, en contraste, se mostraba inapetente, distraído en escular los gusanos que se retorcían entre los granos de arroz. Finalmente, optó por dejar a un lado el cuenco y entablar conversación:

—Háblame de ti, ¿quién fue tu maestro?

El otro levantó la vista para observarle brevemente, sin detener los palillos que volaban de los cuencos a su boca una y otra vez.

—Soy huérfano, me crio la abuela Osen, si es lo que quieres saber.

—Osen —sonrió Igarashi—; con los años se convirtió en una arpía. Debió de ser dura contigo.

El otro se encogió de hombros, sin cejar en su desayuno.

—Me dio cobijo y alimento, no tengo nada que reprocharle.

—Apuesto a que tu espalda aún recuerda su vara de enebro.

Masamune dejó de comer y entornó la mirada. Utilizó la punta de los palillos para retirarse el mechón sucio que le caía sobre un ojo.

—¿A qué viene todo esto? ¿De repente quieres confraternizar?

Igarashi dejó escapar una sonrisa cansada.

—Tú mismo dijiste que nos quedaba un largo camino por delante, que debíamos conocernos. Quizás tuvieras razón.

—Así que ahora quizás tuviera razón —remedó Masamune, dejando el cuenco sobre la bandeja—. Si lo que quieres es que empecemos a tratarnos como compañeros y no como dos extraños que recorren el mismo camino, déjate de cháchara y empieza por explicarme cómo piensas abordar a los jefes locales.

—Me ceñiré al viejo dicho —respondió, mientras probaba suerte con un bollo al vapor. Estaba correoso, así que lo escupió antes de concluir—: «Si quieres un cachorro de tigre, has de entrar en la madriguera».

La madriguera del tal Aosebe resultó ser una destartalada carraca portuguesa atracada en los arrabales portuarios. Igarashi contempló el casco henchido de la nao, cuya sombra se proyectaba, oscilante, sobre los juncos pesqueros y las frágiles gabarras. Debía reconocer que era una buena guarida: tan visible como improbable, y no dudaba de que los *bakuto* serían capaces de cortar amarras y hacerse a la mar si la cosa se les torcía. Y es que de tanto en tanto, cuando la marea de inmundicia subía demasiado, las autoridades locales ordenaban purgar los barrios rojos, de modo que las casas de juego y los burdeles debían trasladarse fuera de la ciudad. ¿Por qué no escabullirse en alta mar?

Se internó en el laberinto de amarraderos hasta alcanzar la pasarela de embarque. No le pasaron desapercibidas las tres figuras que lo vigilaban desde la balaustrada de la nave, pero se guardó de mirarlas directamente. Cruzó la pasarela, que conectaba con una esclusa en el casco de madera, y golpeó cuatro veces con el puño.

Al cabo, un ventanuco se descorrió.

—¿Qué haces aquí, viejo? Este no es lugar para pedir limosnas.

—Me llamo Jirokichi, vengo desde Echigo para ponerme al servicio de los señores del juego de Osaka.

El del ventanuco rio entre dientes antes de hacer ademán de cerrar la portezuela.

—No te atrevas a darme la espalda, idiota. He hecho un largo viaje y tu jefe me está esperando.

El centinela titubeó, desconcertado por la arrogancia del forastero.

—Cuida esa lengua, perro. No he escuchado tu nombre en mi vida; por lo que a mí respecta, eres otro borracho más.

—Soy el mejor jugador de la región de Echigo, cualquier *bakuto* que se precie conocería mi nombre. Si estoy aquí es porque tu jefe me ha hecho venir. Y ahora, ¿vas a dejarme pasar o tendré que decirle a Aosebe que eres el responsable de que haya debido buscarme otros socios en esta letrina de ciudad?

La sombra de la duda atemperó la expresión del matón. Estaba habituado a cosas sencillas: golpear, extorsionar, rapiñar... matar de vez en cuando. Pero tomar una decisión era algo complicado, algo que no se le tenía permitido. Si lo que aquel jugador decía era cierto, sin duda su jefe querría verlo. Apretó los dientes; de buena gana le habría abierto la cabeza a aquel viejo faltón, pero optó por lo más sencillo:

—Pasa —gruñó—. Pero te advierto que si te has inventado todo esto, vas a salir por la borda con un buen tajo en la barriga.

Le hizo cruzar la esclusa, le quitó la bolsa y lo cacheó a fondo, asegurándose de que no ocultaba armas bajo las holgadas ropas de viaje. Después lo condujo por unos escalones que descendían hasta la inmensa bodega de la nao. Barricas de alcohol se apilaban contra las paredes cóncavas, barnizadas por el líquido resplandor de las lámparas de aceite. Los *bakuto* habían compartimentado parte de la bodega en pequeños camarotes, y el mayor de ellos ocupaba todo el fondo de popa. Hacia allí lo condujo su anfitrión, que golpeó la puerta con la mano abierta. Otra ventanilla se descorrió y asomó un rostro zurcido a cicatrices. La mayor de todas ellas le partía en dos la nariz.

—Quiero ver al jefe, traigo algo que le puede interesar.

El centinela ladeó la cabeza para contemplar mejor a Igarashi, pero una voz de acento ebrio resonó desde el interior: «Deja pasar a Kazama».

La ventanilla volvió a cerrarse y el tosco cerrojo se descorrió. Por fin, la pesada hoja se abrió de par en par dejando a la vista una amplia sala cubierta por alfombras persas y almohadones de estridentes colores; entre ellos languidecían tres personas. El que parecía ser el jefe Aosebe fumaba de un narguile de cristal colocado a sus pies, observando al desconocido con ojos a medio camino entre la curiosidad y la embriaguez. Junto a él, sus dos invitados: contrabandistas, a juzgar por su estrafalario atuendo, que mezclaba prendas *nanban* y del país de los Ming. Uno de ellos era manco y se cubría la cabeza con un sombrero de capitán portugués; usó su única mano para saludarle con un gesto extravagante, imitando los modos de los extranjeros, lo que provocó las carcajadas de sus dos amigos.

Por último, estaban los dos guardias a ambos lados de la puerta: matones de aspecto amenazador; más planta que pericia, sopesó Igarashi. Seis hombres y una sola salida, pues aunque el techo estaba cubierto por un enrejado de madera que debía dar a la cubierta, era imposible alcanzarlo desde el suelo. Debía actuar con cautela.

—¿Qué me traes aquí, Kazama? ¿Por qué tengo delante a este viejo reseco en lugar de a un par de rameras dispuestas y jugosas?

Igarashi decidió tomar la palabra y ahorrarse los preámbulos:

—Jefe Aosebe, me llamo… —Se vio interrumpido por el cuchillo que se deslizó bajo su barbilla.

—¿Qué haces, viejo? —le espetó el tal Kazama, ciñendo aún más la hoja contra su garganta—. ¿Quién te ha dicho que puedes dirigirte abiertamente al jefe?

Aosebe sonrió, haciendo gala de unas piezas de oro que se hacían hueco entre dientes podridos.

—Tranquilo, muchacho. Déjanos saber, al menos, el motivo por el que este desgraciado va a morir esta noche.

El otro aflojó su presa sin retirar el filo. Igarashi retomó la palabra y se esforzó por hacerlo con voz calma, aunque en el fondo de sus pupilas palpitaban ya ascuas rojas:

—Como intentaba decir, me llamo Jirokichi y vengo de Echigo. He ejercido como tahúr durante más de cuarenta años y en mi provincia se me respeta como el mejor jugador de cartas de todo Honshū. He venido a ofrecerles mis servicios, pero antes hay una pregunta que debo hacerle.

—¡Oh, una pregunta! —exclamó Aosebe con fingido entusiasmo, mientras le pasaba la boquilla de la cachimba a uno de los contrabandistas—. Y supongo que, según sea mi respuesta, juzgarás si somos dignos de tu talento, ¿no es así, Jirokichi de Echigo?

—Es el motivo último que me ha traído hasta aquí —respondió el viajero, ignorando el sarcasmo de su interlocutor—. Necesito saber qué fue de una muchacha llamada Junko. Llegó a Osaka hará unos diez años de la mano de un mercader portugués llamado Sarima. Dicen que hablaba perfectamente la lengua de los bárbaros pese a ser japonesa, pero los *nanban* la expulsaron por mantener tratos con las bandas de Osaka. Saber de ella es el precio que le pongo a mis servicios; a cambio, puedo asegurar que os haré ganar mucho dinero.

Aosebe no respondió. Mantuvo severa la expresión, los ojos clavados en su cada vez más inoportuno visitante, hasta que comenzó a reír con un gorgoteo que escapaba de su pecho.

—¿Lo habéis escuchado? —preguntó a sus invitados—. ¿Qué os parece esta historia?

—A mí hace tiempo que comenzó a aburrirme —respondió uno de los contrabandistas.

—Sí, eso mismo pensaba yo —dijo el anfitrión, mirando con ojos aviesos a Igarashi—. ¡Kazama! Ábrele el gaznate a este miserable lanzadados.

Kazama estrechó el abrazo y giró la muñeca, presto a sajarle la garganta. Pero antes de que pudiera completar el gesto, Igarashi le retiró el antebrazo y le envolvió la muñeca con ambas manos. Se escurrió hacia abajo y, apoyando el brazo del asesino sobre su hombro, hizo palanca.

El codo de Kazama se quebró con un chasquido espeluznante al tiempo que todo su cuerpo giraba sobre el hombro de Igarashi hasta golpear contra el suelo, quedando sentado a sus pies. De algún modo el forastero se había hecho con el cuchillo, que ahora apoyaba contra la garganta del sicario. El matón solo alcanzaba a gimotear, perdido en el pulsante dolor que ascendía desde su brazo astillado.

Igarashi tiró de la barbilla y lo obligó a ponerse en pie, exponiendo su yugular.

—Estará muerto antes de que podáis desenvainar —advirtió, dirigiéndose sobre todo a los centinelas que ya lo flanqueaban—. Nada de esto es necesario, Aosebe. Basta con que respondas a mi pregunta.

El *bakuto* le mostró su repugnante sonrisa al tiempo que hundía la mano entre los almohadones y levantaba una ballesta europea. El virote apuntaba directo al pecho de su secuaz.

Igarashi, consciente de que semejante arma podía perforar un cuerpo de lado a lado, empujó a Kamaza hacia delante justo en el momento en el que Aosebe tiraba del gatillo. El proyectil empaló al pobre desgraciado y asomó entre sus costillas; pero Igarashi ya no estaba a su espalda, sino que había comenzado a moverse con una velocidad que desdecía la edad que aparentaba.

Sabía que aquellas armas extranjeras eran sencillas de disparar pero tardaban mucho en cargarse, así que su prioridad eran los dos guardias que ya comenzaban a desenvainar sus sables cortos. Se abalanzó sobre el más próximo, el que se hallaba a su izquierda, y lo empujó con el hombro hasta estamparlo contra la pared. Mientras caían juntos al suelo, lo apuñaló con fuerza en la ingle, allí donde se sangra más profusamente. La visión de la sangre manando a borbotones era capaz de cortar el aliento a cualquier matón de taberna, y esperaba que aquello hiciera titubear al segundo centinela el tiempo suficiente como para que pudiera revolverse.

Sin embargo, todo se torció cuando intentó desencajar la hoja y descubrió que esta había quedado atorada en la pelvis. Tironeó con la cálida humedad empapándole las manos, pero fue incapaz de liberar el acero. Maldiciendo, giró a tiempo de ver cómo el otro guardia se disponía a hendirle el cráneo. Quiso rodar a un lado con la esperanza de que el filo no le alcanzara de pleno, pero en el último instante el golpe de su rival perdió ímpetu y se desvió, hasta que el sable cayó inerme junto a Igarashi.

Tras el sable se precipitó el hombre que lo blandía, el de la nariz partida, con una cuchilla aflorando en su nuca. Al parecer, lo que no habían conseguido los aparatosos tajos que le desfiguraban el rostro lo había hecho aquella liviana hoja, casi imperceptible a la luz de las lámparas de papel.

Desde el fondo de la estancia, los contrabandistas y el propio Aosebe intentaban comprender lo que había sucedido. Al no encontrar más enemigo que el que ya comenzaba a incorporarse, desenvainaron sus armas y avanzaron sobre Igarashi: Aosebe empuñaba un sable absurdamente largo, mientras que el hombre a su derecha hacía oscilar un alfanje de filo corvo. Apenas alcanzaron a dar un par de pasos pues, desde el techo, cayó una pesada sombra sobre ellos. Los tres cuerpos se desplomaron al unísono, en completo silencio, y solo uno se puso en pie: Masamune, que les había encajado en el hueco de la clavícula sendos estoques, tan largos como para tocarles el corazón y fulminarlos al instante.

Igarashi quiso preguntarle cuánto tiempo había permanecido agazapado sobre el enrejado del techo, pero le interrumpió la voz del último contrabandista con vida:

—¡Bravo! —dijo burlón el manco, que durante toda la reyerta había permanecido tendido entre los almohadones, como si nada de lo que sucedía tuviera algo que ver con él—. Qué formidable exhibición. —Aplaudía su mano contra el muslo.

Igarashi y Masamune se giraron hacia él; este último ya había desenvainado su *nagamaki* y lo señaló con la punta del sable:

—¿Y quién eres tú?

—¿Yo? Un don nadie, un humilde *wako* llamado Togoro —respondió el interpelado con voz estridente, descubriéndose la cabeza. La mitad de su rostro se hallaba tatuado con dragones de espuma de mar.

—No pareces muy afectado por la muerte de tus socios —observó Igarashi, que trataba de limpiarse la sangre que le empapaba los brazos.

—¿Mis socios? —Escupió hacia el cadáver de Aosebe—. Estos malnacidos son tan socios míos como el oficial de aduanas al que debo untar para que haga la vista gorda. Son un mal menor, en todo caso.

—Y dime, contrabandista —intervino Masamune—. ¿Por qué no deberíamos matarte a ti también? No me apetece que nos eches a toda la escoria de Osaka encima.

—Oh, no tenéis por qué preocuparos de eso —sonrió Togoro, confiado—. Más bien al contrario, os puedo ser de mucha ayuda, pues conozco a la zorra que andáis buscando.

Igarashi levantó la cabeza y afiló la mirada. Sabía que los *wako* inhalaban aire y exhalaban mentiras, aun así...

—¿Cómo sabes que es ella? Ni siquiera estamos seguros de que siga viva.

—La última vez que la vi, lo estaba. Fue cuando me arrancó el brazo y los huevos de dos disparos de arcabuz. —Un relámpago de odio le cruzó el semblante—. La muy puta me dejó con un pie en el Yomi.

—¿Dónde te topaste con esa mujer?

—No tan rápido, viejo. Te diré que ahora se hace llamar Reiko. —Pronunció aquel nombre como si le amargueara en la lengua—. Ha cambiado de nombre, pero no de hábitos: sigue tratando con los extranjeros y se dedica a meter mercancía prohibida en el país. Hay quien dice, incluso, que es una agente al servicio del clan Fuwa, de Takatsuki.

Igarashi intercambió una mirada con Masamune:

—¿Cuál es tu precio?

—¿Para qué la buscáis? —preguntó a su vez el contrabandista.

—Tenemos cuentas que ajustar —intervino Masamune, lacónico.

El *wako* contempló los cadáveres a su alrededor y juzgó que le gustaba la forma en que aquellos hombres ajustaban cuentas.

—Entonces os diré cómo encontrarla. Y a cambio solo os pediré una cosa: cuando deis con esa bruja engendrada por una lamprea, decidle que fue Togoro el que os llevó hasta ella.

Las *gueta* de Masamune repiqueteaban sobre el empedrado de Chuo, uno de los barrios ubicados en la parte alta de la gran colina sobre la que se desparramaba Osaka. A su espalda, abajo en la distancia, la luna refulgía sobre la bahía y tintaba de plata el cauce del Yodo.

Se internó por callejones de aspecto abandonado y olor insalubre, hasta detenerse junto a una casucha. Estaba rodeada por un jardín seco, regado solo por la lluvia, y la puerta corredera que daba acceso desde la calle se encontraba desencajada. Aun así, se intuía el resplandor de una llama a través del papel de arroz de la terraza.

Masamune hizo a un lado la plancha de madera abotargada y se adentró en el jardín. En cuanto puso un pie en el camino, varios cuervos alzaron el vuelo para posarse en el alero de la casa. Convocada por el negro aleteo, una figura menuda salió a la terraza y se arrodilló sobre el entarimado, sentándose sobre los talones. No necesitó pronunciar saludo alguno, pues Masamune se apresuró a hincar la rodilla y pegar la barbilla al pecho:

—Yao-san, traigo una importante noticia. —Alzó la mirada, casi eufórico—: Por fin la hemos encontrado.

La anciana asintió complacida y alargó la mano. Masamune le entregó el pequeño rollo de papel que un cuervo llevaría a Iga antes del amanecer.

Capítulo 27

El destructor de provincias

Nozomi se sentó con las piernas cruzadas sobre el fino musgo que cubría la colina. Aquella postura indecorosa en una mujer, imposible cuando en la corte del daimio debía vestir los ceñidos kimonos que constreñían sus movimientos, era un silencioso refrendo de su autoridad en el campo de batalla. Incluso en la soledad de ese atardecer, proclamaba que allí era un guerrero más, una *bushi* capaz de matar y morir por su señor, como cualquier hombre.

Con gesto distraído, se deslizó la mano bajo la corta melena, donde un ojo sin pupila vigilaba su espalda. El tatuaje, conectado con el *san jiao*, el receptáculo espiritual alojado en el cráneo, expandía su percepción y la identificaba como *chunin* de los *shinobi* de Shinano. Solo el tiempo y la razón del cielo dirían si el tatuaje se completaba con la pupila, identificándola como la primera mujer líder de su clan, momento en el que Nozomi debería adoptar el nombre de Kato. No pocos entre los suyos consideraban que, de haber nacido hombre, ese día ya habría llegado, pero no era algo que ocupara sus pensamientos, pues hacía mucho que había aprendido a mantener su espíritu y su mente en armonía con lo que es, no con lo que pudiera ser.

Así que, con la serenidad que precisa cualquier ritual, abrió la caja alargada que había llevado consigo y extrajo la pipa de hierro. Cebó la cazoleta con tabaco portugués y arrimó la llama del yesquero. Chupó varias veces, avivando las ascuas hasta que el sabor de la hierba le llenó los pulmones. Complacida, expulsó el humo lentamente y contempló el campo de batalla a sus pies, ahora en calma.

La luz languidecía en el horizonte, a punto de consumarse la puesta de sol, y los *eta* deambulaban por el yermo amontonando en carretas los cadáveres de ambos bandos. Nozomi recorrió con la vista el lugar y negó con la cabeza, disgustada: había casi tantos cuerpos de uno como de otro bando, lo que demostraba que la resistencia de los *sohei* había sido mayor de lo esperado.

Ahuecó la mano sobre los ojos para otear el paso en el extremo norte de la llanura; el señor Fuwa había puesto allí sus esperanzas de zanjar el enfrentamiento con rapidez, pero la incursión había sido un desastre. Los monjes le habían arrebatado la gloria de poder anunciarle a Oda Nobunaga que el monte Hiei había caído en un día. Nozomi había podido escuchar de primera mano el testimonio de Kudō Kenjirō cuando fue llamado ante los generales: el *goshi* explicó que los monjes tenían un destructor de provincias defendiendo el paso. Pocos volvieron del fallido asalto, apenas veinte *ashigaru* y una docena de samuráis, contando al muchacho.

Mordisqueó la boquilla de la pipa, preguntándose quién podía haber facilitado a la secta Tendai un arma semejante. Aquel era un misterio sobre el que tendría que volver más adelante, pues su preocupación en ese momento era cómo deshacerse de tan inesperado obstáculo.

Divisó algo en el campo de batalla que la apartó de sus cábalas: entre los cadáveres se movía un hombre alto y delgado, ataviado con negros ropajes. La figura de Martín Ayala era inconfundible; Nozomi se entretuvo observando cómo el jesuita se arrodillaba junto a cada cuerpo, ya fuera de amigo o enemigo, para bisbisear una breve oración. Cuando alguno de los caídos aún respiraba, el sacerdote se inclinaba sobre él y lo ungía en la frente, marcándolo con la omnipresente cruz de los cristianos. Era un triste deambular el de aquel hombre —pensó—, le esperaba una larga noche si pretendía atender a cada uno de los caídos.

De improviso, algo interrumpió su plácida contemplación. Se retiró la boquilla de los labios al ver cómo el religioso retrocedía bruscamente, tratando de zafarse de una mano que lo había aferrado por la muñeca. Cuando Nozomi comprendió la situación, dejó caer la pipa y se lanzó colina abajo.

Voló por la vereda arañada en la falda pedregosa, ignorando el riesgo de precipitarse contra los peñascos. Apenas había alcanzado el llano cuando el pretendido moribundo empuñaba ya un sable corto y agarraba el hábito del *bateren* para arrastrarlo hacia el suelo. Encomendándose a los *bodhisattva,* el fanático ciñó su acero impío contra la garganta de Ayala, pero antes de que pudiera completar el tajo, una flecha afloró en su pecho.

La dama Nozomi refrenó su carrera, lejos aún de la escena, y tuvo tiempo de presenciar cómo un segundo proyectil atravesaba el cuello del agresor y se clavaba en la tierra. Con la respiración desbocada, buscó el punto de donde procedían ambas flechas y halló a Kudō Kenjirō de pie sobre un montículo, el arco colgando ya de su brazo extendido.

Fue en ese momento cuando comprendió lo que debía hacerse.

Ayala despertó como si un martillo le hubiera aplastado el pecho. Agitado, se incorporó sobre la estera e inspiró con vehemencia, recién emergido de las aguas turbulentas del sueño. Tardó un instante en darse cuenta de que aferraba las mantas con tal fuerza que le dolían los dedos. Aún sudoroso, se abrió el cuello del *yukata* con el que dormía y hundió el rostro entre las manos, a la espera de recuperar el resuello.

—¿Quién es Junko? —preguntó una voz en la oscuridad.

El jesuita alzó la cabeza y se encontró con los ojos de Kudō Kenjirō, contemplándolo desde un rincón de la tienda. El samurái, sentado sobre el lecho, se había entregado al cuidado de su *katana,* que ahora descansaba sobre sus piernas cruzadas.

—¿Tú tampoco puedes dormir? —dijo el *bateren.*

—No ha respondido a mi pregunta. ¿Quién es Junko?

Ayala salió de entre las mantas y se acuclilló junto al cubo de agua fresca. Bebió un par de veces del cucharón y se refrescó la cara y la nuca. Habló tras secarse la barba con el dorso de la mano:

—¿Dónde has escuchado ese nombre?

—Ahora, mientras dormía, lo repetía entre murmullos. No es la primera vez que se lo escucho en sueños. Y en aquel santuario en el que nos detuvimos antes de llegar a Shima, interrogó al sacerdote por ese mismo nombre.

El jesuita asintió en silencio y regresó al lecho, cansado. Se sentó con la espalda encorvada y la mirada perdida.

—María Auxiliadora, ese es su nombre cristiano —confesó—. La llamamos así porque la dejaron junto al pozo de la misión durante dicha festividad, en la última semana de *satsuki*. —Los recuerdos parecían avejentar su faz—. Eran días de mucha hambruna en Hirado; ya habíamos escuchado de campesinos que abandonaban a los recién nacidos en el bosque, a merced de los lobos. Nosotros montábamos en cólera, los fustigábamos con el látigo del remordimiento, «alguien que abandona a su propio hijo jamás podrá entrar en el Reino de los Cielos», les decíamos… Pero si ibas a esas aldeas, amigo mío, si eras capaz de acallar la justa indignación que nos espoleaba y escuchabas con recogimiento… El llanto de esas madres al regresar de los bosques le partía el alma a cualquiera. Era gente desesperada, y la gente desesperada hace cosas terribles. —Ayala levantó la vista hasta los ojos de Kenjirō—. Así que, ¿cómo no íbamos a hacernos cargo de esa niña…, aunque solo fuera de esa?

»La criamos entre todos, que es lo mismo que decir que no la crio nadie. Un niño necesita de un padre y una madre, pero nosotros, que nos hacemos llamar padres, no somos capaces de dar verdadero sentido a esa palabra. No encontramos matrona que le diera el pecho, pues las madres apenas podían exprimir unas gotas para sus propios hijos, así que la criamos con leche de cabra, pese a que los cristianos de Hirado nos condenaban en silencio por dar leche de bestia a un bebé. Aun así, creció sana, corriendo por la casa, jugando en el huerto, husmeando en la sacristía y comiendo las sobras de la cocina. —Una sonrisa afloró a los labios de Ayala—. Todos dimos por sentado que adolecía de algún tipo de debilidad mental, pues pese a ser animosa, era callada, casi muda. Hasta que comenzó a hablar, ¡y cómo lo hacía, mi querido muchacho! En perfecto portugués entre nosotros, pero como una niña más de Hirado con los dógicos y demás japoneses que acudían a la misión.

»Fue entonces cuando me di cuenta de que aquella criatura no era una carga, sino una bendición del cielo, pues era única, alguien que podía hablar los dos idiomas de manera innata. Le pedí permiso al principal de la misión para hacerme cargo de ella, y así quedó bajo mi tutela. Lo primero que hice fue educarla, enseñarle a leer y escribir, gramática, métrica y sintaxis, latín, astronomía y matemáticas; lo segundo fue buscar a un tutor de Hirado para ella, alguien que le diera también una educación japonesa. Este hombre fue el que le impuso el nombre de Junko, y así le gustaba hacerse llamar entre los suyos. Con los años, la pequeña Junko demostró su utilidad para la misión: no solo era la intérprete perfecta, no solo comprendía ambos idiomas, sino que comprendía ambos mundos. Ella se convirtió en mi maestra, y todo lo que había podido descubrir por mí mismo, mi diccionario y mi gramática sobre la lengua de las islas, quedaron como los torpes tanteos de un ciego. De su mano aprendí los matices del idioma, de la escritura, los caracteres chinos y sus inflexiones, me enseñó a pronunciar correctamente, a comportarme como su tutor japonés le enseñaba, me ayudó a desprenderme de la brusca torpeza con la que nos desenvolvemos los *nanban*... O lo intentó, al menos.

»En pocas palabras: me llevó donde jamás habría llegado por mí mismo. Fue mi discípula y mi mentora, y fueron años felices. Hasta que nos enviaron a Shima. En aquella isla todo se torció... Tuvimos que separarnos y yo regresé a mi tierra, tan lejos de estas costas como me fuera posible. —La mirada de Ayala por fin regresó a este mundo. Contuvo el aliento un instante, como pensando qué más podía decir, finalmente concluyó—: Esa es Junko.

Kenjirō asintió un tanto abrumado. Ese hombre se había abierto a él, pero ahora no acertaba más que a responderle con un prolongado silencio.

—¿Qué hay de ti? —quiso saber el jesuita—. No has dicho nada desde que regresaste de la batalla, pero ayer presenciaste mucho dolor y muchas muertes. Nadie permanece incólume tras pasar por algo así.

El samurái bajó la vista hacia el fulgor líquido de su sable. Por un momento pareció desentenderse de la pregunta, pero finalmente respondió:

—Durante años he escuchado hablar a mi padre y a mi tío de la guerra, entre ellos cuando bebían sake, y a nosotros cuando trataban de prepararnos para ella. Ambos coincidían en que los primeros en morir siempre son los mismos: los que tienen demasiado miedo de luchar y los que están demasiado ansiosos por hacerlo. «Ni tan lento que la muerte te alcance, ni tan rápido que des alcance a la muerte», nos decían. Mi hermano y yo los escuchábamos y nos conjurábamos para no ser de los primeros en caer: si debíamos morir, lo haríamos tras mucho batallar, dejando este mundo de forma gloriosa. Ayer, sin embargo, cuando nos adentramos en ese paso y se nos vino encima la caballería *sohei*, comprendí que no saldría de allí con vida. Y por extraño que parezca, aquella certeza me liberó. Hallé una paz ajena al miedo y la desesperación que me rodeaban. Fue por eso por lo que pude ver el final del día; no por mi habilidad o mi templanza, sino porque ya me sabía muerto. —Kenjirō buscó la mirada de Ayala—. Difícilmente sobreviviré a esta contienda. Mi mente lo ha asumido, pero mi cuerpo todavía no lo sabe, por eso siguen pesándome los brazos y doliéndome los golpes. —Se echó la mano al corte en la sien.

Aquellas palabras sedimentaron en el ánimo de Ayala como arena fina. Notó que se le truncaba el aliento y se le humedecían los ojos, arrepentido de haberlo arrastrado hasta esa situación. Pues aunque finalmente encontraran allí a los asesinos de sus hermanos, aunque la orden de ejecutarlos se hubiera perpetrado desde esa misma montaña, no había respuesta o confesión que valiera la vida de otro hombre bueno. Kudō Kenjirō había sido enviado para proteger su vida, y en su arrogancia él había asumido que así debía ser, cuando lo único cierto a ojos de Dios, lo que él mismo debería haber comprendido desde un principio, es que la vida de ese muchacho dependía de él, y no al revés. Kenjirō se hallaría ahora junto a su familia de no ser por los padres cristianos y sus asuntos, y no debería existir para él más prioridad que devolverlo sano y salvo a la casa que nunca debió abandonar.

Había alcanzado esa resolución cuando el inesperado rumor de las cortinas lo sustrajo de tales pensamientos: la dama Nozomi, la espía personal de Fuwa Torayasu, había irrumpido en la tienda ataviada con una armadura ligera. Dedicó una rápida reverencia a Ayala antes de dirigirse al joven guerrero:

—Saludos, Kudō Kenjirō, hijo de Kudō Masashige. —Aguardó a que el interpelado le devolviera la cortesía, pero este se limitó a contemplarla con desdén. Nozomi sonrió, lejos de sentirse ofendida—: Sé que no te inspiro confianza alguna, y eso quizás hable de tu sensatez, pero en la guerra nuestros mejores aliados no tienen por qué ser nuestros mejores amigos.

—¿Qué quieres de mí? —se limitó a responder Kenjirō.

—Ayer declaraste ante los generales que pudiste distinguir el punto donde se emplazaba el destructor de provincias, ¿no es así?

—Por un momento pude ver el relámpago de la detonación entre la maleza.

—En ese caso, quizás podamos destruirlo, pero antes de comunicarle mi plan a su señoría necesito saber si estás dispuesto a empeñar tu vida en esta causa.

Kenjirō ni siquiera titubeó. Asintió con gesto grave.

—Prepárate para la batalla, entonces. No tenemos mucho tiempo si queremos aprovechar las brumas matinales —lo apremió la mujer—. Y procura quedar en paz con todos los dioses y escribir tu *jisei**, pues lo más probable es que el monte Hiei se convierta hoy en nuestra tumba.

Kenjirō recorría el campo de batalla sobre su montura, una figura solitaria en la oscura madrugada, avanzando entre estandartes quebrados y cadáveres amontonados como leña seca. La niebla que se extendía desde la orilla del Biwa confería visos espectrales a la escena, y por momentos parecía haber dejado atrás este mundo para hollar los valles del infierno. Habían envuelto los cascos de su caballo con fundas de cáñamo, de modo que no se percibía más sonido que los resoplidos del animal y el aleteo de los cuervos al reparar en su presencia. Alzaban la cabeza y lo observaban con la carroña colgándoles del pico; en cuanto el jinete pasaba de largo, regresaban a su festín con espasmódicos picotazos.

Se dirigía hacia la entrada del paso de montaña y, según se aproximaba a aquel lugar maldito, comenzaron a elevarse a su alrededor los lamentos de los moribundos, el entrechocar de los aceros, la descarga de los arcabuces y el relinchar de los caballos... Hasta que el ulular de una flecha *kaburaya* le cortó el aliento. Inconscientemente, alzó la cabeza hacia el cielo, pero allí no había más que la densa

---

* *Jisei:* poema de despedida escrito justo antes del momento de la muerte. Algunos samuráis que se sabían próximos a su fin, bien fuera por afrontar una segura derrota o por un suicidio ritual, solían dejar en estos versos su último testimonio.

oscuridad que acechaba tras las nubes. Su caballo corcoveó nervioso, contagiado por la angustia del jinete, y Kenjirō se inclinó sobre él para palmearle el cuello: «Sssh, estamos solos», tranquilizó al animal, pero también hablaba para sí, tratando de conjurar los fantasmas que le aturdían la cabeza y le constreñían las tripas.

Se concentró en su camino y no tardó en reconocer los relieves y cicatrices del paisaje: caminaba sobre sus huellas del día anterior, y así prosiguió hasta que una bandera roja se alzó entre la bruma. Ondeó un par de veces y volvió a desaparecer. El jinete desmontó y comenzó a caminar casi en cuclillas, tirando suavemente del ronzal en dirección al punto de encuentro. Al poco, un hombre emergió de entre la niebla y se aproximó a él con la bandera en las manos; Kenjirō reparó en que, un poco más adelante, varios soldados se apretaban en una zanja. Más allá había otro grupo oculto tras un montículo, y otros tantos tendidos en el lecho seco de un arroyo. ¿Cuántos podrían ser en total? ¿Quince? ¿Veinte, quizás?

—¿Dónde se encuentra la señora Nozomi? —preguntó en voz baja, entregándole las riendas de su caballo al *ashigaru* que había salido a su encuentro.

El soldado señaló una colina que se elevaba próxima, marcando la entrada al paso de montaña.

—Procure subir por esta cara, probablemente haya vigías apostados en el desfiladero.

Kenjirō le agradeció el consejo y se dirigió hacia la pendiente, buscando siempre la cobertura de la bruma y de los desniveles del terreno. Comenzó a trepar por la tierra seca, agarrándose a los arbustos y pisando sobre un suelo de gravilla que se desprendía bajo sus pasos. Si había alguna vereda que escalaba aquella loma, era incapaz de encontrarla en esa noche nublada. Poco a poco, tras perder pie en varias ocasiones y magullarse las manos otras tantas, alcanzó la cima, y allí encontró a la comandante recostada sobre el vientre, oteando la oscuridad a través de un extraño cilindro.

—¿Qué hay en el interior de ese tubo? —preguntó, tendiéndose a su lado.

Nozomi sonrió y se apartó el artilugio.

—Compruébalo tú mismo. —Se lo ofreció sin apartar la vista del paso de montaña.

En cuanto lo sostuvo, Kenjirō supo que estaba construido en latón, aquel metal tan del gusto de los extranjeros. Aplicó su ojo al extremo e intentó ver algo a través del grueso cristal.

—Aquí dentro solo hay oscuridad.

—No trates de ver lo que hay dentro, sino al otro lado. Levántalo hacia las colinas.

Kenjirō así lo hizo y comenzó a divisar las afiladas formas de los altozanos que se extendían en la orilla opuesta del desfiladero, pero tan próximas que parecían al alcance de su mano. Asombrado, se apartó el instrumento y lo observó con absoluto desconcierto. A continuación, volvió a mirar a través del tubo, aún incrédulo.

—Sorprendente, ¿verdad? Es un artilugio muy preciado por los marineros *nanban*. El efecto óptico lo consiguen las lentes que hay en cada extremo —explicó la agente de Fuwa, con la satisfacción de quien desvela un complejo truco de manos.

—¿Y has podido encontrar algo con ayuda de este artefacto?

—No —masculló—. Está demasiado oscuro y esos *sohei* son desconfiados como ratas, no han encendido ni hogueras ni lámparas. Solo he logrado divisar algunos hombres patrullando en la cara opuesta.

Kenjirō aguardó a que la luna volviera a quedar cubierta, entonces se puso en pie y oteó las profundidades del paso de montaña. Las paredes escarpadas y los collados tomaron forma en el interior del cilindro de metal; reconoció el recodo en el que se vieron sorprendidos por la caballería, la pendiente por la que los jinetes cayeron sobre ellos como un alud de rocas y, tomando aquella referencia, levantó la lente hasta el nido que creyó divisar durante la batalla. En un principio no consiguió distinguir nada, la vista cada vez más borrosa, pero tras parpadear un par de veces, su ojo comenzó a discernir más matices. Sí, aquello era.

Se trataba de un pequeño cerro que no se elevaba mucho sobre el terreno, apartado de las paredes del paso de montaña, casi interrumpiendo el camino. El monstruoso cañón se hallaba cubierto por arbustos, pero la presencia de hombres a su alrededor delataba claramente su posición. Kenjirō contó no menos de veinte a los pies del cerro, tendidos sobre jergones, y ocho más acostados en la cima. Solo uno permanecía en pie, montando guardia.

—Allí —indicó con el dedo, pasándole el tubo a Nozomi.

Esta tomó el artilugio y buscó lo que el joven samurái había visto, pero no lo divisó hasta que el propio Kenjirō la ayudó a orientar el instrumento.

—Por todos los demonios del Jigoku —maldijo la mujer—. Son astutos. Han buscado un punto no demasiado alto y centrado, de modo que puedan arrasar a todo el que llega por el paso de montaña. Si dispararan desde una colina elevada, la bola de hierro se hundiría en el suelo y no rodaría.

—Haberlo encontrado no cambia nada —dijo Kenjirō—. Si nos acercamos por el paso, nos verán desde la distancia. Y si intentamos alcanzarlo desde las colinas que flanquean la garganta, nos toparemos con sus patrullas.

—El objetivo no es sorprenderlos, sino conseguir aproximarnos —explicó la dama Nozomi, sentándose en el suelo.

—¿Qué quieres decir?

En lugar de responder, la espía de Fuwa tomó su cuchillo y apoyó la punta en el suelo:

—Ayer te vi utilizar el arco con maestría —comentó en tono casual, mientras grababa una serie de líneas en la tierra—. Aunque aún tengo una duda: ¿has disparado alguna vez desde un caballo al galope?

—Es un arte difícil.

—En efecto, lo es. Pero tengo entendido que tu padre te instruyó como a los samuráis de antaño: arco a caballo y sable.

—Siempre consideró los fusiles armas inútiles.

—Ya veo, un tradicionalista.

—Un hombre práctico —la corrigió Kenjirō—: En nuestro valle crece el bambú con el que fabricar arcos y flechas, pero no crece la pólvora.

Nozomi asintió, divertida por el descaro del joven guerrero.

—La pólvora, sin embargo, nos será muy útil aquí. Observa, este es el nido del cañón. —Señaló una de las marcas que había grabado en la tierra—. Un destructor de provincias es capaz de disparar balas de hasta dos *kan** y medio de peso. ¿Sabes cuánta pólvora es

---

* *Kan* (o *kanme*): unidad de peso equivalente a 3,75 kg, aproximadamente.

necesaria para escupir tanto hierro? —preguntó retóricamente—. Yo tampoco lo sé, pero te aseguro que mucha.

—Pretendes hacer explotar los barriles de pólvora que deben almacenar junto al cañón.

—Exacto. Con esto. —Nozomi le mostró un hatillo de tela largo y delgado. Lo depositó entre los dos y descubrió lo que había en el interior: una saeta más larga de lo normal, tocada con una pluma de faisán en un extremo y con la punta envuelta en una tela grasienta en el otro. Desprendía un olor intenso, nauseabundo.

—¿Qué es eso? —preguntó Kenjirō, aunque podía imaginárselo.

—Es una flecha incendiaria, la punta está envuelta con estopa y aceite de combustión lenta, una mezcla casi imposible de extinguir. Mi gente la utiliza para provocar incendios.

—Argucias de *shinobi* —gruñó Kenjirō, sin disimular su desprecio.

—Argucias que pueden ahorrarnos muchas vidas.

—Y pretendes que clave una de estas flechas en un barril de pólvora.

—Una de estas flechas, no. Esta flecha —enfatizó Nozomi—. Tarda en prender, y tendrás que sujetarla en la mano mientras galopas. Si yerras el disparo, no tendrás tiempo de preparar una segunda flecha.

—¿Y por qué solo yo? Podríamos cargar con varios arqueros. Diez, quince, alguno acertaría.

—¿De verdad crees que el señor Fuwa pondría a disposición de este plan una unidad de caballería? No, samurái —la mujer sonrió con condescendencia—, solo seremos nosotros dos y los diecinueve *ashigaru* que ves ahí abajo. Si mi plan sale mal, nuestro ejército no perderá casi nada.

—Comprendo. —Kenjirō bajó la vista hacia la saeta preparada por la dama Nozomi. Le incomodaba seguir los planes de una mujer, de una *kunoichi*, artera y mentirosa como todos los *shinobi*.

Había disparado antes flechas de fuego, aunque no tan sofisticadas como esa. En aquellas ocasiones, también todo dependía de un único disparo: las avispas en los campos de Anotsu son feroces y, cuando había que quemar un nido, su hermano y él se aproximaban al galope y disparaban al paso. Si el tiro era bueno, la flecha se clavaba en el avispero y el fuego hacía su trabajo mientras ellos huían de los insectos. No era tan distinto, se dijo, salvo que aquí tendría que lanzar a oscuras, casi a ciegas. Y que las balas de los *sohei* vuelan más rápido que las avispas, por supuesto.

—¿Cómo pretendes que nos acerquemos tanto? Un disparo como ese no puede hacerse a más de un *cho* de distancia.

—Nos adentraremos en el paso, en silencio y al amparo de la niebla. Nos ceñiremos al flanco derecho, contra los collados más patrullados, de manera que los centinelas no nos tengan a la vista. Cuando doblemos el recodo donde fuisteis atacados, quedaremos completamente a la vista del nido de cañón, pero ya estaremos en disposición de lanzar una carga frontal.

—Demasiada distancia para recorrerla a pie, no alcanzaremos la loma —dijo Kenjirō.

—Basta con que la alcances tú, samurái. Ellos serán tu escudo hasta que te encuentres a ese *cho* de distancia. —Nozomi trazó con su cuchillo una línea que iba desde el recodo hasta el círculo que representaba el nido del cañón—. Entonces te adelantarás a caballo y solo necesitarás una flecha. Una flecha y el disparo más certero que hayas hecho en tu vida.

Kenjirō negó levemente con la cabeza, reacio a dar por buena semejante locura.

—¿Has visto lo que le hace esa monstruosidad a los hombres? Yo sí. De un solo disparo puede barrer a todos tus *ashigaru*. No nos aproximaríamos ni a cuatro *cho*.

—Es posible, pero solo si avanzamos con una formación cerrada. Mi intención, sin embargo, es desplegarlos en abanico, un frente de diecinueve hombres con nosotros cabalgando detrás. De esa forma, reduciremos la eficacia del destructor de provincias, la bala podrá alcanzar a uno o dos hombres como mucho. Es cierto que después nos enfrentaremos a los arcabuceros que defienden el nido y que sus disparos harán estragos contra una formación en abanico. Puede que abatan a mis diecinueve hombres en la primera andanada, pero lo importante es que tú permanezcas protegido tras ellos. Mientras los fusileros recargan, tendrás tiempo de lanzarte al galope y aproximarte lo suficiente para intentar tu disparo.

Kenjirō contempló las rayas que arañaban la tierra, describiendo una maniobra por completo demencial.

—Es un plan descabellado —dijo finalmente.

—E imprevisible —añadió la mujer, decidida—. Por eso tiene posibilidades.

—A costa de la vida de diecinueve hombres que no han elegido morir aquí.

—Nadie elige morir, Kudō Kenjirō. No hay hombre o mujer, ya sea campesino o gran señor, ya haya vivido veinte años u ochenta, que no crea que la muerte le llega demasiado pronto. Procuremos, al menos, que la nuestra tenga sentido.

Capítulo 28

A orillas del río Sanzu

Naomasa Sorin recorría el castillo de Anotsu con pasos leves, casi atribulados, olvidada ya la firmeza con que pisaba por aquellas galerías en días no tan lejanos. Desde que Akechi Mitsuhide había decidido posponer su regreso a Omi, el viejo administrador, acostumbrado a gobernar la plaza, penaba por la fortaleza despojado de todo poder y dignidad, convertido en un pelele a merced del temperamental carácter de su amo.

Hoy, sin embargo, en lugar de rehuir su presencia, acudía a su encuentro con noticias con las que esperaba aplacar a su señor. Quizás así el temporal amainara por unos días y volviera a brillar el sol en su triste vida.

El ayudante de cámara, que lo había precedido abriendo todas las puertas a su paso, se arrodilló frente a los paneles *shoji* que daban acceso al mirador oeste de los aposentos de su señoría. Bisbiseó unas palabras y alguien abrió la puerta desde el otro lado. Una doncella apareció junto al umbral, los saludó con una reverencia y tendió una mano abierta para indicarles que entraran en silencio.

En el aire flotaba el tañido rasgado de un *koto**. La melodía, desgajada por los dedos de una joven intérprete, se diluía en la brisa procedente de la gran terraza. Naomasa, que, víctima del vértigo, procuraba

---

* *Koto:* instrumento de cuerda de origen chino, similar a un arpa de trece cuerdas que se apoyaba horizontalmente sobre un soporte o sobre el regazo del intérprete.

evitar aquella sala, debió reconocer la belleza del conjunto: la luz del atardecer inflamaba las vetas de nogal que revestían el mirador, proyectado sobre la bahía de Owari y abierto de par en par a la puesta de sol.

Su señor se encontraba sobre la tarima que presidía la estancia, recostado entre cojines mientras abrazaba a un joven que apoyaba la cabeza en su pecho. El acompañante de su señoría era Sakai Hajime, uno de sus más jóvenes comandantes. Un hombre feroz en la batalla, temerario en sus planteamientos, según se decía, llamado a convertirse en uno de los mejores oficiales de los ejércitos de Oda. Akechi-sama le acariciaba con despreocupación, los ojos cerrados mientras enredaba sus dedos en los espesos mechones.

Los sirvientes que aguardaban junto al estrado se apartaron al ver llegar a Naomasa. Este se arrodilló frente al daimio y carraspeó, buscando la voz para tomar la palabra.

—¿Por qué me importunas? —preguntó Akechi, sin ni siquiera abrir los ojos para mirar a su castellano.

—Os traigo importantes noticias, *o-tono*. Noticias de Iga.

La joven al otro lado de la sala siguió interpretando su melodía, ajena a la conversación.

Akechi gruñó y chascó los dedos. Alguien se apresuró a depositar en su mano una taza de sake.

—¿Qué noticias?

—Igarashi Bokuden se encuentra en Osaka acompañado por un hombre de nuestra confianza. No volveremos a perder su rastro.

—¿Para eso me molestas? Te dije que no quería saber nada de ese viejo *shinobi* hasta que me trajeras su cabeza.

—Hay algo más, *o-tono*. Han encontrado a la contrabandista del clan Fuwa.

El señor de la guerra abrió los ojos, su expresión había adoptado un cariz lobuno.

—¿Estás seguro de eso?

—Acaba de llegar un cuervo de Iga confirmándolo.

Akechi despidió con la mano a su joven amante y ordenó que los dejaran a solas. El servicio se retiró de rodillas, y la intérprete se apresuró a hacer una reverencia y abandonar la sala por una puerta lateral. Cuando por fin tuvieron intimidad, el daimio clavó la mirada en el viejo castellano de Anotsu:

—Habla.

—Al parecer, se la conoce como Reiko y opera en la costa de Kii. No se sabe nada más aún, pero los hombres de Iga ya la están buscando. No tardarán en dar con ella.

Akechi se puso en pie y descendió de la tarima. Vestía un fino *yukata* y llevaba el pelo suelto a la espalda. Por algún motivo, a Naomasa le resultaba más amenazador que cuando llevaba armadura y anudaba el moño samurái.

—Esa mujer no debe morir, ¿lo has entendido? —dijo súbitamente, deteniéndose junto a su vasallo—. Deben capturarla y llevarla a Omi para ser interrogada, y no debe quedar ni el menor indicio que conecte mi casa con su desaparición.

—Así se hará, *o-tono* —respondió Naomasa, inclinando la cabeza.

—Fuwa Torayasu la ha escondido bien, pero mientras él juega a ser la espada de los cristianos, nosotros tenemos al alcance la llave de su caja de secretos. —Akechi sonrió, deleitándose con el sabor de una victoria largamente postergada—. ¿Qué se sabe del asedio al monte Hiei?

—Los tendai han resistido durante los dos primeros días. Parece que los monjes han hecho buen uso de las armas que les envió su señoría. No rendirán su fortaleza tan fácilmente.

—Bien, la montaña sagrada no debe volver a caer. —El daimio se adentró en la gran terraza que se asomaba a la bahía. El viento le agitó las ropas e hizo restallar su melena con furia. Se sentía exultante, ebrio de vida—. Mañana los acontecimientos se precipitarán de un modo inesperado para Fuwa.

La dama Nozomi avanzaba en primer lugar, pegada a la pared del desfiladero mientras conducía al caballo por las riendas. A su espalda, diecinueve hombres seleccionados por ella misma. Por supuesto, carecían de la templanza y la experiencia de sus hermanos de sombra, pero se habían mostrado decididos a hacer cuanto fuera necesario para evitar que los bonzos volvieran a arrasar sus aldeas. Si tenían reticencias en someterse al mando de una mujer, se las guardaron para sí en cuanto vieron el trato respetuoso que los oficiales le dispensaban. Ahora la seguían sin titubeos, los dientes prietos y las miradas nerviosas, oteando a cada momento las escarpadas lomas que se alzaban sobre sus cabezas. Kudō Kenjirō cerraba la marcha, el único que había estado allí antes, el único que sabía que ese paso de montaña era una puerta al infierno.

La agente de Fuwa se detuvo poco antes del recodo que los dejaría a campo abierto.

—Escuchadme —dijo sin alzar la voz—: Avanzaréis cuando os lo indique y lo haréis en silencio. Abríos en abanico y no perdáis de vista a Izawa. Él encabezará la marcha, no debéis rebasarle, pero tampoco quedar más de dos pasos por detrás de él. Cuando los *sohei* den la alarma, lanzaos a la carga y corred hacia esa monstruosidad escupehierro. Yo cabalgaré a vuestra espalda en todo momento, no os abandonaré. —Nozomi calló por un instante, buscando la mirada de aquellos hombres—. Pocos saldremos de aquí con vida, eso ya lo sabéis. Nuestra marcha comienza en este mundo y concluye a orillas del Sanzu. Pero si destruimos ese cañón, estaremos cerca de impedir el resurgir de los bonzos de Hiei; su sombra no volverá a acechar las aldeas cristianas de Yamato y Harima. Lucháis por el Dios del cielo, pero también por el futuro de vuestros hijos y nietos, recordadlo cuando el destructor de provincias comience a tronar.

La tropa *ashigaru* murmuró un asentimiento quedo, y Kenjirō, tras ellos, pudo percibir el cambio que la arenga había obrado en aquellos hombres: liberados de un lastre invisible, sus espaldas se enderezaron, sus lanzas dejaron de oscilar y sus miradas se elevaron del suelo. Había llegado el momento de prender la flecha: destapó la lámpara que colgaba de su silla e introdujo en ella la punta envuelta en combustible. Tardó en prender, pero finalmente el fuego comenzó a agitarse en su extremo. Cuando estuvo listo, hizo una señal.

—Izawa, da la orden —musitó la espía.

—Ya habéis oído a la comandante. Avanzamos en silencio.

La tropa rebasó el recodo tras el que se parapetaba y se distribuyó en campo abierto, avanzando por el centro del paso de montaña. Kenjirō se dispuso a montar en su caballo para seguirlos, pero Nozomi le indicó que aguardara. No pasó mucho tiempo hasta que una campana comenzó a tañer, alertando de un ataque nocturno.

En ese momento se alzó el grito de los *ashigaru* y se escuchó el repiqueteo de sus exiguas armaduras al abalanzarse en formación.

—No salgas aún —le advirtió la mujer cuando lo vio montar—. Espera mi orden o su sacrificio no servirá de nada.

Los arcos comenzaron a restallar sobre sus cabezas, había arqueros apostados en las cañadas que surcaban las colinas. Los primeros gritos de dolor perforaron la noche.

—¡Ahora! —gritó Nozomi y, montando, se precipitó al interior del paso.

Kenjirō la siguió de cerca y lo primero que vio fue a los *ashigaru* desplegados frente a ellos, avanzando en hilera con sus *yari* al frente. Algunos cuerpos habían quedado atrás, inertes, florecidos de largas espinas, pero la mayoría seguía cargando al son de un grito desgarrado. Las flechas caían a su alrededor, pero la mayoría se quebraban contra la tierra seca.

Fue entonces cuando un fulgor lejano iluminó el desfiladero, acompañado del bramido gutural del destructor de provincias. Kenjirō se tendió sobre su caballo, aguardando el sonido pesado de la bola de hierro al desmadejar los cuerpos y rodar sobre el suelo. Pero no llegó. En su lugar, un sinfín de silbidos llenó el aire hasta que se trocó en una lluvia que levantaba la tierra y despedazaba cuero, carne y huesos. La hilera de *ashigaru* quedó barrida por completo sin necesidad de usar los arcabuces.

—¡Bastardos malnacidos! —escuchó maldecir a Nozomi, que se volvió sobre su montura para dirigirse a él—: Están disparando metralla. ¡Sal al galope! Si no te adelantas a los fusileros, todo habrá sido en balde.

Kenjirō fustigó a su montura con la flecha ardiente. El animal saltó hacia adelante, casi encabritado, y galopó furioso por el paso de montaña. Al pasar entre los cuerpos despedazados pudo ver que muchos aún se movían, agonizantes, triturados por el saco de balas y esquirlas de hierro que el cañón había vomitado sobre ellos. Ni uno había quedado en pie, de modo que nada se interponía entre él y el destructor de provincias, entre él y el pelotón de fusileros que ya formaba a los pies de la loma.

Cabalgaba hacia una nube de luciérnagas que titilaban con desesperación: eran las chispas de los yesqueros pugnando por prender la mecha de los arcabuces. Kenjirō azuzó aún más a su caballo, aunque sabía que el animal no daba más de sí. Descolgó el arco y dirigió la galopada solo con las piernas, pero antes de poder montar la flecha y tensar, vio las primeras mechas prender en la distancia. Aún estaba lejos, se lamentó, mientras más y más llamas ardían frente a él, lenguas de fuego susurrando un preludio de muerte.

Comenzó a distinguir el rostro de aquellos que se aprestaban a abatirlo, sus facciones esculpidas al claroscuro de las mechas. Una hoja de acero se alzó contra la noche, apenas un destello metálico bajo la luz pálida. Era el sable de aquel que comandaba a los fusileros; cuando la hoja cayera, él también lo haría, así que, sin apartar los ojos del filo que se disponía a cercenar el hilo de su karma, comenzó a envolver las riendas alrededor del puño izquierdo al tiempo que afianzaba el pie en el estribo del mismo lado.

Poco a poco desvió la galopada, como si pretendiera rodear la loma en lugar de atacarla, y en el mismo momento en que se hizo evidente que abandonaba su carga frontal, el jefe de los fusileros ordenó abrir fuego. Fue también la señal para que Kenjirō terminara de descolgarse de la silla, parapetándose tras el flanco izquierdo de su montura, que recibió de lleno la andanada. Percibió con claridad la lluvia de impactos a través del poderoso cuerpo del animal, su carne temblando aun después de que los disparos cesaran, y creyó sentir como propios los músculos desgarrados, deshaciéndose bajo el esfuerzo del galope, tirando del caballo en una larga caída de patas trabadas y estertores de muerte.

El animal se desmoronó sin que Kenjirō, con el brazo atrapado en las riendas, tuviera tiempo de saltar. Se encogió al ver el mundo precipitándose hacia él, y la inercia de la caída lo arrastró por el suelo hasta que el pesado cadáver terminó por aplastarlo.

Quedó tendido en una posición extraña, acechado por una oscuridad viscosa que amenazaba con anegar su conciencia. Fue el sabor de la tierra en la boca, su textura árida al bajar por la garganta, lo que le hizo toser y escupir. Trató de levantar la cabeza; notaba un gran peso muerto sobre sus piernas y no era capaz de orientarse. En la distancia vio un punto de luz, un faro entre tinieblas atrayéndolo hacia el mundo de la vigilia. Poco a poco cobró conciencia de que lo que ardía frente a él era la flecha incendiaria. Aquello fue un aldabonazo en su memoria: debía encontrar su arco, debía destruir al destructor de provincias.

Trató de ponerse en pie, pero un tirón seco en el brazo lo tumbó nuevamente contra el suelo. Continuaba con la muñeca enredada en las riendas. Se palpó la cintura con la mano libre: allí seguía su *daisho;* desenfundó la *wakizashi* y mordió con su filo la cuerda de cáñamo. Esta se deshizo sin mayor resistencia y Kenjirō pudo liberar el brazo. Por fin, apoyó las dos manos sobre el suelo y tiró de su cuerpo hasta apartarse del pesado cadáver. Levantó la cabeza con precaución y vio que las chispas de los yesqueros alumbraban otra vez la noche. La segunda andanada no tardaría en llegar.

De rodillas, buscó el arco con la vista, pero fue incapaz de encontrarlo entre la penumbra. Miró al firmamento, pero las nubes ocultaban la luna por completo; esa noche no recibiría ayuda alguna del cielo. Desentendiéndose de su propia seguridad, se incorporó y recogió la flecha llameante. Barrió con ella la oscuridad, muy consciente de que estaba ofreciendo un blanco fácil a sus enemigos. Escuchó el zumbido de una saeta que pasó cerca, seguido del repiqueteo de un segundo proyectil que se estrelló contra el suelo, no muy lejos de donde estaba. Lo ignoró, como ignoraba al pelotón que se disponía a fusilarle en cuanto sus armas estuvieran listas. Contuvo la respiración y caminó alrededor del caballo, iluminando el suelo con su improvisada antorcha. Las palabras de la dama Nozomi restallaron en su mente: ¿y si en su carga había dejado atrás el mundo terrenal y se había adentrado en los valles del inframundo? Por un momento se convenció de que esa era su condena: estar atrapado en aquel limbo, buscando eternamente a la luz de una llama que no se extinguía, sintiendo a cada momento la inminencia de una muerte que nunca llegaba...

Hasta que encontró el arco de bambú en el suelo, el arco que fabricara su tío para él. No se abalanzó, sino que lo recogió con calma. Sintió el tacto de la madera en la palma de la mano, el equilibrio del arma en su brazo. Giró sin necesidad de buscar un punto de orientación, pues siempre había sabido dónde estaba su objetivo. Frente a él, dos hileras de llamas que apuntaban a su corazón. No les tenía miedo: eran las almas de sus enemigos flotando sobre sus tumbas.

Alzó el arco y liberó la flecha. Esta trazó una parábola flamígera contra el firmamento y, mientras los monjes guerreros alzaban la cabeza, Kenjirō supo, aun antes de que el proyectil cayera, que había cumplido su cometido.

El penacho llameante se hundió en la cima de la colina. Por un instante nada sucedió, a continuación varios hombres comenzaron a arrojarse pendiente abajo, después la explosión borró la noche de un plumazo. El suelo se quebró y las paredes rocosas se desmenuzaron, reventadas por la deflagración.

Kenjirō sintió cómo la onda le golpeaba el pecho y le hundía las placas de la armadura en la carne. Cayó de espaldas y rodó sobre el suelo hasta quedar tendido boca arriba, junto a aquella columna de fuego que devoraba la oscuridad. Quiso mirar el cielo nocturno, pero el calor acre de las llamas lo obligó a cerrar los ojos; tan solo podía escuchar el eco de la explosión restallando en sus oídos. Incapaz de moverse, vencido por completo, se sentía vencedor: había cabalgado hasta el corazón mismo del infierno y había entonado su canto de victoria con la voz del trueno.

Con una última sonrisa, se dijo que ya solo le quedaba reunirse con sus camaradas *ashigaru* y cruzar con ellos el río Sanzu.

Capítulo 29

Más allá de los arrozales

A yala rezaba de rodillas sobre el jergón, con la barbilla pegada al pecho y los dedos enredados entre las cuentas del rosario de su madre, el mismo que entregara a Kenjirō antes de la primera batalla. Después de que el *ashigaru* trajera de vuelta la reliquia, el samurái se la había devuelto con una disculpa: el rosario había regresado junto a su legítimo propietario, por lo que conservarlo solo le traería mal karma. El jesuita, ajeno a tales supersticiones, agradecía no obstante el familiar contacto de las cuentas de madera, que ahora empujaba una a una, intentando lapidar su inquietud bajo el peso de los avemarías.

Hasta que la explosión estremeció el suelo y cimbreó la tienda sobre su cabeza. Abrió los ojos, alarmado, y se apoyó sobre una mano, buscando la vibración que preconizaba la llegada de un temblor. El silencio que sobrevino le hizo comprender que la causa de aquella sacudida no se hallaba bajo tierra.

Poseído por una súbita premura, se incorporó y se echó el manto sobre los hombros. Salió de la tienda y miró a su alrededor con ojos ansiosos: muchos otros comenzaban a asomarse al exterior, pero todos parecían tan confusos como él. Un murmullo comenzó a recorrer el campamento mientras los dedos señalaban la columna de humo que se alzaba contra el cielo, engullendo las estrellas. El resplandor de un fuego lejano difuminaba la noche y daba volumen a la creciente nube de cenizas.

Ayala se envolvió en la capa y se encaminó hacia el puesto de mando, abriéndose paso con aquellas zancadas largas que le eran tan propias. Los lanceros al pie de la colina titubearon al verlo llegar: sabían que ese hombre era bienvenido ante la presencia de su señor, que el resto de los generales lo trataban con el respeto que se debe a un hombre santo, pero desconocían si podía penetrar a su antojo en el círculo privado del daimio. Ayala se limitó a seguir su camino, espoleado por una urgencia que parecía conferirle el ímpetu y la autoridad de un emisario imperial. Al llegar al puesto de mando en la cima, la guardia personal de Fuwa no dudó en cerrarle el paso, pero un oficial reparó en su presencia y se aproximó a él, haciendo a un lado a los guardias.

El jesuita lo reconoció como Saigo Tesshu, uno de los samuráis que acompañaban a su señoría durante su visita al hospital de Shima. Ayala lo saludó con deferencia antes de interrogarle por lo sucedido.

—Parece que la unidad comandada por la dama Nozomi ha volado el polvorín enemigo, el paso al norte de Hiei por fin está abierto. —Y golpeándose la palma con el puño enguantado, añadió—: ¡Es hora de aplastar a esos blasfemos!

—¿Y los hombres que partieron con Nozomi-san? —preguntó Ayala, ignorando el fervor guerrero del samurái.

—Unos valientes —dijo Saigo, persignándose sobre el pecho—. *Requiescat in pace* —murmuró, empleando la fórmula que repetían los *bateren.*

El samurái se despidió para reunirse con sus camaradas y el jesuita quedó atrás, afligido por lo que había escuchado. ¿La muerte de esos hombres era una certeza o tan solo una suposición? Con aquella duda atravesada en la garganta, se internó en el perímetro delimitado por los lienzos blancos.

Todos los oficiales de Fuwa estaban allí congregados, vestidos con sus armaduras de combate pese a que el sol aún no despuntaba. Se respiraba una satisfacción contenida que templaba la madrugada y enardecía el espíritu, una emoción ajena a Ayala, que se deslizaba entre aquellos hombres como un soplo de aire gélido. Avanzaba hacia el mirador desde el que había oficiado su presunta misa, pues le parecía el mejor sitio para distinguir algo en lontananza. No le sorprendió encontrar allí al señor Torayasu, escoltado por dos hombres que atendían solícitos sus instrucciones mientras el daimio señalaba la llanura frente a ellos.

Abajo, los *ashigaru* y los samuráis que los comandaban se parapetaban en la oscuridad del campo de batalla. Allí dormían, manteniendo las líneas, cubiertos por mantas de paja que se echaban sobre el cuerpo, pues dormir en el campamento era un privilegio reservado a los oficiales y sus criados. Pese a permanecer tendidos, Ayala pudo distinguir que se removían inquietos, las armas a mano mientras oteaban la reacción del enemigo, agazapado al otro extremo de la llanura.

—Fuwa-sama —dijo por fin, atreviéndose a interrumpir al daimio. Este se volvió levemente, sorprendido de verlo allí—. Me dicen que la dama Nozomi ha tenido éxito en su encomienda.

Fuwa asintió con prudencia:

—Hemos enviado exploradores para asegurarnos.

—Me gustaría ser informado cuando se sepa algo.

—Quiere decir cuando sepamos si su *goshi* ha sobrevivido —matizó Fuwa, desviando la mirada hacia la pira que se elevaba desde el paso de montaña—. Así se hará, pero yo en su lugar no albergaría esperanzas, padre. Tanto Nozomi como él sabían que era un viaje de improbable retorno.

Ayala asintió en silencio; sin nada más que decir, se despidió con una disculpa y se retiró cabizbajo, con la sensación de que aquel fuego, pese a arder en la distancia, le consumía el aliento.

Estuvo tentado de regresar a la tienda de campaña, donde podría sobrellevar su aflicción en soledad, pero se dijo que debía permanecer allí cuanto le permitieran, obligándose a guardar la compostura hasta que se corroborara la noticia que ya todos daban por sentada.

Fue por eso de los primeros en ver al emisario que corría colina arriba anunciando la llegada de un jinete: «¡Abran paso, abran paso!», gritaba aquel hombre, hasta que él mismo debió lanzarse a un lado ante la irrupción desbocada del jinete y su montura. El caballo relinchó y rampó con violencia cuando las riendas tiraron bruscamente del bocado. Varios hombres se aproximaron para controlar al animal; cuando este dejó por fin de piafar, quien lo montaba descolgó con cuidado el pesado fardo que cargaba sobre la grupa. Ayala, que observaba la escena a cierta distancia, tardó un instante en comprender que aquel jinete cubierto de cenizas era Nozomi, y que el fardo que había depositado en el suelo era el cuerpo de Kenjirō.

Se abrió paso a empellones, haciendo a un lado a criados y samuráis por igual hasta arrodillarse junto a su *yojimbo*. Se sintió desfallecer al ver el cuerpo inerte del joven, con el hollín y la sangre apelmazándole el pelo, los ojos cerrados y la armadura deshecha. No había en su rostro, sin embargo, señales de sufrimiento, sino la expresión serena de quien se hallaba en paz.

Con tanta delicadeza como le permitían sus manos trémulas, Ayala lo incorporó y lo abrazó contra el pecho. Comenzó a mecerlo levemente, como el padre que acuna a un hijo, y ni siquiera alzó la mirada cuando la mujer desmontó junto a él. Transido por la rabia y el dolor, el sacerdote no quiso preguntar qué había sucedido, pues sabía que la voz se le desharía antes de articular palabra.

No lloró, sin embargo, hasta que notó cómo el cuerpo que abrazaba se estremecía levemente. Sobrecogido, buscó el rostro del muchacho, que continuaba inexpresivo, y le apartó con cuidado los mechones que le caían sobre la frente. Fue en ese momento cuando un estertor violento le sacudió el pecho. Kenjirō comenzó a toser y a escupir tierra y cenizas, y el jesuita, abrumado por aquel milagro, solo acertó a levantar la cabeza y aullar pidiendo agua; pero no lo hacía en japonés, sino en castellano. Aun así, como si pudiera entender aquella lengua extraña, la dama Nozomi se apresuró a inclinarse junto a Kenjirō y aproximarle a la boca su cantimplora de bambú.

El *goshi* reaccionó al contacto del agua en sus labios y bebió con ansiedad, hasta que un nuevo acceso de tos lo obligó a incorporarse. Apoyó las manos en el suelo y escupió con fuerza la suciedad que regurgitaban sus pulmones. Ayala, arrodillado junto a él, lo observaba con una sensación de alivio como jamás hubiera creído posible, cubriéndose la boca con el antebrazo mientras trataba de contener los sollozos.

—¿Qué sucede aquí? —exclamó Fuwa Torayasu, al que sus samuráis abrían paso.

Nozomi se adelantó y echó la rodilla a tierra, golpeándose el pecho con devoción:

—¡*O-tono!*, está hecho. —Buscó con la mirada a Kenjirō, que trataba de recuperar la compostura frente al daimio—. El caballero

Kudō mantuvo la mano firme y clavó su flecha en el corazón del enemigo. De no ser por su templanza, mis *ashigaru* habrían muerto en vano. También a él lo di por perdido hasta que pude ver su cuerpo junto al fuego; alcancé a recogerlo cuando la caballería Tendai ya galopaba montaña abajo.

Fuwa dirigió la mirada hacia Kenjirō, que había conseguido arrodillarse de manera digna e inclinaba la cabeza frente a él. El daimio asintió antes de decir:

—Que este hombre sea atendido por mi médico. Dios ha guiado su mano, merece contemplar el momento de la victoria.

Hara-sensei se inclinó sobre su paciente y comenzó a cortar las correas de la armadura. Con cada tirón, Kenjirō apretaba los dientes, tragándose los gruñidos de dolor que acudían a su boca. Cuando la lazada estuvo deshecha, el médico retiró las piezas una a una, con cuidado, hasta poder rasgar con una cuchilla el *haori* y el kimono que había debajo. Una vez lo hubo desvestido, humedeció una jofaina en un cubo de agua caliente y comenzó a limpiarle el polvo y la sangre seca. Bajo la suciedad aparecieron la piel amoratada y las laceraciones. Con todas las heridas al descubierto, Hara-sensei se dedicó a examinar los brazos entumecidos y los cortes en las costillas. También palpó a su paciente bajo el pelo, por si hubiera brechas en el cuero cabelludo, y examinó con una lámpara la sangre que le manaba de los oídos.

—¿Puedes oírme? —preguntó, buscando la mirada del joven samurái. Este asintió en silencio—. ¿Escuchas algo más?

—La explosión se ha metido en mi cabeza. —Kenjirō tosió, producto del esfuerzo de hablar con la garganta seca—. Escucho, pero es como si el viento restallara todo el tiempo en mis oídos.

El médico se atusó la fina barba que remataba su mentón y que, a ojos de Kenjirō, le confería el aspecto de esos sabios chinos que aparecen en las pinturas de los bonzos. Finalmente, chascó los dedos y el muchacho que hacía las veces de asistente le aproximó agua limpia y una toalla para que se lavara.

—¿Ha concluido, maestro? —preguntó Ayala desde un rincón.

Junto al jesuita se hallaba la dama Nozomi, que no había querido separarse de su compañero de armas hasta asegurarse de que este no hubiera sufrido mayores percances. Ambos habían observado las evoluciones del médico desde la penumbra de la gran tienda de Fuwa-sama.

—Tiene sangre bajo la piel, pero es pronto para decir si esta ha calado hasta las vísceras internas —dijo Hara-sensei—. Por lo demás, respira bien y está lúcido, señal de que su flujo de energía está equilibrado. Tiene los oídos dañados, pero escucha y no creo que vaya a ir a peor. Deberá cubrirse las orejas con paños empapados en agua de lirio, para que ningún mal penetre a través de ellas, y aplicar moxa sobre las zonas entumecidas. Mi asistente se encargará de preparar el tratamiento y pasará en un rato a aplicárselo. Yo lo visitaré de nuevo mañana. —Y, dirigiéndose a Nozomi, añadió—: Señora, ahora debería reconocerla también a usted. Hay daños profundos que no aparecen hasta que el cuerpo se enfría, muchos han salido del campo de batalla por su propio pie para morir esa misma noche durante el sueño.

—No será necesario, maestro. Le aseguro que sobreviviré a esta noche. Aún me queda trabajo por hacer.

El médico no quiso insistir, pues era de sobra conocido el temperamento de aquella mujer.

—Gracias, Hara-sensei. —Ayala hizo una reverencia mientras el médico y su ayudante se retiraban.

—Creo que es hora de que yo también me marche —dijo entonces Nozomi—, pero antes... —Titubeó un instante—. Padre, permítame una pequeña indiscreción: esa cruz, ¿qué significa?

El sacerdote se llevó la mano al rosario que le colgaba del cuello; no se había desprendido de él en todo el día, desde que la explosión de esa mañana interrumpiera sus oraciones. Sobre su pecho, ensartada entre las cuentas, reposaba la quebrada cruz de tres brazos de la que su madre fuera tan devota.

—Es la cruz de Caravaca, muy venerada en la región de donde procede mi familia materna.

—Tiene una forma peculiar.

—Sigue siendo la cruz de nuestro señor Jesucristo, pero comprendo que le llame la atención, no es habitual verla.

—Sin embargo, creo haberla visto en algún otro sitio —dijo la espía.

Ayala bajó la cabeza, como si temiera que su mirada desvelara alguna confidencia.

—Lo dudo. Es probable que esta sea la única que haya en estas tierras… Aunque en tiempos hubo otra —añadió.

—¿Hubo? ¿Ya no?

—Alguien que me era muy cercano quiso tener una cruz como esta, así que le pedí a un artesano de Hirado que tallara una similar. Pero eso fue hace muchos años, la cruz ya debe haberse perdido y esa persona ni siquiera recordará mi nombre.

—Comprendo. Lamento hacerle revivir recuerdos que le son dolorosos.

El jesuita trató de esbozar una sonrisa que conjurara su repentina melancolía.

—A menudo, el dolor es todo lo que nos queda de los momentos felices. No se preocupe.

La dama Nozomi asintió con una queda reverencia y se retiró, dejándolos a solas.

—¿Cómo te encuentras? —preguntó entonces el religioso.

—Ahora que ella se ha ido, mejor —respondió Kenjirō sin abrir los ojos, tratando de substraerse al agotamiento que tiraba de él hacia la inconsciencia—. Una mujer no debería ver a un hombre enfermo y desnudo.

Ayala guardó silencio, sopesando sus siguientes palabras.

—Escúchame, Kenjirō, he decidido que, cuando te recuperes, partiremos de regreso. Tú volverás a tu casa y yo regresaré a Nagasaki a informar de mi fracaso.

El guerrero abrió los ojos, incrédulo:

—¿Por qué habríamos de hacer tal cosa? Aún no hemos encontrado al asesino.

—¿Y qué hemos conseguido con este viaje? Solo más dolor y muerte. Te he arrastrado por los caminos en una misión que no te incumbe y que en nada ha ayudado a la comunidad cristiana de estas tierras. No tengo derecho a seguir apartándote de tu vida.

—Los sabios dicen que solo hay un pecado mayor que no acometer la senda de la verdad, y es no recorrerla hasta el final —respondió Kenjirō.

Ayala suspiró, abatido.

—Ni siquiera sabemos si los hombres que defienden esa montaña tienen algo que ver con la muerte de mis hermanos. —Torció el gesto—. Y aunque así fuera, ¿por qué habrían de confesarlo? ¿Por qué habrían de ayudarnos a encontrar al asesino?

—Ayala-sensei, ni su padre ni el mío quisieron vernos nunca en una guerra; sin embargo, aquí nos han traído nuestros pasos. Los motivos de este viaje no nos pertenecen, nosotros pertenecemos al viaje. Nadie puede huir de su propio destino.

El jesuita le dedicó una mirada derrotada.

—Descansa, hijo mío. Hemos de regresar a casa, y ese será aún un largo viaje.

Fuwa Torayasu hizo llamar a sus invitados antes de que cayera la tarde. Kenjirō, que insistía en valerse por sí mismo, se cubrió las piernas con el *hakama* y vistió sobre el kimono el *haori* azul con la enseña del clan Oda. Se cruzó a la cintura los dos sables de su familia y abandonó la tienda tras los pasos del padre Ayala, como correspondía a un *yojimbo*.

Los condujeron hasta la terraza donde se ubicaban el daimio y sus generales durante la contienda. Se invitó al jesuita a tomar asiento junto a Fuwa-sama y se permitió a Kenjirō colocarse de pie a su espalda, junto a la guardia personal del señor de Takatsuki. Solo cuando las formalidades concluyeron, el joven *goshi* reparó en la presencia apartada de la dama Nozomi, que lo saludó con una inclinación de cabeza. Parecía satisfecha de verlo en pie.

—Observe esa montaña, padre Ayala —dijo el daimio, señalando con su abanico la gran mole al otro lado de la llanura sobre la que se desplegaban ambos ejércitos, inmóviles durante toda la jornada—. Hace siglos, el emperador Shirakawa dijo que solo tres cosas escapaban a su control: «las aguas del Kamo, la caída de los dados y los bonzos del monte Hiei». —Fuwa Torayasu sonrió—. Hoy pondremos fin a uno de esos tres imponderables.

El señor de la guerra tomó uno de los abanicos que le tendían en una bandeja, lo alzó y, con gesto enérgico, señaló a su derecha, hacia la ladera norte de la montaña. Las voces de los oficiales de campo se alzaron sobre la llanura y las tropas de Fuwa se pusieron en movimiento: los lanceros *ashigaru* avanzaron a las primeras posiciones, mientras la infantería samurái y gran parte de la caballería se escindía del grueso del ejército y se desplazaba hacia el norte, hacia la humeante columna que aún se elevaba desde el paso de montaña.

Ayala, pese a su ignorancia en asuntos militares, comprendía lo arriesgado de aquella maniobra, pues la mitad de las fuerzas de Fuwa, la élite de sus tropas nada menos, comenzaba a retirarse del campo de batalla. Entre ellos y los feroces guerreros *sohei*, solo quedaban columnas de infantería que ahora aparecían frágiles y desmenuzadas, demasiado estiradas ante la necesidad de ocupar todo el frente. Los generales que rodeaban a Ayala, sin embargo, parecían seguros de cuanto se hacía.

—¿Le inquieta algo, padre? —preguntó Fuwa, condescendiente.

—Nada entiendo de las artes guerreras que le son propias a su señoría.

—Y aun así, pensáis que estoy arriesgando demasiado por tomar ese desfiladero y penetrar por fin en las entrañas de Hiei. Creéis que esta es la maniobra desesperada de un general que pensaba obtener una victoria mucho más sencilla, y que siente cada jornada que pasa como una afrenta a su orgullo, como una humillación ante su señor. —Fuwa miró a ambos lados y encontró la sonrisa cómplice de sus generales—. Sin duda, eso es lo que piensan los gusanos blasfemos que tenemos enfrente. Por eso cargarán directamente sobre nosotros, dispuestos a arrasar lo que queda de mi infantería y tomar este puesto de mando. Lo harán así porque no saben que su auténtico destino caerá sobre ellos desde el sur. —El daimio señaló con su abanico plegado unas colinas que se elevaban a la izquierda, a menos de un *ri* de distancia—: Tras aquellas lomas se ocultan desde anoche dos mil samuráis de Tsumaki Kenshin, hermano político de Akechi Mitsuhide. Cuando los *sohei* comiencen a moverse, ellos también lo harán, y aplastaremos a esos perros entre dos frentes.

Ayala observó las colinas que le indicaban, como si hubiera forma de divisar en ellas aquella supuesta fuerza aliada. Engaños dentro de engaños, se dijo el religioso, la guerra es el arte de los mentirosos.

Según avanzaba la tarde, los bonzos de Hiei fueron abandonando sus posiciones dispersas a lo largo de la planicie, donde habían permanecido parapetados a la espera de lanzar rápidas escaramuzas sobre el ejército invasor. Ahora, sin embargo, comenzaban a apiñarse en un solo bloque que desvelaba por fin su auténtico número: no menos de cuatro mil hombres —entre monjes guerreros, campesinos devotos y mercenarios— plantaban cara a las fuerzas de Fuwa, con la temible caballería de la secta Tendai al frente. Pocos debían haber quedado para guardar el paso que, incluso sin el destructor de provincias, seguía siendo una posición ideal para defender.

Kudō Kenjirō, que contemplaba la escena desde la perspectiva privilegiada de aquel a quien todos ignoran, reparó en la expresión grave de muchos de los generales, y comprendió que no habían previsto que los *sohei* fueran capaces de reunir semejante fuerza. La infantería que quedaba para hacerles frente no llegaba a los dos mil hombres, *ashigaru* en su mayoría, cuyo valor y entrenamiento no podía equipararse al de un samurái. Quizás el señor de Takatsuki había fiado demasiado al papel de sus aliados… Pero ¿qué sabía él de estrategias y batallas?

El sol comenzaba a declinar cuando un grito feroz, casi demente, se alzó desde las filas de los *sohei* y aquellas cuatro mil almas impías se abalanzaron con fervor sobre sus enemigos.

—¡Ahora! —gritó Fuwa Torayasu.

Un arquero se adelantó y levantó una flecha de bengala hacia el cielo. La cuerda chasqueó y el proyectil se elevó dejando a su paso un nítido rastro de humo sulfuroso.

Todas las miradas se volvieron hacia las colinas donde, supuestamente, se ocultaban sus aliados. Los instantes que siguieron estuvieron cargados de muda desazón, pues la carga de los Tendai devoraba la distancia que los separaba. Poco a poco, como hormigas que brotan del suelo, la caballería de Tsumaki Kenshin comenzó a descender de los collados lejanos. No portaban estandartes, ni el propio ni el de los clanes Oda o Akechi, a quienes rendían vasallaje; como si quisieran ocultar a los dioses y a los santos *bodhisattva* la autoría de aquel ataque ladino sobre los hombres de Hiei.

—¡Por fin! —gruñó Fuwa y, alzando de nuevo su abanico de guerra, ordenó el avance de su infantería.

La fuerza de los *sohei*, a punto de verse atrapada entre dos cargas, no desvió sin embargo su trayectoria. Continuó adelante hasta chocar frontalmente contra la infantería de Fuwa. La brutalidad del impacto, el grito de los primeros *ashigaru* aplastados bajo los cascos y el relincho de los animales acuchillados cubrieron la llanura y se escucharon nítidamente desde la elevación que ocupaban el daimio y sus generales. Ayala se persignó, testigo horrorizado de la maldad del hombre, de la facilidad con que aquellos que se sentaban a su lado enviaban a otros a la muerte. El resto de los presentes, sin embargo, permanecían atentos al flanco norte de la contienda, allí donde sus aliados se precipitaban sobre el enemigo, dispuestos a hendir sus filas y despedazarlos bajo el peso de sus lanzas.

Nada de aquello ocurrió, pues la nutrida ala de caballería de Tsumaki desvió paulatinamente su marcha hasta encarar al galope la plaza de mando de Fuwa Torayasu.

—¡Traición! —gritó uno de sus comandantes, cuando todos comenzaron a cobrar conciencia de lo que sucedía.

El daimio se puso en pie y su silla cayó al suelo. Dio un paso al frente, incrédulo, abrumado por aquella truculenta burla del destino.

—¿Cómo es posible? —murmuró, mientras a su alrededor se desataban la rabia y la confusión.

Los generales comenzaron a llamar a sus hombres y una campana tocó a rebato, pero todo intento de defensa sería en vano, pues el ejército de Fuwa se hallaba disperso sobre la gran llanura que se extendía entre el lago Biwa y el monte Hiei. En el campamento apenas quedaban un centenar de samuráis para hacer frente a una carga de dos mil jinetes.

Kenjirō apoyó la mano sobre el hombro de Martín Ayala; al volverse, el rostro del religioso no revelaba el miedo que habría cabido esperar, sino una serena aceptación.

—Ayala-sensei, baje al campamento. Quizás pueda huir entre la servidumbre.

El jesuita negó con la cabeza:

—Permaneceré a tu lado hasta el final —respondió, apretando la mano que el muchacho ponía sobre su hombro.

La dama Nozomi se abrió paso hasta el daimio, que continuaba con el rostro demudado, confrontando la traición que se cernía sobre él.

—¡Mi señor! —lo llamó la mujer, tratando de apartarlo de aquella visión—, he ordenado que traigan vuestro caballo, debéis huir al amparo de la guardia.

—No —musitó Fuwa Torayasu—, he de asumir las consecuencias de mis actos.

—¡Debemos escapar e informar a Oda de esta traición! —exclamó otro de sus generales.

—Oda Nobunaga no tolerará semejante cobardía —respondió el daimio—. Si huyo, condenaré a toda mi casa. Id vosotros a informar al Rey Demonio, yo moriré aquí.

—*O-tono* —Nozomi se colocó cara a cara con su señor—, os lo ruego. Si permanecéis aquí, moriréis en vano. Los *sohei* clavarán vuestra cabeza en una pica, no debéis acabar así.

Los ojos de Fuwa llamearon:

—No, no lo harán. Mi cabeza recibirá un entierro cristiano, así venceré a mis enemigos incluso en la derrota.

Dicho esto, desenvainó su espada y, postrándose ante Ayala, le mostró el arma sobre sus manos extendidas. Un repentino silencio aplastó la cima de la colina:

—Padre, por favor, bendiga este acero. Sé que el suicidio es una gran afrenta a ojos de Dios, pero quiero creer que, si bendice la espada que me separará la cabeza del cuerpo, la hoja se llevará consigo mis pecados.

Ayala dio un paso atrás, anonadado por semejante súplica. ¿Cómo había llegado a esta situación? ¿Cómo había podido caer en tal abismo de desesperanza? Y por encima de sus pensamientos, el creciente rugido de la caballería enemiga.

—¡Padre Ayala, se lo imploro! Ya que he de quitarme la vida, permitidme abandonar este mundo con la conciencia en paz. —El rostro de Fuwa mostraba, quizás por primera vez en su vida, una devota humildad.

Poco a poco, sabedor de que traicionaba a la Iglesia, al Altísimo y a sí mismo, Martín Ayala alzó su mano derecha. Sin capacidad de articular palabra, como acto de conmiseración hacia aquel hombre caído en desgracia, hizo la señal de la cruz sobre la espada que Fuwa Torayasu le mostraba como ofrenda de vida.

El samurái dejó la *katana* a su izquierda y, clavando los puños en el suelo, se inclinó ante el jesuita. Cuando volvió a erguirse, en sus ojos ya solo había una oscura determinación:

—Nozomi, has sido durante años mi mano izquierda, mi mayor apoyo, pero he de pedirte un último servicio. Necesito que me asistas en el *seppuku.*

La guerrera hizo una reverencia agradeciendo el honor que se le concedía y tomó el sable de Fuwa. Todos a su alrededor guardaban silencio, ajenos al hecho de que la carga del enemigo estaba a punto de alcanzarlos. Nadie partiría hasta que su señor hubiera abandonado este mundo.

Un sirviente ayudó al daimio a deshacerse de la parte superior de la armadura y a desatarse el *obi*. Se desnudó el torso, colocando las mangas del kimono bajo las rodillas, y tomó su *wakizashi*. En cuanto Fuwa desenvainó el sable corto, Nozomi hizo lo propio con la *katana* y la alzó sobre su cabeza. El suicida asintió en señal de agradecimiento y, sin más contemplaciones, empuñó la hoja y se clavó la punta sobre la cadera izquierda.

Ninguno de los presentes apartó la mirada mientras completaba el corte bajo el vientre, desentrañándose en vida. Un sudor frío cubrió el cuerpo del daimio mientras retorcía la empuñadura, tratando de completar el tajo vertical hasta el esternón. Solo cuando Nozomi comprobó que a su señor no le restaban fuerzas para seguir adelante, descargó el mandoble que acabó con su vida y su sufrimiento.

Ayala, encontrando la voz que le había faltado hasta el momento, pronunció una breve oración por el finado, momento en el que la realidad volvió a filtrarse entre los resquicios de aquel horror.

—¡Los traidores están a los pies de la colina! —alertó un samurái.

Esa fue la señal para que la guardia personal de Fuwa Torayasu, carente ya de propósito en esta vida, desenvainara sus espadas y saltara pendiente abajo, dispuesta a refrenar la carga de los jinetes de Tsumaki Kenshin.

Nozomi, por su parte, se arrodilló junto al cadáver de su señor y recogió la cabeza cercenada. La depositó sobre su regazo y la contempló durante un instante, como si gozara de todo el tiempo del mundo. Tras peinarle los cabellos con los dedos, la envolvió con suma delicadeza en un pañuelo de seda blanca.

—A cuatro días de viaje hacia el suroeste, en la falda del monte Miyoshi, hay una aldea cuya existencia pocos conocen —dijo la mujer, la vista perdida en el lienzo, que comenzaba a tintarse de profundo carmesí—. Le costará dar con ella, pero allí encontrará respuesta a muchas de sus preguntas, padre Ayala. —El sacerdote asintió en silencio, la voz perdida mientras la dama Nozomi se ponía en pie con el siniestro fardo entre las manos. Se lo tendió a Kenjirō y el joven guerrero lo aceptó con una reverencia—. Te ruego que lleves hasta allí al padre Ayala y los restos de mi señor.

—Así lo haré —prometió el hijo de Kudō Masashige.

Nozomi alzó la mano y un caballerizo le acercó la montura que habían ensillado para Fuwa-sama.

—Que mi señor haga su último viaje a lomos de su caballo de batalla. —Le entregó las riendas a Kenjirō—. Yo he de descubrir quién ha perpetrado esta ignominia ahora que el hedor de la traición permanece fresco, pero me reuniré en Miyoshi con vosotros.

Kenjirō montó y ayudó a Ayala a sentarse tras él.

—Contaré con orgullo que un día luché junto a la dama Nozomi del clan Fuwa —se despidió el joven *goshi*—. Volveremos a vernos.

—En esta vida o en la próxima —concluyó quien fuera la mano izquierda de Fuwa Torayasu, y palmeó al animal para que partiera.

Kudō Kenjirō, aquel muchacho que jamás había abandonado los arrozales, galopó contra la adversidad como un guerrero curtido en cien batallas. Tras ellos se alzó el bramido de la contienda: los primeros caballos de Tsumaki alcanzaban la cima y cuantos samuráis quedaban en el puesto de mando se abalanzaron contra el enemigo para darles tiempo a huir, a ellos y a los últimos generales, que cabalgaban ya pendiente abajo, entregados a una encabritada carrera por alcanzar la protección del bosque cercano.

Ayala, aferrado a las ropas del joven al que tantas veces le debía la vida, contemplaba en su huida la caída del clan Fuwa, la desesperación de aquellos guerreros que se desmoronaban junto con sus sueños de gloria. No sintió miedo cuando las flechas enemigas comenzaron a llover a su alrededor; ni horror cuando los samuráis que galopaban junto a ellos, dándolo todo por perdido, desenvainaban sus espadas y, colocándose la punta acerada en la boca, saltaban de sus caballos con la empuñadura hacia el suelo.

Kenjirō, por el contrario, no miraba cuanto sucedía a su alrededor. Se limitaba a espolear a su montura. El animal, de trancos largos y poderosos, demostró en aquella carrera ser digno de un señor de la guerra; el *goshi* continuó azuzándolo incluso cuando se zambulleron en el cedral que se extendía a orillas del Biwa. Zigzaguearon entre los árboles y saltaron sobre las raíces gruesas que descollaban del suelo. Aquella galopada solo podía terminar con ellos descabalgados o con una pata rota, así que llegó el momento en que debió refrenar a su montura y avanzar con paso lento por la arboleda.

Los gritos de la batalla aún resonaban en el aire, pero a medida que avanzaban, la quietud del bosque iba imponiendo su viejo silencio. Allí dentro, la noche parecía haber caído ya por completo, y una bruma húmeda extendía sus dedos desde las profundidades del inmenso lago.

—Aún no estamos a salvo —dijo el samurái—, antes del amanecer los rastreadores peinarán el bosque. Deben exterminar hasta al último hombre de Fuwa si pretenden silenciar su traición.

Ayala no respondió y Kenjirō continuó internándose en la espesura, atento a los sonidos que arrastraba el viento.

—Ayala-sensei —susurró al fin—, si salimos de esta, le prometo que incluiré a su dios en mis oraciones.

Trataba de animar al sacerdote, al que intuía atemorizado, pero al volverse sobre la silla para buscar su mirada, Ayala cayó a plomo desde el caballo. Asustado, el samurái desmontó de un salto y se inclinó junto al jesuita:

—¿Qué le sucede?

—Demasiadas emociones para este viejo cansado.

Fue entonces cuando Kenjirō descubrió las dos flechas hundidas en la espalda del *bateren*. Consciente de su expresión alarmada, Ayala trató de tranquilizarlo:

—No te preocupes, no siento apenas dolor —dijo con la voz cada vez más débil—. Ayúdame a montar de nuevo y salgamos de este bosque.

—Debemos ocultarnos —respondió el muchacho, angustiado—. Hay que extraer las flechas y rellenar las heridas con hojas de *dokudami*, o se infectarán.

Y mientras repetía lo que había aprendido por boca de sus maestros, se preguntaba cómo se extraía una flecha, o qué aspecto tenía la planta *dokudami*. Miró a su alrededor, presa de la angustia. Y por primera vez desde que su viaje diera comienzo, se sintió asustado y desvalido, como un muchacho de los arrozales.

Capítulo 30

El fantasma de Kii

Igarashi y Masamune dejaron atrás la bahía de Osaka una gélida mañana de otoño. La lluvia, fina pero pertinaz, embarraba la senda y diluía el paisaje en tonos acuosos. Volvían a entregarse al camino, aunque esta vez lo recorrían en sentido contrario, con la noche a la espalda y un sol mortecino en los ojos.

Se dirigían a la costa de Kii, último paradero conocido de la contrabandista que, según habían descubierto, se hacía llamar Reiko. Una mujer de cuya existencia siempre habían sospechado tanto los hombres de Iga como los agentes de Akechi Mitsuhide, pero de quien jamás habían podido averiguar detalles concretos. Un fantasma al servicio de Fuwa Torayasu: una *kunoichi* de Shinano, decían algunos; una *wako* venida de Macao, decían otros. En cualquier caso, poco más que un jirón de niebla que se disipaba entre los dedos de quien intentara asirlo, pero que ahora comenzaba a materializarse frente a los ojos de Igarashi. A lo largo de su viaje, el veterano *shinobi* había ido desentrañando la historia de aquel espectro: doncella de un prostíbulo de Uji-Yamada, allí la adquirió un comerciante portugués que la llevó consigo a Osaka. La usó en sus negocios, tanto legales como ilegales, merced al raro talento de aquella mujer para hablar con igual soltura la lengua de las islas y la de los bárbaros. Ahora el fantasma tenía un nombre, Reiko, y un lugar en el que solía aparecerse, la provincia de Kii. Quedaban incógnitas por resolver, como su relación con los *bateren* cristianos, sobre todo con aquel investigador que recorría la ruta Tokaido y que tanto parecía inquietar a Akechi-sama.

La mención de la costa de Kii trajo a la mente de Igarashi una noticia que corrió días atrás por los muelles de Osaka; un incidente al que, en principio, no había dado mayor importancia, pero que, a la luz de lo que ahora sabía, consideraba relevante para sus indagaciones.

Con aquella intuición clavada como una astilla, tomaron las sendas que se apartaban de la ruta oficial para adentrarse en el sur, cruzando la península de Yamato por sendas tortuosas impregnadas del olor a salitre de los hombres de mar y del aroma a incienso de los peregrinos.

Llegaron a Nagashima cinco días después, y tras preguntar en los pantalanes y los tugurios portuarios, sus pesquisas los condujeron hasta una playa ubicada al este de la ciudad. La lluvia oscurecía la arena y la marea hacía repiquetear las piedras sueltas de la orilla. Pese a lo desapacible de la tarde, un grupo de hombres trabajaban desnudos junto al agua. Acababan de arrastrar fuera las barcas con la captura y ahora se dedicaban a destripar los peces, acuclillados sobre el oleaje.

—¿Quién de vosotros es Yashamaru? —preguntó Masamune, dirigiéndose a los pescadores con brusquedad.

Estos miraron por encima del hombro a los recién llegados; al comprobar que no eran samuráis ni *doshin*[*], adoptaron de inmediato una expresión hosca. Igarashi conocía bien aquellas miradas: era el gesto agraviado de quien se humilla sin remedio ante la autoridad, pero que no está dispuesto a ceder ni un ápice de dignidad frente a quien no le corresponde.

—¿Quién quiere saberlo? —escupió uno de ellos.

—Eso no te incumbe. Limítate a responder —lo acalló Masamune.

Los pescadores intercambiaron una mirada resuelta y, abandonando su labor, salieron de la orilla para encararse con los forasteros.

---

[*] *Doshin:* agentes locales de justicia que dependían de la administración del feudo. Su función era mantener el orden, principalmente en las villas y ciudades, quedando los caminos y zonas rurales a cargo de las guarniciones militares comandadas por los samuráis.

Eran siete, y aferraban en las manos los largos cuchillos que usaban en su faena. Masamune, lejos de amedrentarse, deshizo de un tirón seco los nudos que le ceñían el sable a la espalda y dejó caer la punta de la pesada *nagamaki*. Pese a estar envainada, la hoja se hundió un palmo en la arena, y su portador se apoyó sobre la empuñadura con una sonrisa desdeñosa:

—¿Acaso pretendéis destriparme como a uno de esos jureles?

Igarashi lo sujetó por el hombro y le hizo a un lado. Desconocía qué pasaba por la cabeza de su joven compañero, si era rabia mal encauzada o, simplemente, quería ponerlo a prueba a cada paso del camino, pero no iba a permitir que su carácter pendenciero desembocara en un conflicto innecesario.

—Perdonad los modales de mi amigo, hace tiempo que solo sabe tratar con criminales. Somos agentes de justicia de su señoría, Akechi-sama. —Al decirlo, mostró el permiso de paso con el que viajaba, con la certeza de que aquellos hombres no sabrían leer el documento pero sí distinguirían el inconfundible blasón con la flor de campanilla que lo sellaba—. Se nos ha encomendado investigar el reciente hundimiento de un barco negro en estas costas, y alguien nos ha dicho que Yashamaru suele llevar en su barca toneles de agua para los *nanban* que fondean frente a Nagashima.

Ninguno respondió, pero las miradas soslayadas de sus compañeros terminaron por delatar al tal Yashamaru.

—¿Eres tú al que buscamos? —preguntó Masamune, señalando con la barbilla al susodicho.

El interrogado no llegó a contestar, pero perdió la tensión desafiante con que se había comportado hasta el momento.

—No tienes por qué preocuparte —intervino Igarashi—, solo queremos hacerte un par de preguntas.

Yashamaru se limitó a deslizar el cuchillo en la cuerda que le rodeaba la cintura.

—Nada sé de lo que pasó esa noche. Ni yo ni mis compañeros.

—Quizás sepas más de lo que crees —dijo el forastero—. Nos han dicho que aquella tarde fuiste el encargado de abastecer al barco hundido.

—Es posible, nosotros nos limitamos a hacerle la aguada a quien nos indican los oficiales del puerto.

—¿Notaste algo extraño cuando te aproximaste con tu barca? ¿Iba algún japonés a bordo?

—Todo era normal. Izaron los toneles de agua y descolgaron la bolsa con la cuota establecida. Luego casi todo se lo quedan los oficiales y a nosotros nos dejan un puñado de cobre que no alcanza ni para una botella de sake.

—¿Acaso consideras injustos los tributos que exige el señor de estas tierras? —preguntó con calma Masamune, mientras acariciaba la empuñadura sobre la que se apoyaba.

El pescador miró a sus camaradas con reticencia y terminó por responder sin levantar la vista del suelo.

—No, *doshin*.

—¿Y el resto de vosotros? —prosiguió Igarashi—, ¿no visteis nada extraño esa jornada? Dicen que el barco se fue a pique en un suspiro, que las llamas se vieron desde toda la costa de Kii.

Los hombres se encerraron en un silencio esquivo que no hacía sino evidenciar que algo callaban.

—¡Hablad claro! —los increpó Masamune—. Si luego descubrimos que nos habéis mentido, será peor para vosotros.

—Dicen que fue la bruja de los cristianos la que hizo arder el barco —dijo de repente el más joven, un mozo de no más de quince años.

—¡Calla! —le espetó entre dientes uno de los más veteranos.

Pero los forasteros sabían que aquel pez había entrado en su red, no permitirían que se les escapara entre las manos.

—A quien se le ocurra volver a mandarlo callar, lo parto en dos —siseó Masamune.

—¡Solo son rumores que van de aldea en aldea! —intervino Yashamaru—. No queremos molestarles con habladurías de viejos.

—Cuéntame esos rumores, muchacho —dijo Igarashi—. ¿Quién es esa bruja de los cristianos?

—Una mujer que viaja siempre rodeada de hombres y que lleva una extraña cruz al cuello. Yo no la he visto nunca, pero dicen que una cicatriz le marca el rostro y que es capaz de hablar con los bárbaros y con las bestias por igual.

—Una contrabandista, lo más probable —medió entonces otro de aquellos hombres de mar, tratando de dar coherencia a las palabras del muchacho—. Sabemos de ellos porque descargan mercancía en nuestras playas, siempre de noche, y desaparecen como arrastrados por el viento. Hay quien dice que aquel día se la vio por Nagashima.

—Algunos la vieron cerca de esta misma playa —confesó el muchacho, con la lengua ya totalmente suelta—. No hay duda de que fue ella la que hizo arder el barco desde tierra.

—¿Qué más habéis escuchado de esa mujer? ¿Sabéis dónde puede esconderse?

—No en estas costas, eso seguro —dijo Yashamaru—. Hay quien asegura habérsela cruzado por las rutas que van al noroeste, hacia la provincia de Omi.

«O hacia Yamashiro», añadió para sí Igarashi, «donde malviven las aldeas cristianas hostigadas por los monjes guerreros de Hiei».

—Pero ya saben como son estas cosas —añadió el pescador a modo de disculpa—: La gente escucha un rumor y cada cual le añade un ingrediente más al guiso. Uno no puede creerse lo que cuentan ni los viejos ni los peregrinos.

Igarashi asintió en silencio, ensimismado en sus elucubraciones.

—Gracias por la ayuda —dijo finalmente—, os dejaremos trabajar tranquilos.

Retomaron el camino que discurría paralelo a la costa de Kii, sobre acantilados afilados como lascas de sílice y entre calas de oro y profundo esmeralda. Fue vadeando uno de aquellos arenales cuando Igarashi, sin mediar palabra, se desvistió y se adentró en las aguas. Los recuerdos le arrastraban mar adentro con el ímpetu de una marea de resaca.

Masamune, por una vez, dejó a un lado su actitud lenguaraz y se limitó a sentarse en la arena, con su sable *nagamaki* cruzado sobre los muslos. Contempló al viejo guerrero internándose en el mar, avanzando contra el oleaje, y no pudo evitar una punzada de admiración por aquel hombre furiosamente libre, al que apenas conseguían doblegar bajo la amenaza de destruir cuanto quedaba de su vida pasada. Igarashi nadó y se zambulló una y otra vez, impregnándose de la sal y la memoria de otros días y otra acompañante.

Finalmente, cuando se cansó de flotar entre las olas, regresó a la orilla con la mirada despejada y lúcida.

—¿Qué deberíamos hacer ahora? —preguntó, dirigiéndose a Masamune por primera vez en toda la tarde.

—¿Me pides opinión?

—He pensado que si te trato como a una persona sensata, quizás empieces a comportarte como tal.

Masamune rio, sinceramente divertido.

—Si quieres mi opinión, no creo que esa bruja viajara a Omi. Unos contrabandistas cristianos se esconderían entre los suyos, en las aldeas de Yamashiro y del feudo de Takatsuki.

—Eso mismo pienso yo. Debemos ir hacia el norte —dijo Igarashi, recogiendo sus cosas y echándoselas al hombro—. Espero que Iga siga ocultando un informador bajo cada piedra y cada brizna de hierba, de lo contrario, tardaremos meses en dar con esa mujer.

Y sin esperar a su compañero, echó a andar por la orilla, silbando despreocupado mientras dejaba que el viento lo secara.

Días después, Igarashi aguardaba sentado en la falda de una colina próxima al santuario Ryozenji, en el corazón mismo del feudo de Takatsuki. Desde aquel lugar podía ver el tejado gris del templo, como una roca anclada en un mar rojizo encrespado por el viento. El otoño había descendido como un manto ocre sobre el paisaje, y se descubrió disfrutando de su deambular por la región pese a lo infructuosas que estaban resultando sus indagaciones entre las aldeas cristianas.

Volvió a mirar hacia la cima de la colina, impaciente, y comprobó que Masamune continuaba parlamentando con un grupo de tres hombres y dos mujeres vestidos con ropas de labriegos. Eran «hierbas negras» de Iga, agentes durmientes destacados en una región, instalados allí como comerciantes, campesinos o médicos a la espera de que sus servicios fueran necesarios. Si es que alguna vez lo eran. Muchos formaban sus familias, envejecían y morían sin que nadie supiera jamás que eran enemigos infiltrados, hierbas venenosas arraigadas en tierra ajena.

Al cabo de un rato, Masamune comenzó a descender por la ladera. Una caña seca le bailaba en los labios y caminaba descalzo, con las gueta colgando sobre el hombro; en cuanto sus miradas se encontraron, el joven negó con la cabeza.

—Tampoco han averiguado nada. Ayer por la noche entraron en una casa próxima a Daimonji. Está apartada, pero se sabe que la familia es cristiana. Los interrogaron a todos, al padre le clavaron agujas bajo las uñas, le cortaron tres dedos y le sacaron un ojo. Llegaron incluso a cortarle una oreja al niño para ver si los padres se ablandaban, pero no soltaron palabra. Es como si fuera un fantasma, nadie conoce a la tal Reiko.

—O le son muy leales.

—O le tienen miedo —apostilló Masamune.

—El miedo es otra forma de lealtad —observó Igarashi, devolviendo la vista al mar de cedros que se extendía a los pies de la colina—. ¿Te han dicho algo más? ¿Algo que te permitan compartir conmigo?

—Hay rumores de que el clan Fuwa mantiene un emplazamiento secreto en la región boscosa de Miyoshiyama, al norte de aquí, pero no saben si tiene alguna relación con los contrabandistas. Lo investigarán, en cualquier caso.

Igarashi suspiró. Comenzaba a desesperarse.

—Me sorprende que Iga haya implicado a cinco hierbas en esta misión, y que estén dispuestos a exponerse usando métodos tan expeditivos. —Estudió el rostro de Masamune—. No creo que tengáis tanto interés por localizar a ese cuervo que recorre los caminos; creo, más bien, que vuestro verdadero objetivo es la mujer, que os habéis topado con una presa mayor de lo que esperabais, ¿me equivoco?

Masamune rio entre dientes.

—Eres un viejo suspicaz, quizás demasiado para tu conveniencia.

—Poco me importa lo que busquéis, pero sabed que, cuando lo encontremos, daré mi deuda por zanjada.

—No es conmigo con quien tienes que tratar esos asuntos, sino con el Tribunal de las Máscaras.

—¿Y cuál es vuestro plan?

—No hay plan. Seguiremos buscando. Visitaremos cada apestoso villorrio de este feudo si es necesario.

—Así no conseguiremos nada, esos cristianos jamás nos la entregarán. Para ellos debe ser una especie de líder, o una santa, solo eso explica su silencio —sopesó el veterano *shinobi*—. Debemos hacerla salir.

—¿Y qué propones? ¿Arrasar ambas orillas del Akutagawa, enviar partidas de castigo a cada aldea? No disponemos de un ejército, viejo.

—Entonces, quizás debamos procurarnos uno.

Masamune estuvo tentado de reír, hasta que comprendió que Igarashi hablaba completamente en serio.

Capítulo 31

Ciento ocho campanadas

Kenjirō y Ayala avanzaban a lomos del caballo que otrora cabalgara Fuwa Torayasu, cuya cabeza colgaba ahora entre las alforjas. El animal cabeceaba intranquilo, contagiado de la ansiedad del samurái, que lo guiaba con ademanes bruscos mientras escrutaba la oscuridad. Había deshecho el nudo con el que ceñía los sables a la cintura y había usado la cuerda para atar el cuerpo de Ayala al suyo. Quería evitar que volviera a desplomarse desde la silla, y lo cargaba contra su espalda como quien transporta un hato de ramas, percibiendo como propios los estertores que sacudían el pecho del jesuita.

—¿Escuchas eso? —preguntó el *bateren* con un hilo de voz—, ¿o solo suena en mi cabeza?

Kenjirō aguzó el oído y terminó por escucharlo también: entre los chasquidos de la fronda agitada por la brisa, sobre el lejano rumor de la batalla que decaía, percibió un ritmo lento y amortiguado, una percusión que parecía elevarse desde la tierra húmeda para reverberar en su estómago. A medida que avanzaban, el sonido fue tornándose más evidente:

—Parece una campana… —observó el guerrero—, la campana de un templo en la espesura. —Tardó un instante en comprender lo que escuchaba—: Son las ciento ocho campanadas de la purificación —dijo por fin.

Guiado por aquel pulso, azuzó al animal para que se internara aún más en la foresta. El tañido fue imponiéndose paulatinamente al viejo silencio del bosque, cada repique más intenso que el anterior, hasta que se toparon con un riachuelo que atravesaba la arboleda en pos del lago Biwa. La voz de la campana, como si bajara arrastrada por el agua, reverberaba con más claridad en la vaguada. Kenjirō dejó que el animal remojara los belfos en la corriente antes de guiarlo río arriba.

El cauce los condujo hasta una ermita al amparo de un robledal. El pórtico de acceso, carente de hojas que pudieran sellarlo, se había erigido en medio de la arboleda, sin camino que lo atravesara ni muros que lo flanquearan, como mero símbolo del paso a otro mundo. Hacia allí encaminó el samurái a su montura, arrastrando consigo a un Ayala cuya consciencia había quedado atrapada por la espectral cadencia de la campana. En su mente enfebrecida, aquel tañido lo reclamaba por su nombre y él acudía de forma irremisible, ignorante aún de si se dirigía al cielo o al infierno.

Kenjirō se detuvo antes de cruzar el pórtico y, tras echar pie a tierra, hizo que Ayala desmontara. Fue al sostenerlo cuando reparó en el calor que exudaba su cuerpo y en la debilidad de sus movimientos. Preocupado, se colocó bajo el brazo del *bateren* y lo ayudó a caminar. A esa distancia, la campana resonaba como la voz misma del universo y cada tañido quedaba suspendido en el aire durante una breve eternidad, resonando entre los árboles antes de penetrar en la tierra y disiparse hacia el firmamento.

A pesar de que el lugar solo se hallaba iluminado por una lámpara de piedra, Kenjirō vio al bonzo en cuanto cruzaron el umbral: vestía una túnica gris y se sentaba, de rodillas, junto al bastón que hacía las veces de badajo; mecía el ariete con movimientos largos y pausados, acompañándolo en su balanceo hasta que el extremo forrado en cuero golpeaba el exterior de la campana. Mientras la hacía sonar, recitaba en el enrevesado lenguaje de los sutra: «En el vacío no hay forma, ni sensaciones, ni percepciones, ni impulsos, ni consciencia. No hay ojo, oído, nariz, lengua, ni cuerpo ni mente; no hay formas, sonidos, olores, sabores, tacto, ni objetos mentales; no hay consciencia de los sentidos. No hay ignorancia ni extinción de ella. No hay sufrimiento, ni su causa ni su cese, ni sendero de liberación. No hay conocimiento, ni logros, ni falta de ellos...».

Consciente de que el monje no les prestaría atención hasta que concluyera su rezo, sentó a Ayala en la terraza que rodeaba la ermita y se permitió acercarle agua de la fuente destinada a la purificación de los feligreses. El jesuita bebió del cucharón un par de sorbos antes de apartar el rostro.

—No desfallezca, aquí nos darán refugio y podremos descansar hasta que se recupere.

Ayala asintió en silencio, pero su rostro comenzaba a adquirir la lividez de los que ya vislumbran el otro lado. Kenjirō, nervioso, contemplaba los dos penachos hundidos en la espalda del *bateren;* sabía que extraerlos podía provocar que se desangrara. Debía hacerse con cautela y comprimir inmediatamente las heridas, algo que él no había hecho nunca. Impaciente, miró sobre el hombro al bonzo, que continuaba con su ceremonia pese a que ya debía haber reparado en los dos extraños que habían irrumpido en su hacienda.

Atravesó el jardín y se sentó con las piernas cruzadas frente al monje, mirándolo fijamente, como si pudiera acelerar con la vista el ritmo al que doblaba la campana. El clérigo ni siquiera alzó la cabeza: continuó abstraído en su oración y en el pulso firme del cuero contra el metal… Hasta que, por fin, cesaron los tañidos. Solo en ese momento el monje alzó la vista para confrontar la mirada ansiosa de Kenjirō.

—Ciento ocho campanadas, una por cada defecto que enturbia el alma humana —dijo el abate a modo de saludo—, ni una menos.

—Te has adelantado en tus plegarias, bonzo, no estamos aún en la noche de fin de año —le reprochó el samurái.

—Mis plegarias son por los que han perdido la vida allá de donde vienes. La campana los purificará y les ayudará a encontrar el camino hacia la Tierra Pura.

—Con todos mis respetos, quizás sería mejor preocuparse de los que aún están vivos —dijo en referencia a un Ayala casi inconsciente.

—Dime, samurái, ¿desde cuándo los bonzos hemos de preocuparnos más por los vivos que por los muertos?

Comprendiendo que el único monje de aquella capilla exigía un trato más respetuoso, Kenjirō intentó reconducir la situación. Apoyó los puños sobre la tierra e inclinó la cabeza:

—Mi nombre es Kudō Kenjirō, lamento que hayamos irrumpido de esta forma en su templo. Le ruego humildemente que ayude a mi compañero de viaje.

—Así que traes a este lugar consagrado a uno de esos cuervos que predican la ley de su falso dios —dijo el bonzo, poniéndose en pie para observar mejor al extranjero.

Ayala le devolvió una mirada febril, sin comprender muy bien quién era ese hombre tonsurado que parecía juzgarlo.

—¿Qué más da todo eso? —intervino el samurái—. ¿Acaso esta parroquia pertenece a la secta Tendai? ¿Es que todo el budismo se halla en guerra con los cristianos?

—Hace tiempo que los hermanos de Hiei están más preocupados por los asuntos terrenales que por los espirituales, pero eso no significa que carezcan de tino en lo que a estos extranjeros se refiere.

—Extranjero o no, este hombre necesita ayuda. Creía que Buda predicaba la compasión por cualquier vida.

El bonzo amagó una sonrisa ante el atrevimiento de aquel joven samurái que se permitía recordarle las enseñanzas.

—Es peor ser amigo de un hombre malo que enemigo de uno bueno —respondió, citando las prédicas de Buda Gautama.

—Le aseguro que no hay maldad alguna en este hombre. Puede estar equivocado en sus convicciones, pero desde que viajo con él solo le he visto actuar con rectitud y humanidad. No merece morir asaeteado como un perro.

El monje contempló durante un instante el rostro demacrado del *bateren*. En su delirio, había comenzado a mover los labios, quizás musitando alguna plegaria a su dios bárbaro. Pero el crucificado no lo salvaría aquella noche; si había de sobrevivir, lo haría por la gracia de Buda.

—Ayúdame a ponerlo en pie —dijo finalmente—, lo tenderemos en mi jergón y le sacaremos esas flechas. Después rezaré por que llegue vivo al alba.

Tuvieron que llevarlo casi en vilo, sujetándolo cada uno por un brazo, pues Ayala apenas tenía fuerzas para apoyar los pies.

En el interior de la capilla reinaba una atmósfera recogida, de una armonía y pulcritud que desmentían el aspecto ajado del exterior. Dos cirios y un brasero con incienso caldeaban el aire y lo impregnaban de una dulce fragancia, al tiempo que sumían la estancia en una media luz propicia para la meditación. Un altar con un buda de piedra presidía la capilla y daba la bienvenida a los improbables feligreses. De las paredes colgaban tapices de papel en los que un maestro de *shodo*** había inscrito sutras dedicados al Buda Amitabha.

Los aposentos del monje se encontraban tras el altar, separados del resto de la capilla por un panel *shoji* apolillado. Hasta allí llevaron al jesuita para tenderlo de costado en el jergón.

—Rasga sus ropas por detrás y desvístelo —dijo el bonzo, mientras se apresuraba a encender velas y a colgar un cazo con agua sobre el hogar.

Kenjirō empuñó su *wakizashi* y, con cuidado, comenzó a cortar los hábitos de Ayala desde la nuca. El basto tejido se rasgó como un velo de seda al contacto con el filo, hasta que el acero desnudó una espalda enjuta y de piel pálida. Las dos flechas se erizaban, grotescas, entre los hombros, como flores de sangre crecidas entre la nieve. Las astas empenachadas ni siquiera oscilaban, tan leve era la respiración del jesuita.

El monje se arrodilló junto al herido y depositó en el suelo una caja de madera lacada. Con cuidado, comenzó a limpiarle las costras de sangre sirviéndose de un paño húmedo. Kenjirō se apartó para dejarlo trabajar, sin saber muy bien qué más podía hacer. Cuando la piel estuvo limpia, el abate sacó de la caja un cofrecillo de metal que contenía agujas de acupuntura. Fue insertándolas bajo la nuca y en distintos puntos de la espalda; a continuación, colocó sobre cada alfiler un pellizco de pasta de moxa. Actuaba con precisión y premura; —era evidente que en otra vida aquellas habían sido sus herramientas habituales de trabajo. Por último, tomó una varilla, la prendió en el brasero y aproximó el extremo incandescente a la resina hasta que esta comenzó a arder.

Kenjirō observaba sus evoluciones con impaciencia, preguntándose por qué no extraía directamente las puntas que parecían emponzoñar la carne del herido.

—¿De qué servirá todo esto? —se aventuró a preguntar, sin poder morderse más la lengua—. Son esas malditas flechas lo que hay que sacarle.

---

* *Shodo:* arte de la caligrafía japonesa, practicado tanto por las élites sociales como por los monjes como una vía de perfeccionamiento espiritual.

—Las agujas equilibrarán sus meridianos y llevarán el calor de la moxa al interior de la espalda. Esto le aliviará el dolor, relajará sus músculos contraídos y dilatará la carne, de modo que podremos extraer las flechas con más facilidad. De lo contrario, podríamos hacerle aún más daño al intentar sacárselas.

Al escuchar que el agua ya hervía, el bonzo tomó de la caja un sobre con hojas y se lo tendió a Kenjirō.

—Échalas en el cazo —ordenó, con un tono que no admitía más disensiones.

El *goshi* obedeció mientras el monje se dedicaba a prender una gruesa mecha trenzada con hebras de artemisa. Cuando esta comenzó a arder, acercó el extremo incandescente a una de las heridas y calentó la piel hasta que comenzó a enrojecerse.

—Ten, aguanta así, a esta distancia o le quemarás.

Kenjirō sujetó la mecha al tiempo que el bonzo apoyaba la palma de la mano derecha junto a la herida. Contuvo la respiración y, con la izquierda, tiró del asta hasta que la punta de acero desarraigó.

Ayala masculló algo incomprensible en su idioma, pero no se retorció de dolor ni gritó, como Kenjirō habría esperado. El monje repitió la operación con la otra flecha, extrayéndola con la misma destreza, y la arrojó al otro extremo de la estancia, como quien se deshace de una alimaña venenosa.

Con la parte del trabajo más complicada hecha, pidió a Kenjirō que sacara las hojas del agua y las depositara en un cuenco. Mientras tanto, él se dedicó a introducir en el interior de las llagas más hebras de artemisa prensada. Después aproximó un ascua hasta que la moxa prendió. Mientras la resina se quemaba, Ayala comenzó a gemir y a crispar los puños. El bonzo trató de apaciguarlo pasándole un paño húmedo por la nuca y los hombros, pero el jesuita no se relajó hasta que la resina se hubo consumido. Poco duró su sosiego, pues acto seguido el monje tomó las hojas hervidas que Kenjirō le tendía y las usó para rellenar y cubrir las heridas.

El proceso debió resultar doloroso, pues Ayala se agitaba en su inconsciencia, más incluso que cuando le sacaron las flechas. El samurái lo observaba todo con expresión consternada, pero se apresuró a asistir al bonzo cuando este, tras retirar los alfileres, le pidió ayuda para vendar al paciente. Le rodearon el torso desnudo con tiras de algodón que comprimieron el emplasto de moxa y hojas *dokudami*, y lo dejaron cubierto por las mantas más gruesas de que disponían a fin de que no perdiera más calor corporal.

—¿Se recuperará?

—Lo hará si ese es su karma.

El samurái asintió con expresión grave.

—He de darle las gracias. Si no hubiéramos dado con este templo, probablemente Ayala-sensei habría muerto.

—Aunque sobreviva a sus heridas, aún está por ver que consiga salir de aquí con vida —dijo el bonzo con expresión ausente—. Eres un samurái, ya sabes lo que vendrá a continuación.

—Los vencedores pronto comenzarán a buscar a los supervivientes —respondió Kenjirō—. No dejarán piedra sin mover.

—Así fue hace siete años, cuando Oda Nobunaga expulsó de la montaña sagrada a los *sohei*. También aquella noche atendí a quien huía de la batalla; quisieron los *bodhisattva* que los samuráis de Oda no dieran con este lugar, y por ello salvaron la vida.

—Quizás los santos también nos protejan a nosotros.

—Quizás —respondió el monje, y se volvió hacia quien ahora era su paciente.

Apoyó su mano en la frente de Ayala y constató que la fiebre no remitía. El mal que había penetrado en su cuerpo a través de las heridas no lo abandonaría tan fácilmente, así que hizo lo único que podía hacer ya por aquel extranjero: empuñó su rosario y comenzó a recitar los sutras.

Ayala pasó la noche inmerso en un dormitar agitado, murmurando en aquella lengua bárbara y gutural que ninguno de los dos hombres que lo velaban podía comprender. También balbucía palabras en japonés: íntimos tormentos que a Kenjirō comenzaban a resultarle familiares, pues solían ir acompañados de reiteradas invocaciones al nombre de Junko.

La mañana, no obstante, descendió como un bálsamo sobre el doliente, cuyos sueños parecieron apaciguarse permitiéndole sumirse en un verdadero descanso. Al caer la tarde abrió los ojos para pedir agua y, tras beber, volvió a postrarse en el lecho, siempre con cuidado de no apoyar la espalda contra el jergón. Su respiración parecía más serena y profunda.

El monje abandonó los aposentos para reunirse con su otro huésped, que había permanecido durante gran parte del día en la capilla, arrodillado frente al altar.

—Puedes estar tranquilo, se pondrá bien —le confió el abate.

Kenjirō asintió con un suspiro. El alivio, no obstante, suavizó su expresión solo por un instante.

—He de marcharme. Nos arriesgamos demasiado teniendo aquí al caballo, el enemigo sospechará en cuanto lo vea junto al templo.

—¿Qué harás?

—Lo llevaré hasta el lago y lo dejaré allí. Espero que el agua y el pasto hagan que se mantenga por los alrededores, quizás así pueda recuperarlo más tarde.

—Es peligroso aventurarse en el bosque, ya deben haber comenzado las batidas para encontrar a los huidos.

—El ejército de tus hermanos *sohei* no estaba compuesto solo de monjes guerreros, junto a ellos luchaba todo tipo de escoria, desde *ronin* hasta campesinos fanatizados por la doctrina Tendai. —Y samuráis del clan Tsumaki, añadió para sí Kenjirō, vasallos de su mismo señor, Akechi Mitsuhide—. Vestiré ropas de viaje sin blasón, quizás así me confundan con uno de sus mercenarios.

—Eres un necio si crees que los engañarás solo con eso.

—Puede que no, pero al menos les haré dudar por un instante. —Recogió el sable que descansaba junto a él—. Y con suerte, un instante será todo lo que necesite.

Kenjirō condujo su montura río abajo, tirando del animal cada vez que se detenía a mordisquear la hierba crecida entre las piedras de la orilla. Quería alejar al caballo, era cierto, pero le urgía algo más, pues mantener con vida a Ayala-sensei no era su único deber en ese momento.

Así que continuó avanzando en dirección al lago hasta hallar un recodo del cauce en el que ya había reparado mientras vagaban por el bosque. Ató el ronzal a un tronco quebrado y se tomó un instante para escrutar el cielo: comenzaba a anochecer, pero las primeras estrellas permanecían ocultas tras una pátina plomiza. No tenía mucho tiempo, así que descolgó de la silla un pico que había tomado del jardín del templo y la cabeza envuelta de Fuwa Torayasu.

Se adentró en la corriente y cruzó hasta la orilla opuesta, donde se elevaba un farallón cubierto de musgo. Depositó la cabeza del daimio sobre una roca y comenzó a cavar a los pies de la pared de piedra. Sabía que no era el lugar más digno para enterrar los restos de un gran señor, y los ojos de Fuwa Torayasu, de no hallarse cubiertos por el lienzo, así se lo habrían reprochado. Pero el destino suele ser ajeno a la voluntad de los hombres, y a Kenjirō no le cabía duda de que aquella era mejor tumba para Fuwa-sama que la que habrían dispuesto sus enemigos.

Cuando Ayala abrió los ojos, encontró arrodillado junto a su lecho a un hombre que lo observaba con compasión. Su cabeza rasurada y los hábitos grises lo identificaban como un bonzo, quizás de alguna rama del budismo Shingon, tan poderoso en las inmediaciones de Kioto.

Cuando Ayala quiso hablar, un ataque de tos le sacudió los hombros y le contrajo las llagas de la espalda. El bonzo se levantó sin decir palabra y, al poco, regresó con una tisana que acercó a los labios de Ayala. Estaba muy amarga, pero reconfortó al convaleciente y le calentó el estómago. Recuperado el resuello, el jesuita intentó hablar de nuevo:

—Me llamo Martín Ayala, gracias por acogernos en su casa. Pocos habrían dado refugio a un extranjero como yo.

—Le había escuchado algunas frases en japonés durante sus delirios, pero no sabía si mantendría esa facultad una vez despierto —observó el bonzo.

—Yo, por el contrario, cada vez que despierto me pregunto si aún seré capaz de hablar mi propia lengua.

El monje asintió con una sonrisa, le agradaban las personas capaces de mantener el sentido del humor en la adversidad.

—Soy Sanshobo, monje de la fe del buda Amitabha. Desde hace doce años, único prior de este pequeño templo, así que gozo de bastante libertad a la hora de decidir a quién doy o no asilo.

—Se lo agradezco —repitió el jesuita, luchando por incorporarse sobre el jergón.

Sanshobo lo ayudó y le ofreció un poco más de infusión. Ayala bebió antes de hablar de nuevo:

—He de disculparme por la forma en que hemos irrumpido en su templo. Supongo que debe mantener con celo la armonía de este lugar.

—Mi ermita es pequeña y ciertamente difícil de encontrar, pero el monte Hiei ha sido foco de conflictos desde hace siglos. Los que guardamos esta plaza sabemos que tarde o temprano la guerra llamará a nuestras puertas. —El bonzo se sirvió una taza de la misma tisana que había preparado para Ayala—. En cualquier caso, no estamos aquí para perdernos en la contemplación de la paz que nos rodea, también es nuestro deber guiar a los hombres hacia la iluminación.

—Pero deben ser pocos los que lleguen a un lugar tan recóndito en busca de guía y consejo, si me permite decirlo.

Sanshobo sorbió de la taza antes de responder con afabilidad:

—Usted ha llegado hasta aquí, ¿no es así?

—Huyendo, me temo; no en busca de iluminación.

—¿Y quién hay más necesitado de encontrar un camino que aquel que huye?

En ese momento, el relincho de un caballo sonó en el exterior. Unos cascos comenzaron a batir la grava del patio.

—¿Y el samurái que viajaba conmigo? —preguntó Ayala.

—Partió hacia la hora del perro con la intención de ocultar su montura a orillas del lago.

—Puede que haya cambiado de opinión, o que algo le haya hecho volver.

—Es posible —dijo Sanshobo, pero su expresión denotaba otras sospechas—. Guarde silencio.

El monje se apresuró a apagar las lámparas que iluminaban el dormitorio. Antes de abandonar la sala, se dirigió a Ayala entre susurros:

—Esa portezuela en el suelo da paso a la despensa. No será fácil en su estado, pero ocúltese ahí si escucha algo extraño. Si es necesario, al fondo de la cámara encontrará otra puerta desde la que podrá arrastrarse al exterior.

Se dirigió a la capilla sin dar oportunidad de réplica al confundido extranjero. Allí apagó uno de los dos cirios, sumiendo la sala en una penumbra desdibujada por la única llama. A continuación, se arrodilló frente al altar, respiró profundamente y, envolviendo el rosario alrededor de la mano izquierda, comenzó a recitar los sutras. Fuera, la lluvia comenzó a caer, tímidamente al principio, pero al poco el aguacero ya barría el bosque martilleando contra las tejas del templo.

La mente de Sanshobo, sin embargo, era incapaz de entregarse a la lluvia o a aquellas palabras que, de tantas veces pronunciadas, habían horadado su propio camino en su lengua y en sus labios. Permanecía subyugado a los instintos, alerta como la presa que intuye al depredador; al escuchar los pasos a su espalda, debió hacer un esfuerzo por que su plegaria se mantuviera firme.

—Bonzo —lo llamó una voz—, atiende a tus visitantes y después podrás continuar con tus rezos.

Sanshobo guardó silencio e inclinó la cabeza. Respondió sin volverse hacia los recién llegados:

—Este es un templo consagrado al Buda Amitabha, no podéis esperar de este monje más que rezos, pues nada sé de lo que sucede fuera de estos muros ni nada deseo saber.

El filo de una hoja se apoyó contra su cuello, y Sanshobo no pudo evitar el mordisco del miedo en sus entrañas. Cuán lejos estaba de la serenidad de espíritu y la capacidad de aceptación a las que debía aspirar, se lamentó.

—No mientas. Sabemos que has dado cobijo a samuráis del clan Fuwa, las pisadas de caballo alrededor de tu templo te delatan.

El bonzo se volvió lentamente y levantó la cabeza hacia quien le hablaba: cuatro samuráis investidos con el blasón de la casa Tsumaki se alzaban frente a él, pisando el suelo de su templo con las sandalias embarradas.

—Como os he dicho, las miserias del mundo terrenal no me incumben.

El samurái que le hablaba, capitán de aquella partida de rastreo, sonrió con sorna a sus hombres antes de apoyar la mano izquierda sobre la cabeza rasurada de Sanshobo. Le sujetó con firmeza la nuca y se acuclilló, quedando cara a cara con el monje:

—Hoy hemos luchado junto a los *sohei* del monte Hiei, bonzo, así que esta noche tenemos a los *bodhisattva* de nuestra parte. Podría rebanarte el pescuezo y después quemar tu templo hasta los cimientos, y aun así el karma me seguiría sonriendo.

Y para enfatizar sus palabras, deslizó la hoja del sable bajo la oreja de su presa. Fue un movimiento suave, sin apenas presión, pero Sanshobo percibió nítidamente cómo la lengua de acero le lamía la carne haciendo manar la sangre. Esta no tardó en empapar el kimono que vestía bajo los hábitos.

—Será mejor que hables —dijo uno de los samuráis que permanecían tras su capitán—. Los hombres a los que buscamos son enemigos de Buda y de todo lo sagrado, no hay razón para que los ayudes.

—Escucha a Sumitaka —le aconsejó el capitán—, su hermano es bonzo en Omi y sufriría viendo cómo te hacemos daño.

Sanshobo constató una vez más sus flaquezas al indignarse por la irreverencia de esos guerreros, cuyas amenazas eran más propias de una taberna que de un templo consagrado a Amitabha:

—No sois hombres ni bestias, sois peores que demonios —les espetó—. Almas depravadas que se entregan a la guerra para satisfacer sus perversiones. No recibiréis de mí más que desprecio —zanjó Sanshobo, escupiendo sus maldiciones a la cara del samurái.

—Como desees, bonzo. —Y el capitán se dispuso a dictar sentencia con su espada.

Sanshobo tuvo tiempo de observar la desazón que parecía embargar al resto de la partida, renuentes pero sumisos ante la crueldad de su oficial. Después cerró los ojos, preparado para despedirse de este mundo.

—¡Basta! —se escuchó desde el fondo de la capilla.

Cuando los samuráis alzaron la vista, vieron una figura alta y delgada que avanzaba desde las sombras.

—Es a mí a quien estáis buscando, este hombre ni siquiera sabía que me había escondido en su casa —dijo Ayala, que se detuvo cuando la luz del cirio reveló su rostro barbudo y descarnado.

—¿Qué tenemos aquí? —preguntó el oficial, apretando la empuñadura de su katana—. Un cuervo que, en lugar de graznar, habla como los hombres.

Ayala sostuvo la mirada del samurái. Lo que más le inquietó fue no vislumbrar en sus ojos odio o fanatismo, sino sencillo gozo.

—Así que Fuwa Torayasu lleva a la batalla a estos pájaros de mal agüero, a estos sacerdotes del infortunio. —El capitán bajó la mirada hacia el eremita—. Y el veneno de vuestras palabras es capaz de corromper incluso a los bonzos.

—En las palabras de Cristo solo hay verdad y consuelo.

El samurái sonrió.

—Si es así, dime: ¿dónde están aquellos que han venido contigo?

—Los hombres con los que hui me arrojaron junto al templo y prosiguieron su camino.

—¡Mientes! —exclamó el capitán con fácil ira—. ¡Nobumori! Comprueba quién más se oculta tras el altar.

Nobumori tomó el cirio apagado y, prendiéndolo con el otro, se dirigió al dormitorio en penumbras. Antes de entrar, desenvainó la *wakizashi* y apartó a Ayala de un empellón. Escucharon al samurái remover con descuido los enseres del monje. Regresó en breve:

—No hay nadie más, capitán Ishikawa, pero he encontrado esto. —Mostró las ropas con el blasón del clan Oda que Kenjirō había dejado atrás.

El capitán se relamió, anticipando lo que estaba por venir.

—Así que esto es lo que vale la palabra de dos hombres santos. —Y alzando la punta de su sable hacia Ayala, repitió—: ¿Dónde está el samurái al que pertenecen esas ropas?

—Ya lo he dicho, me abandonaron aquí.

El rostro de Ishikawa demudó en un rictus de furia desatada. En un rápido movimiento, empuñó con ambas manos la *katana*, la levantó por encima de los hombros y descargó el golpe contra el cuello de Sanshobo. La cabeza del bonzo rodó sobre el suelo de la capilla, retumbando en el estómago de Ayala como un trueno creciente.

El *bateren* quiso caer de rodillas, quebrado por aquel acto de súbita maldad, pero el samurái llamado Nobumori lo agarró por el brazo y le impidió desplomarse.

El capitán Ishikawa limpió su acero con un pañuelo de seda y empujó el cuerpo del bonzo de una patada, derribándolo como leña seca.

—Ponlo ahí —indicó a su subordinado.

Este golpeó a Ayala en las corvas, obligándolo a arrodillarse en el mismo sitio donde Sanshobo se había postrado un momento antes.

—No te lo preguntaré más veces —prosiguió Ishikawa, inclemente—. Las huellas de un caballo nos han traído aquí desde el río, pero ahora no hay ningún animal en las inmediaciones. Dinos dónde está el jinete.

Ayala temblaba, el miedo ofuscaba su mente, pero al ver el cuerpo de Sanshobo junto a él, la resignación arraigó en su pecho:

—¿Qué más da? —dijo finalmente, sin apartar la vista del cadáver de aquel hombre al que sabía bueno pese a no haber compartido con él más que algunas palabras—. Cualquiera que sea mi respuesta, seguiré su mismo camino.

Cuando levantó la cabeza para afrontar su muerte, se encontró, sin embargo, que su verdugo no alzaba el filo contra él. Ishikawa avanzó hasta hincarse de rodillas frente al *bateren*. Solo cuando la luz alcanzó el rostro de ese hombre cruel, Ayala se percató de que la punta acerada de una flecha asomaba entre sus labios, como una maldición aún por proferir.

El capitán se desplomó en silencio, y a la vista de todos quedó el asta emplumada que le atravesaba la nuca. De inmediato los rostros se volvieron hacia la entrada, donde se alzaba la figura de un Kudō Kenjirō empapado por la lluvia. Montaba ya en el enfleche el segundo proyectil; antes de que los samuráis de Tsumaki pudieran desenvainar, disparó contra aquel al que llamaban Nobumori, único que se alzaba a espaldas del padre Ayala.

El proyectil alcanzó al espadachín en el pecho, y este, sin soltar el cirio, se tambaleó buscando algo a lo que asirse.

—¡Ayala-sensei, escóndase! —gritó Kenjirō, desenvainando para enfrentarse a los dos samuráis que quedaban en pie.

El jesuita comenzó a retroceder de espaldas hasta tropezar con el recién caído Nobumori. El cuerpo del samurái se hallaba cubierto por uno de los tapices que había arrancado en su caída, y la improvisada mortaja había comenzado a arder al contacto con la llama del cirio.

—¡Huya! —insistió el *goshi*, enloquecido—. ¡O todo será en vano!

Ayala, con la mente anegada de miedo y horror, tanteó el camino hacia los aposentos de Sanshobo. Solo cuando lo vio desaparecer en las tinieblas, Kenjirō pudo centrarse en los dos guerreros que lo encaraban. Si él caía, el *bateren* quedaría a merced de los guerreros del clan Tsumaki. Debía darle tiempo para escabullirse, aunque no sabía de qué forma el jesuita, herido y febril, podría hallar una salida de aquel templo convertido en una ratonera.

—Así que sois samuráis de Tsumaki —dijo entre dientes, ganando tiempo—; vuestro señor es vasallo y familia de Akechi-sama, y aun así traiciona a un aliado como Fuwa Torayasu. ¿Es que no conocéis la lealtad?

—¿Qué sabe de lealtades un apestoso *ronin* como tú? —le espetó el más joven de sus enemigos.

—No te dejes engañar por su aspecto —dijo el otro samurái, mientras flanqueaba a Kenjirō sin bajar la guardia—. Este hombre es el *yojimbo* de ese cuervo. Un guerrero de Fuwa..., un *shinobi*, quizás.

—Un hombre muerto, en cualquier caso —respondió el otro.

Mientras hablaban, Kenjirō observó que el fuego se había extendido ya por los tapices de las paredes y había saltado a las vigas del techo. Tarde o temprano, el templo se vendría abajo.

—Incluso un *shinobi* sabe cuáles son sus lealtades —dijo Kenjirō, retrocediendo hacia la pared más cercana.

Los samuráis de Tsumaki lo dejaron hacer, creyendo que se acorralaba a sí mismo contra el fuego.

—En tiempos de guerra, las lealtades van y vienen —respondió el samurái más veterano, antes de alzar su sable y lanzarse sobre el flanco derecho de Kenjirō.

Al mismo tiempo, desde la izquierda, se precipitó sobre él el segundo espadachín, cargando con una estocada profunda que buscaba su costado. Aquellos hombres sabían luchar juntos, no habían necesitado ni intercambiar una mirada para coordinar aquel ataque. Era imposible bloquear ambas acometidas, pero defenderse no era lo que Kenjirō tenía previsto: con el calor del fuego quemándole la espalda, el *goshi* deslizó su acero tras el tapiz que tenía junto a él y, de un movimiento amplio, lo arrancó de la pared lanzándolo contra sus oponentes.

La maniobra sorprendió a los atacantes, y si bien el más viejo y prudente pudo hacerse a un lado, el más impetuoso se había entregado por completo a su embate. Se estrelló contra la sábana de papel encerado y rodó por el suelo, con el fuego lamiéndole ya el cuerpo. No tardó en comenzar a gritar, intentando sacudirse las llamas, hasta que debió soltar el arma para sacarse de encima las ropas que le quemaban la piel. Su compañero intentó empujarlo al exterior, hacia la lluvia, pero el sable de Kenjirō lo alcanzó antes: en la rodilla primero, haciéndole caer sobre la pierna quebrada, en el cuello después, cercenándole la arteria con fatal precisión.

Eran ya cuatro los cuerpos que yacían frente al altar, tres de ellos muertos por aquel endemoniado guerrero al que el hombre del clan Tsumaki debía hacer frente ahora en solitario.

—¿Cuál es tu nombre? —preguntó, imponiendo una pausa de guardias erguidas y miradas alertas.

—Kudō Kenjirō, hijo de Kudō Masashige, samurái del feudo de Anotsu.

—Yo soy Hara Sumitaka, rastreador del ejército de su señoría Tsumaki Kenshin.

Hechas las presentaciones que establecían que aquel era un duelo entre iguales, Sumitaka cargó con su espada en ristre, abatiendo sobre Kenjirō un mandoble descendente. Este defendió el golpe tan arriba como le fue posible y desvió la hoja de su adversario a un lado, cruzándose ambos en el lance. Al girar para encarar de nuevo a Sumitaka, tuvo tiempo de ver por el rabillo del ojo que su rival no se había alejado para ganar distancia, sino que se había revuelto al instante con un golpe oblicuo que buscaba sus costillas. Kenjirō obedeció a su instinto y no trató de bloquear el tajo, sino que dio un paso hacia el enemigo, penetrando en su guardia para golpearlo en el vientre con la empuñadura del sable corto, aún envainado.

El ataque, tan imprevisible como poco ortodoxo, dejó sin aliento al guerrero de Tsumaki, doblándolo sobre el estómago. Antes de que pudiera reaccionar, Kenjirō le clavó un rodillazo en la barbilla que le hizo tambalearse de espaldas. Con su oponente inerme, el *goshi* descargó un potente tajo que quebró el cráneo de Hara Sumitaka. Este cayó de rodillas, tan hundido el filo en su cabeza que Kenjirō debió apoyar el pie contra el hombro del samurái para desencajar el acero.

Sumitaka se desmoronó sobre la madera ennegrecida, y solo en ese momento el vencedor se permitió toser, el pecho anegado del humo que espesaba el aire. La techumbre crujió sobre su cabeza. Debía salir de allí cuanto antes; aun así, se lanzó hacia el interior de la capilla en pos del dormitorio del monje Sanshobo.

Gritó el nombre de Ayala-sensei y removió los jergones y las mantas esparcidas por la estancia. Cuando el calor ya se hacía insoportable, reparó en la tabla de madera descorrida en el suelo. Introdujo la mano en el agujero y percibió la corriente de aire frío. Tras echar un vistazo al humo que ya penetraba en densas volutas, decidió que aquella salida era la mejor opción también para él.

Se precipitó de cabeza en la cámara subterránea y se arrastró entre cajas de sal y toneles de arroz. La compuerta que daba al exterior también había sido retirada y Kenjirō se abalanzó a un suelo enfangado por la lluvia. En cuanto se supo fuera, rodó apartándose del templo en llamas.

Sin un instante para recuperar el resuello, buscó huellas a su alrededor, pero la lluvia había borrado cualquier rastro que el jesuita pudiera haber dejado en su huida. Desesperado, comenzó a dar vueltas sobre sí. Lo lógico era que el *bateren* hubiera buscado refugio en la espesura que se extendía tras la ermita, pero la densa fronda no permitía vislumbrar ninguna senda.

Fue entonces cuando escuchó un fuerte crujido a su espalda. Se volvió a tiempo de ver cómo el tejado se hundía pasto de las llamas, sepultando bajo su peso los cinco cadáveres que había dejado tras de sí.

Kenjirō cayó de rodillas y se enjugó con rabia las lágrimas que acudían a sus ojos. Sacudió la cabeza contra el pecho, abrumado por tanta muerte. Por fin, entrelazando los dedos tal como había visto hacer al jesuita, alzó el rostro contra el aguacero:

—No soy cristiano y probablemente no merezca nada a ojos del dios crucificado, pero os ruego por uno de los vuestros. Por favor, velad por Ayala-sensei, mantenedlo con vida hasta que dé con él.

Dicho esto, se ciñó Filo de Viento a la cintura y se adentró en la foresta sin mirar atrás.

Capítulo 32

La pasión de Martín Ayala

Aterido bajo sus ropas empapadas, castigado por un aguacero que le calaba pese a encogerse bajo un frondoso roble, Ayala se entregaba a su vergüenza: «Le he abandonado», se repetía, presa de un llanto que era lágrimas y lluvia a un tiempo. Solo los golpes de tos conseguían acallar momentáneamente sus sollozos, y así, acunado en su miseria, se sumió en una febril inconsciencia.

Despertaba de tanto en tanto, sobrecogido por pesadillas que lo atormentaban como hierros candentes, pero la enfermedad y el agotamiento volvían a arrastrarle al sueño, hasta que finalmente la luz del sol entre las ramas lo obligó a cubrirse el rostro. Aquel simple gesto hizo que una dentellada le recorriera la espalda, marcando con un rastro de fuego la línea que iba de una a otra herida, como si las flechas aún permanecieran alojadas entre sus hombros.

Cierta determinación había ido sedimentando en su ánimo a través del duermevela: debía volver, encontrar a Kenjirō, descubrir si aún estaba vivo. Se obligó a incorporarse, aunque perdió pie y vino a apoyarse contra la rugosa corteza del árbol. La palma se le erizó de puntas de rubí, aun así, consiguió sobreponerse a su propia debilidad y sostenerse en pie.

Caminó por la foresta, medroso y desorientado, hasta que vio las volutas de humo que se elevaban sobre las copas. Recordó el incipiente fuego y comenzó a avanzar con la negra columna como faro. Le dolía la espalda a cada paso y un puñado de cristales le cruzaba la garganta al tragar saliva, pero no cejó hasta hallarse frente al cadáver macilento de la ermita. Lentamente, como quien visita la tumba de un amigo, se aproximó a la estructura devastada por el fuego. Las vigas se amontonaban quebradas bajo su propio peso, varadas entre la arboleda como el pecio de un extraño naufragio. Vencido por el frío, Ayala sucumbió a la calidez que desprendían los rescoldos aún candentes entre las vetas de la madera. Se recostó sobre el tibio lecho de cenizas y se dejó arrastrar de nuevo por el sueño.

Despertó mucho más tarde, con el sol en alto. Notaba las ropas secas; el calor de las ascuas parecía haber ahuyentado la humedad y los escalofríos que le habían entumecido durante la mañana. Permaneció con los ojos cerrados un buen rato, renuente a enfrentarse a su desdicha. Cuando por fin se decidió a abrirlos, vio un cielo radiante sobre su cabeza, mariposas persiguiéndose entre revoloteos, la arboleda mecida por una gentil brisa, los cadáveres retorcidos por el fuego... Comprendió que ya estaban allí esa mañana pero que debía haberlos confundido con leña calcinada.

Se incorporó con dificultad hasta quedar de rodillas y observó los cuerpos sepultados: eran poco más que huesos ennegrecidos, imposible saber a quién pertenecían, ni siquiera contar cuántos eran... Solo le quedaba rezar, y así lo hizo: unió las manos bajo la barbilla y rogó por que Kenjirō los hubiera matado a todos, por que les hubiese cortado la vida con su espada y hubiera salido de allí antes de que el incendio lo devorara también a él. ¿Por qué no habría de ser así?, se dijo, ese muchacho estaba tocado por un terrible don. Él lo había visto, así que levantó la frente hacia el cielo y rogó al Señor misericordioso con fervor. Por más despiadada que fuera aquella súplica, por más indigna de un hombre de Dios, no podía renegar de lo que deseaba con toda su alma, que Kudō Kenjirō hubiera acabado con todos y cada uno de aquellos malnacidos.

Fue la sed lo que finalmente le arrancó de sus oraciones. Debía beber algo si no quería caer de nuevo inconsciente, así que se levantó con torpeza y caminó hasta la orilla del arroyo. En un principio trató de llevarse el agua a la boca con las manos, pero terminó por tenderse y hundir la cabeza en el gélido cauce. La corriente arrastró el barro y las cenizas, enjuagándole el rostro y las ideas. Bebió con avidez, deteniéndose solo para respirar, y no se apartó de la orilla hasta que sintió el estómago abotargado. Finalmente, se tendió boca arriba y se secó la barba con el puño del kimono.

Meditó durante un rato sus próximos pasos, y el gorgoteo del agua se llevó sus pensamientos río abajo, hasta el lago… ¿No dijo el monje que Kenjirō había ocultado el caballo a orillas del Biwa? Quizás hubiera vuelto junto al animal, quizás estuviera demorándose junto al lago por si él era capaz de llegar hasta allí por sus propios medios. «Al fin y al cabo, Kenjirō le confió al monje sus intenciones, probablemente para que me tranquilizara si yo despertaba antes de su regreso», se convenció. No era descabellado pensar que el samurái lo buscaría allí en primer lugar.

Animado por esa idea, se esforzó por ponerse en pie y comenzó a caminar paralelo al curso del río. Era increíble cómo una esperanza, por remota que fuera, podía avivar la llama del espíritu humano. «Qué importante es traer esperanza al corazón de los hombres», divagó Ayala, pero mientras se alentaba con estos pensamientos, otros se abrían paso: ¿Y si no estaba allí? ¿Qué haría, entonces? ¿Adónde iría? Apretó los dientes y sacudió la cabeza, apartando esa idea de su mente.

Acompañó al sinuoso cauce entre la arboleda, descansando cada poco contra el tronco de un árbol o sobre una roca. El aguijonazo del hambre le hurgó el estómago y quiso ver en aquello una buena señal: la fiebre le daba cuartel y su cuerpo exigía alimento, pero lo único al alcance de su mano era el agua del arroyo, así que bebía hasta saciarse cada vez que lo necesitaba.

Finalmente, tras deambular por el bosque durante gran parte de la mañana, alcanzó a ver la inmensidad del Biwa, calmo y radiante bajo aquel cielo despejado. Por un momento dudó de si no habría llegado al océano, pues sobre el horizonte solo se vislumbraban unas formas tan lejanas y difusas que bien podrían haber sido nubes en alta mar o montañas en la orilla opuesta. Reconfortado por divisar el final de su travesía, prosiguió río abajo hasta llegar a la desembocadura, que venía a abrirse a una playa de arena salpicada por agujas de pino.

El viento le sacudió el cabello y las ropas mientras giraba sobre sí mismo buscando huellas en la arena, restos de una hoguera, algún objeto caído… Cualquier indicio de la presencia de su compañero. Nada. Viento y silencio. La desesperación hizo que quisiera gritar, quizás así Kenjirō lo encontrara, pero en cuanto llenó el pecho, el aliento se le escapó entre estertores. Se dejó caer, aplastado por la sensación de soledad. Sabía que no pensaba con lucidez, como también sabía que no podía limitarse a permanecer allí. Cuando cayera la noche volvería el frío, debía encontrar un sitio donde resguardarse, alcanzar algún lugar habitado. Pero ¿cómo hacerlo? No tenía comida ni abrigo, ni dinero con el que pagar hospedaje. Todas sus pertenencias habían ardido en el templo o se encontraban en las alforjas…

De repente, un olor familiar interrumpió el hilo de sus pensamiento. Excrementos de caballo, supo reconocer. Se puso en pie tratando de ubicar la procedencia de ese hedor que se desvanecía en la atmósfera cargada de sal… Hasta que una ráfaga de aire volvió a arrastrarlo. No había sido su imaginación, comprendió con una sonrisa. Apretó los puños y comenzó a avanzar contra el viento, cruzando la playa en dirección al pinar hasta que encontró las primeras boñigas esparcidas sobre la arena. Suspiró largamente, sintiendo un alivio como nunca pensó que pudiera provocarle semejante visión. Se adentró en la arboleda y no tardó en escuchar los movimientos de un cuerpo pesado entre la fronda. Siguió avanzando hasta dar con el animal, que arrastraba el ronzal por el suelo mientras hurgaba con el hocico entre las raíces.

Lo sujetó por las cinchas y le palmeó el lomo; cuando estuvo seguro de que el caballo no se alteraba por su presencia, abrió una de las alforjas y buscó algo que llevarse a la boca. Entre los granos de arroz duro había ñame y otras hortalizas con las que acompañar el guiso; las comió con fruición, masticándolas crudas tal como se las daban al animal. También dio buena cuenta de las setas que Kenjirō había recogido durante el camino, y solo el dolor de estómago lo obligó a parar.

Saciada su necesidad más acuciante, tomó una cantimplora de bambú y su manto negro y se dejó caer contra un árbol, no sin antes atar el ronzal para que el caballo no se alejara. Se envolvió en la capa y bebió un trago de té verde. Reconfortado, se preguntó qué debía hacer a continuación, ¿esperar allí por si Kenjirō aparecía? ¿Qué otra cosa podía hacer?

Entonces, como un rayo de luz que se filtra entre nubarrones, recordó el ruego de la dama Nozomi, la responsabilidad que, literalmente, depositó en sus manos: llevar la cabeza del señor Fuwa hasta su feudo, a una aldea cristiana en las faldas del monte Miyoshi para darle allí santo entierro. La macabra encomienda no se hallaba colgada entre las alforjas, por lo que supuso que Kenjirō no había querido abandonar los restos del daimio ante el temor de que cayeran en manos del enemigo. Eso significaba que, en uno u otro momento, el samurái se dirigiría a la aldea cristiana. Al fin y al cabo, ese era el destino de ambos antes de separarse. Debía alcanzar el monte Miyoshi, decidió Ayala, que notaba cómo los huesos volvían a dolerle, pronto le subiría la fiebre.

Cerró los ojos, doblegado por el sueño, y en el último instante de vigilia recordó las palabras del *ashigaru* que había perdido a su hijo en la batalla: ¿No había mencionado aquel hombre una aldea cristiana próxima a Miyoshi? ¿No les habló de una comunidad organizada en torno al padre Enso, un hombre que había desaparecido antes de que él abandonara Japón? Los acontecimientos de los últimos días flotaban en aguas tumultuosas y hasta ese momento no habían comenzado a asentarse en el fondo de su consciencia… O quizás la fiebre le hacía mezclar los recuerdos. Con esa duda se hundió en el sueño.

Despertó sobresaltado por unas voces que llegaban desde la profundidad del bosque, ininteligibles, aberrantes, acompañadas por los ladridos de perros de caza. Pero ni siquiera el miedo lo despejó por completo; seguía aturdido, demasiado débil como para revolverse contra su destino.

Tardó en reunir las fuerzas necesarias, pero finalmente se obligó a levantarse, se ciñó el manto sobre los hombros y guio al caballo fuera del pinar, de regreso a la playa. Comprendía que debía alejarse de allí, dejar atrás el monte Hiei y los bosques que lo rodeaban, así que, lentamente, apoyó el pie en el estribo y consiguió auparse sobre la silla. Sacudió las riendas para que la montura comenzara a andar, y esta lo hizo con el paso perezoso de un palafrén. Mejor así, pensó Ayala, pues probablemente el más ligero galope lo descabalgaría.

Recordaba que el lugar que buscaban se encontraba en el sur profundo, entre los montes que se levantaban en el margen este del Yodogawa. Si continuaba paralelo al lago, tarde o temprano daría con un camino que se apartara de la orilla y que terminaría conectando con las rutas comerciales.

Viajó así durante el resto del día, encorvado sobre la silla, zarandeado por el paso del caballo mientras el sol se iba poniendo a su derecha. En varias ocasiones despertó justo antes de perder el equilibrio. Finalmente, doblegado por el cansancio y la fiebre, optó por inclinarse sobre el cuello del animal y dejar que este prosiguiera el camino a su antojo.

Hasta que, derrotado por la enfermedad y la extenuación, cayó de su montura. Esta vez Kenjirō no acudió en su ayuda.

Capítulo 33

Perros de guerra

E l aguacero hacía crepitar el bosque con un martilleo incesante, filtrándose entre el ramaje hasta decantar en el interior de la arboleda con un goteo gélido y vertical, como un destilado del mismo otoño. Ni un alma se agitaba entre los árboles, solo Kenjirō parecía dispuesto a desafiar el temporal en una noche que impelía a buscar resguardo. Se ciñó el *haori* y se caló el sombrero de paja, sin dejar de escudriñar la oscuridad agazapada en la foresta. Apenas podía atisbar lo que había tres pasos por delante, difícilmente conseguiría dar con un rastro que lo llevara hasta Martín Ayala. Aun así, continuó adentrándose en el bosque, buscando alguna huella en el fango, alguna rama rota, alguna hierba aplastada… Terminó por concluir que su única posibilidad de encontrar al jesuita era que este diera con él, así que abandonó toda prudencia y comenzó a llamarlo a voz en grito, esforzándose por hacerse oír sobre el persistente tremolar de las hojas.

Se arriesgaba a ser escuchado por los rastreadores del clan Tsumaki, pero su situación era tan desesperada y miserable que se entregó al devenir del karma: si había de perecer en aquel bosque, lo haría tratando de encontrar al hombre que debía proteger, no encogido en un agujero excavado en el barro. Y en todo caso, muy poderosas debían ser las razones de sus enemigos si mantenían su búsqueda bajo semejante tormenta.

Llamó a Ayala durante buena parte de la noche, desde la cima de los collados y entre las difuminadas veredas que recorrían el bosque;

deambuló y gritó hasta que perdió la voz y el ánimo. Finalmente, vencido por la evidencia, se refugió en el tronco hueco de un alcanforero y dormitó hasta el alba.

Despertó de mal humor, con la desazón propia del que duerme con frío y ropas húmedas. Los gruñidos del estómago le recordaban que debía desayunar, pero no tenía tiempo de procurarse una comida decente, así que se estiró, se echó el aliento en las manos y retomó la marcha por un bosque que amanecía calmo tras el temporal.

Fue arrancando al paso los frutos que los arbustos le ofrecían, también se detuvo para recoger algunas setas que habían crecido, apetitosas, entre las raíces. Rellenó con agua de lluvia la cantimplora y se reconfortó con el amargor fresco del té, aunque se hallara casi del todo diluido.

Con tan frugal desayuno en el cuerpo, continuó caminando durante el resto de la mañana, llamando al jesuita de tanto en tanto, hasta que finalmente llegó a los límites del bosque. Este concluía en un desnivel que bajaba hasta un camino de tierra. Miró a su izquierda: en aquella dirección la arboleda se extendía hasta la orilla del Biwa, al este de su posición. La senda que tenía a sus pies, por tanto, avanzaba hacia el sur, probablemente hasta Otsu o alguna de las aldeas que rodeaban dicho puerto fluvial. Rendido, se sentó sobre el suelo pedregoso y contempló la pendiente a sus pies. ¿Qué podía hacer? El bosque era viejo y profundo, si Ayala-sensei se había perdido en la espesura, tenía pocas oportunidades de encontrarlo; sin duda, era mucho más probable que las batidas del enemigo dieran antes con él. Pero también podía suceder que el *bateren* hubiese encontrado alguna de las muchas sendas que atravesaban la foresta y la hubiera recorrido alejándose de la ermita; en ese caso, tarde o temprano, llegaría al extremo del bosque en el que él se encontraba.

Existía una tercera posibilidad: que el jesuita hubiera decidido desandar el camino de regreso a la ermita, en dirección al enemigo. No tenía motivos para semejante insensatez, pero quizás se hubiera desorientado… En ese caso, era posible que estuviera ya en manos de los hombres del clan Tsumaki o, peor aún, de los monjes de Hiei. Gruñó de frustración y escondió el rostro entre las manos. Se encontraba en una encrucijada y ninguno de los caminos que se abrían ante él parecía halagüeño.

Finalmente, tras rumiarlo, se dijo que volver atrás sería en vano: si Ayala se había perdido, él no podría encontrarlo; si había regresado hasta la ermita, tardaría más de medio día en llegar allí, tiempo de sobra para que los rastreadores lo capturaran. La única oportunidad para ambos era que el religioso hubiera conseguido cruzar el bosque por sus propios medios. Estaba herido y enfermo, era cierto, pero en reiteradas ocasiones Ayala-sensei había demostrado la entereza propia de un guerrero. Tenía que confiar en que aquel hombre habría salido adelante por sí solo; si su destino era encontrar a los asesinos de sus hermanos, habría sobrevivido a aquella noche y habría cruzado el bosque. Si no era esa la voluntad del cielo, tanto daba lo que él decidiera, ambos estarían condenados más tarde o más temprano.

Con esa idea en mente, Kenjirō se puso en pie y comenzó a descender la pendiente.

El *goshi* recorrió los caminos durante los días siguientes, preguntando en cada hospedería y en cada cruce si habían visto a un *bateren* vagando por la región. Recibía por toda respuesta quedas negativas o miradas de extrañeza, como si preguntara por la nieve en verano. Pero se negaba a desalentarse, así que continuó su búsqueda hacia el sur, aproximándose cada vez más a la ruta Nakasendo*. Se alimentaba de las alimañas que podía cazar en las inmediaciones de la vereda, pues quería escatimar las últimas piezas de cobre que había rescatado de las alforjas. Su intención era recorrer cada casa de postas hasta Otsu, si era necesario; de no encontrar rastro de Ayala-sensei, proseguiría su viaje hacia Miyoshi, en el feudo de Takatsuki, en busca de las comunidades cristianas que allí se asentaban. A partir de ahí, no sabía qué más podía hacer para dar con el jesuita.

Al caer la tarde del tercer día, se topó con un desvencijado cartel que anunciaba la proximidad de una aldea termal; para llegar a ella debía tomar un ramal que se adentraba en la zona boscosa del mon-

---

* Nakasendo: una de las cinco grandes rutas que en la antigüedad conectaban el este del país con la capital imperial, Kioto. La Nakasendo era una ruta interior, mientras que la Tokaido recorría la costa meridional.

te Chitodake. Sopesó que el desvío no le hacía perder tanto tiempo como para dejar de buscar en aquel rincón, por remota que fuera la posibilidad. Y aunque tampoco encontrara allí la pista del padre Ayala, al menos podría pagarse un hospedaje decente con las últimas monedas que le quedaban, harto como estaba de dormir a la intemperie y comer ratas de campo.

Llegó a la aldea cuando ya había oscurecido, ansioso por dejar atrás los caminos y descansar, pues la luna, lejana y brumosa, hacía la noche más propicia para los *yokai** que para los viajeros. Se internó por la vía principal, y su primera impresión fue la de hallarse en un asentamiento campesino que había sabido prosperar gracias a la promesa de sus aguas termales. El cartel no hablaba, sin embargo, del hedor a azufre que envolvía el lugar, ni de que parecía un cementerio una vez se ponía el sol, pues no había un alma a la vista.

Según recorría la calzada de tierra prensada, aquella calma desnaturalizada se fue haciendo más y más opresiva. Apenas había comenzado la hora del jabalí**, calculó por la posición de la luna, y las dos casas de baño instaladas a la entrada ya estaban cerradas. De no ser por las fachadas enlucidas y los faroles que colgaban junto a las puertas, habría pensado que recorría un pueblo fantasma. Poco a poco, fue percatándose de los sutiles indicios de vida: miradas esquivas tras el papel de arroz, un cerrojo de madera que se corría a su paso, el llanto de un niño que era acallado al momento…

Sugestionado, no pudo evitar el sobresalto cuando un perro apareció desde un callejón en penumbras. El animal se detuvo frente a él, levantó la cabeza y lo observó con curiosidad, tiesas las orejas. Solo entonces Kenjirō reparó en que llevaba una mano entre sus fauces. Escupió para alejar el mal fario y dio una patada al suelo para espantar a la bestia, que prosiguió su camino en busca de un rincón donde roer su siniestro botín.

El samurái maldijo entre dientes mientras inclinaba la vaina de su *katana* para facilitar el desenvaine. Al poco, desde el fondo de la calle llegaron unas carcajadas amortiguadas, disonantes con la quietud

---

* *Yokai*: los *yokai* eran las distintas criaturas sobrenaturales del folclore japonés. Según la creencia popular, era más probable encontrarse con alguno de estos seres en las noches de luna nublada.

** Hora del jabalí: entre las 21.00 y las 23.00 horas.

que allí reinaba. Afiló la mirada y prosiguió su camino, hasta que la calzada vino a desembocar en una plaza con una piscina natural de aguas termales. La fuente burbujeaba a la intemperie, expuesta al frío de la noche salvo por un tejado de madera sobre cuatro pilares. Desprendía un intenso olor sulfuroso, magnífico para la salud, sin duda, pero nefasto para el olfato.

Un nuevo estallido de risas le hizo levantar la cabeza y mirar más allá de la nube de vapor, hacia el extremo de la plaza donde se alzaba una posada de dos plantas. No sabía quién había dentro ni qué estaba sucediendo allí, pero las tripas le decían que lo más sensato era darse la vuelta, volver sobre sus pasos y echar la noche al raso. Y eso habría hecho de no ser por la reata de caballos junto al abrevadero: entre ellos, para su sorpresa, se encontraba la montura del difunto Fuwa Torayasu. El mismo animal que había abandonado a orillas del Biwa estaba ahora frente a él, cargado aún con sus alforjas.

Buscó entre los demás caballos el blasón del clan Tsumaki, pues quizás el animal había caído en manos de alguna partida de rastreo que había decidido incorporarlo a su recua. Pero la caballeriza no mostraba insignia alguna, por no hablar de que sus alforjas y sillares eran de calidad dispar. Definitivamente, los que reían allí dentro no eran samuráis de Tsumaki. ¿Era posible que Ayala-sensei hubiera dado con el animal? La idea no era descabellada: el bonzo que los acogió sabía dónde lo había ocultado, quizás se lo dijera al jesuita antes de morir… Pero si algo había aprendido en el viaje, es que las cosas no suelen resultar tan sencillas.

Solo podía hacer una cosa y no tenía sentido demorarla. Cruzó la plaza en dirección a la entrada del local, donde dos centinelas armados departían con la animosidad que confiere el sake. Debían ser los desgraciados a los que les había tocado en suerte montar guardia. En cuanto uno de ellos reparó en la presencia de Kenjirō, dio un golpe al otro en el hombro. Vestían un peto tachonado sobre el kimono, pero no lucían el moño samurái ni exhibían la divisa de ningún clan.

—¿Dónde crees que vas? —le espetó uno de ellos.

Kenjirō no aflojó el paso. Avanzaba decidido, el *hakama* sacudido por el viento y el sombrero de paja calado hasta las cejas. En cuanto vieron la *daisho* que ceñía a la cintura, la *katana* enfundada con el filo hacia arriba, los centinelas supieron que debían andarse con cuidado.

—No puedes pasar —dijo el otro—, es una celebración privada.

—Uno de los caballos que tenéis ahí me pertenece.

Los hombres se miraron, dubitativos. El que mostraba mayor templanza —bien por carácter, bien por haber trasegado más sake— le habló levantando la barbilla con arrogancia:

—Esos caballos son propiedad de la banda del jefe Sasaki. Márchate de una vez si no quieres que te echemos de comida a los cerdos.

Kenjirō ignoró la advertencia y se dispuso a pasar entre ambos. El último en hablar quiso empujarlo por el hombro, pero el *goshi* se apartó con facilidad y le golpeó en la garganta al tiempo que lo zancadilleaba, haciéndole caer de bruces por su propio impulso. Cuando el otro matón quiso echar mano a la espada, Kenjirō le mostró el palmo de acero que ya había desenvainado.

—Si tocas esa empuñadura, perderás la mano.

—¿Qué sucede aquí? —preguntó una cuarta voz.

Pertenecía a un hombre joven, de pelo desgreñado y pose indolente. Había descorrido la puerta del local y se apoyaba ahora en el vano, levantando la cortinilla con el antebrazo. Una caña seca de arroz le colgaba de la comisura de los labios y, sobre el hombro derecho, le asomaba la empuñadura de un sable inusualmente largo: una *odachi* o una *nagamaki*.

—Este *ronin* ha venido buscando problemas —dijo el matón que aún podía hablar, mientras se inclinaba junto a su compañero para ayudarlo a ponerse en pie.

—La posada está reservada por el jefe Sasaki —le advirtió el de la caña de arroz—. Busca otro sitio donde emborracharte.

—Uno de esos caballos, el bayo de crines negras, me pertenece. No me iré sin él.

El otro desvió la mirada hacia el animal que Kenjirō le señalaba. Después escupió sin necesidad de retirarse la caña de la boca.

—Y una mierda. Ese caballo es demasiado bueno para un apestoso *ronin* como tú. Pero si quieres, pasa y discútelo con el jefe. —Levantó la cortinilla un poco más y se hizo a un lado, invitándolo con una sonrisa a entrar en aquel cubil de alimañas.

Una nueva explosión de carcajadas llegó desde el interior al tiempo que una voz ebria se tropezaba con los versos de una cancioncilla soez. Kenjirō agachó la cabeza y pasó bajo la cortina, sin apartar la vista del hombre que le seguía. Una vez dentro, pudo comprobar que el local estaba atestado: medio centenar de personas, calculó en un primer vistazo, la inmensa mayoría hombres borrachos que apenas se sostenían en pie. Y, esparcidas por la sala, un puñado de muchachas de la aldea, probablemente arrastradas fuera de sus casas por aquellos miserables. Si sabían lo que les convenía, se esforzarían por ahogar en sake a los hombres de Sasaki.

—Por ahí. —Su peculiar anfitrión le señaló un extremo de la posada donde habían hecho hueco apartando mesas y banquetas.

En dicha esquina, sentado sobre un escabel en actitud contemplativa, como el señor de la guerra que examina sus ejércitos desde la cima de una colina, el jefe Sasaki asistía satisfecho al desahogo de sus hombres. A su espalda permanecía de pie un veterano samurái, mirando a todo y a todos con expresión ceñuda, los brazos cruzados bajo el *haori*. Su gesto era de profundo desagrado, altivo como el lobo que debe caminar con perros para sobrevivir al invierno. Había algo en él que a Kenjirō le resultaba familiar.

Sin tiempo para detenerse en más detalles, avanzó entre las mesas seguido por el hombre de la caña de arroz en la boca. Sabía que no atendían su demanda por cortesía, sino que esperaban poder divertirse a su costa, reírse del *ronin* pordiosero que aún cree mantener la dignidad de un samurái. Algunas cabezas se volvieron hacia él, pero la mayoría de los seguidores de Sasaki se hallaban desparramados por el suelo, abrazando con una mano la botella de licor mientras deslizaban la otra bajo el kimono de alguna muchacha. Una de las chicas, el rostro arrasado en lágrimas, con señales de mordiscos en los brazos y en los pechos, pidió ayuda al recién llegado, lo que provocó la hilaridad de los hombres que la retenían. A otra le habían atado una soga al cuello y, tras desnudarla casi por completo, la arrastraban entre las mesas como quien tira de una bestia tozuda.

Apretó los dientes y trató de mantener la calma pese a la rabia que le bullía en las entrañas. Cuando llegaron ante el líder de aquella jauría salvaje, el que le había hecho entrar tomó la palabra:

—Me he encontrado a este *ronin* en la puerta. Casi deja a Koroku tieso de un puñetazo en el gaznate. —Se apartó la caña de los labios y sonrió—. Dice que el bayo que encontramos en el camino es suyo.

Sasaki lo escrutó enarcando una ceja.

—¿Y lo habéis traído ante mí sin quitarle las espadas?

—Desarmar a estos cabrones siempre es problemático —respondió el otro, volviéndose a poner la paja entre los labios—. Además, no me parece que esté loco, y solo un chalado se atrevería a amenazarle aquí dentro, ¿no cree, jefe?

Sasaki, de rictus cansado pero ojos despiertos, apoyó la palma de la mano sobre el muslo y se inclinó hacia delante buscando la mirada del *ronin*. Sí, allí estaba: la expresión de quienes se creen mejores que cuantos los rodean, la auténtica divisa de la casta samurái.

—Así que ese caballo es tuyo.

—Sí.

—¡No, no lo es! —escupió Sasaki—. ¿Sabes por qué lo sé? Porque está marcado con el emblema de los Fuwa, y tú me pareces un vagabundo, no un samurái del clan Fuwa.

—¿Dónde lo encontrasteis?

El líder de la jauría sonrió, divertido.

—¿Has escuchado, Raisho? —Inclinó levemente la cabeza hacia el samurái que permanecía a su espalda, un veterano *yojimbo* de brazos fuertes y barba hirsuta—. Me maravilla la arrogancia de los de tu clase, la forma en que exigís, como si los dioses hubieran puesto el mundo aquí para vosotros. —Volvió a dirigirse al *ronin*—. Lo encontramos vagando por los caminos, sin jinete. Nadie quería tocar al animal; en cuanto veían el blasón marcado en los cuartos traseros, se apartaban. Pero nosotros le echamos el lazo y nos lo llevamos, porque ahora todo lo de los Fuwa nos pertenece.

Kenjirō torció el gesto, comenzaba a comprender la naturaleza de aquellos hombres. No eran bandidos, eran perros de guerra, mercenarios que venden su espada al mejor postor. Probablemente, los hombres de Sasaki habían tomado partido bajo las órdenes de Tsumaki Kenshin y saquear a los vencidos era parte de su pago.

—Pero si aún sigues pensando que ese animal te pertenece —siseó el jefe—, te daré una oportunidad de conseguirlo. Lucha por él con mi maestro de esgrima.

Kenjirō levantó la vista hacia el supuesto maestro. El gesto sereno y la actitud contenida del guerrero invitaban a pensar que no convenía cruzar espadas con ese hombre.

El tal Raisho, en cualquier caso, se limitó a sonreír ante la propuesta de su jefe.

—No pienso luchar para entretenerte —le advirtió—. Si de mí depende, que se lleve el caballo. —Hablaba con acento de la isla de Shikoku.

Sasaki frunció los labios hasta que palidecieron, furioso por aquel desprecio a su autoridad.

—¡Empiezo a sospechar que no eres más que un cobarde que come a mi costa! —explotó—. Puede que ni haya acero dentro de esas vainas que siempre llevas contigo.

—Quizás. El que quiera averiguarlo solo tiene que acercarse lo suficiente —lo desafió el samurái con descaro.

—Si no fuera por lo que dices saber, nos habríamos deshecho de ti hace días —amenazó el otro en vano.

Mientras Sasaki daba rienda suelta a su enojo, Kenjirō percibió, tan claramente como una corriente de aire frío, que alguien lo observaba desde un rincón. Al volver la cabeza su mirada se encontró con la de Shintaro, el desconsolado padre de aquel muchacho de trece años que había perdido la vida en Hiei, como tantos otros ese día, como muchos más al día siguiente. ¿Qué hacía allí, encogido en una esquina como un cachorro asustado? Recordaba bien que aquel hombre les confesó proceder de una aldea próxima a Miyoshi, en el corazón del feudo de Takatsuki. ¿Conocería el lugar que estaba buscando? Apretó los labios y tomó una decisión, probablemente precipitada:

—Podéis quedaros mi caballo —dijo—, pero quiero unirme a vosotros.

Aquellos cercanos a la conversación se regodearon: «otro muerto de hambre que ciñe la *daisho*», se leía en sus sonrisas. Pero el líder de la jauría no reía, sino que parecía evaluar con detenimiento la propuesta. Si Raisho se había negado a enfrentarse a él, elucubraba el mercenario, quizás ese joven guerrero fuera más de lo que aparentaba.

—¿Por qué? —se limitó a preguntarle.

—Si no me equivoco, sois perros de guerra. Venís de luchar en Hiei y sabéis que los Fuwa han sido derrotados y su ejército se ha desbandado. Por eso viajáis hacia Takatsuki, queréis rapiñar cuanto os sea posible ahora que las defensas del feudo están mermadas. Quién sabe —añadió Kenjirō, resuelto—, quizás tengáis hasta un permiso de Tsumaki Kenshin para expoliar las posesiones de los Fuwa y matar a cuantos cristianos encontréis a vuestro paso. Tú mismo has dicho que todo lo de los Fuwa os pertenece.

—Sabes mucho para ser un simple *ronin* que busca su montura.

—Yo también vengo de Hiei. Puse mi espada al servicio de los monjes, como tantos otros *ronin* de la región. Los bonzos pagan bien cuando les conviene. Ese caballo es parte de mi botín.

—Ya veo —respondió Sasaki, pellizcándose el mentón—. ¿Y por eso quieres unirte a nosotros, para incrementar tu botín?

—No hay muchas oportunidades en esta vida de sacarse algo y, al mismo tiempo, congraciarse con los *bodhisattva*.

—¿Qué opinas tú, Raisho?

—Mi parte no se toca. Puedes hacer lo que quieras con la tuya y la de tus hombres. Pero recuerda que sin mí no conseguirás en Takatsuki más que unos cuantos sacos de arroz.

El jefe sonrió con un gruñido.

—Hablas mucho, Raisho, pero si es cierto todo lo que dices, nos sobrará oro y nos faltarán espadas —sopesó Sasaki—. ¿Cuál es tu nombre, samurái?

—Kenjirō.

—Muy bien, Kenjirō, ahora eres parte de la compañía de Sasaki. Aquí el jefe se lleva una tercera parte y los demás os repartís el resto. Si estás conforme, coge un platillo y bebe con nosotros.

Kenjirō inclinó la cabeza a modo de asentimiento y se dio por cerrado el acuerdo. Mientras tomaba el cuenco de sake que alguien le alargaba, miró de soslayo al *ashigaru*. Aquel hombre debía saber cómo llegar a las aldeas cristianas de Miyoshi; si lo ayudaba a escapar, quizás pudiera guiarle a su destino. A no ser que Shintaro estuviera allí por propia voluntad, lo que significaría que era un miserable dispuesto a vender a los suyos. En ese caso, acababa de poner su cabeza en manos de un traidor.

Capítulo 34

Recolectores de algas

Primero, el olor a salitre, que se filtró en sus sueños evocando imágenes de arena húmeda y de algas varadas por la bajamar. Después, el leve cimbreo bajo su cuerpo, despojándolo poco a poco de su dulce somnolencia. Por último, los crujidos de la madera a su alrededor, el chapoteo amortiguado, la proximidad de una respiración ajena... Al abrir los ojos, Martín Ayala se encontró con un rostro que lo observaba expectante, con timidez, pero también con curiosidad.

—Hola —dijo el niño al comprobar que el adulto había despertado. No podía tener más de siete años.

—Hola —respondió el jesuita, aún sin moverse.

Se encontraba echado sobre el costado izquierdo, la cabeza apoyada en un ovillo de cuerdas. Frente a él, el pequeño se recostaba de igual modo y Ayala tuvo la impresión de que había pasado mucho tiempo allí, esperando a que diera señales de vida. A medida que su mente se despejaba, fue comprendiendo que se encontraba en la bodega de alguna gabarra... O quizás en el camarote de una barcaza. A su alrededor se elevaban pilas y pilas de lo que parecían pliegos de papel verde, empaquetados en balas anudadas con cordeles.

—¿Cómo te llamas? —preguntó el crío.

—Martín.

—¿Martín? —repitió, cerrando la consonante final con una «u».

—Extraño, ¿verdad? ¿Y tú?

—Sojiro.

422

Ayala asintió sin abandonar la postura en que había despertado. Sabía que, si trataba de incorporarse, se marearía.

—¿Cómo he llegado aquí, Sojiro?

—¿Es cierto que en tu país no hay mujeres? —preguntó el pequeño, ignorando su necesidad de buscarle un sentido a la situación.

Ayala rio, pero una súbita dentellada en la espalda le recordó que sus heridas continuaban allí. Pese al dolor, no perdió el buen humor.

—¿Quién te ha dicho tal cosa?

—En los barcos negros nunca vienen mujeres.

—Eso es cierto, pero de donde vengo sí hay mujeres, tantas como hombres. ¿Cómo, si no, iban a nacer los niños como tú?

—¿También hay niños?

—Por supuesto que los hay.

—¿Y vendrán aquí algún día? ¿Querrán jugar?

Ayala asintió, encandilado por la inocente curiosidad de su interlocutor.

—Estoy seguro. En cuanto escuchen hablar de esta tierra querrán venir a conocerla. Espero que tú se la enseñes.

El crío sonrió, sus ojos iluminados por la posibilidad de conocer a otros que imaginaba como él, pero a la vez muy distintos.

—¿Dónde estoy, Sojiro? —preguntó entonces, antes de que el niño volviera a adelantársele.

—En la barca de mis padres.

—¿Son pescadores?

—Claro que no, son recolectores de algas —respondió con paciencia, como si fuera algo obvio.

Ayala volvió a recorrer con la mirada las pilas de papel oscuro que lo rodeaban.

—¿Eso son algas?

—Claro. Padre las cosecha y madre hace el *nori*[*].

El jesuita asintió al reconocer por fin lo que estaba observando.

—¡Sojiro! —llamó en un susurro forzado una voz de mujer—, ¡te dije que no bajaras!

---

[*] *Nori:* las algas comestibles eran picadas y prensadas hasta obtener una pasta oscura que era pasada por el tamiz. La fina capa que sedimentaba se desecaba al sol, de modo que el producto resultante, el *nori*, tenía el aspecto de una lámina oscura y flexible. Aún hoy día se emplea en numerosos alimentos, como el sushi.

Ayala se incorporó sobre el codo y, aún aturdido, se volvió hacia la voz. El esfuerzo hizo que le temblaran los hombros, pero se mantuvo erguido el tiempo suficiente para ver cómo desde la cubierta llegaba una mujer joven; sin duda, la madre de aquel chiquillo, aunque bien podría haber sido su hermana mayor.

En cuanto descubrió que el *bateren* estaba consciente, la mujer se echó de rodillas al suelo e inclinó la cabeza.

—¡Gracias al Señor que ha despertado! —Unía las manos en un puño, al modo en que rezaban los cristianos.

—Gracias al Señor y a vosotros, que habéis velado por mí —añadió el jesuita—. Pero ni siquiera sé cómo he llegado aquí. Recuerdo caer de mi montura, después recuerdo el sol en la cara y la sed… He pasado mucha sed… —musitó como si las sensaciones, más que las imágenes, comenzaran a abrirse paso.

La mujer se incorporó y lo miró con perplejidad, acaso sorprendida de que un *bateren* se hiciera entender tan claramente.

—Le…, le encontramos cerca de Sakae.

—¿Sakae?

—Es una aldea a orillas del río Seta, cerca de la salida al Biwa —se explicó la mujer, aún nerviosa—. Somos cultivadores de algas de Kanzaki; dos veces al año remontamos el Yodogawa hasta el Seta para vender por las aldeas ribereñas el *nori* que producimos. Pocas veces llegamos tan cerca del Biwa, pero este año, con la guerra, las ventas han ido peor que nunca… Ha sido un milagro que navegáramos tan arriba y supiéramos de usted.

—¿Quién os habló de mí?

—La gente con la que tratamos sabe que somos cristianos. No lo ocultamos. Por eso unos pescadores del embarcadero de Sakae le dijeron a Eishi, mi marido, que habían visto un *bateren* muerto en el camino… Que llevaba un día al sol y que nadie lo recogía por miedo a que los bonzos los maldijeran. —Comenzó a retorcerse las manos, como si reviviera la angustia del momento—. Eishi fue a mirar y le encontró a medio *ri* de la aldea. Alguien le había arrastrado fuera de la vereda y lo había dejado allí, bajo un árbol y con un poco de agua. Mi marido convenció a unos cuantos para que lo ayudaran a traerle hasta nuestra barca.

—Así que os debo la vida.

—No, usted no nos debe nada. Los padres han hecho muchos sacrificios por traernos la verdad de Cristo —dijo la mujer, y volvió a inclinarse hasta tocar el suelo, emocionada.

—¿Cómo te llamas? —quiso saber Ayala.

—Sayuri, padre, pero me bautizaron con el nombre cristiano de Ana.

—Él se llama Martín —anunció entonces el pequeño, feliz de poder aportar algo a la conversación.

Sayuri lo mandó callar de un coscorrón y el niño se encogió contrariado, con una queja en la punta de los labios.

—Sojiro-kun tiene razón —confirmó el jesuita, sin poder evitar una sonrisa—, mi nombre es Martín Ayala. Viajaba con un samurái hacia una aldea cristiana próxima al monte Miyoshi. Al parecer allí vive un padre jesuita llamado Enso, ¿te suena ese nombre?

La mujer levantó la mirada con prudencia, como si ese nombre despertara en ella alguna cautela.

—Hemos escuchado hablar de él, pero no es alguien de quien deba hablar.

—¿Por qué no? —preguntó Ayala, pero la mujer rehuyó su mirada—. ¿Fue él quien os bautizó?

Sayuri negó con la cabeza:

—El padre Gonzalo, de Osaka, llegó a Kanzaki hace cinco años. Vivió con nosotros una estación, nos ayudó en la cosecha de algas y curó a muchos enfermos. También nos habló de *a palavra de Deus* —uso la expresión en portugués, tan claramente que Ayala supo que debía haberla repetido cientos de veces—, y antes de marcharse nos bautizó a todos.

—Comprendo —dijo Ayala tras escuchar atentamente sus explicaciones—. ¿Dónde estamos ahora?

—En Mukaijima, en un recodo del río Uji. Eishi ha decidido atracar para aprovisionarnos y buscar un curandero que prepare un emplasto de artemisa. Queríamos cambiarle otra vez las vendas de la espalda.

El jesuita bajó la cabeza, abrumado por el desinterés con que aquella familia lo había recogido y lo había cuidado. Los misioneros habían hecho grandes sacrificios por que la palabra germinara en esas tierras, pero los frutos que recogían a cambio reconfortaban el alma y hacían bueno todo esfuerzo.

—No sé cómo agradeceros lo que habéis hecho por mí.

—No vuelva a decir eso, no tiene que agradecernos nada. —La mujer sonrió, afable—. Es una alegría volver a tener un padre con nosotros después de tantos años. ¿Vendrá con nosotros hasta Kanzaki?

—Iré, pero no aún, me temo. De hecho, todavía he de pediros que hagáis algo más por mí.

—Lo que sea —dijo la mujer, levantando la vista con devoción.

—Necesito que me llevéis por el Yodogawa hasta Takatsuki. He de encontrar al padre Enso.

Capítulo 35

Caminando entre lobos

S entado a la intemperie sobre una esterilla de viaje, junto a unas ascuas exangües que ya apenas conjuraban la oscuridad, Kenjirō trataba de abstraerse del frío concentrándose en el leño que manipulaba con su cuchillo. La chasca iba saltando con cada golpe del filo y, poco a poco, la tosca figura de un buey emergía de la madera. Acudió a su memoria la imagen de Masanori en una tarde lluviosa: a solas en la terraza del hogar familiar, su hermano mayor se encorvaba sobre una talla al igual que él lo hacía ahora, aunque el trabajo del primogénito estaba dotado de una mayor delicadeza. Primero limpiaba el bloque, después extraía las formas desgajando la madera con pequeños pellizcos, hasta que llegaba el momento de añadir los rasgos, siempre exquisitos, que obtenía mordiendo la superficie con la punta del cuchillo, marcándola con cicatrices de una sutileza infinita. Sonrió al recordar el pequeño mono que Masanori hizo para Fumiko, la filigrana de la cola enredada, las orejas bien redondeadas, la expresión afable del simio… Detalles que la niña no sabría apreciar, pero que aun así Masanori incluyó en la figura, incapaz de escatimar esfuerzos en el regalo para su hermana.

En comparación, la talla de Kenjirō resultaba desmañada, pero estaba decidido a concluirla. Sabía bien que Fumiko-chan esperaría algún regalo de su viaje; no lo pediría, pero se entristecería si no le llevaba nada. Su intención era que la pequeña pudiera colocar la figurilla en el altar familiar durante el próximo O-Bon[*]... Kenjirō sonrió al tiempo que una tibia tristeza afloraba a sus ojos. ¿Sería ese buey capaz de llevarle de regreso al hogar?

Suspiró hondo y levantó la vista. La actividad en el campamento comenzaba a apagarse como los rescoldos de las hogueras. Debía reconocer que los hombres del jefe Sasaki no se comportaban como un vulgar puñado de maleantes: avanzaban largas jornadas sin la menor queja, no eran propensos a emborracharse durante la cena ni se quedaban dormidos en las guardias. Actuaban con una disciplina más propia de soldados que de un puñado de mercenarios.

Buscó entre las hogueras a Shintaro, el *ashigaru* del clan Fuwa caído en desgracia. Lo encontró como de costumbre: sentado a solas en la periferia del campamento, la cabeza gacha rehuyendo cualquier posible mirada. No parecía actuar como un traidor, pero tampoco lo arrastraban atado por los caminos. En cualquier caso, Kenjirō aún mantenía la cabeza sobre los hombros, lo que significaba que Shintaro había guardado el secreto de su auténtica identidad, quizás en agradecimiento por interceder por su hijo.

Llevaban tres días de viaje; la noche anterior, al amparo de la niebla, habían cruzado las desprotegidas fronteras del feudo de Takatsuki, y durante el resto de la jornada habían avanzado sobre territorio del clan Fuwa. El *ashigaru* solo era interrogado cuando la senda se enmarañaba, pero por norma general, los hombres del jefe Sasaki parecían tener bastante clara su ruta. Solo Kenjirō parecía desconocer hacia dónde se dirigían, y preguntarlo habría sido una ingenuidad por su parte. Aun así, resultaba evidente que no se trataba de una simple incursión de saqueo, pues durante la última jornada se habían topado con dos aldeas campesinas, aparentemente prósperas y con los graneros a rebosar, pero la banda de Sasaki se había limitado a rodearlas por veredas alejadas.

De improviso, una figura se sentó junto a él interrumpiendo el hilo de sus pensamientos. Al mirar a su derecha se encontró con Raisho, el supuesto maestro de esgrima de los hombres de Sasaki.

---

[*] Durante el O-Bon (la festividad japonesa de los muertos), es tradición poner las figuras de un buey y un caballo en el *butsudan,* el altar familiar. Se dice que, durante esos días, los antepasados fallecidos regresan al hogar a lomos de dichos animales.

Traía consigo una botella de sake y sendos platillos; llenó uno hasta rebosar y se lo ofreció con una sonrisa ebria bailándole en los labios. Kenjirō observó el licor con desgana, pero terminó por aceptarlo y dar un sorbo por cortesía. Raisho asintió complacido y se sirvió en su propio cuenco antes de comenzar a hablar:

—¿Qué haces aquí, muchacho?

—Lo mismo que todos, apurar las brasas antes de echarme a dormir.

—No me tomes por uno de esos idiotas, sabes de lo que te hablo. Este no es tu sitio, salta a la vista que no eres un maleante. No dudo que sepas empuñar un sable, incluso que hayas matado a algún hombre, pero no tienes las entrañas negras como estos malnacidos.

—Supongo que hago lo mismo que tú: sacar tajada de la oportunidad que se me presenta.

—Sí, eso puedo entenderlo. —El samurái esbozó de nuevo aquella sonrisa indolente—. Pero me cuesta creerte. Ni el perro callejero más famélico se uniría a una jauría pensando que compartirán con él su presa. Cuando ya no les sirvas, te clavarán un puñal entre los hombros.

—Quizás seas tú el que no quiere compartir con uno más lo que saquemos de esto.

Raisho rio entre dientes y escupió un salivazo espesado por el licor.

—Sasaki sabe que mi parte no se toca. —Se limpió los labios con la palma de la mano—. Conozco bien a ese bastardo, puede que no sea muy listo y que en un campo de batalla solo sirva para degollar a los moribundos, pero es una de las ratas más despiadadas que me he echado a la cara. Se alimenta de la carroña de la guerra, y tú eres carroña para él, harías bien en tenerlo en cuenta.

—¿Y por qué habrías de advertirme?

—Al fin y al cabo, somos *ronin*, recorremos el mismo camino. Considéralo un acto de hermandad.

Kenjirō dio otro sorbo al sake, mirando sobre el filo del platillo a su altruista camarada.

—En lugar de intentar deshacerte de mí, dime qué estamos buscando realmente. Ya hemos dejado atrás dos aldeas, tan maduras como una ciruela caída del árbol.

El veterano samurái rellenó su cuenco antes de responder:

—Si sabes lo que te conviene, habrás desaparecido antes de que el sol despunte.

Dicho esto, alzó la taza a modo de despedida y la apuró de un trago que acabó chorreándole por la barbilla.

Kenjirō lo observó mientras se ponía en pie y se alejaba con pasos tambaleantes. Torciendo el gesto, vació el resto del sake sobre la lumbre y se tendió sobre la esterilla. Se cubrió con una manta raída y se frotó las manos en un vano intento de ahuyentar el frío. Mientras esperaba a que lo alcanzara el sueño, observó a Shintaro, que continuaba en su rincón con la cabeza gacha, evitando cruzar la mirada con la jauría que le rodeaba.

Shintaro abrió los ojos al sentir que algo le rozaba la oreja. Miró a su alrededor: solo se escuchaban los grillos y el chasquido de los últimos rescoldos. Aquí y allá se repartían bultos acurrucados bajo las mantas. Instintivamente, el miedo le hizo buscar al viejo samurái que los acompañaba desde Hiei; era el único que no dormía sobre una estera, sino que se sentaba contra la corteza de un pino, los brazos cruzados y la frente baja. Mantenía sus sables sobre el regazo, una muda advertencia para cualquiera que intentara aproximarse a él mientras dormitaba.

Sintió otro roce: una piedrecita en el cuello. Se volvió rascándose la nuca y se encontró con la mirada de Kenjirō entre la foresta. Sin hacerle ninguna indicación, el joven guerrero le dio la espalda para internarse en la oscuridad del bosque. Shintaro comprendió que debía seguirlo. Antes de ponerse en pie, removió las cenizas con una rama hasta reavivar los restos candentes, se calentó las manos y, por fin, se encaminó hacia la fronda deshaciéndose el nudo del pantalón, como si su intención fuera aliviarse el vientre.

Caminó a oscuras por la arboleda, los brazos extendidos para no tropezar con ninguna rama baja, hasta que una mano se apoyó en su hombro y lo guio hacia un pequeño calvero desde el que se podía ver el firmamento. Kenjirō le indicó que se sentara antes de volver sobre sus pasos. Al poco reapareció entre los pinos, seguro ya de que nadie les había seguido.

—¿Me recuerdas, Shintaro?

—¿Cómo olvidarle, señor? En Hiei fue el único que mostró caridad por mi hijo.

—Si tanto valoras la memoria de tu hijo, ¿por qué la manchas ayudando a aquellos que lo asesinaron?

El *ashigaru* rehuyó su mirada, pero Kenjirō no estaba dispuesto a darle cuartel:

—¡Mírame a los ojos! —lo increpó—. Esos hombres venderían a su padre por llevarse unas monedas a la bolsa. ¿Por qué les estás ayudando a cruzar las tierras de tu señor? ¿Adónde quieren que los lleves?

—Buscan…, buscan una aldea cristiana próxima al monte Miyoshi.

El corazón de Kenjirō se detuvo por un instante. No podía ser casualidad, ¿acaso aquellos hombres estaban al tanto de los deseos de Fuwa Torayasu de ser enterrado allí? ¿Era eso lo que buscaban, la cabeza del daimio? Desechó la idea sobre la marcha, la causa debía ser otra, había algún tipo de secreto en aquel lugar que hacía que todos los caminos confluyeran allí.

—¿Por qué esa villa en concreto?

—No me han dicho nada, ni siquiera lo hablan entre ellos. Solo sé que buscaban a alguien que conociera bien la zona, que se hubiera criado allí…

—¿Quieres decir que no solo los estás ayudando a cruzar la región, sino que los estás conduciendo a tu propia aldea? —masculló Kenjirō, con el desprecio manchándole la voz.

—¡Perdóname, samurái! —Shintaro se apoyó en las manos y hundió la cabeza—. No he tenido más remedio. Cuando terminó la batalla, nos reunieron en grupos de diez. Preguntaban si había alguno de la zona de Miyoshi, y si ninguno daba un paso al frente, les abrían el gaznate con un cuchillo. Cuando llegó nuestro turno no les hizo falta ni preguntar, mis camaradas se apresuraron a señalarme.

—Aun así, maldito cobarde, ¿no entiendes que estás condenando a tu familia y a tus vecinos? Esos bastardos saquearán, violarán y asesinarán hasta saciar sus instintos.

—¡Me han jurado que no será así! Si les ayudo de buen grado, nadie sufrirá daños.

Kenjirō escupió al escuchar aquella mentira, pero un hombre asustado solo necesita una excusa, por improbable que esta sea, para justificarse a sí mismo. Así de miserable es la naturaleza humana, y el jefe Sasaki parecía conocerla bien.

—¿Qué tiene de especial ese lugar? ¿Es por el *bateren* del que nos hablaste, el que vive entre vosotros?

Shintaro apartó de nuevo la mirada. Parecía querer elegir bien sus próximas palabras.

—Ese samurái, el tal Raisho, sabe cosas —dijo finalmente—. Es el que ha convencido a Sasaki de marchar hasta Miyoshi en lugar de atacar las primeras aldeas. Habría acabado dando con el lugar tarde o temprano, incluso sin mi guía. Al menos así mi familia tiene una oportunidad... Ya es bastante con haber perdido a mi hijo. —El hombre comenzó a sollozar, apretando los puños contra el regazo—. Haruka... Te juré que lo traería de vuelta.

Kenjirō lo zarandeó por los hombros. No podía permitir que se desmoronara.

—Escúchame bien, Shintaro. Mañana guiarás la partida fuera de los caminos, debes convencerlos de que así ahorraremos tiempo, de que es una ruta más incómoda pero más corta que solo usan las comunidades cristianas. Tienes que conseguir que acampemos en una zona frondosa y abrupta, donde podamos escabullirnos y evitar a los que montan guardia, ¿comprendes? —El hombre asintió, mudo y lívido por lo que el samurái le proponía—. Debemos escapar y llegar antes que ellos a tu aldea. Es la única oportunidad que tienen de sobrevivir a lo que se les viene encima. ¿Serás capaz de hacerlo?

—Lo..., lo haré.

—Más te vale, o nadie salvará a los tuyos, ni tu dios cristiano ni todos los *kami* del cielo y de la tierra.

Capítulo 36

El otro hogar

Ayala desembarcó en el pequeño delta que el Akutagawa formaba al confluir con el gran río Yodo. Se despidió de sus benefactores, que llenaron sus alforjas de arroz envuelto en algas *nori*, y se dispuso a remontar el afluente sin separarse de la orilla este, tal como le habían indicado Sayuri y su marido. El cauce del Akutagawa no era muy amplio, pero arrastraba suficiente caudal como para alimentar los campos de arroz que proliferaban en ambos márgenes. El paisaje, húmedo y agreste, exudaba una calma que impregnaba la piel y los sentidos.

Viajó despacio, apoyándose en el cayado que, al igual que las ropas que vestía, le habían procurado los cultivadores de algas. El sombrero de paja evitaba que el sol del mediodía le deslumbrara, pero el calor comenzaba a pesarle sobre los hombros y las heridas de la espalda se resentían por el esfuerzo. Apretó los dientes y se sobrepuso al dolor, pues sabía que, si cedía a la tentación de descansar a la sombra, no sería capaz de retomar la marcha hasta el atardecer.

Los campos de arroz dieron paso a vastos humedales donde solo crecían los bosques de bambú, densos y salvajes. La orilla se convirtió en una fina franja de tierra pantanosa y Ayala empezó a desesperar. Al caer la tarde sintió cómo la fiebre volvía a subirle; aun así, solo se detuvo para beber té y comer un par de bocados de arroz antes de proseguir, pues no podía permitir que la noche le sorprendiera en aquel lugar.

Amenazaba la puesta de sol cuando las orillas del río se separaron y el cauce, mucho más impetuoso, se internó en un paisaje escarpado cubierto de pinares. Ese era el lugar que le habían indicado; se esforzó por mantener el paso hasta vislumbrar frente a sí el monte Miyoshi, que se erigía sobre la arboleda y obligaba al río a formar un amplio arco para rodearlo. Allí, entre la ladera de la montaña y el recodo del Akutagawa, se formaba un extenso valle de arrozales en terraza salpicados del rojo que se desprendía de los cedros. Una visión hermosa, en verdad, imposible de ver desde la distancia por la orografía del enclave. Un pequeño paraíso en las profundidades del feudo de Takatsuki, al amparo de un daimio cristiano ya fallecido, se dijo Ayala.

No tardó en distinguir las primeras veredas que corrían próximas a la orilla y se internaban en el valle ribereño. Siguiendo una de ellas, el exhausto viajero vino a desembocar en los ramales que ascendían entre los campos de arroz. A uno y otro lado, los campesinos se afanaban con la siega; varios levantaron la cabeza para observar al extraño peregrino, demasiado alto y demasiado enjuto, que se abrazaba a su cayado como si este sostuviera todo su mundo.

Cuando uno de los lugareños se aproximó a comprobar quién era aquel hombre, el visitante levantó el ala de su sombrero descubriendo los ojos marrones y el rostro barbado de un *nanban*.

—Busco al padre Enso —dijo el forastero tras inclinar la cabeza. El campesino lo observó con desconfianza—. No tenéis de qué preocuparos, no le deseo ningún mal a vuestro maestro. Yo también soy un *bateren*. —Y mostró la cruz que llevaba al cuello.

Otros comenzaron a escalar por el terraplén que separaba los arrozales de la senda. Se unieron al primero con la misma expresión hosca en los rostros.

—¿Cómo has llegado aquí, extranjero? —preguntó un labriego que, por edad y actitud, parecía el jefe de la cuadrilla—. ¿Quién te ha hablado de este lugar?

Ayala, extenuado por la larga marcha y por la fiebre, no se sentía con fuerzas para apaciguar la desconfianza de aquellos hombres. Afortunadamente, una tercera voz se hizo oír:

—Apartaos, idiotas. —Una anciana comenzó a abrirse paso entre el grupo—. ¿Acaso no distinguís a un hombre de Dios cuando lo veis?

La mujer, menuda y encorvada, se cubría la cabeza con un pañuelo y tenía la piel tostada de quien ha trabajado toda su vida de sol a sol. Cuando hizo ademán de postrarse ante él, Ayala la detuvo sujetándola por el codo:

—No es necesario, abuela —dijo con una sonrisa—. No he venido buscando reverencias, sino a un hombre que vive entre vosotros.

—Gracias al Señor por bendecirnos con la visita de un hombre santo. —La anciana, cuya autoridad parecía incontestable, se persignó y todos se apresuraron a imitarla—. Ese a quien buscáis vive al final de los arrozales, en la única casa sobre aquella colina. —Señaló un crestón de tierra en la distancia.

Para asombro de Ayala, una cruz coronaba el lugar que la mujer le señalaba. Torcida, tan austera como podían ser dos tablones cruzados, pero visible aun desde esa distancia. Aquella visión fue suficiente para aliviarlo, para avivar en su pecho una llama que lo reconfortó de todas las penurias que había vivido hasta llegar allí. Empañados los ojos, se dijo que, de ser aquello suelo cristiano, no habría mejor lugar para erigir una iglesia, y tuvo la certeza de que así lo creía también quien hubiera clavado tan humilde cruz.

—El padre Enso se alegrará de reencontrarse con uno de los suyos —dijo la mujer, feliz al ver la emoción que embargaba al visitante.

—Eso espero, abuela —respondió Ayala, y echó a andar con aquella cruz como guía.

Cuando el anciano escuchó los tres golpes secos, madera contra madera, de algún modo supo que el destino había acudido a su encuentro. Ninguno de sus feligreses anunciaría así su presencia. Cerró el gastado evangelio que sujetaba entre las manos y se encaminó hacia la puerta, preguntándose durante cuánto tiempo había conseguido burlar la desdicha: ¿Trece, quince años, quizás? No lo recordaba, pero sabía con certeza que habían sido los años que daban sentido a toda una vida.

Deslizó el panel *shoji* con la esperanza de que aquel presentimiento no fuera más que el pálpito de un viejo corazón desacompasado.

—¿Padre Fabbiano? —preguntó en portugués el hombre que halló ante su puerta—. ¿En verdad sois el padre Enzo Fabbiano de Padua? —insistió maravillado el visitante, un extranjero vestido con los atavíos de un peregrino.

—Hace tiempo que nadie me llamaba así, no lo hagáis tampoco vos, por favor.

—¿No me recordáis? Soy el padre Martín Ayala, nos conocimos en la misión de Hirado antes de que me enviaran a Shima.

El anciano, con la vista mermada, se esforzó por observar al hombre que le hablaba, y creyó discernir bajo la barba y tras los ojos cansados el recuerdo de un rostro mucho más joven y luminoso.

—Sí —dijo por fin—. Os recuerdo, sois el traductor de Xavier, el hombre que debía ayudarnos a entenderles, que debía alumbrar nuestros pasos por estas tierras. —El padre Fabbiano asintió sin alegría—. Decidme, ¿lo habéis conseguido al fin? ¿Habéis logrado que la Iglesia entienda a estas gentes?

A Ayala no le pasó desapercibido el reproche implícito en aquellas palabras, ni el ademán sombrío con el que aquel hombre lo recibía.

—Diría que no os alegráis de ver a un hermano de la Compañía de Jesús.

Fabbiano le dedicó una mirada triste, alcanzada por un viejo desaliento.

—Pasad. Parecéis agotado. —Se hizo a un lado y ofreció su morada a tan inesperada visita—. Prepararé té y hablaremos.

Ayala se colgó el *sugegasa* del brazo y se inclinó para cruzar el umbral.

—Té… —repitió, mientras examinaba la cabaña en busca de algún vestigio del hombre de fe. Sus ojos se detuvieron sobre el manoseado evangelio—. Jamás supe de un paduano que bebiera té, veo que ha abrazado las costumbres locales —comentó, al tiempo que se descalzaba para subir a la tarima de madera.

—Espero que no le importe que esté frío —dijo Fabbiano, al tiempo que le indicaba que se sentara en el jergón—. No me veo con fuerzas de prender la lumbre.

El anciano jesuita dispuso entre ambos una bandeja con sendos cuencos de cerámica y una tetera de hierro. Ayala observó su manera de desenvolverse —con gestos más propios de un japonés que de un italiano— y la larga barba que le rozaba el pecho, al modo de los ancianos maestros de aquellas tierras.

—Bien parece que hubierais pertenecido a este nuevo mundo desde vuestro mismo nacimiento. —Y, hablando en japonés, añadió—: Seguro que ni la lengua de las islas os resulta extraña.

Fabbiano levantó la vista mientras vertía la infusión en los cuencos.

—Este mundo es más viejo que el nuestro, padre Ayala. Los campos de arroz ya se consagraban a Inari cuando en Europa aún no se había escuchado hablar de Jesús de Nazaret. —El anciano dejó la tetera a un lado y tomó su cuenco entre las manos, apoyándolo sobre el regazo—. ¿Por qué habéis venido a buscarme? —quiso saber, confrontando la mirada inquisitiva de su interlocutor—. ¿Por qué tantas molestias por dar con un viejo jesuita?

Ayala comenzaba a vislumbrar los sentimientos de aquel hombre, su temor a perder la vida que había elegido para sí.

—No he venido buscándoos, padre Fabbiano. No sé si el hecho de hallaros aquí obedece a la divina providencia o a planes más mundanos, pero no estoy aquí por vos.

—¿Qué hacéis aquí, entonces?

Martín Ayala tomó aire para responder, pero terminó por exhalarlo lentamente. ¿Cómo contar lo que había vivido en los últimos meses? Terminó por expresarlo de la forma más llana posible:

—Están matando a los nuestros.

—¿Matando? Muchos cristianos han muerto en las aldeas, en efecto.

—No a cristianos japoneses, sino a sacerdotes jesuitas. Están acabando uno a uno con nosotros.

—¿Cómo es posible tal cosa? —preguntó el anciano—. Las misiones están al amparo de los daimios, Ise y los monasterios más poderosos exigen a sus fieles que respeten las iglesias. Ni las sectas más violentas se han atrevido nunca a atacar una misión...

—No sabemos si han sido las sectas *sohei* —lo corrigió Ayala—, no sabemos nada, en realidad. El miedo y el desánimo cunde entre los nuestros, las primeras misiones han comenzado a cerrar sus puertas. Temo que otras las sigan pronto.

Enzo Fabbiano asintió lentamente, como si tales noticias de repente cobraran sentido para él.

—Así que el horror que sufre la cristiandad tierra adentro por fin ha alcanzado las costas. El odio de los Ikko-Ikki y los Tendai ha llegado hasta nuestras iglesias.

—No puedo asegurar que hayan sido los bonzos guerreros, tampoco puedo negarlo.

—Si hubierais presenciado la crueldad de sus actos, si hubierais visto aldeas enteras crucificadas a su paso, si cada vez que el viento moviera las hojas os recordara el balanceo de los niños colgados de los árboles… Entonces no albergaríais tales dudas.

Ayala bajó la mirada, abrumado. Cuando volvió a hablar, su voz sonó muy cansada:

—No sé qué os retiene aquí, padre Fabbiano, pero sabed que no puedo culparos por abandonar la misión. Yo mismo lo hice al poco de vuestra desaparición, regresé vacío al hogar, desesperado por lo que había vivido aquí… Pero por razones que no alcanzo a comprender, Dios me ha querido de vuelta. Cuando se produjeron las primeras muertes, la Compañía me encomendó desentrañar estos hechos y ese ha sido mi empeño hasta el día de hoy. Nuestro Señor sabe que lo he intentado con cuantas fuerzas se me han concedido, he recorrido el país durante semanas, he estado a punto de morir y de llevar a otros a la muerte, he enfermado y he presenciado todo tipo de horrores… Y todo ha sido en vano. —La voz se le rompió en medio de su confesión. Hundió la cabeza entre las manos para ocultar su aflicción, el cabello enredado entre los dedos crispados—. No me encuentro más cerca de la verdad que cuando estaba al otro extremo del mundo. Estoy fallando a nuestros hermanos y, como la última vez, he vuelto a fallar a un joven que confiaba en mí, que dependía de mí. Revivo los mismos errores una y otra vez, como si esta tierra estuviera maldita para mí…

El padre Fabbiano apoyó una mano sobre su hombro, con la firmeza y el sosiego de quien contempla un dolor que conoce bien, que le resulta íntimo.

—Llorad cuanto necesitéis, no seré yo quien os diga que contengáis las lágrimas. Pero sabed que cargáis una cruz que no os corresponde, padre Ayala. Vinimos aquí para hacer el bien entre esta gente, no para confrontar guerras y crímenes horribles.

—Vinimos para hacer la voluntad del Señor, cualquiera que esta sea —replicó Ayala.

El anciano no quiso discutir. Con afecto, lo ayudó a ponerse en pie y le tendió su cayado.

—Sé que estáis cansado, pero me gustaría mostraros una cosa. Acompañadme y quizás entendáis por qué abandoné a los míos, como vos decís.

Enso-sensei se echó algo de abrigo sobre los hombros y recogió un viejo bastón. Descorrió la puerta y aguardó junto al umbral a que Ayala se pusiera en pie. Cuando este hizo ademán de seguirle, el viejo jesuita sonrió satisfecho y salió al exterior. En la falda del Miyoshi habían prendido ya las primeras luces, revoloteaban tras las ventanas y en las terrazas, como luciérnagas atrapadas en papel, mientras las últimas linternas desfilaban entre los arrozales en busca del calor de los baños comunitarios.

—Seguidme —lo llamó Enso, enfilando la senda que bajaba por la cara opuesta de la colina.

La vereda, de suave pendiente, venía a desembocar en el gran ramal que discurría entre los campos de labranza. Desde allí arriba se podía contemplar la villa esparcida sobre la ladera de la montaña, rodeada por una espesa arboleda que separaba las casas de los cultivos escalonados en terrazas hasta la orilla del Akutagawa. La vista era ciertamente hermosa, pensó Ayala, no era un mal lugar al que retirarse.

—Creéis que me oculto aquí del mundo —observó Fabbiano, que parecía haberle leído la mente—, que rehúyo mis obligaciones. Yo, sin embargo, comprendí que este era mi lugar, que mi obligación era permanecer con esta gente.

—El pueblo de un sacerdote deben ser todos los hijos de la cristiandad, no los que uno elija, padre Fabbiano.

El viejo jesuita sonrió.

—La misión, sin embargo, solo construye sus casas en las ciudades, cerca de los daimios cristianos que le dan cobijo…

—La Compañía se instala allá donde pueda hacer más buenos cristianos. Somos pocos y debemos llegar a muchos.

—¿Cuántos misioneros son enviados tierra adentro, a recorrer poblachos y arrozales? —preguntó Fabbiano, que esta vez no parecía dispuesto a eludir la discusión—. Sabéis tan bien como yo que muchos cristianos son bautizados en el interior, que se crean comunidades que luego son desatendidas por la misión, que no vuelven a ver a un padre hasta el cabo de los años, si es que alguna vez regresan.

—Como os he dicho, somos pocos y el país es extenso y montañoso —replicó Ayala, caminando a su lado.

—Sin embargo, estos cristianos perseveran. No olvidan la Palabra aunque los dejemos a oscuras en su nueva fe. ¿Sabéis por lo que deben pasar? ¿Cómo son acosados por los *sohei* y los bandidos? ¿Cómo los propios daimios a los que entregan su arroz los represalian cuando necesitan congraciarse con los bonzos por cualquier motivo?

—Pero esta aldea se encuentra en el territorio de los Fuwa, un clan cristiano.

—Los daimios tienen un único dios: la guerra. Se dirán cristianos mientras esto les granjee algún tipo de ventaja, pero mudarán de piel como las serpientes en cuanto el viento cambie. —Fabbiano torció los labios, disgustado—. La misión se olvida de estos cristianos que padecen por conservar su fe y se lanza a los brazos de los señores samuráis, que usan la palabra de Cristo para comerciar con los portugueses y debilitar a los bonzos. —Ayala no podía rebatir tales acusaciones, pues las había hecho suyas desde hacía tiempo—. Mi deber es estar aquí, con los débiles, no en las cortes de los privilegiados, como nuestro querido hermano Luís Fróis. La mía es una misión diferente, menos virtuosa a ojos de Roma, pero no menos necesaria —zanjó Fabbiano.

—No os corresponde a vos esa decisión. Solo hay una misión cristiana en Japón y es la que lleva a cabo la Compañía. Si os apartáis de ella, ni siquiera podéis llamaros sacerdote. ¿Para qué necesita esta gente un padre que no puede bautizarlos ni oficiar una misa?

El padre Enso se detuvo en seco. El fuego que de repente ardía en sus ojos, la energía de sus movimientos, desmentían su edad:

—Sacramentos, ritos… Son cascarones vacíos si no alivian el espíritu de quienes los reciben, si no sirven para que se sientan más unidos a Dios.

—¿Cómo podéis incurrir en semejante blasfemia? ¡Son los sagrados sacramentos de la única Iglesia verdadera!

—¿Estáis seguro de eso? —le espetó Fabbiano, señalándolo con su bastón—. Vos mismo lo habéis dicho: este es otro mundo. ¿Acaso es descabellado pensar que la palabra de Dios nos llegó a nosotros a través de Cristo y a ellos a través de Buda? ¿No se dice que el Buda Shaka[*] decidió nacer hombre para salvar a la humanidad? Mientras conozcan y atesoren la palabra de Jesucristo, ¿por qué prohibirles orar a los viejos dioses de sus padres, si estos son justos y benévolos? ¿Es piadoso decirles que todos sus antepasados arden en el infierno, infligir semejante sufrimiento a nuestros feligreses?

—No..., no podéis hacer algo así. No podéis tergiversar la palabra de Dios a vuestro antojo. Es contrario a la Iglesia de Roma...

Enso-sensei relajó los hombros crispados y se apoyó sobre su bastón, súbitamente cansado. Sonrió con un sosiego que contrastaba con el espanto de Ayala.

—¿Acaso no lo veis? No estamos en Roma, ni estos son cristianos romanos. Esta es una nueva cristiandad, una que debe convivir con viejas creencias y enseñanzas, una que es perseguida por su fe, como los primeros fieles a Jesús. Una cristiandad que necesita defenderse —concluyó, y retomó la marcha, adentrándose ya entre los silenciosos arrozales.

Ayala, sobrecogido, tardó un momento en seguir los pasos del anciano. No creía que hubiera egoísmo en las palabras de ese hombre, tan solo el deseo de mejorar la vida de aquellas personas, de hacerles abrazar la verdad de Cristo sin que ello supusiera una ruptura con todo su mundo... Pero su actitud desafiante, la arrogancia con que juzgaba a sus propios hermanos... Era una actitud indigna en un sacerdote, aunque tan decididamente libre a un tiempo, tan firme en sus convicciones, que Ayala no pudo sino admirar y envidiar sus certezas.

—¿Qué queréis decir con que necesitan defenderse? —preguntó, mientras lo seguía a través de la espesa arboleda que conducía a la villa.

—Incluso Jesús empuñó el látigo para proteger el templo —replicó el anciano, en un tono tan tajante que Ayala supo que aquello

---

[*] Shaka o Shakyamuni eran nombres dados en Japón al primer buda, Siddharta Gautama, del que nace la religión budista.

solo podría desembocar en otra batalla dialéctica, una que prefería evitar por el momento.

Continuaron andando en silencio bajo el denso ramaje, con la luna parpadeando entre las copas de los árboles. Cuando el bosque se abrió para dar paso a las primeras casas de la aldea, se hizo evidente que el viejo misionero no deambulaba, sino que se dirigían a algún sitio en concreto.

—¿Adónde me lleváis? —quiso saber Ayala, cuya llegada no había pasado desapercibida: hombres y mujeres se asomaban a las puertas de sus casas, curiosos ante la presencia del forastero que acompañaba al padre Enso.

—Quiero que conozcáis a alguien —respondió el viejo jesuita, mientras avanzaba entre los chamizos de tejados apuntados.

Sendos canales empedrados recorrían las orillas de la calzada, apenas tenían un codo de profundidad, suficiente para acunar la corriente de agua helada que bajaba desde la montaña. Fabbiano vino a detenerse junto a la única casa con techumbre de teja que habían encontrado en su recorrido; se colocó sobre la tabla que salvaba el canal y agitó la campanilla que oscilaba junto a la puerta.

Al cabo de no mucho, un hombre viejo, de abundante barba y melena blanca, acudió a la llamada. No saludó, se limitó a cerrarles el paso apoyando una mano sobre el quicio mientras escrutaba al desconocido.

—Buenas noches, Jigorō-sensei —saludó Fabbiano con una reverencia—. Sé que la hora del perro toca a su fin, pero hay asuntos que es mejor no demorar. Este hombre es el padre Ayala, trae noticias que la dama Reiko querrá escuchar cuanto antes.

Ayala miró de reojo a Fabbiano: ¿Quién era la tal dama Reiko y qué noticias traía él que pudieran interesarle? El viejo de mirada desabrida pareció suavizar su expresión al saber que aquel extraño también era un *bateren*.

—La señora no se ha retirado aún. Podréis encontrarla en su jardín. —Jigorō les cedió el paso.

Fabbiano se descalzó para entrar en la casa y Ayala lo siguió con suspicacia. Aunque austera, la vivienda era amplia y estaba construida en piedra y madera; había paneles *shoji* que separaban las distintas estancias, una tarima que cubría todo el piso y, por lo que había dicho aquel viejo guardián de actitud adusta, incluso gozaba de jardín. Podría parecer la residencia de un próspero comerciante, de no ser porque ningún mercader se instalaría en una aldea de montaña tan apartada de las rutas comerciales.

El ex sacerdote se internó en la vivienda y Ayala se mantuvo tras sus pasos. Pese al cansancio que entumecía su cuerpo y sus pensamientos, pese a las heridas que le hacían contraer la espalda, aquel lugar desconocido le produjo una familiar sensación de sosiego. Se deleitó en el crujir de la tarima bajo sus pies, en el olor a madera antigua entreverado con el incienso *koboku,* en la atmósfera nocturna que penetraba desde el exterior y que los condujo hasta el delicado vergel que florecía en el centro de la casa. Desde la terraza admiraron aquel jardín de libélulas suspendidas sobre un estanque de balsámica humedad, de ramas de sauce arrulladas por el viento, de flores silvestres, sencillas, carentes de pretensión, que pincelaban las rocas entre los helechos.

A los pies de la terraza, sentada en el último escalón, una mujer se perdía en sus pensamientos. Sujetaba entre las manos una taza de té y hundía los dedos descalzos entre el musgo fresco. Ayala la contempló mientras les daba la espalda, sumida en aquel momento de íntimo recogimiento. No esperaba que la dama Reiko fuera tan joven.

—Sin duda, la contemplación de este lugar alivia el espíritu —saludó en portugués Enzo Fabbiano.

—Jigorō-sensei es maestro en muchas artes, padre Enso —respondió ella—, pero en ninguna otra pone tanto de sí como en este jardín.

La mujer, ataviada con un sencillo *yukata,* evidentemente japonesa, había respondido en un impecable portugués. Cuando volvió la cabeza para observar a los recién llegados, lo primero que Ayala distinguió en su rostro fue la marca que le desfiguraba la mejilla izquierda. ¿Qué monstruo le haría algo tan horrible a una muchacha? La expresión de Reiko, no obstante, demudó al constatar la presencia del desconocido.

Malinterpretando la reacción de su anfitriona, Enso se apresuró a presentarlos:

—Querida muchacha, perdona que irrumpamos así en tu casa. Este es el padre Ayala; trae terribles noticias, noticias que probablemente expliquen por qué las rutas mercantes están cambiando…

Pero la mujer no escuchaba las palabras del viejo Enso. Se puso en pie y el cuenco que sujetaba entre las manos se estrelló contra el suelo. Apoyándose en el primer escalón, alargó la mano hacia Ayala, como si temiera hallarse ante un fantasma que pudiera desvanecerse en cualquier momento.

—Martín... —susurró—. Padre Martín —repitió, incapaz de articular más palabras.

La verdad golpeó a Ayala desbordando su mente, arrasando cualquier otra consideración.

—Junko —gimió, aterrorizado ante la posibilidad de que sus ojos lo engañaran—, mi niña Junko, ¿de verdad eres tú?

La mujer se arrojó a sus brazos, hundió la cabeza en su pecho febril, se entregó al llanto. Él la estrechó con fuerza y le acarició el pelo mientras sus lágrimas, de alegría, de culpabilidad, de alivio, le desbordaban y se mezclaban con las de ella.

—Mi niña —repitió Martín Ayala, la voz quebrada—, gracias al cielo, estás viva.

Capítulo 37

El mantra de Shintaro

Kenjirō abrió los ojos a la noche estrellada. Descansaba en los márgenes del campamento, demasiado próximo al terraplén de grava y matojos que se despeñaba monte abajo. A su alrededor, la densa arboleda se aferraba a la ladera rocosa con vehemencia, negándose a ser doblegada por el viento que hacía restallar las ramas y desprendía agujas de pino.

El samurái se destapó y se incorporó levemente. Distinguió el parpadeo moribundo de las hogueras diseminadas entre los árboles, pero ningún movimiento más allá de la respiración profunda de sus compañeros de viaje, tan cansados al caer la tarde que se entregaban al sueño pesado de las bestias de carga. Si se repetía el patrón de las noches anteriores, debía haber cinco hombres despiertos, rodeando el campamento a unos tres *cho* de distancia, apostados entre las cañadas que recorrían aquel paisaje de montes bajos y abigarrada vegetación.

Se puso en pie y recogió la alforja donde había dispuesto lo imprescindible. Se deslizó en silencio hasta los márgenes del calvero donde dormía Shintaro, obligado a permanecer cerca de la tienda del jefe Sasaki. Lo buscó con la mirada y no tardó en encontrarlo acurrucado lejos de las hogueras, temblando de frío o de miedo, los ojos muy abiertos, fijos en los suyos. El samurái le indicó con la cabeza que se encaminara hacia el punto que habían acordado el día antes, y Shintaro asintió desde la penumbra.

Mientras el *ashigaru* se escabullía hacia la fronda, Kenjirō rodeó el perímetro hasta un pequeño claro que hacía las veces de caballeriza. Encontró a los animales paciendo entre los árboles o descansando junto a la carreta que llevaban arrastrando desde Otsu. Se aproximó al bayo del difunto Fuwa Torayasu y, tras acariciarle los flancos, lo cargó con la bolsa de viaje. Antes de desatarlo echó un vistazo bajo la manta de paja que cubría el carro; allí encontró los arcabuces y los barriles de pólvora, envueltos en tela y papel encerado para protegerlos de la lluvia. Si hubiera tenido una lámpara o un pedernal, podría haber intentando prender fuego a la paja, aunque sabía que la llovizna habría hecho casi imposible tal empeño. Además, muy probablemente la humedad hubiera calado hasta la pólvora, así que se contentó con soltar el buje de una de las ruedas y lanzarlo hacia la espesura.

Desató al animal y lo condujo entre los árboles, con cuidado de que las patas no se le enredaran en ninguna raíz, palmeándolo en el cuello para apaciguarlo mientras rodeaban el campamento lentamente. Ese era el momento crítico de su plan, debía mantener sereno al caballo para que no los traicionara hasta haber alcanzado la vereda; un relincho o un resoplido entre la fronda, incluso el simple crujido de una rama rota, podían bastar para delatarlos. En todo aquello pensaba Kenjirō cuando, de improviso, uno de los hombres de Sasaki apareció frente a él con el kimono remangado y el *fundoshi* desatado, listo para aliviarse entre los árboles.

Ambos compartieron una breve mirada: estupefacta la del mercenario, de fastidio la de Kenjirō, pues todas sus cautelas se habían visto truncadas por una maldita casualidad.

—¡¡Alarma!! —alcanzó a gritar el otro, sin comprender exactamente qué sucedía, si les robaban o los emboscaban, si los atacaban o se escabullían.

Kenjirō se abalanzó al tiempo que desenvainaba el sable corto y, tras dos zancadas, seccionó la garganta del desdichado. Este se llevó las manos al profundo tajo por el que se le escapaba la voz y la vida; no consiguió gritar mientras se desmoronaba, pero la alerta estaba dada. Kenjirō pudo distinguir a través de los árboles cómo algunos hombres se incorporaban e intercambiaban miradas confusas, tratando de identificar el origen de aquel grito.

Recogió las riendas y tiró del caballo con fuerza, abandonada toda prudencia. Se abrió paso entre la tupida arboleda, arañándose el rostro y las manos con las ramas; vislumbraba ya la figura de Shintaro, encogido y con la espalda aplastada contra un tocón, cuando una campana comenzó a batir frenéticamente. Su tañido reverberó entre los árboles e hizo que decenas de pájaros alzaran el vuelo hacia la noche.

Kenjirō agarró al *ashigaru* por debajo del brazo y lo obligó a ponerse en pie.

—¡Vamos, en camino!

El otro recompuso el gesto y abrió la marcha hasta alcanzar una senda menos sinuosa de lo habitual; la había escogido porque les permitiría huir a un galope moderado, algo impensable en el resto de veredas que recorrían aquellos altozanos. Cuando por fin pisaron el polvo del camino, el samurái montó y lo ayudó a encaramarse a la grupa. Le advirtió de que se agarrara con fuerza y jaleó al caballo para iniciar el trote. A su espalda, la campana seguía repicando; pisadas apresuradas y maldiciones llenaban la noche, pero todo se difuminó cuando su montura comenzó a galopar y el viento les restalló en los oídos.

Shintaro, con los ojos cerrados, murmuraba una plegaria; Kenjirō, con los ojos muy abiertos, trataba de controlar al animal para que se mantuviera en el centro de la senda, lejos de las ramas y raíces que amenazaban con descabalgarlos. Cuando alcanzaron el galope tendido, comprendió verdaderamente lo arriesgado de aquella huida: la ruta quizás no fuera tan retorcida como otras sendas de montaña, pero pisaban sobre un suelo desnivelado sembrado de grava suelta, más estrecho cuanta más velocidad adquirían, y demasiado próximo a un talud que amenazaba con despeñarlos si el caballo se desbocaba.

Tales preocupaciones, no obstante, se desvanecieron cuando alguien saltó de entre los árboles y se plantó en mitad del camino, a poco más de un *cho* de distancia. Debía ser uno de los que montaban guardia en el perímetro, comprendió Kenjirō, que observó atónito cómo el mercenario desenvainaba con calma un sable de hoja desmesurada. No había espacio para evadir semejante arma, y aquel demente parecía no tener miedo a ser embestido por el animal, así que

Kenjirō apretó los dientes y apuró aún más la galopada mientras desenfundaba a Filo de Viento.

Si se limitaba a intentar arrollarlo, la *nagamaki* cortaría las patas de su montura y el que la esgrimía aún tendría tiempo de intentar hacerse a un lado. Debía alcanzarlo con su *katana* o, al menos, intentar desviar el brutal tajo de aquel arma.

—¡Shintaro, agáchate cuanto puedas!

Había recorrido ya media distancia cuando reconoció al hombre que les plantaba cara: era el mismo que lo recibiera a las puertas de la posada para conducirlo hasta Sasaki, probablemente uno de sus jefes más jóvenes, ascendido por temeridades semejantes en el campo de batalla. Estaban prácticamente encima y podía escuchar las carcajadas gorgoteando en la boca de su enemigo. Kenjirō ni siquiera gritó: se limitó a escorar el caballo hacia la derecha con las piernas, separándolo del talud; la maniobra obligó al mercenario a ceñirse al abismo para poder perfilarse para el lance. En el último momento, Kenjirō se pasó el sable a la zurda y, aferrando las riendas con la derecha, se inclinó sobre el costado del animal, preparado para cruzar aceros. Cuando su rival por fin descargó el terrorífico mandoble, el samurái se descolgó hasta casi tocar el suelo. La larga hoja pasó flameando sobre su cabeza, muy próxima a la oreja, momento en el que tiró de las riendas para incorporarse sobre la silla antes de quedar descabalgado. Según se alzaba, acometió un tajo con la *katana* que alcanzó a su adversario bajo la axila.

Había fiado su vida a una moneda al aire y esta seguía girando cuando por fin se afianzó sobre la silla y pudo mirar atrás. Vio a su adversario rodando ladera abajo, su cuerpo desmadejado por las dentelladas de las rocas y la maleza. Devolvió la vista al frente y envainó el sable; parecía que no era su karma caer aquella noche, pero lejos de exhalar con alivio, se sintió abrumado por la proximidad de la muerte, que comenzaba a impregnarle con un hedor del que —sospechaba— ya jamás se desprendería.

Envolvió sus puños en las riendas y volvió a espolear al caballo; este, sin embargo, aminoró el galope, incapaz de responder a lo que le exigía su jinete. Al sentir la cálida humedad que empapaba el flanco del animal, comprendió que no habían salido indemnes del lance.

Palmeó al bayo en el cuello, tratando de tranquilizarlo mientras se aproximaban al robledal en el que se zambullía la vereda más adelante. Allí podrían desmontar y ver cuán profundo era el corte. En cuanto se encontraron al amparo de los árboles, no obstante, el caballo comenzó a tambalearse hasta que se desplomó sobre sus patas delanteras. Los dos hombres rodaron por el suelo y quedaron tendidos en el barro del camino.

—Shintaro, ¿te has hecho daño?

Al no escuchar respuesta, Kenjirō se incorporó dolorido y se arrastró hasta el cuerpo inmóvil del *ashigaru*. Este respiraba con dificultad, apretando los dientes.

—Me..., me duele —masculló, mientras se encogía sobre el costado izquierdo.

Con cuidado, Kenjirō lo obligó a apartar el brazo y vio el profundo tajo sobre la cadera. La hoja de aquel fanático no solo había alcanzado a su montura, sino que casi parte en dos a ese hombre. Escupió una maldición que le quemaba en la punta de la lengua y arrastró a Shintaro fuera del camino, hasta apoyarlo contra la corteza de un roble.

—Tranquilo, te llevaré a tu casa —le juró el samurái, mientras se desprendía del *haori* y, desgarrándolo con la *wakizashi*, improvisaba trapos para el vendaje.

Rodeó el torso de Shintaro con los jirones de tela y los anudó con fuerza sobre la cadera, con la esperanza de que la compresión detuviera la hemorragia. Una mancha de sangre empapó de inmediato el torniquete, extendiéndose ominosa sobre el costado. El corte le había pasado sobre la cadera y le había deshecho las entrañas, no había manera de sobrevivir a semejante herida.

—No se preocupe —murmuró con voz ronca el *ashigaru*, que supo leer la expresión de sus ojos—. En realidad, nunca debería haber salido con vida de Hiei. No está bien que un padre sobreviva a su hijo.

—Lo siento —respondió Kenjirō, de rodillas junto al moribundo—. Pensé que lo lograríamos.

El hombre sonrió entre estertores.

—Eres muy joven, ahora lo veo… Apenas un muchacho. —Le habló con la confianza de un padre, casi con cariño—. No hay nada que lamentar, los cristianos nos reunimos al morir, voy al encuentro de mi hijo… —Volvió a sonreír—. Pero tú aún tienes un camino que recorrer, debes advertir a los míos. —Lo interrumpió una tos exigua—. Continúa el camino previsto hasta llegar al Akutagawa… En esta época del año el cauce cubre ya hasta la cintura, es imposible confundirlo con un arroyo… —Apretó los dientes y se inclinó sobre el costado, transido de dolor, hasta que logró sobreponerse—: Cuando…, cuando lo encuentres, remóntalo hasta el monte Miyoshi, enseguida lo verás en el horizonte… Allí encontrarás la aldea, en el valle ribereño. —Los ojos se le iluminaron débilmente, como si en verdad vislumbrara el hogar una última vez—. Habla con la dama Reiko, adviértela de cuanto sucede, ella hablara con mi esposa, le dirá que ha perdido a su hijo y a su marido… —Quiso tragar saliva, pero descubrió la boca llena de hiel. Entonces, destinó su último aliento a encomendarse a su dios—: *Pater noster, qui is in caelis, sanctificetur nomen Tuum…*

Kenjirō sostuvo la mirada de aquel hombre como se sostiene la mano de quien pende sobre el abismo. Escuchó compungido su extraño mantra y solo lo dejó caer cuando la voz de Shintaro se extinguió, sus ojos contemplando ya el otro mundo.

Capítulo 38

Un dios silente

Reiko despertó con el corazón ligero y la mirada encendida. Volvía a tener diecisiete años, había recuperado a su amigo, a su mentor, al hombre que había marcado su vida. La noche anterior solo tuvieron fuerzas para abrazarse, para revivir sentimientos que creían perdidos, para asimilar el milagro del reencuentro. Hacía mucho que el padre Martín solo estaba en sus plegarias, no en sus esperanzas, pero al volver a verlo, comprendió cuánto lo había añorado.

Nada parecía haber cambiado en él: ni su mirada compasiva ni su presencia, sosegada e imponente a un tiempo. Ella, por el contrario, había presenciado tanta crueldad y desesperación desde que se separaran que estaba convencida de que poco quedaba de la muchacha que una vez fue. O lo había estado hasta ese día, pues Martín Ayala parecía capaz de obviar todo lo malo que había en ella: cuando la miraba, apelaba a su auténtico ser, como el rayo de luz que hiende la tormenta y alcanza lo más profundo del valle. Para él seguía siendo Junko, la niña a la que había visto crecer hasta convertirse en mujer, y eso la reconfortaba de algún modo.

Aún reverberaban en su pecho las palabras susurradas mientras se sostenían el uno al otro en aquel largo abrazo: «Te has convertido en la mujer que siempre supe que serías, no podría estar más orgulloso de ti». Unas palabras que la hicieron feliz al tiempo que la llenaban de zozobra. ¿Qué pensaría él cuando descubriera todo lo que había hecho, cuando conociera verdaderamente a la mujer en que se había transformado?

Esa duda volvía a rozarla ahora en su lecho, mientras dejaba que la luz filtrada por el papel de arroz disolviera las últimas brumas del sueño. Salió de la colcha y se arrodilló frente al tocador. Se enjuagó la cara y se peinó el pelo hasta recogerlo con un lazo sobre la nuca. Después, su mirada se perdió largo rato en el espejo de metal bruñido apoyado contra la pared. ¿Tan poco había cambiado? ¿Acaso sus pecados no habían deformado su rostro? Lentamente, enredándolo entre los dedos, soltó un mechón de pelo y lo dejó caer sobre la cicatriz que le mordía la mejilla. Nunca la ocultaba, pues lo consideraba un gesto de debilidad, una traición a sí misma, pero esa mañana era diferente. Solo esa mañana.

Bajó a la cocina, donde cada día desayunaba el arroz y las verduras estofadas que Jigorō dejaba preparados antes de salir al jardín. Para su sorpresa, encontró al padre Enso encorvado junto al hogar, calentándose las manos con un cuenco de té.

—Buenos días, muchacha.

—Padre Enso, no os esperaba tan temprano. ¿Acaso el padre Martín...?

—Tranquila, aún descansa. Ese hombre ha sufrido muchas penalidades para llegar hasta aquí.

Ella asintió tratando de disimular su urgencia, acallando el torrente de preguntas que se le agolpaban en la boca. Con impostada calma, puso té picado en el fondo de una taza y se sentó junto a Fabbiano.

—¿Qué os ha contado? —preguntó, mientras descolgaba la tetera suspendida sobre la lumbre y vertía el agua humeante en su cuenco—. ¿Cómo ha llegado hasta aquí?

—No me corresponde a mí contar su historia, querida. Ahora sé que tenéis mucho de lo que hablar. —Sorbió un poco de té—. Sí te diré que ha llegado aquí huyendo. Y aunque él no sepa verlo, es obvio que también ha venido buscándote. —Señaló con la mirada la cruz de Caravaca que Reiko llevaba al cuello, idéntica a la de Ayala.

Instintivamente, ella buscó el pequeño crucifijo con los dedos.

—Padre Enso, yo...

—Ya habrá tiempo de hablar de eso —la interrumpió el anciano—, si estoy aquí es porque algunas de las cosas que me ha desvelado el padre Ayala no admiten demora. —Se tomó un momento para ordenar las ideas, y cuando por fin habló, lo hizo con tono compungido—: Desde hace meses, están apareciendo jesuitas muertos en las distintas casas de la misión. Los padres Mendes, Pomba y Cardim en Osaka, el hermano Nuño en Shima, Velasco Samper en Hamamatsu… Y muchos otros a lo largo de la ruta Tokaido. Buenos hombres, hombres dispuestos a darlo todo por la cristiandad, y yo ni siquiera lo he sabido, ni siquiera he rezado por ellos…

La voz de «Enso» Fabbiano se había ido deshilachando a cada palabra hasta pender de un solo hilo, que terminó por romperse con un gemido. Reiko se apresuró a arrodillarse junto a él y le tomó de las manos.

—Padre, no es culpa vuestra. La Compañía es extremadamente reservada con sus asuntos, y sabéis bien que nuestras circunstancias exigen no mantener relaciones con la misión ni con otros cristianos.

—Aun así… —El sacerdote agachó la cabeza, el dolor por sus compañeros caídos hacía reverdecer viejos remordimientos que creía secos hasta las raíces.

—Hablaré con Jigorō, le diré que investigue lo sucedido. Aunque no pertenezcamos a la misión, todos los cristianos de estas tierras son nuestros hermanos.

Fabbiano asintió. Suspiró antes de proseguir:

—Ayala está aquí como visitador enviado por Roma. Se le ha encomendado la labor de investigar estos crímenes, es por eso que ha debido regresar a Japón. —El viejo jesuita no percibió la fugaz desilusión que veló los ojos de la mujer—. Según me ha contado, algunas casas han cerrado ya sus puertas; la mayor de todas, la de Osaka. Se trasladan a otras costas, a puertos más seguros, y con ellos se trasladan las naos portuguesas. ¿Comprendes lo que esto significa, Reiko?

Ella asintió en silencio, el ceño fruncido, antes de responder:

—Las rutas están cambiando. Por eso la nao de la Compañía de Coímbra no hizo escala ni en Osaka ni en Tanabe.

—Hay algo más: por orden de Nobunaga, los ejércitos de Fuwa Torayasu atacaron hace más de diez días el monte Hiei. El padre Ayala estuvo con su señoría durante la contienda. Según cuenta, fue testigo de cómo Tsumaki Kenshin y su ejército traicionaron a

Torayasu, y este decidió quitarse la vida antes de caer en manos de los *sohei*. —La voz del anciano tremoló como una llama al viento—. El mundo se desmorona, chiquilla.

Reiko guardó silencio. No había nada que decir. Si todo aquello era cierto, si el señor Torayasu había muerto y su ejército había caído, el acuerdo que mantenían con el clan Fuwa ya no regía. Era solo cuestión de tiempo que los daimios enemigos se lanzaran sobre su territorio como buitres. El pequeño milagro que habían obrado tocaba a su fin.

Reiko se cubrió con una capa y un sombrero de paja y salió a la intemperie. Recorrió la aldea saludando a los vecinos que se incorporaban a sus quehaceres, ignorantes de la nueva prueba que Dios les demandaba. Encontró a Jigorō junto a la forja y le explicó la situación. Sus cuervos debían alzar el vuelo cuanto antes, necesitaban corroborar tan terribles noticias, conocer los detalles. Después buscó a Ichizo y le pidió que dispusiera el campo de entrenamiento para aquella tarde, quería que las manos no se entumecieran, que todos estuvieran alerta.

Por fin, cuando no se le ocurrió qué más podía hacer, miró hacia la colina sobre la que se levantaba el chamizo de Enso-sensei. La noche anterior apenas había hablado con el padre Martín, en parte porque su estado la había preocupado —lo encontró exhausto y febril al estrecharlo, al límite de sus fuerzas—, pero también porque no quería emponzoñar el reencuentro con preguntas que sonarían a reproches, con respuestas que parecerían excusas.

Se reprendió por postergar el momento y se dirigió a la colina. Cuando llegó a la cima, encontró a Martín Ayala sentado bajo el alero de la cabaña, abrigado con un manto negro que debía pertenecer al padre Enso y con el cayado cruzado sobre las piernas, como si hubiera estado esperando su llegada.

—Me alegro de volver a verte —la saludó con una sonrisa—. Esta noche, cada vez que me despertaba, temía que todo fuera un delirio de la fiebre.

—Se encuentra enfermo y agotado —dijo ella al ver las ojeras que le oscurecían la mirada—. Deberíamos hablar en otro momento.

—No te preocupes por mí, Junko. No soy tan viejo ni tan débil como crees.

Reiko no pudo evitar un estremecimiento al escuchar un nombre que creía perdido para siempre.

—Encontrarte aquí ha sido un regalo del cielo —prosiguió el jesuita—, creí que jamás volvería a sentir semejante dicha. Pero antes necesito hablar contigo… Necesito pedirte perdón.

—¿Pedirme perdón? ¿Perdón por qué? Me expulsaron de la misión, le enviaron de regreso a Roma, ¿qué podía hacer?

Ayala suspiró, apesadumbrado.

—Ahora comprendo que tenía alternativas. —Miró sobre el hombro hacia la puerta de la cabaña—. Podría haber actuado como el padre Fabbiano, haber antepuesto lo que sabía correcto a lo que me obligaban a hacer.

Reiko sonrió para esconder su desilusión.

—Hizo lo único que podía: resignarse, cargar con ese dolor el resto de su vida, como hice yo. ¿No es eso lo que hace un buen cristiano?

—Albergar esperanza también es una cualidad cristiana, y yo abandoné por completo toda esperanza, renuncié a ti sin más. —Los ojos se le humedecían—. Lo siento tanto, Junko.

Observó a aquel hombre abatido, sumido en un arrepentimiento que ella no había pedido.

—Acompáñeme. —Le tendió la mano—. Paseemos bajo los árboles, como antes. Pero esta vez ninguno tomará la lección al otro, ni yo declinaré sus verbos en latín ni usted tendrá que dibujar los caracteres chinos que me enseñaba Basho-sensei. Simplemente, pasearemos.

Él aceptó la mano que le ofrecía para ponerse en pie y comenzaron a descender la vereda, caminando el uno junto al otro. El cielo clareaba y la llovizna parecía dispuesta a darles una tregua, así que Reiko se echó hacia atrás el sombrero de paja. Ayala esperó hasta llegar al pie de la colina para romper su silencio:

—Cuando te obligaron a dejar la misión, me dijeron que te habías unido como *miko* a un santuario cercano al cabo de Toba, que allí encontrarías la paz que no podrías tener entre nosotros. —Aguardó su reacción, pero ella se limitó a mantener la mirada fija en el camino—. Hace unas semanas fui a ese santuario, el abad aseguraba no saber nada de ti. —Tomó aire lentamente antes de seguir—. Después…, después fui a un prostíbulo de Uji-Yamada donde, según dicen, acaban todas las muchachas de Shima sin lugar al que ir. La dueña me aseguró que nunca había tenido a una Junko a su servicio. No quise indagar más, de repente tuve miedo de saber qué había sido de ti, de descubrir… algo terrible.

—Lo que sucediera una vez abandoné la misión solo me incumbe a mí —respondió Reiko, aún sin mirarle a la cara—. Quizás necesite sentirse responsable, quizás crea que debe cargar con esa culpa a modo de penitencia… Es su elección, como la mía ha sido sobrevivir a toda costa, sobrevivir durante cada uno de estos años. Es todo lo que necesita saber.

Ayala solo pudo asentir, acaso sorprendido por una dureza que le resultaba desconocida en ella.

Habían dejado ya atrás los arrozales y se internaban en la arboleda que precedía a la aldea. Se cruzaban con labriegos y leñadores que saludaban a la mujer con sincero afecto, inclinando la cabeza a su paso.

—Si no quieres hablar de tu pasado, háblame al menos de tu presente. Es evidente que aquí has encontrado tu lugar, esta gente parece confiar en ti.

—Más de lo que merezco —confesó Reiko—. Insisten en considerarme su jefa de aldea, creen que puedo protegerlos cuando en realidad son ellos los que cuidan de mí.

—¿Cómo los proteges? —preguntó Ayala, sin comprender a qué se refería exactamente—. El padre Fabbiano me ha hablado de los horrores que sufren los cristianos en el interior del país, de cómo son perseguidos.

Ella se agachó para recoger una piña caída junto al camino. Comenzó a desgranarla con expresión distante.

—Conocí al padre Enso hará unos siete años. Entonces se dedicaba a recorrer las provincias de Bizen, Harima y Awaji predicando la Palabra, armado de una infinita abnegación y un escaso japonés. Sé que en casi todas las aldeas lo echaban a pedradas, porque así me lo han contado, pero jamás le he oído quejarse de aquella época. Fue por entonces cuando coincidimos en una de sus visitas a Osaka.

Se maravilló de que una japonesa hablara portugués e incluso latín, pero apenas llegamos a mantener un par de encuentros antes de que decidiera viajar al interior de Yamato, desde donde llegaban terribles noticias sobre cómo los cristianos eran perseguidos por los *sohei* y los enemigos de Oda. Bendita locura la de algunos padres, que creen poder cambiar el mundo con su fe. —Reiko negó con ternura—. El nombre de Enso se hizo famoso entre las comunidades cristianas de Settsu y de Tamba, las más castigadas por las sectas guerreras. Los monjes de Hiei arrasaban las aldeas, salaban los arrozales, mataban a cuantos se cruzaban en su camino... Tras ellos llegaba el padre Enso intentando consolar a los que quedaban con vida, restañar las heridas, recuperar los pozos cegados con cadáveres... No tardó en comprender que, sin campos que trabajar, los supervivientes sucumbirían al hambre y al invierno, así que intercedió ante Fuwa-sama y le rogó que le permitiera asentarse en sus tierras con campesinos llegados de otros feudos.

—Así es como surgió este sitio, entonces; como un refugio.

—Así comenzó a formarse, sí. Pero la piedad cristiana de los daimios es escasa, siempre esperan algo a cambio de su fe. Fue entonces cuando el padre Enso recurrió a mí, pues sabía que conocía el puerto de Osaka, a los mercaderes y sus mercancías. Él me dio un lugar en el mundo, una razón de vida, a cambio yo me encargo de satisfacer las demandas de su señoría y de proteger a las gentes de esta aldea.

Ayala apretó el puño en torno al cayado, preso de un vértigo extraño. Comenzaba a vislumbrar lo poco que quedaba de su pequeña Junko. La mujer que caminaba junto a él tenía recursos que le resultaban insospechados y heridas que él ya no podía aliviar.

—No sé a qué te refieres cuando hablas de proteger a estas gentes... Y, en verdad, no sé si quiero saberlo.

Reiko lo miró de hito en hito, y Ayala encontró en sus ojos un orgullo feroz, una terrible determinación.

—Enso-sensei me ha explicado por qué está aquí, padre Martín —comenzó ella—: recorre el país buscando al asesino de los padres cristianos. Ha visto, por tanto, el odio que nos profesan, la crueldad con la que se ensañan en nuestra carne. Déjeme que le diga algo: aun así, no ha visto nada. Cualquier horror que haya presenciado, cualquier maldad de la que haya podido ser testigo, es mucho más terrible y perversa cuando se ejerce sobre niños asustados, sobre ancianos indefensos. Yo no pondré la otra mejilla, padre. Que Dios me perdone, pero si Él no está dispuesto a velar por los suyos, lo haré yo, aunque para ello deba condenar mi alma.

El jesuita se limitó a bajar la mirada, como si las palabras que buscaba se encontraran enterradas bajo el polvo del camino.

—¿Recuerdas el día que te expliqué que un buen cristiano no solo obraba con bondad y generosidad, sino que también se rebelaba contra el mal, que se alzaba contra las injusticias?

Ella se envaró. Esperaba que su antiguo mentor le reprochara su blasfemia, que le hubiera recordado que nadie que se diga cristiano puede abrazar la violencia.

—¿A qué se refiere?

—Quizás no lo recuerdes, pero yo puedo verlo como si fuera ayer. Esa tarde regresaste a la parroquia con una brecha en la cabeza y el labio hinchado, llena de magulladuras. —Ayala sonrió, su mirada perdida en el pasado—. Había un grupo de muchachos, pilluelos del puerto de Hirado, que desde hacía tiempo apedreaban e insultaban a los niños que acudían a la misión. Tú te mantenías al margen, temerosa de mi reacción si descubría que te habías metido en problemas, pero cuando escuchaste aquellas palabras, fue como si por fin te diera permiso para pelearte con ellos. —Volvió la mirada hacia ella, hacia la Junko adulta—. Tenías golpes por todo el cuerpo, pero conseguiste que dejaran en paz a los niños de la casa.

—Creí que desaprobaría mis razones.

—No he dicho que las apruebe, pero quizás me ha llegado la hora de juzgar menos e intentar comprender más. —Titubeó antes de continuar, como si tratara de evocar una imagen—. Hay una persona a la que conozco desde no hace mucho, pero por la que siento un profundo afecto. Ese hombre, poco más que un muchacho en realidad, me dijo en cierta ocasión que no le interesaba un dios que solo salvara a aquellos que creen en él. Ahora tú pones en duda a ese mismo dios por no cuidar de los suyos, por mantenerse en silencio ante el padecimiento de sus hijos, y te arrogas esa carga. —Ayala esbozó una sonrisa triste—. Y pienso que no es a Dios a quien no entendéis, sino a los hombres que anuncian su Palabra, pues la hemos torcido a nuestra conveniencia. Como también pienso que quizás a ti tampoco te falte razón, pues una cosa es tener la capacidad de perdonar y otra, entregarse a los males de este mundo.

Su conversación se prolongó durante el resto del día. Recorrieron los arrozales y comieron a media mañana en el chamizo del padre Enso. Un almuerzo frugal del que también participó Jigorō-sensei, aquel hombre de mirada torva y presencia silenciosa, cuya razón de ser allí —y la confianza que Junko le profesaba— seguía siendo un misterio para Ayala.

El resto de la jornada transcurrió entre conversaciones que fueron perdiendo gravedad a medida que quedaba dicho lo que habían guardado para sí durante años. Recuperaron algo de la complicidad perdida, recordaron anécdotas de la casa de Hirado, cuando aún no habían llegado los días amargos de la casa de Shima. En general, fue una buena jornada durante la que Ayala, sin embargo, no logró sacudirse la sensación de que solo le mostraban una parte del todo, como si hubieran puesto ante él un panel bellamente decorado. Pero no quiso averiguar más de lo que se le daba a entender; comprendía que Reiko, la mujer que lideraba aquella comunidad, tardaría en confiar en él hasta el punto en que lo había hecho la muchacha llamada Junko.

Cuando Ayala sintió que sus fuerzas se agotaban, Reiko insistió en alojarlo en su casa. Prepararon una habitación para él y le calentaron el baño. Antes de retirarse a dormir, el jesuita visitó a su anfitriona en el jardín.

—¿Cómo se encuentra, padre Martín?

—Noto el espíritu más liviano —sonrió Ayala—, mi cuerpo tardará aún en recuperarse, pero pronto seré otra vez el Martín severo y cascarrabias que conociste.

Reiko rio mientras sorbía de su cuenco de té y, por un momento, sus ojos se iluminaron con la mirada clara y despreocupada de Junko. Fue apenas un instante, antes de regresar al lóbrego presente que tenían por delante:

—He convocado al consejo de ancianos de la aldea. Mañana les informaremos con detalle de los últimos acontecimientos y tomaremos una decisión. Con la muerte de Fuwa Torayasu, nuestra situación se ha vuelto sumamente precaria.

El jesuita asintió en silencio.

—Deberá acudir para dar testimonio... —comenzaba a decir Reiko, cuando fue interrumpida por el sonido de la puerta al deslizarse.

Jigorō entró en el jardín sin disculparse. Apenas les dedicó una queda reverencia antes de hablar:

—Hemos capturado a un espía merodeando por las inmediaciones de la aldea.

—¿Un espía? ¿Está seguro?

—Los dominios de Fuwa-sama se encuentran desprotegidos tras el incidente de Hiei, varios clanes deben haber enviado ya a sus *shinobi* para recabar información sobre la situación interna del feudo. Por algún motivo, este conocía la existencia de nuestra aldea.

—¿Ha revelado quién lo envía?

—No, pero lo hará —aseguró Jigorō, con una determinación que auguraba sus intenciones—. Por ahora solo se aferra a mentiras, dice haber venido a advertirnos de un inminente peligro.

—Un inminente peligro —repitió Reiko, pensativa—. Padre Martín, ¿sabe si Tsumaki Kenshin se disponía a avanzar sobre Takatsuki tras consumar su traición?

—Me temo que no puedo ayudaros. Huimos en desbandada con los generales de su señoría. La única persona que podría saber algo al respecto es la dama Nozomi, la mujer que me indicó que viniera aquí.

—¿Has logrado averiguar algo sobre el paradero de la señora Nozomi? —preguntó Reiko a su jefe de espionaje.

—Nadie ha sabido de ella tras el incidente de Hiei.

La mujer suspiró y dejó a un lado el té.

—Tendrá que excusarme, padre Martín —dijo, poniéndose en pie e inclinándose a modo de disculpa—, como ve, mis obligaciones no entienden de horas. —Y dirigiéndose a Jigorō, añadió—: Llévame ante ese espía. Veamos cuánta verdad podemos obtener de sus mentiras.

Capítulo 39

Caminos que confluyen

Una niebla iridiscente ascendía desde la ribera cubriendo los arrozales, anegando las callejas de la aldea, reptando ladera arriba hasta perderse en la montaña. Era noche de luna bruma, noche de *yokai,* y dos fantasmas bajaban por los bancales en penumbras: una, envuelta en un *yukata* para dormir sobre el que vestía un grueso abrigo *kosode;* el otro, abriendo la marcha con un andar decidido, casi impaciente, impropio de alguien de su edad.

Reiko se ciñó el *kosode* en torno a los hombros y observó al hombre que la precedía. ¿Qué sabían realmente del viejo Jigorō? ¿Cómo podían encomendarse a alguien de quien conocían poco más que su nombre? Y pese a todo, hacía tiempo que había abandonado toda cautela respecto a él: confiaba en Jigorō-sensei tanto como en su propia mano. Sabía que ejecutaría sus instrucciones con pulso firme; a menudo, con más firmeza de la que ella sería capaz de mostrar.

Sí sabía, porque así se lo había confesado él, que procedía del este del país, de territorio Takeda. Las razones que lo habían llevado a abandonar su hogar eran un misterio, aunque Reiko sospechaba del destierro o la deserción. ¿Por qué alguien de sus peculiares talentos vivía entre simples campesinos cuando su aldea fue atacada por los *sohei?* Solo el propio Jigorō lo sabía. Reiko había escuchado hablar de *shinobi* que se instalaban en aldeas enemigas, bien para recabar información, bien para instigar revueltas que debilitaran al gobierno de turno; sin embargo, Jigorō abandonó su villa adoptiva después de ser arrasada por los bonzos guerreros y se unió al padre Enso en sus esfuerzos por recuperar otras aldeas, por ayudar a aquellos campesinos que lo habían perdido todo. Si se trataba de un espía, era uno con fines de lo más cambiantes y arbitrarios, por completo inescrutables. Al principio, cuando compartía estas inquietudes con el padre Enso, este la tranquilizaba asegurándole que aquel hombre era, simplemente, «una bendición del cielo». Ahora, mientras lo seguía entre los arrozales, Reiko se dijo que, para ser un enviado de Dios, el viejo obraba de formas muy poco piadosas.

Jigorō abandonó el ramal principal y enfiló una vereda apenas visible bajo la niebla. El camino concluía en una cabaña donde guardaban horquillas, hoces y rastrillos. Herramientas afiladas y punzantes, necesarias en época de cosecha, pero aptas también para otros menesteres. Alguien había descorrido las contraventanas y entre las lamas de madera se escapaba la luz macilenta de una lámpara de aceite; esta inflamaba la bruma que rodeaba el chamizo y silueteaba el contorno del corpulento Tadayashi, de guardia junto a la puerta.

El centinela se envaró al ver a las dos figuras que emergían desde la noche.

—Somos nosotros —lo tranquilizó Jigorō.

—Ichizo sigue dentro, con el intruso —informó el otro—. No ha dicho nada más desde que está colgado.

—Bien, no te muevas de aquí. —El viejo hizo a un lado la puerta de varillas y le cedió el paso a la dama Reiko.

Entró con cautela, sin saber muy bien qué se encontraría en el interior. Halló a Ichizo sentado contra la pared, los brazos cruzados fuera de las mangas mientras no quitaba ojo al prisionero. Se trataba de un hombre joven, de algo más de veinte años; le habían desnudado el torso y lo habían colgado de las vigas con sogas atadas a las muñecas, los brazos muy abiertos, de modo que sus pies apenas rozaban el suelo de tierra.

Sin mediar palabra, Reiko se dirigió a uno de los rincones de la cabaña y tomó una hoz colgada de la pared. Se aproximó al prisionero, que permanecía con la cabeza caída sobre el pecho, y apoyó la hoja curva bajo la barbilla, obligándolo a levantar el rostro. El interpelado le dedicó una mirada fiera, pero se mantuvo en silencio. Ya había comprendido que no creerían nada de lo que les dijera, así que ahora se limitaba a escrutarlos con desprecio.

Ciertamente, aquella mirada desafiante era propia de un guerrero, como también lo era el *hakama* con el que se cubría las piernas, o su complexión física: delgada pero de hombros y brazos fuertes. Desvío la mirada hacia Ichizo y comprobó que, junto a este, reposaba la *daisho* que el presunto samurái había traído consigo.

—Un *ronin* que sabe cómo llegar a nuestra aldea —comenzó la mujer—, y que, una vez descubierto, dice haber venido a advertirnos de peligros inminentes. —Dio un paso atrás para contemplarlo mejor, atento a sus reacciones—. ¿Comprendes lo insólita que resulta tu historia?

El cautivo ni siquiera se molestó en devolverle la mirada. Parecía abstraído en la contemplación de sus sables, tan cerca y tan lejos de su alcance.

—Has venido aquí por un motivo, y el maestro Jigorō lo averiguará.

—Ya os lo he dicho —respondió por fin aquel hombre.

—Él no te cree. Y si él no te cree, yo tampoco —sentenció Reiko—. Pero descubrirás que es alguien bastante persuasivo. —Miró de reojo al viejo, que aguardaba junto a la puerta con los brazos cruzados, a la espera de que le dejaran hacer su trabajo—. Comenzará azotándote con cañas de bambú, tan finas que te abrirán la carne como cuchillas. Después te descolgará y echará sal en las heridas; pocos mantienen la compostura a partir de ahí, suele ser cuando comienzan los sollozos y las súplicas. Si aún te resistes a decir la verdad, te clavará púas de castaña bajo las uñas y usará las cuerdas para someterte, para doblarte sin llegar a quebrarte, justo en el punto donde el dolor resulta insoportable. Permanecerás así día y noche hasta que hables, y si no lo haces, te aplastará las piernas con planchas de hierro, y si aún sigues sin hablar, te envenenará para que enfermes. —La mujer desgranaba todo el proceso con calma, pero su actitud no era amenazante. Más bien, traslucía la resignación de quien explica una tarea que le resulta desagradable—. Jigorō-sensei es un hombre meticuloso y de gran paciencia, tenlo en cuenta antes de volver a mentirle.

—Yo no miento —dijo el samurái entre dientes—. No se puede decir lo mismo de vosotros. Os escondéis en una aldea de campesinos, pero el viejo es un torturador y, por tus manos y la forma en que empuñas esa azada, he sembrado y recogido más *koku* de arroz de lo que tú harás en la vida. ¿Quiénes sois en realidad?

Jigorō se adelantó y lo golpeó con el puño en las costillas. El prisionero se contorsionó, suspendido de las cuerdas, pero no profirió gemido alguno.

—Cuando sean otros los que invadan tu casa, podrás hacer tú las preguntas —dijo Reiko—. Aquí solo puedes responder, y aún no lo has hecho con honestidad. Así que te daré una última oportunidad: ¿Quién te envía?

—Ya se lo he dicho al viejo, soy un *goshi* del feudo de Anotsu, mi nombre es Kudō Kenjirō. Conocí en circunstancias desgraciadas a un *ashigaru* llamado Shintaro, cautivo de una banda de criminales que lo utilizaba para llegar a esta aldea. Antes de morir me explicó cómo encontrar su hogar y me rogó que avisara a los suyos de lo que estaba por llegar.

Ichizo se removió con un escalofrío, sin abandonar su puesto junto a la pared; Reiko y Jigorō intercambiaron una mirada preocupada.

—Y accediste a la petición de un *ashigaru* moribundo, sin más —apuntó la mujer.

—Tengo mis motivos.

—¿Y cuáles son esos motivos?

—Ninguno es de vuestra incumbencia.

Jigorō dio un paso al frente, pero ella lo retuvo con la mano.

—Dime, ¿qué hace un samurái de Akechi tan lejos del feudo de su señor?

Por un momento, Kenjirō pareció titubear. Desvió los ojos, consciente de la encrucijada en la que se hallaba, quizás sopesando la posibilidad de sincerarse... Pero terminó por endurecer la expresión:

—Soy un samurái y, sin embargo, os atrevéis a interrogarme como a un delincuente. Por lo que a mí respecta, podríais ser bandidos que se esconden aquí, abusando de los lugareños. ¿Dónde está el jefe de la aldea?

—La dama Reiko es nuestra jefa, gusano —gruñó Ichizo desde su rincón.

La mujer lo silenció con la mirada, obligándolo a bajar la cabeza. Después volvió a dirigirse al prisionero:

—Y por lo que a nosotros respecta, Kudō Kenjirō, eres un espía que andaba merodeando por nuestra aldea. Dices ser un samurái del feudo de Anotsu, pero no hay blasón alguno en tus ropas ni entre tus pertenencias. También dices haber asistido a uno de los nuestros en el momento de morir, pero bien podrías haberlo matado tú tras obligarlo a revelar nuestra ubicación. Te niegas a responder a nuestras preguntas y te muestras arrogante. Haces muy poco para que no te consideremos un enemigo.

Reiko le dio la espalda y se encaminó hacia la salida. Al cruzar la mirada con Jigorō, el viejo asintió, acatando la orden tácita. Pero antes de que pudiera salir de la cabaña, el samurái habló alzando la voz:

—¿Habéis capturado a alguien más?

La mujer se volvió hacia él con una mirada cargada de suspicacia.

—¿Qué quieres decir?

—¿No habéis encontrado a otro hombre extraviado por estos caminos?

Para desconcierto de Reiko, la voz de aquel hombre denotaba una preocupación sincera.

—¿Esperabas encontrarte aquí con alguien más?

—No —se limitó a responder el prisionero, volviéndose a cubrir con su máscara de inescrutable desdén.

—Permanecerás aquí el resto de la noche —anunció entonces la mujer—. Si te decides a hablar, díselo a Ichizo. De lo contrario, una vez despunte el día, estarás en manos de Jigorō. —E hizo un gesto al anciano para que la siguiera fuera.

Al día siguiente, antes de rayar el alba, Reiko se deslizó fuera del lecho, prendió una linterna y cruzó la casa en pos de los aposentos habilitados en la parte posterior, junto a la cocina. Era reacia a implicar al padre Martín en los asuntos de la comunidad, consciente de que para sus compañeros era un desconocido, alguien en quien no podían confiar por más respeto que les mereciera la figura de un padre cristiano. Había otra razón que era más íntima, más difícil de reconocer: temía que su antiguo mentor pudiera vislumbrar el turbulento mundo de mentiras y conspiraciones sobre el que había construido aquel refugio, sobre el que había cimentado su nueva vida.

Pese a todo, una sospecha se había clavado en su mente y la herida no había dejado de supurar en toda la noche. Así que se arrodilló junto a la puerta del dormitorio y, entreabriendo el *shoji*, iluminó el interior con una lámpara colgada del extremo de una vara.

—Padre Martín —llamó desde el umbral—, lamento interrumpir su descanso. He de preguntarle algo, y he de preguntárselo ahora.

Escuchó a través del panel el frufrú de las mantas, seguido de un gruñido somnoliento, desorientado.

—¿Junko? —murmuró Ayala desde la media penumbra.

—Padre Martín, ¿le dice algo el nombre de Kudō Kenjirō?

Se produjo un breve silencio, tras el cual pudo escuchar cómo el sacerdote se incorporaba y caminaba sobre el tatami. La puerta se abrió con vehemencia y el jesuita apareció en el umbral, vestido con uno de los kimonos para dormir de Jigorō.

—¿Dónde has escuchado ese nombre?

—¿Es alguien de quien debamos preocuparnos? —preguntó ella a su vez.

—Es el hombre del que te hablé. Si estoy aquí frente a ti, es gracias a él.

Reiko asintió con seriedad.

—Acompáñeme, padre, quiero mostrarle algo.

Atravesaron la arboleda y se adentraron en los arrozales. La niebla de la noche anterior comenzaba a disiparse y las balas de paja recién segada, amontonadas en los bancales, descollaban sobre el mar de brumas con el rubor dorado de la primera luz del alba.

La cabaña de aperos estaba aislada, apartada de los campos de labranza, pero Reiko se encaminó hacia ella sin titubeos. Colgó la linterna junto a la entrada y empujó con el hombro la puerta. Esta se deslizó con brusquedad, provocando el sobresalto de Ichizo, que se asomó de inmediato. Su jefa le pidió que volviera dentro y, tras la mujer, entró el religioso: pasos dubitativos, mirada desconcertada. Aún tardó un instante en comprender quién era aquel hombre que colgaba del techo, inconsciente, con la cabeza abatida sobre el pecho.

—¡Kenjirō! —gritó, abalanzándose hacia él, sujetándole la cabeza entre las manos—. ¡Rápido, bajadlo! —exigió, imperioso.

Reiko miró de soslayo a Ichizo para indicarle que obedeciera, y el labriego cortó las sogas que mordían las muñecas del prisionero.

Kenjirō se desplomó sobre Ayala, que recibió todo su peso de golpe. Apenas pudo sostenerlo hasta depositarlo en el suelo, ayudado por Reiko.

—Ayala-sensei —musitó el samurái con una sonrisa—, he rezado por usted. Me alegra saber que el dios crucificado también atiende las demandas de un simple *goshi*.

El jesuita rio, abrazándole la cabeza.

—Mi querido muchacho, cuánto he temido no volverte a ver. —Y, dirigiéndose a sus captores—: Dadle agua, tiene la boca seca —los increpó—. Y sus ropas, y su *daisho*.

Reiko tomó los sables que Ichizo había colgado entre los aperos, como vulgares herramientas de labranza, y los puso en manos del samurái, que se lo agradeció con una somera inclinación de cabeza.

—¿Por qué le habéis hecho esto? —quiso saber Ayala—, ¿qué mal podía haceros este hombre?

Kenjirō intentó beber del tubo de bambú que Ichizo le entregó, pero tenía los brazos entumecidos, incapaces de sostener el peso de la cantimplora. Fue Ayala el que le dio de beber hasta que el *goshi* prorrumpió en una tos atragantada.

—Han hecho lo que debían —terció el samurái tras recuperar el aliento—. Soy un intruso en sus tierras, una amenaza para su gente.

—¿Lo que nos has dicho es cierto? —preguntó Reiko—. ¿Shintaro ha muerto en Hiei?

—En Hiei cayó su hijo, aplastado por la caballería de los monjes Tendai. Shintaro sobrevivió a la batalla, solo para acabar en manos de una compañía de mercenarios que buscaba supervivientes venidos de esta zona.

—Entonces, Taro también está muerto —balbuceó Ichizo—. Alguien..., alguien tiene que decírselo a Haruka. Ha perdido a su marido y a su hijo, y trae otro en camino que nacerá sin padre.

—Yo hablaré con ella —lo tranquilizó Reiko—, pero cuando esté segura de lo sucedido. Sal fuera y encárgate de que nadie nos moleste.

Ichizo asintió, desalentado por las terribles noticias, y se despidió con una reverencia queda. Una vez a solas, fue Ayala quien tomó la palabra, incapaz de disimular el entusiasmo de reencontrarse con su compañero de viaje:

—Cada día le he rogado a Dios y a la corte celestial para que te proteja de todo mal. —Apoyó las manos sobre los hombros del samurái, aunque contuvo el impulso de abrazarlo, consciente de que tales muestras de afecto lo incomodaban—. Tras separarnos, las cosas fueron de mal en peor, de no ser por unos vendedores de algas que me trajeron hasta la desembocadura del Akutagawa, jamás habría llegado hasta aquí. —De repente, su expresión quedó ensombrecida por el ala de los remordimientos—: No debí abandonarte en aquella ermita. Cuando desperté por la mañana, regresé en tu busca, pero ya no estabas allí. Te busqué río abajo, hasta la orilla del Biwa, después deambulé por los caminos, temiendo haberte perdido para siempre…

Kenjirō también le estrechó el hombro para reconfortarlo, e hizo ademán de ponerse en pie. El jesuita se apresuró a ayudarlo.

—Hizo lo que le dije. —Fue la respuesta de su *yojimbo*, más preocupado por mantener el equilibrio que por los sucesos de aquella noche aciaga—. De haber permanecido allí, ninguno habríamos salido con vida de esa ermita.

—¿Qué sucedió después? ¿Cómo has llegado hasta aquí?

—Recorrí cada posta y cada peaje al sur de Hiei, bajando hacia la ruta Nakasendo, pero nadie había visto a un cuervo desgarbado vagando por los caminos. —El joven sonrió—. Finalmente, en una posada de Chitodake, di con Shintaro. Toda la aldea estaba tomada por los mercenarios y él viajaba con ellos sirviéndoles como guía.

—¿Como guía? —intervino Reiko, que hasta ese momento había respetado la intimidad del reencuentro.

—Esos hombres parecían una partida de saqueo que se dirigía al feudo de Fuwa-sama; cuando descubrí a Shintaro entre ellos, decidí unirme a la banda con la esperanza de que vuestro compañero quisiera guiarme hasta el monte Miyoshi, donde debía encontrarme con Ayala-sensei.

—¿Este era vuestro punto de encuentro? ¿Por qué?

—Una mujer al servicio del señor Fuwa, la dama Nozomi, nos indicó que buscáramos este lugar —explicó Ayala—. Ella se reuniría aquí con nosotros, pero antes debía investigar la traición cometida por Tsumaki Kenshin.

Reiko cerró los ojos, abrumada. El mundo seguía su curso fuera de aquel valle y ellos habían cometido el error de mantenerse al margen, confiados en que Fuwa Torayasu los ampararía mientras satisficieran sus demandas. Como Jigorō le había insistido en tantas ocasiones, no convenía plegarse a la voluntad de un solo señor; esa es la forma de actuar de los samuráis, pero no podía ser la de ellos si aspiraban a sobrevivir en aquel mundo en guerra.

—Has dicho que te uniste a esos bandidos porque Shintaro estaba con ellos. ¿Cuándo murió, entonces? —preguntó la mujer.

—Debes saber que los hombres con los que viajaba no eran simples saqueadores, aunque pretendieran parecerlo. Buscaban un sitio en concreto, una aldea a orillas del Akutagawa y a la sombra del monte Miyoshi. —El samurái asintió al ver la mirada sorprendida de Reiko—. Así es, buscaban esta aldea que guardáis con tanto celo, y usaban a Shintaro para encontrarla. Uno de aquellos hombres en particular, un *ronin,* parecía ser el que los empujaba hacia aquí. Sabía algo que los demás desconocían y los incitaba con la promesa de grandes riquezas. —Kenjirō apuró el último trago de la cantimplora y se secó los labios con un rictus de desprecio, como si el agua le amargara en la boca—. Le dije a Shintaro que debíamos escapar, le expliqué qué le aguardaba a su gente si los traía hasta aquí. Desgraciadamente, mientras huíamos, le cortaron con una *nagamaki.* Murió poco después sin que yo pudiera hacer nada.

Cuando Kenjirō calló, un silencio ominoso se apoderó de la estancia. Ayala contempló la turbación de su antigua discípula, superada por las nefastas nuevas que ellos le traían. ¿Qué era un cuervo, al fin y al cabo, sino un pájaro de mal agüero?

—Junko, hay algo que debo preguntarte. Cuando la dama Nozomi nos citó aquí, me aseguró que encontraría respuestas a varias de mis preguntas. Y por lo que nos cuenta Kenjirō, hay hombres que también buscan este lugar, dispuestos a matar por encontrarlo… ¿Qué me ocultas, muchacha? ¿Qué hay aquí para que confluyan todos nuestros caminos?

Reiko suspiró, los ojos llenos de resignación:

—Hay secretos que son un castigo para quien los conoce, padre.

—No tienes por qué protegerme, Junko. He afrontado muchos obstáculos para llegar hasta aquí, y todos los he superado con la ayuda del Señor y la salvaguarda de este hombre. Un secreto más no me matará y, quizás, ayude a arrojar algo de luz sobre este asunto.

Ella los observó, juzgándoles como si los viera por primera vez, tratando de convencerse de que no haría ningún mal a su comunidad confiando en ellos, de que su antiguo maestro, al conocer la verdad desnuda de sus actos, no los encontraría despreciables.

—No deben vernos —dijo finalmente—, aprovecharemos que aún no ha comenzado la jornada en los arrozales. Os mostraré lo que ocultamos en la arboleda, después decidiréis si seguís vuestro camino o si permanecéis aquí, dispuestos a luchar contra aquellos que vienen a arrebatarnos lo único que nos mantiene con vida.

Capítulo 40

La fortaleza del débil, la debilidad del fuerte

E stás seguro de conocer el camino? —preguntó el jefe Sasaki, contrariado aún por tener que viajar a pie.

Habían perdido una de las ruedas de la carreta y se habían visto obligados a repartir los bultos entre los escasos caballos. A decir de Raisho, aquello ni siquiera era un contratiempo: arrastrar una carreta por aquellos caminos de montaña, sinuosos y traicioneros, era tentar a la suerte.

—Quizás tardemos más en llegar sin la ayuda de ese desdichado, pero llegaremos —respondió el *ronin*, que caminaba junto a él rascándose la barba—. Debemos avanzar hacia el oeste hasta encontrar el Akutagawa; al parecer corre profundo en esta época del año, no hay riesgo de confundirlo con un afluente. Después solo habrá que remontarlo hasta dar con el monte Miyoshi. Ni siquiera tus hombres se perderían.

Sasaki apretó los dientes para no contestarle. Cada vez le costaba más soportar el trato irrespetuoso que aquel vagabundo les dispensaba, su andar despreocupado con los sables echados al hombro, como si les hiciera un favor al regalarles su compañía.

—¿Me dirás de una vez qué buscamos en una apestosa aldea campesina?

Raisho sonrió al escuchar la pregunta por enésima vez. Sobre sus cabezas, por encima de las copas de los árboles, aleteó un cuervo. Su graznido reverberó contra la ladera rocosa, rompiendo la calma de la tarde otoñal.

—No te preocupes por eso —respondió, con la condescendencia que se guarda para los niños y los idiotas—. Te basta con saber que, si hacéis lo que os digo, tendréis suficiente dinero para calentaros con sake y con putas cada noche de vuestras miserables vidas. —Y, mirando de soslayo al jefe de los mercenarios, añadió—: Además, tampoco es que tengas alternativa, ¿verdad?

Y como para recalcar la insidia de aquellas palabras, unas gotas de lluvia comenzaron a repicar contra el sombrero de Sasaki. Parecía que el cielo también conspiraba para agriarle el humor. El *ronin*, sin embargo, ni siquiera hizo ademán de resguardarse; se limitó a levantar la vista y recibir con indiferencia la gélida llovizna que los *kami* arrojaban sobre ellos.

Por algún motivo, aquella actitud impasible enojó aún más al mercenario:

—Raisho de Shikoku, no sé quién te envía o por qué estás aquí, pero te advierto que, si nos la juegas, yo mismo te sajaré el gaznate.

El otro rio al escuchar la amenaza.

—Hay pocas cosas más inútiles que amenazar de muerte. Según mi experiencia, si de verdad piensas matar a alguien, es mejor no ponerlo sobre aviso.

Sasaki hizo un esfuerzo por tragarse la bocanada de inquina que le quemaba la garganta. Más pronto que tarde, le cortaría aquella lengua de culebra, se dijo para hacer acopio de paciencia, y apretó el paso para separarse del insolente samurái. Se aproximó a uno de los caballos y, empuñando el cuchillo, cortó las cinchas que sujetaban los fardos a la grupa. La carga cayó al suelo enfangado.

—¡Jefe! —protestó uno de sus hombres—, ¡los arcabuces no deben mojarse!

—Pues recógelos, imbécil —le espetó, mientras se alzaba a lomos del animal—. Y cárgalos tú a la espalda. No pienso mancharme los pies de barro.

Desde la cima del acantilado, tan cerca del filo como le permitía su yegua, la dama Nozomi observaba la caravana que enfilaba la angosta vereda.

Puede que su señor estuviera muerto y su ejército desbandado, pero su red de informadores continuaba funcionando. La misma noche que regresó de Gifu, la pusieron al tanto de una partida de bandidos que cruzaba a hurtadillas el feudo de Takatsuki, evitando los puestos de paso e ignorando las aldeas y plantaciones más alejadas de las rutas principales, tan desprotegidas como fáciles de saquear.

Intrigada, decidió buscar a los intrusos una vez despachara con el primer consejero Hasekura, hombre fuerte del clan en esos momentos. Dio con ellos esa misma mañana, tras cabalgar durante toda la noche con un animal de refresco. Desde entonces los había seguido como un fantasma, y no había tardado mucho en comprender adónde se dirigían.

Volvió a contarlos: cincuenta y seis hombres y ocho caballos. Chascó la lengua, preocupada. Eran demasiados, sobre todo si en aquellos fardos transportaban arcabuces, tal como sospechaba. No había tiempo de armar levas de *ashigaru*, mucho menos de traer samuráis desde la fortaleza de Ashiya, la más próxima y, aun así, a más de veinte *ri* de distancia. Solo le quedaba apresurarse y poner sobre aviso a Reiko y a sus hombres.

Se caló el *sugegasa* antes de tirar de las riendas y tornar grupas. El animal se alejó del acantilado para enfilar la única senda a la vista, apenas un surco que partía en dos el collado expuesto al aguacero. Mientras buscaba las rutas que debían conducirla hasta Miyoshi, la mente de Nozomi voló hacia la corte de Gifu, de regreso a sus corredores caldeados con cientos de braseros y perfumados con incienso *koboku*. Había tratado de entrevistarse con el propio Nobunaga, pero la burocracia del clan Oda se había mostrado infranqueable. Solo logró ser atendida por uno de los consejeros del gran daimio, que escuchó con grave silencio el relato de lo acontecido en el monte Hiei y la noticia de la traición de Tsumaki Kenshin.

Semejante acusación contra el hermano político de Akechi Mitsuhide, uno de los cuatro principales generales de su señoría, debería haber sido causa de honda consternación en la corte. Sin embargo, el consejero de Oda se limitó a despedirla sin más acuse de recibo que un parco agradecimiento. ¿Significaba aquello que en Gifu ya estaban al tanto de tales hechos?, ¿o acaso Kenshin se hallaba tan bien situado en la corte como para que los funcionarios sepultaran su traición?

En cualquier caso, no se daría por vencida tan fácilmente. Había otras vías para llegar a Nobunaga, vías torcidas que precisaban de arrojo y ciertos sacrificios, pero ¿qué clase de emisaria sería si no lograba que la voz de su señor se escuchara una última vez?

Reiko los condujo a través de la espesa arboleda que rodeaba la aldea, una barrera natural que la resguardaba del viento de poniente y de miradas forasteras, hasta el punto de que, desde el río, tan solo se alcanzaban a ver los pinos arracimados contra la falda del monte Miyoshi, sin perspectiva de los arrozales en terraza que precedían al pinar ni de la villa que se agazapaba tras el mismo.

Salvo por la senda que unía el puñado de casas con los campos de cultivo, el bosque parecía por completo impenetrable, tan prieto de troncos, maleza y ramas enzarzadas que solo la más ligera brisa sería capaz de filtrarse por él. Sin embargo, la mujer conocía hendiduras y pasajes entre la espesura que permitían moverse por su interior. Apartaron ramas y arbustos, saltaron sobre tocones y vadearon arroyos de agua helada hasta que, de improviso, la vegetación se abrió para dar paso a un gran claro en el mismo corazón del bosque: un espacio de unos cincuenta tatamis de superficie, calculó Kenjirō, girando sobre sí mismo para hacerse una composición de lugar. Aquel sitio había sido despejado por la mano del hombre, no había duda.

Ayala, por su parte, se había detenido en los lindes del claro. Le había llamado la atención la corteza astillada de los árboles, las heridas en la madera, que rezumaban savia tratando de cicatrizar. Pasaba la mano por uno de los troncos dañados cuando Reiko los llamó:

—Venid aquí, ayudadme.

La mujer levantó un gran rastrillo, inadvertido entre la hojarasca salvo para quien supiera dónde buscarlo, y comenzó a retirar hojas de ginkyo y agujas de pino en un punto concreto del claro. Sus dos acompañantes la ayudaron con las manos sin saber qué buscaban exactamente, hasta que hallaron bajo la capa de broza una soga de cuerda trenzada.

Reiko se la anudó alrededor de la muñeca, se alejó varios pasos y, clavando los pies, tiró con fuerza; poco a poco, un gran rectángulo de hojarasca comenzó a elevarse del suelo. Kenjirō comprendió lo que la mujer se proponía y se apresuró a tirar también del extremo de la soga. El enorme portón oculto bajo la fronda batió chirriante sobre los goznes, elevándose lentamente hacia su punto de equilibrio, hasta que, con un último tirón, lo hicieron caer hacia el otro lado. La plancha retumbó al golpear el suelo, aplastando bajo su peso la gruesa capa de hojas muertas.

A sus pies, por completo incongruente en medio de aquel paraje, quedó abierta una gran boca rectangular delimitada por perfiles de madera. Unos peldaños descendían hacia una oscuridad que hedía a moho y secretos, y Reiko los descendió resuelta, como debía haber hecho cientos de veces. Al poco, el chasquido de un yesquero y el reverbero de una linterna les indicó que ellos también podían aventurarse escalones abajo.

El silo no era muy profundo, estaba construido por completo en madera y el techo bajo los obligaba a encorvarse, en especial a Ayala. La lámpara de Reiko apenas alcanzaba a iluminar los rincones más alejados, pero pudieron ver que la cámara se extendía bajo gran parte del claro. Había mantas de paja y sacas de arroz repartidas entre cajas, barriles y baúles, sin duda para absorber la humedad que calaba desde la superficie, a lo que también contribuía la gruesa capa de hojarasca que cubría el calvero.

El que había construido aquello sabía lo que se hacía, pensó Kenjirō, para quien tanta protección contra la humedad solo podía significar una cosa: pólvora. En cualquier caso, no tuvieron tiempo de detenerse en mayores detalles, pues Reiko, tras recuperar un largo bulto envuelto en telas, se dirigió al exterior sin más explicaciones.

Ayala y Kenjirō se vieron obligados a seguirla para no quedarse a oscuras. Cuando se reunieron con ella bajo la luz clara del amanecer, la mujer deshizo los nudos que envolvían el paquete y descubrió el arcabuz. Sin mediar palabra, se lo tendió al padre Ayala, que, confuso, lo tomó entre sus manos, reticente al frío tacto del hierro.

—No lo entiendo —dijo, sopesando el arma—. ¿Esto es lo que ocultáis? Japón está lleno de armas de fuego, se han extendido como una enfermedad por culpa de los *nanban*. Los herreros las fabrican por cientos desde…

—¿Dónde va la mecha? —lo interrumpió Kenjirō, que había reparado en el peculiar diseño del fusil.

—No hay mecha —respondió ella—, no la necesita.

—¿Cómo es posible tal cosa? Sin llama no se puede detonar la pólvora. Cualquiera lo sabe.

Reiko recuperó el arma de manos de Ayala y la sujetó delicadamente contra el pecho, como quien acuna a un niño. Desanudó con los dientes un saquillo que llevaba oculto bajo el *obi:* en el interior había pólvora, una bala y una pequeña llave de metal. Cebó el arma y cargó la bala por la boca del cañón. A continuación, retrajo la palanca colocada sobre la empuñadura —similar a la serpentina que sostenía la mecha en cualquier arcabuz, aunque en este caso sujetaba una pequeña piedra de un gris brillante—. Rellenó la cazoleta de pólvora y, por último, introdujo la minúscula llave en una apertura lateral para girarla un cuarto de vuelta.

Había ejecutado cada paso con precisión y soltura, demostrando una familiaridad con el arma que resultaba desconcertante en una mujer. Aun así, el samurái la miró con suspicacia cuando les anunció que el arcabuz estaba listo para disparar.

—¿Te burlas de nosotros?

Por toda respuesta, Reiko levantó el fusil contra los árboles que delimitaban el claro. Equilibró el cañón con la zurda y visualizó el disparo proyectándolo desde la boca del arma, como si su mirada fuera el proyectil. Contuvo la respiración y disparó.

La detonación hizo que los dos observadores se sobresaltaran, incrédulos ante lo que acababa de suceder. Las astillas saltaron de la corteza de uno de los árboles y una rama se desprendió cayendo al suelo. Había acertado en el mismo nudo del tronco.

Ella bajó el cañón y los observó de hito en hito, aguardando sus palabras, pero ambos habían enmudecido.

—Es un nuevo tipo de fusil llegado de Europa —explicó al fin—. En lugar de montar una mecha, como los arcabuces que conocemos en Japón, monta una rueda de pedernal en su interior. Al apretar el gatillo, el muelle se libera y la rueda gira, salta la palanca con la pirita en su extremo y golpea la rueda, provocando las chispas que detonan la pólvora. —Los hombres mantenían el gesto desconcertado, como si se les desvelara un arcano incomprensible—. No tenéis por qué comprender sus rudimentos, os basta con saber que se carga diez veces más rápido que un *tanegashima,* el tiro es preciso hasta los tres *cho* de distancia, y no necesita una mecha lenta que el viento o la lluvia puedan extinguir, por lo que se puede disparar incluso desde el ojo de un huracán.

»Por si todo esto fuera poco, es temible en las emboscadas, pues no emite luz ni olor que delaten al tirador antes de efectuar el disparo. ¿Comprendéis lo que significaría semejante arma en manos malintencionadas?

—Es..., es un arma asombrosa —murmuró Kenjirō.

—Es otra perversión traída por los europeos —maldijo Ayala—. Como sucediera con los arcabuces, en breve cada daimio querrá armar a sus hombres con esta herramienta diabólica. Vendrán barcos cargados desde Goa, los armeros japoneses no pararán hasta ser capaces de replicarla y, al poco, los ejércitos de los señores samuráis podrán matar más rápido, desde mayor distancia, en mayor número... Eso es todo lo que les interesa.

—No sucederá tal cosa —lo contradijo Reiko, serena—. Estos fusiles son difíciles de construir y muy escasos, ni siquiera en Europa abundan. Utilizan mecanismos similares a los de los relojes *nanban,* que ningún artesano japonés ha logrado recrear. Por ahora, la única forma de conseguir un fusil de llave de rueda es a través de la Compañía Marítima de Coímbra, y así debe continuar siendo.

Ayala entornó los ojos, comenzaba a comprender las implicaciones de lo que Reiko les estaba diciendo.

—Sois vosotros los que introducís estas armas en el país, tenéis el control de la importación y las ponéis al servicio del clan Fuwa.

—Vivir en la casa de un mercader portugués en Osaka me trajo muchas desgracias. —Una mueca feroz contrajo su cicatriz—. Pero también aprendí algunas cosas: cómo funcionaba realmente el puerto de Osaka, cómo se sorteaban las aduanas, a quién recurrir para saber con antelación qué traían los barcos negros en sus bodegas... Aprendí a hacerme valiosa para sobrevivir. —Desvió la mirada, eludiendo el juicio de su mentor—. El tráfico de armas vino después, cuando supe de la existencia de este nuevo modelo de arcabuz y tuve oportunidad de contemplarlo con mis propios ojos. De inmediato comprendí lo que supondría controlar una mercancía tan escasa y tan valiosa para los señores de la guerra.

—Y te convertiste en una contrabandista —le recriminó Ayala—. Usaste todo lo aprendido en tu propio beneficio.

—¡No! Lo usé para ponerlo al servicio del padre Enso, para ayudarle a construir este lugar. —Extendió los brazos para mostrarle el fusil que acababa de disparar—. ¿Es que no lo ve? Esto no es un arma, es la llave de nuestro futuro, lo que nos permitirá sobrevivir en este país en guerra. Mientras controlemos la mercancía y la mantengamos en secreto, seremos valiosos. Cualquier daimio nos daría amparo a cambio de poder armar a sus hombres con estos fusiles y evitar que caigan en manos de sus enemigos.

—Si el señor Fuwa disponía de semejantes armas en Hiei, ¿por qué no las utilizó? —intervino Kenjirō.

—No conozco sus motivos —respondió Reiko—, pero puedo imaginarlos. El clan solo posee tres batallones entrenados en el manejo de estos fusiles; mientras no los empleara, seguirían siendo su arma secreta, un elemento desestabilizador que usar de forma sorpresiva. Torayasu-sama debió considerar que la toma del monte Hiei no le supondría demasiadas dificultades y prefirió guardarse la baza para futuras contiendas.

—Pero ahí abajo tenéis muchos más ocultos —observó Ayala—, decenas, al menos.

—Debemos asegurarnos de que somos capaces de defendernos por nosotros mismos.

—No es solo por eso —dijo el jesuita—. El clan no sabe cuántas armas llegan en cada cargamento, ¿no es cierto? De modo que se las escatimáis, porque cuantos más les entreguéis, menos dependerán de vosotros.

Ella guardó silencio.

—¿Cuántos hombres tenéis aquí capaces de utilizar esos fusiles? —preguntó Kenjirō, más preocupado por cuestiones inmediatas.

—Varios hombres y mujeres. Entrenamos a aquellos que han demostrado más pericia en su manejo.

—¿Cuántos? —insistió.

—Veintiséis.

—No son suficientes. La banda del jefe Sasaki la componen más de cincuenta hombres, al menos la mitad de ellos armados con arcabuces. Bandidos acostumbrados a matar, no campesinos que solo han tirado contra cuencos de barro.

—Esta gente ya lo ha perdido todo una vez, no se acobardarán tan fácilmente —dijo Reiko, desafiante—. Han sufrido dolor y miserias inimaginables. Saben bien que la vida no es lo peor que les pueden arrebatar.

—Los que saben defenderse no son nuestra principal preocupación —los interrumpió Ayala—. Lo primero que debe hacerse es sacar a los niños y a los ancianos de aquí, llevarlos a la montaña.

—No habrá supervivientes si no les plantamos cara, Ayala-sensei. Los bandidos exigirán grano, sake, mujeres, el poco oro que los campesinos puedan reunir… Y si no lo obtienen, buscarán bajo cada piedra hasta que no quede nadie con vida.

—Basta. No os corresponde a vosotros decidir nada de esto —zanjó Reiko—. Esta tarde se reunirá el consejo de aldea, allí juzgaremos cómo afrontar la amenaza. Hasta entonces, guardad silencio sobre lo que os he desvelado, pues para ellos no sois más que forasteros. Yo prepararé el terreno en el consejo y hablaréis allí cuando se os pregunte.

Harto de esperar frente a la casa, Kenjirō decidió que lo mejor que podía hacer era pasear por las inmediaciones: memorizar la villa y sus recovecos, las posibles rutas de huida, puntos donde apostarse… Cualquier cosa que pudiera resultar útil a la hora de organizar una defensa.

Sin embargo, apenas había cruzado la plaza central de la aldea cuando sintió que alguien lo seguía. Al mirar por encima del hombro, vio una fila de cinco niños desfilando tras él, cada cual con un par de ramas a la cintura a modo de *daisho,* imitando con actitud marcial su forma de caminar. Kenjirō se giró de repente y el improvisado batallón se dispersó a la carrera. Solo una niña se mantuvo plantada frente a él, una cría de no más de siete años, decidida la mirada, la zurda descansando sobre la empuñadura de su «katana».

—Así que sois un samurái —observó con medida indiferencia, repasando a Kenjirō de la cabeza a los pies.

—Soy Kudō Kenjirō, vasallo del señor Akechi Mitsuhide, del feudo de Anotsu.

—Yo también soy una samurái —anunció ella, alzando la barbilla—. Mi nombre es Akemi, del feudo de…, del monte Miyoshi.

—Veo que ceñís la *daisho* con gran apostura. Debéis ser una guerrera temida por estos lares.

El resto de los críos se habían reunido para observarlos desde la distancia, asomados tras un barril de agua bajo el alero de una casa.

—Me temen en toda la provincia —corroboró ella—; cuando desenvaino mi *katana,* todos se echan a temblar. —Palmeó la rama de abeto con gran orgullo.

—¿Debo pediros permiso, entonces, para deambular por vuestros dominios?

—Así es. En esta ocasión lo dejaré pasar porque me habéis caído bien, samurai-sama, pero la próxima vez que no mostréis el debido respeto, deberé desafiaros a un duelo.

—Doy gracias a Marishiten por vuestra magnanimidad, mi señora. Os prometo comportarme adecuadamente a partir de ahora.

Akemi asintió satisfecha y, dando media vuelta, se alejó con altanería, dejando atrás a Kenjirō con una sonrisa prendida del rostro.

Al verla marchar con sus amigos, que ahora la seguían con el respeto que se debe a una gran *onna bugeisha*[*], sintió un pellizco de nostalgia. Esa niña era poco más pequeña que Fumiko. ¿Cuántos días habían transcurrido desde que dejara atrás a su hermana? No quería contarlos, solo esperaba que, si lograba regresar, ella no se asustara de aquel hombre con la muerte en la mirada, que aún quisiera abrazarlo hasta quedarse dormida.

Cerró los ojos y se sacudió la nostalgia con un gruñido. Le embargó una renovada determinación: esos niños tenían derecho a vivir en paz, lejos de la guerra y sus miserias.

—Caballero Kudō —lo llamó una voz a su espalda. Se trataba de Ichizo, aquel que lo había vigilado en el cuarto de aperos y que ahora se dirigía a él con una reverencia sostenida—: El consejo

---

[*] *Onna bugeisha:* literalmente, «mujer guerrera». Eran mujeres de casta samurái entrenadas en el manejo de armas y en técnicas militares. Está documentada la participación de varias de ellas en el campo de batalla, siendo el caso más célebre el de Tomoe Gozen.

de aldea desea escuchar lo que tenga que decir. Acompáñeme, por favor.

Kenjirō lo siguió en silencio. Parecía que, una vez libre de sospechas, aquella gente lo trataba con el respeto que se debe a un miembro de su casta. Hasta tal punto que Ichizo le lanzaba fugaces miradas sin atreverse a levantar la cabeza, como si temiera que, en cualquier momento, pudiera cobrarse con acero las afrentas de la noche anterior. Aquella actitud medrosa incomodaba a Kenjirō, incluso lo ofendía, pues no dejaba de considerarse un *goshi* acostumbrado a tratar la tierra y a los que la trabajaban con respeto, muy distinto de los samuráis cortesanos que ejercen su derecho al *kiri-sute gomen* a la menor desavenencia. A sus ojos, la noche anterior Ichizo se había limitado a cumplir con su deber, y de haber empuñado a Filo de Viento contra él, no solo se habría deshonrado a sí mismo, sino también a su padre y a la espada familiar.

El aldeano lo condujo hasta la única casa con base de piedra y tejas de barro. Abrió la puerta y anunció la presencia del samurái; a continuación, se hizo a un lado para cederle el paso. Kenjirō entró con cautela. La atmósfera era tibia, calentada por un gran brasero colocado en el centro de la estancia, alrededor del cual se repartían varios hombres y alguna mujer, ancianos en su mayoría. Poco a poco fue discerniendo algunos rostros: el de Reiko, sentada junto a un hombre de espalda encorvada y barba cana, probablemente el mayor de la aldea; también distinguió a su interrogador de la pasada noche, el tal Jigorō-sensei, un hombre que hedía a sombras y secretos, un *shinobi*, no le cabía duda. Tampoco faltaba el *bateren* que vivía entre aquellas gentes, un viejo conocido de Ayala-sensei, al parecer. Todos sentados hombro con hombro en el corazón de la estancia apenas iluminada y, frente a ellos, como el reo que comparece ante un tribunal, el propio Ayala, que sonrió a su compañero al verle entrar.

El anciano de la aldea lo saludó con una inclinación de cabeza y le señaló el cojín colocado junto al otro compareciente. Kenjirō se sentó en silencio, sin más deferencias que colocar los sables a su derecha sobre el tatami.

—Caballero Kudō Kenjirō, gracias por comparecer ante nosotros —comenzó el anciano—. Mi nombre es Inori y encabezo este consejo desde hace cinco años. Somos conscientes de que no tiene por qué responder a nuestras preguntas, pero le agradeceríamos que lo hiciera. —Apoyó las manos en el suelo y se inclinó con el debido respeto a un samurái.

—Contestaré a cualquier pregunta que me hagáis.

El anciano se incorporó con la mirada gacha, en señal de humilde agradecimiento. Fue Reiko la que tomó la palabra entonces:

—El padre Ayala ha tenido a bien relatarnos los sucesos que les han traído hasta aquí, pero hay una serie de cuestiones que solo usted puede aclarar —comenzó la mujer. Empleaba un tono respetuoso, pero lejos de la docilidad que mostraban los campesinos—. Hasta ahora sabemos poco del enemigo al que nos enfrentamos, ¿qué más puede decirnos sobre ellos?

—Se trata de una partida de cincuenta y siete hombres. En un principio, me parecieron borrachos y violadores, animales impulsivos, como las jaurías de lobos que bajan a las aldeas en épocas de hambruna. Una vez en marcha, sin embargo, descubrí que estaban mejor organizados de lo que cabría esperar. No bebían al acampar y eran rigurosos con los turnos de guardia, señal de buena disciplina en una tropa. —Kenjirō, con la espalda recta y las manos sobre los muslos, hablaba sin titubeos, claro el recuerdo de aquellas jornadas a la intemperie—. Los lidera un hombre llamado Sasaki, más ambicioso que buen comandante, a mi parecer, pero astuto y cauteloso. También viaja con ellos un *ronin,* un perro viejo que se hace llamar Raisho y que actúa como *yojimbo* de Sasaki… Aunque resultaba evidente que no era uno de ellos, y dudo mucho que realmente estuviera empleado como guardaespaldas.

—¿Qué quiere decir?

—No mostraba respeto alguno por el jefe de la banda, más bien parecía que se toleraban a regañadientes. Estoy seguro de que ese *ronin* es quien los está guiando hacia aquí.

Un murmullo contenido recorrió el consejo. Fue el maestro Jigorō quien lo acalló:

—¿Cómo es posible que sepa de este lugar? ¿Acaso Shintaro le habló de nuestra aldea?

—No creo que vuestro compañero os traicionara. Lo obligaban a hacer de guía porque precisaban de alguien que conociera bien la región, pero el *ronin* sabía de antemano a dónde se dirigía. ¿Quién le habló de este lugar?, lo desconozco. Era reservado al respecto, ni siquiera el jefe Sasaki sabía lo que buscaban aquí.

De nuevo, se elevó el coro de cuchicheos nerviosos, más discordante aún si cabe. Esta vez fue Reiko quien lo silenció al golpear con su abanico sobre el tatami:

—Escuchad todos. Jigorō-sensei y yo hemos decidido que el mejor lugar para hacerles frente son las bancadas. Tendremos la ventaja de la altura y ellos no podrán avanzar libremente por los arrozales. Armaremos a todo el que esté dispuesto a luchar y tenga más de trece años, los demás marcharán con los padres Enso y Ayala al refugio de montaña y permanecerán allí hasta que todo haya terminado.

—Yo no iré a ningún sitio —dijo Ayala con calma—. Quizás sirva de poco en el combate, pero no puedo seguir escondiéndome mientras el caballero Kudō libra las batallas a las que yo le arrastro. Y sospecho que esta es una batalla que también querrás librar, ¿no es así, muchacho?

Kenjirō sostuvo la mirada del jesuita, de rodillas junto a él, y tuvo la poderosa sensación de que si uno moría, el otro también lo haría. Estaban ligados por el hilo del karma.

—Me temo que yo tampoco puedo hacer lo que dices, querida niña —intervino el padre Enso—. Permaneceré junto a la cruz y rezaré por vosotros. Cuando todo acabe, bajaré para ayudar a los heridos y, de ser necesario, dar la extrema unción a los moribundos. Es el deber que tengo con mi parroquia.

—Agradecemos la buena voluntad de los padres cristianos, pero esto será una batalla a campo abierto, no es lugar para hombres de Dios —dijo Jigorō, que quería evitar preocupaciones innecesarias durante la contienda.

—No tiene por qué ser así —masculló Kenjirō. Y con voz más firme, añadió—: Quizás haya otra forma de hacerlo.

—¿Qué quiere decir? —preguntó Reiko.

—Si afrontáis esta situación como guerreros, solo podéis perder. Quizás logréis rechazar el ataque, pero muchos de los vuestros morirán, adultos necesarios para trabajar los campos y mantener esta comunidad. Aunque sobreviváis, a la larga perecerá lo que habéis creado aquí. —Y torciendo el gesto, añadió—: Además, la más férrea disposición flaquea al afrontar a un enemigo a campo abierto.

Un samurái está dispuesto a aceptar la muerte en cualquier momento, pero no se puede exigir lo mismo a quien ha nacido para cultivar los campos. Lo he visto en la batalla, muchos *ashigaru* no llegan a levantar la lanza ante una carga de caballería.

—¿Qué propones, samurái?

—Creo que ese *ronin* desconoce a qué se enfrenta. Sabe que aquí se oculta algo de gran valor, quizás incluso sepa que se trata de algún tipo de arma, pero dudo que esté al tanto de sus peculiaridades. Podríamos utilizar su ignorancia a nuestro favor.

—¿Y si no es así? ¿Y si sabe exactamente a lo que se enfrenta? —le espetó Reiko.

—Toda estrategia implica un riesgo. Mi padre solía citar las palabras de un antiguo general de los Ming: «Cuando seas débil, aparenta ser fuerte; cuando seas fuerte, aparenta debilidad». ¿Por qué no esconder nuestra única fortaleza? Que crean que se enfrentan a campesinos asustados, no a un batallón *ashigaru* que los recibe en campo abierto.

Reiko y su brazo ejecutor, el adusto Jigorō, intercambiaron una mirada valorativa.

—Está bien. Escucharemos lo que tienes en mente y mañana Jigorō-sensei y yo tomaremos una decisión.

—¡Quizás no tengáis tanto tiempo como pensáis! —anunció una voz desde la entrada.

Las miradas se volvieron hacia la figura cubierta con holgadas ropas de viaje que permanecía junto a la puerta, lejos del círculo de luz que iluminaba el corazón de la estancia. Nadie la había escuchado llegar, era imposible saber cuánto llevaba allí.

—Señora Nozomi —la saludó Reiko—, siempre nos honra con su presencia en los momentos más inesperados.

—He forzado a mi montura para llegar cuanto antes. Esos a los que aguardáis se encuentran a poco más de cinco *ri* de distancia. Ten por seguro que los tendréis aquí al amanecer.

Capítulo 41

La espada inalcanzable

De rodillas frente al pequeño altar del jardín, Kudō Kenjirō aprovechaba la escasa luz del alba para afilar los sables a los que ese día confiaría su vida. Metódico, pulió la hoja con una piedra de Omura hasta exponer el filo; a continuación, lo aguzó con un canto húmedo de grano fino. Retazos de cielo claro asomaban ya entre las ramas del sauce cuando terminó de ungir las hojas.

Envainó los sables antes de depositarlos frente al altar y se apoyó en las manos para inclinarse en una respetuosa reverencia. Por último, prendió tres varillas de incienso que clavó en el cuenco de arena apoyado entre las raíces del árbol. Una para honrar a Buda, otra para Marishiten y la tercera para el *kami* familiar que dormitaba en el interior de Filo de Viento, cuyo aliento rugía al hendir el aire en la batalla.

Cerró los ojos y recitó los mantras que se debían pronunciar antes de guerrear, tal como su padre les había enseñado a él y a su hermano. Cuando los abrió, descubrió que la tercera barra de incienso se había extinguido. Arrugó la frente ante aquel mal augurio. Quizás la hoja lo castigaba por empuñar el arma destinada a su hermano, o por obligarla a derramar la sangre de los hombres santos del monte Hiei. Cerró los ojos e intentó recuperar el foco de sus pensamientos. Si los *kami* lo habían abandonado a su suerte, que así fuera; cumplía con el deber que le había encomendado su padre, y a este, su señor. No había nada más que sopesar.

Se puso en pie, recogió los sables y abandonó el jardín de la dama Reiko con la serenidad de saberse muerto.

Desde la terraza del segundo piso, como demonios guardianes a las puertas de un templo, Nozomi y Jigorō contemplaban al samurái que abandonaba la casa y enfilaba la calle vacía. Daba así comienzo una jornada aciaga; pese a ello, no habían renunciado a apurar esos postreros instantes de paz contemplando juntos el amanecer, con un té caliente entre las manos.

—¿Está todo dispuesto? —preguntó finalmente la mujer.

El viejo *shinobi* asintió en silencio, sin apartar la mirada de la figura que, con paso calmo, cruzaba la villa.

—¿Y la dama Reiko? —insistió Nozomi, fiscalizadora.

—Cumplirá con su cometido, siempre lo hace.

—Me preocupa que los padres cristianos permanezcan aquí. Serán causa de distracción para ella, sobre todo el padre Ayala.

—Si tanto te preocupa, ¿por qué lo hiciste venir?

Ella ocultó su primer pensamiento tras un sorbo de té.

—No tuve ni un momento de duelo, Jigorō; debí improvisar. Sabes bien qué se siente al ver morir a tu señor.

—Aun así, deberías haber mantenido la cabeza fría.

—Hice lo más sensato en ese momento. No sabía qué otros traidores podía haber entre nosotros, o si la fortaleza de Takatsuki estaba bajo asedio. Solo sabía que vendrían a por mí antes que a por cualquier otro, así que le entregué la cabeza de Fuwa-sama al *bateren* y a su *yojimbo* y les encomendé traerla aquí, el único lugar seguro para ellos. —Sacudió la cabeza, desalentada—. Al menos pusieron los restos de su señoría a salvo… Quizás podamos recuperarlos cuando todo esto acabe.

—Esto no va a acabar. El mundo ya sabe de nuestro secreto; aunque sobrevivamos a los que hoy vienen a arrebatárnoslo, otros vendrán después.

Nozomi calló mientras seguía con la mirada al samurái. Aguardó hasta que Kenjirō se internó en el bosque, camino a los arrozales, antes de volver a hablar:

—He visto combatir a Kudō Kenjirō. Posee la destreza de un *kensei*, pero es un ingenuo si cree que esos mercenarios atenderán a ningún tipo de pacto. Si cae derrotado, es hombre muerto, y si vence, solo logrará que lo maten con más saña aún.

—No creo que sea un ingenuo, sabe bien que importa poco si vence o pierde —observó Jigorō—, solo importa el sacrificio que está dispuesto a hacer. Si consigue engañarlos, los pondrá a nuestra merced. Su plan no va más allá.

—Eres consciente de que, llegado el momento, Reiko intentará evitar su muerte, ¿verdad? La vida de ese samurái es valiosa para el *bateren* y ella lo sabe.

Jigorō apuró el último trago de té, el más amargo, y habló con la lengua impregnada de aquel sabor:

—La vida de un samurái solo pertenece a su señor. Interponerse en su camino solo serviría para que cometa *seppuku*. Si Reiko aún no sabe esto, lo aprenderá pronto.

Nozomi contempló los arrozales que se escalonaban hasta la ribera, naipes otoñales de *hanafuda* que una mano había extendido sobre el valle. Bajó el cuenco hasta su regazo y sonrió con tristeza.

—Las piedras comienzan a caer sobre el tablero. Observaré desde aquí la partida, comandante Inoue, espero que me ofrezca un espectáculo digno de su reputación.

Jigorō se puso en pie y se cubrió la melena blanca con un pañuelo. Vestía un kimono ceñido al cuerpo con cuerdas, de modo que pudiera moverse con libertad entre la espesura. Antes de abandonar la terraza, se detuvo sin volver la cabeza:

—El comandante Inoue murió en Mikawa junto con el señor Takeda. Yo solo soy un campesino que intenta vivir sus últimos días en paz.

Kenjirō emergió de la arboleda en penumbras. A su espalda, la vereda que acababa de atravesar; frente a él, los campos de arroz a los que aquella gente consagraba sus vidas; y a su derecha, la clave de lo que sucedería ese día: la torreta de madera levantada junto a los lindes del bosque, en el límite de la naturaleza salvaje y de la naturaleza domeñada, rematada por una campana que solo tañía en caso de incendio.

Se encaminó hacia la estructura de madera mientras se escupía en las manos y las frotaba para desentumecerlas. Escaló los peldaños con agilidad, en pos de la plataforma donde se apostaba un vigía en los días más secos del verano; cuando rebasó las copas de los árboles y fue zarandeado por una ráfaga traicionera, comprendió que la torre era más alta de lo que aparentaba. Arriba le recibió un viento desapacible que insistía en agitarle las ropas y aullarle al oído. Ignorando a su impertinente acompañante, se sentó contra el poste del que pendía la campana y se arrebujó en el grueso *haori*.

Desde aquella altura los campos aparecían cubiertos por una pátina de niebla que ascendía desde el río, dotando a la paja segada de un resplandor bruñido bajo la luz de la mañana. Kenjirō rememoró los días de siega en su propio valle; a pesar de su situación, el recuerdo le arrancó una sonrisa. La nostalgia y el orgullo del lugar al que pertenecía se mezclaban en su pecho, y ni siquiera la idea de no regresar lo desalentó. Su familia siempre había sido afanosa en tiempo de entreguerras y feroz en el campo de batalla, los invasores mongoles y los guerreros Ashikaga podían dar fe de ello, y hoy él también rendiría homenaje a esa larga tradición.

Por un instante, su mirada se desvió a la suave colina que se elevaba junto a los bancales, a la torcida cruz de madera erigida en su cumbre. Allí se encontraba el otro *bateren,* el padre Enso, como lo llamaban sus discípulos, el único que permanecía más allá de la defensa natural que suponía la arboleda. Le reconfortó el no saberse solo, el sentirse acompañado por alguien que confrontaba el temporal a su lado. Los bonzos podían clamar contra aquellos sacerdotes extranjeros y su dios crucificado, pero nadie podía negar que eran obstinados y valientes, leales como samuráis a la palabra dada.

Cuando bajó de nuevo la vista hacia los arrozales, le sorprendió descubrir movimiento entre las hierbas altas. El enemigo ascendía ya por la ladera: decenas de hombres que se movían con cautela, encorvados y con los puños crispados en torno a lanzas y arcabuces; vestían armaduras de piezas dispares, saqueadas a samuráis caídos en combate, y estas arrojaban furtivos destellos al ser rozadas por un sol desvaído que preludiaba muerte. Kenjirō observó cómo se abrían en abanico por los campos de cultivo, al amparo siempre de la paja aún por segar.

Con calma, se puso en pie y se recogió los vuelos del kimono con una cinta que se ató a la espalda. Cuando estuvo listo, empuñó el pesado mazo y se dispuso a reclamar la atención de sus enemigos y la de los mismos dioses.

Raisho los instaba a avanzar en silencio, las espaldas dobladas como espigas cargadas de grano. Flotaban entre los arrozales con la levedad de la bruma ribereña, embargados por la excitación contenida del depredador que acecha a su presa, inevitables, invencibles. Sin embargo, el veterano *ronin* comprendió sobre la marcha que las cosas se habían torcido: era temprano, pero no tanto como para que los campos estuvieran vacíos en época de siega. Solo había una explicación para aquel silencio.

Se agachó y dejó que los hombres de Sasaki lo rebasaran. Empuñaban arcabuces, lanzas y espadas, algunos incluso cargaban arco y carcaj, como si fueran capaces de acertar a algo más que un melón apoyado sobre una roca.

Cuando Sasaki llegó a su altura, Raisho lo retuvo por el brazo.

—Nos están esperando —le advirtió.

—¿Por qué lo sabes?

—¿Acaso no lo ves? No hay nadie en los arrozales, deben haberse hecho fuertes en la aldea. —Señaló el puñado de casas que se extendía sobre la ladera de la montaña, más allá del bosque de pinos.

De repente, un potente tañido retumbó sobre los campos e hizo que los gorriones alzaran el vuelo. Los hombres de Sasaki se detuvieron en el acto, helados por aquel sonido que proclamaba su llegada. El segundo golpe de campana les hizo levantar la cabeza, y algunos comenzaron a señalar hacia la torre de madera que se elevaba más allá de los últimos bancales.

Raisho se protegió los ojos, pues la atalaya se perfilaba contra el sol matinal, y pudo distinguir la silueta del hombre que alzaba por tercera vez el martillo. Lo descargó con un poderoso movimiento que abarcaba desde la cadera a los hombros, y la campana volvió a atronar por todo el valle, resonando en su vientre y en su ánimo. Era la llamada del infierno, la constatación de que los aguardaban, de que aquello no sería tan sencillo.

Los bandidos comenzaron a incorporarse, pues no tenía sentido permanecer ocultos, e imitaron el gesto del *ronin*, ahuecando la mano sobre los ojos para seguir las evoluciones de aquel guardián solitario que descendía ya de la torreta. Cuando tocó suelo, la misteriosa figura les dio la espalda para encaminarse hacia la vereda que se adentraba en la espesura.

—No es un campesino —murmuró Raisho.

—Campesino o samurái, al final del día tendremos su cabeza clavada en una pica —dijo Sasaki—. ¿A qué esperamos? Ese infeliz nos ha mostrado el paso para atravesar el bosque.

Raisho giró la cabeza y lo observó con indisimulado desprecio. No creía que nadie pudiera ser tan idiota.

—¿Qué crees que nos espera en esa arboleda, sino una emboscada?

—¿Acaso lo que hemos venido a buscar está en estos arrozales? —Sasaki miró a su alrededor con teatralidad—. Claro que no. Si de verdad aquí hay algo de valor, esas ratas codiciosas lo habrán escondido en lo más profundo de sus madrigueras. Todos los campesinos actúan igual: gimotean y dicen desfallecer de hambre, pero ocultan despensas a rebosar bajo sus chozas. Vayamos a comprobarlo.

—Es una estupidez caminar directos a una trampa.

—Quizás, pero ¿qué otra cosa podemos hacer una vez estamos aquí? ¿Darnos la vuelta? —Sasaki se ciñó la correa de su casco y sonrió con malicia—. No, *ronin,* tú nos has traído a este rincón de Yamato donde solo vienen los pájaros para cagar al vuelo, y tú nos llevarás hasta el final. Así que, adelante, ábrenos camino.

Raisho mascó una respuesta cargada de veneno, pero finalmente prefirió esputarla con un denso salivazo. Volvió la vista al frente y echó a andar. Sasaki, a su espalda, indicó a sus hombres que lo siguieran.

Todos se aproximaron a la cerrada foresta. La noche parecía demorarse bajo los árboles, enredada entre sus ramas, y no pocos intercambiaron miradas nerviosas cuando el *ronin* se internó en la senda. El resto se aventuró tras sus pasos, pero siempre a una distancia temerosa, de modo que, si la muerte acechaba en la espesura, tuviera claro qué vida cobrarse primero.

Raisho, cauto de movimientos, la mano apoyada en la empuñadura de su *katana,* avanzaba sin dejar de escrutar la fronda a su alrededor. No vislumbraba arqueros apostados en las copas de los árboles ni figuras agazapadas tras los troncos; tampoco veía entre la bruma el resplandor de la mecha prendida ni percibía el olor a pólvora, y aquello no hacía sino intranquilizarlo aún más. Solo le llamó la atención una piedra tiznada de barro, que bordeó con cuidado de no pisarla.

Hasta que, tras un recodo amplio del camino, apareció la figura plantada de un samurái: el mismo con el que había compartido sake y confidencias junto a una hoguera. No le sorprendió encontrarlo allí, casi le aliviaba comprobar que aquel joven engreído era quien había perpetrado tan pobre plan.

—Desde un principio supe que me traerías problemas, muchacho —dijo Raisho a modo de saludo.

—Hace tiempo que nadie me considera un muchacho. Mi nombre es Kudō Kenjirō, hijo de Kudō Masashige. Estoy aquí porque tengo una propuesta que hacerte —anunció con calma—, un acto de gracia hacia alguien que recorre el mismo camino, como tú mismo dijiste. Batámonos en duelo, solos tú y yo. Si vences, podréis entrar a la aldea y tomar lo que deseéis, sin oposición. Si caes derrotado, os retiraréis, sin más sangre derramada. Créeme cuando te digo que os ahorraréis muchos problemas.

Raisho sonrió al tiempo que se pasaba la mano por la nuca, aparentemente divertido por aquellas palabras. Finalmente, señaló con la cabeza a los hombres que estaban tras él.

—A mi espalda hay varios arcabuceros, probablemente ya estén preparando sus armas y prendiendo la mecha. —Los mercenarios de Sasaki se miraron unos a otros, y los más espabilados se apresuraron a echar rodilla al suelo para comenzar a cebar sus fusiles—. Dime por qué no habríamos de abatirte como a una bestia y seguir nuestro camino. Lo más probable es que nos estés entreteniendo mientras los campesinos huyen a la montaña con aquello a por lo que hemos venido.

—Juro por mi honor que lo que buscáis sigue aquí, pero jamás lo encontraréis sin la ayuda de esta gente. Y ellos solo colaborarán si respetáis mis condiciones, ya sabéis cuán obstinados pueden ser estos cristianos. Además —prosiguió, mientras desenvainaba y extendía el brazo armado a un lado, la punta hacia el suelo—, sois un samurái, ¿no es así? ¿O acaso lo habéis olvidado de tanto caminar entre criminales?

Raisho lo escrutó con expresión sombría, pero terminó por echar también mano a la *katana*.

—Está bien —respondió, al tiempo que desenvainaba para acudir al encuentro de su adversario—. Esto no nos llevará mucho tiempo.

A su espalda afloraron sonrisas torcidas y comenzaron los empujones por hacerse hueco. Pocos espectáculos son mejores que ver a dos samuráis matándose entre sí.

Raisho, por su parte, afrontaba el duelo decidido, como en cada una de las ocasiones que había tenido que cruzar espadas a lo largo de su vida, pero no lograba desprenderse de una cierta desazón, pues no le apetecía matar a aquel muchacho. No era, ni mucho menos, el primer joven temerario al que había tenido que dar muerte, y la sensación de vida desperdiciada siempre le agriaba el sabor de la victoria.

Por experiencia, sabía que los oponentes con el vigor de la juventud solían fiarlo todo a su fuerza y velocidad, pero carecían del instinto y la paciencia de los guerreros más avezados. A medida que avanzaba hacia Kenjirō, sin embargo, descubrió que no había en él ni la ansiedad ni el ímpetu propios de su edad. Tampoco vislumbró la confianza del joven que, por destreza o por fortuna, ha matado a los pocos enemigos que ha confrontado; ni el miedo a la muerte que condena a los que quieren sobrevivir a toda costa. Por el contrario, en la actitud de Kudō Kenjirō solo había serena contemplación, ni impulsos ni expectativas, tan solo una mente vacía adiestrada para reaccionar. Y, por primera vez, Raisho contempló la posibilidad de morir a manos de aquel joven.

Con renovada cautela, levantó el sable por encima de la cabeza y comenzó a rodear a su contrincante con pasos laterales, manteniéndolo siempre en línea con su acero, obligándolo a girar si quería conservar la guardia. Era una maniobra sencilla pero que solía desestabilizar a los adversarios habituados a duelos rápidos y frontales; Kenjirō, sin embargo, sostuvo su defensa sin ningún titubeo, la guardia al medio, girando sobre sí mismo con la suavidad de una veleta que oscila ante la brisa. Incapaz de encontrar un hueco para tentar el mandoble, Raisho dio un rápido paso en el sentido opuesto para forzar el contrapié de su oponente, y descargó un poderoso tajo descendente que buscaba la clavícula de Kenjirō. Este logró corregir su posición con la fluidez de un maestro y alzó la *katana* para detener el mandoble de su adversario. No bloqueó con fuerza la acometida, sino que la recibió con suavidad, flexionando las muñecas para que el acero de Raisho se deslizara sobre el suyo hasta caer a un lado, momento en el que aprovechó la proximidad de su enemigo para separarlo de un enérgico empellón con el hombro.

El veterano *ronin* trastabilló hacia atrás, sorprendido por una maniobra tan poco ortodoxa, y apenas tuvo tiempo de reaccionar al ver cómo Kenjirō se abalanzaba sobre él buscando su garganta con un corte ascendente. Sin tiempo para más, se dejó caer para eludir la punta que buscaba degollarlo y aprovechó el propio impulso de su caída para rodar de espaldas e incorporarse en cuclillas. La acometida de Kenjirō no cesaba y, tras su intento de abrirle el cuello, cargaba ahora con una estocada profunda capaz de empalarlo por el vientre.

Intimidado, Raisho solo alcanzó a afrontar el embate golpeando con su sable el lateral de la hoja de Kenjirō. No era suficiente para desviar un ataque con tanta inercia, pero, para su sorpresa, la espada enemiga cedió a un lado, como si las manos que la esgrimían carecieran súbitamente de fuerzas, y la estocada que debería haberlo atravesado de lado a lado solo llegó a desgarrarle superficialmente el costado.

Aprovechando que la guardia de su adversario se hallaba momentáneamente abierta, Raisho apretó los dientes y se incorporó para descargar contra Kenjirō una sucesión de golpes oblicuos y descendentes que el joven *bushi* esquivó o desvió a duras penas. Mientras atacaba, el *ronin* reparó en que su oponente trataba siempre de apartar los mandobles más violentos haciendo que se escurrieran a uno u otro lado sobre su acero, en lugar de buscar bloqueos sólidos que le permitieran desequilibrar a su enemigo e iniciar un contraataque.

Cuando cesó el ímpetu del intercambio de lances y ambos se separaron para recuperar el resuello, la mente táctica de Raisho le había advertido ya de dos cosas: primero, que no podría resistir ese ritmo durante mucho tiempo; sus fuerzas languidecían más rápidamente que las de su joven rival y, tarde o temprano, terminaría por cometer un error fatal. Segundo, que, por algún motivo, Kudō Kenjirō evitaba detener con su sable las acometidas más violentas, como si supiera que la hoja estaba mal templada y pudiera romperse de un momento a otro.

Aprovechando la breve tregua, evaluó con ojo experto el arma de su adversario. Ni mucho menos parecía de pobre manufactura; más bien al contrario, el forjado de la hoja y su filo eran de una calidad soberbia, impropios de la *katana* de un joven *ronin*.

Comprendió así que la mente de su oponente no se hallaba del todo vacía. Una sutil preocupación descompensaba su espíritu, tan imperceptible como una espina en el pie, pero suficiente para condicionar su forma de luchar: evitaba a toda costa dañar una hoja que consideraba demasiado buena para él.

Con la convicción de haber encontrado una debilidad en tan formidable adversario, Raisho improvisó una nueva estrategia. Retomó la iniciativa y avanzó contra Kenjirō, pero en lugar de tentar un ataque que burlara su guardia, golpeó directamente la hoja adelantada. El trueno metálico retumbó en el bosque y el joven samurái, desconcertado, dio un paso atrás para ganar distancia. Raisho no cejó en su idea y, volviéndose a adelantar, lanzó un poderoso mandoble descendente que restalló contra el acero de su rival, seguido de un golpe abriendo el brazo de dentro hacia fuera, similar al gesto de desenvaine, que golpeó la hoja enemiga por la cara opuesta.

La expresión de Kenjirō se transfiguró, colérica, y Raisho comprendió que por fin había hecho mella en su temple; quizás no en el de su arma, pero sí en el de su ánimo. Así que cejó en sus acometidas y, ocultando la mano izquierda a la espalda, se preparó para el lance en el que se lo jugaría todo.

Kenjirō, cansado de aquel enemigo que insistía en faltar el respeto a la espada de su familia, plantó los pies en el suelo y alzó a Filo de Viento por encima de la cabeza, armando un tajo capaz de partir en dos a su adversario. Raisho lo observó preparar la acometida definitiva mientras, con la zurda, palpaba las tres empuñaduras que ocultaba bajo el *haori*. Aferró la de en medio y, antes de desenvainar, trató de olvidarse del enemigo frente a sí, del bosque a su alrededor, de los hombres a su espalda, sumidos desde hacía tiempo en un silencio expectante. Rozó el vacío con la mente y se dejó imbuir por la calma sobrenatural de los que se desvinculan de este mundo… Hasta que, de repente, Kudō Kenjirō se abalanzó sobre él con la espada enhiesta. Era el primer ataque frontal del joven samurái, directo y brutal, tal como esperaba Raisho; aun así, le sorprendió la endiablada velocidad de la ejecución, pues la hoja relampagueó frente a sus ojos como un castigo del cielo.

El viejo *ronin* reaccionó como si defensa y ataque formaran parte de un todo, y mientras el filo de Kenjirō se precipitaba sobre la cabeza de su enemigo, este interpuso el *jitte* que ocultaba a la espalda. La *katana* se deslizó entre los dientes de la horquilla y ambas chocaron con un estruendo metálico. Inmediatamente, Raisho giró la muñeca y trabó la hoja entre los dientes del arma defensiva, para después inclinarla hacia un lado forzando las muñecas de un Kenjirō que se aferraba a Filo de Viento con vehemencia, decidido a no soltarla aunque cien lanzadas cayeran sobre él.

Aquella fue su perdición, pues si hubiera renunciado al sable largo para empuñar la *wakizashi*, podría haberse desembarazado de su oponente. Sin embargo, Raisho tuvo ocasión de golpear con su *katana* la empuñadura de Filo de Viento, completando una luxación que hizo rodar por el suelo a Kenjirō, lejos de su espada, que quedó a los pies de su astuto adversario. Este apartó el arma de una patada y se precipitó sobre su rival caído, cortándole en el hombro derecho justo cuando desenvainaba el sable corto.

El joven *bushi* quedó postrado de rodillas, la mano sobre el tajo que le paralizaba el brazo y la *wakizashi* a medio desenvainar, colgando inerme de la faja. Sabía que con aquella herida no podría luchar, no contra semejante rival, así que solo le restaba ofrecer la nuca y aguardar una muerte digna. Esta, sin embargo, se postergaba, y cuando alzó la cabeza para buscar la mirada del hombre que le había derrotado, vio que el *ronin* lo contemplaba en silencio, inexpresivo, sin intención aparente de cobrarse la victoria definitiva. Sintiéndose humillado, Kenjirō apretó los dientes y se obligó a llevar la mano hacia el sable que le quedaba. Fue un movimiento agónico interrumpido por la patada que su enemigo descargó contra su hombro herido, y que terminó por arrojarlo de espaldas sobre el barro.

Raisho se apresuró a arrebatarle la *wakizashi* y la lanzó entre los arbustos. A continuación, se aproximó a la magnífica *katana* y la recogió para sopesarla. Se giró al escuchar el gruñido de su oponente, que se ponía ya en pie para abalanzarse sobre él con el brazo que le quedaba útil, con las piernas, con los dientes si fuera necesario, con tal de que no mancillara su arma. Aquella era, en verdad, la necedad propia de los samuráis, convencidos de que un trozo de metal valía más que sus mismas vidas. Raisho lo recibió con una zancadilla que lo hizo caer de bruces y, a continuación, le clavó la punta de su propia arma en el muslo, justo sobre la corva, para que no pudiera volver a levantarse. Kenjirō se contorsionó en el suelo, sin lograr contener un gemido de dolor.

Fue entonces cuando el *ronin* creyó escuchar un movimiento procedente de la fronda, pero al desviar la mirada solo alcanzó a ver unos cuantos helechos oscilando entre la arboleda.

—¿Por qué no me matas de una vez? —le reprochó Kenjirō desde el suelo.

—Eso mismo me pregunto yo —dijo otra voz, una que se alzaba desde el grupo de mercenarios—. ¿A qué esperas para acabar con él? —Los bandidos se hicieron a un lado para abrir paso a su jefe, que se adelantó con una sonrisa satisfecha bailándole en la boca.

Raisho contempló las dos armas en sus manos y torció el gesto.

—Hazlo tú, si tanto ansías verle muerto —respondió, al tiempo que hendía el aire con su sable para sacudir la sangre impregnada en la punta. Envainó con un gesto deliberadamente lento—. Usa su espada, si eso te procura más placer. Yo ya he cumplido mi cometido aquí. —Y, volteando el arma, le ofreció a Sasaki la empuñadura.

Este se aproximó relamiéndose, sin apartar la vista del joven caído.

—He matado a muchos de los de tu casta —le anunció—. Quizás sea el hombre que más samuráis ha enviado al infierno, aunque mi nombre no figure en las crónicas de batalla alguna. Bien es cierto que ninguno podía defenderse, así que quizás no pueda considerarse un acto de valor, pero sin duda lo fue de compasión, ¿no crees? —Rio entre dientes.

Kudō Kenjirō observó cómo su verdugo extendía la mano para empuñar a Filo de Viento, dispuesto a darle muerte con la espada de su propio padre. En ese momento podría haber sentido el mordisco del fracaso, de la humillación, de la vergüenza por deshonrar a su casa, pero lo único que de verdad lamentaba era no volver a ver a Fumiko-chan. Con esa idea afligiéndolo, se dispuso a plantar cara a la muerte.

El tiempo, sin embargo, se detuvo en el preciso momento en que aquel miserable parecía rozar el arma que le ofrecían. Antes de que pudiera asirla, Raisho volteó la empuñadura hasta que encajó en su mano y, echando la pierna atrás, dibujó un sesgo oblicuo, ascendente, que sacudió la cabeza de Sasaki.

Sus hombres contuvieron un grito de asombro, sobrecogidos por lo que acababan de presenciar. La cabeza de su jefe aún tardó un instante en rodar sobre los hombros y precipitarse al suelo, la sonrisa sádica prendida del rostro, incapaz de percatarse de que había muerto. Cuando el cuerpo se desplomó, todavía extendía la mano ante sí, tratando de asir una *katana* que ya jamás le pertenecería.

—¡Escuchadme todos! —gritó el viejo *ronin*, antes de que los mercenarios pudieran recuperarse de la conmoción—. Me llamo Igarashi Bokuden, aunque algunos me conocen como Fuyumaru, Traidor de Iga. Marchaos ahora que estáis a tiempo, pues esta aldea se encuentra bajo mi protección.

Capítulo 42

Las últimas palabras de un hombre bueno

Reiko observaba el duelo emboscada en la espesura. La rodeaban un puñado de hombres y mujeres ataviados con ropas que se confundían con la fronda, cada uno con un fusil de llave de rueda en las manos. Repartidos a ambas orillas del camino, bien retirados de la linde para permanecer en las sombras, aguardaban la señal convenida: el disparo que debía efectuar la propia Reiko, una primera bala destinada al jefe de aquella horda de indeseables. Sin embargo, el tal Sasaki, ya fuera por fortuna o por astucia, continuaba sin manifestarse.

Así que aguardaba su oportunidad tendida sobre la tierra, con el gesto tenso y el regusto del miedo en los labios, los ojos atentos al brutal combate que vislumbraba entre la maraña de arbustos. De tanto en tanto, miraba por encima del hombro hacia el interior del bosque; desde allí, encogido entre las raíces de un cedro, Martín Ayala contemplaba con expresión torva cómo su *yojimbo* arriesgaba la vida por ellos.

El jesuita no debería estar allí, lo sabía tan bien como el resto de los que participaban en la emboscada; lo que ellos no podían saber era de la testarudez de aquel hombre. La única forma de apartarlo del samurái habría sido encerrarlo durante aquel trance, y eso era algo que ella jamás le podría hacer.

Cuando Kenjirō cayó desarmado y su oponente le laceró la carne por segunda vez, Ayala se incorporó sin previo aviso y se apresuró hacia el camino. Inmediatamente, Ichizo y Tadayashi se abalanzaron sobre él y lo derribaron al suelo, tapándole la boca con la mano.

Reiko miró a su mentor con tristeza, pero no podían flaquear en ese momento. Indicó con la cabeza a Ichizo que volviera a su posición mientras Tadayashi permanecía junto al jesuita, incómodo por usar la fuerza contra un padre. Este, sin embargo, ni siquiera forcejeó, abrumado por una súbita impotencia. Cuando el fornido campesino lo liberó, se limitó a sentarse con la cabeza hundida entre los hombros, miserable en su resignación.

Reiko tensó las mandíbulas y devolvió la vista al camino, donde la tragedia parecía a punto de consumarse. ¿Qué debía hacer? ¿Disparar al *ronin* que se aprestaba a matar a Kenjirō? Se cobraría una presa importante, pero perdería la oportunidad de matar al jefe de la banda, el hombre capaz de organizarlos durante la escaramuza. Jigorō-sensei había sido claro: en una celada era imperativo abatir al líder enemigo en primer lugar, aquello apresuraría el desenlace y reduciría las propias bajas. En cualquier caso, sus tribulaciones quedaron resueltas cuando el tal Raisho decidió no concluir por su propia mano lo que había empezado. Ofreció a su jefe la oportunidad de dar muerte al joven samurái, y Sasaki abandonó la protección de sus hombres para empuñar la *katana* que le tendían.

Consciente de que había llegado su momento, Reiko se incorporó sobre la rodilla y se apoyó la culata contra el hombro. Erguida sobre la maleza, la escena se abría ante ella con todos los actores al alcance de su arma: Kenjirō arrastrándose por el suelo, la tierra apelmazada con su sangre; su adversario de pie en medio del camino, la mano extendida ofreciendo el arma de su enemigo derrotado… Y su objetivo adelantándose con paso confiado, dispuesto a cobrarse la pieza.

Reiko cerró los ojos y musitó el «*ad maiorem Dei gloriam*»; cuando volvió a abrirlos, ya solo veía el mundo a través del extremo de su fusil. Contuvo la respiración y acarició el gatillo. En cuanto el jefe Sasaki se detuviera frente a Kenjirō, ella ejecutaría el disparo que desencadenaría el infierno en aquel bosque…

Pero la sorpresa la alcanzó antes de que pudiera tirar del gatillo, golpeándola físicamente, como si el sable esgrimido por aquel *ronin* le hubiera cercenado también a ella la cabeza. Levantó la vista del cañón a tiempo de ver cómo el jefe Sasaki se desmoronaba, y escuchó tan asombrada como sus enemigos la desconcertante proclama de Igarashi Bokuden, que prendió entre sus camaradas traicionados. Parecía que el infierno se desataría de igual modo, aunque no fuera por su mano.

El tal Igarashi se sentó en el camino y cruzó los brazos, como si fuera un mero espectador de lo que estaba por suceder. A partir de ahí, todo pareció transcurrir en el instante que media entre dos latidos de corazón. Cuando el primero de los bandidos levantó el arma contra él, la mecha crepitante ansiando morder la pólvora, Reiko supo que había llegado el momento. Pegó la cabeza al hombro, apuntó y descerrajó un disparo que atravesó la garganta del mercenario.

Inmediatamente, un aguacero de plomo cayó sobre la compañía del jefe Sasaki despedazando las armaduras, desgarrando la carne, haciendo saltar la grava del camino. Se trataba de la primera andanada, un fuego cruzado disparado al bulto, tal como habían planeado. Los disparos cesaron y la humareda comenzó a asentarse; poco a poco pudieron distinguir las figuras desdibujadas de sus enemigos, espectros desorientados atrapados en el polvo suspendido. Antes de que pudieran reaccionar, Reiko se puso en pie y ordenó la segunda andanada.

Los tiradores más avezados, aquellos que habían reservado su munición para ese momento, desataron una nueva granizada de balas, menos copiosa pero más selectiva que la anterior. Los mercenarios, mermados ya en número, comenzaron a caer abatidos por disparos que les acertaban en el pecho, en las piernas, en la espalda, empujándolos hacia la entrada de la vereda. Mientras retrocedían, algunos disparaban a ciegas hacia la fronda, balas perdidas que, en el peor de los casos, alcanzaban a sus propios compañeros; otros simplemente se daban la vuelta y echaban a correr. Un caos de decenas de cuerpos agolpados entre los lindes de la senda, empujándose hacia los arrozales donde podrían parapetarse.

Los que encabezaban la retirada fueron los primeros en toparse con el hombre que aguardaba a sus espaldas, interponiéndose entre ellos y la ruta de escape. Un embozado de cabellera blanca que sostenía un cabo de cuerda en una mano y un cirio prendido en la otra. Sin detenerse a pensar qué podía significar su presencia, blandieron sus armas para desembarazarse de aquel desgraciado que pretendía cortarles el paso.

Jigorō encaró impertérrito la ola que amenazaba con engullirlo. Cuando el primero estuvo a la altura de la piedra colocada como referencia, aproximó el cirio a la cuerda. La llama devoró la mecha enterrada, avanzando vertiginosamente hacia la treintena de enemigos que se abalanzaban sobre él. Estos se hallaban a no más de diez pasos cuando el suelo reventó bajo sus pies.

La onda expansiva obligó a Jigorō a dar un paso atrás para mantener el equilibrio; los árboles se cimbrearon al tiempo que los cuerpos salían despedidos en todas direcciones. Algunos quedaron atrapados entre las ramas, mientras que otros golpearon el suelo seguidos de una lluvia de tierra y grava.

Solo los más rezagados sobrevivieron a la brutal deflagración: cuatro mercenarios con los rostros demudados por el horror, clavados en medio de una vereda que, de repente, se había convertido en un pasaje hacia el Yomi. El primero en reaccionar fue el más joven de ellos, que entre la amenaza invisible a su espalda y el hombre solitario que se erguía frente a ellos, decidió continuar con su huida hacia delante. Le siguieron sus tres compañeros, corriendo entre los cadáveres desmembrados que se esparcían por el suelo.

Jigorō desenvainó los dos cuchillos cruzados a su espalda y los aguardó en medio del camino, dispuesto a no dejar a ninguno de ellos con vida. Al primero, que intentó rebasarlo por la izquierda, le abrió el costado con una rápida cuchillada que seccionó carnes y vísceras. Al segundo lo recibió clavándole la punta del cuchillo en el corazón con una estocada poderosa, empujada desde la cadera, que acabó con la vida de su enemigo antes de que cayera de espaldas al suelo. Los otros dos pasaron junto a él en dirección a los arrozales.

Aún tuvo tiempo de volverse y lanzar el cuchillo que le quedaba en la mano contra uno de ellos. La punta se clavó entre los hombros de su enemigo, haciéndole trastabillar mientras trataba de arrancarse el puñal. Jigorō corrió tras su presa herida y la alcanzó con un rodillazo en la cintura que terminó de derribarla. Antes de que el otro pudiera reaccionar, recuperó su cuchillo y se lo hundió en la nuca hasta la empuñadura.

El viejo *shinobi* levantó la vista a tiempo de ver huir a su último enemigo entre los arrozales. Apenas sin resuello, supo que no tendría forma de darle alcance y maldijo la edad que hacía mella en sus fuerzas. Comenzaba a ponerse en pie, resignado, cuando el estruendo de un disparo lo obligó a agacharse. Acto seguido, el prófugo rodó por el suelo hasta desaparecer entre las cañas. Jigorō se volvió para descubrir a Reiko a su espalda, el fusil aún contra el hombro, la cuerda con plomada colgando del cañón hasta rozar el suelo.

—Excelente disparo —dijo a modo de saludo.

Ella desenganchó la cuerda y comenzó a enrollarla en torno al puño. Reiko la usaba para medir cuánto debía levantar el extremo del cañón en los disparos a más de dos *cho* de distancia.

—He tenido suerte de que corriera en línea recta, de lo contrario jamás le habría alcanzado desde tan lejos.

No había satisfacción alguna en su voz; si acaso, un temblor casi imperceptible que el viejo supo percibir. Aquella muchacha no era una asesina, nunca lo sería, y eso hacía aún más encomiable su sacrificio.

—Volvamos —indicó Jigorō—. Aún hay trabajo por hacer.

El bosque se encontraba sumido en un extraño silencio. Los aldeanos habían abandonado ya sus parapetos y caminaban entre los cadáveres recuperando piezas de armadura, alhajas, armas… Cualquier objeto que se pudiera vender para sobrellevar mejor el inminente invierno.

Encontraron a Ayala junto a Kenjirō; se había rasgado las mangas del kimono para hacer un torniquete sobre los cortes del samurái. Le ponía empeño, pero era evidente que no estaba acostumbrado a tratar con heridas abiertas. Reiko se arrodilló junto a él y le ayudó a apretar bien los improvisados vendajes.

—Tadayashi, dile a Ichizo que venga aquí —le indicó al corpulento campesino que permanecía junto a Ayala. Se le había ordenado que guardara al *bateren* durante la emboscada y estaba dispuesto a hacerlo hasta el final—. Y corre a casa del padre Enso, dile que todo ha terminado y que necesitaremos algunas de sus medicinas. Emplastos astringentes y hierbas contra las infecciones. —El campesino asintió con una reverencia antes de partir a la carrera—. Se pondrá bien —le dijo con tono tranquilizador a Ayala—, las cuchilladas no son profundas, no han cortado ningún tendón y estamos a tiempo de detener la hemorragia.

Kenjirō, consciente, miraba el cielo y respiraba tranquilo pese al dolor. Probablemente sabía que si se movía o se alteraba, solo lograría agravar la pérdida de sangre. Sujetaba contra el pecho sus dos sables; Ayala debía de habérselos acercado, consciente de que aquello lo apaciguaría.

—Todo esto se podría haber evitado —dijo entonces el jesuita, sin apartar la vista de su *yojimbo* malherido.

Reiko lo miró de reojo mientras se concentraba en reforzar los torniquetes. La expresión severa de su antiguo maestro no le pasó desapercibida, pero sentía que no tenía nada por lo que disculparse.

—Nadie quería que esto sucediera, pero nos han obligado a defendernos.

—A la mayoría los habéis matado mientras huían —respondió el sacerdote—. Les habéis dado caza como a animales.

—Nuestra supervivencia depende de que este lugar continúe siendo un secreto. Con que solo uno de ellos hubiera escapado, habríamos estado en peligro.

—Jefa —los interrumpió Ichizo—, me ha hecho llamar.

La mujer, presionando aún el corte del hombro, alzó la vista hacia su lugarteniente:

—¿Hemos tenido bajas?

—Ninguna —anunció el contrabandista, satisfecho—. A Konoha la ha herido una bala perdida, no sabemos si nuestra o de ellos. Solo le ha rozado el brazo, así que no tardará en estar segando paja de nuevo. A Nanshu y a uno de sus hijos les sangran los oídos, y alguno más se ha quemado las manos con pólvora, pero nada serio. Hemos tenido suerte.

La mujer asintió.

—¿Y ellos?

—Todos muertos.

Reiko supo leer la terrible verdad tras aquella afirmación categórica: los que no lo estaban, pronto lo estarían. Terminó de fijar los vendajes y se puso en pie.

—Quédate con ellos. Si el samurái pierde el conocimiento, avísame.

Se aproximó a Jigorō, que aguardaba unos pasos retirado, y le indicó con la mirada que la siguiera. Juntos se encaminaron al punto donde retenían al enigmático *ronin*. Sin la intervención de aquel hombre las cosas no habrían ido tan bien, pero eso no significaba que fuera su aliado.

El guerrero —cabello largo recogido a la nuca, barba tan hosca como su mirada— permanecía de rodillas en el mismo punto donde se había sentado tras decapitar a Sasaki. Le habían rodeado los brazos y el torso con una cuerda de cáñamo, cuyo extremo estaba atado a un pino cercano. Al verlos llegar, levantó la cabeza y los escrutó con gesto impasible.

—Así que Fuyumaru, el famoso guerrero de Iga caído en desgracia —observó Jigorō, cruzándose de brazos frente al cautivo—. ¿Por qué deberíamos creerte? Fuyumaru lleva años muerto y olvidado.

—Así lo creía yo también. Pero al parecer, no me hallaba lo suficientemente muerto. Ni tan olvidado.

—En cualquier caso, encajas con el sobrenombre que la gente de Iga dio a tan infame guerrero —dijo Jigorō, contemplando el cuerpo descabezado de Sasaki—: En verdad, eres un traidor.

El interpelado esbozó una media sonrisa.

—Un hombre solo puede traicionar a aquellos que confían en él, y estas bestias sanguinarias jamás confiaron en mí. Y si lo hicieron, sin duda fueron unos necios.

—Poco importa cuáles sean tus lealtades —intervino Reiko—. La cuestión es por qué has venido a mi aldea con estos hombres. ¿Qué esperabais encontrar aquí?

Igarashi se sorprendió de la vehemencia y autoridad con que aquella mujer hablaba. Debía ser la célebre jefa de los contrabandistas de Kii.

—No es una pregunta fácil de responder. Esos hombres, por ejemplo, buscaban riquezas; los que les enviaban buscaban vuestros secretos. Yo, sin embargo, busco a un hombre llamado Martín Ayala, y tengo motivos para creer que se dirige a esta aldea, si es que no está aquí ya.

Reiko y Jigorō disimularon una mirada de preocupación. Aquello iba más allá de una partida de mercenarios que hubieran escuchado rumores difusos. El incipiente interrogatorio, no obstante, fue interrumpido por la carrera desbocada de Tadayashi, que remontaba a gritos la vereda. Los rostros se giraban a su paso, alarmados; nunca lo habían visto tan alterado, ni siquiera durante los incendios de hacía tres años. A juzgar por su expresión desencajada, el mismo demonio parecía haber venido a por su alma.

Tadayashi cayó de rodillas frente a Reiko. Apoyó las manos en el suelo, boqueando, incapaz de encontrar la voz.

—¿Qué sucede? —preguntó Jigorō, imperativo.

—El padre…, el padre Enso…

Hasta ahí le alcanzó el aliento.

El cadáver del padre Enso colgaba de la cruz, sus piernas balanceándose con grotesca parsimonia, sus facciones irreconocibles, congestionadas por la soga que había estrangulado su vida. Un par de cuervos se habían posado ya sobre el madero, atraídos por el olor de la muerte.

Ayala fue de los últimos en llegar; no se había apresurado, pues temía lo que iba a encontrar. No fue, sin embargo, el cuerpo mecido por el viento lo que más le impresionó al alcanzar la cima, sino la escena de absoluta desolación que lo velaba. Aquí y allá los campesinos apartaban la mirada, se cubrían el rostro incapaces de afrontar la verdad; algunos, de rodillas, golpeaban el suelo, la espalda sacudida por los sollozos; otros se habían echado en brazos de algún ser querido y se entregaban a un llanto desgarrado.

Mientras se abría paso entre ellos, Ayala trataba de decirse que aquel dolor no era sino la muestra del infinito amor que sentían por ese hombre, pero el consuelo le pareció pueril. Cuando llegó frente a la cruz, vio a la única persona que se había atrevido a adelantarse para caer a los pies del ahorcado, para llorarlo cara a cara.

Se arrodilló junto a Reiko y le rodeó los hombros, le susurró palabras de consuelo. Ella solo acertaba a negar en silencio, los puños crispados sobre las rodillas, el llanto a duras penas contenido. Verla así fue lo que verdaderamente lo desesperó, más incluso que la muerte de otro hermano de la misión. ¿De cuántos seres queridos se había tenido que despedir aquella gente? No arrebatados por el tránsito amargo e inevitable de la vejez o la enfermedad, sino arrancados de su lado por la violencia de quienes los odiaban.

Se dejó arrastrar por el dolor y buscó a través de las lágrimas un atisbo de paz en el rostro del jesuita asesinado, una sombra de resignación cristiana, el menor indicio de que el padre Enso había hallado algún consuelo en sus últimos instantes de vida. Para su consternación, no fue eso lo que vio. Se secó los ojos y se puso en pie. Avanzó con paso renuente hacia el cuerpo de Enzo Fabbiano de Padua, alargando una mano trémula hacia aquellos labios lívidos de muerte. Algunos campesinos interrumpieron súbitamente sus lamentos, horrorizados mientras Ayala introducía los dedos en la boca fría, mientras apartaba la lengua hinchada.

Poco a poco, con un rictus a medio camino entre la pena y la rabia, comenzó a extraer el rosario de cuentas ambarinas que le atravesaba la garganta. Clac, clac, clac…, repicaban contra los dientes.

Capítulo 43

Cruzar los valles del infierno

Amortajaron el cuerpo del padre Enso con un sudario de seda blanca, dejando solo al descubierto su rostro y sus manos, y lo velaron en el jergón de su propia choza, con su desgastado evangelio sobre el pecho. Martín Ayala permaneció junto al difunto todo el día, contemplando el incesante goteo de visitas, la sucesión de rostros compungidos, de palabras agradecidas por todo lo que aquel hombre había hecho.

Y mientras asistía a la devoción de una comunidad por su pastor, continuaba debatiéndose entre la admiración y la condena. Admiración por el amor cristiano que el padre Enso había sabido inspirar en esa gente, un amor puro y honesto que cimentaba una fe verdadera, muy distinta de esa otra fe, marchita por momentos, que la misión jesuita había logrado al evangelizar a los señores de la guerra y a sus vasallos.

Pero no podía ignorar la repugnancia que le provocaban los hechos de aquella misma mañana, crímenes perpetrados por esos mismos cristianos. Quizás no hubiera odio en ellos, como aseguraba Junko, quizás solo los alimentara el natural impulso de sobrevivir, pero ¿hacía eso menos terrible el asesinato de otros seres humanos? Un asesinato metódico, planeado. Y según abundaba en aquellos argumentos de condena, otra incertidumbre afloraba en el fondo de su mente para contradecirle: ¿Tenía derecho él, nacido en el cómodo seno de la cristiandad, a juzgar los actos de unos creyentes que arriesgaban sus vidas por el mero hecho de aceptar la verdad de Cristo? ¿Acaso no habían matado también los cristianos a los musulmanes, incluso a otros cristianos, por motivos menos acuciantes que la supervivencia propia y la de los seres queridos?

Torturado por aquellas tribulaciones, pasó la jornada en ayuno hasta que los fieles dejaron de acudir a la cabaña y Junko —o Reiko, como allí la conocían— le trajo algo de comer. La muchacha se arrodilló junto a la puerta y pidió permiso para entrar.

—Sabes que estas formalidades están de más entre nosotros —la reprendió en portugués.

Ella se aproximó y se detuvo frente al cuerpo de Enso, que parecía reposar en un sueño irreal. Le besó la frente y se persignó. A continuación, se sentó frente a Martín Ayala y colocó entre ambos tres bandejas apiladas.

—No sabía si querría verme, pero necesita comer —se explicó, mientras deshacía el nudo que sujetaba las tres bandejas.

Las distribuyó sobre la esterilla: arroz hervido, verduras al vapor, brotes de soja bañados en *miso*... Le entregó unos palillos y tomó otros para ella.

—Me cuesta perdonar lo que ha sucedido esta mañana, pero no creas que doy por perdida a esta cristiandad. En mi travesía hasta aquí no he visto más que muerte y atrocidades, sé que este es un país en guerra. —Ayala meneó la cabeza con expresión triste—. En cualquier caso, jamás te apartaría de mi lado.

—Coma, no ha probado bocado desde anoche.

Él obedeció llevándose una rodaja de rábano encurtido a la boca.

—¿Cómo está Kenjirō?

—En mi casa. La dama Nozomi ha tratado sus heridas y es optimista en cuanto a su recuperación. Cree que, con el tiempo, se recuperará por completo.

—Ese chico es fuerte y abnegado... Le debo mucho.

—Es obvia la devoción que el uno sentís por el otro. Me alegro de que haya encontrado a tan buen compañero para este viaje.

Ayala dejó de masticar y observó el rostro cansado de Junko. La sencillez de sus palabras lo conmovió. Era cierto que aquel muchacho se había convertido en alguien muy importante para él.

—¿Qué será ahora de nosotros? —se preguntó—. Siento que avanzo a tientas, tropezándome una y otra vez con mis propios errores. No tengo la clarividencia necesaria para solucionar este misterio y el Señor no parece dispuesto a alumbrar mi camino.

—No está solo en esto, padre. Ya no. —Las palabras de Reiko quizás trataran de reconfortarlo, pero sonaron como una advertencia dirigida a un enemigo invisible—. Cuando caiga la noche, nos reuniremos con Jigorō-sensei y la dama Nozomi; debemos decidir cuáles serán nuestros próximos pasos, pues el asesino que usted busca parece estar entre nosotros.

Jigorō tomó una rama y removió las ascuas. Cenizas candentes se elevaron hacia el cielo atardecido. Desde allí arriba, junto a la cruz que había servido de cadalso al padre Enso, se dominaba el valle y se divisaba la aldea tras la arboleda. Lamentó haber rehuido tantas veces aquella cima, no haber compartido más tiempo con el hombre que hasta ese día la habitaba. Siempre temió que él lo repudiara por no ser cristiano, por su pasado violento, por los pecados que aún cometía… Pero, ahora que se había ido, no era capaz de recordar ni un mal gesto ni un reproche por parte del *bateren*. Si hubiera dejado a un lado las cautelas que desde tan pequeño le inculcaron, quizás habrían sido buenos amigos.

—Te veo abatido —dijo Nozomi, sentada frente a él.

Jigorō levantó la vista de las llamas.

—He convivido toda mi vida con la muerte, pero a medida que mi final se acerca, me resulta más fácil aceptar la propia que la ajena.

—Esta mañana he presenciado la victoria de un gran comandante. Me cuesta creer que el final de Inoue Jigorō esté cerca.

Él enterró la leña entre los rescoldos y se sacudió las manos.

—Hay algo antinatural en que un viejo mate a hombres jóvenes, Nozomi. Alguien como yo debería limitarse a aguardar su propia muerte.

—Si es descanso lo que quieres, ven conmigo —lo conminó ella, apoyando su mano sobre la de él—, yo lucharé tus batallas.

Jigorō amagó una sonrisa ante aquella propuesta.

—Cuando nos conocimos en Kai, aún me corría algo de savia por las venas. —La mirada se le aligeró evocando aquellos días—.

Pero ahora no soy más que una rama seca. Solo quiero marchitarme hasta volver a la tierra.

El sonido de la puerta de la cabaña al descorrerse los sacó de su conversación. Reiko y Ayala se aproximaron a la hoguera y tomaron asiento junto a ellos. Una vez el reducido cónclave se hubo saludado, el *bateren* fue el primero en hablar:

—Permitidme que, en primer lugar, me disculpe con vosotros. Nada de esto habría ocurrido si yo no estuviera aquí, no os he traído más que desgracias.

—No tiene por qué disculparse, padre Ayala —respondió Nozomi—. Fui yo quien le hizo venir, creí que aquí estaría a salvo hasta mi regreso. Nadie conoce el odio contra los cristianos mejor que la gente de la dama Reiko, lo han combatido en la medida de sus posibilidades y han protegido a muchos. Por eso pensé que, quizás, pudieran ayudarle en su misión.

Había algo más, algo que Nozomi guardó para sí: desde un principio había reparado en el extraño crucifijo que Ayala llevaba al cuello, idéntico al de Reiko, dos piezas de un mismo juego. No era descabellado pensar que aquel *bateren* fuera su antiguo mentor, la llave para desentrañar algunos de los secretos que esa mujer aún guardaba para sí, como los contactos que le permitían tener acceso a las más sofisticadas armas extranjeras.

—No he venido solo porque usted me lo pidiera —repuso Ayala—. Cuando escuché que un padre jesuita se ocultaba en estas montañas, necesité comprobarlo por mí mismo. No podía creer, o no quería, que un hermano de la Compañía pudiera haber abandonado la misión. —Negó para sí—. Pero al mismo tiempo me decía que, de existir alguien así, alguien que hubiera vivido alejado de las misiones, perdido en el interior del país, tendría una perspectiva muy distinta, una mirada más profunda capaz de ver lo que a mí se me escapa.

—Ya basta, ninguno de nosotros es responsable de lo sucedido —zanjó Reiko—. Lo que debe preocuparnos es cómo esos hombres supieron de este lugar, y cómo un asesino que hasta la fecha ha actuado a lo largo de la ruta Tokaido puede haber llegado hasta aquí. —Torció el gesto, marcando aún más la cicatriz que le cruzaba la mejilla—. ¿Cómo puede, siquiera, haber sabido de la existencia del padre Enso?

—Quizás ha llegado siguiéndome, quizás yo he traído esta maldición conmigo —dijo Ayala, lúgubre.

—O, más probablemente, vino entre esos hombres —intervino Jigorō—. En cualquier caso, parece que las únicas respuestas que obtendremos serán las que salgan de la boca de nuestro inesperado huésped.

—Paciencia —les pidió Nozomi—. Dejemos que pase hambre y sueño durante un día más. Hay cosas que hacer mientras tanto. Cincuenta y cinco cadáveres de los que deshacerse y un hombre al que dar entierro.

El batir de los martillos se extendió por la aldea hasta bien entrada la madrugada. Los carpinteros armaban los toneles que albergarían los cincuenta y cinco cadáveres que ahora yacían pulcramente alineados a lo largo de la vereda. Era aquel un extraño redoble por los enemigos muertos, se dijo Ayala.

Al despuntar el alba, trasladaron los cuerpos a orillas del río y los amontonaron en una pila con veinticinco toneles en la base, quince más sobre estos y, sobre ellos, otros diez. Los últimos cinco toneles, entre ellos los del jefe Sasaki, coronaron la macabra pira funeraria, a la que se prendió fuego tras una oración cristiana que entonó la abuela que le recibiera a su llegada.

Ayala contempló arder aquel fuego durante horas. No era fácil incinerar los restos de medio centenar de personas. La madera crujía y se quebraba, se desmenuzaba en cenizas y dejaba a la vista los cuerpos calcinados, retorcidos por las llamas. El calor le llenó los ojos de lágrimas, pero se obligó a mantener la vista fija mientras los aldeanos no cejaban en su empeño de alimentar la pira para elevar la temperatura. El viento arrastró las brasas y extendió una nube negra, insalubre, sobre todo el valle. Fue así durante casi todo el día, hasta que el fuego comenzó a declinar y devino en un polvo candente a última hora de la tarde. En ese momento, y sin más ceremonia, aquellos que habían mantenido viva la inmensa hoguera comenzaron a verter las cenizas al río. Paladas en las que se mezclaban polvo y astillas de hueso ennegrecido.

«Así es como se hace desaparecer a más de cincuenta personas de este mundo», se dijo el jesuita. Consciente de que había llegado el momento, dio la espalda a la escena y se dirigió hacia los arrozales, hacia la colina de la cruz encumbrada. En la cima le aguardaban Junko, el maestro Jigorō, la dama Nozomi y otros cuyos nombres desconocía. Y muchos más a los pies de la ladera, reunidos para despedir al padre Enso por última vez.

El cuerpo del jesuita, amortajado, rodeado de flores, reposaba en una sencilla caja de cedro, junto a la tierra abierta para acogerlo como al hijo que regresa al hogar. Ayala saludó con una mirada afectuosa a aquellos que le aguardaban, acarició el rostro compungido de Junko, y se dispuso a oficiar un funeral sin biblia ni cáliz, con tan solo la humilde cruz clavada en aquella cima y el recuerdo compartido de un hombre bueno.

Igarashi permanecía sentado con las piernas cruzadas, los ojos vendados, la cabeza caída sobre el pecho y los brazos atados alrededor de un grueso pilar de madera. No veía nada, ni el más difuso resplandor, tampoco sabía cuánto tiempo llevaba allí; su única referencia era el suave aroma del arroz descascarillado, que parecía inundar toda la estancia. Debían de haberlo encerrado en uno de los silos donde almacenaban la cosecha.

Sumido en un estado a medio camino entre la vigilia y la inconsciencia, había sido capaz de percibir los movimientos de los guardias apostados tras la puerta. Ahora, sin embargo, parecía estar solo. ¿Habían abandonado su puesto por alguna emergencia? ¿O era parte del juego mental que ese viejo *shinobi* pretendía entablar?

Algo, sin embargo, había escapado a su percepción semiconsciente: la hoja de acero que alguien acababa de deslizar bajo su barbilla. Admirado, sonrió a modo de reconocimiento. Cuando el intruso le apartó el pañuelo de los ojos, aún tardó un instante en ver algo más que la débil luz que se filtraba entre las tablas de madera.

—No voy a matarte con los ojos vendados, no soy un verdugo —dijo aquel que empuñaba el cuchillo—. Todos deberíamos poder saludar a la muerte cara a cara.

Igarashi no atendía a las palabras de aquel hombre, pues había quedado maravillado por la súbita semblanza entre sus rasgos, por cómo se torcía su comisura al hablar, por el fino arco de las cejas, tan evidentemente familiar, tan parecido al de ellas. ¿Cómo no lo había tenido claro desde un primer momento? Finalmente, no pudo sino asentir a modo de honesta entrega.

—Si mi vida ha de acabar hoy, es justo que seas tú quien le ponga fin.

—¿Por qué es justo, viejo? ¿Qué justicia hay en que un hombre mate a otro por encomienda de terceros?

—No hay terceros entre tú y yo, solo existe el amor que te profeso y el dolor que te infligí. Tienes derecho a cobrarte esa deuda con acero.

El asesino titubeó, a punto de perder el temple necesario para matar a sangre fría.

—Dices sinsentidos, Traidor de Iga.

—¿Acaso aún no te has dado cuenta, Goichi? —le preguntó—. Hace mucho te dije que llegaría este día, el día en el que por fin cruzarías los valles del infierno para reunirte con tu padre.

Capítulo 44

La fe de los violentos

Goichi». Aquel nombre resonó en la mente de Masamune como un trueno distante, un recuerdo lejano que reverberó a través del tiempo hasta sacudirle en el momento presente. La mano que sujetaba el cuchillo se estremeció.

—¿Cómo conoces ese nombre? —preguntó con voz ronca, ciñendo la hoja.

—Tú mismo puedes responderte —dijo Igarashi, ignorando el hilo de sangre que ahora se derramaba por su cuello—. Un nombre olvidado, desconocido por aquellos que te han criado, el nombre que te dio tu verdadera familia. ¿Cómo podría yo conocerlo?

—Me advirtieron contra ti —gruñó Masamune—, me dijeron que tus palabras están tan envenenadas como tus cuchillos, pero las mentiras no te servirán para eludir tu sentencia.

—No te miento, Goichi. Te veo frente a mí y solo puedo sentir alivio. Desde que supe que te habías despeñado intentando evitar la huida de ese samurái, no ha habido noche en que no rezara a Shinatobe para que te trajera de vuelta con el viento de la mañana.

—No son los dioses los que me han traído de vuelta, viejo. Si desaparecí, fue para poder seguiros en la distancia. Mientras vosotros os batíais con esos aldeanos, he acabado con el cuervo cristiano, como era tu deber, y ahora cumpliré con el mío.

«¿Con el cuervo?», se preguntó Igarashi. Había visto a Martín Ayala vivo tras la escaramuza, arrodillado junto a ese obstinado *goshi* que casi lo parte en dos. En cualquier caso, le urgía más saber qué sería de su propia vida:

—Si tan seguro estás de tu cometido, ¿por qué insistes en hablar conmigo en lugar de concluir lo que has venido a hacer? —Masamune respondió a la provocación agarrándolo por la nuca y empujando la hoja contra su cuello. Pero no se decidió a completar el corte de degüello—. Yo te lo diré —prosiguió Igarashi, consciente de las dudas del asesino—: Porque a pesar del rencor que te han inculcado, pese al dolor de sentirte repudiado, sigues siendo mi hijo.

El guerrero de Iga buscó la resolución necesaria para silenciar aquella voz de forma definitiva. Sin embargo, las dudas le bullían en las entrañas, se le agolpaban preguntas y acusaciones en la boca:

—Has tenido un largo viaje para decirme todo esto, pero lo escupes ahora para salvar el pellejo. De ser cierto, solo estarías demostrando cuán miserable eres —le increpó entre dientes—. ¿Por qué habría de apiadarme de un padre así? ¿Quién eres tú, sino un enemigo al que matar con más motivos aún?

Una breve sombra demudó la expresión de Igarashi, como si aquellas palabras le resultaran más cortantes que el cuchillo en su garganta.

—Sé que es difícil confiar en alguien como yo —concedió—. He mentido tanto a lo largo de mi vida que incluso a mí me cuesta discernir la verdad. Con el tiempo, las personas somos capaces de retorcer incluso nuestros propios recuerdos... Pero jamás puedes falsear los sentimientos, estos son la verdad más implacable. No puedes hacerlos desaparecer, como tampoco puedes hacer que broten de la nada. —Igarashi buscó la mirada de su hijo, que no le rehuyó—. El afecto que yo sentía por tu madre era sincero, y de ese afecto nacisteis tú y tu hermana. Durante muchos años fuisteis mi única certeza en una vida de mentiras.

—¿Y has venido a comprender ahora, justo cuando te he puesto un cuchillo en el gaznate, que soy tu bienamado hijo?

—Confieso que en un principio no supe ver a mi hijo en el hombre que tenía frente a mí. Pero a medida que viajábamos juntos, fui descubriendo a tu hermana en la forma que tienes de desviar la mirada, a tu madre en la mueca sarcástica con la que te burlas de mí... —Una sonrisa se posó en los labios de Igarashi, pero al poco levantó el vuelo—. Entonces me obligué a recordar que durante años creí verte en los niños que jugaban en los charcos y en los jóvenes que me cruzaba en los caminos. Me dije que, simplemente, no había dejado de buscarte, que no tenía sentido que fuera Goichi el que viajaba a mi lado... Hasta que comprendí que tenía el sentido retorcido y cruel del tribunal de Iga. ¿Qué mejor castigo que enviar a mi propio hijo a darme muerte? El que seas tú quien ha venido esta noche a cortarme el cuello no hace sino confirmar mi sospecha.

Masamune quiso mantener firme su presa, las fauces cerradas sobre la garganta de aquel viejo que hablaba con una calma inquietante. Pero aunque le costara reconocerlo, veía en sus ojos el sosiego de quien está en paz consigo mismo.

—No hay marcha atrás —dijo al fin. No como una amenaza, sino como una disculpa—. Debo matarte.

—¿Y lo harás porque te lo han ordenado? ¿O porque deseas acabar con el hombre que te abandonó? —Aguardó la respuesta de Masamune, pero esta no llegó—. Has de saber que fue mía la decisión de entregarte, ese fue el precio que pusieron a nuestras vidas. Pero jamás te olvidamos, Goichi. —Igarashi apretó los labios, obligándose a acallar el dolor de tales recuerdos—. Tu madre no soportó tu ausencia, se quitó la vida dos años después de que te llevaran. Yo permanecí al servicio del señor Kajikawa primero y de Akechi Mitsuhide después, hasta que tu hermana fue mayor para vivir su propia vida. Ahora tienes un sobrino que lleva tu nombre. —Entonces sí, una lágrima se derramó hasta su mentón—. Cuando garanticé su bienestar, me retiré del mundo. Y así habría muerto, olvidado al fin, si Iga no hubiera roto nuestro pacto, si no me hubieran forzado a cambio de respetar la vida de mi hija y de mi nieto.

Masamune se rindió, dejando caer a un lado la mano que empuñaba el cuchillo. No tenía forma de saber si aquel hombre le decía la verdad o le mentía, pero si lo mataba, jamás podría averiguarlo. Cuando levantó la vista, no halló en los ojos del viejo *shinobi* el menor rastro de alivio.

—No puedes esperar que te perdone —murmuró.

—Nunca me atrevería a pedir tu perdón, pero dame la posibilidad de enmendar mis errores. Permíteme salvar la vida de mi familia, y la de aquellos en Iga que aún merecen ser salvados.

—¿Qué quieres decir?

Igarashi volvió la cabeza para mostrarle la trenza, recogida sobre la nuca a la manera de un moño samurái.

—Corta mi trenza y viaja a Iga, diles que he muerto por tu mano. Cuando el asunto se dé por zanjado, visita a Tatsumaru del clan *shinobi* de Koyama. Fue de los pocos que defendió mi causa cuando decidí desposarme con una mujer de Koga, y le han hecho pagar sus discrepancias a lo largo de los años. —Igarashi sopesó bien sus siguientes palabras—: Dile quién te envía y entrégale la trenza. Dile que el Tribunal de las Máscaras ha vendido Iga a Oda Nobunaga, que antes de que concluya el invierno todos los clanes de la provincia deberán jurar vasallaje al Rey Demonio, y que quienes se opongan a este pacto serán purgados por los ejércitos de Oda. Dile que, en la próxima luna nueva, aquellos que deseen seguir siendo hombres y mujeres libres de Iga deberán reunirse conmigo en las colinas cubiertas de *hagi** a orillas del Kizu.

Pese a que ya había anochecido, aún se percibía contra el cielo la densa nube de humo que se elevaba desde la pira consumida junto al río. El viento había arrastrado hasta ellos los últimos rescoldos, una llovizna candente que los ungía con las cenizas de sus enemigos y los obligaba a respirar la ignominia de sus pecados. Con tan siniestra idea castigándola, Reiko cerró la puerta de la terraza y se adentró en la penumbra de la casa.

Necesitaba aislarse del exterior, olvidar por una noche a su propia gente, a quienes reprochaba la ingenuidad de sus preocupaciones. Tras el funeral, solo hablaban de retomar la cosecha cuanto antes y preparar los campos para el inminente invierno. ¿Es que acaso no lo veían? ¿Solo ella comprendía que todo aquello ya no importaba? Con Fuwa Torayasu muerto y sin un heredero claro, el feudo se hallaba expuesto a las inclemencias de la guerra. En el mejor de los casos, Oda-sama nombraría un nuevo daimio que nada sabría de los pactos que aquella pequeña aldea mantenía con el antiguo señor de Takatsuki. En el peor, los enemigos de Fuwa-sama se lanzarían

---

* *Hagi:* planta de flores púrpuras que florece en otoño.

sobre el territorio como una jauría famélica, desmembrando el feudo a dentelladas para repartirse los caminos y fortalezas. En pocos días habían perdido a su benefactor, habían sido atacados por enemigos que conocían sus secretos y, por último, habían perdido al padre espiritual de todos ellos. ¿Cómo podían pensar que todo seguiría igual a partir de entonces?

«Los campesinos son incapaces de ver más allá del ciclo de las estaciones —le había dicho Jigorō—, se refugian en una vida sencilla que les ayude a sobrellevar la miseria de su existencia». Pero ella quería pensar que el padre Enso les había proporcionado una visión más elevada, la esperanza de una vida mejor, de ahí el dolor que sentía al ver la facilidad con que habían asumido su muerte.

Sabía que no conciliaría el sueño hasta bien entrada la noche, así que decidió bajar a la estancia donde Kudō Kenjirō se recuperaba de sus heridas. Encontró a Martín Ayala sentado en el pasillo junto a la puerta, con las piernas cruzadas y las manos unidas sobre el regazo, al modo de los bonzos.

—¿Qué hace aquí, padre Martín? Debería estar descansando, ¿o debo recordarle que aún tiene heridas propias que curar?

Él levantó la cabeza para devolverle una mirada grave.

—No voy a dejarlo solo mientras haya un asesino suelto en esta aldea.

—Sospecho que, aun malherido, su *yojimbo* está en mejor disposición de enfrentarse a un asesino que usted —le reprendió su exdiscípula—. Además, en la planta de abajo se encuentran Jigorō-sensei y la dama Nozomi, no creo que haya una casa más segura que esta en todo el feudo.

—Tampoco me fío de ellos —fue la lacónica respuesta del jesuita.

—Confíe entonces en mí. Váyase a descansar, yo velaré al caballero Kudō esta noche.

Cuando Ayala accedió a retirarse, Reiko deslizó el *shoji* con cuidado y se internó en la cálida atmósfera del dormitorio. Un brasero palpitaba en un rincón y el incienso embadurnaba el aire de artemisa, una fragancia que, según la dama Nozomi, propiciaba la recuperación de los enfermos. Se arrodilló junto al futón y contempló al hombre que reposaba con los ojos cerrados. Le costaba reconocer en aquel rostro distendido al demonio que vio batirse en la arboleda; el temible samurái que protegía al enviado de Roma era, en realidad, poco más que un muchacho.

—¿Cómo lo has convencido para que se vaya a descansar? —La pregunta de Kenjirō, con los ojos aún cerrados, la tomó por sorpresa—. Es la primera vez que le veo cambiar de opinión.

Reiko agachó el rostro para disimular una sonrisa.

—Con los años aprendí que hay formas de hacerle recapacitar.

—Tendrás que desvelarme ese secreto algún día —dijo él, sonriendo a su vez—. Jamás he conocido a hombre más terco.

—No solo él, todos los padres cristianos son hombres de fuertes convicciones, aferrados a su visión de Dios y del mundo. Tanto es así, que han cruzado los océanos para compartirla con nosotros.

—Parece que los admiras por lo que hacen —observó, cambiando su postura para poder conversar con más comodidad.

—Creo en la palabra de Cristo y les agradezco su perseverancia por darla a conocer en esta tierra. Eso no significa que esté de acuerdo con todo lo que los padres hacen o dicen, como ellos no estarían de acuerdo con lo que hacemos aquí.

Kenjirō asintió y levantó la vista al techo, tratando de abstraerse del dolor.

—¿Te molestan las heridas? —preguntó ella.

—Solo son un par de cicatrices más, todos cargamos con las nuestras. —Y, señalándose el rostro, preguntó—: ¿Cómo te hiciste esa?

Reiko se llevó la mano a la mejilla y no contestó de inmediato, disgustada por su indiscreción. ¿Semejante descortesía respondía a la arrogancia de un samurái o a la despreocupada curiosidad de un muchacho?

—El hombre que me compró en Shima me la hizo —terminó por responder.

—¿Por qué?

Ella frunció brevemente el ceño.

—Sabía demasiado de sus negocios, así que me cortó la cara para que no pudiera abandonar su casa. Creía que de esa forma no tendría adónde ir, pues ningún hombre o burdel querría a una mujer con el rostro desfigurado. —Reiko sonrió, salvaje—. Por supuesto, no contemplaba la posibilidad de que una mujer pudiera subsistir por sus propios medios, y mucho menos que pudiera aprovechar lo que había aprendido para prosperar por sí misma.

—Un hombre que marca a las mujeres como ganado merece la muerte —fue la categórica respuesta del samurái.

Ella rio ante su ingenuidad.

—Te espanta esta cicatriz porque me cruza la cara, pero tengo marcas mucho peores, heridas que no son visibles en mi cuerpo. El día que te indignes por las cicatrices que no puedes ver, habrás aprendido algo del mundo que debemos habitar las mujeres.

Sabía que era del todo inapropiado emplear ese tono aleccionador con un samurái, pero ella no se había criado como campesina. En cualquier caso, Kenjirō no se ofendió, sino que la contempló con curiosidad, como si tuviera ante sus ojos un enigma difícil de descifrar. Y esa sencilla curiosidad, su falta de arrogancia, revelaba más sobre él que cualquier cosa que pudiera decir.

—¿Sabe estas cosas Ayala-sensei?

—No, y no debe saberlas, te lo ruego.

—Así que piensas que tu dolor le causará dolor, que tú también debes protegerlo —constató él.

Reiko desvió la mirada.

—Hay cosas que no quiero que sepa. Porque él ya ha sufrido bastante, pero también porque me avergüenzo de ellas.

—No tiene sentido avergonzarse de las cosas que uno ha hecho. Si se hicieron fue porque en su momento nos parecieron razonables o inevitables; y si ya no nos lo parecen, basta con no repetirlas —concluyó Kenjirō—. Como tampoco tiene sentido vuestra mutua preocupación, es evidente que ambos sois más fuertes de lo que el otro cree.

Ella guardó silencio, no sabía si molesta por la ligereza con la que aquel hombre opinaba sobre sus sentimientos o por lo atinado de sus apreciaciones.

Igarashi fue conducido al interior de la sala con las manos atadas a la espalda. El aire tibio de la vivienda lo reconfortó tras una gélida noche en el granero. Alrededor de la lumbre lo aguardaban la jefa de los contrabandistas y su peculiar mano derecha, el tal Jigorō, un viejo que, por su acento de Kofu y su uso de los explosivos, bien podría ser un *shinobi* del clan Takeda. Junto a ellos, la espía personal del difunto Fuwa Torayasu, y al otro lado de las llamas, observándole con indisimulado desprecio, el *bateren* al que había seguido por medio país: Martín Ayala.

Todos ellos eran sus aliados desde ese momento, aunque ninguno lo supiera.

—Desatadlo —ordenó Jigorō, y uno de los hombres a su espalda cortó las ligaduras que le mordían las muñecas. El otro lo empujó hacia delante.

—Bienvenido a mi casa —lo saludó Reiko, tendiéndole un tubo de bambú lleno de agua—. Bebe antes de hablar.

Los dos hombres que le habían llevado hasta allí lo obligaron a sentarse frente al cónclave y se retiraron a un rincón en penumbras. Igarashi, hosca la mirada, contempló la cantimplora que la mujer le ofrecía. Tenía los labios cuarteados y la garganta tan seca como si hubiera tragado grava; aun así, no se abalanzó sobre el agua, sino que miró el recipiente con desdén, dejando claro que no le habían sometido.

—Si no bebes, volverás a tu encierro —dijo la mujer. Solo entonces él alargo la mano y aceptó el agua; bebió tranquilo, sin la ansiedad del sediento—. Soy la jefa Reiko, aunque sospecho que eso ya lo sabes. Nosotros, sin embargo, lo único que sabemos con certeza de ti es que, desde que has llegado, no nos acontecen más que desgracias.

—Responderé a cuanto me preguntéis en la medida de lo que sé. —Se secó los labios con el dorso de la mano—. Sobre si me creéis o no, poco puedo hacer al respecto.

—¿Por qué no empiezas por explicarnos qué hace aquí un *shinobi* desterrado por Iga, un hombre al que su propio clan considera un traidor? —preguntó Nozomi.

—Aunque muchos me llamen traidor, lo cierto es que nunca fui tal cosa. Hace treinta años decidí que mis pasos correrían junto a los de una mujer llamada Hikaru, hija del feudo de Koga. Ese fue mi único crimen.

—Una *kunoichi* —señaló Jigorō.

—Una mujer nacida libre, pues ese es el privilegio de la gente de Iga y Koga, que no rinde vasallaje a señor alguno y solo observa las leyes que nosotros mismos nos hemos dado.

—Desconozco vuestras leyes, pero supongo que a tus ancianos no les agradaría la idea de que un guerrero de Iga y una *kunoichi* de Koga compartieran lecho y secretos.

—Te basta con saber que mi esposa y yo fuimos expulsados y nos instalamos en el dominio de Anotsu, donde el daimio me concedió refugio y nombre samurái. Pasé a ser Igarashi Bokuden, vasallo de la familia Kajikawa y, posteriormente, de Akechi Mitsuhide cuando este fue proclamado señor del feudo.

—Reformularé mi pregunta, entonces: ¿Qué hace aquí un desterrado de Iga al servicio del clan Akechi? —insistió Nozomi.

Igarashi respondió ceñudo, cansado de rendir cuentas ante todos, ya fueran viejos camaradas o perfectos desconocidos:

—Los administradores de Anotsu me obligaron a abandonar mi retiro para cumplir una última misión. Debía convertirme en la sombra de un cuervo cristiano que había llegado a sus tierras, un hombre con salvoconducto de Oda para investigar el asesinato de varios *bateren*.

—No lo entiendo, ¿por qué haría tal cosa el clan Akechi? —intervino Ayala—. No tienen nada que temer de mí.

—Todos los daimios tienen secretos que ocultar, padre, y no seré yo quien los cuestione sobre sus razones. En cualquier caso, me vi obligado a seguirle de cerca durante gran parte de su viaje; quizás me recuerde de Uji-Yamada, ese mercader de incienso que venía de vender toda su mercancía en Ise. —Igarashi esbozó una sonrisa taimada que no hizo sino ahondar el desdén que el jesuita sentía por él—. He pisado su sombra durante semanas, hasta que nos separamos en el hospital cristiano de Sakai.

—¿Qué sucedió allí para que dejaras de seguirme? ¿Acaso te espantó la presencia del ejército de Fuwa-sama?

—Fue más bien su ingenuidad lo que me obligó a seguir otro rastro —respondió con desdén—. Cuando exhumó el cuerpo del cuervo asesinado, cayó de inmediato en la trampa que le habían tendido. Un llamativo rosario de cuentas ambarinas, la teatral advertencia de los monjes *sohei* para que abandonaran sus territorios… —Torció los labios, disgustado por la simpleza del ardid—. Una burda puesta en escena, sospechosa para cualquiera que conozca bien este tipo de juegos, así que decidí desenterrar el cadáver y examinarlo por mí mismo. Gracias a eso descubrí en los huesos un veneno cuyo secreto solo conocen los herbolarios de Iga.

—Un momento, ¿estás acusando a los clanes de Iga de estar tras los asesinatos? —lo interrumpió Nozomi.

—No hablo a la ligera, mujer. Viajé a mi antiguo hogar en busca de respuestas, pero solo obtuve extorsión y amenazas. Se me encomendó dar de nuevo con el *bateren* llamado Martín Ayala y acabar con su vida. De no hacerlo, ellos romperían el armisticio sobre mi familia llevándose a mi nieto, o algo aún peor.

—Es una historia extraña —comentó Jigorō—. ¿Por qué querría Iga acabar con la vida de tantos sacerdotes extranjeros? La propagación del cristianismo no es de su incumbencia.

—Yo también me lo he preguntado —dijo con calma Igarashi—. Para entender la respuesta, hay que saber del recelo con el que el Tribunal de las Máscaras observa la creciente influencia de Oda Nobunaga, un hombre que tarde o temprano será *shogun* y que considera a Iga una amenaza latente demasiado próxima a su núcleo de poder. Solo es cuestión de tiempo que Nobunaga decida marchar sobre Iga, y el tribunal busca la manera de ofuscar y debilitar a su futuro enemigo. Sabe bien que las sectas budistas son uno de los principales contrapesos al poder de Nobunaga, y que este se vale de las misiones cristianas para socavar la influencia de los bonzos entre el campesinado y para obtener ventajosos acuerdos comerciales con los barcos negros, que solo recalan allá donde se ha plantado la cruz de los *bateren*. —Igarashi volvió a beber de la cantimplora, una pausa medida para que su audiencia sopesara sus palabras—. No parece un mal plan asesinar a los cristianos asentados en los principales puertos de Oda, forzarlos a trasladarse a otros territorios de modo que la economía del clan se resienta y, de paso, responsabilizar de ello a los monjes *sohei*, unos culpables bastante verosímiles que eximen a Iga de cualquier culpa. —Y dirigiéndose al jesuita, añadió—: Así es como hace la guerra mi gente, padre Ayala.

—Nos engañas —lo acusó Nozomi.

—Todo lo que os he dicho es cierto, pero no puedo obligaros a creerme.

—La mentira no está en lo que dices, sino en lo que callas. Es obvio que Iga sabía de la existencia de nuestras armas, ¿por qué si no ha reunido un batallón de escoria mercenaria y te ha puesto al frente para que los conduzcas hasta aquí?

El interpelado esbozó media sonrisa:

—Es cierto que el tribunal andaba buscando a una contrabandista que, según los *wako*, actuaba al servicio del clan Fuwa. Pero apenas sabían nada de ella, ni su nombre ni qué introducía en el país, hasta que descubrimos que la mujer que el padre Ayala buscaba podía ser esa misteriosa contrabandista. —Igarashi se inclinó hacia delante y moduló su tono, como si fuera a confesar un secreto—: Una cristiana llamada Reiko, capaz de hablar la lengua de los extranjeros y que operaba en la costa de Kii… No fue difícil atar cabos y seguir vuestras rutas hasta aquí. Tenía sentido que alguien así se ocultara en el corazón de Takatsuki, al amparo de las aldeas cristianas.

—Así que me buscabais no por mis negocios con el clan Fuwa, sino como un medio para encontrar a Martín Ayala… Resulta difícil de creer.

—Dar con la tal Junko parecía la opción más sensata para encontrar al padre Ayala; al fin y al cabo, él te ha buscado desde que puso un pie en Owari. Fue al intentar averiguar qué había sido de la muchacha japonesa criada por los *bateren* cuando descubrimos vuestras peculiares circunstancias. Iga buscaba flores y encontró trufas. —Igarashi adoptó un tono grave, carente del sarcasmo que hasta el momento había tocado su voz—. Desde ese momento me vi arrastrado por los acontecimientos. Creedme si os digo que nada más lejos de mi intención que colaborar con aquellos que aún amenazan a mi familia.

—Por tanto, estás aquí para matarme. Para ejecutar la sentencia de vuestro siniestro culto de asesinos —dijo Ayala.

—¿Acaso no ha escuchado nada de lo que he dicho? Si he venido, es para advertirle de la verdad tras los asesinatos de los padres cristianos, para rogarle que interceda ante el Rey Demonio. —Apretó los dientes mientras conminaba a Ayala con la mirada—: ¡Los ejércitos de Nobunaga han de arrasar Iga! Así cesarán los crímenes contra los *bateren*... Y así mi familia podrá vivir en paz de una vez por todas.

La rabia de aquella respuesta aún resonaba en la sala cuando Jigorō tomó la palabra:

—Reflexionaremos sobre lo que nos has dicho, Fuyumura de Iga, y decidiremos cuánto de verdad hay en tus palabras. —Y dirigiéndose a los hombres que custodiaban al prisionero, dijo—: Lleváoslo, seguiremos interrogándolo esta tarde.

Igarashi se puso en pie antes de que lo obligaran a incorporarse por la fuerza. Se dejó inmovilizar los brazos y salió de la casa sin dedicarles una última mirada.

Cuando la estancia quedó en completo silencio, Jigorō volvió a hablar:

—¿Qué pensáis de lo que nos ha contado hasta ahora?

—Quedan muchas cosas por saber —respondió Ayala—. La principal de ellas, ¿quién es el responsable de la muerte del padre Enso?

—No se nos ha olvidado —lo tranquilizó la dama Nozomi—, pero debemos considerar lo que nos ha dicho. Creo que mezcla verdades con mentiras —murmuró casi para sí—, hay algo que no encaja en su relato.

—Explícate —le pidió Jigorō.

La mujer abandonó el círculo y se aproximó a sus alforjas; recuperó un tubo de bambú y una pequeña bolsa de tela antes de regresar a su puesto. El tubo contenía un mapa de la gran isla central de Honshū que desplegó junto a la lumbre; tomó un puñado de piedras negras del saquillo para colocarlas en cada esquina, de modo que el papel de arroz no volviera a enrollarse. A continuación, metódica, fue depositando piedras a lo largo de la costa meridional: «Osaka, Tanabe, Shima...», fue musitando. Las dos últimas fueron las de Odawara y, por fin, la de Takatsuki, la única colocada tierra adentro.

—Estos son los lugares donde han aparecido asesinados los padres cristianos. La mayoría de estos puertos tienen algo en común, y no es solo el hecho de que pertenezcan al clan Oda, como ha asegurado nuestro invitado.

—Son puntos de atraque de la Compañía Marítima de Coímbra —comprendió entonces Reiko.

—¿La Compañía Marítima de Coímbra? —preguntó Ayala.

—Es la flota que tiene el monopolio de armas de llave de rueda en Asia, les pagamos un generoso precio a cambio de mantener la exclusividad sobre su mercancía. —Nozomi hablaba mientras recorría con la mirada la sucesión de piedras—. No puede ser casualidad que los asesinatos se hayan producido allí donde atracan, significa que Iga sabe mucho más de lo que ese hombre nos ha dado a entender. Como mínimo, sospechan qué es lo que estamos introduciendo en el país y quién lo trae.

Jigorō exhaló largamente, atusándose la barba con expresión concentrada:

—Por tanto, el fin último de Iga no era expulsar a los cristianos de sus misiones, sino cegar los puntos de atraque de la Compañía de Coímbra. Pero ¿qué ganarían con eso?

—Desviar las rutas comerciales de las armas —dijo Reiko—. Ya hemos tenido problemas por ello.

—Pero desviarlas... ¿hacia dónde? —insistió Jigorō—. Lo más probable es que esos barcos acabaran recalando en otro puerto del clan Oda, así que nuestra mercancía seguiría siendo inaccesible para ellos.

—Buscan desviar los barcos hacia Anotsu —dijo entonces Ayala, y apoyó el dedo sobre la bahía de Owari—. Hacia la única ciudad portuaria controlada por Akechi Mitsuhide, que lleva meses ofreciendo refugio a los misioneros desplazados, invitándolos a establecer allí sus casas, sus iglesias, sus hospitales. Muchos comienzan a llamarla la nueva Nagasaki, la segunda gran capital del cristianismo en Japón.

Se miraron entre sí, tratando de averiguar si todos habían interpretado la misma acusación implícita en las palabras de Ayala.

—Padre Martín —intervino Reiko—, ¿está insinuando que Akechi-sama puede haber conspirado con Iga para empujar a las misiones cristianas hacia su territorio?

—Poco le importan las misiones, lo que quiere son los barcos negros que estas traen consigo... Y las nuevas armas de la Compañía de Coímbra, al parecer.

—Akechi es uno de los principales vasallos de Oda Nobunaga —señaló Jigorō—. Una conjura semejante no solo le costaría la cabeza, sino el exterminio de toda su casa.

—Vosotros no estuvisteis en la batalla del monte Hiei —dijo entonces Nozomi, contemplando las llamas contenidas por el cubículo cavado en el suelo—, pero el padre Ayala y yo presenciamos la repugnante traición de Tsumaki Kenshin. ¿Creéis que el hermano político de Akechi osaría aliarse con los enemigos de Oda por propia iniciativa? ¿Y cómo consiguieron los bonzos un destructor de provincias? Todo lo que sabemos ahora no hace sino dar sentido a lo sucedido ese día.

—Pero ¿qué motivos tendría? —reflexionó Jigorō en voz alta—. Nada hace pensar que Akechi-sama esté descontento con su señor.

—Si estuviera preparando una traición, ¿acaso daría muestras de descontento? —preguntó con cinismo Nozomi—. Pensadlo bien: si quisierais acabar con el daimio mejor protegido de todo el país y llegara a vuestros oídos la existencia del arma perfecta para una celada, un arma sin mecha ni llama que la delate, capaz de disparar a mayor distancia que cualquier otra, ¿no haríais todo lo posible por conseguirla?

—Aunque todo esto fuera cierto, no tenemos pruebas, solo indicios —dijo Jigorō.

—Quizás no podamos demostrar nada —apuntó Martín Ayala—, pero son dudas razonables y tenemos la obligación de llevarlas hasta el final. Propongo que informéis a Oda Nobunaga de la posibilidad de un atentado contra su persona, debe tomar medidas para protegerse de los fusiles de llave de rueda. Yo regresaré a Anotsu y pediré audiencia con Akechi-sama, le expondré mi preocupación sobre estos hechos y le preguntaré si la Compañía de Coímbra dispone ahora de patente de atraque en su puerto.

—Eso es una insensatez —le espetó Reiko, perdida súbitamente la compostura—. No se acusa de conspiración a un señor de la guerra en su propio castillo.

—¿Qué otra cosa puedo hacer? Si es cierto que él ha ordenado la ejecución de mis hermanos, debo saberlo, y no tengo otra forma de averiguarlo más que afrontarlo cara a cara.

—Por favor, le ruego que no lo haga. —Reiko le imploraba con los ojos, con sus manos, con todo su ser—. No se sacrifique en vano, no pretenda convertirse en un mártir.

—Este viaje ya ha sido demasiado largo, chiquilla, no tengo fuerzas para mucho más. —Ayala negó con gesto cansado—. Pero no soy ningún necio, seré cauteloso en mis palabras. —Envolvió las manos de Reiko con las suyas, tratando de tranquilizarla con una sonrisa—. Pero alguien debe encargarse de viajar en sentido contrario, hacia la corte de Gifu. Si mi entrevista con Akechi pone sobre aviso a los conspiradores, puede que precipiten sus planes.

—No es fácil llegar hasta Oda Nobunaga —les advirtió Jigorō—. Pocos ajenos a su círculo han logrado aproximarse a él.

—Lo haré yo —dijo Nozomi, decidida—, encontraré la forma. Y llevaré conmigo a Fuyumaru el Traidor, su testimonio es necesario para inculpar a Iga.

Jigorō-sensei miró a los ojos a cada uno de ellos, quería asegurarse de que ninguno flaquearía en sus intenciones. Solo halló resolución.

—Está decidido, entonces —concluyó—. Que el Dios de la cruz vele por nosotros, pues si estamos en lo cierto, nos enfrentamos a poderes de una ambición desmedida.

Capítulo 45

Como el trueno proclama al rayo

No! —respondió Igarashi, categórico. Había escuchado las intenciones de aquellos insensatos con el ceño cruzado por un profundo desacuerdo—. La traición sufrida por vuestro señor os ciega, pero yo no participaré de vuestra locura. No podéis presentaros ante Oda para acusar sin pruebas a uno de sus más afectos generales. ¿Es que acaso no sabéis nada del Rey Demonio? —los increpó—. Es imprevisible como el mar, calmo en la superficie y turbulento en sus profundidades, violento sin previo aviso. A un hombre así debéis ofrecerle una verdad que esté dispuesto a creer, no una que desafíe sus convicciones. Si intentáis sembrar la discordia entre Nobunaga y sus vasallos, él mismo os descabezará en el acto.

—¿Y cuál es la verdad aceptable para Oda, según tú? —preguntó Reiko.

—Iga. Oda acaricia desde hace tiempo la idea de arrasarla a fuego y acero, démosle la excusa que necesita. —El puño de Igarashi aplastó contra la palma de la mano a un enemigo imaginario—. El veneno de Iga está en el cuerpo de los *bateren* asesinados, cualquier médico de la corte podrá constatarlo; entreguémosle Iga y os aseguro que cesarán las muertes entre los padres cristianos. Las disensiones entre los vasallos de Oda, por el contrario, no son algo que nos incumba; si prendemos ese fuego, seremos consumidos por las llamas.

—¿Pretendes que obvie, sin más, la traición sufrida por mi señor?

—Dime, mujer, ¿no eres tú Nozomi de Shinano, la primera *kunoichi* llamada a ostentar el título de Kato? ¿Cómo pretendes liderar a los tuyos si no eres capaz de distinguir lo más conveniente para ellos? Fuwa Torayasu está muerto y su casa se aboca a la desaparición; no sois samuráis, ninguna lealtad os ata más allá de la muerte. La caída de Iga debería ser una prioridad para ti aún mayor que para mí, pues se produciría un vacío de poder del que se beneficiarían clanes como el tuyo.

—Antes de pasar a cuestiones políticas que no me atañen, hay algo que querría que nuestro invitado me aclarara —intervino Ayala, interrumpiendo la diatriba de Igarashi—. Dice que un veneno empleado por Iga está presente en todos los cadáveres, que los misioneros fueron paralizados por esa sustancia poco antes de que se les diera muerte… ¿Encontraremos ese veneno también en el cuerpo del padre Enso?

—Eso me temo.

—¿Cómo es posible tal cosa? Esto no es un puerto marítimo del clan Oda, aquí no se asienta ninguna casa de la misión. No deberían existir motivos para que los líderes de Iga conocieran siquiera la existencia de ese hombre. —Ayala se apoyó sobre sus rodillas, cruzadas al modo de los bonzos—: Y que sepamos, solo un asesino ha llegado a este lugar con la encomienda de matar a un padre cristiano.

—¿Pretende culparme de la muerte de ese pobre viejo? Su acusación carece de sentido: su *yojimbo* me tuvo a la vista desde que puse un pie en estos arrozales. No hice otra cosa más que conducir a esos infelices hacia vuestra emboscada.

—¿Quieres hacernos creer que el asesinato del padre Enso a vuestra llegada fue una casualidad? —insistió la jefa Reiko.

—No. Al igual que yo, el tribunal de Iga sabía que el cuervo que investigaba estas muertes podía ocultarse aquí, entre los cristianos de Takatsuki. Si he de aventurar una explicación, diría que un enviado de Iga nos ha seguido desde el monte Hiei; al fin y al cabo, no es que yo sea alguien de confianza para ellos. Ese sicario debe haber ejecutado a vuestro *bateren* creyendo que se trataba de Martín Ayala. La cruz que habéis plantado sobre esa colina debió ser como un faro para él, pues es bien sabido que los cuervos se posan sobre ellas, ¿no es así?

—¿Es posible que el asesino se oculte aún en el bosque? —preguntó el viejo Jigorō, aunque ya conocía la respuesta.

—Lo dudo. Ese hombre cree haber conseguido lo que vino a buscar: la vida del investigador cristiano y la confirmación de que aquí se oculta la mercancía que descargáis en Kii. Puede, incluso, que haya presenciado el funcionamiento de vuestras formidables armas y lo haya detallado por medio de un *yatate**. Como poco, ha de llevar ya dos jornadas de viaje.

Reiko apretó los labios y bajó la mirada, envarada por la rabia contenida. Le atormentaba la idea de dejar escapar al asesino de alguien tan querido para ella. ¿Hasta dónde debían llegar los sacrificios?

—¡Ya es suficiente! —zanjó—. Nos ayudarás a acabar con esos hombres, indistintamente de lo que consideres oportuno. Pondremos fin a esto de una vez por todas.

—Vuestros enemigos son los míos, eso nos convierte en aliados; pero no puedo compartir un plan de actuación que nos llevará al cadalso.

—Te equivocas si piensas que estás aquí para asentir o disentir —le advirtió Nozomi—. Estás aquí para obedecer, si te mantenemos con vida es porque tu testimonio nos es útil. Viajarás conmigo a Gifu, donde plantearemos todos los hechos ante Oda Nobunaga, sin obviar nada —recalcó—. Y lo harás de buen grado, porque es la única forma que tienes de alcanzar tus fines. Sin nuestro respaldo, tus acusaciones contra el tribunal de Iga no son más que las palabras de un traidor consabido.

Igarashi Bokuden se tomó un momento para paladear el sabor agrio de la frustración quemándole la garganta, rebullendo en su lengua. Un sabor que conocía bien, pues allá donde iba siempre había alguien dispuesto a convertirle en un medio para sus fines. Reaccionó como solía hacerlo ante aquel tipo de imposiciones: contempló las posibilidades, sopesó las consecuencias, tomó una decisión.

---

* *Yatate:* tintero portátil empleado por los viajeros, los poetas ambulantes y, según la creencia, los espías e informadores. A simple vista parecía una pipa para fumar, pero la cazoleta guardaba un algodón empapado en tinta y la caña un pincel para escribir.

—Si pretendéis llamar la atención del daimio más poderoso del país, debemos postrarnos ante él con un obsequio que no le deje indiferente. Un presente que lo obligue a levantar la mirada y atender a nuestras palabras, uno que subraye la verdad con la misma vehemencia que el trueno proclama al rayo.

Dos días después, completos los preparativos, Igarashi y la dama Nozomi abandonaron la aldea al amparo de la noche. Iban ataviados como los peregrinos que transitan los caminos a Nara: con un baúl de ofrendas atado a la espalda y una linterna colgada del extremo del cayado. Tardarían no menos de seis jornadas en alcanzar el castillo de Gifu, en la provincia de Mino, donde Nobunaga había establecido su corte militar; la intención de Nozomi era hacer la mayor parte del viaje lejos de las postas y rutas oficiales, sirviéndose de su red de colaboradores para evitar los ojos indiscretos que, sin duda, ya recorrían la provincia.

—Hay casi setenta *ri* hasta Gifu, gran parte de ellos por caminos demasiado próximos a Iga —le advirtió Igarashi—. Es difícil que consigamos burlarlos durante tanto tiempo una vez abandonemos los territorios de tu señor.

La mujer, que abría la marcha, le dirigió una mirada decidida. La luz de la linterna arrojaba sombras sobre su rostro curtido por el viento.

—He hecho esta misma ruta varias veces en los últimos tiempos, y ningún informador se percató de mi paso. Quizás la mirada de Iga no sea tan penetrante como crees.

«O quizás te observaron desde la distancia, como se observa a la hormiga solitaria que te conduce al hormiguero», murmuró para sí Igarashi.

Ayala y Kenjirō permanecieron algunos días más en la residencia de Reiko, a la espera de que el samurái se recuperara de sus heridas; si no del todo, lo suficiente al menos para acometer el viaje de regreso sin que los cortes volvieran a abrirse.

Durante ese tiempo, maestro y alumna recuperaron viejos hábitos: pasearon por las sendas de montaña que rodeaban la aldea mientras ella le preguntaba por los nombres japoneses de las plantas e insectos más extraños que encontraban. Lo obligaba a trazar con una rama los correspondientes *kanji*, y le corregía la pronunciación cuando lo creía oportuno. Ayala, sin embargo, sentía que no tenía nada más que enseñarle, y se limitaba a observarla con una sonrisa en los ojos cuando Junko atendía las cuestiones cotidianas de la aldea.

A la semana de la muerte del padre Enso, Ayala se encargó de oficiar la misa de difuntos por la memoria del viejo jesuita. Pocos días después nació el bebé de Haruka, que no había desfallecido en los arrozales a pesar de su avanzado embarazo y de la noticia del fallecimiento de su hijo y su marido. Muchos intentaron convencerla de que se postrara en un jergón hasta que diera a luz, pero ella continuaba pasando la hoz con la mirada perdida y el gesto contraído, como si al segar las cañas de arroz pudiera segar también su propia tristeza. Su rostro solo se suavizó cuando le pusieron en brazos a su hijo recién nacido, al que Ayala bautizó como Enzo Taro.

La comunidad recibió aquella nueva alma cristiana como emisaria de buenas noticias y, después de muchos días, el desánimo que enrarecía la atmósfera comenzó a disiparse, como una niebla espesa conjurada por el sol de la mañana.

Había llegado el momento de marcharse, y así se lo comunicó a Junko, que se limitó a asentir en silencio y continuar con sus quehaceres.

La mañana de su partida, con un caballo de tiro ensillado frente a la residencia y Kenjirō obligado a sentarse a lomos del animal, Ayala se entristeció al comprobar que su antigua discípula no acudía a despedirlos. Consciente de cómo debía sentirse, el jesuita rogó un poco de paciencia a su *yojimbo* y se adentró en la vivienda en penumbras. Encontró a Junko de rodillas en el jardín interior, arrancando las malas hierbas que comenzaban a crecer entre las rocas cubiertas de musgo.

Se detuvo en el umbral y la observó mientras le daba la espalda, concentrada en su labor.

—¿Tanto daño te hago al partir que prefieres no salir a despedirme?

Ella se sacudió las manos de tierra y le respondió sin volver la cabeza:

—Estoy harta de que solo me queden despedidas y recuerdos. Por una vez, me gustaría conservar a aquellos que quiero junto a mí.

—Sabías que este momento llegaría, Junko. En la dicha de cada reencuentro ya germina la desdicha de una despedida, ¿no es eso lo que dicen los bonzos?

—Me da igual lo que digan los bonzos —protestó con rabia, volviéndose hacia él.

Ayala vio las lágrimas en sus ojos, lágrimas de impotencia por la muerte del padre Enso, por su propia marcha, y no pudo evitar que la angustia también hiciera nido en su garganta.

Bajó los escalones y ella acudió a su abrazo. El jesuita la estrechó con fuerza, lamentando profundamente volver a dejarla atrás.

—No llores, niña. Volveremos a encontrarnos.

—No me mienta. Sabe tan bien como yo que esta será la última vez que nos veamos. Una vez nos despidamos, lo haremos para siempre.

La certidumbre que halló en sus palabras lo atravesó como una lanzada. No pudo contener unas lágrimas que le quemaban los ojos.

—Solo Dios es para siempre, mi pequeña Junko.

Capítulo 46

La caja lacada

Habituados a los rigores del camino, Nozomi e Igarashi avanzaban sin descanso por el boscoso paisaje de la provincia de Settsu. La inminencia del invierno se hacía más patente cuanto más se alejaban de la costa, y al segundo día los sorprendió una suave nevada mientras cruzaban un campo cubierto de espigas de *susuki*. Los copos no llegaron a cuajar, pero fueron un anticipo fugaz de los meses que estaban por llegar.

A la jornada siguiente, vadearon el Yodogawa y abandonaron definitivamente los dominios del clan Fuwa. Esa misma mañana, al pasar junto a una parada de viajeros a orillas de la senda, Igarashi tomó a su compañera del brazo y la condujo hacia un cobertizo sin paredes donde servían fideos de alforfón. El local estaba enclavado justo antes de una bifurcación, uno de cuyos ramales se desviaba hacia el norte, en dirección a Kioto, mientras que el otro se adentraba en los campos de cultivo alimentados por el cauce del río Kizu.

Igarashi se acomodó en el banco más alejado de la escasa clientela, mirando hacia la calzada, y Nozomi se sentó junto a él no sin desconcierto.

—¿A qué viene este repentino descanso? No creo que el *soba* que sirvan en este antro esté especialmente bueno.

—Silencio. Mira hacia el camino, al vendedor de leña que está a punto de llegar.

La mujer se descolgó el baúl y lo dejó en el banco junto a ella; con aire distraído, bajó el ala de su sombrero de paja y aguardó con las manos en el regazo a que el leñador los rebasara. Este pasó frente a ellos sin desviar la mirada y, una vez llegado a la encrucijada, tomó el camino que se adentraba entre cultivos.

—¿Qué sucede? —preguntó Nozomi cuando el hombre se hubo alejado.

—Camina cien pasos por detrás de nosotros desde la balsadera del Yodogawa.

—Muchos caminan detrás y delante de nosotros.

—Por cuatro veces ha tomado los mismos desvíos —insistió Igarashi—, y es a partir de la tercera coincidencia cuando comienzo a sospechar.

Nozomi desvió levemente la cabeza para observar al hombre en la distancia. Este se había detenido más allá de la bifurcación, había descargado la leña y ahora se secaba el sudor con un pañuelo. ¿Por qué no pararse a descansar en el puesto de *soba*? ¿Por qué hacerlo junto al desvío? ¿Acaso aguardaba para averiguar qué camino tomaban, o estaba sugestionada por la suspicacia de Igarashi?

—¿Crees que pueda ser un espía de Iga?

—De Iga o de cualquier otro; quién sabe cuántos ojos hay puestos sobre el feudo de tu difunto señor.

—Debemos llegar a Gifu lo antes posible.

—No llegaremos a Gifu, no nos lo permitirán —dijo Igarashi—. De hecho, no creo que debamos ir a Gifu.

Ella se levantó el ala del *sugegasa* para contemplar la expresión de su interlocutor. Este tenía la mirada perdida en el paisaje, confrontando la lejana cordillera que mordisqueaba el horizonte.

—¿Qué pretendes decir?

—Ir a Gifu es lo que esperan de nosotros. Es más, ¿crees que allí alguien nos escuchará, que lograremos esquivar la burocracia de la corte hasta llegar a Nobunaga?

Nozomi rememoró su última experiencia en la capital de Mino, cuando intentó informar de la traición perpetrada por Tsumaki Kenshin. El mensaje fue recogido por un incólume funcionario, enésimo agente de las corruptelas que, como hongos, crecen a la sombra de los poderosos. Su denuncia, carente del respaldo de un daimio, probablemente se habría desvanecido en aquel laberinto de influencias e intereses cruzados.

—Podríamos acudir a Kioto —reflexionó—, pero no creo que la corte imperial nos sea de mucha más ayuda.

—He pensado sobre ello desde que me impusisteis vuestros planes. Creo que debemos ir a Kioto, sí, pero no a la corte, sino al templo Honno-ji.

—¿A Honno-ji? ¿Qué podrían hacer los bonzos de Honno-ji por nosotros?

Igarashi apartó los ojos del paisaje para hablarle cara a cara:

—En unos días se conmemora la llegada del emperador Kammu a Kioto, y cada año su divina majestad bendice con su presencia las ceremonias en honor a su antepasado. Nada excesivo, pues todo transcurre a puerta cerrada, pero de obligada asistencia para Oda si pretende mantener las apariencias con el emperador. —Igarashi sonrió con malicia antes de proseguir—: Nobunaga desconfía de su misma sombra, y cuando se ve obligado a alojarse en la capital, evita hacerlo demasiado cerca de la corte y de las sectas que en tan baja estima le tienen. Por eso prefiere pernoctar con sus samuráis a las afueras, en el templo Honno-ji.

—No veo de qué forma podría servirnos eso. Los monjes jamás nos darán hospedaje mientras Oda Nobunaga se encuentre en su templo.

—Si llegamos antes que Oda, puede que nos permitan permanecer allí. Hace años pasé una larga temporada entre los muros del Honno-ji, recitando el sutra del Loto y abrazando la vida ascética. De esos días conservo cierta amistad con el abad Shinkai, y con el paso de los años no he dejado de visitarle cada vez que la ocasión se ha presentado.

—¿Crees que intercedería por nosotros ante el mismo Rey Demonio?

—Es posible, siempre que el abad aún siga con vida. Era un hombre anciano y venerable, ferviente seguidor de las enseñanzas de Nichiren y poco piadoso con sus hermanos de las sectas Tendai. Simpatizará con nuestra causa.

—Quizás —valoró Nozomi—, pero hay demasiados imponderables. ¿Y si Oda no se presenta este año en Kioto? Tiene muchos frentes abiertos en el este y los Mori aún son una amenaza en el oeste.

—Oda acudirá a la llamada del emperador. Su dominio en el centro del país es incontestable y, desde la muerte de Takeda Shingen, ningún daimio posee la fuerza o la astucia necesarias para plantarle cara. Si su temperamento no le traiciona, en breve será proclamado *shogun,* pero para ello debe mantener las formas con su divina majestad. —Igarashi parecía reafirmarse a medida que hablaba—: Te aseguro que tenemos más posibilidades con los monjes de Honno-ji que con los funcionarios de Gifu.

Nozomi guardó silencio mientras sopesaba la propuesta. Antes de responder, se ajustó el nudo de las sandalias y se ciñó las cintas del pantalón de viaje; cuando estuvo preparada, volvió a calarse el *sugegasa:*

—Volvamos al camino. Si viajamos a buen paso, en dos días estaremos en Honno-ji.

Avanzaron hacia el noreste evitando las rutas oficiales, siempre por veredas secundarias. Si querían llegar a Kioto, tarde o temprano tendrían que cruzar el río Kizu, pero era demasiado arriesgado hacerlo por los puentes controlados por la guardia del clan Hatano, así que dejaron atrás el pontón de Yamashiro y prosiguieron durante más de un *ri* en busca de un punto de paso que Igarashi recordaba no muy alejado. Tocaba la hora del buey cuando dieron con él: era una simple cuerda tendida de orilla a orilla en un meandro del río, cada extremo atado a uno de los robles que flanqueaban el cauce.

El embarcadero se hallaba desierto a horas tan tardías, por lo que buscaron abrigo en una arboleda cercana, al resguardo de ojos ajenos. La noche era fría y el viento se filtraba entre la espesura, pero no se atrevieron a encender un fuego. Comieron bolas de pescado macerado en salsa de miso y arroz envuelto en hojas de plátano, y lo hicieron en silencio, sin cruzar la mirada. Después se encogieron entre las raíces para intentar conciliar el sueño.

El repiqueteo de las gotas contra el ala del sombrero sobresaltó a Nozomi, que despertó a la luz mortecina que se filtraba entre las ramas. Estas decantaban la llovizna en gruesas gotas que venían a precipitarse contra el suelo.

—Bebe —le dijo Igarashi a modo de «buenos días», tendiéndole una cantimplora.

Ella recogió el tubo de bambú y dio un buen trago de té amargo.

Después de desayunar, volvieron a cubrirse con las capas de caña y abandonaron la arboleda. De aquella guisa, difuminadas sus figuras por una borrasca cada vez más pertinaz, era imposible discernir si se trataba de hombres o mujeres, bonzos errantes o samuráis. Se adentraron en el embarcadero e hicieron sonar la pequeña campana instalada sobre las tablas. El tintineo reverberó entre las gotas de lluvia y, al poco, la cuerda que cruzaba hasta la otra margen comenzó a oscilar. Sus miradas recorrieron la soga tratando de vislumbrar qué había más allá, pero la orilla opuesta era una mancha de tinta ocre diluida en gris.

Poco a poco, comenzó a definirse la figura de un hombre que flotaba sobre las aguas. Emergió de entre el aguacero prácticamente desnudo, cubierto solo por un *fundoshi* anudado a la entrepierna. Nozomi advirtió la facilidad con que mantenía el equilibrio sobre la balsa; esta era una plataforma de unos cuatro tatamis de superficie compuesta por varios troncos anudados y embreados. En el centro de la misma, se levantaba un poste horadado por el que se enhebraba la gruesa cuerda de cáñamo que unía ambas orillas. Al balsero le bastaba con tirar de la soga para hacer avanzar la plataforma sobre las aguas, un mecanismo tan sencillo como eficaz, se dijo Nozomi, que no dejaba de estudiar la complexión de aquel hombre: la musculatura de su torso, las piernas poderosas, los fuertes brazos que tiraban de la cuerda… ¿Era aquella la constitución propia de su oficio?

Suspicaz, se mantuvo a unos pasos de distancia a la espera de que Igarashi acordara el precio del transporte: ocho *monme* de cobre por cabeza. Mientras su acompañante echaba mano a la bolsa, ella continuó escrutando al hombre que debía cruzarlos al otro lado, hasta convencerse de que no podía ocultar arma alguna bajo el *fundoshi*. Al levantar la mirada, descubrió que el extraño le sonreía, malinterpretando sus atenciones.

Nozomi se limitó a embarcar, descolgarse la caja y sentarse sobre ella. Bajó el ala del sombrero y se apoyó en el bastón con gesto cansado; les quedaba una jornada aún más larga que la anterior por delante. Cuando el segundo viajero también se hubo acomodado, el balsero comenzó a tirar de la cuerda en sentido contrario.

La corriente sacudía la plataforma y tensaba la soga que hacía las veces de pasador, pero la pericia de aquel hombre mantuvo el rumbo estable y a buen ritmo. Igarashi, de pie en la parte delantera, observaba de hito en hito la otra orilla, atento a una posible emboscada. Nozomi, por su parte, prefería desconfiar del hombre junto a ellos, aunque hasta ese momento nada hiciera sospechar de él.

Fue al buscar con la mirada el embarcadero opuesto cuando reparó en que, poco más adelante, un pañuelo colgaba de la soga. Supuso que sería la señal que marcaba el punto de mayor profundidad, o quizás donde las corrientes eran más violentas; sin embargo, al pasar entre las manos del balsero, el trozo de tela desapareció de la cuerda. Aquello hizo que Nozomi afilara la mirada y que sus músculos se contrajeran de manera involuntaria.

Se inclinó sobre el cayado, abrazándolo con aparente languidez mientras deslizaba la mano hacia el extremo superior. Cuando el barquero se volvió para lanzar un ataque contra la garganta de Igarashi, Nozomi ya liberaba la hoja oculta en su bastón; esta trazó un arco que cercenó limpiamente la mano por encima de la muñeca. La extremidad amputada cayó sobre la plataforma con el puñal aún entre los dedos.

Sorprendido, Igarashi acertó a desenfundar un cuchillo y a clavarlo en la nuca de su agresor, que ahora se encogía sobre el muñón sangrante. El frustrado asesino estaba muerto antes de desplomarse sobre la plataforma, y quienes deberían haber sido sus víctimas intercambiaron una mirada de alarma, conscientes de que aquello no había terminado.

Allí varados eran un blanco fácil, así que Igarashi se apresuró a ocupar el puesto del balsero. En cuanto aferró la soga y asentó los pies, una hoja larga emergió entre los troncos y le acuchilló la pierna. No le alcanzó de pleno, pero le desgarró la pantorrilla y lo obligó a arrodillarse. Apretó los dientes y reprimió un grito de dolor, al tiempo que intentaba rodar a un lado.

—¡En pie! —lo urgió Nozomi—, o la siguiente cuchillada te atravesará el corazón.

Tenía razón, así que se obligó a apartarse del lugar donde había caído. Cada uno se colocó en un punto de la balsa, consciente de que el asesino podía asaltarlos en cualquier momento. El aguacero continuaba barriendo el río, empapándolos a través de la paja, amortiguando los sonidos y convirtiendo el paisaje en una sombra licuada. Mientras se concentraban en la amenaza bajo la superficie, no se percataron del largo suspiro que llegaba desde la orilla opuesta. La flecha se clavó en el hombro de Igarashi al mismo tiempo que la hoja larga aparecía entre los pies de Nozomi para acuchillarle la ingle.

La mujer, desconectada de cuanto la rodeaba, sus sentidos volcados en aquello que se ocultaba bajo sus pies, saltó hacia arriba en el preciso instante en que la lengua de acero le lamía la cara interior del muslo. Cuando cayó, lo hizo sobre la punta de su sable, hundiendo la hoja casi hasta la empuñadura en el intersticio de los maderos. El impacto contra el hueso le sacudió las muñecas y el acero quedó atrapado. Inclinó la hoja para liberarla con un tirón seco y un aullido de rabia. Al poco, el agua comenzó a teñirse de rojo y un bulto oscuro emergió a la superficie, arrastrado por la corriente.

No había tenido tiempo de recuperar el resuello cuando, ahora sí, escuchó el silbido de la segunda flecha rasgando la lluvia. Acertó a agacharse justo antes de que el proyectil se clavara, vibrante, a su espalda. Debía tratarse de un arquero excepcional si era capaz de tirar a tanta distancia en medio de un temporal, así que decidió no facilitarle las cosas: blandió su sable y cortó la cuerda.

Liberada del pasador, la plataforma se escoró arrastrada por la corriente y comenzó a chapotear río abajo, cada vez a mayor velocidad. Nozomi sabía que a su enemigo le quedaba un último intento, así que se encomendó al cielo y se colocó frente a Igarashi, que se había echado sobre la caja para evitar que esta cayera por la borda. Separó las piernas, cruzó la hoja del bastón frente a ella y aguardó.

El arquero se tomó su tiempo, pero el tañido terminó por vibrar río arriba. Ella se desembarazó de la capa y echó un pie atrás. La tormenta no amainaba y apenas veía lo que había tres pasos más allá, lo que le dejaba muy poco margen de reacción. Cuando la saeta se materializó sobre ella en mortífera parábola desde el cielo, apenas tuvo tiempo de maravillarse de su precisión asesina: cimbreaba en el aire pero volaba firme, directa a su cabeza. Se hizo a un lado pivotando sobre el pie adelantado y, entregándose a su instinto, lanzó un mandoble que acertó a la flecha en pleno vuelo. Esta cayó partida en dos frente a Igarashi, que miraba a un punto perdido en el vacío.

Sin tiempo para sentirse aliviada, se abalanzó sobre el cayado de su compañero y lo clavó en el agua para tratar de estabilizar la balsa; poco a poco la empujó hacia el centro del río, lejos de las paredes rocosas que ahora se elevaban en ambas orillas. Cuando parecía que se había hecho con el control, una turbulencia los sacudió y estuvo a punto de hacerlos caer; Igarashi, abrazado al baúl, se tendió en el suelo para ganar estabilidad, y así permanecieron, entregados a los rápidos hasta que desembocaron en una zona más amplia y menos agitada.

Los acantilados que estrangulaban el cauce comenzaron a abrirse y la embarcación se adentró en aguas más tranquilas. Sin perder tiempo, Nozomi se puso en pie y, apoyando la punta del cayado en el fondo, se aproximó a la margen norte del Kizu. Cuando los bajos comenzaron a rascar contra el lecho, saltó al agua para conducir la plataforma hasta tierra firme. Ayudó a Igarashi a desembarcar y cargaron los bártulos hasta el bosque que se apiñaba contra la orilla, siempre con cuidado de pisar solo sobre las rocas.

Una vez a resguardo, la mujer regresó a la balsa y la empujó de vuelta al agua, de modo que esta prosiguiera su curso río abajo. Con suerte, llegaría hasta la confluencia con el Yodogawa y sería imposible averiguar en qué punto habían desembarcado. Al volver a la espesura se encontró a Igarashi sentado contra el tronco de un alcanforero quebrado. Se había sacado la flecha del hombro y reposaba la cabeza contra la corteza muerta.

—No deberías haberlo hecho —lo reprendió—, puede que hayas abierto aún más la herida.

Sonrió cansado al escuchar cómo lo regañaba.

—Hay cuero extranjero cosido entre las cañas de mi capa, la punta apenas ha penetrado en la carne. —Ensanchó la sonrisa ante la mirada de ella—. Cuando te haces viejo, ya solo te quedan las artimañas.

—¿Y el corte en la pierna?

—Medio dedo de profundidad. Podré caminar, aunque deberé descansar de tanto en tanto.

Nozomi asintió.

—Quítate la ropa, voy a encender una hoguera para secarnos.

—Aún estamos demasiado expuestos.

—Sin fuego, enfermaremos de frío —zanjó la mujer, mientras se valía de un cuchillo para arrancar las ramas que juzgaba más secas.

Encendió la fogata al amparo del grueso tocón, ahuecado por el tiempo y los insectos; se desnudaron y extendieron las ropas junto al fuego. A continuación, se envolvieron en las mantas y esteras que usaban para dormir y se sentaron junto a la lumbre. Después de escuchar durante largo rato el batir de la lluvia contra la arboleda, Igarashi rompió el silencio:

—Ciertamente, eres capaz de ver a través del ojo que tienes en la nuca. Sin ti, mi cadáver flotaría ya en el Yodogawa.

Nozomi lo miró de soslayo antes de extender la mano y atrapar una pavesa que se elevaba en el aire.

—Juzgaron que tú eras la mayor amenaza y se concentraron en darte muerte. Eso me dio la oportunidad de reaccionar que tú no tuviste.

—En cualquier caso, he de darte las gracias.

—No tienes nada que agradecerme —dijo ella—. Es primordial que ambos lleguemos con vida ante Oda Nobunaga. De no necesitarte, te habría dejado a merced de esos asesinos.

Él asintió con un brillo de admiración en los ojos. Puede que fuera una mujer, y muchos dirían que carecía de la edad y la templanza necesarias para liderar a los suyos, pero sin duda era ya una excelente comandante.

Pasaron el resto de la mañana comiendo y dormitando junto a la hoguera. Igarashi aprovechó el descanso para volver a cubrirse el corte con ungüento y ajustar el vendaje que le comprimía la herida. Antes de que cayera la tarde y el resplandor de la lumbre pudiera delatarlos, apagaron el fuego, limpiaron los restos y reanudaron la marcha.

A partir de ese punto no había necesidad de salir a campo abierto, así que viajaron hacia el norte por derroteros solitarios, sepultados en las profundidades boscosas de la región de Yamato. Al tercer día de marcha, poco antes de la puesta de sol, por fin desembocaron en un camino oficial muy próximo a Kioto. Nozomi observó que las pagodas de la ciudad imperial despuntaban tras los montes cubiertos de pinos, a no más de un *ri* hacia el norte; por tanto, el Honno-ji debía encontrarse en algún punto del fértil valle entre los ríos Kamo y Katsura. No tan retirado de la capital como para ser considerado un templo de provincias, pero lo suficientemente apartado para mantener cierta autonomía y discreción. A ello contribuía el que sus muros no estaban a la vista de las rutas principales, como pronto descubrió Nozomi, pues para llegar al monasterio tuvieron que abandonar la calzada de tierra prensada e internarse en un bosque de almendros.

Le sorprendió la arquitectura del Honno-ji: extenso y amurallado, ornamentado como si se erigiera en el centro de una capital, resultaba incongruente en aquel enclave solitario.

—Los samuráis no han llegado aún —dijo Igarashi, cojeando por el esfuerzo—. No deberíamos tener problemas para alojarnos.

Nozomi no contestó, atenta a cuanto la rodeaba. El bosque había sido despejado en torno al recinto para evitar que nadie pudiera aproximarse al amparo de la espesura, a excepción de los almendros y cerezos más espléndidos, que, sin duda, se habían conservado para ser admirados durante el *hanami**. Una concesión impropia de tiempos de guerra, juzgó la mujer. El pórtico principal, sin embargo, tenía una terraza superior con aspilleras, lo que denotaba que los inquilinos también sabían defenderse. Sobre los lienzos de muralla blanca, se elevaba el gran pabellón central, y alrededor de este, una serie de estructuras conectadas entre sí, cuyos tejados eran visibles desde el exterior.

«Ni chamizo ni paja trenzada en la techumbre —observó Nozomi mientras se aproximaban a la gran campana junto al pórtico—, solo tejas pintadas de azul, como si del mismo templo Todaiji se tratara».

—No te dejes engañar por la aparente opulencia —comentó Igarashi, que parecía haberle leído la mente—. Oda se ha ocupado de la prosperidad del templo, al fin y al cabo es su residencia oficiosa

---

* *Hanami:* literalmente, «contemplar las flores». Aquí hace referencia a la tradicional costumbre japonesa de recrearse en los cerezos durante su breve florecimiento, época en la que se celebran diversas festividades y ceremonias en torno a estos árboles.

cuando visita al emperador, pero no encontrarás una vida disoluta entre estos muros. El abad Shinkai es un devoto seguidor de las enseñanzas del sutra del Loto y sabe imponer la disciplina que exige una vida ascética.

Dicho esto, se colocó junto a la campana techada y, empujando con fuerza el ariete, despertó su tañido.

Quizás para sorpresa de Nozomi, Igarashi Bokuden fue bien recibido en el templo. No solo se les instaló en el pabellón de peregrinos —vacío ante la próxima llegada de Nobunaga—, sino que también se les calentó la casa de baño y se les entregó sendos *samue**[*]* mientras aguardaban a que el abad concluyera sus servicios.

Llegaba a su fin la hora del perro cuando fueron llamados a los aposentos de Shinkai. Un novicio se encargó de conducirlos a través de las galerías que discurrían entre los pabellones y jardines. Nozomi, que se había echado sobre el kimono un largo abrigo *kosode*, caminaba sosteniendo frente a sí una caja de madera lacada en rojo. Avanzaba con pasos recatados, consciente de que se movía en un mundo de hombres, pero aquello no le impidió cerrar los ojos y deleitarse con el frescor de la noche en el rostro, especialmente grato tras el baño. Llegaron a la pequeña estructura que acogía la residencia del abad y el muchacho se detuvo junto a la entrada. Con una reverencia, les indicó que podían pasar.

Shinkai los esperaba en una austera sala de audiencias del tamaño de una pequeña casa de té, vacía salvo por los tatamis que cubrían el suelo y el brasero de hierro ubicado en el centro. El bonzo se distraía removiendo las brasas y, al escucharlos entrar, levantó hacia ellos unos ojos atentos, de una viveza que desmentía los profundos surcos que los rodeaban. Sin pelo ni siquiera en las cejas y de complexión menuda, el abad resultó ser tan anciano como Igarashi había descrito, pero su presencia estaba imbuida de una vitalidad que lo emparentaba con otro hombre santo al que Nozomi conocía bien: el difunto padre Enso.

---

[*] *Samue:* kimono utilizado por los monjes budistas durante el desempeño de sus actividades cotidianas.

—Maestro Shinkai —saludó Igarashi, postrándose en el tatami hasta tocar el suelo con la frente—, gracias por acogernos en su templo.

—Levanta la cabeza, Fuyumaru —dijo el anciano—. Soy viejo pero aún no me han momificado, cuando lo hagan podrás postrarte ante mí y encender varillas de incienso.

—Me reconforta comprobar que los años no han ajado ni su espíritu ni su talante.

—Y a mí me reconforta ver que ya no viajas solo.

—Disculpe mi torpeza. Esta es la dama Nozomi, de Shinano. —Igarashi señaló con la mirada a la mujer, que depositó la caja sobre el tatami y también se postró ante el venerable bonzo—. Me temo que las circunstancias que nos hacen viajar juntos son excepcionales.

—Y entiendo que dichas circunstancias son las que os han traído a mi templo, a pesar de la inminente llegada de su señoría.

—Estamos aquí precisamente por la visita de su señoría, maestro —respondió Nozomi, con la cabeza aún gacha.

El abad la contempló con detenimiento antes de dirigirse a Igarashi:

—Explicaos.

—La dama Nozomi ha comandado durante años a los agentes secretos del clan Fuwa, y se hallaba en Hiei cuando Torayasu-sama cayó ante las hordas de los monjes *sohei*. Allí presenció acontecimientos que le hicieron sospechar de una traición, y ha recurrido a mí para esclarecer esta posibilidad.

—¿Ahora los *shinobi* de Iga y Shinano trabajan juntos? —preguntó Shinkai, no sin sarcasmo.

—Bien sabe que Iga ya no me considera uno de los suyos. Hace años que sirvo a Akechi Mitsuhide, vasallo del señor Oda al igual que Fuwa Torayasu. Eso convierte a la dama Nozomi en una aliada a la que debo prestar cuanta ayuda me solicite.

—¿Y qué tiene que ver esa supuesta traición con mi templo?

—Por lo que hemos podido averiguar, los enemigos de su excelencia se han hecho con un arma extranjera contra la que no se conoce defensa, un artilugio terrible con el que pretenden atentar contra su vida. Estamos aquí para advertir a su señoría.

Shinkai se rascó la cabeza tonsurada, dubitativo. Comprendía la gravedad de cuanto se le planteaba, pero no tenía más prueba de ello que la palabra de aquel hombre, visitante esporádico del que solo sabía con certeza su caída en desgracia y exilio de Iga.

—No sé si este es el lugar para molestar al señor Nobunaga con asuntos de esta índole. ¿Por qué no acudís a las familias samuráis a las que servís? Ellos son el cauce adecuado para plantear tales cuestiones.

—Este asunto ya se ha planteado ante la misma corte de Gifu y, pese a ello, no ha llegado a oídos de Oda-sama —intervino Nozomi—. Os lo rogamos, venerable Shinkai, el tiempo juega en nuestra contra; no sabemos cuándo puede sobrevenir el atentado y esta es nuestra única oportunidad de advertir directamente a su señoría. Si no confía en nosotros, limítese a entregar este presente a Oda-sama; dígale que aquellos que lo han traído se alojan en el Honno-ji.

La mujer deslizó con delicadeza la caja sobre el suelo, aproximándola al bonzo.

—¿Qué contiene? —preguntó el abad, reacio a tocar la superficie de madera lacada, como si esta albergara la semilla de una gran tragedia.

—Dígale que en su interior hay un arma como no se había visto antes —respondió Nozomi—. El arma con la que los conspiradores pretenden asesinarle.

Capítulo 47

De horrores, maravillas y desdichas

Kenjirō sostuvo la guardia a media altura, la punta del sable alineada con sus ojos mientras desafiaba a un enemigo imaginario, visualizando la acometida. Cuando la espada del rival buscó sus costillas, él adelantó el pie derecho y giró las muñecas para cruzar la hoja y protegerse el costado. Apenas hubo completado el movimiento, una dentellada de dolor le estremeció el hombro herido; otra le recorrió el muslo haciéndole perder pie. Cayó sobre la rodilla izquierda y gruñó frustrado.

Ayala lo observaba en silencio junto al fuego. Habían acampado a orillas del Yodogawa tras concluir la tercera jornada de camino; una vez estuvo todo dispuesto, el samurái se ciñó la *daisho* y se entregó a la práctica de su arte. El jesuita conocía bien aquellas largas sesiones, pues las había presenciado decenas de veces desde que comenzara su viaje juntos. Ahora comprendía que no se trataba de un mero ejercicio físico, ni de una forma de perfeccionar su destreza con los sables; era una reafirmación de su condición de guerrero. Al igual que él oraba a diario para sentirse próximo a Dios, el joven *goshi* empuñaba sus sables al caer la tarde para recordar que era un samurái, pese a ser la azada lo primero que sostenía cada mañana. Sospechaba que era una costumbre inculcada por su padre, de ahí la rabiosa frustración de no poder llevarla a cabo a causa de sus heridas.

Kenjirō se obligó a levantarse, su truncada silueta enmarcada por el río. Exhalaba fumarolas que se evaporaban en el gélido aire de la tarde, hasta que contuvo el resuello y volvió a armar la guardia. Ayala contempló cómo tentaba un último lance: una sucesión larga de fintas, cortes y estocadas que solo concluyó cuando el dolor le obligó a hincarse de nuevo en tierra.

Con dificultad, se puso en pie y envainó la *katana*. Se desnudó junto a la orilla y se bañó en las frías aguas. Cuando volvió junto a la hoguera, Ayala le tendió una toalla que había calentado al fuego.

—¿Por qué te castigas de esta forma?

—Si no soy capaz de luchar, ¿de qué le sirvo? —respondió el samurái mientras se secaba los brazos.

—Me servirás manteniéndote sano. Si esos cortes vuelven a abrirse, solo conseguirás retrasar nuestra marcha. —Y desviando la mirada hacia el caballo que pastaba entre los arbustos, añadió—: Si al menos consintieras en montar.

—La única forma de volver a fortalecer las piernas es caminando. Además, a lomos del caballo estaría más expuesto ante una emboscada.

El religioso rebuscó en su alforja hasta extraer una bola de arroz envuelta en hojas de bijao. Se la pasó a su *yojimbo* y buscó otra para él.

—No creo que suframos más percances en el camino de vuelta —comentó, antes de dar el primer bocado al arroz.

—¿Cómo puede decir algo así? Ahora sabemos que Iga envió asesinos para acabar con su vida.

—Así es, cuando aún era una amenaza para sus secretos. Pero ahora mi investigación ha concluido, lo poco o mucho que hubiera averiguado está en conocimiento de personas con más recursos que yo. Inicio el camino de regreso con las manos vacías.

—¿Vacías? Gracias a sus esfuerzos se puede haber destapado una conspiración contra el señor Oda.

—A nuestros esfuerzos, en cualquier caso. De no ser por ti, no habría sobrevivido ni tres días en los caminos. Pero todo lo que he averiguado ha sido fruto de la casualidad, siempre merced a la intervención de terceros. Siento que me he limitado a tantear a ciegas en la oscuridad, avanzando torpemente mientras tú evitabas que cayera por un precipicio.

—Pensar que uno puede solucionar solo los grandes problemas de esta vida es un tanto ingenuo, Ayala-sensei —dijo el samurái con despreocupación, mientras terminaba de vestirse al calor de las llamas—. Hay situaciones aparentemente irresolubles que nadie se atreve a confrontar; en tales casos, lo único que podemos hacer es dar un paso al frente con la esperanza de que otros nos sigan. Y eso es lo que usted ha hecho.

El jesuita contempló sus lamentos desde la perspectiva de Kenjirō, que hasta ese día había hecho frente a cada dificultad con gran presencia de ánimo, actuando siempre acorde a su conciencia, sin dudas ni arrepentimientos posteriores, y comprendió lo absurdas que debían resultarle sus tribulaciones.

—Hubo un maestro en Roma llamado san Agustín, un *bodhisattva* cristiano que dijo: «Dios no exige imposibles, sino que manda hacer lo que podamos y pedir ayuda ante lo que no podamos». —Sonrió, feliz de estar en compañía de aquel muchacho—. En otro tiempo y lugar quizás hubieras sido un doctor de la Iglesia, Kudō Kenjirō.

—No sé de qué me habla, Ayala-sensei, soy un simple *goshi*. —Se metió la última porción de arroz en la boca—. Solo sé de arar los campos y empuñar el sable.

Dos días después alcanzaron la ruta Tokaido, y esa misma noche pudieron pernoctar en una posada. La intención de Ayala era deshacer el camino con calma, descansar siempre que fuera posible para que las jornadas no se hicieran demasiado largas para Kenjirō. El joven ya había soportado suficientes penurias por su causa, intentaría que aquellos últimos días antes de llegar a Owari constituyeran un buen recuerdo.

Había algo, sin embargo, que inquietaba al jesuita: si no sobrevivía al encuentro con Akechi-sama —una posibilidad cada vez más tangible según se aproximaban a su destino—, ¿quién haría llegar las conclusiones de su investigación a la diócesis de Nagasaki? Su obligación como visitador enviado por Roma era informar personalmente al padre principal de la misión, pero quizás no pudiera completar su cometido.

Así que esa noche, alojados en una humilde posta de campesinos próxima a Nagashima, Ayala desenrolló la vitela que llevaba consigo y licuó un poco de tinta. A la lumbre de un cirio, mientras Kenjirō dormitaba en el fino jergón, comenzó a escribir en toscano:

«Al Padre Francisco Cabral, principal de la misión en Japón por la Gracia de Nuestro Señor; en Nagasaki. Del Padre Visitador Martín Ayala; en Nagashima. Sobre las extrañas muertes acaecidas a los hermanos de la Compañía de Jesús en tierras japonesas, y lo que se me ha dado a descubrir tras recorrer estas tierras y presenciar horrores, maravillas y desdichas».

—Dinos, ¿cómo acabaste con la vida del Traidor? —preguntó el hombre tras la máscara de zorro.

Masamune, postrado sobre una rodilla, gacha la cabeza, se encontraba en el centro de la sala. A su lado ardía una lámpara que apenas iluminaba los rostros que le contemplaban desde la penumbra: cinco máscaras a cada lado, flanqueándolo, y frente a él, la líder del cónclave: Chie del clan Kido de Otowa, cubierta por su máscara de ébano y envuelta en su *mofuku* negro. Era una de esas raras ocasiones en que se reunían los jefes de los once clanes *shinobi* de Iga, el Tribunal de las Máscaras al completo, lo que daba la medida de la importancia de su testimonio.

Levantó la mirada hacia aquel que había formulado la primera pregunta:

—Le corté la garganta mientras estaba indefenso, atado en un granero. Se había dejado capturar por los aldeanos.

El hombre-zorro se reclinó sobre el cojín y meneó la cabeza.

—Me decepcionas, Masamune de Hidari. El Traidor merecía expiar sus muchas culpas a través de un largo sufrimiento. Le has privado de la posibilidad de presentarse ante el viejo Keneo[*] con ropas ligeras.

---

[*] Según la fe budista japonesa, el difunto cruza el río Sanzu tras su muerte, vadeándolo por una zona más o menos profunda en función de la gravedad de sus pecados. Una vez en la orilla opuesta, los demonios Datsue-ba y Keneo desnudan al difunto y cuelgan sus ropas de la rama de un árbol. Cuanto más empapadas estén las ropas, más se inclinará la rama y, por tanto, mayor será el peso de los pecados que deberá purgar en la otra vida.

—El maestro torturador siempre ha sido un alma piadosa, de ahí que procure prolongar la agonía de los pecadores cuanto le sea posible —dijo con mordacidad una voz a la derecha de Masamune.

—Basta. Es nuestra potestad encomendar a este hombre una misión, pero no decirle cómo llevarla a cabo —dijo el hombre que se sentaba en el primer puesto a la derecha de la dama Chie. Se trataba de Ibaraki «Ojos de Demonio»—. Además, aunque fuera a su pesar, Fuyumaru nos ha llevado hasta el cuervo y ha hecho que demos con la contrabandista de Fuwa. Una muerte rápida es un buen pago por sus servicios —añadió la máscara de demonio.

—¿Y el sacerdote cristiano? —preguntó una mujer a su espalda. Por su voz, anciana y rasgada, debía tratarse de Izumi del clan Shindo.

—Lo dejaron solo durante la contienda, así que no tuve problemas para llegar hasta él. Carecía de tiempo y venenos —miró de soslayo al zorro—, pero no hay duda de que lo relacionarán con el resto de asesinatos.

—¿Qué pudiste averiguar de las armas? —inquirió otra mujer, cubierta con la máscara espectral de una dama de las nieves.

—Solo puedo estar seguro de que las armas permanecen allí. No había samuráis ni fusileros del clan Fuwa en la villa, fueron los propios lugareños los que empuñaron los arcabuces para defenderse, así que debían ocultarlos en algún lugar cercano, y allí deben seguir.

—Está bien —asintió la enlutada—. Puedes retirarte.

Masamune hizo una profunda reverencia con los puños sobre el tatami, se incorporó y se encaminó hacia la salida. Cuando la puerta *shoji* se hubo cerrado de nuevo, el demonio fue el primero en hablar:

—Por fin hemos subsanado un error que nunca debimos cometer.

—¿Estás seguro, Ibaraki? —musitó Chie.

Todos la miraron, a la espera de una explicación que no llegó.

—¿Acaso ves algo que te inquiete, hermana? —preguntó finalmente una mujer con máscara de rata.

—Durante años, Fuyumaru ha sido un recuerdo que se desvanecía, un copo de nieve que se fundía al rozar nuestra memoria. Sin embargo, algo lo hizo volver. Según sus palabras, no abandonó su retiro por decisión propia, sino que fueron acontecimientos ajenos a él los que lo trajeron hasta aquí. —Chie bajó la cabeza y hebras negras se deslizaron sobre sus hombros—. Si su karma era regresar, nosotros hemos cortado ese hilo sin pensarlo dos veces. Creíamos que al enviar a Masamune cerrábamos un círculo, que el hijo ocuparía el lugar del padre… Pero temo que solo hayamos conseguido contrariar la voluntad del cielo.

La cabaña de leñadores estaba enclavada en lo más profundo del monte Koyama, allí donde no alcanzaban ni ojos ni oídos indiscretos. Aun así, Masamune miró por encima del hombro una última vez, hacia la espesura en tinieblas, antes de llamar con el puño a la puerta de madera ennegrecida. Después se arrebujó en el grueso *haori* y se dispuso a esperar cuanto fuera necesario. Llevaba cruzados a la espalda el sable *nagamaki* y una bolsa de viaje, dispuesto a desaparecer en cuanto entregara su mensaje.

—¡No atiendo a nadie una vez cae la noche! —anunció una voz desde el interior.

—¿Eres Tatsumaru, *chunin* al servicio del jefe Taroshiro de Koyama?

Un silencio ponderativo.

—¿Quién lo pregunta?

—Soy Masamune de Hidari, traigo un mensaje para ti.

Se escuchó un murmullo al otro lado de la puerta, probablemente había alguien más en el interior.

—¿Cuál es ese mensaje que no puede esperar a la mañana?

—El mensaje de un difunto, las últimas palabras de Fuyumaru el Traidor. —Un nuevo silencio, prolongado—. No habrá otra oportunidad, Tatsumaru. Si quieres saber por qué he venido, he de hablar contigo ahora.

Finalmente, le respondió el roce ronco de una traviesa de madera. La puerta se abrió y Tatsumaru —el rostro zurcido a cicatrices, un ojo vacío—, lo escrutó de arriba abajo tal como debía escrutar los tallos de bambú antes de cortarlos, sopesando si merecían la pena el esfuerzo. Sujetaba contra el muslo una pequeña hacha, como si efectivamente se dispusiera a talar cañas.

—¿Cómo sé que dices la verdad?

Por toda respuesta, Masamune sacó del *haori* un sobre alargado y se lo entregó. El otro deshizo los pliegues y extendió el papel. En el interior se hallaba la trenza de Fuyumaru.

—Si verdaderamente este es su pelo… —comenzó el leñador, sin apartar su único ojo del mechón trenzado—, ¿significa que eres tú quien lo ha enviado al otro mundo?

—No hablaré contigo aquí fuera.

Tatsumaru apretó la reliquia en el puño y amagó un rictus que evidenció aún más sus cicatrices. Sin mediar palabra, le dio la espalda y dejó caer el hacha, que fue a clavarse en el suelo.

—Pasa —dijo mientras se adentraba en la penumbra de su cabaña.

Masamune cerró y siguió a Tatsumaru al interior. Pisaba el suelo de tierra de una vivienda humilde, sin más comodidades que una mesa baja, unos cuantos útiles de cocina y un hogar excavado junto a la ventana. La sección posterior sí se hallaba entarimada, separada del resto por un panel *shoji* cien veces remendado que debía de dar paso al dormitorio.

Y desde allí los observaba una mujer más joven que Tatsumaru. Sujetaba una lámpara recién prendida, llevaba el cabello suelto y se cubría con un sencillo *nemaki** que mantenía cerrado con el puño, dejando a la vista el contorno de una pierna desnuda.

—¿Quién es este hombre, esposo?

—Un mensajero de los muertos, al parecer —gruñó Tatsumaru—. Ayúdame a levantar la puerta y vuelve al lecho.

—No dormiré mientras haya un extraño en mi casa —respondió ella, ajustándose el kimono con un lazo—. Lo que debáis hablar lo haréis conmigo presente.

Zanjada cualquier posible discusión, ayudó a su esposo a retirar la mesa. Tatsumaru se agachó y removió la tierra hasta encontrar una cadena herrumbrosa; tiró de ella y levantó la trampilla enterrada.

—Iré encendiendo las velas —anunció la mujer, y se colocó el cordel de la linterna entre los dientes antes de comenzar a descender por la escalinata.

---

* *Nemaki:* kimono de corte sencillo, similar al *yukata,* que suele usarse para dormir y en los baños públicos.

Los hombres intercambiaron una mirada y Tatsumaru terminó por sonreír.

—Así son las mujeres de Koyama, es inútil decirles qué pueden y qué no pueden hacer —aclaró el tuerto, que parecía satisfecho con la actitud de su esposa—. En cualquier caso, todo lo que me digas terminará por saberlo Hitoka, así que adelante —señaló la garganta excavada—, bajo tierra nadie nos podrá escuchar.

Masamune observó el agujero en el suelo. Había escuchado que muchas de las casas del clan Koyama estaban conectadas bajo tierra, y se preguntó si sería este el caso. De cualquier modo, era demasiado tarde para echarse atrás, así que dejó los fardos en el suelo y se descolgó por la boca de la trampilla.

Bajó guiado por el tenue resplandor procedente de las profundidades. Contó veintiocho escalones hasta llegar al fondo, que se abría a una oquedad natural en el subsuelo. Los cirios prendidos por Hitoka iluminaban una estancia de techos altos reforzados con vigas cruzadas; en el centro se había improvisado una mesa con una tabla sobre dos toneles, y en las paredes de roca se habían claveteado unos cuantos estantes en los que se alineaban armas de lo más dispares, muchas de las cuales se confundían con aperos de labranza. Había un baúl cerrado con llave en un rincón, y de un tablón apoyado contra la pared pendía un detallado mapa de la provincia de Iga, que incluía cuevas y escondrijos que Masamune desconocía.

Finalmente, su vista fue a detenerse en la mujer: sostenía un sable *wakizashi* desenvainado. A su espalda escuchó los primeros pasos de Tatsumaru sobre el suelo de piedra; se volvió para ver que el tuerto empuñaba de nuevo el hacha con que lo recibiera a la entrada.

—Bien, Masamune de Hidari, explícanos detenidamente el motivo de tu visita. De lo que nos cuentes dependerá el que esta cripta se convierta o no en tu tumba.

El interpelado apretó los dientes, disgustado.

—¿Acaso Fuyumaru me ha enviado a una trampa?

—Ciertamente, sería propio de ese viejo cabrón tender a su asesino una última encerrona —sonrió Tatsumaru.

—Fuyumaru no está muerto. Lo dejé con vida hace unos días en el feudo de Takatsuki. Había caído en manos de unos contrabandistas, aunque comienzo a sospechar que ese fue su plan desde el principio. Pude haberlo liberado, pero me pidió que lo dejara allí y que informara de su muerte al Tribunal de las Máscaras. Después, debía ponerme en contacto con Tatsumaru. «De los pocos que me defendieron cuando decidí desposarme con una mujer de Koga», fueron sus palabras.

—Es una bonita historia —observó la mujer, moviéndose tras Masamune—, el tipo de historia que el tribunal se inventaría para ver si picamos y acabar acusándonos de traidores.

—Me entregó su trenza para presentárosla como prenda, dijo que sería la prueba de que es él quien habla por mi boca.

—Esa trenza podría pertenecer a cualquiera —replicó Hitoka a su espalda, su voz cada vez más próxima.

—Tente un poco, mujer. Si nos miente, le aguarda una larga noche por delante —dijo el tuerto—, pero antes déjame comprobar una cosa.

Dicho esto, se colgó el hacha de la cintura y depositó el jirón de pelo sobre la mesa.

—No te muevas —le advirtió la *kunoichi,* apoyando la punta de su sable contra la nuca de Masamune.

Tatsumaru cortó con los dientes el hilo que mantenía anudada la trenza y, con una delicadeza impropia de aquellos dedos callosos, comenzó a deshacerla. El cabello resultó estar trenzado alrededor de una larga tira de papel, plegada infinidad de veces y envuelta en tripa de animal. Cuando el hombre terminó de destejer la urdimbre, desplegó el pedazo de papel y lo contempló durante largo rato.

—¿Hay algo escrito? —preguntó Hitoka, incapaz de reprimir su curiosidad.

Tatsumaru recitó:

Germina en mi pecho
una flor de otoño.
Cien vidas en hallarla,
media para amarla,
mil para recordarla.

Su mirada permaneció prendida del papel. Había infinidad de recuerdos enredados entre aquellos trazos.

—Es el poema *tanka*[*] que Fuyumaru escribió el día de sus esponsales —reveló finalmente. Y, levantando la vista hacia Masamune, preguntó—: ¿Qué mensaje nos traes?

—El Tribunal de las Máscaras nos ha vendido. Antes de que concluya el invierno, los clanes de Iga deberán rendir vasallaje al Rey Demonio; aquellos que se opongan serán purgados por los ejércitos de Nobunaga. Fuyumaru ofrece una salida a quienes aún valoren su libertad: os espera en las colinas cubiertas de *hagi*, en la primera noche de la próxima luna nueva.

---

[*] *Tanka:* forma de poesía tradicional japonesa compuesta de una estrofa de cinco versos. Se lo considera precursor del *haiku* y, a menudo, se escribían de tal forma que solo pudieran ser entendidos por su destinatario. Su popularidad hizo que se emplearan con diversas finalidades: para el cortejo, como voto nupcial... Y según fuentes como el *Bansenshukai*, como un medio de codificar enseñanzas, preceptos e instrucciones entre los *shinobi*.

Capítulo 48

El blasón de los cinco pétalos

Ayala y Kenjirō llegaron a la bahía de Owari una mañana de cielo raso. El camino serpenteaba entre pinares y, de tanto en tanto, se asomaba a los acantilados costeros, permitiéndoles vislumbrar un mar revuelto que batía contra las playas. El rumor de la rompiente se elevaba hasta la vereda y les llenaba los oídos de sal. Si seguían con la vista la línea de costa, se averiguaba en la distancia el perfil de las colinas que rodeaban el puerto de Anotsu.

A medida que se aproximaban a la ciudad, los caminos se fueron poblando de gente de mar y el viento comenzó a arrastrar el graznido de las gaviotas, que revoloteaban desordenadas sobre el barrio portuario. Kenjirō hacía por mantener el gesto impasible, la mano descansando junto a la empuñadura del sable, pero el jesuita percibía en sus ojos la mirada dichosa de quien se sabe en casa.

—Pronto nuestro viaje habrá concluido y podrás regresar con tu familia —le dijo. Y se sorprendió del cansancio que halló en su propia voz.

El samurái lo miró de reojo.

—Puede que mi hogar esté tras esos montes, pero lo siento aún lejano. Centrémonos en el camino que aún nos queda por delante.

Ayala asintió en silencio y devolvió la vista a las colinas. Le llamó la atención encontrar una cruz erigida en una de las cimas, dando la bienvenida a los visitantes que llegaban por mar y tierra.

Resultaba curioso ver la cruz de Cristo en el feudo de un daimio que no se dice cristiano.

Cruzaron la ciudad en dirección al puerto, donde descubrieron que el número de barcos negros había crecido sobremanera desde su última estancia. Las altas carracas portuguesas, con sus vientres henchidos de mercancías procedentes de Macao, se bamboleaban entre los frágiles varaderos.

Ayala se interesó por el próximo buque en partir hacia Nagasaki y, tras una breve conversación con el capitán —en la que le dejó muy claro la importancia de lo que depositaba en sus manos—, le entregó la carta dirigida al principal de la misión. En cualquier caso, el lacre con el «IHS» rodeado del sol llameante era divisa suficiente como para que el marino se tomara muy en serio la encomienda.

Una vez estuvo seguro de que sus palabras llegarían a la misión en Nagasaki, el jesuita y su *yojimbo* se encaminaron al destino final de su viaje: el castillo de Anotsu, cuya sombra parecía cernirse sobre toda la bahía.

Por la posición del sol, Ayala calculó que tocaba a su fin la hora del mono*. Llevaban gran parte del día a la espera de ser atendidos por los funcionarios del castillo, guardando una rigurosa cola que comenzaba ya desde los barrios que rodeaban las murallas. Esperaban al raso, zarandeados por un viento cortante que se les colaba bajo la ropa, más afilado cuanto más ascendían, pues la fortaleza se encaramaba a un altozano que, en su parte posterior, caía en picado sobre el mar.

—Tardaríamos menos en tomar esta fortaleza al asalto —rezongó Kenjirō, que se distraía cepillando al caballo que les había cedido la dama Reiko.

El jesuita sonrió ante la exasperación de su compañero. La impaciencia, como la juventud, solo se cura con el paso de los años.

Mediaría la hora del gallo cuando por fin cruzaron bajo el pórtico y penetraron en el primer anillo amurallado. Ayala reparó en que su presencia no pasaba desapercibida a los guardias, que cuchicheaban

---

* Hora del mono: entre las 15.00 y las 17.00 horas.

mientras miraban en su dirección. Tras un breve intercambio, uno de los centinelas abandonó su puesto y regreso al momento acompañado de un anciano pulcramente vestido con un *kataginu*[*] azul.

—Extranjero —lo llamó el funcionario—, ¿qué haces aquí? Esta fila no es para ti.

Ayala se sorprendió de la brusquedad con que le interpelaban; reparó entonces en que no había nada en su atuendo que lo identificara como hombre de Dios.

—Háblale con respeto —intervino Kenjirō con severidad—. Este hombre es Martín Ayala, enviado de Nagasaki con salvoconducto de Oda-sama para recorrer sus dominios. Ha completado su viaje y viene a solicitar audiencia con el señor Akechi.

El anciano examinó al extranjero, cuyo rostro, barbado y ojeroso, se elevaba un palmo sobre el resto de los presentes.

—¿Es usted un padre cristiano? —preguntó, desconfiado.

—Así es. Lamento no vestir como corresponde a alguien de mi condición. —Y le mostró el documento sellado por la corte de Gifu.

El funcionario se inclinó para estudiar el salvoconducto con mirada suspicaz, pero no se atrevió a tomarlo entre las manos.

—Acompáñeme. No debe esperar aquí, este no es lugar para alguien como usted. —Y dirigiéndose al guardia que lo acompañaba, añadió—: Sadatsugu, hazte cargo de su montura y sus pertenencias.

Los condujeron a través del laberíntico entramado de patios, jardines, puertas y pasadizos que conectaban los anillos más exteriores de la fortaleza con los interiores. Precedidos por dos lanceros y el anciano administrador, el largo paseo vino a concluir en una casa de una sola planta construida junto a un estanque; una suerte de *dojo* o casa de meditación, pues el interior era completamente diáfano, salvo por las esteras de tatami que cubrían el suelo de madera.

Una sirvienta se asomó al escucharlos llegar y se apresuró a salir al encuentro del grupo. Los recibió con una profunda reverencia.

—Este hombre es un enviado de Nagasaki —explicó el funcionario, sin molestarse en saludarla—. Él y su acompañante esperarán aquí hasta ser reclamados ante la presencia de su señoría.

---

[*] *Kataginu:* abrigo con anchas hombreras y sin mangas que se vestía sobre el kimono. Era una prenda formal cuyo uso era habitual en ambientes cortesanos.

—Por supuesto —respondió la mujer con una nueva reverencia y, antes de incorporarse, extendió las manos hacia Kenjirō.

Este reparó en la mirada ceñuda de los guardias y, aunque reacio, accedió a entregar sus sables. La sirviente los recogió con un agradecimiento antes de indicarles con la mano que subieran a la tarima.

—Descansen, por favor, les prepararé algo de té.

La mujer colocó los sables a los pies del altar que presidía la amplia sala, con las empuñaduras hacia la izquierda, indicando así que se hallaban en un lugar de paz. Después desapareció por la única puerta lateral, sus delicados pasos acompañados por el crujido de la madera.

Los visitantes se quedaron a solas en la estancia vacía, abierta de par en par a un jardín pincelado de colores otoñales.

—¿Era este el recibimiento que esperabas? —preguntó Ayala, deleitándose en el sonido del caño que vertía en el estanque.

—No sé qué esperaba. Pero prefiero estar aquí que en esa maldita fila.

Al caer la tarde les prepararon el baño y les devolvieron su equipaje. Habían registrado sus bolsas, pero también les habían limpiado y doblado la ropa, así que no tuvieron ánimo de protestar. Una vez reconfortados por el agua caliente, la criada trajo unas bandejas con la cena. Ambos dieron las gracias y comieron frente a la mujer, que solo se retiró cuando hubieron concluido, llevándose consigo los cubiertos.

Pasaron la noche en esa misma sala. Kenjirō, sentado sobre las piernas cruzadas, gacha la cabeza mientras dormitaba; Ayala, encogido junto a un brasero, con la espalda dolorida por dormir sobre el suelo de madera. A la mañana siguiente, se les sirvió el desayuno y volvieron a quedarse a la espera, condenados al apacible ostracismo de aquella casa con estanque.

La jornada transcurrió en una monotonía solo interrumpida por las idas y venidas de aquella sirviente que, obsequiosa, atendía sus necesidades. La paciencia de Kenjirō se consumía al mismo ritmo que la luz del día; al caer la noche, el samurái ya no era muy buena compañía: rumiaba su desesperación dando vueltas por la sala vacía, sumido en un silencio hosco que solo rompía para murmurar en voz baja.

Durmieron otra noche en aquella jaula de papel y madera. A media mañana, Kenjirō no soportó más la espera. Tomó sus sables, se los deslizó en el *obi* y se dirigió al exterior.

—¿Qué estás haciendo?

—Voy a la armería. Mi deber era rendir cuentas ante el maestro de armas a mi regreso. —Hablaba mientras se calzaba las sandalias sentado en el escalón que daba al jardín—. De paso, trataré de averiguar si tienen planeado hacernos esperar hasta matarnos de aburrimiento.

Dicho esto, abandonó la casa del estanque llevado por un ímpetu que Ayala consideró peligroso.

Miura Nagamasa, maestro espadero del clan Akechi, entró en la sala donde lo aguardaba su inoportuna visita. Reconoció con una mirada de desdén al *goshi* postrado ante él: era el mismo con el que trató a comienzos de otoño; aunque de aquel infeliz recordaba sobre todo la excelente factura de sus sables, por completo inapropiados para un labriego.

—Así que, finalmente, has sobrevivido a tu viaje.

—Con la ayuda de Buda y del dios de los cristianos, el maestro Ayala ha podido concluir su labor y se encuentra de vuelta en el castillo.

—¿Y a qué has venido? Si no recuerdo mal, no te llevaste ningún arma de mis depósitos.

—La montura que se confió al maestro Ayala ha sido repuesta a las caballerizas por otra de similares virtudes. Sin embargo, tras la batalla del monte Hiei perdí las ropas que se me entregaron con el blasón del clan Oda.

—¿Has combatido en Hiei? —preguntó Miura, sin disimular su sorpresa.

—Al servicio del señor Fuwa Torayasu. Fue allí donde perdimos la montura, las ropas y muchas de nuestras pertenencias —explicó Kenjirō sin alzar la cabeza—. Le aseguro que devolveré el coste de esas ropas.

—Recuérdame tu nombre, *goshi*.

—Kudō Kenjirō, mi señor.

—Kudō Kenjirō, ¿para qué querría tu sucio arroz en mi armería? —El armero daba golpecitos sobre el tatami con su abanico cerrado—. Has sido negligente y yo estableceré el precio de tu falta. —Se relamió—. Entrégame tu *daisho*.

Kenjirō levantó la mirada.

—Me temo que eso no será posible, señor Miura.

—¿Te atreves a desobedecer al maestro de armas de su señoría?

—Estos son los sables de mi padre, y la piedad filial me compromete por encima de la obediencia que le debo.

—¡No hay mayor obediencia que la que debes a tu señor, necio!

—La lealtad de un samurái hacia su señor es un reflejo de la lealtad que, como hijo, le debe a su padre —respondió Kenjirō con voz calma—. El filósofo de los Zhou* dijo: «Si queréis saber cómo es un hombre, observad cómo se comporta con sus padres». Por tanto, si deshonro a mi padre, ¿cómo podría honrar a mi señor?

Miura alzó el mentón con un rictus de absoluto desprecio:

—¿Pretendes aleccionarme, gusano impertinente? No devuelves los ropajes que se te confiaron y te niegas a entregar tus armas como reparación. Es tal tu insolencia que te ofreces a pagar tu falta con dinero o arroz, como un vulgar mercader. —Cerró el abanico y golpeó el suelo con fuerza—. No, *goshi*, seré yo quien dicte el precio de tu negligencia: ábrete el vientre aquí y ahora, o te aseguro que el señor Akechi sabrá de la vergüenza que has hecho caer sobre tu familia.

—¡Ya basta! —retumbó de improviso una voz.

Kenjirō siguió la mirada incrédula del armero, que se perdía en la antecámara a su espalda. Al volverse, descubrió a Martín Ayala de pie en el umbral de la sala de recepciones.

—¡Perro *nanban*! ¿Cómo te atreves a irrumpir así en mis aposentos? —profirió Miura, desencajado por la indignación.

—¿De verdad piensa condenar a un hombre por unos simples retales de ropa? —le increpó Ayala, desoyendo su advertencia—. Este

---

* Kenjirō se refiere a Confucio, funcionario y maestro filósofo durante el reinado de la dinastía Zhou. El confucianismo fue fundamental para configurar la ética y organización social de los samuráis.

samurái está a mi servicio por orden de Oda Nobunaga, y de igual modo lo están sus sables, consagrados a la cristiandad. Apropiarse de unas armas bendecidas traerá la desgracia sobre su armería, y disponer de la vida de un guerrero al servicio de Oda traerá la desgracia sobre su persona. Yo mismo me encargaré de que así sea.

Miura apretó los labios en una fina línea. Sus ojos amenazaban con desencadenar un incendio, pero Kenjirō pudo ver cómo la mirada del espadero se atemperaba al sopesar las consecuencias de un arrebato, demostrando la cautela que le había permitido conservar su puesto durante tantos años.

—Este hombre fue investido con un blasón y unos privilegios muy por encima de su cuna, y ahora lo agradece negándose a renunciar a ellos. Pretende conservar unas ropas de las que no es digno.

—Tales ropas, y cosas mucho más importantes, se perdieron en Hiei. Pero si cree que su posición puede verse comprometida por esta circunstancia, yo mismo me dirigiré a Oda-sama responsabilizándome de haber perdido su blasón en el transcurso de nuestro viaje. Le aseguro que usted quedará exento de toda responsabilidad.

El maestro de armas exhaló por la nariz al tiempo que se cruzaba de brazos, severa la expresión. Finalmente, exageró un ademán benevolente:

—Si se compromete a asumir las consecuencias de esta lamentable situación, daré el asunto por zanjado.

Ayala se inclinó en una profunda reverencia.

—Gracias por su comprensión —dijo, con un tono tan sincero que sorprendió al propio Kenjirō—. Le aseguro que alabaré sus servicios y su buena disposición ante Akechi-sama y Oda-sama. Ahora, si nos disculpa.

Se dirigió a la salida seguido de su desconcertado guardaespaldas. Una vez fuera, el samurái no pudo reprimir las palabras:

—Jamás vi tempestad que diera paso a la calma con tanta facilidad.

Ayala sonrió.

—Algo he aprendido desde nuestro encuentro con aquellos samuráis en la taberna de Shima. Si una mente débil como la de ese hombre se siente humillada, es fácil que albergue deseos de venganza. Es mejor dejarlo así, que crea que ha sido magnánimo. —El jesuita endureció la expresión—. Eso no significa que pase por alto tu imprudencia. ¿Cómo eres tan necio de enfrentarte a alguien así?

—No ha habido tal enfrentamiento —repuso Kenjirō, que se distraía en acariciar las hojas de los almendros que flanqueaban el camino—. Simplemente, el señor Miura me pidió algo a lo que yo no podía acceder. Mis manos estaban atadas.

—Te habrías quitado la vida antes que entregar esas armas, ¿no es cierto?

—¿Por qué me lo pregunta? ¿No dice haber aprendido durante el transcurso de su viaje?

Ayala devolvió la vista al camino, prefería no discutir.

En cualquier caso, su enojo se disipó cuando vio la inesperada comitiva que aguardaba junto a la casa del estanque: el veterano funcionario los esperaba a la entrada, acompañado por sendos guerreros distinguidos con el emblema de los cinco pétalos.

«Son samuráis al servicio directo de Akechi Mitsuhide, no simples centinelas», le advirtió Kenjirō en un susurro antes de llegar a la altura de aquellos hombres.

—Padre, acompáñenos —fue el lacónico saludo del anciano—. Su señoría desea hablar con usted.

Ayala solo acertó a asentir, la boca seca de repente. Cuando Kenjirō se colocó junto a él, uno de los samuráis le dedicó una mirada de desprecio.

—El *goshi* debe permanecer aquí.

Ayala le rogó cautela con la mirada y, sin más palabras, siguió a su escolta hacia el corazón del castillo.

Capítulo 49

Igarashi, el Traidor

El emisario entró en la ermita y cerró la puerta, dejando fuera el aguacero que se abatía sobre Iga. Se aflojó el nudo bajo la barbilla y se quitó el sombrero de paja, que vertió hilachos de agua sobre la tarima. Dentro, la atmósfera palpitaba con el redoble de la lluvia contra la techumbre. El recién llegado hincó la rodilla y guardó silencio, a la espera de que la única ocupante de la capilla le dirigiera la palabra. La dama Chie, con la larga melena enjaretada entre los hombros, oraba frente a la figura del Buda Amitabha. Los cirios alrededor del altar la envolvían en un halo de luz que subrayaba su contorno de noche sin estrellas.

—Dime, Hachiro, ¿qué te trae a mi capilla? —preguntó al cabo la mujer, sin dejar de darle la espalda.

Hachiro alzó la cabeza:

—Se ha visto al sacerdote cristiano abandonando el feudo de Takatsuki; al parecer lo mantenían oculto, y el cuervo al que dio muerte Masamune era un viejo eremita que vivía entre los aldeanos. El *bateren* se dirige ahora hacia el este, probablemente en busca de un puerto desde el que embarcar hacia Nagasaki.

—Eso es algo que podría haber hecho desde Osaka —repuso la mujer, mientras se recogía la manga del kimono para aproximar un puñado de varillas de incienso a las llamas—. Creo, más bien, que su intención es llegar a Anotsu y entrevistarse con Akechi Mitsuhide antes de regresar con los suyos. —Fue colocando las varillas en un cuenco frente al altar. La espesa fragancia de la campánula se extendió por el aire—. Permitidle completar su viaje, pero enviad cuervos a Anotsu. El señor Akechi debe saber que el investigador de los cristianos se dirige hacia él. Que prepare convenientemente el encuentro.

—Así se hará —respondió el emisario. Y titubeó un instante antes de añadir—: Hay algo más, señora.

La mujer volvió levemente la cabeza, su compostura alterada por un mal presentimiento.

—Habla.

—El maestro Ibaraki ordenó apostar observadores a lo largo de toda la frontera de Takatsuki…

—Estoy al tanto. ¿Qué sucede?

—Hace unos días, un hombre y una mujer ataviados como peregrinos dejaron el feudo de los Fuwa, aparentemente en dirección a Nara aunque no sea época de peregrinación. Se los siguió en la distancia y, cuando se desviaron hacia Kioto, se decidió asaltarlos en el cruce del Kizu para interrogarlos sobre sus intenciones… Mataron a dos de nuestros *shinobi*… Tanto el leñador que los seguía como el superviviente de la emboscada creen que puede tratarse de Fuyumaru el Traidor.

La líder del clan Kido guardó silencio. Con gesto calmo, se colocó un mechón de pelo tras la oreja y recogió las manos sobre el regazo.

—Así que Fuyumaru sigue vivo. —Una sonrisa le rozó los labios—. Es perentorio que no entre en Kioto. Movilizad a todos los durmientes si es necesario, que lo aguarden en cada una de las puertas que dan acceso a la capital… Y traed a Masamune de Hidari ante mí.

Un nuevo titubeo.

—Ya me he tomado la libertad de hacer llamar a Masamune, señora. Nadie lo ha visto desde ayer, ha desaparecido tras comparecer ante el tribunal.

Nozomi e Igarashi se entregaron a la rutina del templo Honno-ji para sobrellevar la espera. Se les encomendó arrancar las malas hierbas que crecían entre las piedras, barrieron el manto de otoño que cada mañana cubría los jardines, vaciaron las letrinas y limpiaron la casa de baño. De día se sometían a la disciplinada vida de los bonzos, de noche descansaban en el pabellón destinado a los peregrinos, ahora vacío, sin más intimidad que la que les ofrecía el biombo que separaba sus catres.

A la tercera semana, un enviado llegó al templo y, aunque nada se les dijo, pudieron sentir la premura que embargó a los monjes desde ese momento. La llegada de Oda era inminente, y esta vino a producirse un día después, poco antes de la puesta de sol.

Los dos huéspedes prendían las linternas en las galerías cuando se les pidió que se recluyeran en sus aposentos. Los encerraron bajo llave y, mientras Igarashi se dedicaba a caminar por el pabellón vacío, Nozomi se sentó sobre su jergón y se entregó a la lectura. Desde su enclaustramiento pudieron oír cómo las puertas del monasterio se abrían, seguidas del alboroto de la caballería y del crujir de decenas de pies sobre la grava del patio. Ambos intercambiaron una mirada: ahora todo dependía de que el abad transmitiera su mensaje.

Ni esa noche ni durante la mañana siguiente se les permitió salir del pabellón de peregrinos. El cerrojo se descorrió a la hora del almuerzo, y descubrieron que era el propio abad Shinkai quien les traía la comida. Depositó la bandeja en una de las mesas bajas repartidas por la estancia y aguardó a que sus dos huéspedes se aproximaran:

—Su señoría ha recibido vuestro presente y vuestra advertencia. Tiene preguntas que haceros, así que se os convocará a su presencia esta tarde, al comienzo de la hora del gallo. Estad preparados.

Se despidió con una reverencia y abandonó la estancia. La puerta retumbó en los aposentos vacíos, dejándolos encerrados con la desazón de una nueva espera y la certeza, no menos inquietante, de que finalmente tendrían acceso a Oda Nobunaga. No tardaron en asaltarlos las historias que se contaban de aquel hombre: sobre su ambición desmedida, sobre su carácter voluble y excéntrico, su temperamento propenso a la ira… Estaba por ver si podrían sacar provecho de aquel encuentro. O, al menos, sobrevivir al mismo.

Escucharon la voz del monje que, campana en mano, recorría las galerías cantando la hora del gallo. Dentro del pabellón, los retazos de luz proyectados por las ventanas se habían tornado más oblicuos y delgados, como si se estiraran para alcanzar la puerta. Cuando la punta de luz encajó entre las pesadas hojas de madera, alguien abrió desde el exterior. El abad Shinkai apareció en el umbral.

—Ha llegado la hora —anunció, y se volvió para regresar sobre sus pasos.

Nozomi se puso en pie, dispuesta a seguirlo sin más preámbulos.

—Aguarda un momento —la retuvo Igarashi—. Debemos medir bien nuestras palabras ante Nobunaga. ¿Qué piensas decir en su presencia?

—Diré la verdad. Para eso he venido hasta aquí.

—La verdad es una u otra dependiendo de los ojos que la observan y la boca que la explica. Te lo ruego por última vez: démosle a ese hombre una verdad que esté dispuesto a creer.

—¿Pretendes que calle la traición de la familia Akechi? ¿Que olvide cómo sus actos acabaron con la vida de mi señor y nos hicieron perder una batalla que teníamos ganada?

—Así es.

—Me sorprende tu lealtad, Fuyumaru el Traidor. Nunca pensé que pondrías tanto empeño en proteger a tu señor.

—No me mueve la devoción hacia Akechi, mujer; no le debo a él más lealtad que a los confabuladores de Iga. Es la sensatez lo que me guía: si acusamos de traición a uno de sus generales sin más pruebas que nuestro testimonio, Oda nos cortará la cabeza con su propia espada. —Igarashi apoyó las manos en el suelo y se postró ante ella—: Te lo ruego, deja a un lado tus sentimientos de venganza y centrémonos en hacer caer a Iga. Si lo conseguimos, en la caída arrastrará a sus aliados en las sombras. Tarde o temprano, Akechi Mitsuhide pagará su deuda con el clan Fuwa.

Ella lo contempló con gesto severo. Acaso una sombra de duda veló por un instante su determinación, pero acabó por apretar los puños:

—Desde un principio supiste que compartíamos camino pero no destino. Expondré mi verdad aunque empeñe la vida en ello —zanjó la mujer.

Igarashi levantó la cabeza para verla marchar, y el ojo tatuado en la nuca de Nozomi le devolvió la mirada. «Ella misma ha sellado su destino», se dijo con tristeza, «que los budas me perdonen, pero lo que ha de suceder no es responsabilidad mía».

Siguieron al abad a través de un largo pasillo iluminado por linternas de bronce. Al final del mismo, dos guerreros con armaduras negras guardaban una puerta marcada con la flor de cidonia. Encontrar allí el blasón de los Oda, primorosamente pintado sobre el panel *shoji,* evidenciaba que dicha sala se reservaba para el señor de Gifu; una muestra más de la íntima relación del templo con el poderoso samurái.

Los centinelas saludaron al abad con una reverencia que hizo repicar las placas de sus armaduras, e indicaron a los visitantes que se desvistieran. Nozomi, ajena a todo pudor, fue la primera en hacerlo: dejó que el *kosode* se deslizara sobre sus hombros hasta caer al suelo. A continuación, se desanudó el *samue* y se desvistió por completo. Uno de los guardias dio un paso al frente y le pidió que abriera la boca. Le hurgó bajo la lengua y le recorrió las encías, después le palpó el cuero cabelludo en busca de algún objeto oculto entre el pelo. Las manos bajaron hasta sus axilas y se entretuvieron en sus pechos menudos; incluso en ese momento la *kunoichi* mantuvo la mirada al frente y el semblante relajado. Solo cuando el hombre le puso una mano entre las piernas, Igarashi percibió cómo las mandíbulas de Nozomi se tensaban. Se temió lo peor, pero el abad carraspeó y el guardia se dio por satisfecho.

Dio un paso atrás y, oliéndose los dedos con una sonrisa mezquina, señaló a Igarashi con la barbilla:

—Ahora tú.

El *shinobi* obedeció mientras su compañera recogía sus ropas y se vestía con calma, sin un atisbo de premura que delatara que aquel examen la había humillado. Igarashi supo apreciar su capacidad de mantener la compostura, como también supo leer la rabia sorda que se había instalado en el corazón de aquella mujer.

El cacheo que a él le correspondió no fue tan meticuloso, y tras revolver sus ropas y examinarle el pelo y la boca, le pidieron que volviera a vestirse.

—Vamos —los apremió el otro samurái, mientras descorría los paneles con el blasón del clan Oda.

Pasaron a una diminuta antecámara donde aguardaba un paje arrodillado en posición de *seiza*. Los saludó con una solemne inclinación de cabeza y esperó a que la primera puerta volviera a quedar cerrada. A continuación, les solicitó que se colocaran en su misma postura. Solo entonces entreabrió el siguiente *shoji* y, sin mirar al interior, anunció:

—Los invitados están aquí, *o-tono*.

—Hazlos pasar.

El paje se incorporó y, moviéndose de rodillas, descorrió la puerta por completo.

Por fin se encontraron cara a cara con Oda Nobunaga, el hombre que había sometido al mismísimo Tigre de Kai y que había depuesto a los Ashikaga; señor de cuanto alcanzaba la vista desde las cuatro orillas del Biwa; autoproclamado Rey Demonio del Sexto Cielo... El hombre, en definitiva, destinado a convertirse en el próximo *shogun*.

A Igarashi le habría gustado decir que su presencia, desprovista de leyenda y ceremonia, no imponía más que la de cualquier otro, pero lo cierto era que intimidaba y desconcertaba por igual. Sentado en una silla de tijera, como si aún se encontrara en el *maku*[*] del campo de batalla, Nobunaga los observaba con una mano sobre la rodilla y la otra sujetando una copa de metal, manchados los labios del licor de sangre que tanto placía a los *nanban*. No era la única veleidad extranjera de la que parecía haberse encaprichado: se cubría con una larga capa roja que rozaba el tatami y, si bien mantenía la *daisho* a mano, ceñía a la cintura una espada recta como las empleadas por los bárbaros.

Junto al señor de Gifu se sentaba un hombre pequeño y de espalda encorvada. Ni siquiera la armadura que aún vestía conseguía dignificar su porte, vulgarizado por unos rasgos simiescos y una sonrisa dentuda que le otorgaban un aire inofensivo, casi cómico. Todo en él invitaba a no prestarle mucha atención, error que Igarashi no pensaba cometer pues, si no estaba equivocado, aquel samurái era Toyotomi Hideyoshi, mano derecha de Oda.

[*] *Maku*: nombre recibido por el puesto de mando, delimitado por grandes lienzos de tela, desde el que un daimio dirigía a su ejército durante la batalla. El término *bakufu*, que es como se denominaba el gobierno de los *shogun*, significaba literalmente «el gobierno en el *maku*», a fin de resaltar el carácter militar de estos caudillos.

—Así que vosotros sois los que habéis inquietado al viejo Shinkai con ominosas advertencias —observó Nobunaga, meciendo la copa de vino en su mano.

—Si me permite, *o-tono* —comenzó Igarashi, clavando los puños en el suelo e inclinando la cerviz—. Mi nombre es Igarashi Bokuden, vasallo de Akechi Mitsuhide, y esta es la dama Nozomi, jefa de los servicios secretos del clan Fuwa...

—¿Una mujer al frente de los *shinobi* de Fuwa? —lo interrumpió el daimio—. Quizás eso explique el lamentable final de Torayasu.

—Mi señor fue traicionado en Hiei —respondió Nozomi, la cabeza gacha pero levantando la mirada—, traicionado por quienes supuestamente debían ser sus aliados.

—¿Acaso no son nuestros aliados los únicos que pueden traicionarnos? —preguntó el hombre con cara de mono—. A la larga, nuestros enemigos son los únicos en los que podemos confiar, pues sabemos exactamente qué esperar de ellos.

Nobunaga ahogó una sonrisa en vino.

—Cuidado con lo que dices, Hideyoshi —le advirtió, secándose el bigote con el dorso de la mano—, un día puedo tomarte en serio y cortarte esa cabeza de rata que te adorna los hombros.

—Bien sabéis, *o-tono*, que sería una necedad por mi parte traicionaros en este momento. Aguardo a que hayáis sometido a los clanes del este para arrebatároslo todo de golpe, aunque reconozco que comienzo a impacientarme, pues os está llevando más tiempo del que esperaba.

Nobunaga estalló en una carcajada antes de apurar la copa de vino y arrojarla contra un rincón.

Igarashi aprovechó aquel intercambio para echar un fugaz vistazo a cuanto lo rodeaba, y llegó a la conclusión de que la estancia era extrañamente pequeña: estaban a apenas cuatro pasos de aquellos hombres, lo que suponía un riesgo innecesario por más minucioso que hubiera sido el cacheo al que los habían sometido. Daba por sentado que alguien como Oda no podía ser tan incauto, así que la única explicación posible era que tras los paneles se ocultara su guardia personal, convenientemente próxima a todos los ocupantes de la estancia. Aquello dificultaba sus intenciones.

—O-tono —aventuró Nozomi—, en las últimas fechas se han producido acontecimientos...

—¡Silencio! —bramó Nobunaga, poniéndose en pie sobre la tarima que lo elevaba sobre sus invitados—. No me interesa quiénes sois ni vuestras supuestas advertencias. Lo único que quiero saber es de dónde habéis sacado esto. —Y empujó con el pie la caja lacada en rojo.

—Yo os lo puedo explicar —se adelantó Igarashi—. Con vuestro permiso...

Se incorporó y, sin levantar la mirada, cruzó el umbral que separaba la antecámara de la sala de recepciones. Se arrodilló frente a la caja y la abrió. El arma no había sido manipulada, estaba tal como él la había preparado antes de entregársela al abad.

—Esto es un cañón de mano con llave de rueda —explicó—, un arma más corta que un *tanegashima,* capaz de dispararse con una sola mano y, sin embargo, de mayor alcance y precisión.

—¿Me tomas por estúpido? No tiene mecha ni serpentín, no hay forma de detonar la pólvora.

Igarashi tomó el arma de la caja y la sujetó entre las manos.

—¿Me creeríais si os dijera que este cañón está listo para ser disparado?

Oda se inclinó hacia delante, movido por la curiosidad. Toyotomi, por su parte, menos vehemente y más calculador, pareció entender la potencial amenaza y miró de reojo hacia uno de los paneles *shoji.* Formuló con los labios una orden silenciosa.

—Es imposible disparar sin llama —concluyó Oda con una sonrisa temeraria, casi como si desafiara a aquel hombre—. ¡Demuéstramelo!

—Como deseéis, *o-tono.*

Igarashi empuñó el arma y la levantó. No contra Oda, como había temido Toyotomi, sino que giró sobre sus talones para encañonar a la mujer que lo acompañaba.

—¡Siempre supe que eras un traidor...! —acertó a maldecir ella, antes de que le descerrajara un tiro contra el cuello.

La detonación atronó en la sala y el olor a pólvora quemada saturó el aire. Nozomi de Shinano cayó con la garganta destrozada; su cuerpo, roto como una mariposa atrapada entre vientos cruzados; su voz, un estertor sibilante de sangre y vida que escapaba a borbotones... Una breve agonía que cesó pronto, para alivio de Igarashi.

Antes de bajar el arma, ya sabía que aquella muerte le atormentaría de una forma insospechada. No tuvo tiempo, en cualquier caso, de masticar la crueldad de sus actos, pues los paneles *shoji* saltaron por los aires y cuatro samuráis se abalanzaron sobre él.

—¡Alto! —rugió Nobunaga, y las cuatro puntas de acero se detuvieron a un palmo de Igarashi, ansiosas por atravesar su corazón desde cada punto cardinal.

El Rey Demonio descendió de la tarima y sus samuráis dieron un paso atrás, sin bajar sus sables. Observó detenidamente al asesino; por último, tomó el arma de su mano.

—Así que no mentías. —Sopesó el cañón con una sonrisa fascinada antes de apoyarlo contra el pecho de Igarashi—. Ahora dime por qué la has matado.

—En otro tiempo fui conocido como Fuyumaru, al que ahora llaman Traidor de Iga. Esta mujer, que ha estado al servicio del clan Fuwa durante años, era en realidad una durmiente de Iga. Fuimos enviados aquí con la misión de mataros.

Nobunaga torció el gesto:

—¿Asesinos de Iga en el Honno-ji? —masculló disgustado—. ¿Cuándo se ha vuelto tan osado el Tribunal de las Máscaras?

—El tribunal ha invertido muchos recursos en conseguir un arma de llave de rueda, como las llaman los *nanban*. —Igarashi bajó la mirada hacia la herramienta de muerte que le encañonaba el corazón—. Merced a los servicios de esta mujer, supieron que el clan Fuwa había logrado una ruta de contrabando para introducirlas en el país, y lograron hacerse con unas cuantas. Era importante que la primera vez que se usara una de estas armas en Japón fuera para daros muerte; una vez el ingenio saliera a la luz, se prepararían defensas efectivas y resultaría más complicado acabar con vuestra vida.

Oda buscó la mirada del hombre que, con los años, se había convertido en su confidente y mano derecha:

—¿Qué te parece esta historia, Cara de Mono?

—Creo que ese arma es verdaderamente portentosa. Y creo que si los Fuwa las han estado adquiriendo en secreto, no solo han actuado con deslealtad, sino que nosotros hemos estado ciegos todo este tiempo. —Toyotomi se mesó la barba de chivo—. Pero aún no hemos escuchado el final del relato. ¿Por qué no has cumplido tu cometido, hombre de Iga?

—Hace más de veinte años que no sirvo a Iga. Fui desterrado y acogido por el señor Kajikawa, regente de Anotsu hasta que vos mismo lo desposeísteis de sus tierras para entregárselas a Akechi-sama. Desde entonces, su señoría ha tenido a bien mantenerme a su servicio.

—Así que un *shinobi* de Mitsuhide —observó Toyotomi, suspicaz—. ¿Qué sentido tiene? ¿Por qué habría de recurrir Iga a un desterrado al servicio de un señor samurái?

—Me temo que fui yo quien acudí a su encuentro —dijo Igarashi—. A comienzos de otoño, el castellano de Anotsu me ordenó investigar los asesinatos que se estaban produciendo en las misiones cristianas…

—Estamos al tanto de esos crímenes —corroboró Toyotomi.

—Mis pesquisas terminaron por conducirme a Iga, y cuando contacté con mis antiguos hermanos para esclarecer estos asesinatos, lejos de intentar exculparse, me chantajearon para atentar contra la vida de su excelencia. Consideraban que un *shinobi* de Akechi era su mejor oportunidad de localizar a Oda y penetrar en su círculo interno.

—¿Y accediste a un vulgar chantaje? Deberías haber informado de inmediato a tu señor.

—Si no me hubiera conducido con cautela, habrían ejecutado a mi familia —repuso Igarashi—. Y en cuanto sospecharan de mí, habrían cambiado el lugar y el momento de la tentativa. Que me creyeran resignado a colaborar era la única forma de mantenerme al tanto de sus planes para poder truncarlos.

Nobunaga forzó una mueca comprensiva para, acto seguido, apretar el gatillo. Un chasquido inerme hizo vibrar el arma.

—Un solo disparo, al fin y al cabo —observó el daimio, decepcionado. Abrió la mano y el arma cayó con un golpe sordo sobre el tatami—. Útil en emboscadas quizás, pero no cambiará el curso de una batalla.

Rodeó a Igarashi y volvió a su asiento con gesto hastiado. Cuando se hubo acomodado, escrutó largamente al que ahora era su prisionero.

—¿Crees en algo de lo que nos ha contado? —preguntó.

Toyotomi se removió dentro de su armadura y observó a Igarashi como si de un extraño insecto se tratara.

—Según yo lo veo —comenzó—, la cuestión no es si miente o dice la verdad. La cuestión es: ¿qué ganamos creyéndole?

—Si lo que dice es cierto, ha llegado la hora de aplastar Iga como el nido de cucarachas que es.

—Entonces, ya tenéis vuestra respuesta, *o-tono*.

Nobunaga sonrió satisfecho.

—Dime, Traidor de Iga, ¿esperas algo por este servicio que me prestas?

—Solo os pido que me dejéis dos semanas para sacar de Iga a unos cuantos leales, gente contraria al Tribunal de las Máscaras. Serán valiosos a vuestro servicio.

—No —respondió Nobunaga—. Mis ejércitos partirán en cuanto estén pertrechados, y tras su paso no quedará de Iga más que la sombra de un mal recuerdo. Tu recompensa será mantener la cabeza sobre los hombros.

Igarashi no habría esperado otra cosa, así que se inclinó con reverencia:

—Gracias por vuestra magnanimidad, *o-tono*.

La guardia personal de Oda se colocó entre él y su señor. Empujado por los sables aún desenvainados, se incorporó y se encaminó hacia la salida. Pasó junto al paje, que aún temblaba de miedo encogido contra un rincón, y se detuvo junto al cuerpo de Nozomi. La sangre seguía brotando del orificio en la garganta, empapándole la ropa y el cabello. Su mirada contemplaba el vacío, su rostro se hallaba demudado por el horror y la sorpresa, los labios permanecían trabados en una maldición que resonaría en cien vidas.

Capítulo 50

La justicia de los lobos

Ayala entró en el jardín con pasos titubeantes, sin saber qué hallaría en el interior de la arboleda. La brisa marina agitó los árboles frutales y le erizó la piel. Le temblaron las manos, de miedo o de frío, así que buscó el calor de la cruz que llevaba al pecho. En cuanto rozó la reliquia de su madre, astillada desde que acompañara a Kenjirō a la batalla, le invadió la calma de los que se abandonan a la voluntad de Dios. Recorría el camino de la verdad y su deber era intentar transitarlo hasta el final. Si caía en el empeño, sería una buena muerte, como decían los samuráis.

Aferrándose a esa idea, pisó sobre la grava y se adentró en el bosque artificial que crecía junto a la torre del homenaje. A pesar de que la estación había sumido el jardín en una quietud melancólica, recorrerlo serenaba el espíritu y despertaba el anhelo de regresar a él, quizás cuando la vida que yacía bajo el mantillo se abriera con la llegada de días más templados.

Como una ráfaga de ese verano prometido, llegó hasta Ayala la música extraviada de un *koto*. Las notas vibraban atrapadas bajo el ramaje, acalladas de tanto en tanto por súbitos aplausos. Según avanzaba, los almendros y melocotoneros se fueron apartando para permitirle vislumbrar la extraña escena: en el corazón de la arboleda se elevaba una suave colina y, sobre esta, un único cerezo de ramas casi desnudas. Su exigua sombra daba cobijo a una veintena de personas que compartían confidencias al calor del sake y de los braseros de carbón.

Las concubinas vestían alegres *yukata*, revueltos y descolocados con igual alegría, dejando a la vista hombros desnudos y muslos de blanca turgencia. Las manos de sus acompañantes volaban bajo las coloridas capas de ropa, esquivando los lánguidos forcejeos y la ensayada timidez de las muchachas. Y en el centro del grupo, elevado sobre el resto al sentarse entre las raíces del cerezo, un hombre de rasgos hermosos departía con unos y con otros, adornado por una sonrisa satisfecha y una melena suelta que apenas permitía intuir el moño samurái. Sobre su pecho se recostaba un joven en actitud tan disoluta como la del resto, pero cuya atenta mirada percibió la presencia de Ayala en cuanto apareció en el claro.

—¿Qué tenemos aquí? —anunció Akechi Mitsuhide al ser advertido por su acompañante—. Un nuevo invitado se une a nosotros.

Los rostros se volvieron hacia el recién llegado y, como si de un divertimento más se tratara, lo recibieron con risas y aplausos.

—Padre Martín Ayala —silabeó el daimio, esforzándose por pronunciar correctamente su nombre—, estábamos ansiosos por verle. Su llegada me colma de dicha y me inspira nuevos versos.

Mitsuhide tendió el platillo de sake para que se lo rellenaran, a la espera de que se conjurara el silencio necesario para improvisar un poema. Cuando todos hubieron callado, aventuró:

Presagio de nieve,
aletea el cuervo
hasta mi jardín.

La concurrencia estalló en aplausos de admiración y Ayala contempló sus propias ropas. Vestía un sobrio kimono negro que Junko le regalara antes de su despedida, y de sus hombros colgaba una capa que otrora perteneciera al difunto padre Enzo Fabbiano, prenda inevitable de los hábitos jesuíticos. Debía reconocer que su aspecto hacía justicia al sobrenombre con el que se les conocía en esas tierras.

—Disculpe mi pésima poesía —dijo Mitsuhide con una sonrisa y un sorbo de sake en los labios—. Sin duda he de trabajar la métrica.

—Os agradezco la bienvenida, Akechi-sama —respondió Ayala—, lamento no poder corresponderos con igual cortesía, pero la poesía no está entre mis escasos talentos.

Si el daimio esperaba que aquel frívolo recibimiento contrariara a un visitante llegado por tan graves asuntos, el aplomo que mostró el jesuita debió desilusionarlo. Tampoco parecía adolecer de la fácil indignación que los padres cristianos mostraban ante los gozos de la carne. Por todo ello, el ánimo de Mitsuhide se trocó sombrío.

—Entiendo que, si está aquí, es porque ha dado por concluida la tarea que debía llevar a cabo en mis dominios —dijo el señor de la guerra mientras se ponía en pie.

—No solo en vuestros dominios, *o-tono*, mi labor me ha llevado mucho más allá, hasta las faldas del monte Hiei y a las profundidades de la provincia de Settsu.

—¿Y qué ha averiguado en tan largo viaje?

—Disculpadme si me reservo mis conclusiones. El principal de la misión en Nagasaki ha de ser el primero en escucharlas, pero no tendré inconveniente en hacérselas llegar una vez la Compañía esté al tanto.

Mitsuhide asintió con una sonrisa.

—¿Para qué está aquí, entonces?

—No quería cerrar esta investigación sin agradeceros la ayuda que nos habéis prestado, no solo facilitando mi labor, sino acogiendo también a aquellos hermanos que han tenido que huir de tan abyectos crímenes. —Ayala formalizó su agradecimiento con una profunda reverencia—. Al mismo tiempo, querría preguntarle a su señoría si desea añadir alguna consideración o confidencia a la investigación antes de cerrarla.

El daimio separó los brazos y una criada se apresuró a colocarle el *kataginu*. Con aire resuelto, Mitsuhide se anudó la chaqueta y se ciñó la *daisho* que un niño paje le acercó. Solo entonces alzó la voz:

—Traed mi presente para el padre Martín Ayala.

Ayala, que permanecía a los pies del montículo, contempló cómo una muchacha se aproximaba para colocar frente a su señor una bandeja elevada sobre cuatro patas. Estaba cubierta por un cajón lacado que impedía ver la naturaleza del misterioso regalo.

—Mientras usted viajaba más allá de Ise, yo he llevado a cabo mis propias pesquisas, preocupado por la constante llegada de cristianos a mis tierras. —Mitsuhide apoyó el antebrazo sobre la empuñadura de su *katana*—. No me entienda mal, es un placer acoger a los suyos, pero era evidente que los crímenes contra los *bateren* comenzaban a afectar a mis propias tierras. Consideré que era mi obligación esclarecer este asunto, así que me pregunté: ¿quién puede estar beneficiándose de semejante desgracia? Fue entonces cuando descubrí que, en mi ausencia, el tráfico mercantil en el puerto de Anotsu se había duplicado, atraído por los nuevos asentamientos cristianos. —El daimio escrutó la expresión de su invitado, pero este no alteró el gesto—. Una desgracia para su gente convertida en una bendición para mis arcas, podría pensar… Salvo porque esta actividad portuaria apenas tenía reflejo en las cuentas del feudo. Cada vez más barcos negros fondeaban en mis aguas, pero los ingresos por aranceles no habían crecido en la misma proporción. Cuando me interesé por este extraño fenómeno, la verdad no tardó en aflorar.

Mitsuhide volcó la bandeja empujándola con el pie y dos cabezas rodaron ladera abajo, saltando y golpeando contra la hierba en su tétrica inercia. Un silencio sobrecogido se instaló en el calvero cuando una de ellas vino a detenerse frente al jesuita. Ayala observó el rostro macilento a sus pies: los ojos vueltos hacia dentro, las mejillas descarnadas, la boca anegada de sal… No tardó en reconocer a Luís Almeida, el mercader portugués que le recibiera a su llegada a Anotsu, el perfecto intermediario entre el clan Akechi y los navegantes de ultramar. La otra cabeza pertenecía a Naomasa Sorin, antiguo primer consejero del clan Kajikawa reconvertido en castellano de los Akechi.

—El mercader Amaru y mi propio *karo* —anunció Mitsuhide, cerrando la mano en torno a la empuñadura de su sable—. Yo mismo les corté la cabeza cuando supe de su traición.

El jesuita apartó la mirada de los ojos de la víctima y la levantó hacia el verdugo:

—¿Traición?

—Naomasa confabuló con Amaru para enriquecerse a mis espaldas. El mercader le indicó cuáles eran las casas cristianas que debían cerrarse para desviar las rutas marítimas hacia aquí, el otro recurrió a sicarios de Iga para ejecutar los asesinatos. Un mercader extranjero y un antiguo vasallo de los Kajikawa… Bien pensado, no debería sorprenderme. —Mitsuhide blandió una sonrisa lobuna—. Debería darme las gracias. Ya no habrá más muertes entre los suyos.

Ayala volvió a contemplar los rostros de aquellos hombres decapitados, mártires de una causa que les era ajena. No era agradecimiento lo que le bullía en el pecho.

Abandonó el anillo interior de la fortaleza espoleado por la indignación. Se desembarazó de los funcionarios que quisieron escoltarle y enfiló el camino que conducía a la casa junto al estanque. Allí, la sirvienta que los había atendido durante su estancia le informó con gentileza de que Kudō Kenjirō lo aguardaba a las puertas del castillo, y hacia allá encaminó sus pasos Martín Ayala.

Nadie lo importunó mientras descendía por el largo laberinto de patios y adarves. A cada paso, no obstante, su rabia se iba diluyendo en un charco de dudas: ¿Era descabellado pensar que la ambición de dos hombres hubiera desencadenado aquella tormenta de desgracias? ¿Creía a Mitsuhide capaz de sacrificar a su primer consejero y a su enlace solo para cubrirse las espaldas ante una posible acusación?

Claro que era capaz. Hacía meses que se abría paso por una urdimbre de conspiraciones, mentiras y traiciones que harían enloquecer a una mente ajena a aquel mundo de sombras. ¿Acaso no había presenciado los terribles sucesos del monte Hiei? ¿Quién había armado a los monjes guerreros con el «destructor de provincias»? ¿Quién, sino el propio Akechi Mitsuhide, había ordenado a su hermano político traicionar a Fuwa-sama y decantar la batalla a favor de sus enemigos? Acontecimientos de los que no tenía más pruebas que su propio testimonio y el de unos cuantos desheredados, supervivientes de una derrota que los había privado de gloria y de señor al que servir. ¿Qué excusas no se inventarían para justificar su deshonor? Si cualquiera de ellos acusara a Akechi frente a un tribunal del clan Oda, lo más probable es que se le ordenara cometer *seppuku* por toda recompensa.

Llegó al patio de armas atormentado por tales ideas. Allí le aguardaba Kenjirō, inquieto en su espera, dando vueltas alrededor de sus ya escasas pertenencias. En cuanto lo vio llegar, el joven samurái se dirigió a su encuentro con expresión de alivio:

—Ayala-sensei, me han obligado a esperarle aquí. ¿Ha sido recibido por su señoría?

El jesuita asintió en silencio, tratando de ocultar sus tribulaciones.

—He hablado con Akechi-sama... Ha sido una conversación esclarecedora.

Kenjirō frunció el ceño. Las palabras de Ayala no concordaban con la desilusión en sus ojos.

—Traía con usted graves sospechas, ¿acaso han quedado despejadas con una simple entrevista?

—Tu señor es un hombre convincente, Kenjirō. Ha atendido mis inquietudes con una respuesta que deberá ser suficiente para mí y para la Compañía de Jesús. —Ayala lo estrechó por los hombros—. No quieras saber más, muchacho, recuerda que tú y tu familia rendís vasallaje al clan Akechi. Has cumplido con tu deber de manera admirable, nadie podría exigirte más de lo que has hecho... Por mi parte, quedas liberado de tu servicio.

Kenjirō apartó la mirada por un momento, repentinamente serio.

—Si no le supone un inconveniente, me gustaría permanecer junto a usted hasta que embarque rumbo a Nagasaki.

Ayala sonrió, también con los ojos.

—Será un placer, amigo mío.

Bajaron juntos hasta el puerto y buscaron alojamiento en una posada para viajeros de ultramar. La presencia de un padre cristiano en el puerto de Anotsu ya no llamaba tanto la atención, pero no era habitual ver a uno sentado a la mesa con un samurái. La singular pareja bebió sake en un silencio compartido que no parecía estorbarles, buscando en el fondo de sus cuencos conclusiones para un viaje que tocaba a su fin. No parecían hallarlas, así que rellenaban los platillos y volvían a beber. Ninguno tenía nada que decir, simplemente querían permanecer juntos hasta el final.

Fue a media tarde, después de una cena temprana, cuando Kenjirō se decidió a reflexionar en voz alta:

—Tengo ganas de llegar mañana a la residencia familiar, de reencontrarme con mis padres y mis hermanos... Pero tengo miedo del día después de mañana.

—¿Qué quieres decir?

—Toda mi vida he tenido claras mis obligaciones: servir a mi padre y a mi señor; empuñar la azada en los campos de arroz y, de ser necesario, el sable en el campo de batalla. Siempre creí que cumplir con mi deber sería suficiente para mí, ahora temo que ya no lo sea.

Ayala asintió y le rellenó el cuenco.

—Es la maldición de los que abandonan el hogar. Tu mundo ahora es más grande. —Dio un trago a su propio licor—. Pero no sufras, Kenjirō, con los años aprenderás que abrazar un anhelo no significa renunciar al otro. El mundo siempre estará esperándote, y recorrerlo resulta mucho más gratificante cuando tienes un lugar al que regresar.

—¿Y usted? ¿Desea volver a su hogar?

El jesuita levantó la vista al cielo, pero todo lo que encontró fue el carcomido techo de aquella taberna perdida en la bahía de Owari.

—Hace tiempo que quiero regresar al hogar. Quizás dentro de poco pueda hacerlo.

La nao que debía llevarlo de regreso a Nagasaki cabeceaba junto al muelle. Ayala se detuvo a los pies de la tabla de embarque mientras los marineros recogían los aparejos y aflojaban las amarras; en cubierta, el contramaestre ya había ordenado izar el foque. No tardarían mucho en hacerse a la mar.

Se volvió hacia Kenjirō antes de que lo llamaran a bordo. Ahora que lo miraba a los ojos por última vez, no hallaba palabras para el adiós definitivo. Se limitó a sonreír con tristeza.

—Ayala-sensei —comenzó el samurái, al ver que al jesuita le fallaba la voz—, dicen que la verdadera amistad es una flor al viento: llega de forma inesperada y de igual forma debe dejarse marchar. Lamento que el viento nos haya cruzado solo por un instante, pero le aseguro que recordaré este viaje hasta el fin de mis días. —Kenjirō se inclinó ante él—. Ha sido un honor caminar a su lado.

Ayala se arrancó las incipientes lágrimas y lo abrazó.

—No habrá día en el que no añore tenerte a mi lado. —Se apartó para devolverle la reverencia—. Has sido mucho más que un protector, has sido mi último aliento y la voz de mi conciencia. Gracias por todo, Kudō Kenjirō. Estoy seguro de que volveremos a encontrarnos.

—En cada una de nuestras vidas, Ayala-sensei —asintió Kenjirō con afecto.

Se separaron antes de que desfallecieran los ánimos, y Martín Ayala ascendió por la pasarela con pasos inseguros. Había perdido a su báculo para lo que restaba de viaje.

Kenjirō permaneció en el embarcadero hasta que los marineros liberaron las últimas amarras y la nao se internó con pereza en el canal; cuando estuvieron a suficiente distancia, el contramaestre ordenó soltar la mayor para cazar el viento, y el navío se alejó con el sol de levante a popa.

El viaje de Ayala continuaba, pero el suyo concluía allí, y Kenjirō sintió que le invadía la inevitable tristeza de los que quedan atrás. Cuando las velas se desdibujaron en el horizonte, se echó al hombro la bolsa y enfiló el camino a casa.

Viajó el resto del día con la mirada ausente, ajeno a cuanto lo rodeaba, hasta que vislumbró las primeras casas del valle con sus techumbres de paja señalando al cielo, punzantes como agujas de pino. Solo entonces Kenjirō reparó en que el sol caía ya tras las lomas, en que el viento arrastraba el tableteo de las campanas de arcilla y en que el aire estaba impregnado de la fragancia del brezo. Su hogar le daba la bienvenida, se dijo con una sonrisa, y comenzó a descender por la senda pedregosa que bajaba hasta el caserío de ocho mil *tsubo* y treinta y dos familias administrado por Kudō Masashige.

Se internó entre los campos de cultivo y las chozas dispersas, por las veredas que sus propios pies habían contribuido a hollar con el paso de los años. Mientras se aproximaba a la casa de su familia, se deleitó redescubriendo el paisaje: el mar de cedros que cubría los montes cercanos parecía haber atrapado el ocaso en sus hojas, y ya solo se desprendería de aquel color cobrizo para tornarse del verde profundo, casi solemne, del invierno. Los bancos de arroz, erizados de espigas doradas a su partida, habían devenido en barrizales que permanecerían baldíos hasta que volvieran a inundarse para la nueva siembra.

Y fue entre las últimas pilas de paja que se amontonaban en un arrozal donde descubrió una figura familiar, inquieta y menuda. Rodeada por un enjambre de niños, embarrada hasta el pelo, Fumiko-chan jugaba a trepar por el talud y saltar desde el camino a la montaña de heno. Los críos corrían, gritaban y alborotaban, desafiándose a saltar, burlándose de los más reticentes. Por supuesto, Fumiko era una de las instigadoras, y Kenjirō se detuvo a contemplarla desde el ramal que rodeaba la plantación.

Una punzada de felicidad contenida le hirió mientras observaba a su hermana pequeña, y gustosamente se hubiera perdido en aquel momento de no ser porque los niños fueron callando uno a uno al reparar en su presencia, acaso temiendo la reprimenda de un adulto.

—¡¡Kenji!! —gritó de repente Fumiko, y comenzó a llorar mientras corría hacia el terraplén que delimitaba los campos de cultivo—. ¡Kenjiiiiii! —gritaba entre lágrimas, desesperada por trepar.

La tierra se desprendía bajo sus manos y los guijarros rodaban por el talud, pero entre tropiezos y resbalones Fumiko logró alcanzar el camino donde su hermano la esperaba. La niña saltó y se le colgó del cuello y lo abrazó y comenzó a sollozar.

—Vamos, tranquilízate —le dijo al oído mientras la sujetaba contra el pecho.

La pequeña negaba con la cabeza. Solo separó el rostro para limpiarse los mocos con la manga y mirarlo a los ojos.

—Prométeme que nunca más te volverás a marchar —lo conminó.

Él sonrió y le apartó un mechón de pelo embarrado.

—Eso no puedo prometértelo —respondió con tono de disculpa—. Pero puedo prometerte que siempre volveré.

Ella volvió a hundir la cabeza en su pecho, y Kenjirō la llevó en brazos el resto del camino.

—¿Sabes dónde están padre y madre?

—En casa. No han hablado de ti desde que te marchaste.

—¿Y por qué crees que ha sido eso?

—Se han olvidado de ti. ¡Pero yo no! —protestó la chiquilla, desafiante.

—No creo que se hayan olvidado de mí, Fumiko. Te contaré un secreto: a veces, los mayores no hablan de lo que les preocupa.

Ella levantó de nuevo la frente y reparó en la oreja partida de su hermano:

—¿Qué te ha ocurrido? —preguntó, súbitamente seria—. ¿Has ido a la guerra? ¿Pasaste miedo…? ¿Tuviste que desenvainar a Filo de Viento?

—He pasado miedo —respondió, interrumpiendo la retahíla de preguntas—. Pero cada noche, al cerrar los ojos, pensaba en ti y conseguía conciliar el sueño.

Se agachó para dejarla en el suelo. Habían llegado a la entrada de la casa. Intercambiaron una última mirada antes de que Kenjirō abriera la puerta que daba paso al jardín.

En el interior, Masanori cortaba leña sobre una toza. Levantó la cabeza y, al ver a su hermano en el umbral, su mirada se iluminó como si una nube se disipara de repente. Dejó caer el hacha sobre el tocón y corrió a recibir a Kenjirō.

—¡Hermano! —Lo estrechó con fuerza, como si temiera que se tratara de un fantasma.

Kenjirō dejó caer los bártulos, sorprendido por la reacción del mayor. En ese momento descubrió que, en su fuero interno, había temido ese reencuentro. Tenía miedo de que Masanori, al que había admirado durante toda su vida, lo repudiara por haberle arrebatado su viaje, sus espadas y el papel de primogénito.

El alivio de saberse bienvenido por su hermano deshizo una piedra de sal que se diluyó en un llanto sereno, contenido. A través de las lágrimas, vio a su madre asomándose a la terraza del jardín. Ella se llevó la mano al pecho y sonrió, sin querer recorrer los pasos que los separaban para no interrumpir el reencuentro de los hermanos.

Tras ella apareció Kudō Masashige.

—¡Kenjirō, hijo mío!

Masanori se apartó para que pudiera saludar a su padre. A él le correspondía darle la bienvenida al hogar.

—Padre —comenzó Kenjirō, liberando la *daisho* que llevaba a la cintura—, he cumplido la tarea que me encomendó. Le traigo de vuelta las espadas de la familia.

Se arrodilló y tendió las armas, ofreciéndoselas a su progenitor. Este las recibió con una reverencia y las dejó en manos de su esposa. A continuación, obligó a Kenjirō a incorporarse.

—Es mi hijo el que vuelve al hogar, no mis sables —sonrió Masashige, satisfecho—. Ponte en pie y entra en casa, tendrás una larga historia que contar.

Capítulo 51

El regreso al hogar

Al salir a cubierta, una brisa salada le revolvió las ropas y le enmarañó el cabello. A su alrededor, los marineros se apresuraban a preparar los aparejos de atraque, así que Ayala optó por subir al castillo de proa para no entorpecer su labor. Desde tan privilegiado palco presenció la entrada al puerto de Nagasaki, que abrazaba con espigones de piedra una flota mercante como nunca antes se hubiera visto en Japón.

La nao avanzó rodeada de juncos de pesca y gabarras sobre las que se apilaban todo tipo de mercancías. Al fondo, los pantalanes acogían decenas de barcos negros que proyectaban contra el cielo un bambusal de cañas secas y oscilantes. El timonel maniobró con pericia entre aquel trasiego hasta llevar la nao a aguas tranquilas. Atracaron en uno de los muelles más apartados, y en cuanto se fijaron las amarras y se tendió la pasarela, Ayala se despidió de la tripulación con palabras de agradecimiento.

Desembarcó en solitario, pues era el único pasaje de aquella carraca, y se internó en el laberinto de muelles y varaderos. Al poco, unas campanas lejanas comenzaron a doblar, lo que le hizo buscar con la mirada la Misaki no Kyokai, «la iglesia del Cabo», como la llamaban los locales. Ahuecó la mano para protegerse del sol poniente y la halló como la recordaba: enseñoreada sobre la lengua de tierra que daba la bienvenida a los marinos.

Dejó atrás el barrio portuario y enfiló la larga senda adoquinada que recorría el istmo hasta el mismo pórtico de la iglesia. El mar rebullía a sus pies, lamiendo ambas orillas del cabo y salpicándole con espuma de la rompiente. Cruzó bajo una arcada sin puertas que, al modo de los santuarios sintoístas, daba la bienvenida a terreno sagrado, hasta que finalmente se halló frente a la iglesia de la Asunción —pues ese era su auténtico nombre—. Esta se erigía luminosa e imponente ante él, con sus puerta *shoji* abiertas de par en par.

Volvió a admirarse de esa basílica de espíritu cristiano y arquitectura japonesa, perfecta encarnación de lo que Francisco Xavier había imaginado para aquella nueva cristiandad. No pudo evitar reparar en que la ampliación estaba casi concluida: dos nuevas naves que ahora veía excesivas y recargadas, disonantes con la armonía del concepto original.

Al no encontrar a nadie en los alrededores, se adentró en el templo, y la penumbra interior le dio la bienvenida con un aroma a incienso y a madera, con una media luz de cirios consumidos. Alguien debió reparar en su presencia pues, al poco, un joven misionero salió a su encuentro. El hermano parecía desconcertado ante la presencia de aquel desconocido, y el aspecto de Ayala no aclaraba si se trataba de un hidalgo portugués, un hombre de Dios o un alma extraviada.

—Soy el padre visitador Martín Ayala. Necesito ver al padre viceprovincial, Francisco Cabral.

El novicio asintió con cara de espanto y le rogó que aguardara allí mismo. No debió esperar mucho hasta que el coadjutor de Cabral, Gaspar Coello, apareció por la puerta de la sacristía:

—Padre visitador, no os esperábamos tan pronto —lo saludó mientras cruzaba el ábside—. Vuestra carta llegó hará poco más de una semana.

—Los asuntos que debía tratar en Anotsu no me han demorado tanto como temía.

El coadjutor asintió con parquedad. Si iba a añadir algo más, se vio interrumpido por la llegada de Francisco Cabral, que irrumpió tras sus pasos. El viceprovincial no se molestó en disimular una bienvenida:

—Padre Ayala, acompañadme a mi despacho —dijo por todo saludo. Y dirigiéndose al segundo de la misión, añadió—: Venid también, Coello. Necesito que recojáis por escrito el testimonio del padre visitador.

Ayala los siguió a la sacristía bajo la atenta mirada de varios misioneros que se habían congregado ante la noticia de su llegada. Sin duda habían oído hablar de él, pero no parecían tener muy claro qué esperar del enviado de Roma. Cruzaron el corredor que conducía al jardín interior y accedieron al despacho del principal de la misión.

Cabral se sentó tras su escritorio de roble, reclinándose en la silla con gesto hosco. Junto a él, en un pequeño pupitre de escribano, se acomodó Gaspar Coello, que se apresuró a desplegar una vitela y entintar una pluma.

—Nos alegramos de que hayáis regresado sano y salvo —dijo el viceprovincial sin ningún entusiasmo—. A tenor de lo que contabais en vuestra misiva, el viaje no ha estado exento de imprevistos.

—El Señor ha sabido guiar mis pasos.

—He de deciros que vuestro informe nos ha turbado a todos: contrabandistas, asesinos, confabulaciones y traiciones... Hay quien diría que se trata de una historia difícil de creer.

—Solo resultará difícil de creer a quien nunca haya recorrido estas tierras ni haya tratado con los hombres que las gobiernan —replicó Ayala—. La Compañía de Jesús tiene la llave de un recurso que muchos ansían: el comercio de ultramar. Pensar que no nos veríamos zarandeados por los intereses cruzados de los poderosos ha sido una necedad.

Coello rascaba la vitela con la pluma y, de tanto en tanto, levantaba la vista, sorprendido por el nulo comedimiento de Ayala.

—Veo que venís cargado de razones —observó Cabral—. ¿Qué sugerís, entonces? ¿Resignarnos a que nos den muerte? ¿O quizás deberíamos renunciar a la *nao do trato* y dejar que los mercantes vaguen libremente por estas aguas? Bien sabéis que la misión solo se puede financiar con el negocio de la seda.

—Yo no sugiero nada, padre viceprovincial. No he venido aquí a decir cómo se ha de llevar la misión, sino a averiguar las circunstancias de unas muertes trágicas, y a informaros a vos y a Roma de mis conclusiones.

—Padre Ayala —intervino Gaspar Coello, en un intento de distender la conversación—, por lo que sugeríais en vuestra carta, Darío Fuwa fue traicionado durante la batalla contra los bonzos de Hiei, pero no especificasteis la naturaleza de dicha traición.

—Se trata de un asunto demasiado delicado para consignarlo en una correspondencia confiada a extraños.

—Ahora no está entre extraños —dijo Cabral—. ¿A qué traición se refería?

—No sé qué nuevas habrán llegado a Nagasaki de lo acaecido en el monte Hiei, pero el episodio fue una auténtica desgracia. Fuwa-sama y sus generales habían subestimado por mucho a los bonzos, pues estos disponían de armas que solo un daimio bien relacionado con los portugueses podría haberles conseguido. Aun así, su señoría confiaba en alcanzar la victoria merced a la ayuda del caballero Tsumaki Kenshin, hermano político de Akechi Mitsuhide. Este debía decantar la batalla el último día al cargar con su caballería sobre el flanco más desprotegido de los bonzos... —Ayala torció el gesto al recordar el suceso—. No fue eso lo que sucedió. Kenshin desvió sus tropas hacia el puesto de mando de Fuwa-sama, al que apenas guardaban unos pocos de sus hombres. Cometió suicidio antes de caer en manos del enemigo. —Calló por un instante, atrapado por la imagen de Fuwa abriéndose el vientre—. Todos estos hechos sucedieron tal como relato, pues yo fui testigo de ellos.

Cabral y Gaspar Coello intercambiaron una mirada inquieta.

—¿Creéis que el caballero Mitsuhide estaba al tanto de la traición perpetrada por alguien tan cercano?

Ayala sonrió con un cinismo triste.

—Esa era una de las cuestiones que esperaba aclarar con su señoría en la entrevista que mantuvimos hace unos días.

—¿Y qué os dijo al respecto? —preguntó Cabral, sinceramente interesado.

—Nada —respondió entre dientes—. Akechi-sama afirma haber descubierto una conspiración urdida a su espalda en el dominio de Anotsu. Acusa al castellano y a un mercader portugués de haber mantenido tratos con los sicarios de la región de Iga que dieron muerte a nuestros hermanos; según su señoría, el fin último de esta conjura era desviar el tráfico marítimo hacia Anotsu y poder así enriquecerse a espaldas del feudo. Por supuesto, esos dos infelices han sido convenientemente decapitados.

Francisco Cabral apoyó las manos abiertas sobre la mesa y contempló las vetas que discurrían entre sus dedos, como si encerraran algún significado oculto. Su cuello grueso, el pelo crespo, la expresión agreste que oscurecía unos ojos desconfiados... Todo en él hacía pensar en un hombre de razonamientos y motivaciones simples, pero los jesuitas no eran una congregación de frailes fanáticos, ningún campesino ambicioso prosperaba en la Compañía de Jesús.

—Atendiendo a las palabras del caballero Akechi, podría concluirse que los crímenes contra la cristiandad han cesado —recapituló Cabral—. Los responsables han sido descubiertos y castigados.

—Solo alguien que desprecia la verdad podría dar este asunto por zanjado —le advirtió Ayala.

—¿Por qué vuestro desencanto? ¿Acaso no creéis en las razones que os ha dado el señor de Anotsu?

—Creo, más bien, que Akechi Mitsuhide estaba advertido de mi llegada, y que tuvo tiempo de preparar un subterfugio —respondió Ayala—. Creo que ese hombre ha conspirado contra la misión para debilitar a nuestro principal valedor en estas islas, Oda Nobunaga, y que mantiene relaciones con los bonzos de Hiei, los clanes criminales de Iga y con cualquiera que esté dispuesto a ayudarlo en su verdadero propósito: derrocar al clan Oda.

El silencio se instaló en la sala, y Coello necesitó un instante antes de volver a posar la pluma sobre la vitela para transcribir tan graves acusaciones. No había completado el primer trazo cuando Francisco Cabral lo detuvo con un gesto de la mano.

—No escriba nada de eso.

—Debe reflejarse en el acta de esta reunión, se trata de un asunto de suma gravedad.

—Se trata de un asunto que no incumbe a la Compañía. Si estos reyezuelos deciden matarse entre ellos, que así sea. Por lo que el padre visitador cuenta, ya sean ciertas las palabras de Mitsuhide o una simple calumnia para ocultar sus confabulaciones, el final de estos crímenes ha llegado. —El viceprovincial se inclinó sobre el escritorio—. Os felicito, padre Ayala, vuestra investigación ha sacado a la luz una conspiración para acabar con la misión jesuita y ha obligado a los hidalgos de estas tierras a actuar en consecuencia castigando a los responsables. Demos este asunto por resuelto.

—¿Habláis en serio? —le espetó Ayala—. ¿Y si Akechi decide retomar en un futuro sus planes? Debemos advertir a Oda del riesgo que corre, de que alimenta a una víbora que planea morder su mano.

—¡Basta! —exclamó Cabral, e hizo crujir la mesa de un manotazo—. ¡Recordad vuestro lugar! Soy el principal de esta misión desde hace diez años y haré lo necesario por garantizar su supervivencia. ¿Qué creéis que sucedería si intentáramos sembrar cizaña entre Oda y uno de sus generales? Seremos bienvenidos en estas islas mientras nos limitemos a predicar entre los campesinos y a enriquecer a sus hidalgos. Desde el momento en que intentemos influir en sus políticas, seremos expulsados, si no algo peor.

—La cristiandad solo tiene un aliado en estas costas —le recordó Ayala, en absoluto impresionado por el arrebato castrense de Cabral—. Si Oda cae, estaremos a merced de los bonzos y los daimios que nos quieren fuera de Japón.

—Si Oda cae, otro reyezuelo se alzará entre los suyos, y este también querrá la seda y las armas de los barcos negros.

—Creéis conocer a los japoneses cuando no os habéis aventurado más allá de estos muros. Cometéis un error si pensáis que Japón os abrirá sus puertas por un puñado de oro.

—El oro allana el camino y la palabra de Dios lo pavimenta con piedras firmes —dijo el principal de la misión—. La verdad de Cristo está de nuestro lado, no lo olvidéis nunca.

Ayala guardó un silencio torvo. Al punto se convenció de que nada más le quedaba por decir allí.

—¿Necesitáis algo más de mí? —preguntó finalmente.

—Retiraos. El padre Coello se encargará de trasladar vuestro testimonio a Roma vía las Filipinas.

Ayala hizo una reverencia, como la hubiera hecho un japonés. Antes de que pudiera retirarse, no obstante, Cabral volvió a tomar la palabra:

—Habéis hecho un buen trabajo, padre Ayala. Os merecéis un descanso. Me encargaré de que podáis embarcar rumbo a Nueva España antes de fin de año.

El interpelado levantó la vista. Si interpretó aquello como un premio o un castigo, no se translució en su mirada.

—Padre Cabral, padre Coello, con vuestra dispensa.

Y dejó la estancia con la convicción de haber hecho todo lo que estaba en su mano. Aquel sería su consuelo en los días que estaban por venir.

En las jornadas previas a su marcha, Ayala paseó por las calles de Nagasaki atendiendo a los cristianos que le salían al paso, maravillados de que un *bateren* hablara con tal soltura la lengua de las islas. Asistió en las labores de la iglesia y departió con el resto de misioneros, todos más jóvenes que él, todos más ilusionados. Y cuando no se le requería para ninguna tarea, gustaba de recluirse en el pequeño jardín cultivado tras la iglesia, regando las plantas y arrancando las malas hierbas de aquel pedazo de tierra asomado al mar.

Dormía en el propio recinto de la iglesia, en una pequeña celda que habían acondicionado para él con un catre y poco más. La noche antes de su partida concilió un sueño sosegado, reparador, y despertó mucho antes que el resto de la congregación. Recogió sus pertenencias, vistió el kimono de viaje que Junko le entregara y se colgó al cuello el crucifijo de su madre. Sonrió al rozar la madera astillada, último testimonio de su amistad con Kudō Kenjirō. Una vez preparado, abandonó el lugar en soledad.

Más tarde, algunos recordarían haber visto una silueta larga y espigada, como una llama a punto de expirar, que descendía al alba por la vereda del cabo. Esa fue la última noticia que se tuvo de Martín Ayala, quien al igual que el padre Enzo, ya nunca volvería al hogar, pues no concebía otro hogar. Su rastro se perdió entre las olas del mar interior y las sendas que ya solo recorría el sol del atardecer.

Epílogo

La última flor de un jardín marchito

Masamune avanzaba como una culebra entre los árboles, pisando en silencio sobre las raíces, evitando las ramas bajas que se le enredaban en el pelo y en la ropa. Lo seguían un puñado de desertores que, al igual que él, sentían que Iga ya no era lugar para ellos. Tatsumaru y Hitoka se mantenían un par de pasos por detrás; ellos habían reunido a la mayoría de los prófugos. Pero no solo había *shinobi* del clan Koyama en aquella marcha nocturna, también se contaban entre ellos hombres y mujeres de Otowa, de Shindo, de Tateoka… Una procesión de desencantados y traicionados, de opositores al Tribunal de las Máscaras que habían visto la oportunidad de un nuevo comienzo.

Faltaban dos días para la luna nueva, pero los acontecimientos de esa noche habían precipitado sus planes. De haber podido esperar a la fecha señalada por Fuyumaru, quizás algunos más se hubieran unido a ellos. Masamune se lamentaba de esto mientras, a su espalda, el viento arrastraba los estertores difusos de la batalla. De repente, una explosión lejana sacudió la arboleda y todos echaron la vista atrás. Les mordía la culpa de abandonar a sus hermanos en el momento de mayor necesidad, pero Masamune no aflojó el paso. Si alguno se arrepentía, solo tenía que desandar el camino y arrojarse sobre las lanzas y arcabuces del ejército de Oda.

La espesura los vomitó muy cerca de uno de los vados del Kizu. En el otro margen se elevaba un grupo de colinas bajas, sus formas sinuosas cubiertas de *hagi*. El color púrpura de las flores aparecía desvaído bajo la mortecina luz de la luna menguante, pero a Masamune le pareció radiante como el sol de un nuevo día.

Se internaron en las aguas heladas y cruzaron con cautela; apenas medio centenar de sombras que parecían haberse desprendido del bosque en tinieblas. Antes de alcanzar la orilla opuesta, una figura se irguió sobre una de las colinas. Vestía ropas oscuras, como todos ellos, pero a medida que se aproximaban chapoteando hacia aquel hombre pudieron apreciar su gesto orgulloso, muy alejado de la desazón que los embargaba.

Masamune les indicó que esperaran junto a la orilla y trepó hasta la cima donde aguardaba aquel que los guiaría a partir de ese momento.

—Estos son los que me han seguido —se lamentó—, si hubiéramos tenido un par de días más, seguro que otros se habrían unido a nosotros. Pero nadie podía prever que Oda caería tan rápido sobre Iga.

—Te equivocas —dijo Fuyumaru—, el tribunal sabía bien que hoy sería el día. —Se adelantó hasta el filo de la pendiente y alzó la voz—: ¡Escuchadme todos! Mi nombre es Fuyumaru, algunos me conocisteis en otra vida, otros solo habéis escuchado hablar de mí como desertor y traidor. Os pido que miréis atrás, por encima de los árboles.

Se volvieron y pudieron ver el resplandor de los incendios que abrasaban el cielo en la distancia. El aire caliente hacía que las pavesas se elevaran como volátiles estrellas, y el viento arrastraba ya las primeras ascuas hasta el río Kizu.

—Los verdaderos traidores se encuentran en el corazón de Iga —prosiguió—. El Tribunal de las Máscaras ha consumado hoy su plan: ha permitido que penetren en estas tierras los ejércitos del Rey Demonio, y aquellas casas que se opongan a rendirle vasallaje arderán hasta los cimientos antes de que la noche toque a su fin. Cuando raye el alba, Iga amanecerá como una provincia más bajo el dominio de Oda Nobunaga. —Miradas inquietas volaron de unos a otros—. Nuestra obligación es mantener el legado de Iga, fortalecernos, aguardar el momento de restaurar un gobierno libre que devuelva esta tierra a su gente. —Se agachó y arrancó una de las flores que tenía a los pies—. El *hagi* florece cuando llega el otoño, por eso será nuestro emblema a partir de hoy, el blasón de los hijos de Iga que se ocultan en las sombras. Floreceremos cuando los demás se marchiten, prevaleceremos a pesar del frío y la desolación.

—¡Fuyumaru! —se alzó una voz desde la orilla; era la de Tatsumaru—. Aunque compartamos tu propósito, ¿qué futuro puede aguardar a un puñado de *shinobi* sin clan ni amo? Son tiempos de guerra, días para asesinos y espías, no para agachar la cabeza como campesinos. Temo que, si nos limitamos a ocultarnos, acabemos marchitándonos y nunca lleguemos a florecer.

—No agacharemos la cabeza, Tatsumaru, no desapareceremos en el olvido. En la provincia de Mikawa, Hanzō el Tejedor aguarda nuestra llegada. Nos uniremos a sus *shinobi* al servicio del clan Tokugawa. La flor de *hagi* crecerá al amparo de las tres hojas de malva.

—Tokugawa es otro perro de Oda —respondió Tatsumaru—. ¿Cómo fiarnos de él?

—Tokugawa es más de lo que muchos creen —dijo Fuyumaru—. No se mantendrá por siempre a la sombra de Oda, y ha jurado restaurar los privilegios de Iga llegado el momento. ¿Por qué, si no, estaría el Tejedor a su servicio?

Masamune dio un paso al frente y se colocó junto a su padre.

—¿Alguien tiene algo más que decir? —preguntó. Hubo miradas soslayadas, un silencio inquieto, pero finalmente nadie tomó la palabra—. No perdamos más tiempo, entonces. Nos queda un largo camino por delante.

Se pusieron en pie y reanudaron la marcha bajo aquel firmamento sin estrellas, siempre rumbo al este. Más allá del río Nabari, más allá del monte Fuji, los aguardaba un nuevo hogar y un nuevo señor al que servir.

Las botas de Sá Pinto de Lima resonaban con fuerza sobre el empedrado. Lo acompañaba un *nanban* de aspecto peligroso, envuelto en una larga capa que no permitía ver lo que ocultaba bajo el jubón ni lo que ceñía a la cintura. A los extranjeros se les había prohibido portar armas en tierra firme, pero resultaba evidente que aquellos hombres no andaban desamparados por las calles de Osaka.

Al mercader lo espoleaba una urgencia que le nacía de las entrañas: esa noche tenía cita en la casa de té de Midori-san, un burdel en la zona más respetable del barrio alto, allí donde las residencias, en lugar de un charco de barro a la entrada, lucían un jardín de fragantes flores. Pese a sus aires de cortesana, la dama Midori era de las pocas que le permitían saciarse a gusto con sus muchachas: morder, abofetear, incluso cortar... Todo le estaba permitido siempre que pagara su justo precio, y esa noche Sá Pinto tenía dinero y apetito.

Se internaron por calles traseras, solitarias a esas horas. Midori-san siempre le insistía en que llegara a su casa por los callejones menos transitados, como si recibirle fuera un desprestigio para su negocio, como si su dinero valiera menos que el de los funcionarios y los administradores locales. Odiaba a las putas de aquel país, su falaz fragilidad, su actitud de damas nobles caídas en desgracia... En eso pensaba cuando una figura emergió de una bocacalle y les cortó el paso.

El escolta se detuvo en seco y se colocó entre aquel extraño y el hombre que le pagaba la soldada. El aparecido, en cualquier caso, no se amilanó cuando el otro abrió la capa para mostrarle la empuñadura de su ropera; más bien al contrario, comenzó a caminar hacia ellos con pasos calmos, girando con el puño la vaina del sable para orientar el filo hacia arriba.

—*Você é Sarima-san?* —preguntó el extraño en un rudimentario portugués.

Sá Pinto escrutó a aquel japonés bajo la escasa luz del callejón. Vestía *hakama* y ceñía *daisho* como un samurái, pero no llevaba parte del cráneo tonsurado ni lucía blasón alguno. Se trataba de un *ronin*, como lo llamaban en aquellas tierras, una ola errante, un vagabundo al que permitían llevar armas... Pero ¿por qué sabía su nombre?

—*Quem pregunta?*

—Me llamo Kudō Kenjirō —respondió el *ronin*, agotado todo su portugués—. Vengo a saldar una deuda que contrajo hace tiempo con una mujer llamada Junko.

Sarima solo entendió la última palabra, pero fue más que suficiente.

—*Mate ele* —ordenó entre dientes.

Con la soltura de quien ha repetido el gesto mil veces, el guardaespaldas desenvainó dos armas al mismo tiempo: una corta y punzante con la izquierda, otra larga y afilada con la derecha. Kenjirō estudió a su oponente. En los días que llevaba en Osaka, había podido observar a hombres como aquel: solían merodear cerca del puerto, donde se les permitía beber y jugar a las cartas; cuando perdían, no dudaban en echar mano del acero. Usaban la corta para bloquear y tantear, la larga para cortar y buscar estocadas; sujetaban una en cada mano y se colocaban de perfil, siempre moviéndose en círculos, tratando de flanquear al adversario. La elección de aquel callejón angosto no había sido casual.

Así que fue paciente. Sabía que el guerrero *nanban* estaba incómodo, que no le gustaba estar constreñido entre aquellos muros encalados, que no esperaba jugarse el cuello esa noche. Él, sin embargo, llevaba días preparándose para aquel encuentro. Aguardó a que su rival perdiera la paciencia y, tras un par de amagos con la daga corta, probó una estocada profunda que el samurái desvió sin dificultad con el sable. Abierta la guardia, a Kenjirō le bastó un giro de muñecas para cortarle el pecho con la punta de la *katana*.

Fue un tajo superficial, una dolorosa advertencia de trazo rojo, pero el efecto no fue el deseado: el lugar de amedrentar a su enemigo, este se abalanzó con la punta de la ropera por delante. Kenjirō se abrió y la hoja pasó a un palmo de su cuello. Antes de que el extranjero pudiera apuñalarle el costado con la daga, le lanzó un codazo a la garganta que lo hizo retroceder entre estertores. Era toda la ventaja que necesitaba, así que avanzó sobre su enemigo con un poderoso mandoble descendente. Sabía que el portugués no podría desviar semejante golpe con un solo acero: se vio obligado a cruzar daga y espada sobre la cabeza para detener el impacto con las cazoletas. Desprotegida su parte baja, Kenjirō le encajó una patada en el vientre que a punto estuvo de lanzar al mercenario contra el suelo. Antes de que pudiera armar la guardia, el samurái finalizó su ataque con un tajo oblicuo que arrancó la oreja de su rival y le rebanó un buen trozo de cuero cabelludo.

El *nanban* se echó la mano a la herida, desconcertado. No sabía exactamente qué había sucedido, pero comprendió que su oreja ya no estaba allí al tiempo que la sangre comenzaba a empaparle el pelo, a cegarle un ojo. Mareado, dejó caer sus armas para taparse la herida; su hombro golpeó contra una de las paredes del callejón y profirió un gruñido animal. Miró de reojo al vagabundo por última vez y comenzó a caminar en sentido contrario, arrastrándose por la pared, dejando una larga mancha de sangre sobre el encalado.

A solas con su presa, el *ronin* se inclinó para recoger la espada del mercenario y se aproximó a Sarima. Le tendió la empuñadura:

—Defiéndete —murmuró entre dientes.

El mercader hizo ademán de agarrar con la zurda el arma que le ofrecían, pero en el último momento sacó la mano que ocultaba bajo la capa. En ella empuñaba un cañón de llave de rueda, un arma extraña que guardaba para ocasiones como esa. El disparo retumbó en el callejón y sacudió el hombro izquierdo de Kenjirō.

Ambos se miraron, Sarima con un brillo esperanzado en los ojos. Una mancha de sangre comenzó a empapar el *haori* del samurái, pero eso no impidió que volviera a alzar su sable. Desfallecido, Sá Pinto comprendió que la bala le había rozado la carne para terminar perdiéndose en la penumbra.

Ni siquiera tuvo tiempo de implorar clemencia o tentar la huida, solo pudo admirar el destello de la luna sobre el acero, un instante de fugaz belleza antes de la noche eterna.

En los meses siguientes, Kenjirō se alojó en los monasterios del monte Koya a fin de desprenderse de sus anhelos y preparar su mente para el *musha shugyo*[*]. Cuando se sintió en armonía con el vacío, abandonó la vida monacal y encaminó sus pasos hacia la costa norte del país, aquella que, por desconocida, le resultaba más misteriosa y fascinante. Recorrió las provincias de Wakasa y Tajima visitando los *dojo* de diferentes escuelas de esgrima. Cazó y pescó para alimentarse, pernoctó con labriegos y pastores; durante un mes caminó junto a un peregrino que lo instruyó en la métrica clásica del *katauta* y del *renga*, al tiempo que le enseñaba que un buen poeta no es aquel ensimismado en sus propios sentimientos, sino el que es capaz de observar el mundo con la fascinación de un niño.

---

[*] *Musha shugyo:* «peregrinaje del guerrero», realizado por algunos samuráis que se entregaban a una vida errante para perfeccionar sus técnicas y fortalecer su espíritu.

Aceptó duelos por dinero y solicitó humildemente batirse en algunas de las mejores escuelas del país. Fue expulsado por dos veces de sendos monasterios de monjes guerreros, pero en el tercero se le abrieron las puertas y se le permitió competir espada de madera contra *naginata*. Venció y debió huir a la carrera de la ira de los *sohei*, que lo persiguieron hasta los alrededores del lago Togo.

Mató por dos veces: una para salvar la propia vida y otra para salvar la ajena. Cruzó Hoki y llegó a Izumo, donde se decía que un espadachín portentoso servía al clan Ikeda. Allí pudo presenciar un duelo entre dicho samurái y un guerrero llegado de tierras lejanas para desafiarlo. A pesar de la insistencia de su adversario, el vasallo de los Ikeda no aceptó batirse con armas de acero. Él, al menos, no lo hizo, pues empuñó un *bokken* contra la *katana* del visitante. En el primer lance le arrancó el acero de las manos a su rival y le aplastó las costillas, y Kenjirō comprendió que no estaba listo para presentar un desafío formal contra tan formidable guerrero.

En su tercer año de peregrinaje comenzó a viajar hacia el sur, de regreso al mar de Seto, quizás con la intención de embarcarse hacia la isla de Shikoku. En su fuero interno, no obstante, sabía que dicha decisión respondía también al deseo de volver a visitar el feudo cristiano de Takatsuki. Mantenía la esperanza de encontrarse con la dama Reiko y su gente, de compartir con ella recuerdos sobre Ayala-sensei.

Cediendo a aquel anhelo, el cuarto mes del año llegó a la aldea que se ocultaba entre la orilla del Akutagawa y las faldas del Miyoshiyama. Y la encontró vacía.

Cruzó los arrozales baldíos, ascendió por el bosque donde se había enfrentado a Fuyumaru el Traidor y callejeó por la villa en silencio. Aquella soledad no debería haberle sorprendido, solo un necio habría esperado encontrar allí a Junko y a su gente. Muerto Torayasu-sama, deshecho el clan Fuwa y revelados sus secretos, sin duda se habrían visto obligados a esconderse, quizás a buscar el amparo de otro daimio. No pudo evitar, en cualquier caso, que la desilusión le pesara como una losa.

Vagó por la aldea hasta terminar en la residencia de la dama Reiko. Se detuvo frente a la puerta, reacio a invadir la intimidad de aquellos recuerdos, y estuvo tentado de girar sobre sus talones y marcharse. Finalmente, se descalzó y entró en la sala principal. Los paneles *shoji* estaban apolillados, de modo que el sol lanceaba la estancia haciendo danzar el polvo; la tarima aparecía cubierta de una fina capa de tierra y la fragancia del incienso *koboku* se había desvanecido por completo. Pese a lo ajado del lugar, sus recuerdos afloraron vívidos, y se animó a adentrarse por los pasillos en busca del jardín interior. Quería orar en el pequeño altar colocado entre las raíces del sauce, como la mañana en que debieron defender la aldea. De algún modo, sentía que ese momento lo había transformado.

Halló el jardín moribundo, marchitas las flores, su delicado equilibrio desbordado por la naturaleza salvaje. Aun así, el espíritu de Jigorō-sensei impregnaba el lugar, atrapado bajo las capas de tiempo y hojarasca; aquello fue suficiente para hacerle sentir bienvenido. Se arrodilló y rezó frente al templete de piedra. Cuando abrió los ojos, se inclinó hacia delante para sacudir la tierra que cubría el tejadillo; fue entonces cuando descubrió que, entre las tallas de Buda y la Virgen María, alguien había dejado un cordel enrollado. Lo tomó entre los dedos, del mismo colgaba un crucifijo de madera astillado en uno de sus brazos. El crucifijo de Martín Ayala.

Kenjirō contempló sobre la palma de la mano aquel mensaje sin palabras. Por último, cerró el puño y levantó la vista hacia el sereno atardecer. Las lágrimas no tardaron en desdibujar las nubes y una sonrisa se posó en sus labios. ¿Cuánto hacía que no miraba al cielo?, se preguntó, antes de atar el crucifijo a la empuñadura de su sable y regresar al camino.

Concluía su peregrinaje y comenzaba una nueva búsqueda.

Sobre los acontecimientos
históricos posteriores

Si bien Martín Ayala, Kudō Kenjirō o Igarashi Bokuden nacen de la imaginación del autor, a lo largo de su camino se cruzan con una serie de personajes reales que he intentado recrear con cierta fidelidad, aunque estén inevitablemente al servicio de la ficción. Podría decir que, hasta cierto punto, me he permitido imbricar mi historia con la Historia, y por ello me siento en la obligación de explicar al lector cuál fue el destino real de estos personajes históricos.

Oda Nobunaga, una de las personalidades más fascinantes del Japón feudal y un estratega militar como ha habido pocos, fue asesinado en 1582 a la edad de 47 años (apenas tres años después de los acontecimientos narrados en este libro), cuando tenía al alcance de la mano su objetivo de unificar todo el país. Murió traicionado por Akechi Mitsuhide en lo que se dio a conocer como «el incidente de Honno-ji»: Akechi aprovechó que su señor se alojaba en dicho templo durante una visita a Kioto para rodear el lugar con su ejército y asaltarlo. Al verse perdido, Oda Nobunaga ordenó prender fuego al santuario y, según testimonios, cometió *seppuku* para no caer en manos de sus enemigos. Su cuerpo nunca fue encontrado, probablemente consumido por las llamas.

El motivo de la traición de Akechi Mitsuhide sigue siendo asunto de debate entre los historiadores japoneses. Algunos creen que se rebeló por lealtad al emperador, al que Nobunaga utilizaba como un pelele político; otros apuntan a una sencilla cuestión de odio personal, pues era bien conocido el temperamento explosivo de Nobunaga y su propensión a humillar a sus vasallos. Otras teorías hablan de que Mitsuhide culpaba a Nobunaga de la muerte de su madre, ejecutada por miembros del clan Hatano después de que Nobunaga rompiera un acuerdo de paz que el propio Mitsuhide había firmado con dicha casa.

He decidido aprovechar esta indefinición histórica para dar contexto a la trama conspirativa protagonizada por este daimio. Sepa el lector, por tanto, que Akechi Mitsuhide se salió finalmente con la suya, aunque pagó un pronto castigo por su crimen: los principales generales de Oda se lanzaron en su persecución y el primero en dar con él fue Toyotomi Hideyoshi (que en esta novela aparece junto a Nobunaga, precisamente, en uno de sus descansos en el templo Honno-ji). Toyotomi derrotó a Akechi en la batalla de Yamazaki (1582), lo que le permitió colocarse como sucesor natural de Oda Nobunaga en el proceso de unificación del país.

Respecto a la provincia de Iga, considerada en Japón cuna de los principales clanes *shinobi*, cabría decir que, en efecto, era el único territorio que no se hallaba bajo el control estricto de un señor feudal durante el periodo Sengoku. La región, bastante inaccesible al estar rodeada de bosques y montañas y encontrarse apartada de las principales rutas comerciales, mantuvo un alto nivel de independencia durante gran parte del periodo, siendo gobernada por un consejo de clanes locales llamado Iga Sōkoku Ikki («alianza de los iguales de Iga»), que correspondería al Tribunal de las Máscaras en este relato. Tal como se describe en la novela, la «pacificación de Iga» era un objetivo militar para Nobunaga, quien logró conquistar el territorio en 1581 (tras un primer intento fallido en 1579). Dicho suceso es referido en el epílogo de *Ocho millones de dioses*.

Como curiosidad diré que los servicios secretos del clan Tokugawa (que finalmente acoge a Fuyumaru y sus desertores) estaban realmente comandados por Hattori Hanzō (al que llamo en mi ficción «Hanzō el Tejedor»). Es célebre la devoción que Tokugawa Ieyasu, fundador del shogunato Tokugawa, sentía por el líder de sus agentes secretos, hasta el punto de que una de las puertas del palacio imperial en Tokio se llama Hanzo-mon.

En lo referente a la misión jesuita en Japón, Francisco Cabral era el viceprovincial durante las fechas en que se ambienta la novela. Lo fue durante doce años, hasta que en 1579 fue relevado del cargo por el napolitano Alessandro Valignano. El padre Valignano había sido enviado como visitador a Japón con la tarea de evaluar el estado de la misión y, de ser necesario, corregir sus métodos y prácticas. Tras su primera visita concluyó que, pese al avance de la cristiandad en el país, Cabral mostraba un evidente desprecio por las costumbres y el idioma local, manejándose con manifiesta arrogancia entre los feligreses. Así, tras la destitución del viceprovincial, Valignano promulgó una serie de directrices con el fin de adaptar la misión a los esquemas culturales nipones. Llegó incluso a imitar la organización y los usos de las sectas budistas, además de fomentar la ordenación de sacerdotes japoneses, lo que le granjeó no pocos desafectos entre los jesuitas destinados en el país.

Tras la muerte de Nobunaga, sin embargo, la misión perdería a su principal valedor, y los sucesivos gobernantes del país alternaron políticas de persecución a los cristianos (con episodios tan dramáticos como el de los mártires de Nagasaki, en 1597) con etapas de prohibición blanda e incluso tolerancia. Finalmente, el shogunato Tokugawa (instaurado en 1603) emitió en 1614 un edicto de expulsión definitiva de los misioneros y prohibición del cristianismo.

Da comienzo así el periodo de los *kakure kirishitan* («cristianos ocultos»), comunidades que profesaban el cristianismo en secreto, sin clero que los guiara o con la tutela de algunos misioneros que permanecieron en el país de forma clandestina. Esta situación se prolongó hasta que el cristianismo, así como el resto de religiones, volvieron a legalizarse durante la restauración Meiji (segunda mitad del xix), que puso fin al feudalismo japonés y marcó el comienzo del Japón moderno.

Agradecimientos

Ocho millones de dioses es la primera historia que escribo con la conciencia de que hay miles de lectores esperándola, con el respaldo de una agente y una editorial que confían en mi trabajo, y con la ayuda de un buen puñado de amigos que he sumado a la causa en los últimos tiempos. Un panorama más alentador que el de mis dos novelas anteriores, escritas con la incertidumbre de si aquellas historias podrían interesar a alguien más que a mí. Pero este nuevo escenario tiene una contrapartida, una que el escritor percibe en cuanto posa los dedos sobre el teclado: el miedo a decepcionar, a no estar a la altura de las expectativas. Pronto comprendes, en cualquier caso, que escribir con público es imposible (¿alguna vez habéis intentado escribir la más simple nota con alguien mirando por encima del hombro?). No habría podido soportar esa mirada durante los tres años que he invertido en este texto, así que no he tenido más remedio que olvidarme de todos vosotros (perdonadme la desconsideración) y hacer lo que siempre he hecho: contar la historia que me obsesiona de la mejor manera posible, con la esperanza de que el resultado sea tan gratificante para vosotros como para mí.

Pero una vez pones el punto final, precisas de la mirada ajena, del criterio de aquellos en los que confías. Una serie de personas que han contribuido a que este libro llegue a vuestras manos bien templado y afilado, y a las que debo como mínimo una mención. Comienzo por mi familia, sin la cual, sencillamente, no podría escribir. Son ellos los que sufren mis desesperaciones y los que se alegran más que yo de mis pequeños triunfos.

Gracias también a mis betalectores, aquellos que leyeron el manuscrito cuando aún le sobraban adverbios, adjetivos y alguna que otra escena: Antonio Montilla y Vania Segura, mis betas originales, los primeros que se mostraron dispuestos a leer aquel manuscrito inconcluso que acabaría convirtiéndose en *El guerrero a la sombra del cerezo*. A Vori García, historiador de formación y corazón; de algo me debía servir tener a un amigo célebre entre los autores de histórica por su exigente criterio (aunque tuviera que dejarte ganar al Street Fighter para que no pagaras tu frustración con el manuscrito). A Mamen Sosa, enamorada de las palabras como yo y maestra en un oficio que admiro y que comparte con nuestro protagonista: el de traductor. A Alberto Chicote, tan exigente y honesto a los fogones como en la lectura; gracias por apasionarte con mis historias pero, sobre todo, gracias por difundir tu amor por la literatura a los cuatro vientos; necesitamos a más como tú. Gracias a Àlex Bartolí, gran lector y confidente de cierta bruja que revolotea entre bambalinas; a estas alturas ya sabemos que si mi nueva novela te gusta, es que hemos empezado el camino con buen pie. Gracias a Lluís Salart, que me convenció de que un buen escritor también podía ser un buen betalector, y demostró no equivocarse. Gracias a Antonio Torrubia por marcar en rojo (sangre) las últimas erratas que se escabullían entre las líneas. Y gracias a Jordi Noguera por sus clarividentes respuestas a mis preguntas; no solo comprendes los resortes de la narrativa, sino que también sabes explicarlos, lo que es un talento doble.

Mención especial para mi agente, Txell Torrent, que jamás en la vida pensó que fuera a leer tantas páginas sobre samuráis, daimios y *shinobis*, pero que hace suyas mis historias para que muchos otros lectores también puedan apropiárselas. Y por último, gracias a mi editor, Iñaki Nieva, y a todo el equipazo de Penguin Random House, por darle un hogar a mis historias y no perder de vista que cada novela es única para su autor y sus lectores.

Glosario

Bakuto: jugadores ambulantes que se ganaban la vida con los juegos de azar, a menudo estafando a campesinos, comerciantes y *ronin.* A mediados de la era Edo se reunieron en organizaciones criminales, por lo que se los considera precursores de la mafia japonesa: la Yakuza.

Bateren: deformación de la voz latina *pater.* Era el nombre que se daba a los misioneros cristianos.

Bushi: literalmente, «guerrero» o «caballero armado». El término no solo hacía referencia a los samuráis, sino que también podía abarcar a los monjes guerreros e incluso a los agentes secretos, como los *shinobi.*

Cho: unidad de longitud equivalente a 109 metros, aproximadamente.

Daisho: literalmente, «grande y pequeño». Así se llamaba a la pareja compuesta por la *katana* (el sable largo) y la *wakizashi* (sable corto) que era símbolo de la casta samurái. Ambas armas debían llevarse siempre a la cintura cuando se estuviera en público, y perder alguna de ellas era motivo de gran vergüenza.

Eta: también conocidos como *burakumin,* eran la casta más baja en el Japón feudal, aquellos considerados impuros por trabajar con cadáveres e inmundicias. En la práctica, eran parias sociales carentes de derechos.

Goshi: samuráis rurales que no habitaban en la ciudadela fortificada del señor feudal, sino que ocupaban pequeños territorios en zonas de cultivo. Ejercían un control más directo sobre los campesinos, pero su estipendio solía ser bajo, por lo que no era extraño que debieran trabajar el campo con sus propias manos, algo impensable para la mayoría de la casta samurái.

Gueta: sandalias alzadas sobre dos cuñas de madera.

Hakama: pantalón muy holgado, hasta el punto de parecer un faldón, utilizado frecuentemente por los samuráis. Mostraba siete pliegues que simbolizaban las siete virtudes del guerrero.

Haori: chaqueta holgada de amplias mangas que se usaba sobre el kimono. Su largo podía ir desde la cintura hasta la rodilla.

Heimin: clase mayoritaria en el Japón feudal, formada por plebeyos como los campesinos, artesanos o mercaderes. Solo se encontraba por encima de los *eta,* aquellos que trataban con cadáveres e inmundicias.

Honmaru: en las fortalezas japonesas, era el anillo amurallado más interno, en el que se encontraba la torre del homenaje, residencia del daimio y su familia, y las viviendas de los samuráis y funcionarios de más alto rango.

Inari: en el panteón sintoísta, divinidad de la agricultura, el arroz y la fertilidad. Se le representa mediante un hombre o una mujer indistintamente, y se creía que los zorros, o *kitsune,* eran sus sirvientes y mensajeros.

Jitte: arma blanca sin filo ni punta, ideada principalmente para desarmar y golpear al oponente. Tenían forma de bastón corto con una horquilla en la base de la empuñadura, empleada para detener el filo de los cuchillos y las espadas.

Jizo: pequeñas esculturas de piedra que representaban al santo budista Jizo, quien guiaba fuera del infierno a las almas que habían redimido sus pecados. Estas estatuas solían hallarse en las encrucijadas y los caminos transitados, pues se creía que protegían a los niños y a los viajeros.

Karo: consejero principal del señor feudal. Habitualmente era un anciano al servicio de la familia desde hacía años y tenía la potestad de hablar en nombre del daimio.

Kiri-sute gomen: literalmente, «permiso para cortar y abandonar»; se trataba de una ley que permitía a cualquier samurái matar con su sable a una persona de casta inferior que cometiera una supuesta afrenta a su honor.

Koku: medida utilizada para cuantificar el arroz. Tradicionalmente se describía como la cantidad de arroz necesaria para la subsistencia de un hombre adulto durante un año. La riqueza de un feudo se medía por los *koku* de arroz que producía al año.

Miko: monjas de la religión sintoísta, guardianas de los templos y asistentes de los sacerdotes en diversas ceremonias. En las festividades, eran las encargadas de ejecutar las danzas rituales (de las que se derivó el teatro *kabuki)* y, a menudo, se las consideraba en contacto con los *kami.* Si se demostraban tocadas por la divinidad, podían llegar a ejercer como oráculos.

Nanban: literalmente, «bárbaros del sur». Nombre con el que se identificaba a los europeos, principalmente portugueses y españoles, que comenzaron a llegar a las costas japonesas desde mediados del siglo XVI. Se los denominaba «del sur» porque, a diferencia de chinos y coreanos, arribaban a las costas meridionales.

O-tono: fórmula de cortesía empleada con los daimios, y que se puede traducir como «gran señor».

Obi: faja ancha de tela (generalmente, de algodón o seda) que tanto hombres como mujeres usaban sobre el kimono para ceñir la cintura. En el caso de los samuráis, cuando no vestían armadura, la *daisho* se deslizaba bajo el *obi.*

País de los Ming: también «Gran Ming», era uno de los nombres que recibía China en el Japón antiguo, en referencia a una de las grandes dinastías reinantes.

Ri: unidad de distancia equivalente a 3,9 kilómetros, aproximadamente.

Ronin: samurái sin señor al que servir y, por tanto, sin residencia estable. Solían malvivir empleándose como maestros de esgrima o guardaespaldas.

Samsara: para los budistas, es el ciclo eterno de la vida y la muerte, del que solo se escapa al liberarnos de nuestro *karma* y alcanzar la iluminación.

Seiza: modo correcto de sentarse en la cultura japonesa, sobre todo en ocasiones formales. Consiste en sentarse de rodillas, los empeines contra el suelo y el peso del cuerpo descansando sobre los talones. La espalda debe estar recta y las palmas de las manos sobre los muslos o el regazo.

Seppuku: suicidio ritual consistente en la evisceración mediante un corte bajo el vientre. En occidente se popularizó con el nombre de *hara-kiri.*

Shaku: unidad de longitud equivalente a unos 30 centímetros.

Shinobi: simplificación de *shinobi-no-mono,* literalmente, «hombre del sigilo», aunque se puede traducir como «hombre de incógnito». Era como se denominaba a los individuos especializados en la infiltración, el asesinato y el espionaje.

Shoji: paneles formados por papel de arroz montado sobre un bastidor de madera o bambú; funcionaban como puertas deslizantes para separar estancias o dar paso a las terrazas.

Shokunin: en la cultura japonesa, aquel artesano que, habiéndose entregado por completo a su oficio, ha logrado sublimarlo hasta la categoría de arte.

Sugegasa: sombrero de ala muy ancha fabricado con caña de arroz trenzada. De uso común entre peregrinos y viajeros, cualquiera que fuera su casta, pues suponía una buena protección contra el sol.

Susano-o: en la mitología sintoísta, es la divinidad de las batallas y las tormentas.

Tanegashima: también llamado *teppo,* era la denominación que recibía en Japón el antiguo arcabuz europeo.

Tengu: criatura del folclore sintoísta de aspecto similar al de un ave humanizada. Solía considerarse que habitaban en las montañas y los bosques antiguos, y se les atribuía poderes sobrenaturales y una gran pericia guerrera. A menudo se los representaba con atuendos de *yamabushi,* los monjes ascetas de las montañas.

Tokaido: literalmente, «camino del mar del este»; era la principal ruta mercantil que conectaba el centro y el este del país. Discurría paralela a la costa del mar Interior y, a comienzos del XVII, se convirtió en unos de los caminos oficiales que unían Kioto (la capital imperial) con Edo (capital del shogunato Tokugawa).

Torii: arco de madera formado por dos pilares y sendos travesaños cruzados en su parte superior, habitualmente de color rojo. Indicaban la proximidad de un templo sintoísta y, al cruzarlo, se penetraba en el mundo sagrado que rodeaba al santuario.

Umeboshi: ciruela seca en salazón que solía colocarse en el interior de las bolas de arroz, y aportaba un sabor ácido al plato.

Wakizashi: sable corto que se portaba junto a la *katana;* ambas conforman la *daisho* (literalmente, «largo y corto»), símbolo de la clase samurái. Para un miembro de esta casta, perder alguno de sus dos sables o mostrarse en público sin ellos era causa de gran deshonor.

Wako: piratas, mayoritariamente japoneses, que asolaban tanto el mar Interior de Japón como su costa norte. Sus incursiones en China y Corea también eran frecuentes y motivo de disputas diplomáticas entre estos países.

Yari: lanza de hoja recta que, durante siglos, fue el arma fundamental de los ejércitos japoneses. Era utilizada tanto por la élite samurái como por los guerreros *ashigaru.*

Yojimbo: guardaespaldas.

Yukata: vestimenta de algodón, más ligera que el kimono, utilizada especialmente en verano y los meses cálidos.

Este libro se terminó de imprimir
en el mes de mayo de 2019

megustaleer

Esperamos que
hayas disfrutado de
la lectura de este libro
y nos gustaría poder
sugerirte nuevas lecturas
de nuestro catálogo.

Si quieres formar parte de nuestra
comunidad, regístrate en
www.megustaleer.club y recibirás
recomendaciones de lecturas
personalizadas.

Te esperamos.